O Chamado do Abismo

BIANCA JUNG

O CHAMADO DO ABISMO

LIVRO 2

1ª Edição

Santa Catarina - 2024

Qualis

Esta é uma obra de ficção. Nomes, personagens, lugares, datas e acontecimentos descritos são produto da imaginação do autor.
Qualquer semelhança com a realidade é mera coincidência.

Editora Responsável	Simone Fraga
Assistente Editorial	Lara Silva
Projeto Gráfico, Produção Editorial, Preparação de Texto e Revisão Ortográfica	Qualis Editora
Leitura Sensível	Day Borges
Ilustração de capa	Gabriele Lima
Ilustração interna	Ana Paula S. Silva
Ilustração do mapa	
Design de Capa	Gabriele Lima Renato Klisman
Diagramação	Marcos Jundurian

DADOS INTERNACIONAIS PARA CATALOGAÇÃO NA PUBLICAÇÃO (CIP)

J95o

Jung, Bianca - 1995 -
O chamado do abismo / Bianca Jung. — [1. ed.] —
Florianópolis, SC: Qualis Editora, 2024.
400 p. : il. ; 23 cm.

ISBN Impresso 978-85-7027-117-4

1. Literatura 2. Romance Brasileiro 3. Fantasia
4. Ficção I. Título

CDD – B869.3
CDU – 821.134.3(81)

1ª edição – 2024

Qualis

Qualis Editora e Comércio de Livros Ltda
Caixa Postal 6540
Florianópolis - Santa Catarina - SC -
Cep.88036-972

www.qualiseditora.com
www.facebook.com/qualiseditora
@qualiseditora
@qualiseditora
contato@qualiseditora.com

Para minha avó Zola

Porque sempre que eu te chamo, você me escuta.

O Conselho Real de Insula

Imperador Supremo

Frederick Denova

Conselheiros

1ª reino:
Aratny
1ª cadeira: Fabriccio Mansi
2ª cadeira: Ighor Vereda

2ª reino:
Mave
1ª cadeira: Ayla Dhara
2ª cadeira: Yelo Ônix-Dhara

3ª reino:
Lovano
1ª cadeira: Felipho Bettini
2ª cadeira: Domingos Atroiss

4ª reino:
Veraz
1ª cadeira: Isla Holde
2ª cadeira: Kés Suderzlyn

5ª reino:
Marzilis
1ª cadeira: May Qian
2ª cadeira: Lenora Nótt

MAPA DE INSULA
N
S
O
L
MAR DAS ROTAS
MAR CADAVÉRICO
A MONTANHA
MAVE
CENTRO
FLORESTA ESQUECIDA
MURALHA NORTE
ZONA ÁRIDA
MURALHA LESTE
LOVANO
CENTRO
MARZILIUS
CENTRO PORTUÁRIO
MURALHA OESTE
MURALHA SUL
ARATINY
CENTRO
VERAZ
CENTRO
PÂNTANO LESTE
PÂNTANO OESTE
ZONA MINERADORA

CAPÍTULO 1

A névoa ao meu redor é como um casulo feito de medo.

Entra por cada poro na pele e se assenta nos ossos em um sopro fervente. A sensação de pavor não vai embora mesmo que eu esfregue meus braços. É uma visita indesejada que não tem planos de partir tão cedo.

Quer ficar.

Quer paralisar.

Tornar-me a refeição perfeita para os monstros escondidos.

A língua vai de encontro aos lábios secos, mas não existe saliva suficiente para hidratá-los. O que é irônico, já que tem água aos montes batendo contra o casco do pequeno barco em que estamos. Porém, nenhum de nós tem interesse em beber o limo verde que se estende pela superfície como um cobertor.

E, principalmente, nenhum de nós tem coragem suficiente para encarar as profundezas do pântano e descobrir que os monstros estão escondidos bem aqui.

É mais fácil aceitar o desconforto e focar no tremor que se espalha pelos meus dedos. Recontar as linhas marcadas na palma da mão e recomeçar todo o processo apenas para não pensar na realidade em que nos encontramos.

É um barco tão frágil que sacode até meus dentes, deslocando-se em água escura e malcheirosa. E me pergunto a todo instante, como pude aceitar uma ideia dessas?

Mas eu aceitei, porque eles disseram que os soldados conheciam muito bem esse lugar. Disseram que existiam mais perigos na terra firme do que dentro do pântano. E que eu precisava confiar na organização.

A sensação piora quando fecho os olhos. Ninguém te conta sobre como a escuridão é a tela perfeita para pintar memórias que não devem ser recordadas. Os gritos ecoam de novo nos ouvidos e a insanidade toca o fundo da mente.

Fique de olhos bem abertos, Kalina, é o que eu repito para mim mesma. Assim eu consigo enxergar o que está bem na minha frente, mesmo que os inimigos estejam me observando por trás.

O arrepio que sobe pelas minhas costas nada tem a ver com o calor e a umidade do ambiente. Faz mais sentido ser a minha intuição gritando para que eu perceba algo que eu ainda não captei. Ou talvez, seja a querida insanidade brincando comigo, arrastando-me de volta para o fundo de um tanque repleto de água gelada dentro da Montanha.

Volte ao controle.

Fecho com um baque forte a janela da minha mente e afasto os pensamentos intrusivos para longe. Do outro lado, encontro um par de olhos castanhos analisando-me com aquele ar calculista por cima do ombro. Só que, dessa vez, esses mesmos olhos não podem me encarar de seu pedestal, porque são obrigados a ficar bem aqui no chão.

De mãos amarradas e sem nenhum traço de liberdade.

A bela, perigosa e manipuladora ex-diretora da prisão de Insula tornou-se prisioneira.

Não veste mais roupas caras ou joias brilhantes, nem mesmo tem as pálpebras e lábios pintados em cores intensas. Ah, não. Ela tem sebo nos cabelos curtos e carrega bolsas arroxeadas embaixo dos olhos. Nem mesmo pode esconder as unhas sem cor e quebradas, que antes eram como garras afiadas no tom mais escuro de preto.

Ravenna Senyia é a personificação de quem teve tudo e está sem nada.

E eu adoraria poder dizer que sinto o gosto doce desta constatação.

Porém, mesmo sendo obrigada a seguir de cabeça baixa e língua presa, a aratnyana ainda consegue deslizar os malditos olhares julgadores que só pertencem a ela.

— Perdeu alguma coisa? — questiono, o tom afiado. — Olhe para frente antes que eu te atire para fora desse barco.

A insuportável aratnyana parece gostar do meu tom, porque arqueia o canto da boca. Amaldiçoo-me mentalmente por perceber que dei aquilo que ela procurava: *me irritar*. Ela aceita a vitória e volta a mirar o caminho à frente sem dizer nada.

Não fosse o tremor que consome minhas pernas e a constante sensação de que esse barquinho ferrado vai tombar a qualquer instante, eu teria ido até a maldita aratnyana e arrancado o sorrisinho da boca dela com todo o prazer.

Mas eu não faço isso. Na verdade, abandono a irritação com mais facilidade do que eu costumo ao lidar com Ravenna. Tenho coisas mais importantes para gastar minha energia agora, como procurar pelo outro barco que segue alguns metros à nossa frente. Dentro dele estão dois soldados *verazes* da Ruptura que abrem caminho para o nosso grupo. Conhecedores da região por terem nascido não somente no quarto reino, mas por perambular por essas terras lamacentas desde crianças, foram designados como nossos guias.

Do pouco que consegui absorver sobre a organização rebelde nesses quinze dias desde que partimos da Montanha, e começamos a viagem até Veraz, o principal é que existem postos oficiais em cada reino e região. Neste, chamado de Pântano Leste, há um líder geral e os soldados inferiores que estão à serviço de toda a liga. São esses mesmos soldados que fazem a nossa guarda enquanto seguimos em missão. É difícil conectar o rosto de papai e Irvine como os criadores da Ruptura, vinte anos atrás. Mais difícil ainda pensar nos dois e saber que ambos estão mortos agora e que jamais verão tudo o que vem acontecendo. Que eles tiveram que perder a vida para que essa luta perseverasse.

Aos poucos, vou aprendendo mais sobre a história que me é contada, mas apenas posso erguer o queixo e assentir quando os murmúrios questionam se eu sou a filha de Vierrah Denova e responder que sim, mas principalmente de *Havier Kaster*.

Venho pensando em papai todos os dias.

De uma forma tortuosa, descobrir toda a verdade me deixou ainda mais próxima da memória dele. Ainda tento entender por qual motivo nunca questionei mamãe sobre o passado, mas sei que no fundo não tive coragem suficiente de cutucar a ferida que não havia sido curada completamente.

Existem aqueles que dizem que sou corajosa, mas a verdade é que costumo me sentir como uma verdadeira covarde na maior parte do tempo. E como a covarde que sou, afasto todos esses sentimentos que voltam a me inundar e procuro por algo a qual possa me agarrar.

A cor laranja capta minha atenção na ponta do barco. Enquanto mira com veemência a bússola na mão, os cachos ruivos de Alexis mal balançam pela falta de brisa dentro do pântano. Longe de ser um soldado aratnyano, ele deixou para trás o uniforme verde com a insígnia de oito patas. No lugar das vestes militares antigas, agora usa uma calça larga com bolsos e material impermeável e, ao redor do pescoço, um colar de prata com o símbolo redondo da Ruptura cruzado por um ziguezague de linhas. O cinto carrega uma parcela de lâminas e as mangas da camisa cor chumbo estão erguidas até os cotovelos. Posso apostar que ele trocou um ou dois botões de lugar na hora em que vestiu a roupa, dando-lhe o caimento bagunçado que é característico de Alexis. O que me faz pensar que se Mig estivesse aqui, certamente teria ajustado a roupa do garoto.

Sinto falta de Mig.

Sinto falta de todos.

Alexis coça o topo da cabeça com uma pergunta presa na face. Ele mira a bússola, depois observa o mapa aberto no colo e volta a encarar o barco deslizando metros à frente. É uma confusão de linhas na testa, sardas rosadas por cima do nariz e camisa desajustada. Sorte a nossa termos uma dupla de verazes para nos guiar, porque o garoto parece perdido.

— Alexis — chamo-o nervosa.

Sem erguer os olhos do mapa e bússola, ele responde:

— Hm?

— Alguma novidade? Estamos andando em círculos nas últimas três horas.

Para minha sorte, Ravenna está ignorando nossa conversa. Ela não faz nenhum comentário, mas o quarto membro do grupo no barco parece interessado na discussão. Um guerreiro que foi designado a estar conosco para nos defender e usar seus poderes físicos. Tem olhos dourados e sabe usar arco e flecha.

Mas não são os olhos dourados que eu conheço bem. Não são os olhos dourados que eu venho pensando mais vezes do que gostaria.

— O sol vai se pôr em umas duas horas — Blizze comenta com a voz grave. — Deveríamos recomeçar amanhã.

É estranho ouvir o harakin conversar despido de arrogância. Nem parece o mesmo guerreiro que tentou me machucar dentro do labirinto e, depois, no salão de treinamentos. Algo aconteceu não somente com ele, mas com todos os outros após a explosão de Vixen e a volta das memórias roubadas pelo veneno aratnyano e sangue demoníaco.

Um experimento feito em crianças raptadas por toda Insula.

Blizze é uma delas.

Vixen também.

É somente por essa constatação, que aceitei o pedido de Blizze um dia antes de partirmos. Ele se prontificou a vir conosco e nos defender. A força de um harakin é quase três vezes maior que a de qualquer soldado que pudesse estar conosco. Não existia motivos para eu não aceitar o apoio.

Além do mais, seria necessário alguém grande o suficiente para manter Ravenna quieta. O que vem acontecendo na maior parte do tempo. Blizze não precisa de muito para carregá-la de um lado para o outro, ou para fechar a boca da ex-diretora com uma bandana bem apertada. Ele resolve esse meu problema-de-um-metro-e-meio e eu agradeço por isso.

— Ele está certo, Alexis — concordo, desesperada para sair deste barco — Vamos parar por...

Um solavanco faz a embarcação tremer e meu coração quase sai pela boca. Ravenna dá um grito e eu me agarro ao banco abaixo de mim. A bússola de Alexis voa da mão e desliza pelo chão.

— *Hoje*! — grito, cerrando a mandíbula. — Eu odeio esse pântano!

O tom da minha voz sai mais grosseiro do que eu gostaria.

Estou cercada por água, muito cansada, com fome e me sentindo o ser mais fedido do continente. Some a isso o constante balançar dessa *coisa* caindo aos pedaços e uma quantidade absurda de raízes que se escondem abaixo das águas. A combinação não poderia ser pior para o meu humor.

A bússola vai parar perto do pé de Blizze, que chuta o objeto para Alexis. O garoto agradece e guarda no bolso. Ele abre o mapa uma última vez, mas desiste, devolvendo-o para a mochila.

— Por que mapas existem se eles são tão complicados de ler? — bufa, falando consigo mesmo. Depois, volta a me encarar e deixa os ombros caírem um pouco. — Nós podemos desistir da busca por hoje, mas estamos tão perto. As coordenadas que seguimos dão exatamente nesse ponto, não consigo entender por qual motivo ainda não encontramos as instalações. E, bem, se desistimos agora, será mais um dia longe da Montanha… — Alexis suspira, o cansaço delineando as linhas ao redor dos olhos.

Mordo o lábio inferior em reflexo. Meu lado mais irracional grita para irmos embora daqui, mas o que Alexis diz é uma realidade pungente. Faz quase uma semana que fazemos buscas na região do Pântano Leste, desde que chegamos em Veraz, para ser mais exata. Buscas estas que tentam encontrar a segunda arma que teremos contra Frederick Denova.

A primeira está dentro da Montanha. Os guerreiros harakins e a verdade obscura sobre como eles foram criados.

A segunda tem nome e endereço. É a comprovação de que o atual Imperador é o verdadeiro assassino dos próprios irmãos. Um deles sendo meu pai.

— Façam isso — Ravenna cospe as palavras, despertando o silêncio. — Fujam, como sempre fazem. Kalina está doida para desistir, não é?

— O que você falou? — grunho, deixando o fervor subir ao sangue. Essa maldita sempre consegue despertar o pior em mim, não é mesmo? — Por que você não vai se ferrar, hein Ravenna?

— Estou mentindo? — Ela desliza o rosto, cheio de júbilo, para mim. — Você é tão óbvia que consigo ouvir seus pensamentos daqui. Até mesmo o cheiro de medo emana de você, garota estúpida. Desista logo e vamos acabar com essa besteira. Minhas costas doem.

Antes mesmo que eu possa digerir as palavras espinhentas da aratnyana, Blizze rosna e avança na direção da mulher. Nas costas do harakin está a aljava e flechas e, no peito, adagas cruzadas. Não sei o que mais ele esconde, mas certamente essas não são as únicas armas que carrega.

Blizze não esconde o ódio que sente por Ravenna e isso me faz gostar ainda mais do brutamontes. Ele poderia parti-la ao meio se eu desejasse. Seria fácil. Todo o rancor guardado dentro do peito tem um motivo, Ravenna fazia parte do Projeto Harakin. Ela liderava todos os cientistas.

— Cale a boca — Blizze ordena, pertinho de Ravenna. — Você não está sendo de muita serventia até agora e eu adoraria descartá-la com um pescoço quebrado.

Ravenna não se acovarda, encarando o harakin.

— Você sabe que não pode fazer isso — desafia-o com um repuxar de sorriso.

Trazer Ravenna para Veraz foi uma decisão simples. Mesmo sendo meu maior pesadelo, a aratnyana ainda é uma ótima política e conhece bem o homem que estamos procurando.

— Blizze — alerto. — Ignore-a, Ravenna não vale o nosso tempo.

O harakin leva alguns segundos para voltar a se sentar no banco. A ex-diretora empina o queixo e uma leve faísca faz suas íris brilharem. Do outro lado do barco, Alexis observa tudo em silêncio. Parece estar adorando a troca de farpas.

— E, aparentemente, é uma inútil também — debocho, lembrando que as coordenadas foram repassadas pela própria diretora.

O plano de encontrar Lexus Conde veio muito antes da tomada da Montanha. Ravenna havia encontrado a localização do cientista.

— Você é burra? — A aratnyana estreita os olhos. — Quantas vezes preciso repetir que nunca estive nesse maldito casebre? Sinto lhe informar que, se você me trouxe até aqui esperando que eu fosse sua guia, cometeu mais um dos seus erros.

É quase dolorosa a vontade que tenho de me erguer e chacoalhar os bracinhos finos da ex-diretora, mas estou congelada demais para fazer isso.

Tem muita água ao nosso redor. *Água demais.*

Se eu fechar os olhos agora, vou sentir as mãos do tenente ao redor do meu pescoço. A falta de ar ferindo meus pulmões e a impotência de ver minha vida escapando para fora de mim.

Mas eu sobrevivi, é o que falo para mim mesma.

Eu sobrevivi e matei para isso.

Eu matei Ruel.

— Foi você quem disse que sabia onde o cientista estava. Ou já se esqueceu?

Do alto do castelo, mirando o infinito à nossa frente, Ravenna revelou seu plano ardiloso para derrubar Frederick. Parece quase uma vida atrás, mas faz menos de um mês.

— Isso foi antes de você me trair, garota estúpida — ela dispara as palavras como lâminas. Um tom jocoso na voz. — E adivinha, eu tinha uma equipe. Você tem o quê? Dois inúteis nesse barco e uma rede de incompetentes que tentam tirar o verme do poder há quase vinte anos. Jamais iremos encontrar a prova e será tudo por sua culpa!

Ravenna mal consegue esconder o quanto se ressente por ter perdido o controle. Quando a coroa estava logo acima de sua cabeça, eu a roubei.

E eu faria tudo de novo.

Disparo um rápido olhar para Alexis e noto o sorriso escapando dos lábios do garoto. Ele já deixou claro o quanto se diverte com as farpas trocadas entre mim e a ex-diretora. Nem se preocupa mais em observar o mapa, a bússola ou o barco à nossa frente.

Blizze, ao contrário dele, mira as árvores ao nosso redor enquanto brinca com a ponta da faca que segura. Ele não parece nem um pouco interessado na discussão.

Ravenna continua esperando pela minha resposta. Essa insuportável realmente está querendo discutir comigo? Pois bem, já estou de saco cheio mesmo.

— Escuta aqui, aranha peçonhenta...

Mas eu não termino a frase.

O barco treme. Não um tremor que faz o corpo vibrar pela qualidade fajuta da embarcação. É um abalo intenso, que faz o fundo do estômago se afundar. O som do casco encontrando algo sólido.

Alexis dá um salto, Blizze entra em modo de defesa e Ravenna perde a compostura.

— O que foi isso? — pergunto, o tremor pincelando minhas palavras.

— Eu não sei — Alexis responde, mirando as águas do pântano. — Mas eu não gostei nenhum pouco.

O soldado ruptor não perde tempo ao se virar em direção à outra embarcação, metros à frente. Duas silhuetas parecem focadas em guiar o caminho, mas viram-se para trás ao escutar o grito de Alexis.

— Acho que batemos em algo! — Ele faz uma concha com as mãos enquanto grita a mensagem.

Rapidamente, a resposta é dada.

— São as raízes e as rochas!

Apontam para a água e o motivo do balançar se apresenta. O topo de uma pedra redonda e escura fica para trás conforme avançamos. Os verazes fazem sinal de afirmativo e perdem o interesse em nós.

Alexis devolve o gesto, mas não parece nada tranquilo.

— Poderiam ter avisado sobre isso antes, né? — reclama baixinho, coçando a testa.

O barulho do motor atrás de mim é baixo. Não estamos navegando em alta velocidade, mas penso por um segundo em acelerar o ritmo e parear com a outra embarcação. Apenas para falar uma ou outra verdade sobre a falta de informações ou sobre a constante sensação de que os dois verazes estão tão perdidos quanto nós.

— Alexis, onde estamos exatamente? — pergunto, formulando um plano para pressionar os soldados ruptores.

O aratnyano pega o mapa e a bússola e confere outra vez.

— Se isso aqui estiver certo, estamos no limite do Pântano Leste. A instalação deveria ficar aqui, em algum lugar próximo à beira.

Respiro fundo.

— Deixa eu conferir.

Estico os dedos pedindo pelo objeto, mas não recebo o que peço.

O barco dá um solavanco mais forte que o anterior. A respiração se prende na minha garganta e meus dedos grudam no banco. O barco à nossa frente também parece ter se chocado com as rochas, porque os dois soldados tentam se segurar como podem. Eles discutem entre si, mas não é possível entender o que dizem.

Talvez seja pela minha ansiedade. Talvez seja pelo jeito como os corpos dos verazes parecem tensos demais. Mas eu sinto, na base da minha espinha, que tem algo errado.

A bola de fogo cresce dentro do meu peito. O dia já está se despedindo e a noite deixa toda a situação pior. Se pensarmos de forma racional, constataremos que existem quatro equipes além da nossa, fazendo essa mesma busca na região. Não será muito difícil de encontrá-los, ainda mais sabendo que todos estão com as coordenadas para onde os barcos seguiram. Se não aparecermos, a Ruptura virá até o nosso encontro.

Não é?

— Talvez tenha sido só uma rocha… — Alexis murmura.

Mas ninguém diz nenhuma palavra em resposta. Até mesmo Ravenna está mortalmente quieta. Ela encara a água, esperando que algo apareça. Os segundos se arrastam enquanto a quietude nos assusta mais do que o balanço.

— Dane-se, vou pedir para irmos embora! — Alexis diz decidido.

Ergue os braços e movimenta-os o máximo que consegue para chamar a atenção. Nós poderíamos avançar até a outra embarcação, mas com as rochas quebrando abaixo do casco do barco, não seria prudente acelerar nesse momento. Então esperamos, enquanto os dois soldados nos ignoram em uma conversa acalorada. Eles parecem discutir entre si, enquanto encaram o mapa nas mãos.

— Aquilo não parece bom — digo, um nó agarrado à minha garganta.

Alexis rende-se. Ele levanta um dedo, como se tivesse uma ideia.

— Quer saber? Vamos voltar sozinhos, não deve ser muito difícil — O soldado dá um passo incerto na minha direção, tentando não movimentar o barco ainda mais.

Estou pronta para obrigá-lo a se sentar onde estava, mas tudo acontece rápido demais.

Dessa vez o impacto é tão forte que meu corpo é lançado para o lado. Antes mesmo que eu possa raciocinar, ordeno que meu poder exploda contra a direção na qual eu iria cair. O ar levita meu cabelo, faz respingar água para todos os lados e obriga meu corpo a voltar para dentro do barco. Alexis quase desaba para fora da embarcação, mas consegue agarrar-se ao banco. Assim como Blizze, que mal parece ter sentido a batida.

Três de nós estão bem, afinal. Salvos dentro da embarcação.

Porém, com pulsos amarrados e sem onde ter de se segurar, Ravenna é arremessada diretamente para dentro do pântano.

O limo, que antes parecia um cobertor estendido, agora afunda a ex-diretora através de um buraco na superfície verde. O pequeno corpo da aratnyana some sem conseguir lutar. Desaparece em meio aos segredos de Veraz e não volta à superfície.

E, tudo o que eu consigo fazer nesse instante, é gritar:

— Ravenna! — Procuro pelo barco ao longe. — Socorro!

Os dois soldados percebem o caos e dão meia-volta. Estão vindo para ajudar, Ravenna só precisa aguentar mais um pouco. Porém, tudo piora em questão de segundos.

A embarcação dos verazes se choca com outra rocha que não parecia estar no caminho segundos antes. O tempo escorre pelos dedos enquanto eles tentam voltar a navegar, só que não temos nenhum segundo a perder.

Preciso fazer algo.

Posso odiar a aratnyana, mas a maldita ainda é necessária para conquistar a confiança do cientista que detém a verdade sobre o envenenamento de Felix e meu pai. Não posso deixar o corpo de Ravenna afundar nesse pântano sem vida. *Não posso.*

— Blizze! — Aponto para o lago. — Salve-a!

O harakin titubeia por um segundo, encarando o local onde a diretora desapareceu.

— Eu… Eu não sei nadar — confessa, um pouco envergonhado.

O quê? Não sabe nadar? Isso é ridículo! *Você também não sabe, Kalina.*

Mal tenho tempo de processar a resposta do guerreiro, quando Alexis berra.

— Eu vou!

— Não! — berro de volta.

Uma voz no fundo da minha mente diz que Alexis vai se afogar se for. Eu não posso deixá-lo ir. Seria sentenciá-lo à morte.

— Confia em mim! — ele responde, sem me dar nenhuma chance de discussão.

Alexis mergulha.

Nas águas escuras do pântano, some. Junto dele, minha respiração se prende no fundo dos pulmões. O balançar da água acalma e as garras geladas do pavor se afundam no meu coração. Estou esperando por eles. Esperando por um mínimo sinal de que estão bem. Mas nada acontece.

Vamos, por favor…

Eu espero e espero. Esqueço o som das cigarras ao nosso redor. Ou do som da embarcação com os soldados verazes se aproximando. Eu apenas espero enquanto o limo volta a se derreter pela superfície, selando o destino de Alexis e Ravenna. Uma única bolha solitária sobe para fora das águas. Apenas uma. Como um último suspiro que foi dado.

— Por favor. — A pressão se intensifica atrás dos olhos. — Por favor...

Eles não vão voltar.

Droga. Droga. Droga. Droga.

— Blizze — murmuro, sem acreditar no que estou prestes a dizer. — Se eu não voltar, você pula.

— Como assim não voltar?

Não é fácil equilibrar minhas pernas trêmulas. Quase tropeço, mas consigo me firmar aqui dentro. Respiro duas vezes antes de aceitar a minha decisão.

Eu vou realmente fazer isso?

Eu consigo fazer isso?

Eu preciso, porque não existe escolha.

Repouso o pé na borda do barco e tudo gira. Blizze continua a perguntar o que estou fazendo, mas a voz parece distante na mente. Encaro o verde que me espera nos dedos pegajosos da escuridão abaixo. O suor escorre pelas minhas costas e o frio abraça minha pele.

Mas aceito a escolha que faço.

Preciso ajudá-los.

Bolhas explodem para fora do pântano quando duas pessoas buscam por ar. Ravenna tosse água para fora do corpo pálido. Ela ergue as íris castanhas na minha direção e algo se apossa delas. É um sentimento que eu nunca havia visto pincelado naquele pequeno rosto.

Vulnerabilidade.

— Vocês estão bem? — pergunto, agarrada à borda da embarcação.

Alexis é quem responde. Ajuda a ex-diretora a flutuar já que as mãos continuam amarradas. O soldado aratnyano abre um sorriso cansado, mas logo tosse água.

— Eu disse pra você confiar em mim — frisa. Impulsiona, em seguida, o corpo na direção do barco com Ravenna.

Blizze já está agachado ao meu lado, com a mão esticada para ajudá-los.

Tá tudo bem, repito para mim mesma. As águas não tomaram para si mais ninguém. Não roubaram outra vida. Não ceifaram nenhum destino. Solto o ar com calma, enquanto lembro como fazer minhas pernas funcionarem de novo. Deixo para o harakin o trabalho de trazer os dois de volta, enquanto apenas observo as mãos do guerreiro se agarrarem ao redor dos braços de Ravenna.

Eles estão bem.

Mas isso é uma mentira.

Porque a rocha escura que flutua atrás de Alexis e Ravenna se desdobra e forma uma estrutura escamosa.

Porque em silêncio a coisa ergue o corpo gigantesco e toma o céu.

Porque ela abre a bocarra cheia de dentes e observa com fome as duas presas à frente.

Nada está bem. E a única coisa que eu consigo fazer, outra vez, é gritar:

— Cuidado!

CAPÍTULO 2

O monstro emerge com a bocarra aberta pronto para devorar o mundo.

Caos pincela as gotículas de água que explodem contra o rosto e no vento que traz o cheiro de medo para dentro das narinas. Não há tempo para entender que é a morte irrompendo à nossa frente, pronta para nos arrastar pelos dedos do pé até a mais profunda escuridão.

Não há tempo para vacilar.

É necessário agir.

Quando o ser escamoso empina o corpo de três metros de comprimento e ocupa o espaço acima de nossas cabeças, a realidade se assenta no meu estômago. Garras tão afiadas que formam cortes imaginários no rosto. Os olhos em fenda poderiam ser amigáveis, mas não são. A longa cauda escondida abaixo da água é o arremate final no conjunto da destruição.

Esse monstro não é desconhecido. Vive nas histórias impressas em livros antigos sobre Veraz. Pode viver na água ou na terra firme e, quando abocanha a presa, usa o pântano para afogá-la.

É um *deinos*.

Os dentes mortais da monstruosidade disparam em direção à presa.

E eu deixo que meu corpo aja antes que consiga pensar.

— Cuidado! — grito.

O poder explode para fora das minhas mãos. Ele queima enquanto percorre o centro do meu peito e chega na ponta dos dedos. Não é a melhor explosão que consigo, mas por hora terá de servir. O ar se condensa em uma bola e encontra o alvo. O deinos é lançado metros para longe antes que possa prender os dentes nos corpos que caça. Ele solta um rosnar e, quando encontra a água, afunda.

— Venham, rápido! — berro, esquadrinhando o local onde o deinos sumiu.

Blizze ergue Ravenna e Alexis em uma tacada só. Eles desabam dentro da embarcação, ainda tontos pelo afogamento. Foram milésimos de segundos entre o ataque da criatura e a explosão do meu poder e, talvez, nenhum dos dois tenha entendido o que aconteceu. Porém, eles sabem que há *algo* nos cercando.

Ravenna treme enquanto vomita água, mas é o aratnyano que me preocupa. De olhos arregalados, ele tem um misto de verde e branco brigando no tom da pele. Estalo meus dedos na frente do rosto do garoto, obrigando-o a despertar do transe em que se encontra.

— Alexis! Preciso de você!

— O que era *aquilo*? — Blizze pergunta próximo de Ravenna.

O harakin certamente nunca viu algo parecido. Mesmo com toda a coragem que o guerreiro carrega, é inconfundível o toque de assombro que veste as íris amarelas.

— É um deinos — explico, tomando o rosto de Alexis com as mãos. — São répteis comuns em Veraz. Você não quer enfrentar um daqueles, Blizze. — Aperto, com delicadeza, o rosto do ruivo, que continua em choque. — Ei, você está bem?

— *E-estou* — gagueja, sacudindo o rosto. — *Obrigado-do.*

— Nós ainda não estamos à salvo, está entendendo? Precisamos sair daqui!

Lanço um olhar para a embarcação que esteve praticamente encalhada no meio do pântano. A rocha que apareceu como milagre, na verdade era um deinos. Os dois soldados devem ter assistido toda a cena, porque empunham um arbalete e uma lança de metal. Aproximam-se muito lentamente, com expressões focadas nas águas do pântano. Não gosto do olhar que carregam, como se até mesmo eles, que conhecem tão bem os segredos desse lugar, pudessem estar com medo.

— Aquilo é...? — Alexis sussurra, mirando o mesmo ponto que eu. As mãos erguem-se trêmulas e apontam para o barco. — Embaixo deles!

O corpo escamoso mergulha uma última vez, desaparecendo na água abaixo do barco. Mal temos tempo para gritar um alerta, quando a embarcação explode. Destroços voam para todos os lados quando o deinos surge furioso em direção ao céu.

Ravenna berra, Blizze tenta empunhar o arco e Alexis congela.

A cena é embebida em caos e desordem, mas um ímpeto de sobrevivência faz meu corpo agir rápido. Meus dedos encaixam-se ao redor da alavanca que comanda o motor e o barco cria vida.

— Segurem-se! Eu nunca pilotei um barco antes – nunca pilotei nada, na verdade –, mas se vamos morrer, que seja tentando fugir daqui.

O vento açoita meu rosto e o baque do casco contra as águas do pântano nos faz quicar. Alexis, Blizze e Ravenna lutam para se manter em segurança, mas a aratnyana mal consegue se firmar.

— Liberta a Ravenna! — ordeno para Blizze.

O guerreiro puxa uma lâmina encaixada no uniforme e corta as amarras da aratnyana. Ela abraça o banco e pressiona o corpo o máximo que consegue. Alexis tenta fazer o mesmo próximo à proa, mas vez ou outra toma coragem para espiar o pântano na direção contrária a que seguimos. É muito azar estar com dois aratnyanos, reino conhecido por ter como poder a imunidade a venenos. Eles não são de muita serventia nesse momento, mas Blizze, por outro lado, tem sangue demoníaco nas veias e um treinamento militar invejável.

Por instinto, espio por cima do ombro o caminho que deixamos e uma descarga gelada desce pelas minhas costas.

Isso só pode ser um pesadelo.

Nadando em uma velocidade chocante, quatro corcundas escamosas nos seguem. Eles estão caçando.

— Droga! — vocifero em um misto de raiva e pavor.

Aos tropeços, Blizze se põe ao meu lado.

— Estão se aproximando! — Ele grita, por cima do som do motor. — Você precisa acelerar!

— Não me diga! — exclamo exasperada e penso, por um segundo, em usá-lo como isca.

Algo se choca com a traseira do barco e Ravenna se descontrola aos gritos. Outra batida vem logo em seguida e Blizze quase tomba em direção ao pântano.

— Estão aqui! — o guerreiro observa as águas lodosas. — O que fazemos?!

A ideia desliza pela minha mente. Talvez seja um erro. Talvez eu acabe de enterrar nossas chances de sobrevivência, mas apenas faço o que me parece ser uma última solução. Agarro a mão de Blizze e obrigo-o a assumir a direção.

— Guie isto!

O harakin não discute a minha ordem. Respiro fundo e manipulo o ar, ordenando que ele impulsione a embarcação para frente. Somos todos empurrados pelo aumento súbito da velocidade, mas não deixo que isso tire meu foco em manter essa constante manipulação do ar, afastando-nos cada vez mais das quatro corcundas escamosas e famintas.

Fisgadas explodem nas laterais da cabeça e uma dor incômoda se instala atrás dos olhos conforme os minutos se arrastam. Fica cada vez mais difícil de respirar também. Durante toda a minha vida, utilizar meus poderes sempre foi algo envolto no medo. Não somente eu, mas todos os cidadãos de Insula precisam seguir as leis do governo. É claro que isso não parou o ensino de mamãe dentro de casa, mas ainda assim, usar poder constante é algo que definitivamente não tenho costume. Quase posso visualizar as ondas queimando nas minhas veias em uma torrente de poder.

O barco pula sobre a água quase como uma pedra arremessada. E isso deveria ser um bom sinal, não é? Mas o motor para de súbito. Um chiado estranho reverbera abaixo de nós e meu poder não é mais suficiente para nos impulsionar no mesmo ritmo.

A potência do barco reduz.

— O que aconteceu?! — Blizze questiona, empurra a alavanca para os lados em uma tentativa vã de fazer a embarcação funcionar.

— Algo acertou o motor — explico, apavorada.

Minha visão embaça pela fraqueza. Dou alguns tapas contra as bochechas para voltar à realidade rápido. Ravenna mantém o rosto colado contra o banco, sem pronunciar nada além de um choramingo baixo.

— Pelo Deus de Aratny, nós vamos morrer! — Alexis entra em pânico.

— Não os vejo mais. — Blizze corre de um lado para o outro na embarcação.

A embarcação para completamente.

— Tem certeza de que não os despistamos? — Alexis pergunta, erguendo-se do chão.

— Estavam bem atrás da gente — digo, com os olhos semicerrados.

A calmaria decide brincar conosco. Apenas os sons das cigarras e o entardecer clamando por uma despedida. O barco flutua bem no centro do pântano, longe demais da terra firme para que saltemos. Seria um risco fazer isso.

Blizze e eu observamos o entorno, buscando por qualquer mínimo movimento. Ravenna e Alexis continuam muito congelados para saírem de seus lugares.

Mas não podemos continuar esperando pelo ataque também.

Algo precisa ser feito, mesmo que eu já não saiba o quê.

Minha cabeça ainda gira pelo uso exacerbado de poder contínuo. É preciso afastar todas as dores para longe e focar no centro do meu peito buscando pelo resto de energia que me sobrou se eu quiser fazer o que planejo.

— Vou tentar empurrar o barco para a beira da floresta. Fiquem atentos para pular quando estivermos perto o bastante.

Blizze assente, sem perder tempo em mim.

Concentro-me o suficiente para que um queimar acorde e deslize para fora das minhas mãos. Direciono o ar para o lado direito da embarcação, afastando-nos para a esquerda. É lento o movimento, não apenas pelo medo de nos chocarmos com algo embaixo das águas lodosas, mas também, pela fraqueza que brinca com os meus ombros.

— Você os vê, Blizze?

O harakin nega com a cabeça. Da ponta do barco, Alexis se agarra na proa e mira o pântano em busca dos nossos inimigos.

— Talvez tenham ido embora. — O garoto mente para si mesmo.

— Não. — Faço uma careta pela dor. — Eles não foram embora.

Vamos lá, Kalina. Você é mais forte do que isso.

Lembro do que mamãe me ensinou. Inspirar e expirar profundamente, desligar o cérebro e me conectar com o centro do meu poder. Fecho os olhos e tento calar a voz que diz para mantê-los abertos. O ar ao redor de mim cria peso, forma e gosto. Ele me obedece enquanto ordeno que se transforme em algo a mais. Que seja exatamente aquilo que eu desejo. O barco se mexe mais e mais, deslizando pacificamente para o lado.

Isso, você está conseguindo. Só mais um pouco.

Cerro a mandíbula enquanto o vazio se apossa do centro do meu peito. O esgotamento é real e se aproxima cada vez mais. Posso senti-lo bem dentro de mim. Estamos perto, tão perto. Só mais alguns metros e Blizze poderá nos tirar daqui. Quase posso visualizar a diretora nos ombros do harakin enquanto corremos o mais rápido que nossas pernas nos permitem. Nós teremos, ao menos, uma chance de escapar.

Eu só preciso nos levar até lá...

Outra batida.

— Sentiram isso? — Blizze pergunta, alarmado.

Não me deixo desconcentrar. Vou usar até a última gota do meu poder para nos tirar daqui, mesmo que isso me esgote

— Sim — é Alexis quem responde. — Acho... que eles estão embaixo de nós.

Como se os monstros estivessem esperando apenas esta constatação para atacar. O mundo vira de cabeça para baixo. O barco voa e nossos corpos são lançados em direção ao pântano.

A água empurra meu corpo para o fundo e rouba meu ar. Sou engolida como se pesasse duzentos quilos e meu coração parece prestes a explodir. Bato meus pés contra a água e tento empurrar meu corpo em direção à parca luz. Anseio pela terra firme e pela respiração que me é negada. Mesmo de olhos bem abertos, a cor turva da água dificulta a visão. Procuro pelos deinos, mas nenhum deles me cerca. Na verdade, não encontro ninguém. Nem Alexis, nem Blizze ou Ravenna.

Ar. Meus pulmões pedem por ar.

Instintivamente, meus pés debatem-se contra a água e busco pela superfície em braçadas desajeitadas. Tem uma parca luz me esperando ao alto, tão distante que poderia pertencer a outra dimensão.

Estico minha mão para que algum deus a segure, mas não tem ninguém aqui. A dor comprime o centro do meu corpo e sussurra para que eu pare de lutar.

Mas eu não paro.

Porque não posso parar.

Não quando tenho a quem voltar. Mamãe. Ehrika. Mig. *Vixen.*

Então eu luto.

E respiro.

O ar rasga meu peito e eu me afogo em oxigênio. Um zunido incomoda meus ouvidos inundados por água, mas eu escuto muito bem os gritos. São de Ravenna.

— Socorro! — ela suplica, desesperada.

Abro e fecho os olhos tentando limpar as imagens turvas. A voz se distancia mais e mais.

Alexis está a alguns metros de distância:

— Ele pegou ela! Ele pegou...

Mas o aratnyano não termina a frase, porque o monstro explode e o abocanha pela cintura. Em um estalar de dedos, desaparece. Some nas águas do pântano e deixa de existir na superfície.

— Não! — Minha voz sangra na minha garganta. — Alexis!

Lágrimas irrompem para fora dos meus olhos, misturando-se à sujeira que gruda no meu rosto e cabelos. A imagem se repete na minha mente enquanto tento nadar para ajudá-lo, mas meus braços apenas debatem-se em desespero.

— Blizze?! — grito, procurando pelo Harakin.

Afundo vez ou outra sem conseguir flutuar o suficiente. Chamo pelo guerreiro, mas ele não responde. Tento procurar por Ravenna, por Alexis, por qualquer um dos meus companheiros, mas não há traço deles aqui.

Estou sozinha.

Afundo mais uma vez e engulo água. *Nade, Kalina. Lute!*

Irrompo para a superfície e puxo o ar cortante. Minha visão clareia e encontro um par de olhos me observando. O corpo escamoso dança sob a água.

Grito em reflexo, debatendo-me para longe da monstruosidade. Esses mesmos dentes que estão prontos para me destruir, levaram Ravenna e Alexis. Quem sabe Blizze. São dentes que partem ossos ao meio, que devoram cada pedaço de carne e não deixam traço algum para contar história.

Quanto mais me debato em busca da fuga, mais afundo e me torno lenta.

Procuro pelo deinos e o encaro ainda de longe. Ele desliza sem pressa, certo de que sua presa não tem escapatória. Entender isto é como acender uma chama dentro de mim. Se ele quiser me pegar, primeiro vai precisar me enfrentar!

— Pode vir! — grito com raiva. Memórias correm pela minha mente enquanto encaro a imagem da morte em uma corcunda escamosa. Tem o abraço de mamãe. Tem o sorriso de Ehrika. Tem as risadas das minhas irmãs. Tem todos aqueles que eu amo. E tem Vixen, também. Uma pergunta que ficou presa no peito. Uma dúvida que assola meus sonhos todas as noites. — Eu vou acabar com você, lagartixa horrorosa!

Minhas chances dentro d'água são nulas, mas sou filha de Safiny Kaster.

Não vou cair sem lutar.

O deinos aumenta a velocidade e eu espero pelo impacto. Torço para que seja rápido e que a dor não me atormente, mas uma explosão freia o ataque do monstro.

Blizze.

Os braços do harakin se agarram no rosto do bicho e ambos afundam. O guerreiro sempre foi considerado o mais forte entre o grupo de demônios na Montanha, mas vê-lo enfrentar um deinos é uma constatação completamente diferente.

Não posso ajudá-lo aqui dentro! Debato-me em direção à terra firme novamente. Se conseguir chegar até lá, posso implorar pelo meu poder e atacar o deinos como fiz dentro da embarcação. É um plano tolo, mas ainda assim, um plano.

Meus movimentos são lentos e mal saio do lugar.

Blizze emerge em um grito, ainda prendendo a boca repleta de dentes afiados do deinos. Eles voam de um lado para o outro, mas o monstro não parece cansar. Não sei quanto mais o guerreiro consegue aguentar essa luta. Quem sabe tire a vida do gigantesco réptil, mas e depois? Onde estarão os outros dois que atacaram Ravenna e Alexis?

Travo a braçada que estou prestes a dar quando lembro que, até o momento, apenas vi três deinos.

E seguindo o barco, havia quatro.

O último monstro se faz ouvido e emerge bem na minha frente. A onda que sobe junto ao gigantesco corpo me afunda. Inalo água lodosa e mal tenho tempo de procurar pela superfície, porque os dentes do monstro encontram meu estômago. Eu deveria sentir meu corpo sendo partido em dois, mas não é isto o que acontece.

Meus braços ficam presos e a cintura pressionada pelos dentes do bicho. Se ele quiser, pode fechar com facilidade a bocarra e acabar com tudo. Deliciar-se com o meu sangue e desfrutar da minha carne.

Mas ele não faz isso.

Na verdade, ele me faz de refém.

O deinos emerge comigo para a superfície, nadando em uma velocidade assustadora. Submerge e me afoga. O monstro repete o movimento tantas vezes que já não sei identificar se estou acordada ou sonhando.

Tonta e débil, vislumbro raízes e troncos e uma escuridão diferente de antes. Objetos embranquecidos em formas variadas presos no fundo do pântano. *Não.* Não são objetos. São ossos. Um crânio se choca contra o meu rosto e eu berro embaixo d'água.

Quando o deinos bate as patas em terra firme e a água escorre pelo meu rosto, obrigo meus olhos a se abrirem. Estão pesados, queimando.

O som das patas machuca meus ouvidos, mas ele não para até me levar para a sua toca. Quando está satisfeito, abre a bocarra e me cospe contra o chão. Bato meu rosto contra o cimento e tento me afastar do monstro que certamente me fará de jantar. Desabo, fraca demais para fugir.

Ao invés da dureza das garras, dedos macios tocam meus braços. Alguém diz meu nome e o rosto é emoldurado por cachos alaranjados. Traços que fazem meu coração se apertar e meus olhos marejar em alívio.

— Alexis? — balbucio.

De trás do garoto, um par de olhos castanhos me esquadrinha. É Ravenna.

Como eles podem estar vivos? Como eu posso estar viva?

Alexis me ajuda a sentar, amparando meu tronco. Desse ângulo, é mais fácil analisar a toca do monstro e entender onde estamos. Ravenna se mantém muito silenciosa, mas sua atenção está dirigida a algo.

A primeira coisa que noto são as grades. A segunda, os três deinos de guarda do outro lado. A terceira é o corpo sendo analisado em cima de uma mesa e, por último, o homem ancião o cortando e fazendo anotações. Ele nem ao menos parece notar nossa presença. Somos apenas ratos de laboratório.

Pegos em uma armadilha.

O que ele não sabe, é que o destino não poderia ser mais irônico. Porque aquilo que nos trouxe até Veraz, tem um nome. *Lexus Conde.*

O cientista que ajudou Frederick a matar meu pai.

E eu não preciso ver o rosto do velho à nossa frente para ter a certeza de que *ele* nos encontrou.

CAPÍTULO 3

— Você ouviu o que eu disse, Vixen?

Ehrika espera por uma resposta com seus grandes olhos violetas.

— Sim... — Eu não faço ideia do que ela falou.

Mas eu sei fingir. E eu finjo muito bem. Só preciso ser curto nas explicações e não exagerar nas justificativas. Usar o sorriso bonito que eu tenho e que camufla grande parte dos sentimentos feios que me pertencem.

Mas ela bate o pé, repetidas vezes no chão, e isso é um mal sinal.

— Você é um péssimo mentiroso — acusa, com a voz aguda.

Ai. Essa doeu.

— Não diga isso. Ser um exímio mentiroso é minha maior qualidade. — Quando a garota não ri com a brincadeira, desisto de fingir. — Desculpe. Pode repetir?

Ehrika suspira alto e gruda as mãos na cintura. Uma cascata de fios loiros, iguais os meus, escorrem para a frente do rosto quando encara os pés.

— Eu disse que estou com medo — desabafa e abraça o corpo — E se algo der errado?!

Ela quer uma resposta. Uma resposta positiva. É por isso que fez a pergunta. Não porque deseja se preparar para o pior, mas porque precisa de um amigo que diga que tudo vai ficar bem.

— Vai ficar tudo bem. — Exerço o papel da forma mais afetuosa que consigo. — Estamos trabalhando nisto o mês todo. Os dados médicos não mentem.

Atrás de Ehrika, o vidro canelado esconde a movimentação dos jalecos brancos e dos revolucionários. Preparam todos os equipamentos necessários para seguir com o procedimento.

Ela se acalma. Limpa as lágrimas das bochechas e respira fundo.

— Eu não vou me perdoar se algo acontecer com a Safiny — expressa mais para si mesma do que para mim. — Eu prometi que mamãe ficaria bem. Eu prometi isso para a Kalina.

É necessário todo o meu autocontrole para não demonstrar o espasmo que percorre meu corpo. Kalina.

Não contemplo nenhum dos Cinco Deuses Irmãos, mas posso afirmar que a fascinação que tenho pelo nome dela chega bem perto disto. É quase doentia a quantidade de vezes que a encontro nos meus pensamentos desde que seguiu em missão para Veraz.

Sinto falta dela.

Sinto falta dela todos os dias.

— E é por isso que eu não tenho dúvidas. — Pouso minha mão no ombro de Ehrika. — Vamos lá. Vamos trazer Safiny de volta.

Concorda, por fim. Coloca algumas mechas do cabelo para trás das orelhas e se certifica de que todas as lágrimas foram embora. Inspira e expira de olhos fechados, mas quando os abre, se torna outra pessoa. Não mais a garota amedrontada por cometer erros, mas a filha que lutou ao lado da irmã para salvar a mãe.

Assume o caminho por dentro do laboratório onde dezenas de harakins continuam adormecidos. Máquinas com forma de cilindros preenchidos por líquido verde e corpos que flutuam. O setor ainda é monitorado, mas agora pela nova organização que assumiu o controle da Montanha.

Ruptura.

Eles estão do nosso lado. Pelo menos, é o que dizem.

Não gosto de ficar por muito tempo aqui. Obrigo-me a vir apenas porque Safiny continua em coma. Ehrika e eu nos revezamos para nunca a deixar sozinha. Quer dizer, eu fico quando a irmã da Kalina não suporta mais lutar contra o sono. Já a encontrei adormecida com a bochecha grudada contra o vidro. É teimosa. Teimosa como a irmã.

Kalina.

Lutar contra o sono também vem sendo uma das minhas batalhas, mas por motivos diferentes. Ehrika não quer dormir. Eu não posso dormir.

Serpenteamos os cilindros e um incômodo se assenta no fundo do meu estômago. Todas as memórias que não me pertenciam, mas que me inundavam dia após dia durante as minhas crises, desapareceram desde que perdi o controle sobre a minha própria mente e explodi no salão de treinamentos.

Foi como se eu as estivesse guardando por muito tempo.

E agora, me sinto vazio.

A matriarca das Kasters repousa em sono profundo no ponto mais escondido do laboratório. Por semanas a Ruptura acelerou os estudos para que os cuidadores da prisão libertassem a mãe de Kalina. O ferimento no estômago era crítico e sua morte teria sido certa sem o coma induzido.

Tê-la socorrido após o ataque de Blizze e a levado até a porta do labirinto foi uma escolha perigosa. Nenhum harakin deveria ajudar os prisioneiros. Nosso trabalho sempre foi o oposto, deveríamos eliminá-los. Mas, de alguma forma, os soldados aratnyanos a socorreram. E desde aquele segundo eu soube que Safiny Kaster era importante e que ela não havia morrido.

A cada nova atualização sobre o seu estado nas últimas semanas, maiores eram as expectativas de que em breve poderíamos retirá-la do coma. Os cuidadores nunca esconderam a fragilidade da situação, mas que os sinais vitais se mostravam positivos.

Foi na noite de ontem que recebemos a confirmação.

Safiny estava pronta.

Três jalecos brancos analisam o cilindro da matriarca das Kasters enquanto Mig, o atual líder interino da Ruptura na Montanha, lê com concentração os últimos exames da paciente. É surpreendente vê-lo nos novos trajes, não mais o uniforme da guarda aratnyana com a qual eu estava acostumado, mas uma farda cinza simples. Todos os revolucionários vestem essa mesma roupa pelos corredores da prisão e castelo.

Também há uma surpresa sincera pela Montanha funcionar tão bem nas últimas semanas sob a liderança dele. De um soldado inseguro e ansioso, Mig se transformou em um líder justo e compromissado. Dorme pouco e se preocupa demais.

Ehrika engancha o braço no de Mig.

— Voltei. — Tenta ler os exames na mão do amigo. — Estou mais calma.

Junto-me a dupla e observo os jalecos brancos. Capturo o assunto da conversa com minha audição aumentada e confirmo que tudo está sob controle. Definem passo a passo do que farão e verificam o equipamento em uma mesa repleta de pinças, lâminas, líquidos, tubos e máquinas que emitem sons agudos.

— Onde está Hux? — Me dou conta de que o garoto sumiu.

Ele estava aqui antes de eu ir atrás de Ehrika e ajudá-la com a crise de ansiedade. Esforço-me para tirá-lo do próprio quarto desde que Irvine morreu. Mas é difícil. Ele afundou no luto e não consegue sair. Tem dias melhores que outros. Tem dias que quase sorri. Tem outros que apenas chora.

O líder interino entrega os exames para a loira e esfrega o rosto para aliviar o sono.

— Foi fazer a coleta sanguínea. Tinha horário agendado — Franze as sobrancelhas ao lembrar de algo. — Aliás, você já fez a sua?

Mig e Ehrika sabem que adiei por muitos dias a coleta. É por isto que cravam a atenção em mim.

A Ruptura iniciou a busca das famílias biológicas dos harakins vivos na Montanha. Apenas um pouco do nosso sangue e os dados de todas as crianças desaparecidas em Insula podem ser comparados. Os revolucionários dizem que é uma forma de fazer justiça por todos nós. Um recomeço.

Mas eu não compro essa ideia.

Não somos mais as crianças que foram raptadas dos próprios lares.

Agora somos feitos de olhos amarelos, veias escuras e sangue de inocentes nas mãos. É isto o que nossos pais encontrarão. Não mais a inocência e a pureza, mas sofrimento e crueldade.

Somos monstros. E, como os monstros que somos, só serviremos para destruir as boas memórias que restaram.

Puxo a manga da camisa branca e mostro o ponto arroxeado onde a seringa perfurou a pele.

— Fiz a coleta mais cedo — confirmo, chocando-os. — Mas me coloque no final da fila. Não estou com pressa.

Ehrika abre um sorriso, Mig aceita o pedido.

Com a liberação dada pela filha de Safiny Kaster, os cuidadores começam a desintubação da paciente. Revolucionários trazidos por Mig estão por perto também, prontos para dar o suporte necessário.

Mig segura a mão de Ehrika durante todo o processo e a garota não consegue conter as lágrimas de emoção.

O líquido verde desaparece e o corpo de Safiny fica sustentado por um mecanismo grudado no tronco e quadril. O vidro curvo desliza para o lado e permite que os cuidadores iniciem a retirada cautelosa dos tubos grudados ao corpo. Eles acompanham o resultado de cada movimento através das telas preenchidas por novas informações.

Safiny é deitada com cuidado em uma maca, ainda em estado vegetativo. Os cuidadores realizam exames rápidos para confirmar que os órgãos continuam funcionando mesmo longe do cilindro.

— A paciente está reagindo bem, mas precisamos ir para a enfermaria agora mesmo — um dos jalecos brancos informa com firmeza.

Ehrika assume a responsabilidade sem titubear:

— Eu vou junto!

— Apenas você — ele adverte quando Mig faz menção de acompanhar. — Não podemos tumultuar a ala de cuidados.

Atordoada, nem consegue se despedir. Ela apenas concorda, com os olhos grudados no rosto da mãe. A maca é carregada com pressa para fora do laboratório e a energia caótica vai junto.

Fica para trás apenas o zumbido incômodo dos cilindros.

Mig recolhe os exames de Safiny que caíram no chão. Desamassa os papéis e os guarda enrolados no bolso. Confere a bagunça deixada pelos cuidadores e murmura algo sobre pedir para alguém vir limpar.

Depois de conferir todas as tarefas que precisa delegar, solta um suspiro aliviado e diz:

— Deu tudo certo...

Ergue os olhos e mostra o antigo Mig neles. Apenas um garoto apavorado e inseguro. Uma Montanha caiu sob suas costas, mas não se acovardou. Cansado, diz que precisa resolver outros problemas e pergunta se vou o acompanhar.

— Só preciso de mais um minuto.

O líder interino se despede e eu espero até que o som da porta do laboratório acuse sua saída.

Escorrego até o chão e pressiono as pontas dos dedos contra as têmporas. A dor explodindo no centro da minha cabeça. Fecho bem meus olhos porque a mínima luz é como o sol queimando. Precisei de todo o esforço que me restava para prestar atenção no que Ehrika e Mig diziam. Para fazer meu cérebro funcionar. Além disto, conter a irritabilidade é uma parte complicada dos meus dias.

Estou exausto. Tão exausto.

Mas não posso dormir.

Não posso.

Respiro fundo e dou um tapa no meu rosto. A tontura é o primeiro sinal de que estou acordado. Firmo meus pés e ajeito o cabelo, mas sangue escorre de um corte no lábio. Maldição. Não quero que façam perguntas além do que já fazem. As olheiras embaixo dos meus olhos são indicativo o suficiente.

Com a língua, limpo o sangue.

Serpenteio os cilindros sem olhar para os fantasmas solitários, mas um arrepio sobe pela base do meu pescoço. Mais um efeito colateral das noites sem dormir.

Pressiono o código no painel ao lado da porta, mas o calafrio volta ainda mais intenso. Junto dele, meu nome.

Vixen.

Um sussurro no ouvido. Dedos gelados tocando as minhas bochechas. O balançar do vento nos meus cabelos.

— Vá embora! — rosno. Meu coração tão acelerado que o sinto na garganta. — Eu já disse que não quero falar com você!

O laboratório continua em silêncio, assim como os harakins adormecidos.

Estou sozinho. Mas não completamente.

Porque dentro da minha mente há um intruso.

CAPÍTULO 4

O destino não poderia ser mais zombeteiro do que isso.

Estamos onde deveríamos estar. Um plano bem-sucedido com o gosto de vitória inundando a língua. Afinal de contas, nós encontramos aquilo que viemos procurar, não é mesmo?

Depois de horas, dias e semanas, nos questionando se essa frágil missão seria quebrada antes mesmo de chegar ao fim, as circunstâncias mais contraditórias nos trouxeram até aqui. Circunstâncias essas que são embebidas na mais azeda realidade. Porque não é Lexus Conde quem está atrás de barras de ferro como um prisioneiro.

Neste momento, a *futura Imperadora de Insula* não poderia estar parecendo mais fraca.

Desbravo o caminho curto entre uma parede e outra dentro do cubículo de pedra e tento organizar os pensamentos. As roupas encharcadas contra o corpo e o limo verde no cabelo são o menor dos problemas neste momento.

Coleto algumas informações rápidas. A falta de luz natural indica que estamos no subsolo ou que esse lugar fica muito bem escondido, sem janelas ou ventilação suficiente. Além disso, as barras enferrujadas que nos cercam pela frente e lateral direita mostram que uma boa parte do galpão é tomado por água do pântano, e que, aparentemente, a rampa que emerge como acesso dos deinos até o piso cimentado é a única entrada conhecida. Não deixo de notar, também, que existe um tipo de portão chumbado erguido por correntes acima dessa mesma rampa. É provável que Lexus Conde o abaixe durante as noites, talvez nem mesmo ele confie na segurança total dos monstrinhos.

Mas o que mais me atemoriza é o laboratório improvisado à nossa frente.

Estantes amadeiradas expõem incontáveis jarros. Parecem tão frágeis que quase tombam pelo peso posto nas prateleiras tortas. Dentro dos potes há todo o tipo de… coisa. Não consigo decifrar com exatidão que formas são aquelas presas em líquidos esverdeados. Existem montes de cadernos e livros amarelados espalhados pelo chão, assim como engenhocas que não fazem sentido. Estão repousadas nos cantos da mesa, no alto das estantes e caídas pelo piso. É um caos.

Tudo isso poderia ser motivo suficiente para o meu espanto, mas tornam-se detalhes quando comparados a cena que acontece bem em frente aos meus olhos. A enorme mesa de metal localizada no centro do ambiente sustenta um corpo pálido e rígido.

Nu e tomado pela morte, não consegue lutar contra o bisturi que o fatia como um pedaço de presunto. As mãos enrugadas do cientista que o analisa, são firmes enquanto pressionam o centro do peito do morto. Ele desliza com precisão e, quando se satisfaz com o corte, abandona a lâmina para usar os dedos enluvados como pinças. O busto é aberto tal qual asas de borboleta e isso é muito para o meu estômago.

Afasto a atenção de Lexus e encontro um Alexis escorado na parede cimentada e *muito* concentrado em algo no chão.

— Acho que vou vomitar — ele diz, com olhos arregalados. — Estamos ferrados! Nós vamos morrer!

— Alexis — digo ríspida. — Controle-se! Você está parecendo o Mig!

Os olhos azuis do garoto se erguem de súbito e ficam marejados.

— Eu queria tanto ver o Mig uma última vez.

— Você vai vê-lo! — respondo, tocando-o no braço. — Mas para isso precisamos de um plano para sair daqui. Trate de se recompor e me ajude a pensar!

O garoto balança a cabeça concordando, mas o brilho das lágrimas não some.

Não existem dúvidas de que estamos dentro do laboratório de Lexus Conde. Sei disso porque o homem que veste o jaleco branco e parece comandar esse lugar, é exatamente igual à foto anexada nos documentos do plano que Ravenna organizou. A foto revela alguém trinta anos mais jovem, mas nem mesmo o tempo conseguiu mudar alguns detalhes que o fazem ser quem é. Ele ainda usa o monóculo dourado no olho direito e a barba segue o formato triangular, arrematado por bigodes retos e compridos. A diferença é que agora os fios são tingidos pelo branco e não mais pelo preto da juventude.

Qual a probabilidade de encontrarmos outro cientista tão excêntrico quanto Lexus Conde? Existe alguém que pode sanar esse resquício de dúvida e, por sorte, ela está dentro desta cela comigo.

— É ele, não é? — Encaro Ravenna.

A aratnyana desliza as íris castanhas para mim.

— Você acha? — debocha. Cruza os braços em frente ao corpo com classe.

Cerro a mandíbula com força e conto mentalmente até três, controlando-me, porque não posso entrar nesse joguinho venenoso da aratnyana. Ravenna não vai facilitar para mim, mas eu nunca disse que faria o mesmo com ela.

— Fale com ele — ordeno, indicando com o queixo a direção do cientista.

A ex-diretora bufa, soltando uma risada baixa.

— E por que eu faria isso?

Abaixo-me até estar perto do ouvido dela:

— Porque eu estou mandando.

A diretora revira os olhos e leva um dedo até a franja molhada, ajeitando-a.

— Garota estúpida, você não tem poder nenhum aqui.

Minha paciência se esgota.

Estou pronta para retrucar Ravenna e usar um pouco do meu poder contra a maldita, quando o rugido do deinos me faz saltar.

Com o coração grudado na garganta, espio a carranca do bicho que nos observa com interesse. Ele está muito próximo às grades de ferro, portando-se como um guarda mortal.

Quantas horas se passaram desde que fomos atacados por essas monstruosidades? Tempo suficiente para que as outras equipes de ruptores tenham percebido o nosso desaparecimento. Preciso manter minhas esperanças na organização. Eles prometeram que iriam nos proteger. Eles estarão muito em breve aqui.

Estou me iludindo.

Talvez todos já estejam no fundo do pântano.

— Ei, Kalina — Alexis sussurra atrás de mim. — E se você usar o seu poder para abrir a tranca da cela? Você já fez isso, não é?

— Se eu tivesse algum utensílio metálico firme o suficiente para usar, talvez — explico, passeando meus olhos pela minha roupa — Mas o ar não abre trancas e a minha manipulação da gravidade não é das melhores. Além do mais... — Indico os três monstrengos divididos pelo laboratório. — Como sobreviveríamos àquelas coisas?

Alexis liberta um suspiro enquanto esfrega os cachos em terror.

— Vamos falar a verdade! — O garoto ergue um dedo, exalando genialidade.

— Se a traidora ali fizesse algo de útil, teríamos uma chance! — grunho alto o suficiente para Ravenna ouvir.

— Por que está querendo a minha ajuda? Achei que fosse você a próxima Imperadora. — A aratnyana ergue o queixo. — Me diga, se não consegue nem mesmo lidar com essa situação, como fará com o resto dos problemas pelo continente?

O ressentimento na voz. Sempre ele.

Ravenna é rancorosa. Das dez palavras que dirige a mim, nove são para me lembrar que sou incapaz.

— Acho que ela está certa... — Alexis concorda.

— *Você o quê?* — A mágoa acerta rápido meu coração.

Ravenna sorri, contente.

— Calma! — ele murmura, balançando as mãos em frente ao corpo. — O que eu quero dizer é... Você deveria conquistar a confiança do cientista, trazê-lo para o nosso lado.

— E como eu faço isso, gênio?

— Do mesmo jeito que você enrolou ela. — Alexis aponta o dedão para Ravenna.

A mulher semicerra os olhos, nada contente. Dessa vez, sou eu quem sorri satisfeita.

De fato, o plano arquitetado se resumia em me apresentar como a líder do grupo depois que encontrássemos Lexus Conde. Mostrar a ele desde o início que eu já tenho poder suficiente dentro da Ruptura para ascender ao trono. O que é uma mentira, não faço ideia do que eu estou fazendo.

— Kalina... — A voz de Alexis treme.

— Espera, estou pensando...

Se eu solicitar por uma conversa com Lexus, as coisas podem tomar um rumo ainda pior. Estamos presos e, pelo pouco que sabemos, não posso ter certeza da relação atual do cientista com Frederick.

— Kalina — Alexis repete nervoso.

— O que é?!

— Acho que não temos mais tempo — Ele aponta para fora da cela.

Lexus Conde retira as luvas ensanguentadas e as descarta. Afasta-se da mesa enquanto o deinos mais próximo abocanha o cadáver e arrasta até desaparecer nas águas lodosas do pântano. Some com os vestígios do que o cientista fez, mas deixa um rastro de sangue pelo chão que não pode ser ignorado.

Nenhum de nós três se mexe dentro da cela.

Nem mesmo quando o velho agarra a bengala de madeira e, lentamente, ampara o corpo em um caminhar torto na direção da nossa cela. São passos lentos, daqueles que pertencem a alguém que já tem muitos anos nas costas. Tosse uma parcela de vezes e ajeita o monóculo sobre o olho direito. Os dois monstros que restam no laboratório abaixam-se em respeito conforme Lexus se aproxima e estanca a caminhada bem em frente às grades.

Estou congelada demais para dizer qualquer coisa. Congelada demais para agir de forma inteligente. Congelada demais para nos livrar dessa enrascada.

— Muito bom — diz Lexus Conde, cortando o silêncio. Ele passa a mão enrugada por cima da cabeça escamosa do deinos ao lado, como se fosse um bichinho de estimação. — A coleta foi bem-sucedida hoje.

Ele não fala conosco. Somos apenas pedaços de carne presos em uma vitrine. Retira do bolso um dispositivo que acende em um clique. O ponto de luz escorrega por Alexis, depois por mim e para em Ravenna.

— Vamos começar com a mais baixa.

O ponto de luz dança por todo o corpo da aratnyana, marcando-a para os monstros. Quando está satisfeito, Lexus conde dá às costas com o barulho da bengala contra o chão.

O deinos gorgoleja de satisfação, arrastando-se cada vez mais para perto das grades. Ravenna leva apenas um segundo para agir. Descruza os braços e chama pelo cientista:

— Doutor Lexus Conde, você está cometendo um terrível erro! — A voz sempre calma e controlada está um tom mais agudo. — Viemos em nome do Imperador Frederick Denova!

O velho estanca no lugar. Nenhuma batida da bengala encontra mais o chão.

Ele dá passos desajeitados no próprio eixo e logo está nos observando. Os olhos esbranquiçados pela catarata parecem mais sadios que os meus neste momento, analisando friamente o que a mulher acabou de falar.

O silêncio é a única resposta vindo do veraze.

O que Ravenna está fazendo? Vai mentir? Qual é o jogo da ardilosa? As perguntas explodem na minha mente.

Alexis parece tão perdido quanto eu, mas não ousa mexer um músculo.

Ravenna, por sua vez, empina o queixo e dá um passo à frente ignorando os rosnados assustadores dos monstros. Chega tão perto das grades que poderia ser abocanhada em segundos caso não existisse a proteção. Não demonstra medo ou hesitação. Na verdade, veste a coroa que sempre vestiu. Usa os saltos agulha, mesmo que eles não estejam sob seus pés. Ela vira a porcaria da diretora da prisão de Insula mais uma vez.

— Doutor Lexus, acredito que o senhor me conheça. Me chamo Ravenna Seniya e comando o complexo de estudos dentro da Montanha em Aratny.

O homem resmunga algo inaudível. Balança a cabeça desconfiado, mas uma luz parece cruzar seus olhos.

— Você é Ravenna?

— Sim — ela responde, resoluta. — E esses são meus assistentes. Fomos atacados por essas... coisinhas, enquanto nos dirigimos para cá. Muito mal recebidos, se me permite dizer. Mas não repassarei esses detalhes ao Imperador, ele não precisa saber disso, não é mesmo? Até porque, não ficaria nada feliz ao descobrir tal fato.

Lexus engole em seco, trocando sua atenção de Ravenna para mim e, depois, para Alexis. Ele bate a bengala no chão, dando alguns passos mais para perto da cela.

— Frederick não disse nada sobre isso.

Suor escorre pela minha espinha.

Ele mantém contato com o crápula.

— É uma visita de última hora. Estávamos pela região e o Imperador solicitou que viéssemos até aqui para conhecer o senhor. Sou uma grande fã do seu trabalho.

— Ninguém vem aqui — explica, os dedos resvalando o topo da bengala.

Mal respiro nesse momento. A maldita aratnyana, por outro lado, não parece estar preocupada. Ela continua com um sorriso carismático no rosto.

— Certamente! Sua segurança vem em primeiro lugar, sabemos disso. Mas nós não somos inimigos, somos colegas de profissão e adoraríamos conversar mais sobre suas pesquisas. — Ravenna aponta para as grades. — Se possível, com uma bebida quente e roupas secas.

Ela abre ainda mais o sorriso excessivamente doce.

O veraze espera alguns segundos, ponderando tudo o que Ravenna disse. Ele quase parece convencido, mas desiste no último instante.

— Não — responde com a voz rouca. A bengala bate contra o chão, como uma sentença. — Sou velho, mas não sou idiota. Acham que são os primeiros a tentar me enrolar?

Ravenna pisca algumas vezes e diminui o sorriso. Dá um passo para trás, afastando-se das grades.

— Não estou mentindo, doutor. — Amansa a voz. — Sou peça de confiança do Imperador, peço desculpas por não termos avisado antes. Mas sabemos que o acesso à comunicação aqui é escasso.

— Está errada.

— Perdão? — Ravenna tomba o rosto em uma expressão fingida de confusão.

— O acesso não é escasso. Tenho uma linha direta de conexão com Frederick e *vou* usá-lo nesse instante.

Lexus Conde não deixa Ravenna continuar o diálogo. Ele parte em um rompante, agilizando as passadas que antes pareciam lentas demais.

— Droga. Droga. Droga. Droga. — Alexis ergue as mãos até os cachos, desesperado.

— Doutor Conde, espere! — grito, avançando em direção às grades.

O rugido do deinos me ensurdece. É um aviso de que não existe mais conversa entre nós e o cientista. Minha respiração acelera e tento pensar no que posso fazer nesse momento.

Ravenna está de queixo erguido enquanto se afasta para o fundo da cela.

— Queria minha ajuda? — a aratnyana rosna. — Foi suficiente, garota estúpida?

Um bipe alto ecoa cortando minha chance de responder Ravenna. Mal tenho tempo de processar o motivo do barulho, quando uma portinhola grande o bastante para o deinos entrar na cela se abre. Ele nos encara não como prisioneiros, mas como a próxima refeição.

A imensa pata enfeitada com unhas pontudas dá um passo à frente. Em resposta, nós damos outro para trás. Ele se aproxima, batendo o rabo espinhento no chão. O deinos gorgoleja e a bocarra se abre com um sorriso sinistro.

— Fiquem atrás de mim — ordeno, mas estou muito insegura.

Giro as mãos, implorando a Deusa de Mave que me envie forças.

Saliva grossa se espalha pelo chão e eu imagino a cor vermelha do sangue espirrando no chão.

Não. Isto não é minha imaginação.

É sangue mesmo. E pertence ao deinos.

Uma flecha explode o globo ocular do monstro e o rugido de dor sacode todos os meus ossos. Mal há tempo para que a coisa possa reagir, quando outro ataque é disparado. Ele esquece a nossa existência e busca pelo inimigo.

Em uniforme preto, com olhos dourados e uma expressão feroz está o nosso milagre saindo do pântano com um arco erguido.

Blizze.

Capítulo 5

O demônio de olhos dourados salta das águas esverdeadas do pântano e enterra a adaga no deinos mais próximo a si. Em questão de segundos, salta para o outro lado do monstro e empurra com um chute firme o corpo do gigantesco réptil.

O sangue que corre nas veias do guerreiro foi *feito* para isso. Pensado cientificamente para ser indestrutível. O maior pesadelo daqueles que têm a infelicidade de tornarem-se seus inimigos. Quase agradeço a Deusa de Mave por tê-lo trazido junto, mesmo quando eu acreditava que jamais conseguiria confiar no homem que me perseguiu dentro do labirinto.

Na Montanha ele aprendeu a rastrear, aprendeu a caçar. E é exatamente esse motivo mórbido que o faz ser nossa salvação.

O deinos que foi atacado pelas flechas de Blizze decidiu que lutar contra ele é mais importante do que seguir as ordens anteriores do cientista.

Nos fundos do laboratório, Lexus Conde tenta fugir com uma expressão enigmática. O velhote mal deve ter entendido o que está acontecendo, mas não parece interessado em descobrir.

— Alexis! — berro, concentrando-me no centro do meu peito. Naquele ponto onde o calor começa a crescer e o poder se espalha pelas minhas veias. Existe pouco dele agora, já que usei grande parte na disputa com os deinos no pântano. — Não deixe Conde fugir!

Não olho para trás para confirmar se o garoto vai acatar o meu pedido, apenas corro e empurro meu poder contra o segundo deinos que decide atacar Blizze também. Seria difícil vencer dois desses monstrengos juntos.

Estico minha mão em riste e faço um movimento para à direita. O ar obedece à minhas ordens e o corpo escamoso é jogado contra as estantes de madeira. Centenas de jarros e potes explodem nas prateleiras e um guincho de ódio ecoa da garganta do réptil.

Alexis passa voando ao meu lado. Lexus Conde é lento, o que facilita a perseguição do aratnyano até o veraze. Um problema a menos é riscado da minha lista.

A cauda espinhenta do deinos ataquei se movimenta o suficiente para se livrar de todos os escombros de vidro e líquido verde. Dou um passo para trás, conforme ele bate a pata gigantesca na minha direção.

Ainda posso sentir os resquícios do meu poder, mas seria como uma lufada de ar contra a imensidão que se apresenta à minha frente. Preciso ser mais inteligente. Se continuar usando apenas meus poderes ancestrais, rapidamente serei pega pelo deinos. Passei dezenove anos da minha vida aprendendo a lutar com lâminas e os meus punhos, porque era isso o que o governo nos permitia. Mamãe sempre frisou a importância de sabermos nos defender e, depois, usar nossos talentos para os negócios da família.

É claro que dar alguns murros em homens agressores ou cobrar o que deviam era bem diferente do que enfrentar um dos maiores terrores de Veraz.

Tenho noção dos meus limites e um deles é lembrar do meu tamanho.

O monstro ataca. Um bote rápido com a bocarra aberta revelando todos os dentes afiados. A mordida passa raspando pelo meu quadril, mesmo quando salto para a esquerda e começo a correr. As patas robustas do bicho chocam-se com o chão enquanto meus pés leves encontram o tampo da mesa metálica onde antes estava o cadáver que Lexus Conde analisava. Em um salto assumo uma distância segura do inimigo, mas ele não parece nenhum pouco derrotado. Ergue o corpanzil e fica nas duas patas dianteiras. Muito maior em altura do que eu. Ele desaba, chocando-se contra a mesa que se deforma com o peso e eu rolo para o corredor estreito entre a mesa e as estantes.

O que eu devo fazer? O que posso usar?

Ganhe tempo, Kalina. Esses animais são conhecidos por não suportarem longas disputas. Eles também ficam cansados.

O guincho do deinos ecoa pelo ambiente e uma série de ruídos de vidro e madeira quebra atrás de mim. A ex-diretora da prisão continua dentro da cela, observando toda a cena. Ela quase parece calma demais, com uma análise fria nos olhos. Seria interessantíssimo levar o monstrengo até ela e prender os dois juntos. Imagine o quão divertido seria observar Ravenna tentando se salvar sozinha ao menos uma vez.

Mas eu não faço isso.

Porque Blizze emerge do pântano com fúria nos olhos e, atrás dele, um cadáver escamoso flutua de barriga para cima pintando o verde com vermelho.

Poucos segundos separam nossas distâncias, mas eu começo a duvidar de que irei conseguir. Não olho para trás para confirmar porque isso só me deixaria mais lenta, mas quase posso sentir os dentes do deinos alcançando minhas costas.

O harakin desliza como névoa. A longa adaga empunhada com as duas mãos enquanto ele me encara com seriedade. Ele não precisa dizer muita coisa para eu entender qual é o movimento que faz. Apenas assumo que somos uma dupla agora e, como toda boa dupla de guerreiros, preciso confiar no meu parceiro.

No último instante antes dos nossos corpos se chocarem, salto para o lado e Blizze pula por cima da cabeça do gigantesco réptil. A lâmina afunda no topo da cabeça do deinos e nenhum guincho sai mais do corpo inerte que escorrega pelo chão.

O harakin mantém as mãos pressionando a lâmina na cabeça do bicho, em uma respiração entrecortada. Matar três deinos com certeza não deve ter sido algo fácil e, mesmo com todo o preparo físico que Blizze possa ter, é impossível esconder o cansaço.

— Como você conseguiu nos encontrar? — questiono, aproximando-me do guerreiro.

Blizze limpa a lâmina no tecido da calça e lança um olhar frio para mim.

— Eles foram para o mesmo lado — explica, satisfeito — Foi fácil deduzir que talvez existisse um ponto em comum para levar os corpos.

— E você veio até aqui nadando sozinho? — as perguntas se embaralham na minha cabeça.

— Eu não sei nadar. Deixei que um desses... — Blizze chuta de leve a lateral do deinos. — Me trouxesse até aqui.

— É... bom trabalho? — digo, sem saber o que responder de fato.

Blizze ergue uma sobrancelha e quase posso ver o fantasma de um sorriso.

— Às suas ordens, Imperadora.

É estranho ouvi-lo falar dessa forma. Não somente pelo tom amigável, mas também como se dirige a mim.

Imperadora.

Aceitei lutar ao lado da Ruptura para conquistar o trono e, consequentemente, usar as vestes de uma líder continental. Mas é quase como se meu corpo reagisse antes do meu cérebro. Como se a nomeação fosse uma fisgada que faz meus músculos se retesarem. *Não me chame de Imperadora*

— Obrigada.

— Fechem aquilo. — A voz de Ravenna corta o ar.

Ela desliza para fora da cela. O tom cheio de autoridade indica um ponto acima da rampa entre o laboratório e as águas do pântano. O portão hasteado por correntes. Sim. Fechar esse portão é uma bela precaução, já que não sabemos quantos deinos servem ao cientista.

E é claro que Ravenna teria pensado nisso.

Não dou o *gosto* de confirmar a ordem dada pela mulher. Na verdade, ignoro-a e sigo em direção aos fundos do laboratório. Existe uma situação que requer minha presença e não quero mais atrasar esse encontro.

Pego o monóculo dourado caído no chão e o ergo em frente ao rosto enrugado do veraze. Lexus Conde me encara ardilosamente, com uma seriedade plena. Encaixo o acessório no olho direito do homem e abro um sorriso.

— Agora... — Faço um movimento com a mão e aponto o portão atrás de mim. — Seja um bom anfitrião e me diga como eu fecho aquela coisa.

O vidro se estilhaça e o líquido viscoso escorrega por entre os cacos. Tem um corpo dismorfo que antes mantinha-se aprisionado nas prateleiras de Lexus Conde e que agora respira a liberdade de sua morte pela primeira vez.

A imagem seria bela, se não fosse uma completa bagunça.

E não queremos bagunça neste momento.

Encaro o causador do estrago com a minha melhor expressão de assassina.

— Ops… — Alexis faz uma careta. Levanta as duas mãos em frente ao busto. — Foi mal.

"Foi mal."

— Só… — Encaro-o com um sorriso que não chega às bochechas. Não quero demonstrar a Conde qualquer tipo de descontrole na equipe. — Não toque em mais nada.

Com um aceno rápido, Alexis coloca as duas mãos atrás das costas e performa sua pose de soldado. Volto a encarar velhote que agora está sentado, assim como eu, mas com um harakin enorme atrás de si, obrigando-o a ficar quieto.

Dou uma espiada em Ravenna que está com aquela expressão de nojo contínuo enquanto passa um dedo por cima dos objetos e percebe o pó de anos acumulado.

Lexus continua me observando atento. O tom branco e pálido da pele faz uma combinação apática com os fios da barba. Olhos acinzentados pela catarata e cicatrizes marcando a mão.

Nunca fui exatamente boa com as palavras. Quer dizer, não aquelas que devem ser cheias de dedos e gentilezas. Na verdade, com essas sou péssima.

Levo a língua até o céu da boca. *Vamos lá, Kalina. É só falar com ele, você sabia esse tempo todo que isso iria acontecer, não é?*

Minhas orelhas queimam e posso apostar que é devido ao olhar de Ravenna grudado em mim, julgando cada ato e forma de agir.

Quero provar para a megera que ela está errada sobre a minha capacidade de lidar com essa situação.

— Por que o senhor está escondido aqui? — O homem não reage de imediato. Nenhum tremor nas sobrancelhas grossas e nem um movimento nos lábios enrugados. Ele apenas continua me encarando em silêncio. Empino o queixo, estreitando os olhos em direção ao refém. — Eu te fiz uma pergunta.

Nenhuma resposta. Só fica ali, encarando-me e pensando em coisas que eu jamais saberei. Provavelmente me analisa, como um bom cientista que é. Para ser sincera, eu adoraria partir para a forma mais eficaz de fazer as pessoas falarem, aquela que usávamos na Esquadra das Lâminas. Só que eu não posso fazer isso. O plano sempre foi tentar ganhar a confiança de Conde. Mas se estamos em um jogo nesse momento, posso mostrá-lo minhas cartas mais poderosas no ataque. Na ponta da língua as palavras têm gosto adocicado e eu as liberto, sem pressa:

— Eu vou tomar o trono de Frederick Denova.

Ele finalmente reage, mas com deboche. Ri de mim e não esconde o quanto acha hilário o que afirmo.

— Sou filha de Vierrah Denova.

Lexus vomita apenas uma palavra:

— Impossível.

É bom o sentimento de controle que conquisto.

Espio outra vez Ravenna e a encontro focada na nossa conversa. Quando nota que foi descoberta por mim, veste a máscara de indiferença e finge que nada disso tem importância.

Que megera.

— Eu sou a única na linha de sucessão ao trono de Insula, depois de Frederick — continuo o roteiro que repassei na minha cabeça durante os últimos quinze dias. — E, como o senhor deve saber, meu tio cometeu o pior crime de todos ao assassinar o antigo imperador de Aratny. Ele infringiu o Pacto de Sangue. A coroa sobre a cabeça é herege.

O tom de pele de Lexus se torna cada vez mais pálido enquanto as palavras saem da minha boca. Encurto a distância entre nós dois. Quero olhar bem nos olhos do veraze nesse momento.

— Seria prudente da sua parte responder à minha pergunta. — Inclino meu tronco para frente. — Por que você está escondido aqui?

A armadura ao redor do cientista parece impenetrável, impossível de ser quebrada, mas até as muralhas mais altas podem ser derrubadas.

E a dele está prestes a ruir.

— Se você chegou aqui, é porque sabe.

Balanço minha cabeça em negativo, vestindo minha melhor máscara de bondade falsa.

— O que eu sei, é que meu tio cometeu um crime. Agora, quem foi o cientista que o ajudou, bom… — Ergo uma sobrancelha e dou de ombros. — Isso talvez nunca seja revelado, não é mesmo?

A testa do cientista enruga-se ainda mais. Está conectando as palavras ao que eu quero dizer de verdade. Aquilo que está subentendido ou escrito em meio as linhas, quase imperceptível.

Ele pondera por muitos segundos e apenas deixo que se enrede em todos os caminhos possíveis que pode criar na própria mente. Porque nenhum deles será tão bom quanto a proposta que estou fazendo neste momento.

O veraze solta um suspiro, decidindo por algo dentro de si.

Ele endireita os ombros e ajeita o monóculo. Ali está, *a vitória.*

— E o que eu sei é que você é uma *bastarda.*

CAPÍTULO 6

Do que o infeliz acabou de me chamar?

Minha mandíbula enrijece com tamanha força que coloco sobre meus dentes. O sangue esquentando, ganhando velocidade e dificultando a respiração nos pulmões.

Bastarda? Ele teve a audácia de me chamar de bastarda?

Eu não deveria me surpreender com isto. Estou frente a frente com um verme da mesma espécie que Frederick Denova. E vermes como ele jamais mudam quem são. Não merecem uma segunda chance...

A fúria se estilhaça junto ao vidro. Sou empurrada para fora dos meus próprios pensamentos assim que os cacos de um jarro jazem sob os pés de Alexis e Ravenna.

O garoto acaba com as minhas suposições de quem é a culpa no momento em que, de olhos arregalados, estica um dedo para a prisioneira.

Na face da ex-diretora existe uma expressão tranquila.

— Tenho certeza de que o Doutor Conde se expressou mal. Não é mesmo?

Levo alguns segundos para processar a frase dita por Ravenna. Estudo-a por um segundo, tentando entender por qual motivo ela dirige-se a mim tão firmemente. Empina o queixo daquela maneira que somente ela sabe fazer e uma onda de memórias me acerta.

Não perca o controle.

Sem questionar o que acabou de acontecer, volto a interrogar Lexus Conde.

— É claro. Vamos esquecer a confusão clara do senhor. Mas, seguindo a conversa, precisamos de provas contra Frederick. Já temos a comprovação de que Félix foi envenenado por uma substância desconhecida… — Aponto para a diretora. — Ravenna conseguiu exumar os ossos do antigo Imperador.

O cientista lança um olhar venenoso para ela.

— Vejo que além de aranhas, cobras andaram deslizando pelos pés do Imperador.

A aratnyana abre um sorriso confiante.

— Você não faz ideia. — Encara as próprias unhas sem esmalte.

— Doutor Conde. — Controlo a voz. — É só questão de tempo para que Frederick perca o trono. Existe um movimento muito bem organizado pronto para tirá-lo de lá, criado pelo meu pai antes de morrer.

— Seu pai era um traidor — o velhote fala, sem papas na língua.

Mordo a parte interna da bochecha.

— Meu pai descobriu que Frederick matou o próprio irmão. — O tom sai mais agudo do que gostaria. — Ele foi um homem justo e merecia bem mais do que a morte que teve. É por isso que eu estou aqui, Doutor Conde, porque vou honrá-lo.

O homem tenta manter a postura resoluta, mas um acesso de tosse o faz perder o controle. Ele não parece nada bem, não com o som que faz. Engasga e tenta respirar, mas tem algo de muito errado com os pulmões.

— O senhor está bem?

Tem fungo espalhando-se pelos cantos do lugar. A umidade somada a falta de iluminação piora o cheiro aqui dentro. Produtos químicos e o peso da morte não são uma boa adição nesta conta.

Estico meu corpo, repousando uma mão em cima do braço do homem. Ele não se afasta, apenas continua tossindo. Procuro com os olhos por algo que possa ajudar, mas é Ravenna quem a encontra. A jarra de água e alguns copos perdidos. Entrego um gole ao veraze que bebe angustiado.

Quando parece minimamente melhor, volto a pressioná-lo.

— O senhor não me respondeu o motivo de estar aqui, mas eu posso responder. — A voz obstinada. — Você está aqui porque Frederick mentiu. Ele te usou trinta anos atrás para criar o veneno que matou os próprios irmãos e veja onde te colocou depois disto. No meio de um pântano, cercado por esses monstros para que ninguém te encontre. Você perdeu a sua vida toda aqui pela ganância de um mentiroso. Para colocá-lo no topo, enquanto se contenta com o fundo do poço.

— Calada! — O velhote levanta a mão, mas Blizze age mais rápido. Empurra-o contra a cadeira, porém nem mesmo isso abafa a voz do cientista. — Você é uma criança mal saída das fraldas e não parece entender nada desse mundo. Frederick é um homem visionário. Ninguém nunca me viu como Frederick vê. — O monóculo quase cai, mas Lexus o ajeita. — Trinta anos atrás ele dizia que Aratny poderia ser a nova potência tecnológica e científica de Insula. De alguma forma ele sabia que era dele o papel de salvar o continente! Leu meus estudos e deu atenção à minha genialidade, sua ignorante! Ele mudou o mundo que conhecemos e *eu* faço parte disso!

Um filete de saliva voa da boca do homem, tamanha a intensidade que coloca nas palavras.

— Salvar o continente? — pergunto incrédula. — Ele o está afundando com a própria ganância!

— Você não sabe um mísero centímetro de todos os terrores que assombram Insula e Frederick tomou a decisão de se sacrificar por isto.

Não é possível que estejamos perdendo o nosso tempo com este velho alienado.

Ravenna intervêm subitamente:

— Eu estava falando a verdade quando disse que era uma verdadeira fã do seu trabalho, senhor Conde. — Ela continua estática no ponto onde sempre esteve desde o início da conversa. — E me dói profundamente perceber o quanto perdemos pela falta que você fez nas nossas universidades e laboratórios governamentais. Usei as suas pesquisas como base das minhas teses enquanto estudava genética. Ansiei pelo dia em que conheceria o homem que foi tão revolucionário. — Exala confiança e enreda o homem com as palavras. — Quando perguntei para Frederick se poderia conhecê-lo, trocar um par de frases sobre os estudos que vinha fazendo, sabe o que ele me respondeu?

Ele não morde a isca.

— Ele disse que você era *ultrapassado*.

O ar escapa dos pulmões de Lexus Conde quando as garras de Ravenna se fincam no ego do velhote. Ele balança a cabeça freneticamente e ergue um dedo acusador na direção da diretora.

— Está mentindo, o Imperador me acha genial!

A aratnyana faz pouco caso da acusação, indicando o local ao nosso redor com suas mãos.

— Com materiais e equipamentos como estes? — Ela ergue o queixo e solta um suspiro. — Você não está ultrapassado, doutor. É o ambiente em que está inserido há mais de trinta anos que te mantém preso ao passado. E você jamais sairá daqui enquanto estiver ao lado de Frederick.

A ex-diretora troca um olhar comigo e cessa a conversa enquanto volta a analisar as próprias unhas.

Os murmúrios de descontentamento do veraze estão bem aqui, enquanto ele discute consigo mesmo sobre o que acabou de ouvir. Algo mudou na forma como ele se porta, ombros caídos e o tom esvaindo-se cada vez mais.

É preciso dar tempo para ele digerir toda a verdade dita por Ravenna. Mesmo que eu conheça a sordidez da mulher, poderia apostar que cada uma daquelas palavras foi dita com sinceridade. Ela não precisava ter me ajudado com isso. Eu não teria.

— Você disse... — Conde balbucia, o branco da catarata mais evidente. — Como está o setor de bioquímica da universidade de Veraz? Frederick... — O homem leva os dedos trêmulos até o monóculo. — É o melhor do continente?

Ravenna solta uma risada debochada.

— Foi isso que ele lhe prometeu? Investimentos? — Ravenna cruza os braços em frente ao peito. — Ele jamais investiria nas universidades dos quatro reinos além de Aratny. Ele é um ditador, querido Conde. E a ciência é uma arma que ditadores só gostam de investir quando está sob o próprio controle.

— Calúnias... Frederick não mentiria para mim.

— Você sabe que estou falando a verdade, Doutor Conde.

O homem não luta mais contra os ataques de Ravenna. Está murcho dentro de si, provavelmente repassando todos os segundos desde que ajudou o crápula a chegar ao trono e perdeu a vida dentro de um casebre no pântano.

— Mas a sua vida ainda não acabou, Doutor Conde. Eu posso te proporcionar isso. — O velhote observa um ponto atrás do meu ombro, perdido em pensamentos. — Nos ajude a tirar Frederick do trono. Nos ajude a provar que ele cometeu esses crimes. Nos ajude e eu te prometo... Quando estiver no lugar dele, o senhor vai voltar ao topo do polo tecnológico de Insula. Exatamente onde você deveria estar e nunca deveria ter saído.

Minto.

Porque é claro que não vou deixar esse maldito se safar após apoiar meu tio. Mas ele não precisa saber disso agora, não é?

O homem tira o monóculo e gasta nosso tempo em meio aos pensamentos. Ele pensa e continua a pensar. Nenhum de nós o indaga mais porque não existem muitas possibilidades de fazê-lo se juntar ao nosso plano de forma mais amigável do que isso. O próximo passo seria apenas tortura. E não acho que a Ruptura iria gostar disto.

A mão enrugada do idoso se ergue e aponta naquela direção atrás do meu ombro.

— A gaiola — diz, como se fosse informação suficiente.

Os dedos estão ainda mais trêmulos, mas não os recolhe até que todos estejamos encarando o ponto indicado.

Escondida em meio a duas estantes existe uma gaiola dourada. Pequena, não muito maior do que três palmos da minha mão. Simples e arredondada, com um pequeno detalhe de bola no topo. E lá dentro, encolhido, um pássaro.

A história de Mave conta que nossa Deusa foi uma mulher metade humana, metade ave. Não foi difícil que o nosso povo desenvolvesse um carinho especial por esses animais. É um pecado imensurável para qualquer maviano aprisionar esses seres sagrados.

O bichinho é pintado por uma coloração que jamais encontrei em outro lugar do segundo reino. Roxo, pincelado por tons em preto. As pequenas *bolitas* no lugar dos olhos me fitam assustadas, enquanto se afasta o máximo que consegue até a outra ponta da gaiola.

Ele deveria estar solto. Livre. Voando no céu e descansando no topo das árvores. Isso não é certo. Aprisionar as asas de um pássaro dentro de uma gaiola é como tirar todo o propósito de vida desses animais aqui na terra. *Vou libertá-lo*, é o que penso de imediato. Mas Lexus Conde me congela no lugar com as palavras que disfere:

— Não toque — diz, pintado com a rouquidão da idade. — Ou você terá o mesmo fim que seu pai.

Os olhinhos escuros do pássaro me encaram apavorados. Tenta desesperadamente buscar por refúgio, mas não consegue.

— Do que está falando?

Em reflexo, o pássaro abre as asas em uma posição defensiva.

— Aí está a prova de como Frederick assassinou os próprios irmãos. O pássaro carrega um veneno que pode matar qualquer Aratny.

Um pássaro venenoso? Mas isso não existe... Não em Mave. Não em Insula. Pelo menos nunca foi encontrada tal espécie no continente. Nós estudamos isso no segundo reino. Nós saberíamos sobre algo assim, não é? As batidas do meu coração descompassam-se.

— Mas como?

Lexus não responde de imediato, primeiro diz para levar a gaiola com cuidado até a mesa metálica. A bola no topo foi criada para transportá-lo com mais segurança.

Mesmo com as mãos trêmulas, sigo as ordens do veraze. Ravenna e Alexis se aproximam curiosos.

— Agora me diga, como isso pode existir?

Lexus acaricia a empunhadura da bengala, mirando com fascínio o pássaro. Uma descoberta que mudaria muita coisa no império aratnyano sobre o continente. Por décadas o primeiro reino foi presunçoso sobre serem os únicos que jamais sofriam com substâncias venenosas encontradas por Insula. Seu criador, um Deus metade--homem-metade-aranha, tinha imunidade sobre qualquer toxina desta terra. Com os outros poderes se tornando proibidos no restante do continente na tomada do trono trinta anos atrás, poucas coisas podiam afetar o povo aratnyano. Sempre foi isso o que Denova vendeu aos seus apoiadores.

— Frederick era responsável por fazer contato com pessoas influentes de outros reinos e continentes na época do imperador Félix. Foi questão de tempo para ele encontrasse um homem muito rico que apresentou essa... Oportunidade. — Lexus explica, mas não parece mais tão impetuoso quanto antes.

— Quer dizer que este pássaro não é de Insula?

— Não.

Não faço ideia de há quantos anos o homem vive sozinho ou foi abdicado de lecionar como fazia antes, mas as perguntas que fazemos a ele parecem o encher de uma altivez que não estava ali. A carranca se dissipou. O gelo derreteu. Ele é apenas um homem apaixonado pelo que faz, explicando como pode existir uma descoberta tão única como essa.

— É de tão longe daqui que somente os homens mais abastados deste planeta poderiam conhecer. Nascido no topo de uma árvore preta com seiva venenosa, o pássaro tem liberdade nas asas e a morte em seu beijo.

Algo na frase faz meu estômago doer.

— Frederick continua importando mais pássaros deste lugar?

— Não. Você vê o mesmo pássaro de trinta anos atrás.

O choque se espalha por todos no laboratório.

— Mas como isso é possível? — pergunto, compadecida pelo animal.

— A natureza é um mistério extraordinário. — Lexus tenta se erguer, mas Blizze o obriga a ficar na cadeira.

— Deixe-o se aproximar.

O cientista olha feio para o harakin ao se erguer com a bengala. Ravenna está tão fascinada pela ave dentro da gaiola que mal fala uma palavra. Algo inesperado, já que a ex-diretora adora expor suas opiniões desagradáveis sobre tudo e todos.

— O pobrezinho está preso todo esse tempo? — Alexis pergunta, ajoelhado perto da gaiola para poder vê-lo.

Lexus leva alguns minutos para se aproximar completamente. O harakin o acompanha sem emitir um ruído sequer.

— Sim, é claro — responde, sem rodeios. — Irei morrer antes dessa criatura deixar de existir, certamente.

— Fascinante — Ravenna comenta com um brilho nos olhos castanhos.

— Lexus, isso é gigantesco. — Abro um sorriso fingido para o homem. Ele gosta que amaciem o ego que tem. — Você pode se tornar o homem mais famoso de Insula se conseguirmos colocar Frederick atrás das grades. Imagine os estudos que podemos fazer não somente com essa ave, mas com todas as outras que trouxermos de fora do continente?

Alexis empertiga os ombros, me olhando estranho. Entendo a reação do ruivo, eu mesma não consigo acreditar nas mentiras que estou contando, mas preciso convencer o cientista de alguma forma.

— Existe algum documento que comprove a produção do veneno em nome de Frederick Denova? — Ravenna pergunta subitamente, sem tirar os olhos da gaiola.

Lexus faz um bico, coçando o queixo.

— O imperador não sabe disso. — Ele tosse uma vez, limpando a garganta. — Mas acho importante manter algumas certezas escondidas — O veraze aponta para o alto. — Meus diários estão no meu escritório.

— Doutor Conde, você entende que estamos aqui não apenas para livrá-lo dessa prisão, mas para dar aquilo que Frederick o prometeu e nunca cumpriu? — Encaro o fundo dos olhos acinzentados do veraze. — O senhor aceita ceder estes documentos que comprovam os crimes de Frederick?

O lábio superior do velhote treme. Ele solta um suspiro irritado, mas meneia a mão ao ar.

— Pare — ele resmunga, ainda olhando para o pássaro. — Pare de me prometer isto. Vocês já me capturaram, o que mais posso fazer? Vão revirar a minha casa de qualquer forma e não posso fazer nada. Estou velho. Muito velho — Ele aperta a empunhadura da bengala. — O imperador vai me matar se me encontrar depois do que revelei a vocês. Apenas me tirem daqui e me levem para que eu morra em cima de uma cama confortável.

— Doutor — Ravenna interrompe. — Também não estou ao lado desta garota porque quero, mas fico imensamente contente por saber que eles irão tirar você deste buraco. Você é um gênio, Lexus Conde. Espero que possa voltar a fazer coisas extraordinárias por Aratny.

O cientista a encara. Não diz nada por bons minutos. Ele meneia a cabeça em concordância, mas volta a fingir que nada foi dito. Ravenna semicerra os olhos na minha direção, uma afronta silenciosa. Ela sabe que eu não vou deixar esse homem viver livremente. Estarão ambos atrás das grades assim que chegarmos na Montanha.

— Certo — comento, porque não quero mais pensar nisso. — Vamos buscar os documentos primeiro, depois avaliaremos nossos próximos passos.

O veraze limpa a garganta com um pouco mais de força e faz um sinal com os dedos para que eu me aproxime. Em um tom nenhum pouco sussurrado, ele diz:

— Você poderia tirar esta aberração de perto de mim? — Faz menção ao harakin.

O guerreiro rosna.

— Ei, Alexis… — Estalo um dedo. — Ajude o doutor. E Blizze, vá na frente. Faça a cobertura da área superior.

Alexis assume a responsabilidade indicada e se coloca ao lado do cientista. O ruivo fala algo com ele, um sorriso grande no rosto, mas não percebe que é totalmente ignorado.

Blizze usa a audição para confirmar se estamos sozinhos. É uma habilidade muito bem-vinda durante a missão, que já foi usada por outro harakin dentro do castelo.

Outro harakin. Como se eu não soubesse o nome dele!

Ravenna ainda está analisando o pássaro com avidez quando eu a cutuco com força.

— Anda.

Ela me despreza com o olhar e isso me lembra com quem estou lidando. Mesmo que tenha sido parcialmente proativa na discussão com o doutor, ainda é Ravenna Senyia. Ela obedece a meu comando, mas não faz isso sem antes dizer o quanto sou desagradável.

— E você é um poço de gentileza... — Incomodo a aratnyana com uma cutucada firme nas costas.

Blizze abre a porta que dá acesso as escadarias para o segundo andar. Ele faz um movimento de cabeça, confirmando que estamos sozinhos, mas um barulho alto nos congela.

Não vem da casa de Lexus Conde. Nem do lado de fora do laboratório. Vem de trás de mim. Vem do grito de Alexis.

Giro em um rompante, mas não sou rápida o suficiente para processar tudo o que acontece.

Alexis já está no chão, uma mão tocando a testa molhada de sangue e, ao lado, a bengala de Conde esquecida. Ao menos está vivo, machucado, mas vivo.

Só que o que me assusta logo após essa constatação é ver claramente o momento em que Lexus Conde, o cientista responsável por criar o veneno que matou meu pai, esticar os dedos por entre as frestas da gaiola e procurar pelo pássaro mortal. É preciso apenas um pequeno movimento dos dedos para que tudo desmorone ao nosso redor.

— Não! — Tento afastar Lexus Conde com o meu poder, mas é tarde demais.

As asas do pássaro se abrem em posição de defesa e o bico desce rapidamente contra a carne de Lexus. Uma bicada delicada, tão sutil que mal deveria ser sentida.

Meu poder afasta o veraze que cai no chão. Ajoelho-me ao lado e puxo sua mão cheia de cicatrizes para verificar.

— O que você fez?! — Uma grossa gota de sangue escorrega por um dos dedos.

Não.

Tão rápido quanto um último suspiro, as veias ao redor do pescoço do homem saltam e sua pele pálida se torna avermelhada. Os olhos esbugalham e não consegue respirar direito.

— Onde está o antídoto?!

A ex-diretora tem as duas mãos em frente a boca, estática no lugar. Blizze ajoelha-se ao meu lado, mas apenas segura o corpo do idoso contra o chão enquanto ele se debate. Alexis tem sangue escorrendo do corte na testa, mas não liga para isso. Está congelado enquanto vê o homem morrer.

— Ele… Eu não vi… foi tão rápido… — balbucia Alexis.

— Alguém acha o antídoto! — imploro mais uma vez, mas todos parecem ter visto algo que eu não quero ver.

O homem tenta dizer algo, mas sua garganta está fechada pelo veneno. Ele sussurra de novo, procurando por mim. Aproximo-me de sua boca, apenas o suficiente para escutar, torcendo para que ainda exista tempo em seu relógio da vida.

A voz fraca desliza para fora da boca e encontra a entrada do meu ouvido.

As palavras se encaixam ali, cortando como lâminas afiadas que jamais deixarão minha carne.

Morarão para sempre dentro de mim. Como um último presente do homem que viveu trinta anos escondido para que outro pudesse reinar.

— Você… Nunca vai… — ele sopra as letras. — Vencer o... verdadeiro... perigo.

A respiração de Lexus Conde falha uma última vez antes que o brilho da vida deixe de existir em seus olhos opacos.

CAPÍTULO 7

Seguro o último comprimido do frasco.

Muito em breve vou precisar pedir por mais.

Os jalecos brancos vão lançar aquela conhecida expressão fechada para mim, mas não me importo nenhum pouco. Sei lidar bem com carrancas alheias.

Só preciso que Mig ordene que me deem a medicação para inibir o sono. Depois disto, todos os problemas estarão resolvidos. Até lá, vou me esconder dentro do meu quarto.

A noite já caiu e a lua brilha majestosa. Um par de livros roubados da biblioteca são meu verdadeiro remédio por enquanto. Mesmo quando os bocejos se tornam frequentes e os olhos pesados.

Eu deveria fazer uma pausa.

Esticar as pernas pelos corredores, mas isso seria uma péssima ideia. Os antigos prisioneiros foram realocados para o conforto do castelo e junto deles a hostilidade contra os harakins. Olhares atravessados, respostas curtas ou longas demais. Eles não esqueceram. Não nos perdoaram. E eu os entendo.

Faz horas que estou aqui dentro e a xícara de chá já secou. Só sobrou farelos de bolo de mel e nada mais.

O dia foi longo. Hux pediu a minha ajuda para limpar o aposento de Irvine e não conseguiu expressar nada menos do que tristeza. Mal falava enquanto guardava os pertences da governanta. O garoto respondia minhas perguntas apenas com palavras monossilábicas ou barulhos inaudíveis.

Também teve Ehrika que, mesmo exausta, se negou a passar a vigia noturna de Safiny. A teimosia inerente das Kasters não me deu muitas opções senão vir para o meu quarto com alguns livros, chá e bolo.

Sem ter muitas opções, pego o livro outra vez e folheio-o até encontrar a página marcada com um lápis qualquer. Volto a ler as palavras impressas no papel e tento formar imagens na minha mente, mas aos poucos todas se embaralham.

As pálpebras pesam. A respiração se acalma. O sono chega.

E eu caio.

Despenco em um abismo de inconsciência com as mãos atadas. Uma queda que não parece ter fim. Porém, quando abro meus olhos novamente, todas as paredes sumiram. Não estou mais no conforto do meu quarto, mas em outro lugar.

Relâmpagos cortam o céu e pingos raivosos de chuva castigam minha pele. Água ensopa meus cabelos e encharca as roupas. A silhueta das árvores desenha-se pelo infinito conforme os raios as iluminam. Os galhos brigam por espaço, sacudindo-se em uma dança assustadora.

Não devo ficar parado como estou, mas minhas pernas congelaram não somente pelo frio, mas pelo medo.

Preciso entender se isso é real ou se estou alucinando. O remédio pode ter mexido com a minha cabeça e não percebi quando saí da Montanha.

É uma probabilidade racional.

Devo controlar os tremores que dominam meu corpo e agir com calma.

Mas não tenho essa opção, porque um raio explode próximo de mim. O som cortando o centro do meu peito e estilhaçando todo o meu controle. Agacho-me com as mãos sobre a cabeça e com o coração grudado na garganta.

A adrenalina grita para que eu corra e procure por um lugar seguro, mas a lama é como areia movediça. Fujo com as árvores me observando curiosas e os relâmpagos estourando no céu. E antes mesmo de escutar ou ver, eu sinto quando o raio explode sob meus pés e me lança com força para longe.

Colido contra um tronco robusto e desabo ao chão. A dor se espalha por todos os pontos do meu corpo, mas minha mente está lenta demais para entender a gravidade da situação. Tento me erguer, mas é impossível.

Dói. Dói mais do que qualquer dor que eu já tenha sentido.

Deitado de costas, apenas fico de olhos fechados e aguardo pelo meu fim. Um sono profundo e sem mais pesadelos. Apenas a escuridão tranquila e eterna.

Desistir. Seria tão fácil desistir.

A chuva fria já não incomoda mais e os ouvidos se acostumaram com o som das explosões. Só preciso continuar deitado e esperar pelo momento em que tudo vai parar. O momento em que não vou mais sentir nada.

Mas os minutos se arrastam e eu continuo aqui. A curiosidade me vence e as pálpebras se abrem. No alto, onde a escuridão reinava, um raio congelou. Não somente isto, mas as gotas da chuva pararam no tempo como cristais presos ao ar.

Ainda com dor, me ergo sujo de lama e toco as gotas com os dedos. Elas caem no chão e se estilhaçam. Um calafrio percorre minha espinha e uma voz sussurra no meu ouvido:

— Você veio até mim, filho.

Das sombras, ele se materializa.

O Rei do Outro Lado. O Senhor do Abismo. O Soberano dos Harakins.

E o raio congelado no céu volta à vida, explodindo atrás da entidade.

— Não tenha medo. — A voz é tão grave como o fim do mundo. Mesmo com a escuridão, as sombras que o envolvem são mais escuras que a noite.

O tremor resvala pelos meus ossos quando o rosto dele fica mais nítido. Do lado esquerdo, a visão imaculada de um jovem deus. Do lado direito, ruínas que poderiam pertencer apenas a um demônio. Pedregulhos irrompem da pele e formam metade de uma coroa. A boca rasgada em um eterno sorriso feito de espinhos.

Minha respiração falha e, quando a entidade estica a mão com unhas afiadas, afasto-me instintivamente.

— Não seja teimoso, Vixen.

Eu corro.

Corro desenfreado através da noite. Só preciso me manter de pé e em movimento. Fugir. Desaparecer bem dentro de mim e não deixar que ele me alcance. Se eu correr o suficiente, posso tirá-lo da minha cabeça.

Eu corro tanto que em determinado momento um ponto luminoso aparece ao longe. Destoando em meio à escuridão do pesadelo, como um norte para o meu desespero. A luz toma forma e apresenta-se como uma casa feita de tijolos e telhado de palha.

Simples. Pequena. Segura.

Corro o mais rápido que posso sem olhar para trás. Meu ombro se choca contra a porta e uso minhas costas para fechá-la de novo. Arrasto uma cômoda para impedir a passagem de quem possa tentar entrar.

Tem um sofá puído de dois lugares no meio do lugar humilde. A lareira está apagada, mas um fogareiro mantém-se vivo no batente da janela. Preciso continuar em movimento e um corredor escuro na outra extremidade se apresenta como uma possibilidade de fuga. Calculo o tempo que ainda tenho antes que a entidade chegue aqui, mas antes que eu possa botar meus pés no corredor, uma mão envolta em sombras se materializa.

O Senhor do Abismo encaixa o aperto firme contra meu queixo e me congela no lugar.

— *Tão* teimoso. — A metade do rosto feita de caos me encara no fundo dos olhos. — Chega de fugir.

Tento me libertar, mas o controle é firme como aço.

Acorde! É apenas um pesadelo!

Os dedos do Senhor do Abismo estalam e sou transportado para o sofá puído. A única parte do meu corpo que tenho controle são meus olhos e boca, o resto está travado como uma estátua.

— Eu só quero conversar com você, filho.

— Eu não sou o seu filho!

As sombras ao redor do Rei do Outro Lado crescem, tomando todos os lados da sala.

— Não lute contra a sua natureza. — A voz rasteja como serpentes dentro dos meus ouvidos.

— Vá embora!

O demônio observa as paredes do casebre com muita calma.

— De todos os lugares, você nos trouxe aqui... — Inclina o corpo até estar bem perto do meu rosto. A vibração que emana é torturante.

— Acorde... — murmuro para mim mesmo. — Acorde, droga!

— ... a casa onde o seu corpo nasceu.

Congelo, mas minha atenção é capturada. Observo a lareira apagada, o tapete gasto e o sofá puído. Uma residência simples. *Eu... Eu nasci aqui?*

O sorriso feito de espinhos se rasga ainda mais.

— Pare com as mentiras, demônio! — grunho, o calor subindo pelo meu peito.

— Como poderia mentir quando esta é a sua mente? Só estou aqui como um convidado. — Alguns brinquedos de criança estão abandonados no canto escuro da sala. As palavras somem da minha boca e meu coração acelera. — Mas essa não é a sua verdadeira casa, meu filho. O seu corpo nasceu nela, é claro, mas você não pertence a ela.

Acorde!

Solto uma risada carregada de ironia. Encaro as íris douradas e meu estômago embrulha.

— Sabe o que me pertence?! A minha mente! E eu estou ansioso para expulsá-lo daqui! — rosno, lutando contra o controle da entidade.

— O seu lugar é ao meu lado. — A expressão do demônio é impassível. Metade caos, metade perfeição. O Soberano dos Harakins desliza os dedos gelados pela minha bochecha. Ergue meu rosto o suficiente para que eu não possa desviar o olhar. — Você não tem escolha. Você foi criado para salvar a nossa dimensão.

Um aperto desliza pelo meu coração. Começa na ponta dos dedos do pé e serpenteia como serpentes sobre os ossos. É fervente e congelante.

— Pode sentir, não é? É a sua natureza. Ela chama por você. Não tem como fugir.

Grito quando o vermelho cobre a minha visão.

— Pare! — imploro, sem aguentar mais.

— Seus súditos estão lhe esperando, Príncipe do Abismo.

Meu coração é esmagado pelo peso das sombras, mas eu gosto da sensação. Tem o mesmo gosto do poder que senti quando explodi na Montanha. Quando as vozes sussurraram no meu ouvido e disseram que poderiam ajudar.

E eu aceitei, como uma droga viciante.

Mas voltei por ela. Por Kalina.

Kalina.

— Vá embora! — Mordo o lábio forte o suficiente para sentir o gosto do sangue e acordar.

— Só você pode acabar com a guerra, meu filho.

— Acorde!

— O trono lhe pertence!

— Acorde!

— Aceite o meu chamado!

Ele grita pela primeira vez e o chão sob nossos pés treme. As sombras me afogam e me empurram para a inconsciência. Eu caio novamente em direção ao abismo.

Mas desta vez, desperto no meu quarto.

Pulo para longe da poltrona com o coração descompassado. Procuro pela entidade em qualquer canto do ambiente, mas ele não está aqui. O tremor desestabiliza minhas pernas e preciso me segurar na mesa de centro, mas batidas firmes na porta me obrigam a correr.

Uma voz conhecida chama por mim do outro lado e encontro Hux com as bochechas muito vermelhas e os olhos muito arregalados.

— Você precisa vir comigo! — ordena, esbaforido.

Não fecho a porta atrás de mim. Apenas o sigo pelo corredor ignorando tudo o que acabou de acontecer. Ignorando a pressão na minha mente e o gosto intenso do poder.

— O que aconteceu, Hux?

Ele mira minha face e não consigo identificar de início o que a expressão representa. Mas, subitamente, ele solta as palavras presas na língua:

— É a Safiny!

CAPÍTULO 8

O pássaro dentro da gaiola me encara.

Estamos nessa batalha silenciosa onde nenhum dos dois têm interesse em desistir. Os motivos do pequeno animal são bem diferentes dos meus, é claro. Sou uma ameaça que o oprime, enquanto ele é uma criatura que me fascina.

Mesmo agora, depois de minutos o observando, continuo vidrada no jeito como o peito delicado sobe e desce freneticamente. Está assustado, o corpinho encolhido o mais longe de mim.

— Não vou te machucar — confesso em um sussurro.

Mas a ave não vai me dar ouvidos mesmo assim. Por que daria?

O que esse serzinho talvez não entenda, é que dentre todas as pessoas que poderiam o analisar, certamente sou a que mais pode entendê-lo.

Eu sei que confiar é, na maioria das vezes, nos colocar na ponta de uma prancha. E que, em todas elas, seremos obrigados a pular em direção à imensidão azul.

Mesmo que ele não compreenda nada disso, tento mostrar que não sou igual ao homem que o aprisionou. *Que eu o entendo*. Porque também já tive minhas asas trancafiadas dentro de uma gaiola. A diferença é que as barras da minha nunca foram douradas.

Era de pedra. Era um labirinto alabastrino. Era um castelo no topo de uma Montanha.

Após a constatação de que Lexus Conde estava de fato morto, a necessidade de agir rápido e repensar nosso plano se tornou imprescindível. O homem tirou a própria vida em um ato desesperado de apoio, ou medo, a Frederick Denova. Jamais saberei qual das duas é a certa, se é que alguma delas seja a correta, de fato. Existem mistérios sobre a vida que nunca iremos conseguir explicar e Lexus Conde se tornou um deles agora.

Só que, não consigo me perdoar por ter acreditado tão facilmente no cientista. É claro que ele tentaria algo. Concluí que foi por isso que o homem pediu para que trouxéssemos a ave mais para perto. Não porque queria nos dar essa informação de mão-beijada, mas porque sabia exatamente o que faria. Foi preciso apenas uma bicada do bicho para matá-lo.

Apenas uma fisgada rápida na pele e tudo acabou. O pensamento intrusivo desliza pela minha mente. Daqueles que te dizem para fazer algo, mesmo sabendo que é um erro. O dedo indicador se estica em direção às grades douradas como se tivesse vida própria.

E se o pássaro não me machucar? E se ele souber que sou uma igual? E se ele não for perigoso?

Tola... No meio do ato, congelo. Enfio a mão no bolso da calça e obrigo-me a ficar longe do animal, dando as costas à gaiola. Como posso me permitir fantasiar esse tipo de coisa? Ao encaixar meus dedos no bolso, a insígnia de oito patas que trouxe comigo me lembra quem está ao meu lado.

— Você deveria ter continuado — Ravenna comenta, as sobrancelhas erguidas. — Fascinante o quanto pode tomar decisões estúpidas apenas por ser impulsiva como uma pulga que nunca sabe quando parar de pular.

A ex-diretora está sentada em uma cadeira simples no canto da mesa. A gaiola repousa em cima do tampo e me mantenho de costas para a pequena prisão. Estamos na cozinha do pequeno casebre de Lexus Conde. Apenas nós duas, esperando enquanto Alexis e Blizze resolvem um dos nossos problemas.

— Agora não, Ravenna. — Afasto-me da mesa, esfregando o rosto. Estou tão cansada. As noites mal dormidas parecem ter enfim pesado sobre os ombros. — Não vou entrar no seu jogo.

Lidar com a ex-diretora é algo comum para mim. Os espinhos já se tornaram conhecidos e eu sei como quebrá-los. Mas neste momento, toda a energia do meu corpo evaporou. Seja pela sensação de inutilidade que me consome ou pelo gosto da morte que se espalhou pelo recinto.

— E o que planeja agora? — ela torna a desferir palavras ácidas. — Um cadáver não costuma falar...

Giro em um rompante levando as mãos com força sobre o tampo da mesa. A aratnyana nem ao menos reage, mas o pássaro se escolhe. Ignoro a sensação de culpa que me consome ao perceber como o assustei porque preciso lidar com Ravenna. Estico o dedo na frente do rosto da megera e a advirto:

— Você deveria agradecer por não serem *dois* cadáveres.

O sorriso desliza pela boca da mulher.

— Você também.

Grunho, mas me afasto.

— Onde eles estão? — murmuro para mim mesma, enquanto caminho até a divisão que separa a cozinha da sala.

Quando decidimos vistoriar a cabana, trouxe a gaiola comigo. O que gerou certo espanto em Blizze.

— Vai levar o bicho? — perguntou, a dúvida clara no rosto.

E eu entendi. Não seria necessário ter a ave conosco. Os diários e documentos guardados por Lexus seriam suficientes para comprovar o envenenamento de Félix e papai. Além disso, carregar um animal tão perigoso poderia resultar em mais mortes desnecessárias.

Mas eu não me importei com nada disso.

— Ele vai junto — retorqui, passando por Blizze com a gaiola. — E não quero discussão alguma.

Agora, sozinhas dentro dessa cozinha simples e escura, eu e Ravenna esperamos enquanto o guerreiro e o soldado terminam de enterrar o corpo do cientista. A decisão foi unânime. Não poderíamos deixar o cadáver de Lexus Conde apodrecendo lá embaixo. Mesmo que ele merecesse tal atitude, ao escondê-lo poderíamos confundir Frederick. Sem um retorno nos próximos dias, o Imperador certamente mandará seus homens até aqui e talvez o caos o deixe minimamente vulnerável quando nenhum corpo for encontrado.

Sim. Isso pode dar certo, não é?

Um limpar de garganta me afasta dos pensamentos. É Ravenna, uma expressão estranha desenhando o rosto. Ela engole em seco.

— Preciso usar o banheiro — informa, nitidamente à contragosto.

Espio a mulher um pouco desconfiada. O que está tramando?

A aratnyana bufa, erguendo-se da cadeira.

— Você não me ouviu?

— É claro que ouvi. — Encosto meu corpo no batente e cruzo meus braços em frente ao peito. — Só não sei ainda se acredito.

— *Preciso fazer xixi*, Kalina — implora. Rubor pincela as bochechas. — Ou você prefere que eu faça aqui mesmo?

— Fique à vontade — anuncio, interessando-me de súbito pelas paredes descascadas da pequena e sem graça sala.

Só tem um sofá de dois lugares, uma poltrona gasta que provavelmente era usada por Conde e uma estante pequena com livros ainda mais gastos pelo tempo e uso.

— Por favor… — Ravenna diz entredentes.

Não consigo controlar o prazer que é ouvir a megera implorando algo.

Dou de ombros, afastando-me do batente em direção a sala.

— Aprendeu a ter modos? — cutuco, o veneno escorrendo pela minha boca. — Venha.

Ela me segue. Os pés batem contra o piso de madeira e tudo range aqui dentro. As janelas estão fechadas e apenas alguns fios de luz infiltram-se pelas persianas. O cheiro de coisa guardada há muito tempo pinica o nariz e a poeira gruda nos olhos.

Como Lexus Conde contentava-se com uma vida assim?

Só que a pena não é um sentimento que cresce dentro de mim. Não, quando lembro dos ossos no fundo do pântano. Assim, a empatia que tenta deslizar para o meu coração é barrada logo de início.

— Confere se é ali. — Tem duas portas fechadas uma ao lado da outra. Ravenna segue para a da esquerda, enquanto eu me direciono para a da direita.

Ao abrir, encontro uma cama arrumada com colcha xadrez e uma cômoda de madeira enfeitada com plantas falsas em um vaso transparente. É o quarto de Conde.

— Bingo! — Ravenna comemora.

O banheiro é pequeno e comum, mas tem uma janela cerrada próximo ao chuveiro. A aratnyana já está entrando no ambiente, esticando a mão para fechar a porta, quando meu pé trava o movimento.

— Isto fica aberto.

Com um enrugar de sobrancelhas somado a olhos semicerrados, Ravenna não esconde o desgosto que sente. Ela revira-os tão forte que provavelmente pôde visualizar o próprio cérebro. Escancara a porta violentamente em um gesto mais do que teatral. Segue até o vaso sanitário em pisadas raivosas e, antes de abaixar as calças, rosna:

— Com licença?

Não seguro a risada, quero que ela saiba o quanto estou adorando torturá-la.

— Com todo o prazer.

Foco nos livros jogados por cima da mesa de centro na região da sala de estar. Não demora para que o som da urina de Ravenna ecoe alto pelo ambiente. A diretora estava realmente apertada. Talvez eu devesse tê-la feito esperar um pouco mais.

Pesco o primeiro exemplar de uma pilha de livros e noto, muito rapidamente, que fala sobre toxinologia. Os outros parecem seguir a mesma linha editorial, o que não me deixa muito entretida. Porém, uma capa verde surrada faz cócegas no meu estômago. Com dedos ávidos e olhos curiosos, procuro pela folha de rosto e encontro o título "Poemas sobre corações que batem mesmo partidos".

Esse título.

É o mesmo livro que Vixen indicou para mim na biblioteca, quando ficamos à sós e o harakin revelou a verdade sobre as visões que tinha. Naquele mesmo dia, levei o livro comigo. Não li muita coisa, mas a sensação de ter um exemplar indicado por ele na cabeceira da minha cama se tornou especial. E eu gostei daquela sensação.

Abro a primeira página e leio o poema gravado em preto:

> *"Mas se amar é encontrar rachaduras invisíveis que lhe partem em pedaços, jamais quero estar por inteiro. Se amar é viver em fragmentos – pequenas peças de um todo –, prefiro ser um grão de areia. Pois amar é, apenas e absolutamente, o que rege a linha de uma existência. E existir sem amor é viver em tortura."*

Sem desgrudar os olhos da página, quase esqueço onde estou. Leio e releio, enquanto meu coração decide que é hora de bater mais rápido. Nunca pensei que Lexus Conde fosse um leitor de poemas. É quase como um quebra-cabeça que não faz sentido, porque peça alguma se encaixa.

Eu seria uma mentirosa se continuasse a ignorar o calor que sobe para minhas bochechas e as cócegas que trilham o caminho da minha barriga. Eu leio e releio, de novo e mais uma vez. Até que junto das sensações físicas, as palavras tomam forma e tornam-se um rosto na minha mente.

Cabelos claros, olhos dourados e um sorriso irritantemente sarcástico.

O toque quente ao redor do lóbulo da minha orelha e um sussurro cálido ao falar meu nome.

O poema me faz pensar *nele*.

Me faz pensar em Vixen.

O livro salta das minhas mãos quando o barulho da descarga me puxa de volta à terra. As batidas do coração descompassadas alcançam o topo da garganta.

O que é isto? Está ficando maluca, Kalina?

Ravenna marcha para fora do banheiro com uma pose investigadora. Ela desliza pela sala, com olhos inquisidores na minha direção.

— Parece que encontrou algo interessante.

Ergo o livro em um movimento descontraído e digo:

— Conde era um romântico.

Antes que ela possa questionar o que digo, entrego o exemplar aberto na primeira página. Espero pelo comentário sarcástico da ex-diretora, quem sabe um revirar de olhos ou talvez um dar de ombros com indiferença.

Mas Ravenna não faz nenhuma dessas coisas.

Muito calada, lê as palavras sem pressa.

Um traço de dor escorre pela face quando devolve o livro fechado para mim.

Sem dizer mais nada, irrompe na direção do quarto de Lexus Conde e desaparece lá dentro. Repouso o título na pilha em cima da mesa de centro e sigo até a porta do aposento. Ravenna está sentada na cama, de costas para mim. Encara a parede de madeira com pintura descascada e apenas segura os segundos em um silêncio incomum.

Não é difícil supor o motivo que a fez agir assim.

Porém, me surpreendo com a total transparência que Ravenna Senyia deixa escapar.

Estranho imaginar que alguém tão desprezível como o tenente Ruel pôde em algum momento ter alcançado o coração da ex-diretora. Para além dos problemas que tive com eles, não posso deixar de concordar que eles pareciam uma dupla única. Tão unidos quanto um casal apaixonado poderia ser. Ele teria feito, *e fez*, tudo por ela. O desgraçado poderia ter colocado fogo na Montanha e ainda assim se jogaria aos pés da aratnyana se ela pedisse. Eles se amavam. De uma maneira torpe e completamente repugnante, mas ainda assim se amavam.

A insígnia de oito patas no meu bolso queima. Não a trouxe sem motivos, é claro. Depois de ter negado a visita de Ravenna ao corpo do tenente antes de sairmos da Montanha, passei a noite em claro tentando entender se essa foi a decisão certa. Eu estava me igualando a ela ao fazer isso? Estava sendo superior? O que de fato eu deveria ter feito?

A culpa grudou na minha pele e, antes que eu pudesse perceber, estava indo até o corpo de Ruel e retirando a insígnia de oito patas cravada em seu uniforme. Não olhei para trás quando o deixei apodrecer com o restante dos corpos naquela noite.

Minha mão vai em direção a pedra vermelha no miolo do broche. Não gosto de tocá-la por muito tempo, porque me faz lembrar do maldito aratnyano. Trago o objeto para fora do bolso e sopeso-o na palma.

Antes que possa pensar direito, cruzo o limite entre sala e quarto e estanco atrás de Ravenna. O rancor misturado a uma leve empatia me deixa confusa, mas deixo que as palavras sigam no tom verdadeiro para fora de mim. Coberta por um manto ácido e espinhento, anuncio:

— Sei que você não pôde se despedir de Ruel e eu entendo essa dor — estico o braço com a palma virada para cima —, mas eu nunca serei igual a você, Ravenna.

Lentamente, a ex-diretora desliza o rosto na minha direção. Os olhos mantêm-se secos, porém a expressão está muito cansada. Quando percebe a insígnia na minha mão, surpresa desliza pela face.

— O que é isso? — pergunta, a voz é tão dura quanto a minha.

— Pegue logo — rosno, quase desistindo da ideia.

Os pequenos dedos de Ravenna se esticam e encaixam ao redor da aranha feita de metal. Antes que ela possa me agradecer ou fazer um comentário irônico, dou as costas e sigo porta à fora.

Não quero encarar o rosto dela. Não quero ver o jeito como ela vai alisar aquela porcaria. Eu não quero participar de nada que envolva o luto dela por Ruel.

Escoro minhas costas na parede ao lado da porta e tento controlar minha respiração. O calor volta a subir pelas minhas bochechas e uma vergonha incontrolável toma meu corpo.

Você é uma idiota, não é mesmo Kalina? A aratnyana nunca teria feito isso. Ela escondeu o corpo da sua mãe, te torturou e mentiu todo esse tempo.

O sentimento azedo sobe pela minha espinha. Todas as memórias voltam como uma avalanche para dentro de mim. Dos dias em que o infeliz fez da minha vida um inferno dentro da Montanha. Ou quando o casal zombou de mim enquanto eu me mantinha escondida no quarto da ex-diretora. Quando eu quase morri afogada por Ruel ou quando Ravenna ordenou que matassem Irvine. Nenhum deles teve empatia por ninguém além de si mesmos.

E agora, eu estou sendo fraca ao deixar isso me consumir.

Em um rompante, me afasto da parede e vou em direção à porta do quarto. Crio um plano rápido formado em arrancar a insígnia dos dedos da mulher, jogá-lo no chão e pisar com minhas botas. Transformá-lo em pedacinhos retorcidos de metal e cristais e fingir que este foi meu intuito desde o início.

Será delicioso ver a expressão de ódio desenhada no rosto dela.

Porém, não faço nada disso. Porque nunca me passou pela cabeça que um dia veria a imagem que vejo agora.

Presa dentro das mãos da aratnyana está a insígnia de Ruel, trazida próximo ao rosto como se a mulher estivesse fazendo uma oração. As lágrimas deslizam pelas bochechas da ex-diretora, enquanto o peito libera soluços silenciosos.

Não foi preciso usar força física para machucá-la neste momento. Dá pra ver a olho nu os pedaços invisíveis do coração rolando pela face molhada da aratnyana.

Está chorando.

E eu nunca pensei que Ravenna Senyia fosse capaz de chorar.

O ímpeto de arrancar a insígnia das mãos da mulher some. Em um pé após o outro, afasto-me silenciosa do quarto e volto para a sala. O coração acelerado e a garganta apertada. Eu não deveria me comover com a dor de Ravenna, mas não consigo ignorar o jeito como os ombros dela estão caídos, encolhidos em um mundo particular.

Deixe que sofra sozinha. Que se agarre ao pequeno pedaço de cristal. Porque a aratnyana não vai possuir mais do que isso.

Está no fundo do poço e é onde deve continuar.

E Ravenna não vai me fazer mudar essa opinião.

A porta de entrada do casebre se abre. A luz do entardecer invade o recinto e ilumina cantos que talvez não sentissem o sol há anos. Cabelos arruivados balançam em um movimento acelerado e olhos expressivos procuram por mim. Busco pela faca sem fio que achei na cozinha de Lexus Conde. Minha kukri provavelmente está no fundo do pântano agora, mas qualquer lâmina serve como ferramenta para defesa. Mesmo aquelas que eu preciso enfiar com um pouco mais de força no peito do inimigo.

Alexis Gretter, sobrenome que descobri no início da nossa jornada a Veraz, está coberto pela terra da cova que provavelmente cavou com Blizze e onde o cadáver de Lexus Conde jazirá. Mas neste momento, não é a completa sujeira nas mãos, rosto e roupas do aratnyano que me deixa inquieta.

É a expressão alarmada que embebeda o rosto dele.

— O que há de errado, Alexis?

Lanço um olhar para o ponto atrás dos ombros do garoto, procurando por Blizze ou qualquer personagem que seja o motivo para tal agitação. A faca firme e erguida em frente ao busto, os pés ajeitando-se em uma posição pronta o suficiente para que eu me movimente rápido.

— Errado?! — ele pergunta, abrindo um sorriso gigantesco. — Não há nada de errado!

Afrouxo o aperto da faca. Alexis ainda vai me matar do coração.

— Você me assustou!

Alexis ignora minha reclamação ou talvez nem tenha me escutado de verdade. Ele avança, tropeçando no tapete puído até estar bem à minha frente. Agora, fica fácil enxergar o brilho nos olhos do ruivo.

— Outra equipe da Ruptura nos encontrou…

Ergo as sobrancelhas e o alívio passeia pelo meu peito. *Que bom, vamos poder ir embora. Estou doida para sair deste lugar.*

— O que estamos esperando? — digo, correndo em direção a cozinha. — Só vou pegar o pássaro e os diários de Conde…

— Kalina! — Alexis berra em um tom entusiasmado. — Você precisa me escutar. Os soldados que nos encontraram não são os mesmos que partiram mais cedo conosco. É uma equipe que estava na base da Ruptura de Veraz, mas que vieram atrás de nós quando receberam uma notícia.

Notícia?

Semicerro os olhos e um formigar se espalha pela minha barriga.

— Que notícia, Alexis?

O garoto segura meus ombros com carinho e, como se estivesse prestes a me contar os segredos dos Cinco Deuses Irmãos, sussurra:

— É a sua mãe, Kalina. Safiny acordou.

CAPÍTULO 9

As gotas de chuva caem incessantes por cima do capuz. Escorrem pelo tecido impermeável e encontram o chão ensopado e lamacento. Chove tanto que mal consigo escutar meus pensamentos. É água que verte dos céus como se os Deuses estivessem chorando. Chove por dias e dias. Chove desde que saímos de Veraz e entramos no perímetro de Aratny. Chove pelas horas que passei em silêncio presa com meus próprios demônios. Chove pelo tempo que gritei com cada um dos soldados que me segurou quando minha paciência se esgotou. Chove lá fora e chove aqui dentro.

E eu não sei como fazer essa tempestade cessar.

Estou presa sob o manto da escuridão encarando o gigantesco rochedo que guarda meus maiores tesouros e que um dia foi meu maior pesadelo. Eles continuam dizendo que não devo seguir sem ter certeza de que é seguro. Vomitam palavras de alerta sobre minha segurança e sussurram ordens dadas por homens que não conheço.

Enquanto isso, apenas espero a chuva lavar minha agonia e penetrar fundo nos ossos.

— Só mais um pouco, Kalina — Alexis murmura ao meu lado.

A água ensopa os cachos vermelhos do cabelo. Fios grudam pela testa e escorrem pelas bochechas sardentas. Os lábios estão roxos e os dentes batem uns contra os outros pelo frio.

— Eu já esperei demais, Alexis — respondo, voltando a fitar a entrada da Montanha.

As oito patas entalhadas em pedra pingam até o chão. Tochas em verde iluminam o arco da fortaleza que eu sonhei em escapar. A bocarra de todos os pesadelos que tive durante a vida.

— Ali. — aponta, temeroso — Ele está voltando.

Vejo uma sombra. Logo, o soldado que seguiu na dianteira para se certificar de que tudo estava bem, se materializa bem a nossa frente e mal tenho tempo de escutar a palavra *seguro* antes de começar a correr.

Ignoro os gritos de Alexis atrás de mim. Ignoro a chuva que castiga minha pele. Ignoro os buracos que quase me fazem cair.

Eu corro.

Corro cada vez mais.

Corro tanto que nem sei mais como respirar.

Meus pulmões queimam e a dor explode pelas pernas. Talvez eu tenha aprendido a voar e não saiba. O capuz já caiu pelo chão e a mochila que carregava ficou pelo caminho. Não escuto mais os gritos do soldado aratnyano, apenas vejo o portal de entrada da Montanha e os homens abrindo espaço para que eu entre.

Não falo com ninguém. Se me pararem nesse momento, talvez eu lute com uma centena deles. Eu poderia lutar com um exército se fosse necessário. Tem palavras saindo da minha garganta, ordens para que portas sejam abertas. Eu uso meu nome. *Kalina Kaster.* E todos abaixam as cabeças e liberam espaço. Uma multidão de olhos curiosos cruza comigo, sussurros que não consigo entender e nem quero. Subo escadas e não sei direito para onde estou indo.

O peso da Montanha pressiona meus ombros. Uma sensação angustiante que gruda nos ouvidos. Os corredores tornam-se conhecidos e a percepção disso afunda no estômago. Eu não quero conhecer esse lugar, mas conheço-o bem. É uma batalha entre me sentir no inferno e provar do gosto que é estar em casa. Não pelo que me cerca, mas por quem está aqui dentro.

Eu corro. E logo abro as portas de um escritório.

O carpete embaixo dos meus pés fica cada vez mais ensopado. A chuva entrou comigo, mas não tenho tempo para afastá-la. Apenas encaro os olhos castanhos de um garoto que fazem meu coração se apertar. Os fios pretos como a noite estão penteados para trás e a boca abre-se em completa surpresa ao me ver.

— Ka-Kalina? — Mig Dastav gagueja, larga a caneta que segura. Ele derruba os papéis que assinava até um segundo atrás. A cadeira quase tomba quando se ergue, tamanha é a confusão com que age.

— Onde está minha mãe?

Eu gostaria de abraçá-lo. Falar o quanto senti falta e como é bom reencontrá-lo inteiro. Mas nada disso parece importante o suficiente. Nada disso merece os milésimos de segundos da minha existência neste momento.

Só existe um motivo para eu ainda estar aqui de pé.

E ele se chama Safiny Kaster.

— Por aqui… — O garoto entende.

É a vez do aratnyano correr. Ele não troca mais do que duas palavras comigo e, quando as respondo com balbucios, as tentativas extinguem-se.

Foram longos dez dias de volta até a Montanha, ansiando por esse momento desde que as palavras saíram da boca de Alexis e tiraram o chão firme debaixo dos meus pés.

Safiny acordou.

Talvez eu tenha feito alguns inimigos pelo caminho. Talvez eu tenha perdido a cabeça uma parcela de vezes. Mas nada me preparou para a tortura que se seguiu ao viajar por túneis durante os dias e esgueirar-me pelas florestas durante à noite. Quando era preciso aguardar porque os homens de Frederick estavam por perto, ou quando as rotas precisavam ser refeitas.

Um tormento sem fim que quase custou a minha sanidade.

E se ela voltasse a dormir? E se ela não acordasse outra vez? E se eu chegasse tarde demais?

As perguntas giravam sobre meus olhos e afastavam o sono.

Mas a resposta finalmente havia chegado. Mesmo quando eu achei que nunca chegaria.

— Esse é o quarto da Ravenna — digo, encarando a porta que uma vida atrás pertenceu à ex-diretora da prisão.

Memórias antigas ousam dançar pela minha mente. Palavras trocadas entre a aratnyana e o tenente ao longo de uma noite de horrores. O dia em que descobri toda a verdade sobre papai. Quando me escondi atrás de cortinas e rezei para que tudo não passasse de um sonho.

Mas não era.

— É o maior quarto do castelo — Mig limpa a garganta, arregalando os olhos e ajeitando os punhos da camisa. — Mas podemos trocar se você achar melhor e...

— Não. — O garoto está prestes a ficar daquele jeito onde palavras explodem para fora da boca e gotas de suor ensopam o pescoço. — Obrigada, Mig.

Coloco minha mão sobre a maçaneta. Antes de girá-la, indico com o queixo o corredor.

— Vá atrás de Alexis. Ele está lá embaixo.

O garoto pisca duas vezes e solta o ar preso nos pulmões. Ele não me responde dessa vez, corre e desaparece em apenas dois segundos.

O metal é gelado contra a pele. Aperto-o, gritando dentro da minha mente para que a porta se abra, mas estou absolutamente congelada nesse momento.

Não consigo girar a maçaneta.

Sou uma covarde.

O ar fica tão denso que não passa mais pelas narinas. O coração acelera tanto que talvez exploda.

Mamãe está atrás dessas portas. Minha mãe. A mulher que por meses foi o único motivo que me fez abrir os olhos e continuar existindo. A pessoa que rasgou meu peito assim que uma flecha partiu o dela.

Encosto minha testa na madeira gelada da porta e tento puxar o ar para dentro dos pulmões uma, duas, três vezes. Ele não vem.

Porque eu só consigo pensar no jeito como o centro do meu mundo saiu de eixo quando os soldados aratnyanos entraram na nossa casa e levaram-na por um crime que ela não cometeu. Quando mamãe não olhou para mim enquanto saía pela porta, algemada, mesmo eu implorando por sua atenção.

Porque eu sempre fui o maldito erro nessa equação. E arrastei todos ao meu redor para o mesmo buraco sem fim.

Dou um passo para trás.

Por que mamãe iria querer me ver?

Ela deve me odiar.

Eu a coloquei aqui dentro.

Eu quase a matei.

Eu…

A porta se abre.

Nunca havia tido tanta certeza na vida sobre algo, como tenho agora. Violeta é a minha cor favorita. Porque é o tom que pincela as íris da garota que me encara neste exato momento. Ela está estática no lugar, apenas mirando meu rosto com uma pergunta presa em sua boca. Não sei bem quais leis regem o tempo ou como são contados os ínfimos momentos de vida, mas a única coisa que sei é que poderia continuar presa nesse segundo e tudo ficaria bem.

Porque Ehrika, minha irmã de alma, está aqui.

— Eu sabia que era você — ela sussurra.

Nossos corpos chocam-se em um abraço muito apertado. São braços que não conseguem segurar o suficiente, pernas que tropeçam umas nas outras e soluços trocados com cheiro de lar.

Porque Ehrika é meu lar.

Ela é tudo o que eu sou.

— Você voltou — suspira, enquanto a bochecha encontra o meu ombro.

— Eu disse que voltaria — respondo, mas as palavras quase falham.

— É claro que sim — ela ri em meio ao choro. As lágrimas misturam-se com o molhado da chuva. — Você sempre volta…

Eu a aperto, relembrando todas as minhas coisas favoritas da vida, mas ela se afasta abruptamente.

— Kalina… — diz, um sorriso formado na boca.

Ehrika não precisa terminar a frase. Porque eu sei. Eu sempre sei o que ela quer dizer. Eu sempre sei o que ela pensa. Eu sempre sei o que ela sente.

— Onde ela está? — murmuro, acovardando-me.

O tremor volta a percorrer minhas pernas. Quero sair correndo e me esconder.

Ehrika dá um passo para o lado. Solta minhas mãos e recosta-se contra a parede. Para chegar até o centro do quarto, é necessário andar alguns passos por um pequeno corredor. Ela faz sinal para que eu entre. Eu entro.

— Safiny está te esperando desde que acordou.

Uma explosão atrás dos meus olhos escurece a visão. Seguro-me contra a parede, mas não deixo de dar o primeiro passo. Mamãe estava esperando por mim?

O carpete abaixo dos pés silencia os passos, mas posso escutá-los como trovões rachando a terra.

Você começou tudo isso por ela.

Você derrubou essa Montanha por ela.

Você entrou em uma guerra por ela.

Quando a gigantesca janela reflete a chuva lá fora, ricocheteando nas vidraças, eu sinto o mundo voltando a fazer sentido como sempre fez.

Porque mamãe está aqui.

E ela está viva.

— Filha.

É a voz dela. O olhar dela. O sorriso dela.

— Mãe. — Mal consigo manter minhas pernas firmes.

Estou congelada. Foram tantos dias de espera, tantos dias lutando para ter apenas uma chance de vê-la novamente. E, agora que tenho isso, não consigo fazer nada.

Ela repousa contra um conjunto de travesseiros que sustentam suas costas e uma coberta grossa esquenta seu quadril e pernas. Não tem nenhum tubo vinculado aos braços, nem telas replicando dados sobre o estado atual.

Mamãe ainda não parece bem. A pele negra escura do rosto tem um tom opaco mesmo visto de longe. Ela luta para esticar a mão, apontando-o para mim.

— Vem cá, meu amor — diz, abrindo um sorriso que desmonta todas as muralhas construídas ao meu redor.

Eu começo a chorar antes mesmo de desabar ao lado da cama. Agarro a mão da mamãe e repouso minha testa sobre a pele quente. Dedos conhecidos encaixam-se no topo da minha cabeça e acariciam meu cabelo.

— Perdão… — imploro, repetindo a palavra por vezes demais. — Por favor, me perdoa.

— Minha filhinha. — Mamãe força com carinho meu queixo para cima. Ela limpa minhas lágrimas com os dedos e abre um sorriso que faz meu coração derreter. — Você não precisa pedir perdão…

— Eu preciso! — Aumento o tom de voz, lutando contra as lágrimas. — Você está aqui por minha causa e…

— Não. — Endurece a voz. Noto a forma como a respiração fica mais fraca. Ela tosse e isso me desperta, ergo-me indo em direção a ela, mas mamãe apenas nega com a cabeça. — Eu faria tudo de novo, se precisasse.

Ela encaixa uma mecha do meu cabelo atrás da orelha. Solta um longo suspiro.

— Achei que eles tivessem tirado você de mim pra sempre, mamãe. — Tento conter as lágrimas, mas elas teimam em deslizar pelo meu rosto. Sinto-me como se tivesse cinco anos novamente. Quero me enrolar nos braços da mulher que sempre foi meu porto seguro. — Eu quase desisti… Eu quase acreditei…

Embaralho as palavras, sem saber escolher o que devo dizer.

— Mas eles não conseguiram — mamãe responde, acariciando minha bochecha. — Eles jamais conseguiriam. Porque somos como uma lâmina…

Ela me encara, esperando pela minha resposta.

Não consigo conter o sorriso que se espalha pela minha boca ao ouvi-la falar essas palavras. O lema que criou para unir ainda mais a nossa família.

— Se bem afiada — engulo o soluço e limpo as lágrimas —, partimos até os piores pesadelos.

Ela dá tapinhas na minha mão e geme ao se ajeitar na cama.

— Como você está se sentindo? — pergunto, tentando ajudá-la. Mamãe apenas balança as mãos, afastando minha preocupação.

— Nunca estive tão bem — murmura, empinando o queixo. O traço Safiny Kaster que sempre conheci. — Não tem mais uma flecha atravessando meu estômago e meus inimigos estão presos. O que mais posso querer?

— Nem todos… — rosno.

— Mas irão. — Ela me fita, semicerrando os olhos. — Confesso que foi um susto para mim descobrir tudo o que aconteceu desde que fiquei em coma... Você realmente vai fazer isto?

— Eu preciso, mamãe. Se não for eu, não há ninguém que possa o tirar do trono.

Ela pensa por um tempo.

— Como líder, jamais poderia estar mais orgulhosa pelo que você fez. Mas como mãe… Estou apavorada, meu amor.

— Você precisa descansar… — Tento acalmá-la, mas mamãe apenas ignora minhas palavras.

— Eu descansei por mais de três meses — bufa. — Não me peça para fazer isso de novo.

— Mãe! — grunho. — Deixe de ser teimosa. Você quase morreu!

— Mas não morri. Ou estou morta por acaso? — responde, desafiando-me.

Estou encarando-a sem conseguir encontrar as palavras certas. Qualquer coisa que eu disser vai ser absolutamente refutado pelo tornado Safiny Kaster.

— Vocês são *tão* iguais.

Ehrika solta uma risada atrás de mim. Sobressalto-me, ao lembrar da presença dela. Durante todo esse tempo o mundo ao meu redor deixou de existir e apenas mamãe foi o centro do universo.

A vergonha se estende pelo meu peito. Como pude esquecer de Ehrika?

— Vem aqui com a gente.

Meu pó de estrelas desliza pelo quarto, agachando-se ao meu lado. Ela repousa a mão delicada por cima da de mamãe. Estamos nós três unidas pelo mesmo aperto quente.

— Achei que fosse enlouquecer longe de vocês — confesso baixinho, encarando nossas mãos. — Ainda sinto que posso.

Ehrika deita o rosto contra meu ombro.

— Você não nasceu para quebrar, meu amor — mamãe diz, a força transmitindo-se em cada uma das palavras. — Tem sangue Kaster nas suas veias.

O calor se espalha pelo meu corpo. As palavras de mamãe fazem minha coragem voltar a brilhar. Eu me agarro a força que ela emana e relembro de todos os motivos para um dia acreditar que eu fosse invencível.

Porque eu sou filha de Safiny Kaster.

Porque eu tenho Ehrika ao meu lado.

Mas eu não sou apenas isso.

Existe outro sangue correndo nas minhas veias também.

O sangue Denova.

O sorriso vacila e o rosto de papai ecoa na minha mente. Perguntas começam a reverberar dentro de mim, todas aquelas que me fiz durante os dias em que minha vida pareceu uma mentira.

— Filha?

E quando eu afasto a onda que teima em me afogar, é o rosto da minha mãe que eu encontro. Da mulher que preferiu perder a vida a deixar que eu fosse presa. Aquela que embalou minhas noites com voz doce e que nunca deixou que o mundo me machucasse. E no fim, nada além disso importa. As perguntas serão feitas. A verdade será revelada.

Mas neste momento, a única coisa que desejo ardentemente é agradecer à Deusa de Mave por tê-la comigo mais uma vez.

— Será que eu posso me deitar com você? — pergunto, fazendo um biquinho.

E, como se o tempo pudesse voltar e nós nunca tivéssemos sido separadas, ela abre aquele sorriso que apenas mamãe pode ter.

— Venham para cá, meus amores.

CAPÍTULO 10

O barulho da chuva ecoa por todo o quarto ao encontrar as vidraças da janela. O céu continua escuro e nenhuma estrela é corajosa o suficiente para iluminar a noite. Estão todas adormecidas por detrás de nuvens raivosas. A sensação não é ruim, de todo modo. Faz lembrar de dias que não voltam mais, quando imitávamos as estrelas e fugíamos para o conforto da nossa sala. A lareira crepitando e as risadas de inocência que hoje são apenas fantasmas do passado.

Apenas o reflexo das gotas de chuva pode entrar aqui dentro. Derramam-se pelo chão, mas continuam lá fora. A roupa ensopada já não veste mais meu corpo e foi trocada por um conjunto confortável de roupas limpas. O pequeno banheiro adjunto no antigo quarto de Ravenna foi o bastante para me banhar e eliminar o cheiro repugnante grudado na pele.

Horas passaram desde que reencontrei mamãe. Ainda me pego observando-a com certa fascinação, como se ela pudesse desaparecer em um piscar de olhos. São nesses pequenos pensamentos que um pavor descontrolado acelera meu coração.

Mas ela continua ali, arrancando risadas de Ehrika e compartilhando anedotas. Faz perguntas sagazes sobre minha missão à Veraz e por vezes censura minhas escolhas de ter invadido a prisão e colocado minha vida em perigo. Como se ela mesma não tivesse feito isso.

Aguardo enquanto o sentimento de angústia cresce dentro de mim.

Tento manter o controle e falar sobre coisas boas e doces, mas é torturante ignorar o elefante que está posto entre nós.

— Mamãe, preciso fazer uma pergunta a você.

Sento-me ao lado dela na cama, engulo em seco enquanto olhos castanhos me encaram.

— Acredito que precise. Então faça, filha.

Existem segredos guardados a sete chaves e que, a cada dia que passam escondidos, ganham força o suficiente para mudar o rumo de uma vida. São segredos que pesam no fundo do estômago e que nos puxam para um oceano de possibilidades. A pergunta que se repete é sempre a mesma: Para onde a bússola estaria apontando nesse momento?

Cada mísera decisão impacta no curso de uma história. Histórias essas que se ramificam e penetram em outras que nem mesmo nos pertencem.

Como a decisão de confiar em um amigo.

Ou a decisão de trair um aliado.

A decisão de proteger um filho.

O nó formado na garganta é um presságio da próxima mudança que está prestes a acontecer. Os segredos que foram escondidos durante anos e que criaram garras capazes de estraçalhar meu coração.

Mas, antes que ela possa falar, Ehrika quebra o silêncio.

— Vou deixar vocês sozinhas — diz baixinho e vai em direção a porta.

— Fica.

Não quero que Ehrika vá embora. Sempre estivemos juntas. Não existe um momento sequer na minha curta vida em que Ehrika não estivesse presente, pelo menos, não antes de toda essa onda de acontecimentos trágicos acontecer. Foi difícil passar tantas semanas longe do meu pó de estrelas e não quero perder nem mais um segundo sem a presença dela.

Os passos rápidos e leves da minha melhor amiga logo dão lugar ao peso conhecido de seu corpo sobre a cama. Ela se recosta em mim. Deita a bochecha no meu ombro para observar mamãe com atenção.

Eu poderia dizer que estou feliz, mas não posso. Não sem a presença de todas as lâminas da Esquadra. Quase posso vê-las aqui. Tolisie acariciaria mamãe, Pitrya faria alguma piada e Jheni... Bem, Jheni seria ela. Completamente imprevisível.

Preciso arrancar os espinhos cravados no peito. E só existe um jeito de começar a fazer isto.

— É verdade o que dizem sobre meu pai? — Seguro a mão de mamãe. — Sobre quem ele era?

Ela leva um tempo para responder. Encara o céu encharcado de chuva.

— Sim. Vierrah Denova. — Enrola o nome na língua. — Tão estranho. Acho que talvez nunca tenha o chamado assim. Ele era Havier Kaster. Meu Havier.

A confissão é como um banho gelado que acorda meu corpo.

Faltava apenas isto para que a verdade sobre papai não pudesse mais ser contestada.

— Ele mentiu para você?

Ela deixa o mundo secreto dentro da própria mente e franze as sobrancelhas.

— Seu pai não queria mais pertencer àquela família e estava fugindo de Frederick. — Ela tenta se ajeitar na cama, mas quando faço menção de ajudá-la, nega com uma mão erguida. — A verdade é que nós não queríamos nos apaixonar, mas tudo aconteceu muito rápido. Havier estava com passagem comprada para fugir de Insula, mas eu atrapalhei os planos dele.

Mamãe coloca a mão sobre o peito. Como se estivesse sentindo as batidas do coração.

— Foi depois de algumas semanas juntos que seu pai disse que precisava me contar algo. Quando olhei bem dentro daqueles olhos, soube que Havier escondia algo... Ele disse que estava apaixonado por mim. — Um sorriso tímido a rejuvenesce, como se voltasse a ser apenas uma garota. — Ele disse, também, que queria casar comigo... Tão afoito! Tudo era rápido com Havier, ele era assim... Agia antes mesmo de pensar direito. — Mamãe fica em silêncio. O sorriso morrendo aos poucos. — Só que ele disse que só faria isso depois que me contasse toda a verdade.

— Que era um Denova... — completo o raciocínio.

Mamãe assente melancólica.

— Era perigoso estar com ele. Eu poderia tê-lo mandado embora. Poderia ter o entregue para o governo... — Mamãe tomba o rosto um pouquinho e faz uma expressão ardilosa. — Imagine a quantidade de moedas que teria ganho com isso!

Ehrika abre a boca em uma careta fingida.

— Você seria podre de rica, mamãe — digo de brincadeira, mas a verdade é que me enche de amor perceber o quanto meus pais foram apaixonados um pelo outro.

— Mas aí eu não ia ter você, minha filha — ela acaricia minha mão.

Dou a ela um sorriso carinhoso.

— Mas por que você escondeu isso por tantos anos? — volto a questionar. — Por que não contar para mim?

— Porque eu estava morrendo de medo. Depois que engravidei, seu pai decidiu que não se esconderia mais. Ele queria desmascarar Frederick e tomar o trono, dar uma vida confortável e segura para você. Mas não somente isso! Havier também queria proporcionar isso para o povo, meu amor. Ele teria sido um Imperador tão bom. Mas ele não conseguiu, porque Frederick o matou.

— Vocês deveriam ter fugido... — discordo, sentindo culpa por ter sido o motivo disso tudo. — Papai estaria vivo agora.

— Filha — Mamãe me silencia. — Você foi a força que seu pai precisava para enfrentar o passado. Ele jamais conseguiria olhar para você sabendo que fugiu. Seu pai não era assim. Ele queria ser motivo de orgulho para você.

Um formigamento sobe pelos meus olhos e aquele aperto já tão característico na garganta está aqui de novo.

— Eu vou destruí-lo. — Não preciso citar o nome para que elas entendam de quem eu falo.

Mamãe se remexe na cama.

— Você vai. E estarei aqui para te apoiar — concorda, acalentando-me — Você me pediu perdão antes, mas agora é a minha vez de pedir o mesmo. Tudo o que fiz foi para te proteger, mas fui ignorante por pensar que a verdade nunca viria à tona. O que posso dizer agora é que você é mais forte do que imagina e que tem tudo para conquistar o trono que deveria ser do seu pai, mas... Eu só peço que tome cuidado, filha. A Ruptura é uma organização a qual nunca tive interesse em me juntar antes, mas entendo que ela seja uma base sólida, e talvez a única, para te deixar segura neste momento.

— Eu não sei o que pensar sobre a Ruptura... — desabafo.

— Neste momento? Não pense em nada. Pelo que sei, o novo líder da organização na Montanha está para chegar, não é mesmo? Vamos conhecê-lo. Entender de onde vem e quais são suas opiniões. Só depois de compreender quem está lutando ao seu lado é que você vai decidir quantas armas deve segurar para se defender.

Aceito o conselho dela.

Eu deveria parar de pressioná-la com perguntas, mas existe uma última que reverbera pelos meus pensamentos. Um assunto que tem olhos dourados e um sorriso aguçado. Um assunto que por muito tempo foi motivo de minhas dúvidas e incertezas. E, estou desesperada em desvendar os mistérios que ainda envolvem essa estranha relação que criei com ele.

— Prometo que minhas perguntas vão cessar em breve, mas tenho mais uma. Existe um harakin chamado Vixen, talvez você possa se lembrar dele... Bem, eu preciso saber se ele realmente ajudou você aqui dentro. Existem muitas informações que foram jogadas sobre o meu colo e não sei em quais posso confiar.

Mamãe troca um olhar com Ehrika.

— Vixen, é claro. Fiquei sabendo que vocês dois se tornaram próximos...

— Não sem antes quase esfolá-lo vivo! — A loira solta uma risada aguda, divertindo-se mais do que devia. — É o jeitinho da Kalina flertar. Primeiro ameaça a vida da pessoa, depois dá alguns beijinhos!

— Rá! Rá! Rá! — Finjo uma risada muito sarcástica enquanto reviro os olhos. Empurro o ombro de uma Ehrika imersa em risadas. — E sim, eu me aproximei dele... — Estico o queixo na direção de mamãe, não querendo perder o fio da conversa. — Mas apenas porque ele era o único que sabia algo sobre você! Eu estava perdida e Vixen me revelou coisas que ninguém mais sabia. Ele acreditava que você ainda pudesse estar viva. Foi ele quem me deu um fio de esperança.

— Para ser sincera, lembro de muita coisa do início, mas a última semana é enevoada. Estava debilitada e delirei em vários momentos pela fome e fraqueza. Mas lembro de Vixen ter me ajudado durante os expurgos, ele tinha interesse pela minha teoria.

— Então você já sabe a verdade sobre os harakins?

— Tivemos bastante tempo para conversar. — Mamãe coloca a mão sobre a de Ehrika. — Mas ainda estou processando o assunto. Achava que as crianças estavam aqui dentro, mas jamais imaginei o real motivo.

— Vixen é uma das crianças raptadas.

— Pobre garoto.

Concordo, balançando a cabeça em silêncio.

— Quando foi que você percebeu que poderia confiar nele?

— A minha morte era certa. — Solta um bocejo. — Eu não tinha muitas chances de sobreviver aos expurgos, mas foi fácil notar que o garoto era diferente do restante. Enquanto os demônios atacavam os prisioneiros, Vixen sempre parecia fugir dos embates. Normalmente eu o via mais em discussões com outros da mesma raça do que caçando vítimas. Não foi muito difícil supor que ele poderia ser um possível aliado.

— Vixen visitou a Safiny todos os dias, sabia? — Ehrika comenta, me cutucando.

Não respondo, mas procuro instintivamente pela porta do quarto.

Mamãe mostra dificuldade em trazer o ar até os pulmões e isso me apavora. Ajudo-a a se ajeitar na cama e contenho a ansiedade.

Mesmo acordada e lúcida, não posso esquecer que ela ficou em coma durante meses. Levará um bom tempo até que a força retorne para os músculos. Chateá-la com todas essas perguntas não ajuda, também. Falar sobre papai, a Ruptura e Frederick são assuntos complicados para mamãe.

Decido que por hora aceitarei as respostas que me deu.

Ehrika ajeita a coberta de um jeito que cubra os braços de mamãe. Depois, se deita e aponta para o outro lado da cama. Eu sigo a indicação e me aconchego também. Meu pó de estrelas estica a mão e segura a minha, o gesto delicado repousando por cima da mamãe. Como se estivéssemos a protegendo.

Em poucos minutos nossa mãe pega no sono.

— Não acredito que estou aqui com vocês duas — sussurro, me sentindo mais confortável do que jamais me senti nos últimos meses.

Ela aperta minha mão com um sorriso, mas logo o desfaz e indica que existem problemas.

— Talvez você deva saber… Vixen não anda muito bem.

— Como assim?

— Fale com ele amanhã. Talvez não seja nada, mas quem sabe ele se abra com você.

Franzo minhas sobrancelhas, mas não consigo arrancar muito mais informações de Ehrika. Nós conversamos aos sussurros sobre tudo o que aconteceu no último mês em que estivemos longe.

Depois de algumas horas agarradas à mamãe, Ehrika também adormece. Porém, mesmo com todo o cansaço que sinto, minha mente não desliga.

Mamãe acordou, finalmente. Ehrika está ao meu lado.

Os pensamentos embaralham-se e um aperto no peito arranha a respiração. Estico minhas pernas e saio com delicadeza do quarto. Fecho a porta atrás de mim, sabendo que mamãe e Ehrika continuarão adormecidas. Que elas continuarão bem.

Só que, mesmo que a maior parte do meu coração esteja em paz, tem um espaço que continua incomodado.

Porque preciso ver alguém.

E eu sei onde o quarto dele fica.

CAPÍTULO 11

Finalmente você veio, Kalina.

Foi o que Vixen disse quando abri as portas do seu aposento naquela noite tanto tempo atrás. Quando ansiava por informações sobre o paradeiro de mamãe e não me importava em tirar sangue do harakin se fosse necessário. Ele, com o sorriso preguiçoso e olhos dourados, encarou-me da poltrona, em uma pose tão principesca quanto egocêntrica.

Duas realidades tão opostas.

Duas vidas tão contrárias.

E, mesmo assim, ele esperava por mim.

Porque Vixen sempre pareceu ser essa coincidência absurda nos meus dias dentro da Montanha.

Seria uma mentirosa se dissesse que não pensei na possibilidade de encontrá-lo me esperando outra vez. Naquela mesma poltrona. Com aquele mesmo sorriso. Dizendo as mesmas palavras.

Só que, quando bato na porta com o coração acelerado, não há resposta.

Tão tarde da madrugada, o castelo inteiro dorme. A possibilidade de Vixen estar sonhando também é grande.

— O que estou fazendo? — Aperto meus olhos com os dedos e solto um suspiro. — Espere o amanhecer como uma pessoa sensata, Kalina.

Sim. É isso o que devo fazer. Volto pelo corredor coberto de tons de azul, mas não consigo completar o percurso.

Ehrika disse que Vixen não está bem.

Por cima do ombro, encaro a porta fechada.

— Que se dane... — murmuro. Volto em passadas largas e giro a maçaneta com delicadeza. Se estiver trancada, desistirei. Mas se estiver aberta...

E está.

Como naquela noite.

As batidas do meu coração ecoam altas nos meus ouvidos. A escuridão se apossa do quarto de Vixen, mas não há ninguém na cama. A coberta, assim como os travesseiros, cai abandonada pelo chão. Está um verdadeiro caos aqui dentro, como se o harakin passasse muito tempo dentro destas paredes.

Mas onde ele está? Um misto de ansiedade e medo começa a tomar controle de mim.

— Vixen? — lanço a pergunta para o nada.

Com passos tímidos, avanço pelo ambiente até que a luz da lua desponte do lado direito do quarto e uma silhueta se forme.

As linhas que o definem já se tornaram conhecidas demais para mim e é assustador perceber que não preciso mais do que um segundo para ter certeza de que é Vixen quem vejo.

A ansiedade que atacava meu peito dá lugar a um vendaval dentro do meu coração. O perfume dele se torna muito presente ao meu redor. Doce, intenso e familiar. Minhas mãos tremem e uma secura invade minha língua.

Congelo, apenas encarando-o de costas na penumbra da noite.

Vixen não está naquela poltrona, sentado como um príncipe das trevas que sempre pareceu. Não tem o eco da voz reverberando com diversão, deleitando-se com o jogo de palavras. Perdido em pensamentos, encara o mundo do lado de fora das janelas. Não parece ter me escutado entrar. Ou, quem sabe, esteja me ignorando...

Estou sendo tola. Por qual motivo ele me ignoraria?

Não sei. São só devaneios descontrolados que se afundam na minha carne. O que vai pensar quando me ver? Será que sentiu a minha falta? Como passou todos esses dias? Por que Ehrika diz que ele não está bem?

Há tantas perguntas que desejo fazer, mas não consigo citar nenhuma delas. Estão presas dentro da garganta. A única palavra que consigo proferir neste momento é uma:

— Vixen.

Ele me escuta. Mexe de leve a cabeça, como se estivesse me ouvindo de muito longe. Aos poucos, gira o rosto, apenas a luz da lua ilumina a cena, mas não o suficiente para que revele todos os pontos do guerreiro. Está encoberto pelas sombras que desenham as linhas do nariz, bochechas e lábios. Estático, apenas espera.

Escondo as mãos trêmulas dentro dos bolsos da calça e me preparo para enfrentar o julgamento. Seja o que ele pense sobre mim neste momento, sei que o devo um agradecimento por ter cuidado de mamãe e Ehrika enquanto estive em Veraz. Se ele não quiser conversar comigo agora, vou embora.

Mas droga, ele precisa dizer algo!

— Vixen — aumento o tom da minha voz. — Sou eu, Kalina.

O harakin reage como se um choque tivesse o acertado. Arfa, sugando o ar de repente. O corpo que antes esteve estático, parece acordar. Gira muito rápido e, mesmo de longe, me encara com as íris douradas.

Algo muda na postura dele.

— Kalina? — sussurra a pergunta, parecendo descrente.

— Sim — respondo cautelosa. — Sou eu.

Espero que ele abra o sorriso clássico e diga algo ácido sobre a minha volta. Ou que caminhe quase como um gato encarando-me com sua expressão misteriosa. Eu espero qualquer coisa de Vixen, menos o que acontece.

Em um rompante, desintegra toda a postura rígida e avança na minha direção. Sem dizer nada, apenas com os olhos grudados em mim. Esbarra em uma mesa de centro e derruba tudo o que estava por cima, mas não é parado por isto. Os passos encurtam a nossa distância e, antes mesmo que eu consiga entender o que Vixen está fazendo, nossos corpos se chocam.

Tropeço, mas Vixen me toma em um abraço. Ele segura minha cintura e me prende contra si. A mão livre encontra minha nuca e seu rosto se afunda no meu ombro.

Não sei bem quando foi que retribuí o toque, mas enrosco meus dedos contra os fios claros do cabelo do harakin. Meus olhos se fecham pela sensação quente e acolhedora que é senti-lo.

Tento ajustar meus pensamentos. Entender tudo isso que sinto neste momento. Mas é impossível me concentrar. Fui pega de surpresa pela reação dele e ainda mais pelo meu comportamento em resposta. O toque macio das mãos e a descarga de energia que percorre meu corpo.

— Você está aqui mesmo? — Vixen pergunta quase sem fôlego.

Tento respondê-lo, mas estou atordoada. Meus olhos se recusam a abrir e sinto uma leve tontura.

— Estou. Eu voltei.

O sorriso de Vixen se alastra contra a minha pele.

— Demorou tanto... — reclama e me abraça mais firme.

— Foi pouco mais de um mês — discordo com uma risada quase boba.

O guerreiro resmunga:

— Foi como a eternidade, Kalina.

Eu gosto do jeito como Vixen diz meu nome.

O harakin desgruda seu rosto do meu ombro e procura pelos meus olhos. O frio se instala na pele e quase o obrigo a voltar à posição de antes, mas não o faço.

— Sentiu minha falta? — Brinco, mas a verdade é que estou curiosa sobre isto.

Ele fecha os olhos e um sorriso deleitoso se espalha pelos lábios.

— Continue falando, por favor.

— Falar o quê?

— Não sei. Qualquer coisa. Diga meu nome.

Pela Deusa de Mave, o que está acontecendo aqui? A forma como Vixen me recebeu é diferente de qualquer outro momento que tivemos juntos. Quem sabe, assim como pensei nele nos últimos quinze dias, o harakin pode ter pensado em mim da mesma maneira.

Existe muita coisa que não foi resolvida entre nós dois. Ainda há perguntas que quero fazer a ele sobre seus tormentos.

Mas nada disso é importante agora.

— Vixen…

Posso me arrepender depois. Quem sabe me envergonhe pela forma como o abracei e disse o nome dele. Talvez eu esteja cansada pela viagem e não esteja pensando de forma clara.

— Ok, agora pare com isso... — murmuro carinhosa.

Vixen sussurra no meu ouvido:

— Parar com o quê?

— Me fazer achar que sou alguém que você adora.

Uma energia se forma ao nosso redor. Ele não responde afiado como faria. Na verdade, esquadrinha meu rosto e leva um dedo até o meu queixo. Ergue meu rosto e me desafia:

— Como você ainda não percebeu?

Me diga então, Vixen. O que eu não percebi?

Mas antes que eu possa fazer a pergunta em voz alta, um azedo se espalha pela minha língua quando a luz da lua se derrama sobre a bochecha do harakin. Há um hematoma arroxeado bem ali.

Está ferido?

A vontade de tocá-lo se torna necessidade. Assim que meus dedos deslizam delicados pela lesão, Vixen reage com uma careta de dor.

— Quem fez isso com você? — questiono incisiva.

Onde antes existia calor, agora há gelo.

Onde antes nossos corpos se tocavam, agora há distância.

Porque assim que a pergunta é feita, um escudo se forma ao redor de Vixen.

Uma confusão nítida se espalha pelo rosto dele quando leva os dedos no ponto ferido. As íris que antes ardiam em dourado, agora estão opacas. Começa a sumir dentro de si mesmo, mas tão rápido quanto a queda, vem a máscara sobre o rosto. Aquela que Vixen gosta de usar para se mostrar inabalável.

O que ele faz a seguir desperta o início de uma irritação leve. Dá de ombros, meio despreocupado e faz uma careta desentendida. Não olha mais para mim, mas para um ponto invisível ao meu lado, como se eu não fosse mais tão interessante.

— Isto? — Aponta para o hematoma. — Eu caí.

Ele não volta a me encarar.

— Você... *caiu*? — repito a desculpa dada e friso quão ridículo ela parece ser, mas me contenho. — Por acaso isso tem a ver com o seu estado atual? Soube que você não anda muito bem. Por acaso... — Tomo cuidado com as minhas palavras. — Isso tem a ver com... Com o que aconteceu?

O harakin vacila brevemente por trás da máscara. Os ombros caem e um olhar frágil é direcionado a mim. É rápido, mas o suficiente para que um sinal de alerta se acenda.

Antes de ir em missão para Veraz tentei colher alguma resposta de Vixen sobre a explosão de seu poder dentro do salão de treinamentos. Ele disse que *vozes* estavam em sua cabeça, mas quando tentei pressioná-lo um pouco mais para se abrir, apenas se esquivou.

Tantas coisas estão sendo esperadas de mim neste momento. A busca por Lexus Conde foi apenas o início de uma série de responsabilidades que precisarei desempenhar até que Frederick Denova esteja deposto. A investigação sobre o passado dos harakins, assim como descobrir o que é a substância dentro de suas veias, foi atribuída à Ruptura. Então, eu não deveria tentar arrancar a verdade de Vixen neste momento. Até porque, suspeito que nem mesmo ele entenda tudo o que aconteceu. São tantas mentiras enredadas ao nosso redor que fica difícil compreender o que pode ser verdade ou não.

Ainda assim, não consigo simplesmente ignorar o que aconteceu. Não consigo colocar de lado a possibilidade de seu psicológico estar mais afetado do que imaginamos.

— Não se preocupe comigo. Isto aqui... — Faz menção ao ferimento na bochecha. — Apenas agrega mais ao meu charme. — Pisca. — Aliás, Kalina Kaster, não fui exatamente eu quem saiu na Montanha em uma missão perigosa pelo continente. Estou surpreso por encontrá-la no meio da noite no meu quarto. Vou começar a pensar que você gosta de mim.

Ele pisca.

A irritação que estava apenas no início se espalha amortecendo todo o meu corpo. Até segundos atrás Vixen me tocou de um jeito que poucas pessoas me tocaram. De um jeito que *eu* deixei poucas pessoas me tocarem. Mas no primeiro sinal que demonstrei preocupação com o harakin, ele se blindou.

Aí está o mesmo Vixen que sempre me confundiu. Quem sabe ele não queira isso. Talvez ele não me veja desta maneira, alguém íntimo o suficiente para trocar confidências.

— Não seja tão egocêntrico — Cruzo os braços em frente ao peito, retribuo o sorriso sarcástico e afio minha voz. — Minha preocupação para com você é igual a qualquer outra pessoa que esteja dentro desta Montanha. Acho que Ehrika exagerou um pouco. Você parece o mesmo de sempre.

Ele ri e o som envia faíscas para o meu estômago.

— Obrigada por lembrar que você me odeia.

— Ao seu dispor.

Ele apenas me encara com esses olhos dourados em meio a escuridão. Começo a tomar consciência do quão desesperada estou parecendo por ter vindo até aqui. Não somente desesperada, como um tanto quanto desiquilibrada.

Quando a inquietação começa a me dar enjoo, percebo que é hora de ir embora.

— Só para atualizá-lo — comento, fingindo despreocupação — A missão foi um sucesso e conseguimos encontrar o cientista que trabalhou com Frederick Denova para criar a substância que matou meu pai.

As sobrancelhas de Vixen se erguem em surpresa. Ele desfaz o sorriso.

— Sinto muito pelo que aconteceu com o seu pai.

Desvio o olhar e balanço o rosto como se isso não fosse mais importante.

— Ele morreu antes de eu nascer... — Não termino a frase. Nós dois ficamos em silêncio por alguns segundos. — Bem, o outro motivo de ter vindo até aqui foi para te agradecer por ter cuidado de Ehrika e mamãe enquanto estive fora.

— Eu prometi que iria. — *Com a minha vida.*

Concordo e engulo em seco, sem saber mais como agir. Desde que Vixen interrompeu o abraço, o frio abraçou meu corpo e não me largou mais.

— Eu sei — respondo com um sorriso que não chega aos olhos. — Mas ainda assim, queria te agradecer. Tenho uma dívida com você.

— Você não me deve nada, Kalina.

— Apenas aceite meus agradecimentos e fique quieto por um minuto está bem? Estou começando a me arrepender de ter vindo até aqui.

Ele morde o lábio ao segurar o riso.

— Certo... — Encaro meus pés sendo covarde demais para sustentar o olhar dele. *Vamos lá, Kalina. Corte esse desconforto pela raiz e volte para o seu próprio quarto!* — Já que está tudo bem com você e o agradecimento foi feito, não tenho mais motivos para continuar o atrapalhando tão tarde da noite. Desculpe por ter invadido o seu aposento... outra vez.

Vixen solta outra risada. E eu gosto muito de ouvi-lo rir.

— Você não atrapalha. Na verdade, não estava conseguindo dormir de qualquer forma. — Faz menção de se aproximar, mas trava o movimento. — Quando foi que você voltou?

— Algumas horas atrás. Eu... estava com a minha mãe.

— Ah, é claro.

O silêncio desconfortável volta.

Como pode tudo ter mudado em um estalo de dedos? É como se o jeito como nos abraçamos minutos atrás não tivesse passado de um delírio da minha cabeça.

— Inclusive, devo voltar. Não quero que mamãe acorde e não me encontre no quarto.

Ele concorda, mas não diz nada. Apenas me observa.

Volto a encarar o hematoma sobre a bochecha. Devo acreditar que o motivo daquilo foi apenas um acidente? Mas o que eu poderia fazer além de aceitar? Não é como se tivéssemos proximidade suficiente para cobrá-lo a verdade.

Desisto por ora. Vou descobrir mais sobre o estado do harakin perguntando a Ehrika ou Mig.

— Foi bom rever você — declaro e marcho em direção a porta de saída.

No fundo, quero que ele tente me fazer ficar um pouco mais. Desejo que ele me faça perguntas sobre a missão, fale sobre seus dias na Montanha enquanto estive longe, que simplesmente encontre motivos para que eu não vá embora.

Mas ele aceita a minha partida.

Antes que feche a porta, a voz de Vixen ecoa como um sussurro nos meus ouvidos:

— Foi bom ver você, Kalina.

CAPÍTULO 12

O dedo mindinho de Ehrika se enrosca no meu.

Quente, como o sol ao se derramar por cima das folhas verdes da grama. Firme, como a âncora que prende o navio em meio às revoltas ondas de um mar.

Aperto de leve, apenas para confirmar que nada disso é fruto da minha imaginação. Que ela está aqui, bem ao meu lado, me guiando por entre os corredores de um castelo que ansiei por fugir e, depois, voltar.

Você está aqui. Está aqui.

O impulso explode por trás dos meus olhos, aquele que diz que eu deveria voltar correndo para a segurança do aposento onde estive enclausurada durante cinco dias desde que retornei. Abraçada no motivo que me trouxe até aqui.

Nós três, juntas. Como sempre deveria ser.

Como sempre foi.

— Tudo bem? — Ehrika sussurra, tão baixinho que somente eu posso escutar.

Balanço meu rosto apenas uma vez, quase imperceptivelmente.

Ela aceita a resposta.

À nossa frente, Mig fala sobre algo, mas não escuto nada do que diz. Ele nos espia algumas vezes, apenas para confirmar que estamos o acompanhando e, como uma boa mentirosa que sou, finjo.

Está fazendo seu trabalho como líder interino da Ruptura. Mantêm o caos organizado, a desordem sob controle. Porque este é Mig. E ele serve bem para o papel, mesmo que escuras bolsas sob seus olhos digam o contrário. Ou a forma como afasta um bocejo que insiste em tentar escapar. Mesmo assim, Mig simplesmente funciona. Porque o mundo pode estar desabando, mas existem certas pessoas que vão tentar mantê-lo no lugar com as próprias mãos.

E este não parece ser o meu caso neste momento.

Assim que ouvi a voz de mamãe, nada nem ninguém importou mais. Foi como se o peso sob meus ombros desaparecesse. Foi como se eu pudesse soltar o longo suspiro preso dentro do meu peito. Foi como se eu pudesse, finalmente, descansar.

E foi o que eu fiz.

Cinco dias enrolada nas cobertas de um aposento que antes pertenceu à Ravenna. Abraçada por braços conhecidos e de pele cheirando a laranja e baunilha. O aperto que no início era ainda fraco demais, mas que foi se tornando mais potente.

Mamãe está melhorando dia após dia. Dormindo cada vez menos e erguendo-se sozinha cada vez mais. Ela voltou a comer com muito mais apetite e já ri sem sentir dores no abdômen. O humor ácido e afiado como uma lâmina aparece com mais frequência. E, se em uma vida atrás eu reclamava por isso, hoje anseio pelos momentos em que me deixará sem saber o que dizer.

— Não deveria ser eu a cuidar de você? — Foi o que eu disse noite passada, enquanto os dedos de mamãe deslizavam meu cabelo molhado.

Ela não respondeu de imediato, apenas continuou fazendo o movimento de enrolar os fios. Eu nunca tive paciência para fazer isto sozinha, mas mamãe sempre gostou de cuidar do meu cabelo. Era como um ritual só nosso.

— Mesmo que eu esteja dando meu último suspiro, filha, eu sempre vou cuidar de você.

— Não diga isso. — Fechei meus olhos para afastar a possibilidade. — Não diga isso jamais. Eu desabaria, mamãe. Eu não teria mais forças para lutar.

— Você teria. — Ela puxou meu ombro com delicadeza, trazendo-me para seu peito e encaixando o rosto no meu. — Você não imagina a força que tem, Kalina. Porque você é...

O fim da frase ficou no ar, esperando pelo complemento. Mamãe queria que eu dissesse, mas eu não conseguia. A palavra mantinha-se grudada em minha língua.

— Você sabe que é. — Mamãe depositou um beijo na minha bochecha. Cálido. — Corajosa. Você sempre será corajosa.

As lágrimas começaram a descer pelas minhas bochechas. Procurei pelo abraço de mamãe enquanto os soluços explodiram do meu peito. O que não imaginei, é que encontraria os mesmos soluços escapando dela.

Nós duas nos mantivemos abraçadas durante a noite toda. Até que, por fim, disse:

— Ehrika me contou que Mig vem tentando falar com você.

— Ele quer que eu apareça mais pela Montanha.

— Ele ou a Ruptura? — ela questionou, a dúvida subentendida.

— E faz diferença? — Soltei um suspiro dramático. — Eu só estou muito cansada.

Ela beijou minha têmpora.

— Se ampare em mim, filha. Eu posso carregá-la. Te carreguei por nove meses, o que seriam mais alguns?

E foi naquela noite que eu decidi que não poderia mais fugir. Não quando os dias se arrastavam e o futuro não esperava para acontecer.

Pedi para que Ehrika chamasse por Mig e que dissesse que eu estava pronta.

Eu não fugiria mais.

Existem coisas que preciso resolver e favores a pedir.

— O que você acha? — A voz de Mig me puxa de volta para a realidade.

Encaro-o, atordoada.

Estamos parados em frente às escadarias do castelo. As íris marrons do aratnyano esperando por uma resposta.

— Eu… — Tento ganhar tempo para lembrar sobre o que o soldado estava falando. *Droga!* — É…

Ehrika aperta levemente o mindinho ao redor do meu.

— Kalina falava sobre isso mais cedo — ela diz, respondendo à Mig. — Acha um bom movimento termos dividido os ex-prisioneiros de acordo com suas profissões, dando trabalhos adequados e com salários para eles aqui dentro.

Nós não falamos sobre isso.

Mig nem percebe minha expressão de completo desconcerto. Ele agarra a frase de Ehrika e solta a respiração ansiosa.

— Muitos decidiram ficar por causa disto. Eu não sabia mais o que fazer para mantê-los aqui dentro.

Aperto a mão de Ehrika, agradecendo-a.

— Quantos prisioneiros desertaram? — pergunto, voltando a seguir Mig.

— Muitos — ele coça a orelha, do jeito que sempre faz quando está nervoso —, mas o pior nem foi isso. Encontramos vários mortos nas estradas próximo daqui.

— Frederick?

— Os soldados do império estão nos rondando, mas nossos infiltrados dizem que as ordens dadas por ele não são de atacar

— Por que ele continua fazendo isso? Esperando para agir?

— Ele está agindo, Kalina — Mig responde, o cansaço pincelando seu rosto. — Por trás dos panos, mexendo as peças. O imperador não é um homem de grandes exibições, ele prefere ataques pontuais e definitivos.

— Mas por que matar os prisioneiros que fugiram?

— Esse é o melhor exemplo de como ele age. Assim, a informação do que vem acontecendo aqui dentro não se espalham. Poucos sabem o que aconteceu. Insula inteira ainda acredita que a prisão está funcionando. O que o segura é o nosso silêncio. Ele prefere manter a falsa imagem de controle do que criar uma rachadura na teia que construiu ao redor do continente.

— E por que a Ruptura ainda mantém esse segredo? Não seria melhor se expusemos para todos o que aconteceu aqui?

— E perder a única carta que temos na manga? Mas quem sou eu para falar de estratégias... O novo líder da Ruptura na Montanha chegará amanhã e você poderá questionar tudo isto a ele.

Estou prestes a perguntar o nome do líder misterioso, quando duas vozes captam minha atenção.

A primeira é de Hux.

Mas é a segunda que me deixa em alerta.

Uma energia desliza pelos meus braços e eriça minha pele. Sou conduzida a uma noite que venho tentando esconder no fundo da mente, mas que reluta em desaparecer da minha memória.

Quando deixei de pensar na realidade ao meu redor e me derreti em um toque. Quando me esqueci de quem era por alguns segundos, ou das pessoas que preciso proteger das garras dos meus inimigos, e apenas aceitei que algo estava acontecendo dentro de mim. Uma sensação curiosa, que faz meu corpo agir por conta própria. Ansioso por ir atrás de um sorriso específico, com olhos específicos e um perfume específico.

É fato que, de todas as minhas ações *quase* impensadas, grande parte delas são todas tomadas com consciência. Mas quando se trata dessa sensação que vem se espalhando no fundo do meu estômago e que me faz sentir pavor e deleite ao mesmo tempo, me sinto a garota mais impulsiva do mundo e não consigo entender, por um minuto, as atitudes que tomo. É por esse motivo que, em vez de agir com calma e apenas seguir em direção à dupla de harakins, eu estanco no meio caminho. Minhas pernas pesam toneladas e meu coração acelera tão rápido que quase o sinto explodir.

— Ehrika — murmuro, a voz falhando. Meus dedos se agarram ao pulso dela, apertando-o com mais força do que eu deveria. — Preciso voltar.

Ao nosso lado, um grande vaso com flores é esconderijo suficiente para que eu ganhe tempo.

— Voltar? — ela pergunta, confusa. — Safiny está bem, Alexis está cuidando dela.

— Não é isso. — Aperto os olhos e tento controlar a respiração.

— O que foi? — Mig se aproxima, preocupado. — Está pálida.

— Você comeu hoje? — Ehrika pergunta. Ela coloca a mão no meu ombro e arregala os olhos — Seu coração está acelerado, Kalina.

— Não fale sobre isso — grunho.

Estico meu pescoço para fora do esconderijo e vejo que Hux e Vixen estão vindo bem na nossa direção.

O que eu faço? *Se recomponha!*

Ehrika, por sua vez, não deixa de notar o ponto da minha atenção.

— Entendi. — Há um contentamento inexplicável iluminando as íris violetas. Ela se aproxima do meu ouvido e diz: — Você tem coragem de invadir a maior prisão do continente, mas não consegue encarar o Vixen? — Afasta-se e balança o rosto com animação. — Estou adorando isso!

Dá uma leve batidinha no braço de Mig. O garoto não parece fazer ideia do que está acontecendo.

— Cuide dela, preciso resolver algo.

Ehrika desliza para fora do nosso esconderijo e vai até os guerreiros. Posso ouvir o início de uma frase em sua voz aguda, mas logo ela os está levando para o lado contrário. Somente quando estão longe o suficiente, consigo relaxar.

Mig semicerra os olhos.

— O que acabou de acontecer?

— Foi um mal-estar súbito — minto, voltando a erguer os ombros e empinar o queixo.

— Você parece bem agora. — Ele cruza os braços, tentando encontrar a mentira no ar.

— É isso que significa mal-estar súbito. E adivinha, agora eu estou bem! — resmungo. Sendo mais ranzinza do que gostaria. — Escuta… — Mudo de assunto, tentando tirar a atenção do que acabou de acontecer. — Sei que ainda temos muito o que ver aqui dentro antes que o líder da Ruptura chegue. Mas, primeiro, eu preciso te pedir três favores.

— Três? — Ele arregala os olhos, esquecendo tudo o que acontecia segundos antes.

— Primeiro — digo, sem perder tempo. — Preciso que você busque por algumas pessoas que estão fora da Montanha.

— Quantas?

— Minhas irmãs. Jheni, Tolisie e Pitrya. A última vez que as vi foi quando deixei Mave, antes de invadir a residência de Frederick e ser presa. — Mig balança a cabeça, concordando. — E, também, uma garota. Suzana Bark. Ela mora em Marzilis, trabalha no porto.

Mig abre a boca, depois fecha. Ele tenta encontrar no fundo da mente esse nome.

— A namorada da Ehrika?

— Ela não sabe — comento, segurando o braço do garoto. — E você não pode falar nada sobre isso. Ela acha que Bark a odeia agora

A conversa aconteceu dois dias depois que voltei. O nome de Suzana foi sussurrado enquanto Ehrika dormia. Ela deveria ter fugido no dia em que fui presa, deveria ter ido ao encontro das nossas outras irmãs e procurado pela namorada e seu navio.

Quatro meses as separam desde que Ehrika foi presa, deixando a namorada sem respostas. A marziliense pode estar bem longe daqui, acreditando que Ehrika fugiu sem se despedir. Mas eu não consigo acreditar nisso. Só não quis prometer nada a minha melhor amiga antes de ter certeza.

— Entendo — Mig concorda. — Vou pedir para alguns ruptores de Marzilis procurarem por ela.

— Obrigada. — Meneio o rosto e solto um suspiro.

Mig sorri, satisfeito por ser útil.

— Segundo favor?

— Eu soube que as coletas de sangue dos harakins começaram a ser feitas, não é?

— Faz algumas semanas.

Alguns segundos se passam antes que eu consiga empurrar para fora o que quero dizer.

— Você precisa colocar o exame do Vixen como prioridade.

O soldado ergue as sobrancelhas.

— Não sei se ele quer isso...

— Por quê?

— Vixen fugiu da coleta algumas vezes, não parecia que ele queria realmente encontrar os pais.

Por que ele fugiu?

— Por favor — digo, sentindo o cansaço voltar a pesar meus ombros. O mesmo cansaço que sinto quando penso na segurança de Ehrika, mamãe ou qualquer pessoa com quem eu me importo. — Priorize ele.

Mig desvia os olhos rapidamente e as bochechas marrons são tomadas por um rubor.

— Na verdade, eu já fiz isso. — Limpa a garganta. — Estão procurando pela compatibilidade dele em todos os reinos, mas isso pode demorar.

— Quanto tempo?

— Dias? Semanas? Meses? Não temos como saber, ainda mais em meio a essa guerra.

— Posso aceitar isso... — Sei que já é melhor do que nada.

— E o terceiro favor?

E do frio que se instalou na boca do meu estômago, agora um embrulho reivindica lugar. O gosto amargo espalha pela minha língua e quase volto atrás na decisão que tomei.

Porque essa ideia vem se formando na minha mente nos últimos dias. Quando lembrei de certas palavras sendo ditas e uma possibilidade sendo criada. Uma que poderia me libertar da coroa, se um dia eu quisesse. Tendo mamãe e Ehrika novamente junto de mim, o medo começa a me paralisar, mas não tenho como fugir neste momento das minhas responsabilidades.

Mas isto não significa que depois que tudo acabar, eu não possa decidir pelo meu destino.

E existe uma pessoa que sabe como eu posso fazer isso.

— Preciso que você me leve até a cela da Ravenna.

CAPÍTULO 13

Existem celas que aprisionam corpos e celas que aprisionam mentes.

A segunda, feita para que a punição não toque apenas a pele, mas que incomode os pensamentos, brinque com os sonhos e os transforme em pesadelos. Nelas, os dias viram noites e as noites viram dias. O tempo não passa e a tortura se prolonga.

É em uma dessas celas que Ravenna Senyia foi abandonada.

A ordem dada por mim: *Faça ela sofrer.*

Dentro do labirinto, quando pude olhar para a aratnyana de cima, durante a conquista da Montanha, as bochechas borradas pelas lágrimas e a fúria presa da face, foi como sentir que a justiça estava começando a ser feita.

Foi bom derrubar a maldita diretora da prisão de Insula.

Sem saltos altos. Sem a maquiagem pincelando a pele. Sem as palavras doces de uma víbora. Ravenna foi a primeira peça derrubada no longo jogo a ser travado. Uma peça que eu achei que seria fácil de ser descartada, mas que continua retornando como um parasita.

Agora, as portas pesadas de aço se abrem com um barulho incômodo. Diferente das celas onde os prisioneiros eram enclausurados e a algazarra de vozes se tornava uma melodia, aqui as botas ecoam pelo piso onde o silêncio é eterno.

Os dedos ágeis de um antigo soldado aratnyano, e agora ruptor, resvala pela tela tecnológica em frente a uma porta prateada e libera a minha entrada.

— Fique aqui fora — ordeno, sem dar chance para que ele tente discutir.

Eu entro.

É um espaço pequeno e que cheira mal. Rançoso, devido à falta de ventilação. Não há janelas aqui dentro. Só uma lâmpada fraca no meio do ambiente. No chão, uma lâmina de água molha meus pés e faz respingar gotas para todos os lados conforme avanço.

Ravenna está encolhida em um dos cantos. Abraça as próprias pernas e não consegue esconder o tremor do frio. Ergue os olhos castanhos e me observa com o cabelo molhado grudado na face.

Ela não fica no chão por muito tempo. Impulsiona o corpo para cima e espera por mim. O uniforme da prisão lhe cai muito mal, o que me deixa muito feliz. Dá um passo para frente e me encara como se estivesse em um palácio e não em uma cela solitária.

— A que devo o desprazer da sua presença? — ela sibila, a voz melodiosa.

— Pode tirar a coroa da cabeça, Ravenna — cuspo as palavras. — Você está ridícula.

A ex-diretora da prisão revira os olhos e solta um longo suspiro.

— Já entendi tudo. — Encara as unhas quebradas, como se fossem muito mais interessantes do que eu. — Ficou entediada com as pessoas medíocres ao seu redor e veio até mim para relembrar o que é estar próximo de alguém à sua altura.

Meu sorriso vacila.

Desgraçada.

— Está me elogiando ou me insultando?

Ravenna ergue as sobrancelhas.

— E isso importa?

Seguro a resposta grosseira que adoraria presenteá-la. Na verdade, preciso ser mais cautelosa com minhas escolhas de palavras de agora em diante. Vim até aqui em busca de respostas e minha paciência não está das melhores. Ravenna sabe como esgotá-la em segundos.

— Como está a estadia? — Encaro a cela pequena e fedorenta. — Ao seu gosto?

A mulher abre um sorriso que não chega aos olhos.

— Kalina — murmura viperina. — Chega de papo furado, o que você veio fazer aqui?

Aceito o pedido. Também não quero passar muito mais tempo com ela.

— Como faço para passar a coroa para outra pessoa?

A aratnyana pisca surpresa. Ela deixa que a máscara resvale para fora do rosto. Tem curiosidade misturada a desconfiança nos olhos castanhos.

— Primeiro você precisa vencer Frederick — resmunga, mas não tão ácida como antes.

— Isso vai acontecer. E depois? — Coloco as mãos nos bolsos e dou um passo incisivo para cima da aratnyana. — Você tinha um plano para conquistar o trono. Você disse que me faria assinar alguns documentos. Como eu faço isso?

Ela não se deixa abalar pela minha intimidação.

— Por que tomar o trono se você não o quer?

— É verdade. Eu não o quero. — Dou de ombros. — E pensar que se você não tivesse sido tão traiçoeira, nós poderíamos ter feito um belo acordo. O trono seria seu. Eu teria o dado de bom grado.

Acerto o ponto fraco de Ravenna. O castanho das íris fica preto e a respiração acelera visivelmente. Dentro da cabeça da aratnyana a imagem dela sentada no trono com a coroa de Insula se materializa.

— E mesmo assim você está aqui, precisando da minha ajuda. — Ela retoma o controle dos próprios sentimentos. — Por que não questiona isso aos seus aliados? — Ravenna faz um biquinho, tombando o rosto um pouco. — É por que você não confia neles?

— Fique quieta, você não sabe de nada.

Ravenna solta uma risada curta e dá as costas a mim.

— Façamos o seguinte. — Aponta para as paredes. — Primeiro você me tira daqui, depois eu penso em te ajudar.

— Pode ir sonhando — respondo irritada. Como ela pode supor que tem chances de barganhar? — Estou sendo caridosa com você. Posso piorar a sua situação aqui dentro. E muito. O único motivo para eu estar aqui é porque quero descobrir essa informação sozinha. Sem a Ruptura.

Ela gira no próprio eixo e me lança uma expressão satisfeita.

— Que interessante. Parece que está fazendo algo certo pela primeira vez.

Ravenna sabe me diminuir até mesmo quando tenta me elogiar.

— Vai contar a verdade?

Ela não responde de imediato. Anda de um lado para o outro, pensando. A água embaixo dos pés dança pelo movimento repetitivo. A ex-diretora começa a falar, mas não me olha nos olhos ao me entregar o que quero:

— O Imperador tem o direito de abdicar do trono. Se não existir nenhum sucessor de sangue para assumir, a coroa pode ser passada através de um documento oficial assinado pelo monarca. O substituto deve ser alguém com conhecimento e envolvimento direto com o governo.

— Fácil assim? — questiono, desconfiada.

— Fácil? — Ravenna solta uma gargalhada. — Assim que você puser a coroa na cabeça perceberá que nada é fácil quando se tem tanto poder nas mãos. Será quase impossível conseguir esse documento sem o apoio dos conselheiros reais ou… — Ela ajeita os fios da franja. — Alguém como eu, é claro.

É a minha vez de gargalhar.

— Você?

— Esquece que praticamente cresci dentro do palácio? Tenho contatos lá dentro — vangloria-se. — Estava tudo certo até você estragar tudo.

— Pare de choramingar, Ravenna — zombo. — Certo. Até que você não se mostrou inútil hoje.

A mulher semicerra os olhos, contendo a irritação.

— Agora que eu te dei essa informação, vai me tirar daqui?

— É claro que não — regozijo-me com o tapa invisível que dou na ex-diretora. — Mas, como não sou injusta, compartilharei ao menos uma novidade com você… A Ruptura tem um novo líder.

Ravenna bufa, revirando os olhos.

— E mesmo que se corte a cabeça de uma víbora, outra sempre nascerá...

Ela está falando de... Não. Ela não teria a audácia de debochar de Irvine.

Sem que eu consiga conter minha raiva, ergo minha mão e o poder dispara. Mal tenho tempo de projetar o ângulo certo ou o ponto que desejo, a fúria pincela meus olhos. O ar explode e Ravenna é empurrada contra a parede com um grito de dor saindo da garganta. Ela cai com as mãos espalmadas no chão e tosse, engasgada pela água.

— Não ouse falar de Irvine!

E como uma droga que penetra nos meus ossos, Ravenna me faz lembrar dos motivos que me fazem odiá-la. Da razão que me faz estar onde estou e do que devo fazer.

A ex-diretora continua tossindo, mas não se cala.

— Eu tenho todo o direito, porque eu confiava naquela mentirosa... — Ravenna vocifera, a dor estampada no rosto. Ela tenta se erguer, mas desaba contra a água de novo. — Você acha que é a única com razões para odiar alguém? — Ergue o rosto molhado e quase posso ver as chamas explodindo atrás das íris castanhas. — Eu acreditava em Irvine. Eu a conhecia desde que eu era criança. Fui eu quem a trouxe para dentro da Montanha! E ela me traiu.

Com mais calma, consegue se levantar. Limpa o rosto com os dedos pequenos e tira as mechas que caem sobre os olhos.

— E você a matou — acuso, com nojo.

— Você acha que sabe de tudo sobre o mundo, não é mesmo, Kalina? Você é tão esperta por ter conseguido me derrubar, por ter me aprisionado. Por ter matado Ruel...

Ela dá outro passo e mais outro.

Ravenna não tem nenhum poder para usar contra mim. É muito mais fraca e está debilitada. Deixo que se aproxime e fale tudo o que tem para falar. Enquanto isso, uso a raiva que aumenta dentro de mim como uma nova energia.

— Diga-me, querida *Imperadora* — ela desdenha do termo. — Por que você continua vagando para lá e para cá sem saber o que realmente está fazendo? Apenas seguindo ordens de pessoas que você nem conhece?

— Sem saber o que estou fazendo?

Ravenna está muito perto.

— Frederick vai te esmagar como um inseto, garota estúpida. E a culpa vai ser toda sua por ter confiado nas pessoas erradas.

— Assim como eu fiz quando quase confiei em você?

— Você nunca confiou em mim.

A confirmação me deixa espantada. Nunca confiei plenamente em Ravenna e talvez tenha sido que me fez ganhar dela. Porém, nunca pensei que a aratnyana soubesse disso. O ego dela sempre pareceu enorme para uma constatação tão humilde.

Nós duas nos enfrentamos em silêncio.

— Então me diga, o que eu deveria fazer?

A pergunta pega a mulher de surpresa. Noto pela forma como suas sobrancelhas se erguem de leve, mas voltam ao lugar. Ela leva um segundo a mais para responder:

— Por que gastar meu tempo com um cérebro tão teimoso quanto o seu?

— Vamos lá, você está doida para isso. Mostre o quanto você sabe sobre o mundo e sobre esta guerra. Me diga o que devo fazer para derrubar Frederick.

Ravenna abre um sorriso, mas sei que as linhas que o seguram estão prestes a ruir. E, como se eu pudesse prever o que aconteceria, a ex-diretora o apaga.

— Meu tempo de jogar com você acabou, Kalina. Faça isto com o seu novo oponente.

Ela dá as costas, decidida a acabar com a conversa.

Não. Eu não vou deixar que ela fuja de novo. Não depois de fazer esta pergunta que vem assombrando minhas noites. Não quando eu sei que ela é a única que conhece Frederick bem o suficiente para me entregar uma resposta verdadeira. Porque eu sei que Ravenna Senyia pode me odiar, mas ela odeia Frederick Denova também.

— Eu preciso saber… — expulso as palavras com dificuldade. — Como eu posso derrubar Frederick Denova?

Ravenna estanca no lugar. Um novo entendimento se apossa de sua expressão.

— Você está com medo.

Engulo em seco e ergo a armadura outra vez.

— Não é isso…

— É claro que sim! — Ravenna gira e a água explode embaixo dos pés. — Não! Você não tem esse direito! — Desespero genuíno reflete no rosto da ex-diretora. — Você precisa derrubá-lo! Você precisa tirá-lo do trono!

As mãos pequenas de Ravenna grudam nos meus braços. Eu deveria revidar. Deveria empurrá-la e dizer para que se afaste. Gritar para os guardas darem uma surra na mulher enquanto assisto.

Mas eu não faço nada disso.

— Eu não sei em quem confiar. Você estragou tudo.

— E você me tirou tudo, garota estúpida! Não vou aceitar que tire também o gosto pela queda de Frederick!

Ela não apenas o odeia. Ela sente a necessidade de destruí-lo. Por quê?

— O que ele fez de tão terrível contra você? — questiono, tentando lê-la de alguma forma. — Ele é um ditador, mas não é isso que move você. Também não é apenas o gosto pelo poder. Você tem aversão a Frederick. Por quê, Ravenna?

Lágrimas se apossam dos olhos castanhos dela. A aratnyana luta contra si mesma.

— Confie na sua família — ela murmura, trêmula. — Confie em Ehrika. E não deixe que Frederick nunca a machuque. Use isso como a sua bússola.

Os dedos de Ravenna se afundam na carne dos meus braços e eu a afasto.

— Eu faço isso todos os dias. Você não precisa me lembrar mais.

Ravenna tenta se aproximar outra vez, mas eu as afasto com um tapa.

— Preciso — ela confirma com intensidade. — Preciso lembrá-la também que você não deve confiar na Ruptura. Essa organização nunca te deu nada. Eles sugam você. Eles te usam. Não são diferentes do que você pensa sobre mim. Mas você me odeia porque eu perdi. Não deixe que eles vençam você.

— Cale-se, Ravenna — ordeno, dando um passo para trás. Sinto-me atordoada por tudo o que a aratnyana me revela. — Você não vai mexer com a minha cabeça.

É a minha vez de dar as costas para a aratnyana. Bato duas vezes na porta e, assim que ela se abre, parto sem olhar para trás. Não digo nada para o soldado que se apressa em fechar a cela e correr atrás de mim. Tudo o que escutei lá dentro embaralha a minha mente e coração.

Porém, mesmo que eu esteja confusa sobre muitas coisas, tenho certeza de uma delas.

Chamo o soldado e ordeno:

— Traga um prato de comida quente para ela esta noite.

— Sim, Imperadora — ele responde firme, mas o título embrulha meu estômago.

Ravenna poderia ter dificultado meu dia, mas ela respondeu o que eu pedi. Coletei a informação que queria e isto basta. Sei como vou fazer para passar a coroa depois que a conquistar. É hora de ir embora e esquecer a existência dela.

Mas a verdade é que ela me entregou muito mais do que eu esperava. É claro que está frágil por conta da prisão, mas ainda assim, eu vi algo nos olhos dela que parecia muito mais profundo do que imaginei.

Ainda tonta pela pressão dentro do meu peito, fujo como uma covarde de todos os fantasmas que ficaram presos na solitária.

Principalmente de Ravenna.

Capítulo 14

Não é necessário escutar o grasnar da minúscula ave para entender que está apavorado. Enquanto repouso a gaiola em cima da grossa mesa de carvalho, ele eriça as penas e esbugalha os olhos. Com mais calma do que o habitual, retiro as luvas grossas que usei para transportar o pássaro até aqui. Luvas essas que são feitas de um couro duro o suficiente para que o bico do animal não encontre a minha pele.

Dentro desta sala silenciosa e escura, estamos apenas eu e ele.

As janelas ainda estão ocultas pelas cortinas pesadas que afastam a luz do dia e, a única iluminação aqui dentro, vem de um abajur. É ele quem define os contornos do tapete grosso abaixo dos meus pés, dos quadros caros que decoram as paredes e da enorme mesa quadrangular com doze cadeiras estofadas.

É a sala de reuniões do castelo.

Local em que Ravenna juntou tenentes e capitães aratnyanos durante os anos de liderança. O ambiente perfeito para arquitetar planos infalíveis e definir estratégias inabaláveis.

Sou a primeira a chegar para uma reunião organizada por Mig.

Eu e o pássaro dentro da gaiola.

Já sei por que estamos aqui, mas o comichão típico da ansiedade teima em continuar comigo. Como se algo pudesse acontecer e mudar todo o rumo da minha vida. Como se um monstro estivesse esperando que eu baixasse a guarda para atacar.

Arrasto uma das cadeiras para sentar e encaro as minúsculas obsidianas grudadas em mim. Relaxo meu queixo por cima das mãos repousadas na mesa.

— Eu não vou te machucar, não sou igual aquele homem.

O pássaro não acredita em nenhuma das minhas palavras.

— Você tem um nome? — Examino o pequeno. — Você *quer* ter um nome?

Petrificado na ponta extrema da gaiola, o busto delicado do animal sobe e desce em uma respiração acelerada. A disputa silenciosa entre nós dois segue durante minutos e ninguém parece próximo de nos interromper.

— Certo… E cantar? Você sabe?

A primeira nota sai baixinha dos meus lábios. Um cantarolar desafinado, mas que certamente não será julgado pela ave. A quietude é quebrada por esses segundos de melodia improvisada e que, de alguma forma, acalma o pequeno pássaro. As penas que antes estavam eriçadas, abaixam-se com leveza e a cabecinha, preenchida por desconfiança, se curva ao me encarar com apreço.

Sorrio.

— Aquele velhote nunca cantou para você? — Controlo o meu tom para que não volte a assustá-lo. — Você também pode cantar, se quiser.

É doloroso perceber que, talvez, ele nunca tenha sentido o ar sob as asas. Ou nem saiba o que é cantar. *Pobrezinho.*

Mas, como se o pássaro escutasse meus pensamentos e entendesse que o perigo não o ronda mais, ele pia. Um barulhinho agudo, curto e macio. Conhecido por mim. O som de quem pede por liberdade.

Empurrada para fora dos meus próprios pensamentos, quase caio da cadeira. Sem conseguir controlar direito minha reação tento me segurar contra a mesa, mas o choque dos meus dedos contra o tampo apenas assusta o pequeno outra vez. Ele gruda o corpinho contra as barras de metal atrás de si e eriça as asas em defesa.

— Desculpe, desculpe… — imploro. Aproximo-me da gaiola com as palmas erguidas, mas o movimento assusta ainda mais o bicho. — Droga! — O sorriso se alastra pela minha boca e um sentimento de euforia me toma. — Eu não acredito que você me respondeu!

Levo as duas mãos em frente à boca e tento controlar as batidas do meu coração. Não sei bem porque esse gesto tão simples mexe comigo. É apenas um pássaro. Já escutei milhares deles cantando empoleirados nos galhos dos bosques de Mave, próximos, à janela do meu quarto ou simplesmente enquanto passeava pelo centro do reino.

Mas esse pio tem um significado a mais.

Significa que mesmo com uma vida cheia de sofrimento e desconfiança, ele escolheu confiar em mim.

Ele confiou em mim.

As portas da sala de reuniões se abrem em um rompante.

— Ah, você já está aqui! — Mig constata. Ele mira o relógio na parede. — Chegou cedo.

Tonta pela enormidade do sentimento que existe dentro de mim, apenas balanço a cabeça em resposta para o soldado e amigo.

— Fui buscá-lo no laboratório. — Aponto para a gaiola.

— Entendi. — Mig coça a testa confuso, escrutina a sala e estreita os olhos. — Que escuridão.

— Kalina! — Ehrika solta um gritinho ao aparecer na porta. Ela avança com um sorriso brilhante no rosto, mas dá uma espiada atrás de si.

Sentada em uma cadeira de rodas, está mamãe. Ela me fita com uma expressão cansada, mas muito melhor do que já esteve. A pele está voltando para o tom brilhante de sempre e os lábios não estão mais tão pálidos e rachados como estiveram dias atrás.

As mãos que empurram cuidadosamente a cadeira de mamãe pertencem a Vixen. O harakin me observa em silêncio, uma pergunta presa nas íris douradas. Não nos falamos desde a noite da minha volta e, durante os outros dias que se seguiram, tentei o evitar o máximo que pude.

Mas não consigo e nem posso evitá-lo mais.

— Mãe... — Afasto-me da mesa e sigo em direção aos três. — Tem certeza de que está bem para participar?

Lanço um rápido olhar em agradecimento para o harakin que responde com um sorrisinho de canto de boca, mas não diz nada. Existe uma tensão entre nós dois que pode ser sentida ao toque.

— Estou ótima. Não aguento mais ficar naquele quarto! — mamãe reclama do mesmo jeito que nos últimos dias.

Uma tempestade de cachos vermelhos irrompe através da porta, nos braços carrega documentos empilhados e um grande rolo de papel. Alexis pisca para nós, mas segue direto para a mesa de carvalho e derrama todos os objetos em cima, coloca as duas mãos na cintura e inspira um longo sopro de ar.

— Estou tão fora de forma!

Ehrika ri do garoto, as cortinas são abertas por Mig e Vixen me ajuda a encaixar mamãe na mesa. Quando ele termina a missão, nossos corpos quase se esbarram, mas eu finjo que nada aconteceu.

Já recuperado, Alexis inicia uma organização pouco ordenada com as pastas de papel. Uma a uma, são colocadas em frente às cadeiras. Depois, retira o elástico que contém o enorme rolo e nos apresenta um mapa gigantesco de Insula.

— O que é isso tudo? — Estico minha mão em direção aos documentos, mas Mig se materializa logo atrás de mim.

— Por favor, não espie. — Ele faz uma careta como quem não quer ser chato. — Ele já está chegando.

— Atrasado no primeiro dia de trabalho, que exemplar.

Ehrika dá um tapinha no meu braço e ri, indicando que eu não fale esse tipo de coisa. Do outro lado da mesa, Vixen relaxa confortável com um braço sobre o tampo e o outro repousado no encosto. A maldita pose principesca.

— Hux? — Mig questiona, desconcertado — O que está fazendo aqui?

Parado entre o limiar do corredor e da sala, está o jovem guerreiro de cabelos escuros e olhar triste.

— Eu o convidei — Vixen diz com um tom trivial.

Mig fuzila o loiro com uma expressão exasperada.

— Ele merece estar aqui mais do que qualquer um — complemento, apoiando a decisão do harakin. — Deixe que fique. É meu convidado também. Ei, Hux...

Aproximo-me do garoto congelado na porta, estico minha mão em direção aos cachos escuros que escondem os olhos amarelos e os bagunço um pouco. Essa é a primeira vez que o vejo desde que parti para Veraz, mas as notícias sobre o luto dele por Irvine já chegaram até os meus ouvidos.

O caloroso Hux não é mais o mesmo.

Não sorri. Não sai do quarto. Não interage com ninguém.

"Apenas Vixen consegue tirá-lo do aposento" Ehrika contou em uma das noites após voltar para a Montanha. *"Acho que Hux precisa disso, de um amigou ou irmão mais velho"*.

Vixen está cuidando de Hux.

— Fiquei muito feliz quando soube que tudo deu certo — o garoto fala baixinho, os ombros encolhidos e as mãos nos bolsos. — Pelo menos uma boa notícia.

— E eu estou feliz de te ver aqui. — Dou um soquinho de leve no ombro dele. — Venha, sente-se com a gente.

O garoto concorda. Sem cumprimentar mais ninguém, senta ao lado de Vixen com os olhos grudados no próprio colo. O harakin mais velho diz algo para ele com um sorriso verdadeiro nos lábios.

Reunida com mamãe e Ehrika, observo as pastas misteriosas e o mapa esticado sobre a mesa. Mig e Alexis aguardam também, todos em silêncio. Tem uma espécie de maleta fina em frente ao líder interino da Ruptura.

Os segundos se passam. Os minutos se arrastam.

— Quando vamos começar? — indago, batucando os dedos sobre a pasta.

O soldado certinho lança um olhar ansioso para a porta, mas encontra-a vazia.

— Em breve. Precisamos esperar mais um pouco.

Mamãe exala tranquilidade, silenciosa e muito controlada. Ehrika, ao meu lado, observa as pontas do cabelo loiro com atenção. Vixen e Hux murmuram algo um para o outro, mas não gastam muito mais tempo na comunicação.

Meu pé começa a bater excessivamente contra o chão e minhas unhas cutucam minhas cutículas. Pelo menos quinze minutos são gastos em espera e um incômodo profundo cresce no meu peito.

— Só pode ser brincadeira... — murmuro para mim mesma.

Mamãe coloca uma mão por cima do meu braço.

— Eu sei, filha — ela concorda, me acalmando. — Mas seja paciente.

— Mais? Um mês para decidir por um novo líder e na primeira reunião ele se atrasa?

Mig escuta o que digo e tenta defender a organização:

— Não se passou tanto tempo assim...

— Estamos aqui há mais de meia hora. Não me faça parecer uma chata impaciente. Vocês falam tanto de regras, mas parece que só cabem para que eu as siga!

— Kalina… — Mig tenta me calar, mas eu não deixo.

— Quer saber? — Ergo-me. — Eu vou esperar. Mas só porque eu quero olhar na cara desse folgado e dizer que já não gosto dele.

Assim que eu termino a frase, Alexis e Mig saltam da cadeira e entram em posição de sentido.

Uma voz grave responde a reclamação:

— Não será preciso... — Congelo. Ah, droga. — Já escutei bem alto e claro a sua opinião sobre mim, futura Imperadora.

O líder da Ruptura na Montanha está com as mãos nos bolsos parado na entrada da porta. Tem algo de conhecido nele. Pode ser os fios compridos e lisos e muito brancos que causam uma aura excêntrica. Ou, o terno estampado em preto e dourado, que parece ter sido confeccionado nas fábricas de Mave.

Com uma reverência quase exagerada, Mig revela a todos nós quem é a figura que provavelmente será um grande aliado ou mais um dos meus gigantescos problemas:

— Saúdem o novo líder da Ruptura na Montanha. Henli Drozag.

Capítulo 15

— Drozag? — a pergunta de mamãe é carregada de confusão.

Ela o conhece?

O motivo de ter vislumbrado uma semelhança no homem de cabelos brancos se revela. Outro sujeito, um pouco mais velho e com fios grisalhos, entra na sala. Ele caminha com uma bengala, mas sei que não precisa verdadeiramente. Sei também que o terno que veste tem padrões específicos porque as fábricas que possui são especialistas em confeccioná-las em Mave. E, pelos deuses, sei que a forma como seus olhos grudam em mamãe significa apenas uma coisa.

— Safiny... — ele diz, embargado em sentimentos.

O homem ultrapassa o líder em passadas largas até estar ajoelhado ao lado de mamãe.

— Senhor Charles?! — Ehrika e eu questionamos estupefatas.

Ele não direciona a atenção para nenhuma de nós, muito concentrado na mulher bem à sua frente.

Totalmente perplexa, mamãe consegue expulsar uma única pergunta:

— O que você está fazendo aqui?

Charles solta uma risada verdadeira, daquelas que somente são dadas após uma descarga de alívio pelo corpo.

— Eu vim atrás de você, minha querida.

O estrondo da porta se fechando nos obriga a despertar deste sonho momentâneo.

Henli Drozag nos encara com as mãos ainda nos bolsos. A luz do dia delineia os contornos do rosto quadrado e uma barba rala desenha o queixo. Ele não tem nenhum sorriso no rosto, mas também não parece irritado. Está apenas muito sério.

— Temos uma reunião a fazer, Charles. — Caminha até puxar uma cadeira e se sentar, confortável. — Se quiser levar a dama para fora, todos entenderemos, mas neste momento o futuro de Insula é mais urgente.

Charles continua com a mão repousada na cadeira de mamãe, mas de pé.

— Certamente, irmão.

Irmão?

Ao nosso redor, nenhuma palavra é dita. Estamos muito quietos enquanto essa figura misteriosa senta-se à mesa conosco. As largas mãos deixaram os bolsos e cada um dos dedos é adornado por um opulento anel prateado com pedras brilhantes. Exala a energia de burguesia e isto é só um dos motivos que me fazem detestá-lo imediatamente.

— Descansar, soldados — ordena para Alexis e Mig.

Quando o líder mira Charles, a resposta é dada em um tom casual:

— Estou bem de pé.

— Como quiser.

A escolha de um novo líder para a Montanha não era uma novidade. Desde que Irvine foi assassinada, o assunto se tornou pauta principal na organização rebelde. Mig, por ser o soldado mais próximo da antiga governanta durante seu mandato, se tornou o sucessor temporário, mas é claro que os comandantes do grupo não deixariam um jovem tomar as decisões na prisão.

Na verdade, o que me deixa desestabilizada, é todo um passado ser relembrado com a entrada inesperada do Senhor Charles. Lembranças dos dias em que eu e Ehrika espiamos por detrás das portas do escritório enquanto mamãe e o amigo faziam reuniões secretas. Todas as vezes em que jantamos na mansão do empresário e reclamamos de ter comido além do necessário simplesmente porque as refeições eram gostosas demais. Ou os presentes que ele sempre trouxe durante as festividades do Sopro da Deusa.

Charles acabou se tornando uma espécie de presença confortável nas nossas vidas e nunca questionei os motivos de ele continuar lá, mesmo que eu tivesse dificultado muito a aproximação dele nos anos iniciais.

Ainda atônita, busco pelo senhor de cabelos grisalhos e, enfim, o encontro me encarando. Ele abre um sorriso afetuoso por baixo dos longos bigodes bem desenhados e enrolados nas pontas.

— Peço desculpas pelo meu atraso — Henli Drozag entoa as palavras com a voz grave. — Mas alguns contratempos seguraram-me nesta chegada. Me reuni com as pessoas que fazem a segurança da Montanha, acredito que a nossa Imperadora entenda isso.

Um rubor sobe pelas minhas bochechas e esquenta meu rosto.

Ele espera pela minha resposta, ansioso. O enrijecer da mandíbula é uma pista inconfundível.

— É claro. — Estico um sorriso cheio de dentes. — É um prazer conhecer o irmão do Senhor Charles. Alguém tão próximo da nossa família. Não existiria pessoa melhor para assumir o cargo deixado por Irvine.

A sombra de um sorriso quase escapa da boca do maviano, mas ele se contém. Mamãe repousa a mão macia por cima do meu antebraço outra vez. Ela não faz nenhum movimento além disso, mas sei o que isso significa. *Muito bem, Kalina.*

O líder da Ruptura parece não ter interesse em ninguém além de mim. Tenta decifrar a verdade no meio das minhas palavras.

— É uma grata surpresa conhecer a nossa futura Imperadora. Confesso que Charles já falou muito sobre você. Só coisas boas, é claro.

— Ah, falou? — Deslizo minha atenção para o homem ao lado de mamãe. — Tenho muitas coisas boas para falar sobre ele também. Quer dizer… Pelo menos daquilo que eu sei, afinal de contas, existem certos segredos que desconheço sobre a vida dele. — Volto a encarar Henli. — Como você.

Abro um sorriso afiado.

— Não sou um segredo, minha cara. Não mais do que você, acredito. A filha de Vierrah Denova. Imagine a surpresa da Ruptura ao receber essa notícia de Irvine, que a Deusa a tenha. Foi uma importante companheira nessa luta, uma fatalidade o que aconteceu.

— Não foi uma fatalidade. — A voz de Hux desponta do outro lado da mesa. — Ela foi assassinada.

— Hux… — Mig murmura, numa tentativa de acalmar o garoto.

Vixen, por sua vez, não diz nada. Ele paira ao lado do garoto como um escudo. Henli nota a presença dos guerreiros pela primeira vez.

— Concordo. E você, seria quem?

— Hux era muito próximo de Irvine. Sempre nos ajudou com questões da Ruptura aqui dentro, senhor — Mig sana rapidamente as dúvidas do líder

Hux se esconde embaixo dos fios pretos do cabelo. Vixen, por outro lado, parece ter esticado os ombros um pouco mais, quase entrando na frente do amigo. As íris douradas brilham em desafio.

— A morte de Irvine foi uma perda gigantesca para todos, garoto. — Henli junta as mãos e faz uma expressão pesarosa. — E você pode ter certeza que iremos vingá-la.

O jovem harakin não diz nada, mas parece gostar da resposta do líder ruptor.

— Esses são Vixen e Hux — apresento-os, apontando na direção dos dois. — Eles são nossa principal ponte de comunicação com os harakins.

— Vixen… Escutei algumas questões sobre você. Do que aconteceu na tomada da Montanha.

O harakin tomba o rosto para o lado e faz uma expressão de falsa confusão.

— Escutou?

— Espero que esteja recuperado — Henli diz, colocando ênfase na última palavra.

— Ah, absolutamente — Vixen responde, abrindo um sorriso. — Agradeço a preocupação *genuína* comigo.

Henli estreita os olhos.

— Vixen foi peça fundamental para a conquista da prisão — comento displicente, fingindo que as batidas do meu coração não estão descontroladas. Fingindo para mim mesma que o ver como possível alvo dos questionamentos do novo líder não ative meu lado protetor.

Drozag demora apenas alguns segundos de atenção no guerreiro, mas decide voltar a jogar com todos na mesa.

— Sei que vocês todos têm muitas dúvidas sobre mim. — Ele indica as pastas posicionadas à nossa frente. — Vocês encontrarão todas as informações necessárias sobre a minha vida e os motivos que me fizeram ser escolhido para ocupar tal cargo nestes documentos. Onde nasci, estudei, quem é minha família e o que fiz pela organização. Não tenho nada a esconder e espero que vocês não tenham nada a esconder de mim também.

Henli Drozag cruza os braços em frente ao peito e os músculos repuxam o tecido da camisa. Ele é um homem forte e sabe disso, está tentando nos intimidar não somente com as palavras, mas com sua opulência física.

Abro a pasta e deslizo meus dedos pelos papéis. De fato, registros, certidões e relatórios sobre a vida de Drozag estão aqui. O que me deixa profundamente desconfiada.

É fácil forjar toda uma vida nos papéis.

Empurro a pasta para longe e arqueio uma sobrancelha. Henli percebe minha postura e fixa as íris azuis em mim.

— Algum problema, futura Imperadora?

Maldito seja, usando esse título para brincar com a minha cabeça.

Eu sei bem o que ele quer fazer. Está me testando. Quer saber o quanto posso ser instável e reativa. Mas eu não vou dar todo o controle dessa situação a ele. Se Henli Drozag quer nos mostrar o quão poderoso é, eu posso jogar na mesma moeda.

— Já que estamos sendo sinceros um com o outro, acho que você deveria saber de uma informação... Lexus Conde está morto. — Não pestanejo. — Eu o matei.

É impossível ignorar a respiração acelerada de Ehrika e o aperto de mamãe no meu braço. Alexis gruda a atenção em mim, tentando ler o motivo da minha mentira.

Henli Drozag, muito lentamente, descruza os braços e inclina o corpo na minha direção.

— Você *o quê*? — questiona, zangado.

— É realmente necessário que eu repita? — Inclino meu corpo na direção do líder, afrontando-o.

— Você assassinou nossa principal prova, futura Imperadora? — O tom de voz de Henli é baixo e firme. — Se estou bem informado, essa não foi a ordem dada pela Ruptura a você.

Ordem?

— Lexus Conde demonstrou ser um problema nos nossos planos, senhor Drozag. — Dentro de mim uma chama começa a acordar. — E eu, como futura Imperadora, a pessoa que derrubou Ravenna, decidi que era hora de eliminá-lo.

— Nós temos todos os documentos e provas de Conde, senhor — Mig responde imediatamente, confabulando minha mentira.

O soldado está se colocando em uma posição muito perigosa neste momento. Se a mentira for descoberta, ele poderá se encrencar. Essa constatação só faz meu coração se apertar ainda mais pelo sentimento de carinho que criei pelo aratnyano.

Henli fica em silêncio. Ele passa os olhos de Mig para mim e, depois, para Charles. Os irmãos conversam com o olhar.

— Um problema a menos — Henli alisa as mãos umas nas outras —, mas saiba que precisarei informar aos outros líderes que você eliminou Lexus sem nos consultar. Não sei o quanto isso impactará nossos próximos movimentos.

— Finalmente vai revelar qual é o plano aqui?

Preciso morder o interior da bochecha para não falar o que eu penso.

Henli Drozag afasta ruidosamente a cadeira pelo chão. Ele abre a mão cheia de anéis e repousa sobre o mapa.

— Não somente isto, futura Imperadora. Você vai conhecer a pessoa que o criou, trinta anos atrás, e que vai colocá-la no trono.

Mig abre a maleta e puxa uma foto. Ele entrega para mim.

Na foto, uma mulher negra com cabelos crespos e grisalhos adornados por conchas e pedras preciosas encara a câmera. Enormes óculos de grau enfeitam o rosto redondo.

— Esta é Lenora Nótt — ele diz, satisfeito consigo mesmo. — Ela faz parte do Conselho Real. E vai trair Frederick Denova.

CAPÍTULO 16

— A Reunião Anual do Conselho Real acontecerá em um mês, futura Imperadora — Henli Drozag explica, satisfeito. — O dia em que a sua coroação acontecerá.

Minha... minha coroação? Em um mês? Na Reunião Anual do Conselho?

O encaro séria. Aguardo pelo momento em que ele vai me entregar os problemas deste plano. Onde está a pegadinha. Mas Henli Drozag só fica me observando muito orgulhoso.

Uma risada verdadeira vem do centro da minha barriga. Levo uma mão em frente à boca para tentar contê-la, mas não consigo.

— Espere aí. Você acha realmente que eu vou aceitar isto? — Pego a foto de Lenora Nótt e balanço-a no ar. — Você chega aqui com uma foto e me diz que em um mês eu vou ser Imperadora de Insula e pior, que minha coroação será feita pelo Conselho Real? Aquele que colocou Frederick Denova no trono trinta anos atrás?

— Suas dúvidas são todas válidas, futura Imperadora — Henli se estica e pesca a foto de Lenora da minha mão —, mas este plano não foi criado na última semana, como pensa. Ele existe antes mesmo de você nascer. Só chegou a hora de colocá-lo em prática.

— Senhor Drozag — mamãe intervém com a postura que sempre usou para fechar negócio em Mave. — Todos nós sabemos que Frederick não reina sozinho. Mas, ainda assim, ele é o Imperador. Como Lenora Nótt, uma entre dez conselheiros reais, pode mudar algo? E principalmente, se este plano existe há tantos anos, por que somente agora será colocado em prática?

A pergunta de mamãe é certeira. Depois de assassinar Félix Denova, o Imperador de Aratny, Frederick buscou por alianças poderosas nos cinco reinos. Ele sabia que não conseguiria tomar o controle de um continente se não tivesse dinheiro, armas e soldados. E ele conseguiu.

— Todos os impérios se deterioram. Não é diferente com o de Frederick Denova — Henli volta a explicar, seguro. — Ele prometeu muito a muita gente. E essas promessas foram feitas há mais de três décadas. Nem todos que aceitaram o apoiar estão vivos hoje em dia. Outros não estão satisfeitos com as últimas decisões do Imperador. Perder dinheiro, para a maioria daquelas famílias, é um erro muito grave. Muito mais do que quebrar promessas.

Charles, que eu sempre vi como o fiel amigo – e apaixonado – de mamãe, diz:

— Segundo Lenora, Felipho Bettini, um dos conselheiros de Lovano, não ficou nada feliz ao descobrir que Frederick planeja criar um banco próprio. Como bem sabem, Felipho é dono do único banco vinculado ao Império. Esta mudança no cenário mexeria nos cofres do banqueiro.

Mamãe olhou pensativa para o amigo.

— Vocês estão dizendo que Kalina vai buscar apoio dos conselheiros insatisfeitos através de Lenora?

— Este plano não me parece certo — reclamo, um embrulho no estômago. — Vocês estão me dizendo que devo fazer o mesmo que Frederick fez trinta anos atrás? Me aliar a pessoas que só se interessam em perpetuar os benefícios e riquezas que têm?

Henli franze as sobrancelhas, impaciente.

— Deixe a ingenuidade de lado, futura Imperadora. Nós estamos fazendo isso pela população insular, mas nem todos farão e isso se aplica às famílias que estão no conselho. Mas são eles quem têm poder suficiente para derrubar o déspota.

Ehrika troca um olhar comigo. Ela não gosta nada do rumo da situação.

— E o que a Reunião Anual do Conselho tem a ver com a coroação da Kalina? — Vixen desperta do silêncio.

Eu o encaro. Ele faz o mesmo.

— Uma eleição — mamãe explica, subitamente.

Henli sorri contente pela perspicácia dela.

— É o único dia no ano em que todo o conselho se reúne em Aratny para falar sobre o continente, mas principalmente, para descobrir o que continuam a ganhar apoiando Frederick — Henli esfrega os olhos. — Não passa de uma reunião para que eles chorem de barriga cheia. Como sanguessugas.

— Uma eleição... — falo comigo mesma. — Mas de quantos votos precisamos?

— A maioria — Charles é quem responde.

Henli ergue a foto da mulher de pele escura e óculos enormes.

— Esta é nossa principal aliada. Lenora Nótt, baronesa dos portos de Marzilis. Ela tem motivos sólidos para nos apoiar.

— E quais seriam?

— Isto, cabe a ela contar a você, futura Imperadora — Henli explica, misterioso.

— Temos Bettini também — Charles indica o banqueiro. Uma foto é retirada da maleta que Mig trouxe consigo. Um homem negro, barba e cabelos grisalhos como Lenora, mas um tom mais escuro que ela. — Ele é muito próximo da baronesa. Já declarou apoio se formos seguir com o plano.

— É claro que ele cobrará por uma boa relação com o novo governo. Nada de mercado aberto, se é que me entende — Henli informa, como se não fosse nada demais.

— Dois conselheiros. — Mamãe contabiliza, analisando a foto de Lenora e Felipho. — Quais são os outros alvos?

— As famílias Dhara e Ônix-Dhara, representantes de Mave no Conselho, têm muito interesse em apoiar a ascensão de uma Imperadora do próprio reino.

Mig desliza a foto de um homem mais jovem, por volta dos vinte e tantos anos e de uma mulher com traços muito semelhantes aos dele, mas décadas mais velha. Pele branca clara salpicada por sardas e cabelos ruivos alaranjados.

— Sobrinho e tia.

— Este é apenas um garoto — mamãe argumenta. — São inconstantes. Como saber que podemos confiar neles apenas por serem da mesma família?

— Frederick aumentou os impostos para venda e distribuição do álcool em Insula. O jovem é inconstante sim, mas para o azar de Frederick nessa situação. Assim que Kalina se apresentar como Imperadora, trazendo novas propostas que possam ser agradáveis para os negócios da família Ônix-Dhara, teremos mais um apoiador. Além disso, o ego destas famílias é enorme, eles adorarão encher a boca para falar sobre uma maviana estar no poder.

— Mas é claro que temos problemas com algumas cadeiras, pelo que já sabemos. Aratny é um reino impossível de tocar, tanto a família Vereda, quanto a família Mansi são os maiores apoiadores do governo — Charles explica, apontando para as fotos de dois homens.

— E em Veraz? — Vixen questiona, inclinando-se para mais perto do mapa.

— A família Suderzlyn é abertamente apoiadora do Imperador, assim como a família Atroaiss em Lovano. São quatro impérios impossíveis de mudarmos a opinião — Drozag enfatiza.

— Espera aí. Está dizendo que Frederick já tem quatro votos confirmados e que eu tenho apenas incertezas?

Henli entrega-me a foto da marziliense.

— Nós temos Lenora Nótt. Você perceberá que tê-la dentro do ninho das aranhas é nossa arma mais potente — Henli diz, confiante. — É por isto que no final da semana você vai viajar para Marzilis com uma equipe. A baronesa quer conhecê-la.

— Por que ir até ela? Por que não trazê-la até aqui? — questiono, desconfiada.

— Marzilis é um reino onde as tropas de Frederick são infinitamente menores e fica do outro lado do continente. O atual Imperador não tem uma boa relação com o povo. Mas isso não é o principal motivo. Você terá algumas tarefas como futura Imperadora no quinto reino. Lenora vai explicar tudo quando chegar lá.

— E quem vai acompanhar a Kalina até Marzilis? — mamãe questiona, inquisidora. — Não deixarei que ela saia de dentro dessa Montanha sem a certeza de que estará segura.

— Temos soldados nas bases daqui até Marzilis, mas sabemos que Kalina precisa de uma equipe mais próxima a ela para acompanhá-la, deixo à escolha da futura Imperadora fazer essa seleção.

— Ehrika. — Mamãe vira-se para minha melhor amiga. — Você vai com a Kalina.

— Não, Ehrika precisa ficar aqui e cuidar de você!

É nítido que mamãe vem melhorando, mas não o suficiente para ir conosco. Ela ainda precisa de tratamentos médicos.

— Eu vou cuidar da Safiny — Charles intervém, com um olhar preocupado. — Tenha certeza disto, querida.

— Kali… — Ehrika murmura. — Concordo sobre nunca mais deixarmos Safiny sozinha… Mas eu *preciso* ir com você. Não me faça ficar longe mais uma vez.

— Eu vou ficar bem, filha. Charles está aqui. — Ela toca a mão do homem em seu ombro.

Troco um olhar demorado com o sujeito de cabelos grisalhos e sorriso conhecido. Ele ama minha mãe. É claro que ama. Sempre tentei fingir que não, mas ele ama.

— Iremos com vocês também, se nos aceitar na equipe — Mig fala, do outro lado da mesa. — Eu e Alexis. Já conversamos com o líder Drozag.

— São homens que estiveram próximos de Irvine, confio neles — Henli complementa. — E precisaremos de um guerreiro harakin para apoiá-los. Talvez o último a ir na missão de Veraz com você?

— Blizze?

— Ele precisa ficar na Montanha — Vixen diz de supetão. — Os harakins precisam de um líder.

Na última missão para Veraz, Vixen ficou para apoiar os guerreiros durante toda a confusão com as memórias devolvidas e a verdade sobre os experimentos feitos pelos aratnyanos. Pelo que soube, não demorou muitos dias para o guerreiro se afastar cada vez mais dos irmãos e se isolar no alto do castelo.

— É verdade — Mig diz, o cansaço na voz. — Não é novidade que as relações entre os harakins e os prisioneiros não são das melhores. Precisamos de um líder firme para eles e… — Mig dá uma olhadela para Vixen. — Nossa última tentativa não deu certo.

— Deixe que eu vá com vocês, Kalina — Vixen diz, uma seriedade estranha no rosto. — Serei mais útil lá fora do que aqui dentro.

Ainda penso na decisão quando Hux interrompe:

— Eu vou também.

— Hux… Não sei se essa é uma boa ideia — Mig comenta, inseguro.

— Por quê? Acha que eu seria um peso?

— Não foi isso que eu quis dizer. — Mig ergue as sobrancelhas e balança as mãos em negativa.

— Ei, Hux. — Noto o impasse entre os dois. Preciso agir, não somente pelo olhar curioso de Henli, mas principalmente por Hux. É inegável a dor que o garoto continua sentindo dia após dia. — Preciso de um guerreiro de confiança aqui dentro para cuidar da minha mãe. Posso confiar em você para isso?

O garoto abre a boca para dizer algo, mas a fecha. Ele pondera por alguns segundos, troca o olhar de Vixen para mim. Por fim, balança a cabeça, concordando.

— Obrigada — sorrio para ele.

— Certo — Henli diz de súbito com sua voz grave e rouca. — Temos uma equipe! Adoraria continuar essa reunião, mas tenho outro compromisso. Devo conhecer alguns dos prisioneiros e acompanhar o avanço nos laboratórios.

Henli se ergue da cadeira, enquanto Mig recolhe as fichas e as guarda na pasta. Alexis segue ao lado do líder, sendo um soldado obediente.

— Futura Imperadora. — Henli estanca na porta, antes de partir. — Espero que saiba que pode confiar em mim para apoiá-la e que teremos outros momentos para conversar.

Um frio de ansiedade brinca com meu estômago. Henli parte sem esperar pela minha resposta, seguido por Mig e Alexis, mas Charles fica para trás.

De repente, Hux aparece como um fantasma ao meu lado.

— Ei… — ele murmura, os ombros ainda encolhidos. — Obrigada por me deixar ficar na reunião. Eu... queria muito saber quem representaria a Irvine.

— Eu entendo. — Um aperto se forma no meu coração. Hux é tão jovem. Não deveria carregar tanta dor consigo.

— E pode confiar em mim para cuidar da sua mãe — fala tão baixo que mal escuto.

Vixen o espera na porta. Quando nossos olhos se encontram, apenas aceno com um movimento de cabeça. Ele abre um sorriso antes de ir embora com Hux.

Encontrar Vixen nos últimos dias vem sendo uma tarefa confusa. Não consigo controlar esse nervosismo que se apossa de mim. Venho me tornando muito consciente do que ele vai pensar ou se vai pensar algo. Ainda há a memória do abraço do nosso reencontro. Foi intenso. Foi diferente. Foi muito bom.

Mas eu não consigo decifrar se, para Vixen, foi a mesma coisa.

— Eu sei! Eu sei! — A voz de Charles ecoa alto me puxando de volta para a realidade. Volto a observar o trio que restou no salão. Mamãe, Ehrika e Charles. — Imagino que vocês tenham muitas perguntas para fazer, mas antes… tenho uma surpresa para revelar.

— Surpresa? — reclamo, exaurida — Chega de surpresas…

— Vocês vão gostar muito desta.

— O que está escondendo? — ela questiona, curiosa.

Tem um brilho na expressão de Charles. Algo que faz meu coração aquecer.

— Suas filhas, minha querida. Eu trouxe as suas filhas para a Montanha.

CAPÍTULO 17

Foi entre as ruelas fedorentas do Mercado Itinerante das Pulgas que mamãe encontrou sua filha caçula, três anos atrás. Encolhida debaixo de um toldo quase caindo aos pedaços, Jheni enrolava-se em um trapo gasto que tinha mais barro do que tecido. Os transeuntes caminhavam alheios – ou ignorando por vontade própria –, a solitária criança. Mas mamãe parou, sentindo algo dentro do peito que não poderia ser explicado pelas regras mundanas. Com onze anos na época, Jheni era tão miúda quanto voraz. Encarou mamãe com os olhos queimando e vociferou:

— Não chegue perto — rosnou, entrando cada vez mais para dentro de si. — Tenho uma faca!

Foi o que disse para mamãe.

Foi o que mamãe nos contou naquela noite, ao trazê-la para casa.

Pitrya e Tolisie já haviam sido acolhidas um ano antes, chegadas juntas em uma carroça que transportava porcos para o abate. Elas seriam vendidas para um comerciante rico da região, mas mamãe agiu antes que qualquer homem pudesse colocar as mãos sobre elas.

"Porcos imundos. E não estou falando dos animais que estavam com vocês", ela rugiu na segurança de nossa sala aquecida pela lareira.

Éramos nós cinco contra o mundo e isto tornou-se a epítome da perfeição. Não existiria nada e nem ninguém que pudesse se encaixar na forma como a nossa família havia se formado, não é? Mas eu estava completamente errada. Foi quando pus meus olhos na caçula das Lâminas que tudo fez sentido. Os eixos se alinharam e as respostas foram dadas pelo universo.

Faltava ela. Faltava Jheni.

Durante anos, mamãe e as filhas viveram e lutaram juntas. Sempre assim. *Juntas.* A Esquadra das Lâminas formada por seis pontas afiadas.

Isso até eu estragar tudo.

Até o nosso alicerce ser roubado e levado para a Montanha.

Nada poderia ser igual depois daquilo. Nossa família havia sido despedaçada e não havia forma de conectar as peças do quebra-cabeça outra vez. Ainda assim, o navio estaria esperando por nós seis, caso o plano que arquitetei desse certo.

"*Mentiras e mais mentiras*", sussurrava internamente enquanto tentava fazer minhas irmãs acreditarem em algo que nem mesmo eu acreditava. Sabia, no fundo do meu peito, que apenas quatro das Kasters estariam naquele convés. Zarpariam para tão longe que nenhum mapa poderia delatar a localização e somente as memórias ficariam para trás.

Era isso o que deveria ter acontecido, não é?

— Kalina? — Ehrika me encara no corredor, as bochechas rosadas banhadas em sal das lágrimas. — O que está fazendo?

Não havia percebido que meus pés estancaram no meio do corredor, enquanto mamãe e Charles chegam cada vez mais perto da porta do antigo quarto de Ravenna.

Em meio ao torpor da minha mente, ordeno que meu corpo reaja e siga até Ehrika. Os dedos delicados e quentes de minha melhor amiga me guiam como se soubessem que preciso deles como uma bússola.

— Abra logo, Charles — mamãe ordena, inquieta.

Ehrika liberta uma risada nervosa, mas que, de alguma maneira, relaxa a tensão dos meus ombros. A maçaneta gira. A porta se abre. Passos confusos e ansiosos são dados e olhos ávidos buscam três garotas.

O verde cristalino dos olhos de Tolisie contra a pele negra clara é a primeira coisa que vejo. Tem sardas salpicadas por toda a bochecha e nariz, como se estrelas tivessem explodido em tons de marrom. Sentada na cama de mamãe, segura o caderno surrado que sempre carrega consigo para gravar todas as palavras que não cabem mais no peito. O lápis travado no tempo enquanto nos encara com um sorriso tão meigo que chega a doer.

Ao lado, de pé, está Jheni. A expressão destemida de sempre, escondida por baixo dos fios pretos do cabelo liso, transforma-se em um piscar de olhos em animação pura. Ela, diferentemente da primeira, parecia estar perambulando de um lado para o outro dentro do quarto com um *dedilhado mecânico* – que já solucionou diversas vezes –, na mão. Ela fala a palavra *mãe* tão baixo que só posso entender através das linhas dos lábios sussurrando enquanto corre.

O encontro de Jheni e mamãe é observado por todos dentro do quarto. Charles afasta-se alguns passos para o canto do aposento, dando-nos privacidade. Mamãe desliza os dedos pelo rosto de Jheni, que tenta apenas abraçá-la cada vez mais forte. Também tem a fluidez nos passos delicados de Tolisie até beijar o rosto de mamãe uma dezena de vezes e dizer que sentiu saudades.

Estão bem. Estão aqui.

Mas não todas.

Não escuto o som conhecido da risada grave de Pitrya ou percebo sua presença como o sol. A garota que provavelmente estaria encontrando jeitos de fazer uma piada ou outra sobre a situação toda não faz parte da imagem.

Onde ela está?

— Pitrya? — pergunto, vasculhando cada pequeno canto do quarto com meus olhos.

Parece que quase tudo está no lugar. As xícaras do café da manhã mantêm-se esquecidas na mesa de centro, as almofadas usadas por Ehrika repousam no tapete fofo que ela gosta de usar como cama e as rosas vermelhas colhidas do jardim de inverno no topo do castelo enfeitam o ambiente. Tudo parece estar certo. Mas não está.

Porque falta uma das Lâminas aqui.

O sorriso de Tolisie esmorece devagar. As íris verdes cristalinas ficam tão nubladas quanto um dia de chuva gélido. Ela desvia o olhar, fugindo da pergunta.

Jheni, por sua vez, desperta como um vulcão em erupção. A fúria está presente em cada pequeno espaço do rosto.

— Aquela traidora! — resmunga, a mandíbula tensionada.

Tolisie balança a cabeça em negativa.

— Jheni, pare com isso — diz, a voz doce se tornando dura.

A mais nova continua abraçada à mamãe, mas estica uma mão e empurra o ombro da mais velha.

— Pare você de defender ela!

Mamãe empalidece enquanto questiona:

— Meninas, onde está Pitrya?

Um longo suspiro sai do peito de Tolisie. Ela tenta responder, mas o lábio inferior treme visivelmente.

— Charles, *onde está* minha filha?

O homem de cabelos grisalhos tem uma tristeza clara no semblante. Dá um passo mais para perto, trazendo a bengala consigo, mas antes que possa responder, Tolisie intervém:

— Pitrya foi embora.

É como um soco bem no meio do peito. O ar se esvai em uma única lufada e você esquece como é respirar de novo. As palavras giram ao seu redor e você tenta uni-las numa mesma frase. Você quer entender por que elas parecem tão erradas se ditas juntas e descobre que, na verdade, é porque você jamais esteve preparado para ouvi-las.

— Embora? — A palavra escapa da boca de Ehrika em completa confusão.

Tolisie balança a cabeça algumas vezes como se afastasse um pensamento, aperta os lábios em uma tentativa falha de evitar o choro que deságua pelas bochechas. Ehrika desperta da inércia e ampara a nossa irmã. Toma-a nos braços, servindo como porto-seguro.

Jheni não parece ter desistido de mostrar o que pensa sobre Pitrya.

— Foi bom que ela partiu! — rosna, mirando o rosto de mamãe com intensidade. Ela quer mostrar que não se importa, mas isso só demonstra que ela se *importa demais*. — Agora sabemos que ela nunca mereceu estar na nossa família.

— Jheni, pare! — Tolisie choraminga, abalada nos braços de Ehrika. — Você sabe o que aconteceu! Não podemos julgá-la por ter subido no navio!

O navio.

Seis passagens foram compradas antes do plano estipulado por mim ter sido posto em prática meses atrás. Antes de eu entrar na Montanha em busca de mamãe. Não existia um destino certo, apenas a segurança de que conseguiríamos sair do continente dentro de um cargueiro. Suzana Bark, a namorada de Ehrika, havia organizado tudo diretamente do porto de Marzilis onde trabalhava. As passagens foram tão caras quanto necessárias. Era isso ou esperar pela visita dos soldados aratnyanos após a nossa fuga, mas mesmo que o plano desse errado, o restante das lâminas deveria partir sem olhar para trás.

Esse era o acordo que fiz cada uma prometer seguir.

Mas nem Jheni e nem Tolisie parecem ter cumprido.

— Por que vocês não foram com a Pitrya? — Minha voz é quase inaudível.

Todos os olhares cravam-se em mim.

Tolisie balbucia algo, mas é Jheni quem se joga nos meus braços. Ela me aperta tão forte que mal consigo respirar.

— Kalina! — reclama em um tom infantil. — Você é tão *idiota*, eu avisei que aquele plano estúpido não daria certo. Eu avisei, sua tonta!

Mas ela me abraça mais e mais forte. Tão forte que preciso dar batidinhas no ombro da garota. Tão forte que quase desperta um sorriso no meu rosto, mesmo que eu esteja longe de querer sorrir.

Elas estão aqui. Mas Pitrya não.

— Meninas — mamãe chama por todas nós. — Eu preciso entender o que está acontecendo. — Movimenta a mão quase imperceptivelmente, mas Charles entende, porque se aproxima muito rápido para dar suporte às pernas fracas da amiga. — De qual navio vocês estão falando?

— Droga, esqueci de explicar isso para ela... — Ehrika diz para si mesma em um tom choroso.

Ela conta.

Enquanto escuta o plano, mamãe desliza seus olhos castanhos para mim e balança o rosto em confirmação. Ela sabe que não havia outro jeito. Ela sabe que precisávamos fugir.

— Eu nunca conseguiria ir embora sem vocês, Kali. Nunca! — Jheni sussurra apenas para mim. Está com a bochecha encostada no meu peito, os braços em volta da minha cintura.

Não respondo de imediato. Repouso meu queixo no alto da cabeça da mais jovem. Tolisie me observa com um sorriso triste. Mais do que ninguém, é ela quem deve estar sofrendo pela partida de Pitrya. As duas eram como unha e carne. Chegaram juntas e sempre estiveram juntas. Não eram irmãs de sangue, mas amigas de infância.

Como Tolisie deixou Pitrya ir e como Pitrya pôde deixar Tolisie ficar?

Meus pensamentos talvez estejam altos demais porque são respondidos:

— Eu não poderia deixar Jheni sozinha... — a mais velha entre as lâminas murmura, como uma súplica, como se estivesse pedindo perdão. — Vocês não entendem, não tinha como fazer Jheni entrar naquele navio.

A mais jovem estreita os olhos.

— Eu sei me virar, tá bom? Você não foi porque não quis.

— Não fale assim com Tolisie — admoesto-a. — Ela escolheu te proteger.

Jheni se cala, mas lança um olhar cheio de significado para a irmã, que retribui com outro.

— Mas... — Ehrika intervém com bochechas muito molhadas. Ela nunca soube esconder os sentimentos que por vezes escorrem através dos olhos. — Pitrya foi sozinha? Ou... foi com Bark? Vocês tiveram alguma informação sobre a segurança dela?

Tolisie e Jheni se encaram.

— Não sabemos de nada, Ehri — a mais velha responde, nervosa. — Foi tudo muito confuso. Primeiro a mamãe foi levada, depois vocês duas sumiram... Pitrya ficou muito abalada. Ela mal dormia. Ela queria fazer o que a Kalina pediu, mas nós não a apoiamos nisso...

Jheni bufa, revirando os olhos. Abre a boca para discutir mais uma vez, mas é silenciada por mamãe.

— Eu não julgo a decisão de Pitrya. — Ela esteve silenciosa por bons minutos desde a última pergunta, controlando-se para manter a base da nossa família completamente sólida. Charles ainda está firme atrás de mamãe, a mão encostada nas costas dela. — Se minha filha partiu, eu a entendo.

Um silêncio sepulcral se estende pelo quarto. Apenas o choramingo de Ehrika agarrada a Tolisie marca a passagem do tempo. Estamos em luto. Nenhuma de nós afirma isso, mas estamos. Não ter a presença de Pitrya é como perdê-la para sempre. Nada disso deveria ter acontecido. Nós nunca deveríamos ter nos separado.

Mas, assim como eu encontrei mamãe, posso buscar por Pitrya.

— Vamos acreditar que a nossa irmã esteja bem — informo, tomando as rédeas da situação. Tolisie sempre foi o nosso ponto de sabedoria entre as cinco, mas é impossível que ela exerça esse papel agora. — Eu prometo a vocês que, assim que estivermos todas em segurança, eu vou trazê-la de volta.

Ehrika para de soluçar e ergue o olhar na minha direção.

Tem um brilho despertando nas íris violetas porque ela sabe que estou falando a verdade. Ela sabe que nada me faria quebrar essa promessa. Apenas a morte.

— Você promete? — Jheni pergunta, baixinho.

Ergo minhas sobrancelhas em surpresa.

— Eu prometo — sussurro de volta para a pequena. Ela pressiona a bochecha mais firmemente contra meu busto.

Ainda muito quieta, mamãe apenas meneia o rosto para mim em concordância.

— Podemos perguntar a Bark sobre Pitrya… — Ehrika diz, insegura ao falar sobre a namorada. — Vocês tiveram, ao menos, alguma notícia sobre ela? Vocês viram a… a capitã?

Meu peito se aperta com a clara ansiedade nos olhos violetas.

— Desculpe, Ehri. Nós realmente não sabemos. Pitrya apenas saiu de casa com a mochila e a passagem do cargueiro — Tolisie explica, depois encara o homem atrás de mamãe. — Depois disso procuramos por ajuda. Estávamos vivendo na mansão do Senhor Charles.

— Também coloquei espiões de guarda na casa de vocês por via das dúvidas, mas Pitrya não voltou. Também não foi vista por Mave — o amigo de mamãe explica, desolado. — Sinto muito, querida.

— Ah, Charles… — Mamãe repousa a mão sobre a dele. — Obrigada por ter cuidado das minhas meninas.

— Você não precisa me agradecer por isso, Safiny.

Os dois se encaram por alguns segundos.

Jheni faz uma expressão de vômito e espera que eu faça o mesmo.

— Senti sua falta, pequeno furacão — murmuro baixinho.

As íris muito escuras de Jheni brilham. Ela pisca algumas vezes afugentando os sentimentos impressos ali.

— Tá, que seja — responde, sem saber o que falar.

Ela me abraça. Porque Jheni gosta de abraços, mas não se dá bem com palavras.

Um silêncio intenso, carregado de significado se instala ao nosso redor. Mamãe estica os dedos para Tolisie, segurando a mão da garota. Não diz nada, apenas acaricia a pele da filha.

Não há mais nada a ser dito. Pitrya se foi. Bark ainda é um mistério.

Mas, se existe algo a qual podemos nos agarrar, é que estamos ao menos juntas outra vez.

Não completas, mas juntas.

— Ei, Jheni. — Ehrika funga, limpando as lágrimas dos olhos. Ela abraça mais forte Tolisie e lança um olhar para mim que quer dizer muita coisa. Eu conheço esse olhar, significa que Ehri quer amenizar o clima pesado que se apossou do ambiente. Ehrika sempre faz isso, mesmo que esteja sangrando por dentro, vai preferir estancar as feridas de quem ama primeiro. — Sabia que você está abraçando a futura Imperadora de Insula?

A jovem estica o rosto para mim e semicerra os olhos. Charles solta uma risada divertida e mamãe estica um sorriso que não chega aos olhos. Tolisie ergue as sobrancelhas, chocada.

— Estamos ferrados... — murmura a pequena, com um deboche intrínseco.

Eu deveria estar feliz por tê-las comigo. Deveria estar grata por Pitrya ter seguido em frente e lutado pela própria segurança. Deveria ser grata por ela ter me escutado.

Mas não estou. Assim como nenhuma de nós está.

Tem um sentimento a mais que vem escorregando as longas unhas afiadas pela coluna. Algo que se prende nas paredes do meu coração.

Elas estão bem. Elas estão aqui.

Mas e se não estiverem mais? E se tudo mudar em um movimento errado?

E se eu estragar tudo mais uma vez?

— Por que vocês não apresentam a Montanha para as meninas, Kalina? — mamãe indica. — Estou me sentindo um pouco cansada e preciso conversar com Charles por alguns minutos.

— Tem certeza? — pergunto, ansiosa.

Ela balança o rosto, acalmando-me. Caminha em direção à cama com Charles ao lado, amparando-a pela cintura. Vê-los assim, tão próximos e ligados, o homem doando-se tanto à nossa família e especialmente à mamãe, espalha um sentimento bom pelo meu coração.

Mamãe merece isso.

Ela merece alguém que cuide dela.

Eu faria isso de bom grado pelo resto da vida, mas fico feliz que exista alguém que também queira exercer esse papel.

Por isso, não reluto com o pedido. Que os dois tenham um momento a sós.

— Mas voltem logo, certo? Quero ficar com as minhas meninas — murmura, olhando para trás. — Com as minhas lâminas.

Mas não todas elas.

— Por falar em lâminas — Afasto o pensamento intruso e encaro a garota agarrada a mim, um sorriso divertido surgindo na minha boca. — Tem um lugar que você vai adorar conhecer.

Junto de Ehrika, Tolisie e Jheni, nós partimos para fora do aposento. Abraçadas umas nas outras, eu as guio por corredores como se as guiasse para longe da tristeza. E por algum tempo, poderemos fingir que está tudo bem.

Que ainda estamos todas juntas.

Que, um dia, voltaremos a ser uma esquadra de seis pontas.

CAPÍTULO 18

Busco pelo ponto amarelo no alvo.

Expiro lentamente e solto a corda. A flecha voa furiosa, mas perfura o círculo azul, juntando-se a mais outras três tentativas.

Minhas mãos trêmulas são um lembrete de que estou piorando.

Algo tão fácil para mim, como disparar flechas em um alvo estático se torna a cada dia um desafio. Venho perdendo o controle não somente da minha mente, mas do meu corpo.

Não consigo me concentrar em nada, esqueço de assuntos durante conversas simples e meu humor oscila de uma hora para a outra.

Estou exausto. Vivendo no limite entre a consciência e o apagamento.

Preciso tanto dormir.

Vixen…

— Vixen — Desperto com a voz de Hux. Ele observa a flecha balançando — Talvez... hoje não seja o seu dia.

Abaixo o arco e observo também.

— Ou talvez eu só seja um péssimo arqueiro… — desabafo. O garoto me encara surpreso. Não é algo que costuma me ouvir dizer. Não posso deixá-lo preocupado comigo também. — Ah, não. Espera... isso é impossível.

Pisco para Hux, que balança a cabeça em negação e quase abre um sorriso.

— Quer tentar? — Inclino o arco para ele. — Não vou contar para ninguém se você for péssimo.

Tem uma dúzia de estrelas de metal de seis pontas, conhecidas como *shurikens*, nas mãos de Hux. Ele sempre preferiu usá-las durante os expurgos e evitar a proximidade com os prisioneiros. Não é uma arma que consiga matar, mas pode causar um bom estrago no oponente.

— Não, obrigado.

Impulsiona o braço para trás e dispara uma shuriken no centro do alvo.

Ergo as sobrancelhas e solto um assobio.

— Nada mal… — Estreito os olhos e baixo o tom da minha voz. — Para alguém que nem sabe como usar um arco e flecha.

Dessa vez ele ri. Uma risada diferente das outras que fingiu durante as últimas semanas. Não é como as risadas que dava quando Irvine estava viva, mas pelo menos é sincera. *Que bom. Você precisa voltar a sorrir, Hux.*

As portas do salão de treinamentos se abrem e novas risadas adentram junto de quatro garotas.

Existe uma energia inexplicável que sempre faz meus olhos encontrarem os de Kalina. Poderia desenhá-los centenas de vezes e nunca conseguiria replicar o traço exato. Ou o tom castanho, tão escuro que por vezes se torna preto, mas que brilha como o crepúsculo.

Kalina desce os degraus com um sorriso no rosto e sinto meu coração bater mais forte. Fico preso neste instante e tudo o que consigo fazer é venerá-la nos meus pensamentos.

Kalina. Kalina. Kalina.

Poderia sussurrar esse nome para sempre. Enrolar na língua as letras que o formam. Sentir o gosto de todas elas e imaginar como seria nos lábios.

Kalina.

— Quem são aquelas duas? — Hux pergunta, curioso.

Parecem íntimas das Kasters. A mais jovem não consegue se conter no próprio corpo, saltando os degraus de dois em dois. Ehrika avisa para que tenha cuidado, mas é ignorada. A segunda parece ser a mais velha entre as quatro, talvez dois ou três anos de diferença com Kalina.

Quanto mais se aproximam, mais eu esqueço como usar as próprias mãos. Deixo o arco de lado porque não vou usá-lo na frente delas. Já tive minha quantidade suficiente de tentativas falhas por hoje.

— Não sabia que teríamos companhia. Kalina… — cumprimento-a primeiro. Hoje os cachos grossos do cabelo caem soltos por cima do busto. Escorregam até a curva perfeita da cintura e... Desvio o olhar antes que ela note meus pensamentos depravados. — Ehrika e...?

— São nossas irmãs — Kalina responde com um toque carinhoso na voz. — Tolisie e Jheni.

Irmãs.

— É um prazer conhecê-las — digo rápido demais. — É... esse é Hux — aponto para o garoto e tento disfarçar meu nervosismo.

Tolisie, a mais velha entre elas, acena educada, mas a caçula encara Hux dos pés à cabeça. Dá de ombros com um ar impaciente e indaga:

— Tá, mas onde estão as lâminas?

Kalina ri e bagunça a franja de Jheni.

— Ali — Indica os fundos do salão.

— *Eu* mostro pra vocês. — Ehrika agarra o braço de Jheni e a puxa para perto. — Ah, Hux! Você pode me ajudar nisso? Tenho certeza que conhece melhor do que eu o arsenal.

— Mas e a Kalin... — Jheni não consegue terminar a frase.

Com pressa, Ehrika carrega os três para longe e nos deixa sozinhos. Na última vez que tivemos um momento a sós para conversar, eu a tinha nos braços. Não sei o que ela pensa sobre tê-la abraçado da maneira que abracei, mas tudo o que pensei naquela noite foi a necessidade de tocá-la assim que a vi.

Ao mesmo tempo, tenho medo de que possa ter ultrapassado algum limite. Foi muito difícil conquistar a confiança e amizade de Kalina. Durante muito tempo ela me viu como inimigo. Não posso julgá-la por ter tirado certas conclusões sobre mim, mas agora que consegui me aproximar, me apavora que possa estragar tudo.

Não posso perder isso que temos. Seja o que for. Porque estar perto dela é suficiente para mim, mesmo que eu deseje mais do que isso.

— Como você está? — pergunto, ansioso por quebrar o gelo.

Kalina ri e isso chama a minha atenção.

— Como eu estou? Bem, vamos ver... — Cutuca com a ponta do pé o tatame. — Quase morri afogada pela segunda vez, viajei por dez dias através de esgotos e túneis muito fedorentos e, para ajudar, sou inimiga declarada do Imperador de Insula. Mas, tirando tudo isso... — Ela abre o sorriso mais doce que já vi. — Minha mãe acordou do coma e minhas irmãs estão aqui comigo. Isso é tudo o que importa. E você, Vixen, como você está?

Dedos invisíveis se agarram ao meu queixo e lembro do Rei do Outro Lado invadindo meus pesadelos.

Mas você voltou e agora posso ficar bem.

— Nunca estive melhor — sorrio para ela.

Kalina aceita minha resposta, mas não parece acreditar totalmente.

Nos fundos do salão de treinamentos, Ehrika e Hux mostram para Tolisie e Jheni as armas disponíveis.

— Parece que vocês não vão sair daqui tão cedo — constato e, na mesma hora, Hux entrega para Jheni as shurikens. A caçula faz movimentos estranhos – e que certamente não são os certos para manusear as armas –, mas Hux acha engraçado, porque abre um sorriso enorme.

Hux sorriu?

— Já que estamos aqui... — Kalina se aproxima de súbito e o perfume preenche meu nariz. — O que acha de me ajudar em uma coisa?

— É uma coisa criminosa? — Mordo o lábio, contendo o êxtase de tê-la tão próximo. — Precisamos infringir ao menos duas leis para valer a pena.

Ela faz uma careta e os lábios grossos formam um biquinho.

Ah, Kalina...

— Preciso animar minhas irmãs. Pensei em jogar algo para desligar a mente por um tempo. Topa?

Ela está propondo que joguemos um jogo *juntos*?

Kalina nota a minha completa atonicidade e abre um sorriso jocoso.

— O que é? Está com medo de perder para mim?

Uma faísca se espalha pelo meu peito.

Kalina está baixando a guarda cada vez mais comigo. Fala quase de uma maneira afetuosa. *Como bons amigos.*

Inclino-me o suficiente para que minha voz seja ouvida apenas por ela.

— Na verdade, será delicioso fazê-la engolir essas palavras.

— Boa sorte para vocês dois — Ehrika diz com um sorrisinho no rosto.

Estamos apenas eu, Hux e ela próximo às portas de entrada e saída do salão de treinamentos. Kalina e Jheni estão do outro lado, perto dos banheiros.

— Tem certeza que você não vai jogar? — Ajeito o lenço encaixado metade para fora e metade para dentro no bolso traseiro. — Parece que vai ser divertido.

— É muito divertido... para quem está assistindo. — Ehrika ri consigo mesma. — Além do mais, é necessário um juiz e Lisie não está no melhor dos humores para participar. — Faz uma expressão tristonha, depois nota Hux em silêncio. — Cuidado com a Jheni, provavelmente ela vai focar em você.

Ele troca um olhar aterrorizado comigo.

— Por que em mim?

Ehrika se diverte com a resposta.

— Vocês vão aprender rapidinho que Kalina e Jheni são *muito* competitivas.

Dá um adeus cheio de significado com as mãos e segue até a metade do salão. Como Ehrika disse, a irmã mais velha das Kasters preferiu sentar-se confortável em uma pequena arquibancada construída próximo ao tatame central. São apenas alguns bancos organizados de forma a observar com privilégio os treinos dos harakins.

— Ei. — Espio Hux. — Você não precisa jogar se não estiver afim. Consigo enfrentar aquela dupla.

O sorriso convencido que libero não reflete de fato o que sinto. Hux apenas discorda com um balançar de cabeça. Esfrega as mãos umas nas outras, nervoso.

— Não quero voltar para o meu quarto. Não tem nada pra fazer lá.

Ergo uma sobrancelha, surpreso pela mudança de postura do garoto. Até alguns dias atrás eu precisava implorar para tirá-lo do aposento.

— Preparados?! — Ehrika grita do meio do salão. — Lembrem-se, sigam as regras e... Não matem uns aos outros. Estou falando com você, Jheni.

A loira ergue as duas mãos ao alto e, depois de alguns segundos suspensos no ar, os abaixa dizendo: Agora!

Eu espero.

Não é necessário agir ainda.

Quero observar os movimentos escolhidos pelas duas garotas. Elas vão preferir seguir pela esquerda, onde existem lugares para se esconder ou seguirão pela direita onde o caminho é livre e a visão sobre nós dois não é interferida?

Escolhem ambos.

Jheni desaparece em meio às pilastras, armários e carrinhos com materiais esportivos, enquanto Kalina caminha com calma pela direita me encarando de longe. São metros de distância, mas as íris castanhas queimam em mim.

As regras do jogo são simples, vence a dupla que roubar os lenços dos bolsos dos inimigos primeiro. Não é permitido que as duas garotas usem a manipulação do ar contra nós dois, ou que usemos nossa habilidade de prever os movimentos delas através da audição, nem mesmo usar nossa força sobre humana contra as duas. É, na melhor das hipóteses, um jogo justo. Vence aquele que for mais esperto e conseguir atacar de forma certeira.

— Hux. Vamos seguir com o plano, ok?

Ele abre um sorriso travesso. Um sorriso que por semanas não o vi compartilhar. O jovem não precisa de uma segunda indicação para começar a correr.

Para Hux, é fácil disparar pelo salão e chamar a atenção de Kalina. A garota estanca por um segundo, desconfiada com a investida do garoto. Ela firma um pouco mais as pernas, pronta para encará-lo se necessário, mas o jovem não chega nem perto de encontrá-la. Em três longas pisadas, Hux salta em busca do início da corda que está presa ao teto e que desce como uma serpente em direção ao chão. Quando encontra o que busca, firma as mãos e impulsiona o peso do corpo para cima, ajustando os pés de forma que consiga subir facilmente. Ele se balança por um tempo, mas foca no que precisa ser feito: procurar pela inimiga.

Logo, o sorrisinho confiante está lá, confirmando que ele encontrou o que procurava.

— Jheni dando a volta no salão — informa em alto e bom tom. — As duas vão tentar te emboscar!

Um grunhido de raiva vem do lado esquerdo do ambiente.

— Chega de papo! — Jheni grita, nenhum pouco feliz de ter sido descoberta. — Desce aqui e vem me enfrentar!

Hux solta uma gargalhada divertida, do tipo que reflete a idade que tem.

A garota toma coragem e sai de trás de uma pilastra. Kalina aproxima-se mais do centro do salão e nossos olhos se encontram mais uma vez.

Ela ergue uma sobrancelha como quem diz: Jogo sujo.

— Ué... — Hux diz, a voz cada vez mais leve. — Por que *você* não vem aqui em cima buscar o lenço?

Jheni cruza os braços em frente ao peito, observa os metros de distância do chão e da corda. Precisaria de um belo impulso para alcançar a ponta, não é mesmo?

— Como quiser — a garota responde com um tom muito contente.

No mesmo instante, ela começa a correr. Kalina a acompanha.

Em um movimento fluido e ágil, Kalina encaixa as mãos uma nas outra e desliza pelo chão até encontrar Jheni, que apoia o pé nas palmas da irmã. Kalina impulsiona o corpo para cima, enquanto Jheni estica a mão. O salto da garota é alto o suficiente para que ela agarre a ponta da corda e se pendure.

Hux procura por mim.

Jheni escala a corda, os olhos focados no lenço que está pendurado no bolso de Hux. Na posição em que se encontram, certamente a garota conseguirá agarrá-lo.

Kalina não faz nenhum outro movimento além de prestar atenção na segurança da irmã. Está distraída. E é na distração que eu ataco.

O mais silencioso que consigo ser, começo a correr. Algumas passadas largas e as linhas de Kalina já se tornam mais nítidas. Talvez ela esteja muito preocupada ou talvez duvide que eu a ataque agora. O que ela não sabe, é que eu nunca fui competitivo, mas sempre adorei irritar aqueles por quem tenho interesse.

E eu tenho muito interesse em Kalina.

— Cuidado! — Jheni grita, percebendo minha aproximação.

Kalina gira em um movimento preciso. As pontas dos meus dedos quase tocam o lenço atrás do bolso, mas não o suficiente para agarrá-lo. Mesmo que seus cachos estejam presos em um rabo-de-cavalo, as mechas resvalam pela minha bochecha enquanto se distancia. Escorrego pelo chão, tamanha a velocidade que coloquei para chegar até o meu objetivo.

Kalina me encara com uma pergunta no rosto:

— Atacando pelas costas? — Um sorrisinho dançando pelos lábios cheios e muito, *muito bonitos.* — É dessa maneira que pretende me vencer? Pobre, Vixen... Bem, se quer tanto, só precisa implorar ajoelhado. Vou pensar com carinho no seu caso.

Balanço o rosto, tentando com todas as minhas forças afastar a energia quente que ela me causa.

Droga, Kalina!

Lanço um rápido olhar para a perseguição feita no ar. Só é necessário um leve menear de cabeça para que Hux entenda o que deve fazer. A corda se mexe com o movimento imposto pelo corpo do garoto. Ele balança para frente e para trás, mas Jheni não se deixa abalar pelo obstáculo. Ela continua a subir, ainda mais furiosa.

Ehrika contou durante os dias em que estivemos juntos cuidando de Safiny que uma das atividades preferidas das Lâminas sempre foi escalar. É uma habilidade que por anos e anos foi incentivada e treinada pelo quinteto. Não foi difícil supor que Jheni conseguiria seguir Hux. Nós já contávamos com isso.

O plano segue o curso desejado.

Separá-las seria uma atitude inteligente, afinal de contas, elas sabem lutar *juntas*. Sempre fizeram isso. São a Esquadra das Lâminas, não é mesmo?

Já harakins, como eu e Hux, aprendem desde cedo a agirem sozinhos.

Seguir os próprios instintos e não contar com a ajuda de ninguém para sobreviver ou realizar o trabalho que nos era cobrado.

Nunca fomos ensinados a olhar para a união como algo que nos fortalecia. Na verdade, os antigos responsáveis pelas mentiras contadas percebiam o quão perigoso seria nos deixar próximos uns dos outros.

Quanto mais solitários, mais enfraquecidos estaríamos.

Sei que usar isso contra as meninas agora é jogar muito sujo, mas não consigo me conter em imaginar a expressão de Kalina pela possibilidade de perder esse jogo. Ehrika disse que a amiga é competitiva.

Eu adoraria vê-la sendo assim.

Adoraria ver todas as facetas de Kalina.

Conhecer cada pequeno detalhe que a faz ser quem é.

Então, eu avanço.

Kalina fica levemente surpresa, mas tão rápido quanto um raio, deduz o movimento que planejo fazer. A sigo, mantendo o ritmo que ela dita. Não vou abusar das minhas habilidades de harakin, mesmo que eu saiba que Kalina poderia me vencer mesmo assim.

Este é um jogo que eu estou adorando degustar.

Kalina não consegue esconder o sorriso quando me finta e quase rouba o lenço do meu bolso. Morde o lábio e faz um movimento com as mãos, pedindo que eu avance até ela.

Acima de nós, Jheni já diminuiu a distância o suficiente para que toque os pés de Hux. Para evitar a derrota, ele solta o aperto das mãos e usa apenas o apoio dos pés para dar um salto de cabeça para baixo e voltar a se agarrar na corda, só que dessa vez, embaixo de Jheni. A garota solta um grito assustado pela ação muito perigosa de Hux, mas ele mal parece ter percebido isto. Está mais ocupado gargalhando com a reação da jovem Kaster.

De repente, Kalina decide mudar a rota. Ela dispara para o lado contrário onde estamos, mas dá uma espiada por cima do ombro me provocando.

Ela joga a isca e eu fico muito feliz em mordê-la.

Da arquibancada, Ehrika vibra agarrada em Tolisie enquanto assistem tudo sem esconder que torcem pelas irmãs. Ela deveria ser a juíza desse jogo, mas imparcialidade não parece fazer parte da ética da loira quando se trata de Kalina e Jheni.

Kalina é veloz enquanto corre.

Mas é ainda mais veloz em desaparecer. Em um piscar de olhos, a perco completamente. Usou algumas pilastras e carrinhos que apoiam pesos de musculação ou os arcos e flechas, para brincar com a minha mente.

— Kalina, Kalina... — cantarolo, observando as possibilidades. — Escondendo-se de mim? É dessa maneira que pretende me vencer? — imito a frase dita por ela momentos atrás.

Dou um passo e depois outro.

Onde ela está?

Dou passadas contidas, mirando os cantos mais escuros do ambiente. Ela pode estar agachada, ou estar escondida atrás de alguma pilastra, ela pode estar bem atrás de mim. Não restam mais tantas possibilidades conforme vasculho cada pequeno espaço escolhido por ela para me trazer. Tem essa eletricidade percorrendo meus braços, essas cócegas que brincam com minha barriga.

Quando chego no ponto final do salão, é que chego à conclusão de que talvez não seja eu a estar a caçando nesse momento. Quem sabe eu tenha caído como um tolo em uma armadilha feita para mim.

— Não. — A voz dela ecoa. — É assim que eu vou vencer!

A rede usada para escalar a parede desaba por cima de mim, prendendo-me contra o concreto. Kalina salta do alto onde esteve escondida, segurando o tecido para que eu não a percebesse. E, mesmo que já tivesse visto essa mesma rede uma centena de vezes posicionada ali, minha mente mal percebeu a falta dela. Porque tudo o que eu pensava era em achar Kalina.

Aceito a derrota, enquanto Kalina ri consigo mesma e estica a mão na direção do meu bolso. Ela puxa o lenço e o ergue em frente ao meu rosto.

— Consegui! — grita alto, o maior sorriso de todos crescendo no rosto.

Kalina me ajuda com a rede, mas dá pulinhos de animação enquanto procura pela irmã mais nova. No mesmo instante, Jheni responde com um grito ainda mais animado. Mesmo de longe, é fácil ver quando ela salta para longe da corda e ergue o lenço de Hux. O jovem harakin vem logo em seguida.

— O que falou sobre me fazer engolir as palavras? — Kalina faz a pergunta com deleite. — Vai sonhando, Vixen.

E se afasta, buscando pelas irmãs.

Não consigo me mexer de início. A energia que reverbera pelo meu corpo é atordoante. É uma sensação que eu já não sentia há muito tempo. Que talvez eu jamais tenha sentido antes.

Um sentimento de ser escolhido para fazer parte de algo bom.

Hux troca um rápido olhar comigo de longe, mas segue para as arquibancadas. Ele apenas faz um aceno discreto com a cabeça e abre um sorrisinho contido.

Seguimos o plano.

Porque, mesmo que Jheni e Kalina tenham nos vencido de forma justa e por mérito próprio, mesmo assim, Hux e eu combinamos de, se necessário, deixá-las ganhar. Porque elas merecem isso. Elas merecem esquecer os problemas. Elas merecem estar felizes e juntas.

Kalina acertou quando disse para eu continuar sonhando.

Mas não com a finalidade que acredita.

Eu vou sonhar que ela continue me querendo por perto e que ela não me veja mais como o inimigo.

CAPÍTULO 19

O cheiro que inunda meu olfato é bom. Aquece meu peito e me lembra que as coisas estão diferentes aqui dentro. É cheiro de comida feita para alimentar o estômago, mas também a alma. Porque antes a fome que era usada para nos enfraquecer aqui dentro, agora é força sendo entregue através de um prato de comida.

E essa é apenas uma das mudanças que nos diferencia *deles*.

Ehrika explicou que o lugar em que estamos é o antigo refeitório dos soldados. Tem janelas enormes descendo do teto ao chão, iluminando o ambiente com o dia nublado do lado de fora. Parou de chover, mas o sol continua escondido atrás das nuvens. O tapete verde comprido faz caminho para quem segue até as mesas de metal escuro. Ao fim, na parede oposta, o símbolo do reino Aratny se mantém entalhado em pedra. Ninguém o tirou ainda daqui. Existem coisas mais importantes a serem feitas nesse momento.

Seguro o prato na mão, atrás de um grupo de pessoas em uma fila. Todos esperam para receber um pouco de ensopado. Os cozinheiros não são obrigados a fazer este trabalho, mas fazem porque querem ajudar.

Hoje, atrás de dois panelões posicionados em uma mesa comprida, estão dois homens que não poderiam ser mais diferentes. O primeiro, de pele marrom avermelhada, mediano em altura e sem nenhum fio de cabelo na cabeça, sorri enquanto despeja a concha cheia de alimento no prato de um desconhecido. Ao lado dele, por sua vez, há um harakin. As veias pretas de sangue demoníaco são impossíveis de ignorar, subindo pelos braços, pescoço e bochechas. Os fios compridos do cabelo presos em um rabo de cavalo e a expressão tímida no rosto. Ele estica a concha repleta de comida, mas não consegue encarar a pessoa que o ignora, seguindo diretamente para o homem ao lado. Ele continua esperando o próximo que aceita de bom grado.

Existem sentimentos mal resolvidos aqui dentro. Dores de ambos os lados e que talvez jamais sejam saradas.

Quando chega a minha vez, me aproximo do guerreiro. Ele não olha inicialmente para mim, mas eu puxo assunto:

— Não quis ficar lá embaixo com os outros soldados? — pergunto em um tom amigável.

O guerreiro ergue os olhos, percebendo quem eu sou. Despeja o ensopado no meu prato com delicadeza e o vapor cheiroso sobe até o meu nariz.

— Fico lá também, mas gosto disso aqui.

— E ele manda bem, viu? — O senhor ao lado abre um sorriso ainda maior — Deve ser esse sangue de demônio nas veias, faz milagres no ensopado.

O ex-prisioneiro ri alto, dando um soquinho no braço do harakin que mal se mexe. O outro, por sua vez, abre um sorriso de canto de boca.

Agradeço pela comida aos dois e sigo em frente, deixando para trás a troca de brincadeiras dos indivíduos que, antes, eram inimigos.

Mig contou que a verdade sobre os harakins foi revelada em uma reunião feita com todos os prisioneiros logo após a minha partida para Veraz. A animosidade se tornava cada vez mais exacerbada. De início, nem todos acreditaram. Existem aqueles que refutam dados científicos e preferem se aconchegar nas histórias criadas na própria cabeça. Não há muito o que ser feito com aqueles que se tornaram alienados pelas notícias falsas espalhadas pelo governo. Mesmo sabendo que harakins são tão vítimas como qualquer prisioneiro que esteve aqui dentro, mesmo assim, o convívio nem sempre é pacífico.

Ver aqueles dois dividindo o mesmo espaço, como iguais, como possíveis amigos, me faz lembrar novamente dos motivos de precisarmos derrubar Frederick.

Procuro pela mesa onde mamãe e minhas irmãs estão. Elas vieram mais cedo do que eu, após puxar as cobertas de cima de mim e jogar um travesseiro no meu rosto, indicando que já era hora de almoçar.

Quando as encontro, sentadas em uma mesa comprida no canto esquerdo do refeitório, percebo que outros conhecidos estão com elas. Alexis parece muito animado contando algo para Mig e seus olhos atentos. Ehrika, Jheni e Tolisie praticamente flutuam ao redor de mamãe, questionando o tempo todo se ela está sentindo dores, o que é respondido constantemente com indicações de que "suas filhas deveriam procurar algo melhor para fazer". E tem Vixen e Hux compartilhando alguma história engraçada o suficiente para que risadas sejam trocadas entre os dois.

O de cabelos claros parece sentir minha presença, porque ergue o olhar em meio a risada. As olheiras estão cada vez mais escuras e os ossos da bochecha parecem estar mais evidentes do que antes.

O que está acontecendo, Vixen?

— Kalina! — Ehrika grita, chamando minha atenção. Quando me sento na cadeira vaga, bem em frente a ela, minha melhor amiga rouba uma colherada do meu ensopado. — Dormiu bem pouquinho essa noite, hein… — debocha com um sorriso nos lábios.

— Ela precisa minimamente de oito horas de sono pra não ser uma megera — Jheni manda um beijinho para mim.

— Oito é pouco, diria que doze — Tolisie responde, rindo com o próprio comentário.

— Que tal irem ao inferno? — Enfio a colher no ensopado e levo-a para a boca, irritada.

— Kalina... — mamãe me adverte.

— O que?! Elas que começaram!

— *Elas que começaram.* — Jheni me imita com uma voz aguda.

Hux ri com a péssima atuação da minha irmã mais nova e isso chama a atenção dela. O semblante antes jocoso se fecha em uma carranca.

— Está rindo de mim? — pergunta, ríspida.

Hux para de rir e as bochechas tornam-se vermelhas.

— N-não... — balbucia, encolhendo-se.

Jheni desmancha a pose com uma risada debochada. Enche a colher de ensopado e coloca na boca enquanto fala:

— Relaxa, tô *zoando* com a sua cara!

Hux solta o ar preso no peito e decide focar a energia no ensopado em seu prato. O garoto ainda vai perceber que lidar com Jheni é esperar pelo imprevisível.

— A comida está muito boa, Mig — parabenizo-o com um sorriso sincero. — Parece que tudo anda funcionando ao seu comando.

— Eu disse que estaria — Alexis responde, orgulhoso. Ele coloca um braço ao redor do ombro do garoto. — Ele nasceu pra comandar!

Mig aceita o abraço, mas fica sem saber o que fazer. O ruivo volta a comer o ensopado, cheio de fome.

— Você sabe que Henli precisará de um braço direito, não é? — mamãe comenta, a voz despertando a atenção de todos.

— Ah, sim... — Mig encolhe os ombros. — Mas pensei que Charles ou a senhora poderiam ocupar esse lugar.

— Eu? Não... Você tem muito mais talento do que eu para isso.

— Pare de ser modesta, mamãe. Você sabe que é uma das melhores estrategistas que Insula poderia ter. — Coloco o prato de lado. — Charles confia em você de olhos fechados, o que significa que Henli também. Mas concordo que Mig seria um ótimo braço-direito.

O garoto desvia o olhar para Alexis. O ruivo continua comendo, observa a conversa com olhos esbugalhados e faz sinais positivos com a mão. Tem molho vermelho na bochecha direita, mas ele não percebe.

— Mesmo assim, não poderia ser eu. Gostaria de estar presente na missão de Marzilis — diz quase para si mesmo. — Quer dizer, isso se a Kalina achar que eu posso ser útil na missão. — Abre um sorriso nervoso no fim.

A missão até Marzilis será mais complicada do que a de Veraz. Isso porque estamos em Aratny, enquanto o outro reino localiza-se na ponta oposta do continente. Serão dias e mais dias de viagem, vagando entre postos desconhecidos da Ruptura e fugindo das emboscadas de Frederick. Ter Mig na equipe seria, no mínimo, de grande utilidade. Alexis foi um braço-direito formidável, mas ainda assim continua sendo Alexis. O talento inato de Mig para negociações, além do conhecimento sobre o sistema da Ruptura e do governo serão uma carta importante no jogo.

— Será uma honra ter você ao meu lado.

Alexis puxa Mig para um abraço e os dois sussurram entre si.

As portas do refeitório se abrem e aos poucos as vozes silenciam. Olhares atentos em alguém que não parece bem-vindo. Cochichos explodem na mesa atrás de mim e alguns dedos são apontados.

Quando procuro pelo motivo da mudança drástica de energia, encontro Nyllie. Um pouco diferente, mais forte e com a aparência saudável. Encara o chão, com o prato nas mãos enquanto aguarda o momento de receber o alimento. Aos poucos, todos voltam a ignorar sua presença e retornam as conversas animadas.

Mas meus olhos não conseguem desgrudar da ratinha. Estou de volta à Montanha apenas há alguns dias, mas ainda existe um mundo de questões que preciso resolver e sentimentos que precisam ser entendidos.

— As fofocas correm soltas por aqui — Ehrika sussurra para mim, percebendo minha atenção na garota lovana. — Todos sabem que foi ela quem contou para Ravenna do plano. Ela é excluída, sabe? *Pobre* Nyllie.

Encaro Ehrika, os olhos violetas mirando a ratinha.

— Você sente pena? — pergunto. A dor estala na minha cabeça quando lembro das palavras de Nyllie naquela noite. Quando ela me traiu. Quando traiu todos nós.

— Um pouco, é claro! — Ehrika responde meio envergonhada. — O que aconteceu com todos nós foi muito confuso e eu consigo entendê-la de alguma forma. A solidão é uma coisa dolorosa, Kalina. Já tentei me aproximar, mas Nyllie não deixa.

Engulo uma colherada do ensopado, calando-me.

Mamãe observa a ratinha também. Nas noites em que estivemos juntas, o nome de Nyllie foi lembrado. Explicamos que a ideia de procurar por mamãe no castelo foi da lovana, mas que a deixar para trás foi o motivo que a fez nos trair. Ainda me causa um misto de sentimentos quando penso nas decisões que tomei, no quanto posso ter sido uma verdadeira babaca com ela. Mas ainda assim, Irvine está morta por causa de Nyllie, e isso é suficiente para odiá-la.

"Ela errou — mamãe disse depois de ouvir toda a história. — *Mas você quer ser o peso sobre as costas daquela garota pelo resto da sua vida*?" — Kalina — mamãe me chama. — Convide-a para se sentar conosco.

Todos na mesa ficam em silêncio.

— O quê? — pergunto, a voz saindo alta demais.

Mamãe olha apenas para mim e a memória da nossa conversa sobre a ratinha volta a minha mente.

"*— Todos estarão olhando para você de agora em diante, Kalina. Você precisa tomar uma decisão que afetará a vida desta garota.*"

— Você sabe que deve convidá-la — mamãe reafirma, com as sobrancelhas erguidas

Com todo o autocontrole que me resta, ergo-me da mesa sem emitir nenhuma palavra. Afasto a cadeira ruidosamente e começo a caminhar em direção à ratinha. A garota recebe a concha de comida no prato, mas quando se vira para sair, uma mulher esbarra nela e o ensopado respinga na roupa que veste. A desconhecida não pede desculpas para a lovana ao seguir para fora da fila.

Nyllie apenas respira fundo e segura com mais força o prato; ergue os olhos para procurar por uma mesa, mas sou eu quem vê de imediato. Estou em frente a garota que arregala os olhos cor de mel, como se tivesse visto uma assombração, mas rapidamente fecha o semblante e tenta fugir. Coloco meu corpo no caminho e digo:

— Você pode comer na nossa mesa.

A ratinha trava, pisca algumas vezes e encara o próprio prato.

— Não finja que não me odeia, Kalina — diz, rancorosa. — Acredite, eu te odeio também.

Dá um passo para longe, seguindo para a parede oposta à que estamos.

Solto um suspiro, desistindo. *Pelo menos eu tentei.*

Mamãe nos observa de longe. Quando tento voltar para a mesa, noto a sobrancelha arqueando com mais intensidade.

Droga, mãe!

Seja firme, Kalina.

— Não é meu convite — volto atrás de Nyllie —, mas a escolha é sua. Não deve ter muitos lugares nesse refeitório onde vão te aceitar. Sabe do que estou falando.

Está de costas para mim com os ombros tensionados e a respiração acelerada.

— Tudo bem — cede, finalmente.

Um misto de alívio e desprazer percorre meu coração.

— Vem comigo.

Não demora muito para que Ehrika receba Nyllie com um sorriso carinhoso no rosto.

— Senta aqui! — Empurra Jheni para o lado e abre espaço entre elas. A mais jovem abre a boca para brigar, mas decide roubar a comida de Ehrika como vingança. Mostra a língua enquanto come dois pratos de uma vez.

Nyllie está quieta, mas balança a cabeça levemente para todos na mesa.

— Sou Safiny Kaster. — Mamãe estica a mão. — É um prazer te conhecer.

A lovana parece chocada por um instante, mas ergue-se de ímpeto e retribui o aperto.

— Ouvi falar muito de você. — O olhar de Nyllie resvala para mim.

Um grunhido ecoa do lado direito da mesa. É Hux, balançando a cabeça negativamente enquanto raspa a colher com força no prato já vazio. Vixen está observando Nyllie, sem dizer nada.

— Fiquei sabendo de muita coisa também. Inclusive, se não fosse pela sua ajuda, talvez Kalina e Ehrika não tivessem me encontrado.

Hux resmunga irritado outra vez.

— Algum problema? — Mamãe questiona, mostrando que também percebeu o jeito do garoto.

— Está tudo bem — Vixen responde, coloca a mão no braço do amigo.

— Não! — Hux explode. — Não está tudo bem. Se não fosse por ela, Irvine ainda estaria aqui! — O garoto empurra o prato e joga a colher com força dentro da louça.

— Hux, você não tem como saber — Ehrika murmura, tentando acalmar os ânimos.

O jovem harakin encara Ehrika, e tem muita dor refletida na expressão.

— *Ela* nos traiu… — Ele aponta para Nyllie.

A ratinha está mortalmente quieta.

— Ei. — Vixen segura o braço de Hux levemente. — Vamos sair daqui, que tal?

Hux o encara, as bochechas vermelhas. Bufa, puxando o braço.

— Não sou eu quem deve sair da mesa, é ela! — O garoto parece prestes a cair em lágrimas, mas empurra todas elas para longe com as mãos. — Quer saber? Isso tudo é ridículo! — Afasta a cadeira com força suficiente para que caia no chão. Jheni, ao lado, apenas o encara em silêncio.

O garoto não se despede ao sair correndo para fora do refeitório.

Estamos todos muito quietos. Vixen solta um longo suspiro, mas troca um olhar comigo antes de ir atrás do menino. Jheni ajeita a cadeira ao lugar de antes e segura o encosto por algum tempo, sem dizer nada. Apenas volta a se sentar e comer.

Conversas paralelas começam a reverberar. Mig e Alexis explicam para mamãe e as meninas algumas questões sobre a Ruptura e rapidamente o momento é esquecido. Ehrika tenta puxar assunto com Nyllie, mas a garota apenas assente e usa poucas palavras para responder.

Come em silêncio. Tão quieta que poderia ser esquecida. Mas eu não esqueço. E é por eu não esquecer, que percebo a lágrima silenciosa escorrer pela bochecha da garota e cair no colo.

Capítulo 20

— O que ela está fazendo? — pergunto, confusa.

Ehrika segue meu olhar e encontra Nyllie colocando o prato sujo e talheres dentro de um grande tonel. As pequenas mãos da garota lovana, que parecem tão finas a ponto de quebrar, seguram as bordas do gigantesco objeto e o erguem sem fazer esforço algum.

Ela é uma lovana, de fato. A força como poder intrínseco em suas veias.

É surpreendente vê-la fazer isso, mesmo sabendo que os dispositivos com veneno inibidor de poderes começaram a ser retirados logo após a derrubada de Ravenna como diretora da Montanha. Aos poucos, cada um dos prisioneiros volta a ter controle sobre os próprios poderes, mesmo que ainda estejam dentro da prisão. Parece que é o caso de Nyllie também.

— Ela trabalha na equipe de limpeza da cozinha — Ehrika responde com um tom de pena. — Mal a vejo sair de lá, pra ser sincera.

— Ela poderia ser melhor utilizada na defesa do castelo, não acha?

Ehrika troca um olhar com Mig.

— Tentamos isso, mas ela não foi muito bem aceita na equipe — o garoto explica com uma expressão quase piedosa.

— Lavar pratos é um ato individual, acho que foi por isso que ela escolheu esse trabalho. Não precisa lidar com muitas pessoas. — Ehrika faz um biquinho, pensando na situação.

Esbarro com o olhar de mamãe fixo em mim. Desvio sendo covarde demais para perguntar se ela tem algo a dizer, mas acabo desistindo e volto a encará-la.

— Você quer que eu vá atrás dela. — Não é uma pergunta, mas uma afirmação clara de quem conhece Safiny Kaster.

Mamãe leva um copo de água até a boca, sorve um longo gole e pede ajuda de Tolisie para se levantar da mesa.

— Algumas situações precisam ser resolvidas e essa me parece ser uma delas. Você sabe o que deve fazer, filha.

O que eu devo fazer? Bom, voltar a dormir seria uma ótima escolha.

Mas é claro que não é isso o que eu faço.

Chego até a cozinha antes mesmo que perceba. Meus pés fizeram o caminho enquanto minha mente fervilhava com as palavras que eu gostaria de dizer para Nyllie, mas nada pareceu ser certo.

Droga!

Tem mais ensopado fervendo em grandes panelas distribuídas pelos fogões industriais. Cozinheiros com suor escorrendo pelo calor do ambiente, mas com sorrisos contentes no rosto ao me ver.

Kalina Kaster. É a garota que nos salvou.

Eles sussurram entre si.

Ela? Mas é apenas uma criança.

Outros dizem.

Cumprimento todos, enquanto desvio pelos trabalhadores procurando por Nyllie. São os finos cabelos cor de mel que eu vejo primeiro. De costas para mim, retira os pratos do tonel e deposita todos em cima da pia mais afastada. Está praticamente escondida do mundo em um canto, a lâmpada no teto piscando de tempos em tempos. A garota gira a torneira e água espirra por todos os lados, molhando-a inteira.

— O dia não pode piorar — ela reclama, baixinho.

Eu também achei, mas é claro que pode.

Deslizo em silêncio para o lado de Nyllie e arregaço as mangas da camisa. Retiro alguns pratos sujos do tonel e coloco na pia. A ratinha se assusta, afastando-se rapidamente de mim.

— O que você está fazendo aqui? — ela questiona, chocada.

— Apenas lave e me deixe secar, ok? — repondo, mais dura do que gostaria.

Nyllie só fica me encarando com as sobrancelhas enrugadas. Agacho-me procurando nas gavetas alguma toalha limpa o suficiente, mas não encontro.

— Aqui. — Nyllie atira um pano seco.

Ela volta ao trabalho, esfregando os pratos em silêncio. A água contra a cerâmica é o único som entre nós duas. Minutos se passam e ninguém tem coragem o suficiente para iniciar uma conversa. Na mesma proporção em que a pilha de louça fica limpa, minha coragem de resolver as coisas com Nyllie torna-se cada vez menor.

Estou fazendo isso por mim ou por mamãe? O quanto da dor causada pela ratinha ainda existe dentro de mim? Quanta vergonha pelas minhas decisões ainda resta no meu coração?

Talvez, só talvez, seja melhor que nós duas deixemos a situação como está, porque existe um vespeiro sobre nossas cabeças e se começarmos a cutucá-lo, certamente uma das duas, ou ambas, sairá machucada.

— Ele tem razão. — Nyllie quebra o silêncio.

O prato escapa da minha mão, mas consigo pegá-lo antes que caia no chão.

— Quem?

— O garoto — diz, sem parar de esfregar os talheres. — Aquela senhora morreu por minha causa.

Ouvi-la confirmar a tragédia faz meu coração parar. Durante dias amaldiçoei-a pela morte de Irvine, mas conforme o tempo passou me peguei questionando se, de fato, era culpa de Nyllie o que havia acontecido, ou se foi tudo uma junção de fatalidades causadas por um sistema ditador e injusto. Estávamos todas tentando sobreviver aqui dentro.

Mas você foi atrás dela. Você queria ajudá-la.

— Quem assassinou Irvine foi o Ruel, não você — respondo, mas as palavras são azedas na língua.

— Pare de fingir que acredita nisso — enfatiza, mas parece estar calma demais ao dizer isso. — Todos dizem que eu sou uma traidora, já até me acostumei com esse título. Não será a sua opinião que vai mudar algo para mim.

Fico consciente demais da aspereza do tecido enquanto tento absorver o que Nyllie acabou de dizer.

— Você não se importa mesmo — constato com um tipo novo de raiva fervilhando dentro de mim. — Como pode não se arrepender do que fez, Nyllie?! Pessoas morreram naquela noite! Inocentes!

Ela joga a esponja na cuba da pia e fecha violentamente a torneira. Os olhos, assim como a pele do rosto repleta de sardas, estão muito vermelhos agora.

— O que você quer de mim, Kalina?!

Abro a boca, mas meus pensamentos se embaralham e fico sem saber o que responder. Meu silêncio é interpretado de outra forma pela lovana, que continua a me atacar:

— Eu não me arrependo, é isso o que quer ouvir?! — rosna. — E pode me odiar! Pode até mesmo sentir nojo de mim! Todo mundo sempre faz isso mesmo! — Ela empurra o tonel para o lado e os pratos que restaram lá dentro batem uns contra os outros. — Você é igual a todos. Nunca nem questionou o motivo para eu estar presa, porque você só pensa em si mesma!

Ela estica o dedo na minha direção e calor se espalha pelas minhas bochechas.

— Eu estava tentando salvar a minha mãe! Você não pode me julgar por isso!

— E eu estava tentando te ajudar! — Nyllie se aproxima de mim com raiva explodindo na face. Chamo pelo meu poder, despertando-o no fundo do peito. — Sabia que eu pensava em você todos os dias desde que foi para o castelo? Quando a Ehrika foi levada eu passei noites em claro. Eu pensei que vocês estivessem mortas! E eu chorei *tanto* por isso! Eu realmente pensei que a próxima seria eu, porque vocês nunca mais haviam voltado e, no fundo, pensei que a culpa havia sido minha! — As mãos da garota estão tremendo enquanto ela limpa as lágrimas que caem pelo rosto. — Mas a pior parte foi descobrir que você estava lá em cima esse tempo todo.

Você só se lembrou da minha existência quando precisou me usar. Quando precisou que eu fizesse o trabalho sujo por você. — Nyllie empurra meu ombro. Tropeço, mordendo a língua pela raiva. As lágrimas não param de cair dos olhos da lovana. — Porque você é igual a qualquer pessoa que já passou na minha vida. E eu fui tola o bastante por acreditar que o amor que você sentia pela sua família a fazia ser alguém diferente. Eu estava *muito* errada. — Nyllie dá outro passo, mas manipulo meu poder e arrasto o tonel até nos separar fisicamente.

— Eu posso ter errado no início, tá bom? Mas quando eu pedi a sua ajuda, não foi porque eu queria usá-la, mas porque eu confiava em você!

— Mentira! — Nyllie se recusa a acreditar. — Você está mentindo, assim como todos sempre fazem!

Ela empurra o tonel para o lado, mas não consegue me atacar. Uso o ar ao redor dos braços da garota para imobilizá-la. Ela tenta lutar, gritando mais e mais. Cozinheiros assustados nos encaram, mas eu ordeno que saiam. O poder que uso para controlar Nyllie é tanto que preciso fechar meus próprios olhos por conta da dor que começa a pulsar na minha cabeça.

— Eu fui uma pessoa horrível, tá bom? — grunho. — Eu realmente só me importava com minha mãe e Ehrika, mas no fundo... Eu tinha medo de me apegar a você e depois te perder. Eu não queria me sentir responsável por mais uma pessoa!

A minha confissão faz Nyllie desistir de me atacar. Ela se afasta, com um olhar cheio de mágoa.

— Eu não pedi para que você cuidasse de mim!

— Eu sei... — Solto um longo suspiro cansado e escondo minhas mãos trêmulas. — Mas eu sou assim, Nyllie. Quando eu amo uma pessoa, eu faço tudo pra que ela fique bem. Eu entro até mesmo na porcaria da maior prisão do continente pra salvá-la. Eu... eu sou capaz de matar se isso for necessário para defender quem eu amo.

Os gritos de Ehrika voltam à minha mente. A kukri entrando no pulmão do sargento que tentou abusá-la. Nenhum arrependimento desperta em mim. Eu faria de novo se fosse necessário.

A garota limpa as lágrimas com força e sustenta meu olhar. Há um silêncio congelante após a explosão entre nós duas. Sem dizer mais nada, volta para a pia. Pega a esponja dentro da cuba e abre a torneira. Lava os pratos como se nada tivesse acontecido e me ignora.

Aperto meus olhos com força e contenho a irritação que se espalha pelo meu corpo. Quero dar as costas a ela e ir direto para o meu quarto, esquecer o que aconteceu aqui, mas sei que não posso. Não apenas por mamãe, mas por mim também. Não vou conseguir esquecer as palavras que ela confessou. E as verdades nelas.

Pego o pano caído no chão e volto a enxugar os pratos.

— Por que você foi presa? — pergunto, com um tom pacífico.

Nyllie fica quieta, quase me fazendo desistir de tentar continuar a conversa. Mas decide revelar:

— Sou a mais velha de cinco filhos *imprestáveis* aos olhos do meu pai. O que é irônico, porque na minha casa o único imprestável era ele. Só sabia beber e falar mal da minha mãe e dos meus irmãos. — O prato na mão da ratinha já está completamente limpo, mas ela não para de esfregá-lo, perdida em pensamentos. — Minha mãe era submissa demais. Eu sei que, no fundo, ela o odiava também, mas nunca reagia. Ele podia bater o quanto fosse na gente, que ela não falava nada. Meus irmãos são bem mais novos, então meu pai dizia que eu precisava arrumar um emprego pra pagar as contas — a ratinha fecha os olhos e diminui a voz —, enquanto ele ficava bebendo nas tavernas de Lovano, é claro.

A revelação me deixa enojada. Tenho sorte por ter uma família tão unida e amorosa. Dói não ter papai conosco, mas sei que se ele estivesse vivo, teria sido um exemplo de homem, e, de um certo modo, tivemos o Senhor Charles. Escutar Nyllie confessar que o pai era um babaca desse tipo me deixa um pouco mais compadecida com a garota.

— Conseguir emprego em Lovano é impossível, ainda mais quando não tem estudo. Nunca fui matriculada em uma escola de verdade, tive que aprender tudo sozinha. Mas eu cometi o erro de pensar que poderia ser suficiente pra ele se fizesse o que fiz.

Nyllie luta contra os próprios demônios. A voz trêmula parece prestes a se estilhaçar quando finalmente fala:

— Nossa casa fica na divisa entre o interior e a cidade. Eu usava o meu tempo livre para fugir de casa e andar pelas fazendas. Fingir que minha vida era diferente. Criar histórias fictícias onde eu era herdeira de toda aquela terra. Dentro da minha casa era sempre muito barulhento. Meu pai gritava o tempo todo, as crianças brigavam o tempo todo. Então eu gostava de entrar nos celeiros e ficar deitada no feno por um tempão, apenas descansando no silêncio. Só que naquele dia foi diferente... — Ela engole em seco. — Eu achei que não tinha ninguém por perto quando encontrei uma saca de arroz e decidi que levaria pra casa.

Meu peito aperta. Comida nunca faltou na nossa casa, assim como conforto e o carinho da minha família.

— O dono da fazenda me viu. Foi fácil empurrá-lo pra longe de mim, porque era um idoso, mas ele bateu a cabeça na viga de sustentação. — Nyllie larga o prato, depois joga a esponja na cuba e me encara. — Eu ouvi o barulho do crânio rachando. Eu sabia que tinha feito algo de muito errado. Saí correndo, mas os funcionários da fazenda escutaram a discussão antes. Eles me capturaram antes que eu pudesse voltar pra casa. — As lágrimas da garota voltam a se derramar. — Os soldados me prenderam no posto governamental e intimaram meu pai a comparecer para pagar a minha fiança, mas... ele nunca apareceu porque disse aos militares que eu não era filha dele.

Nyllie abraça a si mesma quando os soluços de choro se tornam intensos demais.

— Eu sinto muito, Nyllie — murmuro, sem saber o que dizer à garota.

Ele a deixou sozinha. Assim como eu fiz.

Estico meus dedos com intenção de afagar o ombro da garota, mas ela recua.

— Por favor, não. Não me toca.

— Desculpe. — Grudo minha mão ao lado do corpo. — Eu só... você não é nada do que o seu pai fez você acreditar que fosse. Lamento que tenha passado por essas situações, mas... podemos tentar superar tudo isso de outra forma. Sem tanto ódio envolvido.

Jamais vou conseguir esquecer que foi a traição de Nyllie que resultou na morte de Irvine, mas não quero continuar alimentando essa ferida.

— Por favor, me deixa sozinha. — A lovana dá as costas para mim.

— Nyllie...

— Vai embora!

A garganta se aperta e a vontade de lutar contra a teimosia de Nyllie aumenta, mas por fim, apenas largo o pano sobre os pratos limpos. Respeito o pedido da garota após tudo o que me contou e aguardo mais alguns segundos, desejando que a ratinha mude de ideia e me deixe ficar, mas ela não faz isso.

Dou as costas a Nyllie e faço o que ela me pediu.

Deixo-a sozinha.

Capítulo 21

Os dedos de Jheni movimentam as engrenagens de aço. Eixos deslizam de um lado para o outro enquanto a atenção da garota está cravada no objeto. O branco que antes misturava-se com preto e azul, agora é uma lateral inteira da mesma cor. Jheni não parece notar o mundo ao seu redor, concentrada demais em resolver aquele enigma pela… *Quantas vezes já fez isso?* Milhares, talvez. Mas ela não cansa, sempre buscando o menor tempo, sempre encontrando formas de dificultar o objetivo.

Está esparramada no sofá de couro escuro dentro do nosso aposento com as pernas jogadas por cima do encosto e a cabeça posicionada em um ângulo que não parece nada confortável.

A lareira crepita intensamente, aquecendo o ambiente silencioso. Mamãe e Tolisie estão adormecidas na cama e Ehrika parece ter pegado no sono enquanto lia um livro deitada no tapete felpudo.

A madrugada já tomou posse do céu e a Montanha está adormecida. Talvez tenha sido a quantidade de horas que dormi na última noite, ou talvez seja a conversa que tive com Nyllie no início da tarde, mas o sono está bem longe de mim neste momento.

O dia foi um verdadeiro borrão. Reuniões com Henli e a definição da nossa missão até Marzilis, caminhadas pelo castelo para verificar como tudo estava sendo organizado e novas notícias sobre o silêncio de Frederick. É claro que ele está se movimentando de alguma forma e a Ruptura parece estar trabalhando para descobrir e prever isso. Mas a ansiedade não abandona meus pensamentos. E se ele estiver esperando do outro lado da porta? E se eu sair da Montanha e, logo após, ele atacar?

A ficha nas minhas mãos é de Lenora Nótt. Já a li tantas vezes que poderia recitá-lo de memória. Viúva do barão do porto, a maioria das docas e navios pertencem à família. Ligados ao governo desde a tomada do poder, são os únicos com liberação oficial para transportar cargas entre a costa continental e para fora do perímetro. Há anos estão tentando conseguir liberdade para negociar com outros continentes, mas Frederick não parece gostar da ideia.

Lenora nunca foi uma das maiores apoiadoras do Imperador e o déspota sabe disso. As relações estão ruindo e a baronesa teme estar na mira do ditador.

— Mas e se ela estiver mentindo? E se ela nos trair? — questionei, encarando Henli mais cedo no antigo escritório de Ravenna.

— Lenora não vai fazer isso — o líder da Ruptura murmurou pensativo, passando a mão sobre o queixo.

— Como pode ter certeza?

— Porque o passado de Lenora nunca permitiria.

Abandono a ficha da baronesa na mesa de centro, cansada de pensar no assunto. Jheni me acompanha, descartando o brinquedo resolvido pelo chão.

— Estou com tanto tédio — ela resmunga.

— Você deveria estar dormindo.

— Tá bom, *mãe* — debocha, jogando as pernas para o ar e dando uma cambalhota.

Ela desliza pelo ambiente, seguindo até o piano de Ravenna. Senta-se no banco e começa a erguer a tampa que esconde o teclado.

— Pode esquecer — advirto-a, usando meu tom de irmã mais velha — Mamãe está dormindo.

Jheni revira os olhos. Ao lado encontra a mochila que ela e Tolisie trouxeram para mim e Ehrika com roupas e objetos pessoais. Cheia de energia, decide que remexer na bolsa é interessante o suficiente para entretê-la. Eu poderia ordenar que a garota largasse a sacola, mas não faço isso. Mantê-la quieta é uma das minhas missões de vida agora.

— Eu deveria ir com você — a jovem murmura, abrindo os bolsos e retirando meu caderno de anotações. Folheia-o, mas logo descarta. — Para Marzilis. Eu deveria ir junto.

— Nem pensar — respondo, levantando-me da poltrona e caminhando na direção dela. — Você precisa ficar aqui e cuidar da mamãe.

— Tolisie faz isso muito bem sozinha.

— Mas vocês funcionam melhor juntas. — Levo um dedo até o queixo da garota e a obrigo a me encarar. — É sério, Jheni. Preciso que cuide dela. Não podemos perdê-la mais uma vez.

A menina assente, mirando mamãe de longe.

— Aquele garoto, Hux... — Ela muda de assunto, esquecendo a mochila completamente. — Você disse que ele vai ficar na Montanha também, não é?

Ergo uma sobrancelha, curiosa.

— Por quê? Está pensando em perturbá-lo?

— Só se ele tirar a minha paciência... — Faz um biquinho atrevido.

Encaro-a com mais seriedade.

— Hux passou por algo muito doloroso, ele precisa de uma amiga.

Jheni parece prestes a refutar minha ideia, mas guarda as palavras para si. Pensa por um segundo.

— O que aconteceu exatamente? — Dá de ombros. — Não que eu me importe, mas sei lá, só fiquei curiosa. Ele parecia meio descontrolado hoje no almoço.

Um cansaço pesa sobre meus ombros. Reviver aquele momento no salão de treinamentos é sempre chamar pelos fantasmas que se escondem no passado.

Puxo Jheni para perto, o tapete abaixo de nós é tão macio que ambas nos sentamos nele para conversar. Ehrika está bem próxima agora, mas completamente adormecida. Ela solta um pequeno ronco e eu seguro uma risada carinhosa.

— Hux viu Irvine ser assassinada. Ele ficou banhado em sangue. O sangue dela.

— Irvine?

— Era a líder da Ruptura na Montanha. — Seguro a mão de Jheni. — Era a mãe dele aqui dentro, entende?

A garota abre a boca em surpresa.

Passo os dedos pela franja da minha irmã mais nova, bagunçando-a.

— Posso contar com você? Para cuidar de mamãe e ser mais legal com Hux?

Ela revira os olhos, dando de ombros.

— Tá. Eu posso ser mais legal com ele. — Depois, se joga nos meus braços. — E é claro que vou cuidar da mamãe.

— Obrigada, pequeno furacão — digo, beijando o topo da cabeça dela.

Jheni boceja, aconchegando-se mais no meu colo. Alguém parece ter perdido a batalha contra o sono, finalmente. Estou prestes a dizer para que a garota durma com mamãe e Tolisie, mas algo estranho acontece:

— Ehrika está falando enquanto dorme — brinco, cutucando Jheni.

A mais nova das lâminas ergue-se de supetão e um sorriso travesso aparece na boca da garota.

— Eu vou torturá-la para sempre — Jheni engatinha até Ehrika e sussurra para mim. — Vou descobrir os segredos dela e depois chantageá-la até conseguir tudo o que eu quero!

A garota ergue uma mão ao ar, em forma de garra, e finge uma risada maquiavélica. Depois, se abaixa até o ouvido estar bem próximo da boca de Ehrika.

Aos poucos, o sorriso gigantesco da caçula diminui e as sobrancelhas, que antes estavam suaves, enrugam-se em confusão.

— O que foi? — murmuro, engatinhando em direção às duas.

Jheni ergue um dedo, silenciando-me.

— Eu não consigo entender. Parece que... parece que Ehrika está falando em outra língua.

— Ela só deve estar enrolando as palavras. — Empurro Jheni. — Vai pro lado.

A mais nova não luta contra o empurrão. Abaixo meu rosto até sentir o hálito de Ehrika contra minha orelha e, assim que os sussurros se tornam audíveis, nada do que sai da sua boca parece fazer sentido.

Não é como palavras enroladas ou ditas em um tom baixo de sono. Elas são limpas e firmes, escorregando com intensidade na voz da minha melhor amiga. São palavras que parecem pontudas e cortantes, com muitos *Kas* e *Zies*. Ela continua acelerando o ritmo.

— Você sabia disso? Que ela fala outro idioma? — Jheni pergunta, curiosa.

— Não… — murmuro, voltando a encarar o rosto tranquilo da minha melhor amiga.

— Será que devemos acordá-la?

— Deixe que ela durma mais um pouco — digo, afastando-me. — Ela parece estar bem.

Jheni assente, concordando, mas não consegue desgrudar os olhos da boca de Ehrika enquanto a irmã continua a sussurrar. Estamos as duas presas na estranheza do momento quando, subitamente, Ehrika para com a ação.

Batidas na porta explodem e Jheni dá um grito. Ehrika abre os olhos violeta e entra em modo de defesa, confusa com o berro da mais nova.

Salto do tapete, seguindo para a porta enquanto as batidas se tornam mais e mais intensas. Antes de girar a maçaneta, chamo pelo meu poder no centro do peito e pergunto:

— Quem está aí?

— Eu não sei mais o que fazer! — suplica a voz de um garoto.

Abro a porta e, do outro lado, encontro um Hux muito pálido.

— O que aconteceu?

Meu coração acelera.

— Tentei acordá-lo, mas nada adianta! Ele só fica chamando o seu nome!

— Do que você está falando? — pergunto, absolutamente confusa.

— É o Vixen… Tem algo errado!

Ehrika segura meu braço com força, aparecendo atrás de mim como um fantasma. Os olhos inchados de sono estão pincelados com um toque de pavor desconhecido.

— Vá, Kalina. — A firmeza nas palavras. — Vixen *precisa* de você.

CAPÍTULO 22

Existe uma regra que não foi criada por governantes ou contada através de lendas. Ela não precisou ser dita em voz alta ou escrita em papéis para se tornar real. Essa regra, na verdade, nasceu do arrepio que desliza por toda a pele do corpo e que sussurra palavras de alerta no fundo da mente.

Essa regra é simples de entender. Qualquer pessoa sabe decifrá-la.

Ela guia nossos pés enquanto corremos do desconhecido. Ela bombeia nossos pulmões quando precisamos fugir do perigo.

Ela não diz onde, nem quando ou como.

Ela apenas existe.

Quando escorrego pela terceira vez e bato meu corpo contra a parede do corredor, volto a correr mesmo que o cansaço esteja penetrando em meus ossos. Porque existe uma ameaça invisível ao meu redor e a regra que rege o mundo dos vivos é clara: *Fuja.*

Então, eu fujo.

Os corredores do castelo estão escuros demais, silenciosos demais, desconhecidos demais. Não lembro quando foi que comecei a correr ou como cheguei aqui, mas não existe nada que me faça parar nesse momento. Na verdade, não seria estranho que as memórias estivessem quebradas dentro do meu cérebro. Elas andam se perdendo por caminhos obscuros da minha mente, espaços que nem mesmo eu tenho coragem de desbravar.

Entro por um corredor, deslizo para outro e avanço ao próximo.

A luz da lua parece amedrontada com o que pode encontrar aqui dentro, por isso se mantém lá fora, bem longe das janelas que se estendem ao meu redor. O silêncio, por sua vez, reivindicou todos os espaços possíveis e não tem interesse de ir embora.

O longo corredor, cercado por portas familiares, revela-se bem à minha frente depois de uma eternidade. Ao fundo, a última maçaneta dourada é meu ponto de segurança. Porém, a escuridão pinta tudo ao meu redor e, da janela ao fundo, uma parca luz tenta lutar contra as trevas.

Mas ela continua a perder.

Assim como eu.

Corro. E corro.

Corro ainda mais.

Mas não chego a lugar algum.

— Estou sonhando... — sussurro apenas para mim. Falo para sentir que ainda tenho controle sobre algo. — Estou sonhando.

A respiração queima. O alerta continua gritando no fundo da mente. Não adianta fugir. Nem adianta correr. Muito menos lutar.

Um aperto se agarra ao meu braço, mas puxo-o para longe a tempo de ver uma espécie de garra voltando para dentro da escuridão. Dedos deslizam pela minha nuca, arranhando a carne do pescoço. O grito irrompe da minha garganta quando me volto para a parede e noto os longos dedos pálidos com unhas afiadas tentando se esconder.

Tropeço com a imagem do corredor não sendo mais a mesma de antes. Saindo da escuridão, braços e mãos e garras e meus piores tormentos amplificam-se ansiosos por me tocar. Arranhar. Dilacerar. Matar.

Eu não estou sonhando.

Estou dentro de um pesadelo.

Minha camisa se rasga quando tento me desvencilhar dos dedos feitos de ossos grudados na barra. Garras fincam-se na carne do meu braço e prendem-me no lugar. O peso chega às minhas pernas inertes.

Tem uma força me puxando para baixo.

Uma palma gelada prendendo meu rosto, dedos ocultando minha visão.

Eu grito, afundando.

O tapete sob meus pés deixa de ser sólido e se transforma em areia movediça. Mesmo que eu ordene que minhas pernas lutem para se manter na superfície, as garras que me puxam para o fundo são fortes demais.

Estou fraco. *Tão fraco.*

Logo, minhas pernas são tomadas pela gosma que antes firmou meus pés. Meu quadril afunda tão rapidamente que mal tenho tempo de lidar com o terror escalando pela minha espinha. O líquido viscoso inunda minha garganta. Afogo-me com as garras da escuridão puxando-me para o fim.

Contudo, não é preto a cor que enxergo quando abro meus olhos, mas vermelho. Denso, como sangue escorrendo das veias. Escorregadio, como mel grudando na pele. Espero que a morte chegue, com seu manto cor carmim. Espero pelo meu último suspiro. Espero para sempre.

Mas nada vem.

Porque as amarras que me atam se dissolvem e eu caio pelo abismo.

Tão doloroso quanto se afogar, é voltar a respirar. O incêndio agarra-se às paredes dos meus pulmões e a dor se espalha pelas minhas costas assim que desabo. A dor desliza pelos meus ombros, dança pelos meus braços e assenta-se nas minhas pernas. Onde antes imaginei encontrar o líquido viscoso, tem apenas roupas secas e limpas.

O silêncio foi embora e gritos ecoam por todos os lados.

Estou sonhando.

Tropeço nos meus pensamentos e nos meus próprios pés. Obrigo meu corpo a se levantar e, quando encaro o lugar onde estive sentado, um trono enorme feito de obsidiana se exibe.

Atrás dele, o céu desponta em vermelho. Estou em meio a ruínas, como se guerra tivesse passado por aqui e destruído tudo. O teto abobadado pela metade e as estrelas lá fora pegando fogo. Um mundo feito de destruição.

Um guincho alto, do tipo que faz homens se curvarem, ecoa através do ar e faz tudo ao meu redor tremer. Eu caio no chão, minhas mãos espalmadas sobre a poeira feita de cinzas.

Acorde, Vixen. Acorde!

Só que eu não acordo. E, antes que a voz *dele* possa deslizar para dentro dos meus ouvidos, consigo sentir sua presença.

— Você está em casa, filho. — A voz vem detrás de mim.

No ínfimo instante que se estende entre a última palavra que ele diz e a minha decisão, um universo de possibilidades explode em frente aos meus olhos. Eu poderia correr e fugir. Poderia chorar e implorar para que tudo isso acabasse.

Mas não faço nada disso.

Liberto a respiração com calma. Mordo a parte interna das bochechas e coloco força nos ombros. O sorriso desliza pela minha boca, porque essa é a minha armadura.

Porque estou preso dentro da minha própria mente. E a armadilha está por todos os lados.

— Decoração terrível. — Impulsiono meu corpo para cima, batendo com desdém o pó que se prende nas minhas calças. Tem um tremor que insiste em fazer minhas pernas não se manterem firmes, mas sou bom em fingir que está tudo bem. — E os seus vizinhos são *tão* barulhentos…

Balanço minha mão na direção das ruínas atrás de mim. Os gritos continuam ecoando do outro lado, assim como o guincho inumano que desapareceu por um tempo.

O Rei do Outro Lado está paralisado no meio do salão, com as garras tombadas ao lado do corpo. As sombras dançam ao redor, escondendo partes do corpo como um manto pesado de trevas.

É inevitável não encarar o lado direito do rosto feito de caos. O sorriso congelado em uma bocarra feita de dentes pontudos, como se achasse graça da minha piada. Mas ele não parece estar com o melhor dos humores.

Não responde ao que digo, por isso decido que espinhos podem funcionar melhor.

— Você não cansa de ser rejeitado? — disparo, sem humor algum.

O Soberano do Abismo se desfaz em sombras e, antes que eu possa soltar o ar, materializa-se muito perto de mim. As íris douradas, iguais às minhas, me encaram.

— Tem uma guerra acontecendo — ele diz, levando seus dedos até o meu rosto.

Mas dessa vez, reajo. Finto-o, afastando-me o máximo que consigo.

— Eu já tenho uma para lutar. — Escondo minhas mãos trêmulas dentro dos bolsos da calça. — Procure por outro herdeiro. Acredite, você tem vários.

Ele evapora no ar e as sombras enredam-se.

— Apenas você ouviu o meu chamado — os sussurros grudam dentro da minha cabeça e um grito de dor explode na minha garganta. — Você é forte o bastante para acabar com o tormento dos seus súditos.

O silêncio recai ao nosso redor e logo o frio está aqui. Volto a enxergar, com a respiração acelerada e o medo congelando meu corpo.

As sombras se materializam do lado de uma parede em ruínas.

— Venha até mim — ordena, com um estalar de dedos.

Como se eu fosse um boneco preso por cordas invisíveis, meus pés tomam vida e seguem em direção ao demônio mesmo que eu tente lutar contra. Conforme chego mais perto, o vermelho que pinta o mundo se torna mais intenso e um novo guincho transforma-se na sinfonia perfeita para o que vejo lá fora.

Abaixo de nós, um mar de corpos luta uma imensa guerra.

Acima, feras feitas de sombras destroçam-se em uma dança da morte.

— Eles precisam de você. — Não consigo desgrudar meus olhos do que acontece lá embaixo. São milhares de demônios digladiando entre si. O som é assustador. — Só você pode liderá-los para a vitória.

— Eu não posso — balbucio, muito assustado.

— Você pode. Você foi *feito* para isso.

A frase gruda nos meus ouvidos. Quando olho para a entidade, não consigo mais sustentar a máscara que vesti. Ele retira camada por camada de todas as minhas certezas.

Meus dedos pressionam a rocha fria à minha frente. *É apenas um pesadelo.*

— Isso não pode ser real — sussurro, a tontura subindo pelos meus ombros.

Uma chama desliza pelos olhos do ser feito de trevas. Ele meneia a cabeça, no mesmo instante em que duas feras feitas de sombras desabam do céu em direção ao mar de corpos.

— Eu posso ouvir cada um dos seus pensamentos, meu filho. Eu estive com você durante as noites insones pensando nos motivos para existir. — O Soberano dos Harakins ergue as mãos e as sombras dançam junto. — Eu posso te dar todas as respostas que deseja. Mas você precisa aceitar o seu destino. Pare de lutar contra isso.

Não foram apenas noites insones. Foram longos dias de tortura. Não somente agora, mas antes de tudo. Quando as memórias começaram a explodir na minha mente. Quando as crises se tornaram fortes demais. Quando as peças do quebra-cabeça não pareciam se encaixar.

Eu sempre quis a verdade. Quis saber quem eu era. Como cheguei até aqui.

— Me mostre — peço, cansado de perguntas e necessitando de respostas. — Me mostre por que eu fui criado.

Nenhuma palavra é dita em resposta. Os dedos tortos e cadavéricos estalam e o mundo se desfaz. Não tem mais um trono atrás de mim. Não tem mais gritos ou um céu feito de sangue.

Agora, paredes de rocha escura. Um gigantesco buraco sem fim logo à frente e a consciência de que eu conheço esse lugar. A energia que ecoa e o gosto grudado na língua são inconfundíveis; tem cheiro de enxofre e podridão.

Estamos no Abismo.

Por que estamos no Abismo?

"É apenas uma memória, meu filho. Você queria respostas, estou te dando elas".

O chão não é a mesma plataforma de metal construída pelos aratnyanos, mas um estreito caminho próximo às paredes. É preciso pressionar as costas contra a rocha, porque a tontura se aloja na mente e brinca com a possibilidade de tombar para o infinito.

Vozes tomam minha atenção. Vindas de longe, percorrendo o trecho escondido por detrás da rocha. Dou um passo comedido e mais outro, seguindo em direção ao desconhecido. Quando chego no ponto que amplia a visão, a primeira coisa que percebo é o corpo pequeno vestido em paletó preto e um grupo de soldados com os uniformes verdes característicos do exército aratnyano. Armados até os dentes e prontos para atacar.

— Peço desculpas pela demora do aceite ao seu... *convite* — o do paletó preto fala —, mas acredito que entenda minha posição. Uma voz chamando do além parece loucura para uma mente sã.

Calmo como uma estátua, ele repousa as mãos atrás do corpo e ergue o queixo fino. Óculos com aros redondos e lentes prateadas refletem a escuridão em frente aos olhos escondidos. Age não como se estivesse na entrada do Abismo, mas como se fosse apenas um lugar qualquer de tantos onde já esteve.

É ele.

Frederick Denova.

Um abalo faz o chão sob os pés dos soldados tremer. Os homens arregalam os olhos e vacilam com murmúrios de surpresa. *Vossa graça*, alguns o chamam alarmados. *Devemos partir, Imperador.*

Mas a energia do Abismo apenas parece despertar mais o interesse do aratnyano. Ele dá outro passo em direção ao despenhadeiro e encara a escuridão.

— Durante dias me questionei se meus homens estavam enlouquecendo. Afinal de contas, sou um amante da ciência e não acredito no sobrenatural. — Ele parece gostar de se ouvir, porque continua: — Porém, também acredito que se recusar a lidar com algo só porque não há uma explicação racional é o inverso daquilo que eu prego. Por tanto, me diga, com *o que* estou falando?

Ele espera. Durante longos segundos, apenas o silêncio. O frio invade o ambiente e Frederick Denova aumenta o sorriso. Ele sopra o ar e o hálito se transforma em uma leve fumaça.

— Você não pode me ver... — A voz do Rei do Outro Lado reverbera e uma parte dos soldados fogem em terror. — Mas pode me ouvir... — Frederick parece sentir algo atrás de si, gira à procura do desconhecido e não o encontra — E é só isto que precisa para me entender...

Aguardo pelo vacilo de Frederick, mas isto não acontece. Ele volta a encarar a escuridão plácido. Na verdade, o arco do sorriso está no canto da boca ainda.

— Não costumo fazer acordos com aquilo que não vejo.

A voz vinda da escuridão responde:

— Não busco por um acordo... quero uma troca.

A pressão se intensifica dentro do Abismo. É como se O Rei do Outro Lado estivesse aqui. Frederick ajeita os óculos paciente.

— Uma troca? — repete como se estivesse analisando a palavra. — Trocas existem desde a época dos Cinco Deuses Irmãos. Quando moedas não significavam nada para a humanidade. Trocas foram essenciais para a evolução do continente. — Ele para com seu monólogo e endurece a expressão. — Mas trocas ficaram no passado. Não existem mais trocas boas o suficiente para serem feitas nesta era. Então me diga, por qual motivo eu *trocaria* algo com você se nem mesmo consigo vê-lo?

— Porque você precisa de mais poder, humano. — A voz Rei do Outro Lado penetra cada poro do corpo. — Eu posso te dar isto. Também tenho uma coroa sobre a cabeça, também sei o que é reinar. Somos diferentes. Somos iguais. Poder é o que rege as dimensões. Poder é o que mantém um trono firme.

Enquanto a conversa segue, aproximo-me de Denova. Tento tocá-lo, mas meus dedos apenas o atravessam como névoa.

— Eu já tenho poder — ele responde, mas não parece completamente seguro.

— Você não tem esse *tipo* de poder.

Do fundo do abismo, algo rasteja e se prende às rochas. O barulho é ensurdecedor enquanto raízes pulsantes, como veias grossas, se ramificam e se espalham pelas paredes. Dentro delas um líquido preto se esconde, mas pequenos focos de sombras tentam escapar. Não vão muito longe, desaparecendo no ar logo em seguida. Os portões para outra dimensão tremem com a intensidade do acontecimento. Guinchos não-humanos ecoam muito distantes, mas deslizam como um pesadelo pelos ouvidos.

O Imperador dá um pequeno passo para trás, mas se mantém imperturbável.

— O que é isto?

— Meu *sangue.* Colete-o e use para criar um exército.

— Não vê os soldados atrás de mim? Tenho milhares deles fora daqui.

Os poucos que ficaram atrás de Frederick parecem prestes a vomitar. De súbito, todos caem desacordados.

— Você tem homens, eu posso te dar deuses.

Frederick fica em silêncio. Ele analisa os homens caídos sem qualquer tipo de medo. Depois, se aproxima das raízes venenosas vindas da escuridão. Não as toca, mas as encara por um longo momento. Ajusta os óculos redondos na ponte do nariz, analisando mais uma de suas descobertas.

— E o que você cobrará em troca?

— Minha dimensão está em guerra... Meus filhos são fracos... Preciso de um herdeiro que não venha daqui... — A voz do abismo brinca com Frederick. Ele o cerca, sussurra em seus ouvidos e toca com dedos gelados sua pele. — O sangue dos Cinco Deuses irmãos é forte o bastante para destruir meus inimigos.

— Você quer um herdeiro?

— O Príncipe do Abismo — a entidade retifica.

Frederick analisa com calma o pedido. Ele encara o grupo de soldados desmaiados e faz uma carranca de nojo. Com as mãos atrás das costas, anda muito perto do despenhadeiro enquanto recita seus pensamentos:

— Eu posso fazer isto — ele diz, confiante. — Mas existe um pequeno problema nessa equação. Como vou saber que não estou colocando o meu império em perigo ao criar um exército com o seu sangue?

O ar se revolta. As sombras consomem todas as luzes e o Abismo estremece no breu. Frederick Denova dá um passo para trás, pela primeira vez temeroso.

— Porque as palavras têm poder na minha dimensão e eu estou a dando a você...

— De onde você vem, criatura?

O silêncio perdura com mais energia reverberando pelo abismo. Em um breve momento, por entre as fendas nas pedras tomadas pelas sombras, o brilho dos olhos dourados do Senhor do Abismo reflete de relance nos óculos de Frederick.

— Do Outro Lado.

Frederick Denova arfa. Ele dá um passo em direção ao despenhadeiro.

— *Do Outro Lado*? — Ergue as sobrancelhas ao alto, fascinado. Quase como se ele conhecesse a dimensão a qual falam.

Assisto o momento que definiu meu futuro. O instante em que Frederick Denova aceitou um pedido vindo da escuridão e sentenciou não somente a minha vida, mas de centenas de outros harakins.

Não. Não posso continuar vendo isso.

Com um grito, invisto contra Frederick e tento agarrá-lo, mas é uma luta vã. Eu o atravesso sendo a memória que é. Com os braços repousados nas costas e os óculos firmes sobre o nariz, Frederick responde a oferta:

— Palavras não significam nada na minha dimensão — explica, mas há um sorriso impregnado nas palavras. — Porém, sei de uma maneira para confirmar a sua *palavra*. Nós temos um acordo — sentencia a decisão. — Voltaremos a nos falar em breve.

Não. Não! Não!

— Não! — Minha voz embaralha-se com tantas outras. Voltamos ao trono obsidiana. A guerra explodindo do lado de fora. — Você fez tudo isso… — balbucio, olhando para o chão. — Todas aquelas vidas foram roubadas para você *ter um herdeiro?*

O Senhor do Abismo encara a guerra pintada de vermelho.

— Foi necessário.

Tem uma garra segurando meu coração. Todas as crianças que morreram durante o experimento nos laboratórios dentro da Montanha tiveram suas vidas ceifadas apenas para isso.

Para que eu chegasse até aqui.

Para que eu usasse uma coroa de sombras.

— E se eu não aceitar? — grunho, as palavras tão afiadas quanto minhas flechas. Ergo-me do trono, um passo firme em direção ao demônio. — E se eu deixar o seu mundo se partir?

O Rei do Outro Lado nem mesmo me encara enquanto responde:

— Todos aqueles que dividem o sangue comigo padecerão. — Desliza o rosto congelado em trevas até me encarar. — Como é o nome do garoto? *Hux*, não é? Você gosta daquele menino.

O fogo que antes ardia se apaga pela tempestade. Uma dor cruza meu peito. *Não. Hux não merece isso.*

— Eu não sou forte o suficiente.

As sombras se solidificam. O Rei do Outro Lado me encara com as íris douradas gêmeas das minhas.

— Você não imagina o quão poderoso pode se tornar. — Estica os dedos-garras e segura meu queixo, encarando-me ainda mais perto. — Mas eu posso te mostrar um pouco da sensação…

O fôlego some dos meus pulmões quando a energia consome meu corpo, músculos e ossos. Vozes se tornam a melodia que compõe o recital do meu destino.

Você é o Príncipe do Abismo. Você é o herdeiro do trono das Sombras. Você é o Príncipe das Trevas, o detentor da Dimensão do Outro Lado. Você é poderoso. Você é!

A visão fica vermelha, o gosto metálico na língua.

Esqueço meu nome. Esqueço de onde vim. Esqueço a dor.

E eu gosto disto. Gosto da energia que o caos proporciona.

— Aceite meu chamado. Se torne o herdeiro legítimo. Lidere seus súditos na Grande Guerra!

O mundo volta a tremer. As bestas de névoa guincham em comemoração. Sorrio, enxergando o mundo que me circula nos tons certos. O trono muito convidativo sem outra possibilidade a não ser aceitá-lo.

— Diga que sim… — Meu querido pai pede.

As palavras prontas na língua. Só preciso dizê-las.

Vixen...

Uma voz feminina gruda nos ouvidos e meu coração acelera sem motivo.

Essa voz, eu conheço essa voz.

— Diga que sim! — O Senhor do Abismo ergue o tom, obrigando meus pensamentos a cessarem.

Vixen...

De repente, queimo com a necessidade incontrolável de buscar por essa voz. De segui-la, seja para onde for.

— Filho, diga que sim! — As garras perfuram meu coração.

Vixen!

A névoa se estilhaça. O controle não existe mais. O trono abaixo de mim desaparece. O caos pintado em vermelho não me preenche.

Eu não digo sim ao meu pai.

Porque o único chamado que eu responderia seria o dela.

A voz de Kalina.

CAPÍTULO 23

Vixen precisa de mim.

É o que repito para mim mesma enquanto disparo em busca dele. Alguns curiosos estão nas portas dos aposentos tentando entender de onde saem os gritos que despertam a madrugada, mas todos sabem que o nome implorado é meu. Encaram-me, assustados pela intensidade da dor pincelada na voz. Ordeno que voltem a dormir, digo que não há nada para ver aqui, mas não espero para confirmar se algum deles obedece a meus comandos.

Apenas corro e, quando os gritos se tornam altos demais – nítidos demais –, esmurro a porta do quarto de Vixen que se abre em um rompante e se choca contra a parede.

Quase tropeçando nos próprios pés, deslizo para dentro do ambiente e encontro o caos.

Desvio das cobertas e travesseiros jogados pelo chão para chegar mais perto da cama em que Vixen está adormecido debatendo-se contra um inimigo invisível.

— Kalina! — ele grita com dor embebida na voz.

Meu nome. Ele está chamando pelo meu nome.

— Vixen, acorde! Eu estou aqui! — ordeno, tentando segurar os ombros do harakin.

— Não! Não! Por favor! — ele grita mais e mais.

Hux está do outro lado da cama encarando o amigo com olhos arregalados.

Em um movimento brusco, Vixen bate no próprio rosto. O arroxeado na bochecha fica mais intenso e me pergunto se foi assim que ele conseguiu o hematoma anterior. Será que Vixen já passou por isso mais vezes?

— Me ajude a contê-lo! — exijo para o mais jovem.

O garoto agarra o braço direito, enquanto tento segurar o esquerdo.

— Kalina! — Vixen berra se desvencilha do aperto.

A cama começa a tremer e uma névoa preta desliza para fora das mãos do guerreiro. As veias que escorrem pelo pescoço e rosto pulsam.

— O que vamos fazer?! — Hux se desespera. — Se continuar assim ele vai morrer!

— Vá chamar ajuda, Hux! Busque um cuidador!

O garoto dispara porta à fora sem pestanejar.

Vixen não vai morrer.

Não existe essa possibilidade.

Concentro-me para envolver os pulsos dele com meu poder. Não consigo mantê-lo contido com força física, mas o ar que o prende contra a cama funciona momentaneamente. A pressão explode pontos escuros na minha vista. O harakin permanece se debatendo.

Ajoelho-me sobre a cama e seguro seu rosto. A pele dele está queimando em febre e as lágrimas molham as bochechas misturadas a suor.

— Vixen! Eu estou aqui! — Pressiono mais as bochechas do harakin. Colo minha boca no ouvido do guerreiro e uma pontada de dor dispara pelo meu corpo; não vou conseguir aguentar muito mais tempo controlando-o com meu poder. — Acorde, por favor. Eu estou aqui. Sou eu, Kalina!

Vixen solta um berro e, no mesmo instante, a pressão contra a minha mente fica mais leve.

— Volte para mim.

O caos desvanece. O corpo amolece. Não luta mais. Não implora mais. Não sonha mais.

Mal havia percebido o quão minhas mãos estavam trêmulas até deslizar meus dedos pelo rosto dele, retirando os fios do cabelo suados de cima dos olhos. As íris douradas despertam lentamente. Ele solta um suspiro entrecortado e eu libero as amarras feitas de ar que prendem seus braços.

— Kalina… — sussurra. A voz trêmula, os olhos pesados, a respiração falhada.

— Você acordou — murmuro, muito cansada.

Ele pisca uma. Duas. Três vezes.

— Ei, está aqui comigo? — questiono, preocupada.

O harakin estica a mão e, lentamente, desliza as costas pela minha bochecha. O arrepio percorre minha espinha, pinçando o centro do meu peito. Coloco minha mão por cima da de Vixen, tombando minha bochecha ainda mais contra.

— O que está fazendo? — pergunto, meu corpo amolecido.

— Confirmando que você é real.

Ficamos apenas observando um ao outro por segundos. Sei que o harakin está exausto, mas não deixo de perguntar:

— O que foi isso que aconteceu? Você estava… Para *onde* você foi?

Vixen desvia o olhar. Ele se perde por longos minutos tentando controlar os tremores que ainda ecoam pelo corpo. Faz uma careta, levando os dedos até o queixo dolorido.

Ajudo-o a se sentar, mas o harakin tomba para frente tonto e pressiona a testa contra meu ombro. Ele quase parece uma criança fragilizada e não o guerreiro com sangue de demônio nas veias.

Ficamos nessa posição silenciosa por mais tempo do que posso contabilizar. Não o forço a responder minha pergunta outra vez. Quando parece ter controlado minimamente a respiração e o tremor deixou as mãos, diz:

— Tem algo de errado comigo.

Afasta a testa do meu ombro e engole em seco, passa os dedos longos pelo cabelo, ajeitando-os.

— Não diga isso — falo suave. — Não tem nada de errado com você.

— Tem sim — discorda, agoniado.

O alerta de Ehrika sobre Vixen não estar bem é uma memória vívida. O harakin se distanciou de mim quando o questionei sobre o hematoma no rosto naquela noite em que nos reencontramos. E a forma como explodiu na tomada da prisão e devolveu as memórias aos outros é uma pergunta que nunca foi respondida.

— Quer contar o que está sentindo?

Essa é a segunda tentativa que faço para descobrir os segredos que ele guarda. Não sei se consigo ser afastada mais uma vez. Quero que ele confie em mim.

— Tem algo acontecendo aqui. — Leva os dedos até a têmpora e pressiona até deixar a pele avermelhada.

— São… As visões? — pergunto, incerta de tocar nesse assunto.

Ainda me arrepio quando lembro do tom gelado do harakin discutindo com Ravenna no salão de treinamentos. Não era Vixen. Não era ele.

— É mais do que isso. — Desvia o olhar. — Eu… Eu consigo vê-lo. *Meu pai.*

Por um segundo, penso que Vixen esteja falando da família a qual foi arrancado ainda criança. Mas logo a memória de outro ser, que não é feito de carne e osso, se torna a possibilidade de quem ele esteja se referindo.

— Eu não estou entendendo — balbucio, estreitando meus olhos. — Você está falando do... Rei do Outro Lado? Sobre a entidade que inventaram?

— Ele existe. — Tem um tom estranho na voz de Vixen. Assustado. Receoso. — E de alguma forma está conseguindo entrar na minha mente.

A confissão me pega de surpresa.

Eu desconfiava que o psicológico de Vixen estivesse abalado pelas revelações da própria infância. Não seria incomum que sentimentos complexos aflorassem dentro dele por saber que toda a vida que teve foi uma mentira. Que o próprio passado e futuro foram roubados.

Mas não é isso que tortura o harakin.

Isto pode ser real?

— Ele está tentando te machucar?

Vixen ainda não me encara, mas balança a cabeça negativamente.

— Não — explica, baixinho. — É como se ele quisesse algo de mim.

— Como assim? — Toco-o na bochecha para que me olhe. — O que ele quer?

— É confuso, mas... A dimensão do Abismo está em guerra. Ele precisa de um príncipe para apoiá-lo.

Ergo as sobrancelhas, chocada.

— Um príncipe? Você. Um príncipe. Um príncipe... do Abismo?

Ele abre um sorriso lânguido.

— Por que esse choque? Não acha que eu possa carregar uma coroa sobre a cabeça como você?

— Vixen! — Empurro o ombro dele, muito chocada. — Tem um demônio dentro da sua cabeça o chamando para comandar outra dimensão e você faz piada sobre isso?!

Ele se recosta contra a cama.

— Não se preocupe, está bem? Ele só consegue chegar até aqui. — Volta a apontar para a têmpora. — E eu pretendo mantê-lo nesse mesmo lugar.

Franzo as sobrancelhas, muito preocupada.

— Eu acabei de ver você praticamente convulsionando! Como assim *não me preocupar*?

— Os cientistas da Montanha estão estudando formas de nos libertar do sangue harakin. Eu só preciso ser forte e aguardar pelo antídoto desse veneno. — Ele volta a esticar o canto da boca. — Eu também sei ser obstinado, Kalina.

— Não! — grunho, irritada. — Você não pode simplesmente fingir que não existe uma entidade te enlouquecendo durante o sono. Você por acaso está conseguindo dormir?

— É mais fácil quando fico acordado. Isso, ou quando você está por perto.

Meu coração dá um salto.

— Seja mais específico.

Ele fecha os olhos, cansado.

— Você me ajudou a despertar duas vezes, sabia? — Minha boca seca e meu coração acelera. — Na noite em que apareceu no meu quarto depois que voltou para a Montanha e agora. Ouvi a sua voz e, de alguma maneira, acordei.

Foi por isso que Vixen não escutou as batidas na porta ou a primeira vez que o chamei em seu aposento? Ele estava estático encarando o céu da madrugada, mas não imaginei que estivesse perdido dentro de um pesadelo.

Você me ajudou a despertar duas vezes.

— Talvez eu deva ficar por perto mais vezes... — murmuro com uma coragem súbita.

Ele abre os olhos e me encara, surpreso.

— Você deveria.

Choque se espalha pelo centro da minha barriga quando os dedos de Vixen tocam os meus. Sempre achei que o contato das mãos fosse uma coisa íntima. Mais do que encostar os lábios, mais do que encaixar abraços. O toque dos dedos tem uma energia inexplicável.

O harakin se aproxima mais de mim. Tem cheiro de sabonete, suor e liberdade.

— Você é tão linda.

Nossos corpos estão perto demais, quentes demais. Minha atenção se fixa nos lábios macios de Vixen, na curva do queixo e no jeito com que a respiração dele está acelerada.

Eu quero beijá-lo, o pensamento desliza pela minha mente. *Ele quer me beijar?*

— Você acordou!

Vixen dispara o olhar em direção à porta e pulo para longe da cama com o coração na garganta.

O garoto harakin já está ao nosso lado, enchendo o amigo de perguntas. Também há um cuidador com cara de sono, vestindo pijamas e carregando uma maleta na mão. Atrás dele está Mig com uma expressão apavorada.

Confusa pelo que quase aconteceu, fico estática ao lado da cama enquanto Hux continua enchendo Vixen de perguntas. Nós dois nos encaramos por cima do caos que se instala no aposento, mas o harakin mais velho percebe que é preciso acalmar o mais jovem.

— Obrigado, Hux — agradece com carinho na voz. — Já estou bem melhor.

O cuidador não parece achar o mesmo, porque avança com sua maleta e começa a retirar instrumentos médicos de lá.

— É... — pigarreio. — Parece que você está em boas mãos agora.

Vixen e Hux me encaram. Despeço-me do mais novo bagunçando seu cabelo e sorrio para o outro.

— Não vá ter mais pesadelos. — Pisco para ele.

Vixen acha graça da minha piada.

— Se eu precisar de ajuda, chamo por você.

Desvio da bagunça pelo chão do quarto até encontrar Mig.

— Me explica o que está acontecendo aqui?! — o soldado questiona, confuso. — Hux estava desesperado! Achei que alguém tinha morrido!

Guio nós dois para fora do aposento.

— Você precisa pressionar a Ruptura sobre a pesquisa do sangue demoníaco. Ao menos algum remédio que possa os ajudar com... certos efeitos colaterais. É imprescindível, está entendendo?

Mig não entende o que digo.

Quando o corredor se estende à nossa frente, aproveito para contar ao garoto onde preciso ir antes de voltar ao meu quarto.

— Está maluca? — Mig quase grita apavorado.

— Nunca estive mais sã — enfatizo, decidida. — Você vai me levar até lá. Até o Abismo.

CAPÍTULO 24

— Eu já disse que vou fazer isso — respondo pela terceira vez. — E sozinha. Apenas me dê a chave.

Mig está com aquela expressão enviesada. Ele não concorda com a minha escolha, mas não parece ter coragem de dizer o contrário. Luta internamente, pensando nas palavras certas para dizer.

Só que não existe nada que ele possa falar nesse momento. Não vou mudar de ideia.

— Abra a porta, *agora.*

— Por que entrar ali, Kalina? É perigoso.

Estudo o material pesado - e muito antigo - que esconde segredos atrás de si. Um lugar que por muito tempo foi indicado como canal de entrada dos harakins para este mundo, mas que nada mais é do que a forma que Frederick encontrou de coletar sangue demoníaco e criar guerreiros indestrutíveis.

Raptando crianças. Roubando sonhos. Ceifando vidas.

Tudo em prol do próprio reinado.

Mas não é no atual Imperador que penso neste instante, muito menos é ele quem desperta essa vontade incontrolável de agir.

— Preciso apenas de cinco minutos — comento, amainando o tom. — Prometo. Depois disso, nós vamos embora.

Mig coça a testa, pensando no que propus.

— Cinco minutos e nada mais do que isso, está bem?

Balanço a cabeça, concordando.

O soldado confere o corredor ao nosso redor. Não é nem um pouco parecido com os acarpetados do castelo ou imaculadamente brancos como nos laboratórios. Esta região tem cimento queimado pelo chão e rochas em tom de cinza escuro nas paredes, é a Montanha em sua forma mais pura. Ele encaixa a chave antiga e a gira duas vezes. O barulho da tranca sendo destravada é estridente demais, como se estivesse avisando à dimensão do Outro Lado que alguém solicita entrada.

Antes que Mig abra de vez a porta, alerto-o:

— Esse segredo é apenas nosso, está entendendo? — Aperto de leve o braço do aratnyano. — Não quero que ninguém saiba que vim até aqui. Especialmente Vixen.

Mig assente rápido, mas logo volta atrás.

— Espera. Por que não? — pergunta, o tom baixo.

— Porque eu sou a sua futura Imperadora — respondo, endurecendo a voz. — Mas principalmente, porque somos amigos. E amigos levam segredos para o túmulo.

Mig apenas me encara durante segundos. Ele tenta ler o segredo que existe dentro de mim, mas desiste.

— Não vou contar para ninguém — responde, abrindo a porta logo em seguida.

A escuridão da madrugada não é nada se comparada com a escuridão aqui dentro. Mig segura a porta com as duas mãos, evitando de todas as formas que ela se feche completamente.

Cinco minutos.

O ar é gelado. Toca meus braços desnudos e lambe minha pele sensível. Dou um passo para frente, pisando na plataforma de metal que provavelmente foi construída após a descoberta da Montanha, juntamente com o resto da prisão. O material abaixo dos pés tem pequenos furos que revelam a profundidade sem fim do abismo. Nunca tive medo de altura, mas existe uma energia aqui dentro que me faz temer a queda.

Lâmpadas fixadas pelas paredes rochosas iluminam em vermelho e tentáculos escuros sobem do Abismo agarrando-se por todos os lados.

Dou um passo seguido de outro, sempre com o queixo erguido. Sei exatamente para onde estou indo, mas não consigo acalmar meu coração acelerado. A queimação no centro do peito espera em alerta o ataque do inimigo invisível.

O balaústre de metal que separa meu corpo da queda é a indicação de que cheguei ao limite da plataforma. Aperto o apoio gelado, e respiro fundo antes de falar.

— Meu nome é Kalina Kaster — informo, sem me importar com a altura da minha voz. Eu não preciso gritar, se ele estiver aqui, de alguma maneira, vai me escutar. — E vim dar um aviso, *majestade*.

A última palavra é dita com mais sarcasmo do que desejo, mas não consigo controlar a acidez que escapa. O rosto de Vixen é tudo o que vejo agora. As lágrimas caindo pela bochecha, as mãos trêmulas pela falta de sono e o meu nome sendo chamado em socorro.

Vixen precisa de você.

Ninguém me responde depois que falo. Nenhuma voz, nenhum sinal, nenhuma presença.

— Toque em Vixen e você terá uma nova inimiga — murmuro. — Eu não sei quais são seus interesses, mas deixe-o em paz. *Eu* posso te dar o que você deseja. Vou conquistar o trono de Insula, assim como conquistei a Montanha. Seja meu aliado e poderemos conversar ou machuque Vixen e sentencie o Abismo à ruína. — Espero pela resposta, mas ela não vem.

E se ninguém estiver me ouvindo?

Não importa.

— Eu não costumo falhar com as minhas promessas. Vixen não é *seu*.

Assim que dou as costas para partir deste lugar, travo quando uma brisa gelada balança meu cabelo e dedos invisíveis deslizam pela minha nuca.

Reajo erguendo minhas mãos e girando no próprio eixo.

Mas não tem nada atrás de mim.

Absolutamente nada.

— Que bom que ouviu — respondo, voltando a pisar firme.

Mig tranca o portal e o frio fica todo lá dentro.

Mordo o pedaço de pão com geleia enquanto me dirijo ao salão de treinamentos.

Tem pessoas esperando por mim.

Porém, mal consigo manter meus olhos abertos enquanto caminho tropeçando nos próprios pés. Não dormi essa noite. Não depois de voltar do Abismo com a adrenalina no corpo ou com pensamentos grudados no que está acontecendo com Vixen. É claro que suspeitava que algo estava errado com o harakin, mas escutar a confissão finalmente saindo da boca dele tornou tudo muito real.

Sempre me perguntei por qual motivo apenas Vixen tinha acesso às memórias reais de infância, não somente dele, mas de todos os outros harakins. Por que ele parecia carregar um poder que nenhum outro carregava?

Vixen ir conosco para a missão de Marzilis é algo bom. Significa que, não somente eu, mas o restante da equipe ficará de olho nele e, se as crises voltarem a acontecer, ou se os pesadelos o controlarem, estaremos por perto para ajudá-lo.

Pelo menos até os cientistas da Ruptura encontrarem o antídoto para eliminar o sangue demoníaco das veias. Este é outro estudo que a Ruptura vem investindo pesado no último mês, desde que a descoberta sobre o passado dos harakins foi exposta. Esse precisa ser o foco dos cientistas dentro das instalações da Montanha. Vou me certificar de que Henli Drozag atenha-se a isso.

Empurro as portas do salão de treinamentos e no centro do tatame estão mamãe, Jheni e Tolisie. Mamãe não usa mais a cadeira de rodas, mas se ampara com a bengala de Charles. Jheni faz intensos polichinelos, enquanto Tolisie explica algo com as mãos.

Mas onde está a Ehrika?

No canto mais afastado do salão é onde a encontro. É como se estivesse se escondendo do mundo com as costas apoiadas contra a parede e a concentração pinçada em soqueiras de ferro, com detalhes de flores onde ficam os nós dos dedos. Observa atentamente a arma enquanto os encaixa e desencaixa nas mãos.

— Me diga o nome e eu arrancarei cada uma das unhas da idiota.

Ehrika pisca, atordoada pelo meu aparecimento súbito. Abre um sorriso carregado de cansaço.

— De qual das idiotas do mundo você está falando exatamente?

— Aquela que fez isso aí com a sua cara. — Aponto para o meu rosto e imito a expressão de tristeza. Depois, desabo ao lado da garota.

Ehrika bufa, soltando uma risada curta.

— Eu nem faço essa cara — diz ultrajada.

— Está fazendo agora. — Cutuco a bochecha dela.

Ehrika não responde, apenas abre um sorriso abatido.

É torturante viver dentro da cabeça de uma pessoa que espera constantemente pelo pior. No caso, eu mesma. Logo meu coração está acelerando e as piores possibilidades deslizam pela minha mente.

— Ei — Levo meu dedo ao queixo dela, pedindo para que me olhe — O que houve, meu pó de estrelas?

Ehrika faz um biquinho, soltando um suspiro.

— Eu só acordei muito exausta. Não é nada — responde, apaziguando a situação. — Tive muitos pesadelos durante a noite, sabe...

— Quer falar sobre eles? — murmuro. Ehrika diz que não. — Ei, por falar sobre ontem à noite... sabia que você estava falando durante o seu sonho?

Ehrika balança a cabeça em positivo, ciente do assunto.

— Jheni não me deixou esquecer disso desde que acordamos — ri. — Ela é tão exagerada! Enquanto vínhamos para cá, deitou-se no meio do corredor do castelo para imitar meus balbucios durante a noite. Ela seria uma ótima atriz, sabe?

— Não eram bem balbucios, Ehri. Parecia que você estava falando uma língua que eu nunca ouvi na vida.

A garota franze as sobrancelhas, uma preocupação a mais surgindo na face.

— Como assim?

Jheni solta um grito estridente no meio do salão. Chuta o ar, repetindo o golpe que mais adora treinar no mundo todo. Depois, usa o próprio poder de ar para impulsioná-la com mais força ao alto e voltar a chutar mais uma vez.

Quando está no chão, mamãe faz um aceno de cabeça contente.

— Não deve ser nada. — Bato meu ombro de leve no de Ehrika. — Talvez seja um dialeto que você aprendeu a falar quando era criança e esqueceu. Ou pode ter sido apenas a sua língua enrolada de sono. — Pisco para ela.

Os dedos de Ehrika traçam cada uma das flores de metal entalhadas nas soqueiras. Quando elas encontram a pele do inimigo, podem fazer um belo estrago e arrancar pedaços de carne além de desacordar o oponente.

— Parece até piada. — Não tem humor nenhum na voz. — Além de não ter poderes e me sentir inútil, aparentemente sei falar uma língua desconhecida, mas não consigo lembrar de nada.

Ehrika traça as pequenas lâminas das flores com o dedo. Ela pode se cortar facilmente se pressionar um pouco mais as pétalas.

— Você não é inútil. Você é a pessoa mais preciosa da minha vida.

Ehrika libera a pressão sobre as flores de metal. As íris violetas ficam marejadas.

— Eu tento fingir que isso não me abala, mas existem certos momentos que a sensação é quase sufocante — ela confessa, baixinho. — Não controlo o ar, não tenho imunidade aos venenos e não tenho força sobre-humana. Não tenho velocidade e audição excepcional e não manipulo a água. Se não sou de Insula, de onde *eu sou*?

Essa não é a primeira vez que conversamos sobre isso.

Quando mamãe começou a criá-la, tentou aos poucos despertar o poder que vivia dentro de Ehrika, mas nada parecia estar pronto para acordar. Ehrika não reagia a nenhum estímulo.

— Se a gente entrasse numa luta agora mesmo, você me destruiria! Se precisássemos conquistar a confiança de alguém, seria você a única capaz disso. Se a solução precisasse ser encontrada através de raciocínio rápido, ainda seria você acima de qualquer um nesta sala. Ehrika, você não é inútil. Pelo contrário, você é a luz que faz todos ao seu redor se tornarem mais unidos. Eu já te disse isso, mas vou repetir quantas vezes forem necessárias. Você pode, ainda, não ter encontrado o seu poder, mas que se ferre isso! Porque você já é poderosa o suficiente.

Lágrimas derramam-se para fora dos olhos dela. Aquele sorriso que conheço bem se abre afinal, do tipo que chega aos olhos e faz ruguinhas nos cantos. Ela me abraça muito forte.

— Eu te amo tanto. — Afunda o rosto nos meus cabelos. — Eu morreria por você.

Afasto-a de supetão.

— Nunca mais fale isso! — Fecho o semblante. — Você nunca vai precisar cogitar essa ideia, ok?

Ela ergue as duas mãos em frente ao corpo.

— Tá bom! — Solta uma gargalhada enquanto eu limpo as lágrimas que traçam caminho pelo rosto. — Nunca mais falarei algo assim, prometo.

Mostro a língua em um ato muito infantil, mas somos assim quando estamos juntas. Para sempre seremos aquelas duas garotinhas que dividiram o mesmo quarto e os mesmos sonhos. Estico minha mão e logo sinto o aperto da mão dela contra a minha. Aninhadas uma à outra, tomamos coragem para ir em direção ao centro do salão prontas para, enfim, iniciar o treinamento das Lâminas com mamãe.

Não toco no assunto com Ehrika outra vez, mas a verdade é que eu também morreria por ela.

CAPÍTULO 25

— Henli não explicou mais nada? — questiono, tentando acompanhar as passadas largas de Alexis. Meu corpo todo dói após o treinamento intenso com mamãe algumas horas atrás. — Não disse qual seria o assunto?

O garoto de cabelos cor de fogo apenas dá de ombros, enquanto vira outro corredor. Ele está com aquela típica expressão desligada, como se não soubesse exatamente o que faz. Desde que parou de usar o uniforme aratnyano verde com duas faixas pretas transpassadas em frente ao peito, adotou um estilo muito mais confortável. Todos os soldados da Ruptura usam o mesmo tom chumbo nas vestes, algo como um cinza escuro, mas que se diferencia do preto usado pelos harakins nos uniformes. No pescoço carrega o colar com o símbolo da organização.

— Ele só disse que queria falar com você — Alexis explica aéreo. — E que era importante.

O garoto me guia em direção à antiga ala dos escritórios oficiais do castelo. Essa foi uma das poucas zonas onde os atuais alojados da prisão não podem seguir sem autorização, o motivo é que os escritórios estão sendo usados pela Ruptura para organizar reuniões e criar estratégias contra o governo.

Seguimos para o antigo escritório de Ravenna onde Henli Drozag se instalou. Enquanto aceito o destino que me aguarda, escutar horas a fio sobre algum plano criado pela Ruptura, Alexis estanca o caminhar e me puxa para um corredor adjacente.

— Ai! Que grosseria é essa? — reclamo quando a dor explode pelos meus braços.

Fazia um bom tempo que eu não me sentia assim, mamãe é maquiavélica quando veste a carapuça de líder da Esquadra das Lâminas.

O garoto espia por cima do ombro por alguns segundos, depois enfia os dedos nos cachos vermelhos bagunçando-os em meio a um pensamento. Alexis ri, mas é uma risada estranha. Não é a de sempre. Ele volta a espiar o corredor e se escora na parede parecendo abalado. Batuca os dedos e faz um biquinho:

— Sei que talvez essa não seja a melhor hora, mas… — Coça a ponta do nariz. — Preciso de um conselho.

Estou exausta e adoraria seguir direto para o escritório de Drozag apenas para me jogar naquela poltrona confortável, mas existe algo na forma ansiosa como Alexis fala que desperta minha atenção.

— Só se você fizer um bom sanduíche para mim depois, estou faminta. E chá. Um bom chá. — Quando termino de falar, ele mostra os dedões em positivo. — Desembuche.

Alexis respira fundo, desprende-se do apoio da parede e quase dá um pulinho quando fala:

— Quero pedir o Mig em namoro!

Do bolso da calça, puxa uma caixinha marrom. Abre em frente ao meu rosto e, de lá, um par de anéis brilha.

— Pera aí. — Pesco o objeto dos dedos do aratnyano para visualizar melhor. — Como assim pedir em namoro? Vocês já são namorados, não são?

— Pra mim sim! — Pega de volta os anéis com os olhos reluzindo. — Mas você sabe como o Mig é. Fomos amigos antes disso e eu o conheço muito bem. Com ele é preto no branco.

— Imagino.

— E… — Alexis baixa o tom da voz, quase um sussurro — eu acho que sou o primeiro namorado dele. Quero fazê-lo se sentir especial!

Um sentimento bom cresce no meu peito.

O aratnyano abre ainda mais o sorriso, como se tivesse tido uma ideia.

— Me diz, o que você gostaria que o Vixen fizesse?

Congelo. O que ele acabou de dizer?

— Do que... Como...? — gaguejo, a dicção deixando de existir.

As sobrancelhas do soldado erguem-se em direção à testa. Ele balança as mãos, tranquilizando-me.

— Não precisa me contar se for algo muito íntimo entre vocês dois…

— Não tem nada entre a gente.

Alexis faz uma careta muito confusa.

— Não tem? — Parece genuinamente chocado.

— Não.

— Nossa, foi mal… — ele murmura, fazendo beicinho. — Esquece isso que eu falei. Só… O que você acha que eu poderia fazer?

As batidas no meu peito estão aceleradas, mas tento me controlar.

— Bem… Ehrika sempre diz que gosta de receber flores — relembro um dos assuntos favoritos dela.

— Flores? — ele murmura consigo mesmo.

— É! E talvez você possa cozinhar algo gostoso para ele e entregar isso aí. Seria algo que eu gostaria. Comida sempre é uma boa opção.

Alexis parece se animar com a ideia.

— Tipo um bolo?

Uma memória desliza pela minha mente. A cozinha no castelo. O jeito como Vixen falou comigo pela primeira vez.

— Tipo isso.

Alexis joga a cabeça para trás e olha para o teto com um sorriso enorme. Levanta os braços e mostra os dedões em riste ao universo.

— É isso! Mig vai amar! — diz, preenchido por felicidade.

O garoto dá um pulo, observando o par de anéis com mais intensidade.

— São lindos! Como foi que você conseguiu eles?

— Um soldado ruptor me vendeu por cinco mil peças insulares — responde, ainda em frenesi.

Fico levemente chocada com o número que sai da boca de Alexis. É um valor salgado. Do tipo que nenhum soldado de baixa patente como ele teria como pagar sem ficar endividado.

— Cinco mil peças insulares? Uau, vocês ganham bem na Ruptura, hein…

Alexis coça a testa e dá de ombros.

— Usei todas as minhas economias — diz, guardando a caixinha no bolso como se fosse seu maior tesouro. — Mas isso não importa, porque nenhum valor chega aos pés do que sinto por ele.

Aproximo-me do garoto ruivo e dou um soquinho no ombro.

— Mig é um garoto de sorte. Ele vai amar o seu pedido.

— Eu também acho!

Alexis balança a cabeça, muito confiante. Dá um saltinho para fora do corredor e me guia até chegarmos em frente ao escritório do novo líder da Ruptura.

— Agora, se me permite, vou cumprir com as minhas promessas!

Ele desata a correr, deixando-me sozinha no corredor.

Um sorriso bobo se forma no meu rosto. Alexis e Mig combinam de uma maneira inexplicável. Tão opostos, mas tão complementares.

Solto um suspiro, apagando o sorriso que decide se alastrar ainda mais pelo meu rosto. Afasto os pensamentos intrusivos que voltam a atacar meu estômago e bato na porta. Uma voz grave diz que eu posso entrar.

Quando espio o interior, percebo que Henli está com o Senhor Charles. Os dois irmãos me encaram. O mais velho, com aquele bigode conhecido e terno colorido, abre um sorriso caloroso para mim.

— Alexis disse que você queria falar comigo — digo para Henli.

Os Drozag se encaram e o barão dos tecidos se ergue sem precisar da bengala que está com mamãe.

Quando passa por mim, diz:

— Não deixe meu irmão te assustar muito. — Dá um tapinha no meu ombro e parte.

Quando as portas se fecham atrás de mim, encaro o escritório que por muito tempo foi palco de longas batalhas regadas a mentiras entre mim e a ex-diretora. Um calafrio percorre meus ombros quando penso em tudo o que vivi aqui. Do dia em que encontrei a foto de papai com Ravenna. Quando toda a verdade foi revelada.

— Prefere ficar de pé? — Henli Drozag questiona, ajeitando melhor o colete marrom xadrez por cima de uma camisa creme de botões e gravata verde.

Desabo na poltrona confortável onde Charles esteve e que ainda se mantém quente. Minhas pernas continuam bambas após passar duas horas treinando com mamãe e as garotas. Ehrika ainda é a mais ágil entre nós quando se trata de combate corpo a corpo e Jheni conseguiu me derrubar mais vezes do que deveria com o poder de manipulação do ar evoluindo a cada dia. Tolisie, por sua vez, tentou ser gentil comigo. *Ela é de longe a minha favorita!*

— Por que me chamou? — pergunto, preparando-me para o pior.

Henli abre aquele sorriso de lado e os olhos azuis brilham.

— Talvez você não goste do que tenho para lhe informar, mas espero que tente entender antes de começar a gritar comigo.

— Por que eu gritaria com você?

O líder da Ruptura na Montanha alarga ainda mais o sorriso e se recosta na poltrona, tomando alguns segundos para si.

— Querida Kalina, desde que eu cheguei na Montanha venho tentando me atualizar sobre todas as engrenagens que fazem esse lugar funcionar. Isso significa que venho conhecendo todos os residentes desta gigantesca fortaleza.

— Entendo — respondo, apenas para manter um diálogo.

A verdade é que eu não estou com muita paciência para esse jogo de palavras cuidadosas e um tanto quanto manipuladas para me convencer. Onde Henli quer chegar com isso é uma dúvida que me deixa alerta.

— Isso significa também que eu me dei a liberdade de interrogar alguns prisioneiros.

Uma fisgada acerta meu estômago. Chegamos ao ponto.

— Quais prisioneiros, especificamente?

Como se Drozag soubesse da minha suspeita, passa os dedos por cima da barba por fazer e confirma meu pesadelo:

— Estamos pensando na mesma prisioneira, especificamente.

— Ravenna.

Henli confirma.

— Ela é uma peça interessantíssima, se posso dizer.

— Ela é uma falsa. — Cruzo os braços. — E manipuladora.

— Concordo com ambos os adjetivos, mas se posso adicionar mais um, diria que ela também é inteligentíssima.

Recosto-me contra a poltrona e semicerro os olhos.

— Se deixou apaixonar tão fácil assim, Drozag?

A risada divertida ecoa do peito do homem.

— Kalina, você não pode negar que Ravenna tem um belo cérebro, não é?

— Um belo cérebro? — Ergo uma sobrancelha com clara zombaria. — Para mim, Ravenna não tem nada de belo. Ela matou Irvine. Ela tentou me usar. Ela fazia experimentos em crianças raptadas! Ela mentiu sobre a minha mãe — conto mostrando os dedos. — Ela é a pior pessoa que eu conheço.

O líder apenas espera pacientemente enquanto falo.

— Não estou negando o fato de que Ravenna fez coisas terríveis e foi, por um tempo, um perigo para a sua segurança. Eu entendo todos os sentimentos complexos que você carrega. Mas gostaria que você respondesse com sinceridade a minha próxima pergunta. — Henli descansa os cotovelos na mesa e se inclina para mim. Os braços fortes do homem pressionam o tecido da camisa. — Por que você não matou Ravenna quando teve a oportunidade?

— Eu não sou uma assassina, Drozag.

— Mas você matou Ruel.

— Foi diferente. Era eu ou ele!

— Kalina. Responda a minha pergunta.

Encaro-o com seriedade desta vez.

— Porque a morte seria pouco para ela.

O maviano faz uma careta descartando minha resposta, se recosta contra a poltrona relaxado.

— Não vi você a torturando desde que Ravenna foi presa.

— A solidão é tortura suficiente. — Empertigo os ombros, sentindo-me incomodada com o que aponta. — Ela sempre teve tudo. É vaidosa, consciente do próprio status, amante do conforto — cito cada uma das características da aratnyana com puro desprazer. — Tirar tudo isto dela é a verdadeira tortura.

— E ordenar pôr um prato de comida a mais é seguir esse raciocínio?

Reviro os olhos, apertando os dedos contra a carne do braço.

— Está me espionando?

Sim, eu ordenei que Ravenna fosse alimentada, mas fiz isso apenas porque ela me deu algo em troca. Uma informação que eu precisava. Não sou uma ditadora, nunca serei.

— Kalina — Henli Drozag apoia as palmas das mãos na mesa —, a verdade é que temos muito mais a ganhar com Ravenna viva, do que morta. E você sabe que eu estou certo.

Mordo a parte interna da bochecha mais uma vez e respiro fundo. Preciso afastar esse sentimento incômodo que se apossa do meu coração sempre que preciso lidar com Ravenna. É muito difícil para mim analisar essa situação sem a mancha do passado.

Sem lembrar de tudo o que passei por causa da ex-diretora e seu cachorrinho. Mas faço um esforço.

— O que está querendo dizer?

— Durante a sua missão em Veraz, fui informado que teve apoio de Ravenna durante o interrogatório. Que ela conseguiu, de alguma forma, trazer o seu lado mais afiado em um momento de perigo. Não é mesmo?

— Quem te contou isso?

Será que foi o Alexis? Ele é desligado e tem uma boca grande, é claro. Ou Blizze? Não. O guerreiro não parece ser do tipo que perderia seu tempo observando Ravenna e tecendo elogios.

Henli abre ainda mais o sorriso convencido.

— Ravenna é uma das melhores políticas que eu conheço. E, se posso ir ainda mais longe, é a pessoa que melhor conhece o governo de Frederick Denova dentro desta Montanha.

— E a sucessora perfeita para ser uma tirana como ele. — Amanso o tom da voz, pronta para atacá-lo com a principal questão. — Mas, de toda forma, não é como se fossemos trabalhar com ela, não é mesmo?

Dou de ombros, recostando-me na poltrona. Só quero que essa ladainha acabe logo, mas preciso manter minha posição firme.

Ele solta um leve arfar e procura por um documento repousado na mesa.

— Como líder da Ruptura na Montanha, carrego o peso de tomar decisões que nem sempre irão agradar a todos. — Estica os papéis na minha direção. — E se for preciso aliar a nossa luta a inimigos menores para derrubar o atual Imperador, eu farei.

Puxo a documentação e começo a ler as primeiras linhas.

— *Termo de Liberdade Condicional.* — Minhas mãos se apertam contra o papel. — Que porcaria é essa, Drozag?! — esbravejo, afasto o documento e me ergo da poltrona. — Você não vai soltar a Ravenna! Ela é *minha* prisioneira!

— Não, Kalina. — O semblante do líder endurece. — Ela é prisioneira da Ruptura. A organização da qual você faz parte e que está lutando ao seu lado para te colocar no trono. As decisões estratégicas não são feitas apenas por você.

Sinto-me envergonhada pela forma como Henli Drozag me coloca no lugar. Do jeito como diz que eu não tenho poder neste momento sem a Ruptura. Posso não concordar com isso, mas Frederick ainda está no trono e minha melhor chance de derrotá-lo é com o apoio da organização.

Volto a me sentar. Preciso mudar minha estratégia com ele.

— E qual foi a sua decisão?

Ele gosta da pergunta.

— Analisei durante todos esses dias, desde que me tornei responsável pela Ruptura, quais seriam as motivações para mantermos Ravenna presa, mas percebi durante os interrogatórios que fiz, que ela seria muito melhor utilizada fora daquela cela. Não foi difícil identificar que ela quer Denova tão derrubado quanto nós queremos.

— Nós não podemos confiar em Ravenna, Drozag. — Bato meu indicador no tampo da mesa a cada palavra dita. Não é possível que ele esteja mesmo falando sério. — Ela vai nos trair de novo.

— Fique tranquila. — Henli guarda o documento e desconsidera meu ponto de vista. — Ravenna não ficará um segundo sozinha fora das grades. Ela estará apenas em liberdade condicional. E a condição para que ganhe uma possível liberdade completa, é colocando você no trono.

Bufo, segurando uma risada nervosa.

— Duvido que Ravenna aceite isso.

— Então você conhece pouco das ambições da sua antiga inimiga. — O líder mostra o documento como uma prova. — Ravenna já assinou o termo, ela está dentro.

Um azedo se apossa da minha língua e todo o meu autocontrole vai pelos ares outra vez.

— Como é que é?! — Ravenna Senyia aceitou me ajudar a conquistar o trono? Mesmo depois que eu tirei dela tudo o que tinha? Mesmo depois que eu matei Ruel e a aprisionei naquela cela úmida e fria? Não. Algo está errado. — Não pode ter sido tão fácil.

— Fácil? Ah, não — ri, cercado de mistério. — Nada com Ravenna Senyia é fácil. Ela cobrou algumas coisas em troca, é claro.

Aquela aranha peçonhenta e ardilosa!

— Eu vou matá-la, você sabe disso, não é?

Henli libera uma risada arrogante.

— Não vai. Porque precisamos de Ravenna Senyia bem viva para tornar você Imperadora. Não subestime a forma de pensar dela. Ravenna não gosta de ficar no fundo do poço por tempo demais e ela sabe bem como agarrar oportunidades para se reerguer. Estou dando essa chance a ela e você vai aceitar a minha decisão.

Fico em silêncio. O que posso responder? Está claro na expressão de Henli Drozag que ele não vai mudar de ideia. Posso ser teimosa, mas também sei o momento em que devo parar de lutar. No fundo, ele está certo. Ravenna quer tirar Frederick do poder e ela não gosta de estar do lado perdedor.

Mas como posso trabalhar com Ravenna Senyia?

— Você não entende. — Um cansaço gigantesco se apossa do meu corpo. — Não posso confiar naquela mulher.

— Não estou pedindo que confie nela, mas em mim. — Ameniza o tom quando percebe que desisti de debater por ora. — Você ainda não sabe o que é ser uma Imperadora. Poderia trazer diversos profissionais para trabalharem com você, mas pelo pouco que sei a seu respeito, tenho certeza de que não escutaria metade das sugestões desses desconhecidos. Ravenna é diferente. Você sabe que ela é boa no que faz.

Há verdade no que ele diz. Em vinte anos a Ruptura mal chegou perto de tirar Frederick Denova do poder e isso é algo que me perturba. Já Ravenna esteve com os dedos quase tocando a coroa antes que eu a derrubasse da Montanha. Ela conseguiu as provas dos crimes que o Imperador cometeu contra os próprios irmãos, ela tinha acesso ao Projeto Harakin. Ravenna Senyia faz as coisas acontecerem.

E eu aprendi, da pior forma, a como lidar com ela.

— É isso? Não posso discordar da sua decisão?

— É claro que pode discordar, mas até você estar com a coroa sobre a cabeça, ainda precisa seguir ordens — Drozag informa como se estivesse batendo o martelo no último prego. — Uma delas é que trabalhe com Ravenna Senyia durante a sua missão em Marzilis. Ela partirá com vocês amanhã, como uma prisioneira em condicional, é claro. Será vigiada constantemente pelos soldados e por você. Ravenna já está ciente do trabalho que precisa desempenhar: trazer você viva de volta dessa reunião e com um bom avanço político.

— Ravenna sempre vence afinal... — murmuro para o nada.

Henli Drozag balança a cabeça discordando.

— Se ela vencer, significa que nós vencemos.

Henli não acredita que eu seja capaz de conquistar o respeito de um grupo de políticos sozinha e me assombra a ideia de que Ravenna perceba o mesmo.

Não sei como vou me sentir ao ter que escutar as opiniões de Ravenna, mas aceito que iremos jogar esse jogo outra vez. O que não digo para Henli é que se a maldita vacilar por um segundo sequer, eu realmente irei matá-la.

Não vou dar uma segunda chance.

— Me diga, o que ela cobrou? — pergunto, semicerrando os olhos.

O homem faz uma expressão confusa.

— Perdão?

— Ravenna — explico, dando de ombros. — O que ela cobrou para participar disso tudo?

— Ela solicitou um aposento confortável.

— É claro que solicitou.

— E por café da manhã todos os dias. Além de banhos quentes.

— Que mimada — debocho, cada vez mais irritada.

— E ela pediu também por roupas, sapatos e maquiagens.

Bufo, revirando os olhos.

— Tão previsível. Ela não vive sem aqueles saltos.

Henli concorda.

— Mas teve mais uma coisa.

— Que coisa? — pergunto, percebendo o tom contido de Drozag.

Ele segura o riso e desvia o olhar de mim. Ajeita o documento, tomando tempo antes de responder.

— Bom, ela pediu que você, Kalina… — ele libera cada palavra com calma e muita paciência. Algo me diz que, quando ele falou sobre eu gritar no início da nossa conversa, seria exatamente por essa última parte — ... faça exatamente o que ela mandar e que, segure a língua. Nas palavras dela, ela não fará milagres se você estragar tudo.

E antes que eu possa me conter, começo a amaldiçoá-la com um berro.

CAPÍTULO 26

Nuvens carregadas de chuva lutam contra os raios de sol desde que voltei para a Montanha. É exatamente desta maneira que sinto meu coração neste momento. Totalmente nublado. Pesado de culpa.

Porque na noite de hoje deixarei minha mãe para trás outra vez. Mesmo quando prometi a mim mesma que não faria isto.

Quando penso na possibilidade de jogar ao alto todo esse plano que foi colocado sobre meus ombros e ir embora com mamãe e minhas irmãs, é na memória de papai que me agarro.

Preciso fazer isto por ele, porque se não fizer, ninguém mais fará.

É claro que a ideia de fugir com mamãe e minhas irmãs neste momento do jogo é uma ideia muito perigosa. Não sei quanto tempo teríamos até que Frederick Denova nos encontrasse. Não existe mais lugar em Insula que seja seguro para a nossa família. Debaixo da proteção da Ruptura é onde encontramos uma chance, mesmo que frágil, de lutar contra o assassino de papai.

Raspo meus dedos contra o banco de pedra gelado abaixo de mim. A fricção na pele machuca, mas é melhor sentir essa dor do que prestar atenção nos meus próprios pensamentos confusos.

Mamãe intervém com sua mão firme. Ela me encara com um sorriso quente e muito aconchegante. *Deusa de Mave, como eu senti falta dela.*

— Por que estamos aqui, filha?

Ao nosso lado há um chafariz com escultura de aranha vertendo água em suas oito patas. O jardim de inverno de Ravenna está alguns passos ao lado e a entrada da sacada também. Trouxe mamãe até aqui porque sei que existem poucos ouvidos a serem evitados. Quero privacidade neste momento.

Entrego a mamãe uma pasta. Ela encara curiosa com uma sobrancelha erguida. A pele negra já voltou ao brilho costumeiro e mamãe vem se sentindo mais disposta para se arrumar. As tranças do cabelo foram refeitas por Tolisie e a raiz hidratada.

Mamãe sempre foi uma mulher vaidosa e é bom perceber isso de volta. É mais um motivo para acreditar que ela está melhor. Que não preciso mais perder meu sono pensando em uma piora súbita do seu quadro.

Mamãe retira duas fotos de dentro da pasta. A primeira eu encontrei no escritório de Ravenna enquanto buscava pelos mapas da Montanha. A segunda é a foto de três irmãos apoiados nos ombros um do outro, em uma espécie de abraço. Papai, Felix e... Frederick.

— Havier! — Mamãe arfa e toca o rosto de papai com o dedo.

Ela ignora todas as outras pessoas presentes nas fotos, mesmo Ravenna e Frederick. Seu foco está todo em papai. Lágrimas se acumulam nos olhos castanhos, assim como nos meus.

— Queria dar estas fotos para você.

— Como conseguiu? — pergunta com lágrimas descendo pelas bochechas.

Eu as limpo com delicadeza. Mamãe raramente chora na frente de outras pessoas, mas comigo as muralhas caem. Ela se mostra forte no seu exterior, mas sei que faz isso porque a vida a obrigou a ser assim. Mamãe também é sensível. Mamãe também sente muito. Mamãe também já foi uma jovem garota cheia de sonhos, amores e inseguranças. E muito disso ainda existe dentro do coração dela.

— Ravenna — explico apenas com um nome.

Ela ergue as sobrancelhas, surpresa.

— Certo. — A voz embarga. — Ehrika me contou sobre isso.

Mamãe encara a imagem da ex-diretora da Montanha ainda criança.

— Ela o conhecia como Vierrah Denova. Disse que papai era o único que dava atenção para ela quando criança no palácio em Aratny.

Mamãe balança o rosto concordando. Observa a foto em silêncio, mas abre um sorriso singular depois de alguns minutos,

— Havier era um homem gentil. Doce. Especial.

Mamãe se nega a chamar papai de Vierrah. Entendo essa escolha. Para ela papai sempre foi e sempre vai ser Havier Kaster.

Aconchego meu rosto no ombro de mamãe e a abraço.

— Assim como Havier, você também é gentil, doce e especial. — Deposita um beijo cálido na minha testa. — Obrigada pelo presente.

Uma pontada acerta meu coração.

Ouvir mamãe me comparar a papai é como uma faca de dois gumes. Por um lado, me sinto feliz por saber que somos parecidos, mas por outro, a saudade se intensifica de uma maneira que chega a ser sufocante.

Daria tudo para ter a possibilidade de trocar algumas palavras com ele. Para sentir o abraço ou descobrir como era o cheiro do perfume; eu daria tudo para chamá-lo de pai e notar a expressão no rosto ao escutar isso saindo dos meus lábios.

Eu queria tanto.

Mas não posso. Porque a morte o arrancou de mim.

Porque Frederick Denova destruiu esse futuro.

Os soluços se tornam mais intensos no meu peito e mamãe apenas afaga meu cabelo com dedos gentis e compartilha palavras de carinho. Ela diz o quanto me ama, o quanto se orgulha de mim. Ela diz que sou forte e corajosa. Mamãe me dá todo o amor que tem dentro de si, porque é isso o que ela faz.

Ela é meu porto seguro. A mulher que me faz querer ser alguém melhor.

Mais cedo, enquanto montava minha mochila para a viagem até Marzilis, mamãe ficou ao meu lado. Mesmo performando a postura de uma rocha, seus olhos não conseguiam esconder a angústia. Ajudou-me a separar roupas confortáveis e quentes, calcinhas limpas e itens de higiene em silêncio. Se eu tivesse dito qualquer coisa naquele momento, ela teria desabado. Talvez até mesmo tivesse dito para eu não ir. Mas ambas fomos fortes como as árvores de Mave.

— Mãe — aperto minha bochecha contra o busto dela, que por sua vez acaricia meu cabelo —, você confia no novo líder da Ruptura?

— Ele é irmão do Charles — responde de um jeito que significa que não está segura. Como se estivesse analisando a situação. — Eu confio em Charles. Também não conheço Henli, mas sempre ouvi falar dele. Charles o ama profundamente. São muito próximos.

Encaro as janelas que descem até o chão. O céu cinzento é um lembrete de que o sol pode demorar a voltar a brilhar.

— Fique de olho nele por nós duas — peço para mamãe. — Você é muito melhor do que eu para perceber se algo estiver errado.

Ela dá um beijo na minha cabeça.

— Já estou de olho, filha — explica, mostrando-me um sorriso conspiratório. — Estou de olho em todos nesta Montanha.

Retribuo o sorriso e um alívio abraça meu peito. Mamãe está cada vez mais forte, não somente física, mas mentalmente. Por vezes me pego achando que pedir por ajuda dela, solicitar conselhos ou desabafar sobre meus medos pode, de alguma forma, a sobrecarregar. Não faz muito tempo que ela voltou de um coma induzido para se recuperar da morte certeira. Não quero que ela se sinta na obrigação de assumir essa responsabilidade de me guiar nesta guerra que fui eu quem decidi entrar. Mamãe sempre tentou evitar que isto acontecesse. Ela nunca quis me ver perto do trono, mas, mesmo sendo a líder da Esquadra das Lâminas, ela sabe respeitar minhas decisões.

Sempre vou sentir a necessidade de procurar por ela antes de qualquer pessoa, mas decido poupá-la por um tempo deste fardo. Vou mostrar que sou a mulher que ela me criou para ser. Forte e corajosa.

Ela volta a tocar a foto de papai e, de repente, solta uma risada cheia de humor.

— O que foi?

Balança a cabeça sinalizando que é apenas uma besteira, mas quando responde, noto que sua mente está bem longe daqui. Assentada no passado.

— Só... — Suspira. — Lembrei do dia que conheci seu pai. Como ele... como ele virou minha vida de cabeça pra baixo.

E aqui está ela, falando de papai de uma maneira que antes nunca havia falado. Sempre foi muito difícil arrancar qualquer informação sobre ele, mas hoje eu entendo os motivos para isto.

— Deve ter sido bom — comento, observando o garoto de cabelo louro escuro e sardas salpicadas sobre o nariz. — Viver isso.

— Espero que um dia você também viva um grande amor. — Ergue os olhos castanhos escuros e me fita com impetuosidade. — E se esse amor já estiver te rondando, espero que o deixe entrar. Mesmo que ache que não deva.

Ok. O que é isto? Nós nunca ultrapassamos essa linha. Sim, mamãe já soube de alguns flertes que tive durante a minha adolescência em Mave. Foram casos juvenis, garotos e garotas que de alguma forma eu pensei que pudesse estar apaixonada. Mas no fim, nunca estava. Quem sabe mamãe já soubesse, antes mesmo de mim, que aquilo não era amor. Ou talvez, ela só esteja falando sobre isso agora porque finalmente pode contar a verdade sobre ela e papai.

De qualquer modo, não acho que esteja pronta para falar sobre meus sentimentos. Não quando estou prestes a sair da Montanha em missão.

Solto uma risada nervosa, ansiosa por mudar de assunto.

— Estou bastante ocupada sobrevivendo ao meu tio assassino. — Desvio o olhar intenso de mamãe. — Acredite, não tenho tempo para encontrar o amor agora.

Mamãe dá algumas batidinhas na minha mão.

— É claro que não.

Ela não volta a tocar no assunto.

Passamos o fim da tarde juntas observando o sol ir embora e a noite aparecer. De mãos enlaçadas, com a foto de papai entre nós, apenas vivo o presente. Mas as palavras dela continuam a ecoar na minha cabeça como um lembrete de que não há como fugir de certas coisas.

Principalmente do amor.

Ravenna vomita.

Agachada ao lado de um tronco de árvore, tenta esconder o próprio rosto enquanto coloca para fora todas as barras proteicas de abóbora e nozes que comeu pelo caminho entre Aratny e Lovano.

Alexis tenta ajudá-la, mas a mulher apenas bate na mão dele com uma ordem de que se afaste. Outro espasmo reverbera pelo corpo da aratnyana e mais líquido ácido sai de sua boca.

Quase sinto uma pontada de pena.

O fato é que ela só ficou enjoada porque não está acostumada a andar na traseira de carroças fedidas e sem ventilação, afinal, sempre usou carruagens confortáveis e muito – muito – chiques. Ao pensar nisso, a compaixão se evapora como neblina em um dia ensolarado.

Estamos todos muito cansados.

Foram vinte e quatro horas entre a Montanha, na ponta extrema de Aratny até chegarmos na divisa com Lovano. Atravessamos a muralha entre os dois reinos através de túneis da Ruptura e voltamos a embarcar no nosso novo meio de transporte no terceiro reino, uma espécie de veículo puxado por lobos gigantes que serve para carregar a carcaça de porcos entre as fazendas. Foi uma forma de passarmos despercebidos pelas estradas de Lovano. Porém, antes que pudéssemos atravessar a muralha de Mave, Mig indicou que fizéssemos uma pausa.

Agora, ele conversa com o dono da fazenda onde decidimos parar para passar a noite. O fazendeiro é um homem alto e muito magro, vestindo um chapéu tão grande que poderia caber três de si mesmo. Ele acaricia um lobo que o acompanha para todos os lados. A pelagem cinza do bicho é ainda mais linda com a lua refletindo-a, mas são os olhos brancos com círculos pretos ao redor da íris que me deixa ainda mais fascinada.

Nunca havia visto esse animal antes. Não em Mave, pelo menos. Com as muralhas erguidas por Frederick, a população ficou restrita apenas à própria cultura, fauna e flora, sabendo muito pouco do que o continente tem a oferecer.

Os soldados ruptores que nos trouxeram até aqui seguiram viagem para verificar se nenhuma tropa do governo poderia nos atrapalhar no meio do caminho.

Assim que a conversa com o fazendeiro termina, Mig caminha na minha direção. Ao mesmo tempo, Alexis aparece acompanhando uma Ravenna muito pálida.

— Esse não era o acordo — a aratnyana reclama. Ergue as mãos amarradas e balança-as em frente ao corpo. — Isto é mesmo necessário?!

— Você continua sendo uma prisioneira. — Aponto com o dedão para o celeiro onde passaremos a noite. Ehrika e Vixen já estão vistoriando o local. — E você não fez acordo algum comigo. Leve-a para dentro, Alexis.

O garoto leva dois dedos em riste até a têmpora e faz sinal de que entendeu o recado.

Mig passa o olhar pela fazenda com as mãos na cintura. A noite caiu e as estrelas brilham no céu. Plantações de milho perdem-se de vista à direita e uma floresta de eucalyptus se estende à esquerda. A casa de tijolos e barro de dois andares da família está na frente da propriedade e o celeiro nos fundos.

— Tem certeza de que é seguro? — pergunto, com um pressentimento estranho.

O garoto confirma com um bocejo escapando da boca.

— Enrico ajuda a Ruptura desde o início da organização. Muitos dos membros já passaram a noite aqui. — Alisa a camisa de botões e nota uma mancha escura na região da barriga. Tenta limpá-la com os dedos, mas não consegue. — É melhor descansar. Teremos uma viagem longa amanhã. — Mig encara os eucalyptus e um temor se espalha pelas íris castanhas.

— Tem algo errado?

Ele faz uma careta de falsa tranquilidade.

— Vamos. Explico lá dentro.

Após fechar as portas do celeiro com uma grande tábua para evitar que desconhecidos entrem, reforço a segurança com alguns caixotes de feno que transporto com meu poder. Com muita calma repouso-os empilhados em uma espécie de parede em frente à porta.

O celeiro é bem grande. Há um segundo andar onde barris de xarope de milho estão guardados. Vigas de madeira sustentam o telhado em *V* invertido. Um par de lamparinas iluminam o ambiente, mas não o suficiente para eliminar toda a escuridão da noite que se acomoda nos cantos.

— Conferimos tudo. — Ehrika repousa uma mão amigável nas minhas costas e encaixa o queixo no meu ombro. Trocamos um olhar confidente.

Alexis ajuda Ravenna, que continua com as mãos presas, a entrar dentro de um saco de dormir. Quando se aconchega na cama-saco improvisada, o soldado encaixa tampões de ouvido na aratnyana, além de uma máscara sobre os olhos. Todo cuidado é pouco na hora de compartilhar certas informações perto dela.

Se a megera acha que irei facilitar sua vida, está muito enganada.

— Mig precisa de ajuda. — Ehrika estala um beijo na minha bochecha e parte até o amigo que tenta arrastar um barril para o centro do celeiro.

Penso em ajudá-los, mas Ehrika é forte o suficiente para isso. Além do mais, toda a minha atenção se concentra em uma pessoa específica.

Desde a noite em que Vixen sofreu com seu último pesadelo, não tivemos muitos momentos sozinhos. Vez ou outra me pego pensando que deveria contar a ele que fui até o Abismo, mas minha intuição diz que isso só o deixaria se sentindo pior.

Certo, talvez eu tenha sido impulsiva – de novo –, mas é muito difícil controlar meus sentimentos quando algo ou alguém ameaça as pessoas de quem eu gosto. E eu venho, a cada dia, gostando mais de Vixen.

Sentado contra um caixote de feno e com as longas pernas cruzadas em uma posição desconfortável, Vixen segura um livro pequeno e o rabisca com um lápis. Ehrika o amaldiçoaria se visse isso. Ela acredita fielmente que livros são como obras de arte que devem ser cuidadas de maneira imaculada. Eu ultrapassei uma linha séria quando dobrei a ponta da folha de um livro que me emprestou. Foi a primeira vez que a vi furiosa.

Tomo coragem e me aproximo do harakin. Ele sente a minha presença e ergue os olhos dourados. As olheiras sob os olhos estão ainda mais escuras. Apenas aguarda em silêncio enquanto me sento ao seu lado. Ajeita a postura e libera mais espaço para que eu fique confortável. Nossos ombros resvalam um contra o outro e um formigamento faz cócegas nos meus músculos.

Ele esquece o livro que estava rabiscando. Toda a sua concentração direcionada a mim.

— Me diga, como está sendo a sua primeira viagem fora da Montanha? Cinco estrelas? — Ergo uma sobrancelha brincalhona.

O ar convencido toma a feição dele, mas eu sei que nem todos os sorrisos que Vixen lança ao mundo refletem o que verdadeiramente sente.

— Para ser sincero, achei que estaria molhando meus lindos pés em um lago azul turquesa com uma taça de vinho branco nas mãos... — Morde o lábio inferior e se aproxima de mim. — Mas devo confessar que a companhia não é das piores.

Sorrio parecendo uma tola. Desde quando as piadinhas de Vixen se tornaram tão engraçadas?

— E você conseguiu dormir? — tento manter a pergunta bem-humorada, mas é impossível não deixar que o peso da verdade sobre seus pesadelos assombre a pergunta.

Ele perde o ar convencido, assim como o sorriso.

— Um pouco. — Dá de ombros, cansado. — Mas não se preocupe com isso, Kalina. Estou tomando um remédio que me ajuda a inibir o sono e... bem, você está aqui.

Balanço a cabeça concordando.

Sim, eu estou aqui. E vou despertá-lo quantas vezes forem necessárias até que Vixen se livre do sangue demoníaco nas veias. Até que esta entidade pare de importuná-lo com algo que ele não deseja. Venho me sentindo culpada por não conseguir colocá-lo como prioridade neste momento, já que estamos correndo contra o tempo para enfrentar Frederick. Mas que tipo de amiga eu sou por aceitar que Vixen passe por questões tão sombrias sozinho?

Não sei exatamente até que ponto isso pode chegar. Não sei se é algo que Vixen consegue ignorar. Mas espero que tenhamos tempo para lidar com isto também.

Com um frio na barriga, estico meu mindinho esquerdo e toco as costas da mão dele.

— Tente dormir hoje. Vou estar perto de você.

Ele encara o toque. De perto noto que seus cílios são claros e longos.

São tão bonitos.

Não sei bem o que dizer agora. Só havia pensado em perguntar se ele estava bem, se havia dormido melhor. Mas a quem eu quero enganar? Venho sentindo esse desejo de procurar por Vixen em todos os lugares. De estar por perto, de ouvi-lo falar, de ser o motivo de sua atenção. Quero que ele me olhe, que lance seu sorriso torto e direcione suas palavras irônicas apenas para mim.

Sei que somos amigos, e eu gosto de ter a amizade dele. Mas também sei que nunca senti isso por outra pessoa.

Mas não tenho certeza se Vixen sente o mesmo. É claro que percebo o quanto ele me toca, o quanto fala meu nome, o quanto parece estar sempre por perto. Só que, ainda assim, atração física é muito diferente de sentir algo puro dentro do coração.

Vixen estica o dedo mindinho e encaixa-o contra o meu. A descarga de sentimentos percorre todo o meu corpo. Encaro o chão, com as bochechas quentes, mas não afasto o contato. A sensação é muito parecida com uma euforia juvenil. Tenho dezenove anos, mas é como se voltasse a ser uma garota de treze vivendo isto pela primeira vez.

É um toque simples, mas a explosão dentro do meu peito é como se mil balões tivessem sido liberados aos céus.

Confesse a ele, penso em meio à gritaria dos meus sentimentos. *Livre-se desse tormento!*

Quando volto a fitá-lo, encontro Vixen me observando. Estou pronta para sussurrar o que venho sentindo, mas Mig me interrompe ao chamar por nós dois.

Afasto-me do toque do harakin com as bochechas pegando fogo e meu coração quase saindo pela boca. Está escuro o suficiente para que ninguém consiga ver de longe que nossas mãos estavam se tocando. Acalmo a vergonha súbita que se expande até a ponta dos dedos dos pés.

Vixen me presenteia com um sorriso confidente, mas indica que sigamos até o grupo que circula o barril no meio do celeiro. Quando chegamos perto, Ehrika estica uma barra proteica para mim, assim como uma garrafa de água. Aceito mais pelo ato de usar minhas mãos e me livrar da memória do toque de Vixen. Na mesa improvisada tem um mapa de Insula aberto.

— Nossa posição é essa. — Mig aponta para um ponto próximo à divisa de Lovano e Mave. — Amanhã vamos atravessar a muralha e seguir viagem até aqui.

Circula uma região afastada do segundo reino. Uma que percorre a costa marítima de Mave e que é conhecida por histórias assustadoras.

— A Floresta Esquecida? — questiono, chocada.

— Mig, não podemos! — A voz de Ehrika fica ainda mais aguda.

Os dois aratnyanos trocam um olhar rápido.

— É mais seguro do que seguir pelas estradas do interior de Mave. — Alexis toma a frente na explicação. — Os exércitos do império estão por todo o reino.

Gelo escorre pela minha espinha.

— Do que você está falando?

Mig solta um suspiro e esfrega os olhos.

— Sinto muito — diz, e há um pesar evidente nas palavras. — Frederick quer te machucar e sabe que atacar Mave é uma das maneiras de conseguir o que deseja.

Ehrika e eu nos encaramos confusas. Até agora ninguém nos contou isto. Nem mesmo Charles, Jheni e Tolisie, que estiveram até pouco tempo no segundo reino. Mas principalmente, ninguém da Ruptura me informou isto.

O conselho de Ravenna volta a retumbar dentro do meu peito.

Não confie na Ruptura.

— Mig... O que está acontecendo no meu reino?

O garoto aperta os lábios inseguro de me contar a verdade. Se ele demorar mais um segundo, vou obrigá-lo a falar com as minhas próprias mãos.

— Tem tropas por todos os lados. Qualquer passo em falso é motivo para prisões e espancamentos públicos. Soubemos de vilarejos que são vistoriados no meio da madrugada e que famílias estão sendo separadas por crimes que não cometeram.

Alexis completa a explicação:

— Sem contar no aumento dos impostos. Fábricas estão fechando e centenas de pessoas estão perdendo os empregos. Em algumas regiões a fome já é presente. — Alexis baixa o tom da voz, triste. — Queríamos ter contado antes, mas o líder Drozag preferiu manter em sigilo. Ele ficou preocupado que você pudesse se deixar afetar.

Meu estômago embrulha. Estou enojada com o ataque baixo de Frederick em mirar no povo do meu reino, mas pertence a Henli a raiva que começa a se formar no meu peito. Ele achou mais importante esconder isso de mim? Então meu papel nessa guerra é apenas seguir ordens e servir como uma boneca? Que tipo de Imperadora eu vou ser assim?

Ehrika segura minha mão. O enjoo ainda está atingindo a boca do meu estômago, mas o aperto quente do meu pó de estrelas faz toda a raiva diminuir.

Não vou dar a ele o gosto de estar certo sobre mim. Controlo-me o suficiente para continuar a conversa sobre o trajeto planejado pela organização. Quando voltarmos para a Montanha terei uma conversa especial com o maviano.

— Por acaso vocês dois sabem do motivo da Floresta Esquecida ter esse nome? — Aponto para o desenho das árvores percorrendo a costa. — Conhecem as histórias sobre o que vive lá dentro?

— Nós... ficamos sabendo. — Mig engole em seco.

— E mesmo assim aceitaram seguir com essa ideia horrível?

— Eu entendo que vocês duas estejam amedrontadas em fazer esse caminho porque são daqui. Sei o quanto acreditam nas histórias do seu povo, mas foi uma escolha fácil a ser feita pela organização. Ou enfrentávamos as tropas reais do governo ou algumas fábulas contadas para amedrontar crianças à noite — Mig tenta explicar de forma racional a decisão, mas ele não consegue fingir completamente que não está com medo.

— Alguém poderia me explicar o que é este lugar que já detesto? — é Vixen quem pergunta desta vez.

Peço a Ehrika com um olhar que explique.

— As lendas dizem que quando Insula foi repartida em cinco reinos pela Mãe de Todos os Universos, uma de suas filhas, a Deusa de Mave, fez sua morada no meio de uma floresta que costeia o mar. — Ehrika fica comovida em falar sobre isso. Desde que começamos a investigar seu passado, ela criou uma certa obsessão em estudar a história do continente para tentar encontrar algo que fosse semelhante a ela. Até hoje não encontramos nada. — Quando os cinco deuses decidiram ir embora dessa dimensão, a floresta não aguentou de saudade e a dor penetrou a terra e as raízes daquele lugar.

— Quando mais você entra, menos chances de sair você tem — complemento encarando o mapa.

Um silêncio desconfortável se instala entre o grupo, mas o ronco baixo de Ravenna nos desperta do torpor. Mig dá um salto assustado e Ehrika e Alexis riem entre si.

— Nós não vamos seguir caminho pela floresta sozinhos — Mig informa, enrolando o mapa, como se a conversa tivesse chegado ao fim. — Contratamos duas rastreadoras especialistas na região. Elas vão nos acompanhar amanhã.

— Espero que elas conheçam mesmo esse lugar. Não vai dar pra fazer muita coisa por Insula se não sairmos de lá.

O garoto guarda o mapa na mochila ao lado do barril e assente.

— Vai ficar tudo bem. Além do mais, nem todas as lendas são verdadeiras.

Um arrepio toca a minha nuca. *Não, nem todas as lendas são verdadeiras...*

— Mas algumas são.

CAPÍTULO 27

É como se a vida tivesse ido embora e levado consigo todo o calor do mundo. Deixou apenas árvores retorcidas, folhas podres pelo chão e um ar cortante de tão gelado. O vapor que sai de nossas bocas é como um lembrete de que não deveríamos estar aqui. Os dedos endurecidos pelo frio já não se aquecem mais, mesmo escondendo-os embaixo dos braços ou assoprando o hálito.

A *Floresta Esquecida* é gelada porque está morta por dentro. Abandonada há séculos pela governante, a Deusa que voltou para a dimensão de onde veio após ser chamada pela Mãe. É inconfundível o peso que se instala sobre os ombros aqui dentro. Como se sentíssemos o luto que reverbera por todos os lados.

Duas rastreadoras contratadas pela Ruptura percorrem a floresta com ombros encolhidos e dão completa atenção ao nosso entorno. São mavianas da fronteira e conhecem esse lugar como ninguém. Explicaram que sempre viveram às margens da Floresta desde que nasceram e nunca duvidaram das lendas como o restante dos tolos. Elas sabem dizer a quais seres pertencem os gritos que ecoam da mata. Falam entre si em uma língua estranha, um dialeto somente delas. São irmãs nascidas do mesmo ventre, durante a mesma noite chuvosa, foi o que disseram. Quando ainda eram crianças, a mãe desapareceu dentro desta floresta. Desde então, ambas tentam encontrá-la.

Seguem à frente, verificando o caminho que devemos fazer para chegar até o outro lado da floresta. Usam cones esculpidos em madeira para escutar e balançam a cabeça confirmando que podemos avançar.

— Não toquem nas árvores — uma delas alertou assim que atravessamos a divisa entre cidade e mata. — Se vocês tocarem, elas vão saber que estamos aqui.

Caminhamos — Ehrika, Mig, Alexis, Ravenna, Vixen e eu —, com olhos grudados nas costas das rastreadoras. Usam longos casacos com capuz, que cobrem completamente o rosto e, costurado firmemente contra o tecido, galhos de arbustos e gavinhas secas, mesclando-as à natureza ao nosso entorno. São como camaleões, podem desaparecer em um piscar de olhos se quiserem.

— Será que falta muito? — Alexis sussurra, agachando-se para ficar da nossa altura.

Mig, que está logo ao lado, responde:

— Só faz umas... — Encara o relógio no pulso. — Duas horas que começamos.

— *Duas horas*?! — Alexis arregala os olhos, genuinamente chocado. — E ainda falta *mais*?

Mig abre um sorriso involuntário, balançando a cabeça para afastá-lo. Alexis percebe o sorrisinho do amado e diz algo para ele. Mas o garoto leva a mão aberta até o rosto do outro e obriga-o a olhar para frente, o que se torna uma questão complicada já que Alexis tenta lutar contra.

Eles estão emitindo aquela energia que apenas duas pessoas completamente apaixonadas conseguem emitir. Existe uma aura ao redor que é muito particular e que pertence apenas aos dois. Assim como a joia que brilha no dedo anelar de Mig.

Hoje, horas mais cedo, quando estávamos prestes a partir do celeiro, a voz de Alexis solicitou nossa atenção.

— Estimados amigos! — Colocou entonação na primeira palavra como se quisesse falar bonito. — Temos algo para contar a vocês — Abriu os braços, um sorriso escondido na boca. Piscou para o lado e fez sinal para Mig. — Vem aqui, *por favorzinho*.

Mig arregalou os olhos balançando a cabeça.

— Alexis, não... Que vergonha! — Tampou o rosto com as mãos e foi, neste momento, que o brilho do anel chamou minha atenção.

Quero pedir Mig em namoro, o ruivo confessou dias antes.

Não sou dada a momentos de euforia descontrolada – quem faz isso é Ehrika na maioria das vezes –, mas algo dentro de mim explodiu, uma alegria genuína que nem mesmo imaginava que poderia sentir ao receber uma notícia como esta. O sorriso já estava preso ao meu rosto enquanto meu corpo corria exaltado em direção a Mig.

Abracei-o com toda a força que pude, sentindo-o rígido pela atitude não tão comum vinda de mim.

— Parabéns, Mig — disse, emocionada — Você merece tanto isso.

A geleira foi se derretendo dentro do meu abraço. Uma risada nervosa escapou da boca do soldado, envolvendo o meu corpo em resposta.

— O que aconteceu? — Ehrika perguntou, confusa.

— Mig e eu estamos *oficialmente* namorando! — Alexis gritou, um urro de animação ao final.

Ehrika retribuiu o grito, correu na direção do amigo e os dois pularam juntos, de mãos dadas. Uma combinação engraçada, com Ehrika sendo muito menor que o garoto desengonçado.

Uma presença parou ao nosso lado. Vixen encaixou a mão no ombro de Mig e abriu um sorriso carinhoso.

— Fico feliz por vocês — disse e o soldado esticou ainda mais o sorriso até chegar aos olhos.

O garoto apenas balançou a cabeça sem conseguir responder, porque o agora namorado o estava puxando para os braços, inclinando o corpo de Mig para baixo e repousando um beijo na boca do amado.

— Podem me chamar de brega, mas sou o cara mais sortudo desse mundo! — Alexis falou, olhando apenas para Mig.

A energia que se criou naquele momento, segundos antes de seguirmos para a peregrinação dentro da Floresta Esquecida, não poderia ter sido presente maior. Dois amigos especiais que entraram na minha vida, de um jeito que se iniciou de forma dolorosa, mas que agora fazem parte do círculo mais importante que tenho. E, mesmo vivendo em meio a uma guerra, mesmo sabendo que o mundo está se despedaçando, foram corajosos o suficiente para aceitarem o amor.

Até mesmo Ravenna não deixou de observar com olhos curiosos o que acontecia entre nós cinco. Ela não disse nada, mas as linhas sempre duras na expressão suavizaram ao entender o que estava acontecendo entre os dois garotos.

Agora, muito tempo depois desse momento caloroso, estamos dentro da Floresta Esquecida e, mesmo que o frio esteja penetrando através do tecido das nossas roupas e que uma sensação de sermos observados paire no ar, a energia vibrante de Mig e Alexis nos faz acreditar que tudo vai ficar bem. Porque o universo não poderia ser tão sádico de tirar isso deles. Não agora. Não tão cedo.

A Floresta Esquecida é exatamente como as lendas descrevem. Troncos tão grossos e tão altos que provavelmente devem existir desde a criação do continente. Os galhos se espalham retorcidos, atrapalhando a iluminação do sol que tenta perfurar a armadura. Tem pássaros empoleirados no alto, apreciando nossa jornada com curiosidade. Vez ou outra um piar nos deixa em alerta.

O esqueleto de animais há muito tempo mortos é tomado pela vegetação, ossos brancos e musgo verde fundidos em um só. Tem pequenas casas, tão baixas que nem mesmo pessoas com a metade do meu tamanho caberiam, escondidas em pontos distantes. E tudo parece silencioso demais, Gelado demais. Cadavérico demais.

Alexis não desiste de incomodar Mig, com aquela jocosidade característica de pessoas apaixonadas.

— Ok! Você venceu! — Mig responde com bom humor na voz — Vou tentar descobrir quanto tempo ainda falta.

Os dois garotos aceleram o passo, focados em alcançar as rastreadoras que estão à frente.

Aproveito para verificar Vixen escoltando Ravenna. O harakin está muito concentrado nos galhos retorcidos das árvores com uma curva acentuada nas sobrancelhas. O preto do uniforme contrasta com a pele branca e pálida, mas os fios claros do cabelo quase o fazem parecer um príncipe caído na terra.

Um príncipe caído na terra? Ah! Que brega, Kalina!

— O que está espiando? — Ehrika questiona, olhando por cima do ombro também.

Levo um segundo para focar na pergunta, mas quando Ehrika abre um sorrisinho, a tensão me deixa muito consciente do guerreiro atrás de mim.

— Nada.

— Pare de mentir... — Ehrika semicerra os olhos e quase consigo escutar as roldanas do cérebro trabalhando enquanto junta as peças. Ela se aproxima de mim, o suficiente para falar bem baixinho, como um segredo. — Eu vi você e Vixen ontem no celeiro!

Faço um barulho com a boca indicando que a garota fique quieta, mas ela já está rindo consigo mesma. Os olhos violetas muito brilhantes.

— O que está rolando entre vocês? De verdade... — pergunta, muito animada.

— Não é nada... Só... Naquela noite em que Vixen teve um pesadelo, eu... Meio que baixei a guarda com ele — sussurro, falando tão baixo que não sei como ela consegue escutar. — Ele disse que fica bem quando eu estou por perto.

Ehrika fecha os olhos e segura um gritinho na garganta. Depois, os abre e libera a respiração se controlando, está agindo daquela forma tipicamente exagerada.

— E o que você respondeu? — ela pergunta com olhos violetas muito arregalados.

Confirmo que Vixen continua alguns metros atrás de nós duas.

— Eu disse que ficaria mais vezes por perto.

— *Você disse o quê*?! — Ehrika não mantém o tom baixo, chocada com o que acabou de escutar.

Tapo apressadamente a boca da garota.

— Ehrika, só... — imploro. — Esquece que eu te contei isso!

— Eu nunca vou esquecer! — ameaça. — Kalina Kaster, nunca pensei que *você* fosse romântica. Como está a língua? Porque você definitivamente deve tê-la mordido depois de debochar de mim todas aquelas vezes!

Eu vou matá-la. Definitivamente.

Ehrika não parece pronta para desistir, porque começa a cantarolar uma música inventada sobre eu ter um coração feito de açúcar, quando *algo* acontece.

Um estalo.

Não como aqueles que acontecem naturalmente pela junção do vento e a rigidez dos galhos acima de nossas cabeças. É mais do que isso. É como se o chão abaixo dos nossos pés tivesse se partido. E a revoada de corvos empoleirados no alto das árvores é como uma confirmação de que algo está errado.

Eles fogem do perigo que não conseguimos ver.

Se Mig e Alexis conseguiram descobrir a nossa localização com as rastreadoras, não importa agora. Os dois soldados estão com os bastões envenenados em punho, segurando-os em frente ao corpo. Assim como Vixen que, fantasmagoricamente, empunhou o arco e está com a flecha pronta para ser liberada.

As rastreadoras agacham-se e circulam o ar com as mãos. Usando uma das ramificações dos poderes descendentes da Deusa de Mave dentro das veias.

Retiro a kukri do meu cinto e entrego para Ehrika. Não preciso da lâmina para lutar, vou usar o que existe correndo dentro das minhas veias.

O silêncio é palpável, até mesmo em Ravenna que se esconde atrás de Vixen. O harakin se tornou a muralha de defesa para a aratnyana nesse instante.

Talvez não seja nada, digo para mim mesma. *Talvez seja o vento*, tento acreditar. *Talvez seja apenas um animal*, minto de forma descarada.

Mas talvez seja a Floresta.

— Vocês tocaram nas árvores? — uma rastreadora pergunta por baixo do capuz. Não dá para enxergar o rosto dela, mas o tom da voz diz muito.

— Estamos cercados por elas, talvez tenhamos pisado em algo… — Tento achar uma razão para o que está acontecendo.

— Não… — Ela me cala. — Vocês *tocaram* nelas?

Murmúrios de negação. Todos estivemos seguindo as duas irmãs, tomando cuidado para não fazer nada que nenhuma delas tenha indicado.

— Então — ela sussurra — alguém que não está aqui *tocou.*

Como se a Floresta tivesse perdido a paciência e quisesse confirmar as nossas suposições, ela explode.

E acontece rápido.

— Abaixem-se! — Vixen ordena, empurrando Ravenna para o chão.

Do alto, um galho imenso se move na nossa direção. Ehrika e eu escorregamos pelo chão, grudando terra por toda a roupa. As duas rastreadoras, ainda agachadas, começam a entoar um cântico. Percebo que a posição que inicialmente acreditei ser estranha, na verdade as protegeu da ira do enorme galho. Quem sabe elas já tenham visto isso acontecer. Levam as mãos até o rosto coberto pelo capuz e giram os dedos, puxando frascos com névoa branca encapsulada. Liberam o vapor como uma oferenda ao mundo. Logo suas testas estão grudadas no chão, pedindo por perdão.

Outro estalo explode, mas dessa vez não vem dos céus. Uma raiz irrompe do chão e tenta acertar Mig e Alexis, mas por muito pouco os dois garotos conseguem saltar para longe.

— O que fazemos?! — Mig questiona para as rastreadoras, mas elas não respondem, estão focadas no ritual.

— Venham para cá! Devemos ficar juntos!

Seja lá o que as duas mavianas estejam fazendo, não devemos interromper. Só precisamos aguentar e, de preferência, não morrer durante o processo.

Os dois aratnyanos correm, deslizando até estarem posicionados de costas para mim e Ehrika. Vixen agarra a cintura de Ravenna e a ergue no ar como papel. A ex-diretora está pálida, as mãos amarradas em frente ao corpo.

— Fiquem atrás de mim — indico, girando as mãos e suplicando para que o poder dentro de mim seja suficiente para defendê-los. O queimar desliza pelas minhas veias, acumulando-se nas palmas e dedos, pronto para ser usado.

Pássaros disparam em outra revoada fugitiva atrás de nós e eu sei, antes mesmo de confirmar, que um gigantesco problema acabou de acordar.

O chão afunda, usando da gravidade para escorregar nossos corpos e aprisionar-nos dentro de um buraco com quase dois metros de profundidade. Ehrika desaba em cima de mim, o cotovelo se chocando contra a minha barriga e roubando meu ar. Somos um amontoado de pernas, braços e urros de dor. A terra sobre nossas cabeças começa a fechar, prestes a nos enterrar vivos.

Ravenna grita, tenta se erguer com as mãos ainda amarradas, mas a terra abaixo de nós afunda mais.

Das pontas dos meus dedos, o ar dispara em direção ao céu feito de terra. O azul volta a aparecer, pincelado por galhos em garras prestes a nos ferir.

— Fujam! — ordeno em um grito.

É uma batalha impossível de ser vencida aqui dentro. Mesmo que o meu poder exploda o solo, a terra volta deslizar sem ficar cansada. Vixen ergue Ravenna sobre os ombros, prende os dedos nas raízes pelas paredes e leva os dois para a liberdade. Estica o braço para dentro e ajuda Ehrika, Mig e Alexis a saírem deste túmulo.

Meu corpo inteiro queima. Cada explosão é como uma ferroada pulsando na cabeça, mas eu não posso parar.

— Kalina! — Vixen grita, desespero na voz.

Nem sei se consigo realmente mexer meu corpo. Não quando meus olhos continuam vidrados no ponto onde a terra volta a se esgueirar. São raízes e grama e barro enterrando-me para sempre. O pavor congela e a respiração falha. Tenho medo de acabar com o ar que ainda me resta.

Vixen estica o corpo cada vez mais para dentro do buraco, prestes a cair e ser enterrado comigo. *Não! Não faça isto!*

O grito arranha minha garganta quando empurro a maior onda de poder que consigo. Dou um impulso para cima e agarro a mão do harakin. Ele ergue meu corpo com facilidade, trazendo-me para o chão firme. Nos embolamos em um abraço, sentindo as respirações aceleradas um do outro.

— Kalina! — Ele toca meu rosto, preocupado.

Digo a ele que estou bem e volto a me erguer, preparando-me para o próximo ataque.

As rastreadoras continuam no mesmo ponto onde estiveram desde o início dessa batalha, mas o círculo ao redor de si está intocado. Tem frascos vazios ao lado delas e o cântico nas vozes graves é ouvido pelos pássaros nas árvores. Não parece que esses pequenos espectadores tenham fugido de verdade, apenas trocado de posição para enxergar melhor a dança fúnebre que acontece.

— E se corrermos? — Alexis pergunta, horrorizado.

— Mas para onde? — Mig responde, acabando com a ideia do ruivo.

— É muito pior correr — Vixen murmura, o arco empunhado.

Grasnados reverberam afastando o silêncio congelante.

— Fiquem perto de mim — ordeno e todos se aproximam, até mesmo Ravenna que está completamente desgrenhada e apavorada.

As soqueiras com formato de rosas brilham nas mãos firmes de uma Ehrika estranhamente silenciosa. Bastões pingando veneno estão prontos para serem usados pelos dois soldados. E a flecha anseia partir o mundo nas mãos de Vixen.

Estão todos prontos. Esperando para lutar pelas nossas vidas.

Mas nenhum deles pode competir contra isso. Contra a Floresta Esquecida.

O movimento é tão sutil que mal poderia ser notado, mas o ar me alerta no instante em que os cipós enrolados nos galhos despertam. As garras acima de nossas cabeças estão prontas para despedaçar nossos corpos. Esgueiram-se suavemente pelas copas das árvores e elevam-se no ar como serpentes prontas para dar o bote. São milhares de tentáculos ao nosso redor, tantos que mal posso identificar onde um começa e outro termina.

São centésimos de segundos que separam o momento em que afundo na minha própria mente, observando tudo em câmera lenta, e o próximo movimento que faço.

O som dos pássaros desaparece. A expressão de terror no rosto de Ravenna fica mais clara e o entendimento triste pincela a face do restante do grupo. As rastreadoras não param de sussurrar palavras que não entendemos e oram por algo que não sabemos.

Mas nada do que elas fazem pode nos salvar agora.

E, a única coisa que me parece ser suficiente para acalmar a Floresta, é dar aquilo do que ela sente tanta falta. Um pequeno gosto do poder da sua criadora.

Da Deusa de Mave.

Os cipós atacam e, como se uma parte gigantesca de mim estivesse rachando, eu a ofereço para a Floresta. Mal escuto o berro que sai da minha boca quando abro os braços e liberto o resto de poder dentro de mim. Os tentáculos encontram a parede invisível que se cria acima de nossas cabeças. Eles se partem, quebrando e caindo por todos os lados. Os pássaros abrem as asas e fogem, em uma cortina de pavor e choque. Galhos desabam ao nosso redor formando um círculo de desordem e as rastreadoras erguem os rostos, pela primeira vez desde que a floresta despertou, parecendo notar a nossa existência. O capuz desliza e vemos os rostos com centenas de tatuagens sobre a pele.

Tem uma clareira acima de nós e a floresta desiste de nos atacar, satisfeita pelo gosto do poder que eu entreguei.

A pressão atrás dos meus olhos é tão forte que não sei como ainda os mantenho abertos, mas encontro forças suficiente para cambalear na direção das duas irmãs e dizer:

— Nós vamos continuar.

E, quando a última palavra abandona minha boca, tudo apaga dentro de mim. A escuridão me preenche. Estou caindo, mas a queda não chega. O mundo gira e talvez todos os ossos do meu corpo estejam derretidos.

Duas esferas douradas me encaram muito de perto, um braço agarrando meu torso e outro as minhas pernas.

— Consigo… caminhar sozinha… — Reluto, mas não sei se consigo formular as palavras direito. Não sei se ele as entendeu.

A boca do harakin está no meu ouvido:

— Deixe que eu cuido de você agora.

Eu deixo. E adormeço. Mas não sem ter um último pensamento:

Se não fomos nós que acordamos a Floresta, então quem foi?

CAPÍTULO 28

Kalina adormeceu.

Mas não sem antes lutar contra o sono. Os olhos abrindo e fechando enquanto a respiração ia se assentando em um ritmo calmo e rebelde, sem conseguir se desligar por completo. Sem se deixar ser cuidada por outra pessoa.

Se Kalina está adormecida nos meus braços neste instante, foi porque precisou salvar as nossas vidas. Porque ninguém foi capaz de notar que algo estava errado. Nem mesmo eu. Sempre soube quando era a hora de agir muito antes de algo acontecer. Tinha confiança em mim mesmo para lutar, para sobreviver, para *proteger*.

Mas não foi isso o que aconteceu quando a Floresta nos atacou.

Meus reflexos estão lentos pela falta de sono. O cansaço sobre os ombros pesa cada vez mais e o mundo ao meu redor se tornou um borrão. Levo segundos a mais para entender as palavras e preciso, mais do que deveria, pedir para que repitam algo simples. Eu me perco nos meus próprios pensamentos e meus passos quase parecem afundar contra o chão.

E foi você quem pediu para vir junto. Para defendê-la. Que piada.

Mesmo que eu tenha passado grande parte da minha vida lendo livros que sempre me contaram histórias sobre o mundo, não pude deixar de fantasiar como seria colocar meus pés aqui fora. Me perguntei se o cheiro do ar seria diferente, se os raios de sol poderiam tocar minha pele de um jeito que não tocavam lá dentro. Deixei minha imaginação brincar com as possibilidades de me tornar uma pessoa diferente ao deixar para trás a prisão. Um novo Vixen. O Vixen que eu jamais pude conhecer.

Mas eu continuo prestes a ruir.

Ainda me sinto tão preso quanto estive.

Tão preso quanto *estou*.

Vez ou outra, sinto-me culpado quando meus colegas de missão se animam com uma possível experiência nova. Seja uma paisagem que nunca vi, o toque na pelagem de um animal que nunca conheci ou o gosto de uma comida que nunca comi.

Mas me sinto adormecido em grande parte do tempo.

Odeio-me por não ser forte o bastante para lutar contra isso. Estou afundando cada vez mais dentro de mim. Estou perdendo o fio que ainda segura minha consciência. E, ainda assim, não consigo pedir por ajuda.

Existe apenas uma luz brilhante o bastante para me despertar.

Kalina continuo no meu colo enquanto seguimos o caminho traçado pelas duas estranhas figuras encapuzadas. Tentei identificar um traço de mentira no tom delas assim que nos conhecemos, mas elas mal dialogam conosco. Ouvi Kalina e Ehrika comentarem entre si sobre a origem das irmãs, elas ficaram curiosas sobre a questão das rastreadoras viverem tão perto dessa floresta que desperta terrores nos cidadãos de Mave. Nunca havia lido nada sobre essa região, mas pelo pavor incrustado na reação das duas amigas, suspeito que nem todos os moradores deste reino desejem encarar a viagem.

Há pouco mais de meia hora, desde que Kalina desabou de exaustão, seguimos o trajeto indicado pelas encapuzadas. Não me importo de carregar Kalina, na verdade eu poderia fazer isso o quanto fosse necessário. Ainda mais quando ela pressiona a bochecha desse jeito contra o meu peito e balbucia palavras desconexas de uma forma dolorosamente fofa.

Tento me controlar com afinco para não ficar encarando os detalhes do rosto dela, mas é muito difícil. Por sorte, a encapuzada mais alta ergue a voz para nos avisar que chegamos ao destino.

Resquícios do fim do dia iluminam parcialmente as linhas de uma ruína. Não, não apenas uma ruína.... Uma mansão em ruínas.

Grande, imponente, esquecida, abandonada.

Uma residência que exala o sentido do que é dizer "fim".

Ao redor, tem uma cerca de ferro chumbado em formato de dentes afiados em um sorriso maquiavélico. A pintura descascada há muito dá o toque final para contabilizar todas as noites chuvosas que a banharam.

Porém, o que mais chama a atenção é a gigantesca estátua bem na entrada do palácio. A cabeça de pássaro combinada a um corpo de mulher que derrama asas tão colossais que fazem sombra à frente. O cajado nas mãos desce até o chão e finca-se na terra.

No arco de entrada do castelo, dentro da Montanha, existe uma estátua do Deus de Aratny, metade homem, metade aranha. Sempre o achei horrendo, de péssimo gosto, mas essa figura é diferente. Ela emana respeito. Ela me faz sentir pequeno.

— Essa... — Ehrika murmura, mas não termina a frase.

Dá um passo involuntário em direção às grades repletas de ferrugem, mas a mão esguia de uma das encapuzadas se estica privando-a do movimento.

— Cuidado! — alerta na voz rouca. — Peça permissão para entrar na casa da Deusa de Mave!

Permissão?

A respiração entrecortada de Kalina nos desperta do momento enigmático. Pisca algumas vezes, parecendo confusa sobre onde está. Meu peito ecoa batidas descompassadas e torço para que ela não perceba o efeito que me causa. A última coisa que desejo é que ela se sinta desconfortável por estar perto de mim.

— Kalina! — Ehrika soluça, avançando na nossa direção. — Está melhor, pó de estrelas?

Fios teimosos são retirados das bochechas de Kalina pelos dedos carinhosos da melhor amiga. Uma pontada de inveja pinça meu coração. Ela apenas balança a cabeça, mirando o rosto da loira.

Mantenho-me completamente em silêncio. Não quero atrapalhar o momento das duas.

— Estou bem — ela informa. Depois de um segundo confuso, troca o olhar para o meu rosto. — Pode me colocar no chão, obrigada.

Não, por favor. Fique.

Mas eu obedeço ao pedido. Com calma, Kalina firma as pernas e esfrega o rosto. Todos esperamos o tempo que ela precisa para se recompor, mas assim que a garota se torna consciente da mansão à nossa frente, a postura endurece. Ela lança um olhar questionador para as tais rastreadoras.

— Por que vocês nos trouxeram aqui?

Ehrika apoia uma mão no braço da amiga.

— Precisamos passar a noite, Kali.

Kalina não perde a expressão desconfiada. É uma de suas características mais evidentes. Sei o quão cansativo é estar sempre alerta, mas deixo que comande o interrogatório.

— Forasteiros não desejam conhecer a madrugada dentro da Floresta Esquecida — a encapuzada menor comenta baixo.

Mesmo fraca, Kalina avalia com muita atenção as ruínas. Também não sou o maior fã do plano dado pelas duas figuras estranhas, mas estou aqui meramente como um soldado. Adoraria soltar um ou dois comentários sobre o que penso, mas o cansaço sobre meu corpo é o bastante para me calar.

Kalina balança o rosto em concordância para o restante de nós.

— Para entrar na casa da Deusa de Mave, se deve pedir permissão — a mais alta das rastreadoras explica. Ela aponta para a irmã, que se ajoelha em frente à estátua.

— Deusa de Mave, peço misericórdia e segurança ao repousar em tua casa. — A que está agachada coloca a palma da mão nos pés da escultura e repousa a outra no chão. — Deixe-me entrar.

Ela se ergue e, sem olhar para trás, atravessa o portão enferrujado.

— O próximo forasteiro. — A encapuzada que ficou, dita o ritmo.

Sem discutir, Mig e Alexis imitam os dizeres indicados. Ravenna, por sua vez, dificulta o ritual ao recusar se ajoelhar uma parcela de vezes. Não porque está cansada, mas porque repete o quanto a situação toda é ridícula na opinião dela. Não preciso interferir, porque Kalina a empurra ao chão e ordena que repita palavra por palavra. Ehrika fica muito emocionada e não consegue esconder as lágrimas. Ela e Kalina se abraçam, encarando a estátua por alguns segundos. Imagino que estejam admirando a Deusa que deu vida ao reino em que nasceram. É bonita a imagem de fé que carregam no semblante.

Eu não sou um homem de muitas crenças. Tenho poucas coisas as quais me agarrar. Por isso, sinto-me um pouco estranho por recitar essas palavras tão carregadas de sentido para os mavianos. Sou uma fraude e não sei se um dia a Deusa permitiria que eu entrasse sabendo a quem pertence o sangue que corre nas minhas veias.

A mansão é feita de troncos grossos, pedras rústicas e vidraças coloridas. São três andares decorados com janelas que há muito foram tomadas pela natureza. Um lance de vinte degraus se estende até a entrada principal da residência e vasos destruídos pelo tempo guardam raízes secas do que um dia emanou vida.

Dentro do mausoléu, vitrais coloridos brincam com a luz do fim da tarde e pintam todo o saguão. Não há tempo para experimentar um pouco da alma deste lugar, porque as encapuzadas seguem em passos firmes na direção de corredores escuros. Elas nos levam até o segundo andar, na direção de um quarto que já não tem mais porta.

Água escorre nos cantos das paredes e o esqueleto de uma antiga cama quase se funde ao carpete. Tem muito fungo e o cheiro forte de enxofre incomoda na respiração. Me questiono se esse é o melhor lugar para passarmos a noite, mas uma das irmãs que entrou conosco no quarto segue até uma porta escondida. Lá dentro há um closet tão grande quanto o aposento e está, estranhamente, seco e limpo.

— Durmam — a encapuzada diz, sem explicar mais nada.

— E vocês? Por que não ficamos todos juntos? — Kalina questiona, observando com desconforto o ambiente.

— A mansão não conhece vocês.

— Do que está falando? — ela volta a questionar, incisiva.

— Durmam — a rastreadora repete, mais firme.

— Vamos confiar nelas, Kali — Ehrika intervém. Parece muito cansada. — Podemos nos revezar em turnos.

Mesmo relutante, Kalina concorda e, sem esperar por qualquer pergunta nova, as duas figuras misteriosas desaparecem.

— Eu fico com a primeira ronda, não estou com sono — digo, de ímpeto.

É uma mentira deslavada, mas não quero dormir de qualquer forma. Kalina estreita os olhos para mim, pronta para dizer algo, mas desiste.

— Vamos partir ao amanhecer. Tente dormir um pouco também, ok? — Mig explica — E obrigado.

A exaustão estampa o rosto de todos, mas Ravenna encontra uma maneira de piorar a situação. Ela reclama do cheiro do closet, observa minuciosamente cada canto do ambiente até encontrar um ponto limpo o suficiente. Faz Ehrika e Alexis ajudarem-na a abrir o saco de dormir e entra nele, fugindo do frio que faz na floresta.

— Se sentir sono, me acorde — Mig comenta, antes de seguir para o encontro do namorado.

Ele se aproxima de um Alexis confortavelmente esparramado contra a parede. O ruivo o puxa para um abraço e o soldado aratnyano recosta a cabeça no peito do garoto.

— Vou estar no quarto, próximo à porta — digo, como uma despedida.

Kalina apenas concorda com um balançar de cabeça, apoiando Ehrika, que parece exaurida.

Dou privacidade para o grupo, mas um arrepio gelado pinça bem no centro da minha espinha. A sensação me deixa nauseado e preciso afastar rapidamente a tontura que afeta todo o meu corpo.

Você vai acabar dormindo. Todos vão morrer por sua culpa. Você não pode salvar Kalina.

O chá de gengibre que trouxe em uma garrafa desce pela garganta. É uma das tentativas vãs que encontrei para afastar o sono. Dicas que foram ensinadas em livros da biblioteca: "*Exercite o seu corpo a cada 30 minutos, aumentando a frequência cardíaca*" ou "*Fique em posições desconfortáveis e controle a respiração intencionalmente*".

É claro que nenhuma delas realmente me ajudou.

Talvez por um curto período de tempo, mas nem sempre. Porque quem tenta fugir dos próprios pesadelos sempre acaba tropeçando no sono profundo.

As vidraças do quarto estão sujas, mas não o suficiente para apagar o movimento da noite. Estico meus braços o suficiente para me movimentar pelo quarto. Aguço meus ouvidos para escutar melhor os sons ao redor da mansão. Depois de um bom tempo, aproximo-me do closet e noto que as respirações se tranquilizaram.

Escorrego pela parede até sentar contra o tapete sujo. Pesco o arco e a aljava porque preciso ocupar a minha mente. Encaixo uma flecha e tensiono a corda, a pressão na carne sensível dos dedos. Tem um ponto mais sujo na vidraça, que é muito parecido com um alvo. Libero a pressão da corda, mas não solto a flecha. Abaixo meu braço até pousá-lo no colo.

Volto a erguer o arco e repito cada passo. Outra vez e mais outra. Tantas vezes que começo a perder a noção do tempo.

Arco erguido. Corda tensionada. Flecha ancorada. Ponto mirado. Relaxo.

Tudo. Outra. Vez.

O aperto dos dedos começa, lentamente, a machucar a pele. Mas eu não ligo.

Bom. Sentir dor, pelo menos é sentir alguma coisa.

As sombras escapam pela vidraça e brincam com a minha mente. Formas que não existem dançam pelo chão e pelas paredes, observando, ávidas, o movimento maníaco que repito focado. O suor escorre pelo pescoço, mas fica gelado quando encontra o final das costas.

Recomeço.

Arco. Corda. Flecha. Mira. Descanso.

De novo. E de novo.

O sangue escorre pela minha mão. Um corte se abriu onde a pressão se tornou forte demais.

Horas devem ter passado.

Duas?

Quatro?

Não sei dizer.

Você deveria acordá-los. Você não vai aguentar.

Eu vou. Deixe que eles descansem.

Arco. Corda. Flecha. Mira. Descanso.

Grossas gotas irrompem para fora do corte e meu dedo escorrega. Quando olho para o estrago, é tarde demais. O osso aparece e minha roupa está toda ensanguentada. O arco cai no chão enquanto tento pedir por ajuda, mas a voz não sai. Onde antes existia apenas sombras disformes vazando para dentro do quarto, agora há corpos avançando até mim.

Não. Não. Não.

O motivo de todos os meus terrores está parado no limiar da porta com o sorriso congelado em apenas um lado do rosto.

Olá, meu filho.

Desperto.

Meu coração bate descompassado, pulando para fora do peito. O arco e a aljava de flechas caídos ao meu lado. A porta solitária. As janelas silenciosas. A pressão da mandíbula aumenta a cada instante enquanto a angústia desbrava meu peito.

Você vai matá-los. Você é a ruína deles.

— Por favor, pare... — Enfio meu rosto nas mãos e abraço as pernas. — Só, pare...

Um som.

Longe. Talvez folhas farfalhando perto demais das janelas, ou um animal escapando para dentro de um quarto. Não sei dizer de onde vem, o que era ou se é importante, mas me agarro a isso para não enlouquecer.

Tento fazer o mínimo barulho possível e acordo Mig. O garoto abre os olhos com uma expressão de completo terror.

— Acho que ouvi alguma coisa. Só vou verificar.

Ele empertiga os ombros, preocupado, mas concorda. Já fora do closet, boceja longamente.

— Quer que eu chame Alexis para ir junto? — Mig questiona baixinho.

— Não precisa. — Ajeito o arco no ombro e encaixo a aljava nas costas. — Vai ser rápido.

Ele apenas balança a cabeça concordando.

Investindo pelos corredores muito escuros e muito gelados da mansão, percebo a cada passo dado, que talvez o som que escutei foi outra alucinação da minha mente.

Esfrego meus dedos para relembrar que foi apenas um pesadelo, mas é exatamente isso que me apavora. Não lembro de ter adormecido. Foi como se eu ainda estivesse acordado. Sem nenhuma diferença entre a realidade e os meus sonhos.

Fica difícil de respirar. Preciso levar a mão ao peito e apertar um pouco para sentir meu coração. Ele ainda está batendo? Eu estou aqui?

Tão fraco. Tão inútil. Você é a própria ruína, Vixen.

Deveria me afastar de Kalina e diminuir ao menos um dos problemas nessa equação.

Fraco. Inútil. Ruína. Aceite. Meu. Chamado. Filho.

Dedos seguram meu braço e um pavor congelante me sufoca. Empunho a adaga presa na bainha do meu uniforme e aponto para a sombra que veio me enlouquecer. A lâmina está a centímetros de uma garganta macia.

A garganta dela.

Chocado pelo que acabei de fazer, encaro a lâmina que empunho contra Kalina. A sensação do metal contra meus dedos me deixa enjoado. Afasto-me e jogo a adaga no chão.

Eu… Eu quase…

Kalina se aproxima com cautela.

— Ei... — Tenta tocar em mim.

— Não… — Derrubo o arco no chão, minhas mãos trêmulas demais para segurar qualquer coisa nesse momento. — Eu quase...

Não consigo fitar Kalina. Estou tão envergonhado.

— Eu deveria ter avisado que estava atrás de você, a culpa é minha… — Ela começa a se explicar, mas o tom me deixa com ainda mais ódio de mim mesmo.

— Não! — A voz sai alta demais. Não quero erguer minha voz para Kalina. Nunca. — Pare. Não tente ser empática comigo. Eu não suportaria a sua pena agora.

— Eu não tenho pena de você — ela diz, parecendo ultrajada. Dá um passo para trás e isso esmigalha meu coração. — Por que está agindo assim?

O jeito como Kalina me encara é exatamente como todos sempre me encararam dentro da Montanha. Como se tivesse algo de errado comigo. Algo quebrado, que não funcionasse de acordo com o mundo.

Eu vestia uma máscara, abria um sorriso e escolhia as palavras certas para afastá-las. E todos sempre se afastavam.

Talvez eu deva continuar a agir assim. Quem sabe Kalina volte a ficar em segurança, e não do meu lado. Mesmo que eu esteja quase suplicando de joelhos para que ela não vá. Porque assim que for, eu não vou ter mais nada pelo qual valha a pena lutar.

— Por que está aqui? — Uso o sorriso lânguido, porque sei que todos o odeiam. — Você não sente medo agora que sabe o que existe na minha mente ferrada? — Empino o rosto e finjo tranquilidade. Eu sei bem como agir como um desgraçado esnobe. — Que o Senhor dos Harakins sussurra dia e noite nos meus ouvidos?

Kalina fica confusa por apenas um segundo, mas ela sabe como enfrentar aqueles que tentam a assustar. Ela também empina o queixo, também veste a coroa. Usa a expressão no rosto que mudou todo o curso da minha vida. Quando tentou me enfrentar no labirinto para encontrar respostas. Quando apontou uma kukri contra a minha garganta sem medo de lidar com as consequências. É a expressão de quem não teme a nada nem a ninguém.

— Medo? — O dedo indicador de Kalina empurra meu peito com força. — Eu jamais sentiria medo de você, Vixen.

Eu sinto, Kalina. Eu morro de medo disso. Eu morro de medo de te perder, mesmo que eu nem a tenha.

O cheiro dela me inebria, é como fim de tarde e euforia.

Mal percebo quando conduzo Kalina para perto da parede. Está sem escapatória, mas ela não parece querer fugir de mim.

— O que você sente então?

Nossas bocas estão perigosamente perto. Prestes a ultrapassar um limite que não tem mais volta, mas é ela quem vai decidir se vamos cruzá-lo. Porque nem mesmo minha mente diabólica, que já sonhou em fazer muitas coisas com esses lábios, suportaria obrigá-la a me beijar.

— Diga — imploro, desesperado. — Apenas me diga.

— Vixen...

O tom meloso faz meu lado mais irracional despertar, gritando para que ela continue dizendo meu nome. Que chame por mim. Apenas por mim. Só por mim.

Mas antes que ela possa responder à minha pergunta, um grito irrompe através da noite.

E, todo o nosso mundo, se estilhaça em caos.

CAPÍTULO 29

O grito corta a noite.

Dolorido, assustado, perturbado.

Veio do saguão, inconfundível.

Corro tão rápido que mal consigo respirar. Os pulmões queimam em ondas cada vez mais pungentes, mas eu não paro. Preciso encontrar Ehrika, Mig, Alexis e Ravenna.

Torço para que ainda estejam dentro do quarto onde as rastreadoras nos deixaram, mas tem um arrepio que desliza pelas minhas costas e sussurra coisas terríveis sobre o paradeiro deles. Não havia notado o quão longe eu e Vixen fomos, enquanto o seguia no meio da noite após escutá-lo chamar por Mig e pedir que trocasse de guarda. Deixei Ehrika dormindo e decidi que seria melhor acompanhá-lo na ronda que iria fazer.

— Corra, Kalina — Vixen ordenou quando tudo aconteceu. O arco e a lâmina que estavam no chão foram recuperados. — Vá atrás deles!

Sem esperar nenhum segundo, partiu como um ceifador da noite.

Em meio ao tornado que bagunça tudo dentro do meu peito, memórias do que aconteceu me atormentam. O calor do corpo de Vixen contra o meu. A maciez do lábio dele ao resvalar na minha boca. Mas, principalmente, a angústia refletida nos olhos dourados do harakin quando apontou a adaga contra a minha garganta.

Não é como se ele tivesse feito aquilo conscientemente. Entre o ataque e a percepção da ação, Vixen pareceu voltar a si. Atormentado por algo escondido nos confins da própria mente. Invisível a qualquer um que estivesse aqui fora, mesmo que convivendo lado a lado com ele.

Meu coração se partiu um pouco ao perceber isso.

A urgência em protegê-lo ardeu por toda a extensão da minha pele.

Mas o frio congelante da realidade é que Vixen parece não querer ser protegido.

Ele escapa como água em meio aos dedos. O sorriso nos lábios é a máscara que usa e as palavras a arma que empunha. Diz que está bem porque sabe que ninguém vai discutir. E, nos momentos em que a rachadura se torna profunda demais para suportar, prestes a se desfazer em pedaços, ainda encontra forças para se ancorar em algum lugar destrutivo que não o deixa desistir.

Fui covarde demais em responder à pergunta que fez, porque não consigo decifrar se os sentimentos que sinto são retribuídos. Ele me confunde, em um momento me faz acreditar que talvez me deseje como eu estou o desejando, mas em outros me afasta como se não suportasse a ideia de que fôssemos mais do que amigos.

E ainda assim, como posso deixar isso ser o motivo das minhas inquietações? Há tanto sendo esperado de mim. Pessoas dependem do meu sucesso nessa missão. Mas quando estou perto de Vixen tudo o que me inunda é esse sentimento de querer desvendar todos os seus segredos.

Não posso continuar assim. Não posso me deixar abalar tão fácil. Se Vixen quer me manter apenas como sua amiga, que seja isso então.

Aos tropeços, esbarro em um corpo ao invadir o quarto fedendo a mofo.

— Você está bem! — Ehrika quase grita de alívio.

Meus dedos tocam todo o rosto, cabelos e braços da minha melhor amiga em busca de algo errado, mas para meu total alívio, não encontro nada.

— Achamos que o grito pudesse ter sido seu — Mig diz, ajeitando o colete com diversos encaixes para esconder utensílios de uma batalha. O bastão aratnyano embebido em veneno já está nas mãos firmes dele e de Alexis.

Descobri que a versão da arma que trouxeram consigo tem, escondida, uma longa e fina lâmina interna, tão afiada que poderia cortar até mesmo metal em um rápido movimento.

— *Vocês* acharam. Eu sabia que não era a voz dela — Ehrika resmunga enquanto ajeita as soqueiras de rosas nas mãos. — Conheço a voz da Kalina.

— Acho que foi uma das rastreadoras — confesso, meu coração acelerado.

— Onde está Vixen? — Alexis pergunta, passando por mim e indo espiar o corredor.

— Foi atrás delas — esclareço, corro para dentro do closet e busco as duas kukris de lâmina curta que estão guardadas dentro da mochila.

Ravenna está parada como uma estátua me encarando. Não diz nada, mas a palidez no rosto é resposta suficiente para saber como ela está. *Amedrontada*.

— Qual é o plano? — Ehrika se agacha comigo e abre a própria mochila.

Ela pesca duas *kunais*, lâminas parecidas com adagas, mas mais triangulares.

— Lutar e sobreviver.

Ehrika balança a cabeça confirmando, gira nos calcanhares e parte para fora do closet. Mig e Alexis serviram ao exército aratnyano e são homens de confiança da Ruptura. Alexis foi um bom parceiro de missão em Veraz e agiu rápido quando foi necessário. Preciso acreditar que vão se virar sozinhos. Não posso deixar a preocupação me dominar. Não agora.

Estou fechando a mochila quando Ravenna diz:

— Preciso de uma arma.

Levo um segundo para processar o pedido da aratnyana. O deboche intrínseco na risada que dou.

— Você precisa ficar quieta e se esconder aqui dentro — determino, arisca — Igual a como fez na Montanha, quando fugiu com o *rabinho* entre as pernas.

Rubor intenso tinge as bochechas da ex-diretora ao ouvir as palavras saídas da minha boca.

Calma. Você está nervosa e esse não é o momento de atacá-la.

Bufo, afastando-me de Ravenna, mas estanco na porta do closet.

— Por favor, não fuja — digo, expulsando o pedido com calma. — Fique aqui. Se esconda. Você não vai sobreviver lá fora sozinha.

Ravenna não responde, mas se encolhe contra o canto mais escuro do closet em silêncio. A porta é fechada com delicadeza, prendendo-a sozinha lá dentro.

Os corredores da mansão se tornam borrões enquanto corremos em direção ao saguão e, a cada passo que damos, sons de uma intensa batalha ecoa.

Coisas quebrando, grunhidos de dor e, principalmente, o guincho de algo que não parece natural. Existe algo no saguão que não se assemelha a nada que eu já tenha escutado antes.

Seria melhor se nos dividíssemos em duas duplas e contornássemos a chegada ao local, mas não temos tempo para formular um plano decente. Não quando Vixen é lançado contra a parede do outro lado do salão. Ele se ergue de prontidão, mas a expressão é de pavor quando percebe que estamos aqui.

— Fujam! — grita e busca o arco caído.

O guincho repercute pela pele quando longas patas revelam-se lentamente na entrada do corredor. São oito ao total, compridas e peludas. Deveriam ser conhecidas, mas ainda assim, são diferentes de uma forma sobrenatural. Não são como as patas das aranhas-transportes ao qual fui carregada até a prisão, ou aqueles pequenos monstrinhos que Ravenna tinha como estimação. Essa gigantesca aranha que se apresenta, mirando nossos corpos com fome, tem um corpo mais fino, com pontos brilhantes e estranhamente arqueados.

As duas patas da frente se erguem no ar, preparada para saltar na direção de suas presas, mas ela chia em fúria quando algo se agarra nas suas costas nojentas.

— Agora, corram! — grito, afastando o medo. Giro a kukri de lâmina longa na mão e a encaixo mais firme.

A barriga do monstro está exposta para mim. Quando enfio a lâmina no ponto central e espero encontrar o exoesqueleto, sou recebida com um barulho metálico. Vixen escorrega pelo corpo da aranha e se afasta com um salto. Ehrika, Mig e Alexis se posicionam ao redor do bicho.

— As rastreadoras estão bem?! — berro, mas não tiro meus olhos do monstro.

— Uma foi ferida! — Vixen explica com um grito.

A aranha não consegue avançar, porque a todo instante nos revezamos para atacá-la. Estamos apenas ganhando tempo para formular um bom plano.

Eu sei que os nervos mais sensíveis da aranha se localizam nas oito patas, mas seria necessário muita força e tempo para desmembrá-la. O que não temos agora. Temos que seguir com o plano B. Esmagar um pequeno ponto cerebral localizado no topo do bicho.

— Ehrika! Vou contê-la com meu poder. Enfie a kunai na cabeça da maldita!

A Floresta Esquecida sugou grande parte das minhas forças, mas ainda existe o suficiente para imobilizar a aranha no ar. Dedos giram e formam um círculo. O queimar conhecido – mas menos intenso –, resvala pelas minhas veias até explodir para fora de mim.

O monstro congela no ar quando tenta me atacar. Quatro pares de olhos verdes brilhantes miram-me com violência. Mantê-la assim, presa com o que resta dos meus poderes, é como ter uma parede invisível esmagando-me cada vez mais.

— Agora! — imploro, sentindo lágrimas nos olhos pela pressão.

Cabelos claros ondulam quando Ehrika escala o corpo da enorme aranha. Vixen escorrega para trás de mim, amparando meus ombros e Mig e Alexis se posicionam prontos para atacar o bicho. O rosto de Ehrika revela-se com uma expressão determinada. Raiva, nojo e muita coragem. Ela ergue a kunai até o mais alto que pode com as duas mãos e solta um berro carregado de força até descer a lâmina.

Mas onde deveria expelir gosma, faíscas explodem e uma fumaça branca se espalha pelo ar. Ehrika precisa saltar para longe das fagulhas que continuam estralando no ponto onde a kunai se afundou no monstro. Aos poucos, o verde que brilhava nos quatro pares de olhos se torna opaco.

Vixen me puxa para longe do monstro e a pressão na minha cabeça alivia assim que liberto meus poderes. A carcaça da gigantesca aranha desaba contra o chão, reverberando por todo o saguão.

Mig e Alexis afundam as lâminas contra o cadáver do monstro, apenas para ter certeza de que ela está bem morta. Ehrika corre até as rastreadoras para confirmar se não estão feridas.

Mig empurra a carcaça do monstro para revelar fios vermelhos, azuis e verdes, assim como uma estrutura metálica, no ponto onde a fumaça evapora.

— Não é uma aranha de verdade. — Alexis guarda o bastão, coçando a cabeça. — É robótico. Criado talvez pelo governo.

— Foi isso que acordou a Floresta? — Mig questiona. As sobrancelhas enrugadas em pura preocupação.

— Mas se isso é do governo... — murmuro e um gelo angustiante lambe meus pulmões — de alguma forma Frederick sabe a nossa localização.

Estamos todos focados na monstruosidade de metal, fios e veneno, quando a constatação da realidade afunda meu peito.

— Precisamos ir embora — Mig informa agitando enquanto guarda o bastão.

Ehrika aparece ao meu lado, as linhas do rosto demonstrando que ela já conseguiu entender que existe algo a mais no ar.

— Uma delas está ferida — informa, aflita.

— Vamos ajudá-las. — Obrigo minhas pernas a se mexerem. — Precisamos ir embora agora mesmo!

A luz da lua entra pelos vitrais e pinta todo o saguão de azul. Minha intuição berra para que eu abandone as rastreadoras, pois só irão nos atrasar, mas não posso fazer isso. Se vou ser a imperadora deste continente, não posso abandonar meu povo. E isso começa nesta pequena decisão.

Meu pescoço se arrepia e uma sensação de que estamos sendo observadas fica mais nítida no fundo da minha mente. Diminuo o passo até estancar no meio do saguão. Meus dedos procurando pela kukri na bainha do cinto.

Escorrego meus olhos para o lado esquerdo e só encontro pedaços da parede destruída. Ao lado direito tem vegetação entrando pelas janelas, mas nada além disso. Giro meu corpo, procurando por algo atrás de nós, mas não tem.

— O que você ouviu? — Ehrika pergunta, semicerrando os olhos e pegando a segunda kunai que sobrou.

Ergo meus olhos para os vitrais.

Quatro fios metálicos sustentam corpos gigantescos como o que jaz no chão morto. Mas esses estão bem vivos.

Pares de olhos verdes brilham e nos encaram.

As palavras não saem da minha garganta antes que elas ataquem.

CAPÍTULO 30

As aranhas-robóticas se dividem no ataque.

Cada uma busca uma presa.

Se já tivemos dificuldades para conter um destes monstros sozinho, como iremos controlar quatro deles?

Ehrika e eu lutamos contra o bicho-robô que nos escolheu para caçar. Corremos para trás de uma pilastra grossa o suficiente para nos proteger, mas as patas da aranha-robótica são longas e finas e tentam nos perfurar.

Vixen está dando conta de uma delas sozinho, assim como Mig e Alexis que batalham juntos. Mas as rastreadoras estão com sérios problemas. Os gritos das duas reverberam pela mansão e pedem socorro.

— Consegue chamar a atenção dessa coisa?! Preciso ajudá-las! — pergunto para Ehrika, nós duas esmagadas contra a pilastra.

O lado sempre doce e sensível de Ehrika sumiu. Ela é uma guerreira feroz e muito destemida. A resignação somada a coragem estampa seus olhos violetas.

— Vá, pó de estrelas! — Ehrika começa a correr para o outro lado e a aranha-robótica a segue.

A floresta tomou conta de boa parte da mansão. No fundo do saguão mato e vegetação cresceram, assim como galhos das árvores que entram pelas vidraças quebradas. É nesse ponto que as rastreadoras tentam se esconder do monstro que as caça. As patas afiadas arrancam com voracidade todas as plantas e o mato em busca das suas presas.

Vapor branco explode contra o corpo do bicho-robô e a voz de uma delas xinga no dialeto que não entendo. A rastreadora que não foi ferida deve estar tentando de todas as formas salvar a própria vida, assim como a da irmã com os rituais que conhece. Mas não sei o quanto desse conhecimento e poder consegue afetar uma aranha-robótica.

Salto e encaixo meus dedos contra a carcaça do monstro. A pelagem artificial é dura e machuca a pele, mas prendo meus dedos nas protuberâncias que se estendem por todo o corpanzil. O monstro sente minha presença e esquece das irmãs.

A aranha empina o corpo e, quando as patas dianteiras se esticam, um eixo grudado à base proporciona rotação total para que ela consiga fincar as patas nas costas. O barulho do metal contra metal quase me ensurdece, mas uma voz chama por mim.

— Use isto, guerreira! — A rastreadora joga no ar um pequeno frasco. Estico minha mão e agarro o vidro que quase escapa pelos meus dedos. — Despeje nela!

Lutando para me manter agarrada as protuberâncias do monstro e ainda fugir dos ataques das patas afiadas, puxo a rolha com a boca e viro todo o conteúdo líquido bem no ponto onde Ehrika enfiou a kunai e destruiu o sistema da aranha-robótica. A pelagem derrete e revela metal e fios coloridos. Ergo a kukri, pronta para descê-la, quando escorrego e quase perco o controle.

— Pare… De se… Mexer… Sua nojenta!

A lâmina perfura o ponto central e a carcaça abaixo de mim treme. Ela desaba em frente as rastreadoras.

— Uma já foi — falo para mim mesma. — Faltam três.

Só que o que vejo pelo saguão é a própria pintura do horror. Foi sorte o que tive até agora, porque a aranha-robótica estava focada nas duas rastreadoras, mas as outras três parecem vencer com facilidade a luta contra o restante do grupo.

Mig e Alexis são os mais próximos. Não há tempo para fazer o que fiz com a aranha-robótica que destruí, porque Ehrika e Vixen também precisam da minha ajuda e os soldados estão em dupla. O que decido é implorar para que a Deusa de Mave me conceda um milagre.

Fecho os olhos e puxo o fio mais fraco de poder que me resta. Escorrega pelas minhas veias e explode na direção do bicho-robô que ataca os aratnyanos. O corpo duro e metálico da coisa se afunda contra uma parede, mas as pernas parecem se mexer ainda. Os garotos empunham os bastões e correm aos gritos na direção do inimigo para finalizar a tarefa.

Vixen desliza como sombras pelo saguão. A mira do arco aponta para o corpo da aranha-robótica que o caça. Duas flechas estão cravadas no ponto superior da cabeça, mas o restante se espalha pela extensão das patas. Ele foge com mais facilidade que o restante de nós dos ataques, o que me deixa um pouco mais aliviada e facilita minha escolha sobre quem eu devo ajudar.

Procuro por Ehrika e, no mesmo segundo, o grito dela reverbera pelo saguão. Ela é lançada pelo piso e escorrega muitos metros até bater as costas contra a carcaça do primeiro monstro que eliminamos. O bicho-robô que a persegue tem uma kunai fincada no topo da cabeça, mas a arma não parece ter a danificado.

Eu corro, gritando para chamar a atenção da aranha, mas ela me ignora.

A perna de Ehrika está machucada, porque ela não consegue se erguer do chão. Geme de dor, mas tenta se arrastar na direção do corredor por onde viemos.

Fagulhas explodem por baixo das patas metálicas da aranha enquanto ela avança na direção da garota. O mundo se torna minúsculo e colossal ao mesmo tempo. Tão perto e tão longe. O pavor de que eu não seja rápida o bastante me apavora.

Eu não deveria ter tomado a decisão de ajudar as duas rastreadoras. Deixei Ehrika sozinha e agora posso perdê-la. Por que continuo fingindo para mim mesma que me importo com o resto do continente quando a verdade é que só desejo salvar a minha família e quem amo? Se ser egoísta é isto, que o mundo diga que sou.

Um incêndio se forma dentro do meu coração e um grito de agonia explode na minha garganta. Achei que o último fio de poder que me restava havia sido usado para ajudar Alexis e Mig. Eu me senti totalmente vazia naquele momento. Mas de alguma forma, a Deusa de Mave me presenteou com mais do seu poder.

A aranha-robótica é lançada contra a porta de entrada, explodindo tudo em madeira e pedra e vidro. Deslizo pelo chão e abraço Ehrika. Não perco tempo em jogar o braço dela por cima do meu ombro e sustentar seu peso para que comecemos a correr.

Ela tenta mancar, mas tropeça gritando de dor. Na panturrilha há um longo corte vertendo sangue.

Não. Não. Não.

Dos escombros da mansão, nossa inimiga volta feroz. Coloco Ehrika atrás de mim e uso meu corpo de escudo.

— Você consegue se arrastar pelo corredor?! — pergunto, trêmula.

— Eu vou tentar! — Ehrika responde, mas grita de dor quando tenta se mover.

O bicho-robô e seus quatro pares de olhos verdes aceleram o bote na minha direção, mas antes que possam atacar, algo se choca contra seu rosto.

É quase como uma pedrinha sendo jogada contra uma janela, mas o suficiente para desestabilizar momentaneamente a aranha. Assim que o bicho tropeça, outro objeto é jogado contra a fuça do monstro.

Um sapato rola pelo chão.

Não qualquer sapato. Mas o sapato de Ravenna.

— Agora, harakin! — A voz da ex-diretora ecoa atrás de nós.

Vixen, feito de sombras, voa por cima da aranha e a agarra pelas costas. O bicho bate o corpo contra a parede, tentando se livrar do guerreiro, mas não consegue.

— Eu cuido dela! Só me solte — Ravenna diz, as mãos ainda amarradas em frente ao corpo.

— Estou bem, me deixe lutar! — Ehrika grita e tenta se erguer.

Sem pensar duas vezes, liberto a ex-diretora.

— Agora trate de nos salvar, Kalina — Ravenna dispara, a expressão confiante no rosto.

Não gosto da forma como as palavras da aratnyana acertam em mim. É quase como se ela conseguisse despertar uma voracidade que estava encolhida, receosa.

Não é como a ligação que tenho com mamãe, que me ensinou a ser forte, mas que continua sendo a muralha que vai me segurar quando eu desabar. Aquela que sempre vai cuidar de mim. Com Ravenna existe uma relação velada, que foi construída em meio a mentiras e ódio, mas que gerou uma casca rígida ao meu redor. Como uma armadura, que é à prova de qualquer coisa.

Assinto para Ravenna que está branca como osso.

Existem duas aranhas-robóticas ainda em pé. Uma delas encurralando Alexis e Mig, que parecem muito cansados nesse momento. Cortes pelas bochechas e sangue tingindo as camisas por baixo dos coletes. Eles revezam entre ataque e defesa, sem desistir, mas não sei quanto tempo mais conseguem aguentar. Vão ser cercados muito em breve e não poderão fazer nada.

E tem Vixen, lutando contra o monstro que tentou atacar Ehrika. Uma das pilastras é destruída quando eles se chocam com ela, derrubando madeira e pedras para todos os lados. O harakin é jogado para o chão, as costas batendo com força.

Não vamos conseguir, o pensamento me apavora. Se ajudar Vixen, os garotos serão mortos. E, talvez, se eu decidir ir em direção aos aratnyanos, seja o fim do guerreiro.

Um guincho atrás das minhas costas é a resposta final para as minhas dúvidas. Giro assombrada e encaro o corpo enorme do bicho-robô e seus olhos verdes. Ele bate a pata metálica contra o chão e faíscas explodem, dou um passo para trás, mas sinto os quatro pares de olhos me estudando.

Qualquer movimento e será o nosso fim.

Deusa de Mave, tenha piedade de nós.

Acima de nós, a lua nos observa silenciosa. Não pode alterar o rumo das nossas decisões e não parece ter poder suficiente para nos salvar neste momento. Ela apenas brinca com os vitrais coloridos que foram escolhidos como teto para a mansão. Como uma membrana vivaz para outra dimensão. Uma em que a nossa história não acaba aqui. Onde nós ganhamos outro capítulo. E nele, tudo é brilhante e ardente, como a luz do dia nascendo no céu.

Os vitrais explodem em milhares de pequenos cacos e o vidro cai como chuva cintilante. A luz que parecia ser o dia nascendo, na verdade vem de penas longas, asas imensas e bicos afiados. Tão grandes que precisam disputar espaço aqui dentro. Os três pássaros giram no alto, encarando-nos de cima. Quando as asas brilhantes batem, um vendaval varre tudo para longe.

É lindo. É mágico. É irreal.

Mas está acontecendo.

As aranhas-robóticas erguem os quatro pares de olhos para os enormes pássaros e abandonam as pequenas presas que estavam atacando.

Elas sabem que encontraram um problema maior para lidar.

As garras dos pássaros se esticam, afiadas. Asas se abrem e em um mergulho tão rápido quanto o vento, elas atacam os monstros que estão no chão.

Levadas aos céus, as aranhas-robóticas tentam lutar contra o aperto das aves, mas são arremessadas ainda mais para cima. Giram, sem controle, até que são pegas novamente no ar. Patas metálicas começam a desabar pelo saguão, enquanto são despedaçadas pelos seres alados. Os bicos afundam e os fios são arrancados, com uma explosão de faíscas. Mas o brilho que emana das penas dos pássaros é tão intenso que ofusca qualquer fagulha que possa sair das aranhas nesse instante.

Pedaço a pedaço, as armas de Frederick Denova são destruídas.

A batalha que ocorre nos céus é entre tecnologia e energia dos deuses.

Os pássaros se juntam para destruir a última aranha-robótica. As garras prendem-se nas laterais do bicho-robô e em um giro de asas esticadas e abertas, formando um redemoinho de luz, estraçalhando-no.

Planam em um giro sincronizado, observando-nos aqui embaixo. Os bicos se abrem, revelando uma voz melodiosa.

— *Ninguém entra na casa da Deusa sem permissão.*

O ar abraça meu peito antes que eles partam para a noite. O brilho vai embora consigo. Apenas o silêncio da noite presente.

E a lua no ponto mais alto do céu.

CAPÍTULO 31

Frederick Denova sabe onde estamos.

Foi o primeiro pensamento que tive após tudo acontecer. Mesmo quando as asas majestosas e brilhantes partiram para longe e a destruição ficou para trás. Mesmo enquanto a energia pulsava e a noção de que meu pedido foi atendido por seres mágicos se tornava real.

Mesmo assim.

A única coisa na qual continuava a pensar – enlouquecidamente –, era nisto:

Frederick Denova sabia exatamente onde estávamos.

As carcaças das aranhas-robóticas não eram mais prioridade naquele momento; que ficassem para trás, esquecidas. *Ele sabe onde estamos, ele sabe.* As ordens já saiam de dentro de mim antes mesmo que eu percebesse o que estava fazendo. Como uma boneca conduzida por cordas, apenas seguia o fluxo acelerado dos meus pensamentos. *Ele sabe.*

Talvez eu tenha gritado com Mig e Alexis para que fossem mais rápidos em auxiliar as rastreadoras. Talvez eu tenha disparado em busca dos mantimentos sem explicar muita coisa e ignorado a dor no quadril que queimava por uma das tantas quedas que tive. Talvez eu tenha deixado Ehrika assustada quando falei que continuávamos em perigo, que precisávamos fugir.

— Devemos voltar para a Montanha? — Alexis questionou, apreensivo.

— Não — respondi, enquanto prendia as mãos e enfiava os tampões de ouvido em Ravenna. — Nós não vamos voltar.

A ex-diretora apenas me lançou um olhar irritado.

— Você sabe que eu não vou fugir, garota estúpida — rosnou.

— Fique quieta! — Apertei ainda mais o nó das cordas e sussurrei apenas para ela ouvir. — Se você, de alguma forma, deixou rastros para Frederick…

— Está perdendo o controle — Ravenna proferiu. — Recomponha-se.

Se Frederick Denova sabia onde estávamos, o quanto mais ele sabe?

Marzilis? A reunião marcada com a baronesa?

Todo o plano arquitetado até aqui?

Se recomponha.

Penetrando meus ossos, a paranoia arrancou o sono do meu corpo e afiou minha audição. As pernas doíam enquanto seguíamos pelo crepúsculo de um dia amanhecendo. Uma das rastreadoras mancava, amparada pela irmã, mas estavam bem o suficiente para seguir conosco. Vez ou outra elas viravam o rosto para mim e sussurravam algo no dialeto que eu não conseguia entender.

O longo corte na perna de Ehrika se tornou um empecilho e logo Vixen tomou para si a responsabilidade de carregá-la durante o trajeto. Não tinha percebido o quão exausta ela havia ficado com a batalha até vê-la adormecer em poucos minutos. A pele pálida e febril. E, se não fosse por Ravenna, talvez os ferimentos tivessem sido muito piores. Quem sabe nenhuma de nós estivesse aqui.

Mas, ainda assim, como confiar nela?

Eu estaria traindo Irvine.

Eu estaria traindo a mim mesma.

Ninguém ousou conversar durante as horas que se seguiram até chegarmos à entrada do túnel entre Mave e Marzilis. Horas intermináveis, que se estenderam até o sol estar a pino no céu.

As duas rastreadoras trocaram poucas palavras conosco antes de partir. Receberam o pagamento dos soldados ruptores que nos esperavam no ponto determinado e tomaram o caminho contrário ao da Floresta Esquecida para voltar para casa.

Antes de seguirem viagem, uma delas deu meia volta.

O capuz baixado, desenhos gravados no rosto.

Ela apenas disse uma frase no dialeto que eu não compreendia.

— O que isso significa? — perguntei, o sol queimando sobre nossas cabeças.

Uma mão se ergueu na minha direção.

Recuei antes que pudesse pensar direito, mas ela avançou também, repousando-o no centro do meu busto.

— A Deusa cuida de você.

Minha mente não cessava. Nem mesmo enquanto a água quente de um banho se derramou pelas minhas costas ou quando pude vestir roupas limpas e sentir o cheiro de sabonete na pele.

Ele sabe onde estamos.

Ele sabe.

A Floresta Esquecida já está muito longe, mas a sensação de terror continua a me acompanhar. Não é a memória de pássaros sobrenaturais que me amedronta, mas a percepção de que talvez esteja jogando um jogo que foi vencido há muito tempo.

Kalina.

E se Frederick Denova, na verdade, está me enredando cada vez mais na própria teia? E se ele adora assistir os passos tortos que eu dou? E se, no fundo, ele sabe de todos os movimentos que eu desejo fazer?

Como vencer uma guerra onde a confiança é tão imprescindível quanto o fogo que queima, mas pode ser também a lâmina que perfurará minha garganta?

— Kalina!

Ergo meus olhos. As gotas geladas pingam dos meus cabelos recém lavados e ensopam a frente da camisa que tem cheiro de limpeza. Tem paredes chapiscadas de cimento e uma parca luz de lâmpada barata aqui dentro. Além de pares de olhos conhecidos e preocupados esperando pela minha resposta.

— Você está bem? — Ehrika pergunta, agachada e segurando minhas mãos.

— O quê? — balbucio, fixando minha atenção nas íris violetas da garota.

— Você ouviu o que Ravenna disse? — ela questiona, paciente.

Nego.

A ex-diretora está sentada no canto da pequena sala em um banco igual ao meu. O restante, Mig, Alexis e Vixen, estão de pé. O harakin é quem se escora contra a porta simples.

— Pode repetir? — Ehrika pede a Ravenna com educação. É um tom que nunca a vi usar com a aratnyana e não sei o quanto disso é em razão do que aconteceu.

Analisando-me com olhos semicerrados, ela responde:

— Eu disse que conheço as máquinas que nos atacaram ontem — Os pulsos estão machucados, mas não mais atados. — Testavam esses protótipos quando eu ainda trabalhava para o governo. Frederick estava tentando criar algum tipo de localizador mecânico, para otimizar as buscas e não depender apenas dos soldados. Homens podem ser os mais inteligentes, mas nem sempre são os mais rápidos. — Ela cruza uma perna sobre a outra e recosta-se contra a cadeira. — Eu só não sabia que ele havia conseguido finalizar os planos.

Localizadores. Então aquelas bestas tecnológicas estavam buscando por algo. Buscando por nós? A palpitação volta a ribombar no peito, mas contenho a expressão de pavor.

— Você acha que o governo estava procurando por nós? Acha que eles sabem onde estávamos? — Mig questiona, cruzando os braços em uma pose muito ansiosa.

— E como esses rastreadores repassam as informações coletadas? — Alexis complementa as perguntas. Leva uma mão até as costas de Mig e repousa a palma aberta. O garoto ansioso se acalma perceptivelmente ao sentir o toque do namorado.

Ravenna responde muito tranquila:

— Neste momento? Sim, eles sabem. E existe uma substância comunicativa retirada a partir do veneno de aracnídeos raros da costa de Aratny. Foi observado que eles conseguiam sinalizar uns aos outros onde estavam a partir da toxina que trocaram ao se encontrar durante a vida. Como uma transferência de saliva durante o beijo.

— Ela revira os olhos, balançando a cabeça. — Frederick reproduziu essa toxina e a injetou em todos os protótipos. É um maldito gênio.

— Isso é impossível — Ehrika murmura, muito surpresa

— Se Frederick conseguiu, é porque é possível.

Procuro por Mig com meu rosto queimando em ódio.

— A Ruptura não sabia disso? — questiono, o aperto no peito.

O garoto ergue as sobrancelhas, confuso.

— Não foi repassado nada sobre isso para mim. Para nenhum de nós dois. — Aponta para Alexis também.

Minha respiração se acelera cada vez mais. Esfrego os dedos indicadores sobre as sobrancelhas, tentando apaziguar a dor de cabeça.

— Achei que tivéssemos pessoas infiltradas em todas as áreas do governo — reclamo. — Foi o que vocês me prometeram. Que sabiam de tudo. Que estavam acompanhando os passos de Frederick...

Ehrika acaricia meu braço.

— Mig e Alexis não têm culpa disso, Kali. Eles sabem tanto quanto nós.

Bato a mão na coxa, erguendo o rosto com ferocidade.

— Esse é o problema! *Nós* não sabemos de nada.

Os dois soldados trocam um olhar demorado.

— Não queremos discordar de você, porque entendemos a sua preocupação, de verdade! — Alexis fala de um jeito enrolado, mexendo muito as mãos e buscando as palavras certas. — Mas você precisa confiar na organização, está bem? Você viu toda a estrutura que temos para atravessar as muralhas. — O garoto se aproxima e se agacha ao lado de Ehrika. — A batalha na Montanha não poderia ter sido conquistada sem a liderança de Irvine, sem os soldados infiltrados. Se estamos viajando pelo continente de forma segura, é porque o dinheiro dos líderes está sendo enviado para a causa. Comida, munição, transporte, comunicação entre pessoas poderosas e você.

Mig toma coragem e continua a fala do namorado.

— Você é a chave para derrubar Frederick, mas a verdade é que você nunca conseguiria fazer isso sozinha. Revoluções não acontecem do dia para a noite. Leva tempo. Leva esforço. Muita resiliência.

Os dois soldados ruptores esperam pela minha resposta em silêncio. Não há mais nada o que possam me dizer neste momento, mas foi o suficiente para que a raiva volte a pressionar meu peito.

— Vocês confiam mesmo na Ruptura?

Os dois se encaram, como se conversassem com os olhos.

— Foi isso o que fizemos até agora — Mig responde, sincero

Ravenna encara-me sem desviar o olhar. Ela não diz nada, mas faz um movimento quase imperceptível de cabeça.

Não confie na Ruptura.

— Como os localizadores nos encontraram? — Mudo de assunto, tentando afastar o embrulho no estômago. — Como sabiam que nós estávamos justamente na Floresta Esquecida?

— Aposto que Frederick suspeitava que você voltaria para Mave. — Ravenna dá de ombros. — É um movimento previsível. Aquele é o seu reino, onde você tem mais voz e pode buscar por alianças. Frederick não vai facilitar para você.

— Mave está tomado pelo exército aratnyano, talvez ele tenha colocado mais desses localizadores em pontos específicos. Quem sabe a Floresta Esquecida fosse uma delas — constata Mig.

— Concordo — Ravenna diz, analítica. — Denova gosta de agir assim. Gosta de desestabilizar o oponente. Já o vi fazer isso centenas de vezes — Ela engole em seco, desviando o olhar por meio segundo. — Ele quer que você fique com medo.

Vixen está silencioso, mas observa a conversa com atenção. Como uma onda quente e acolhedora, deixo que a atenção dele se derrame em mim:

— O que você acha?

O harakin pisca lentamente, pensando na resposta.

— Eu acho que é ele quem está amedrontado — O guerreiro estica um sorriso que não chega aos olhos, mas parece diabólico. — Cinco aranhas-robóticas destruídas pela *reivindicadora* do trono. Ah, Frederick Denova deve estar se borrando nesse instante.

— Mas não fui eu quem destruiu elas...

Eu sei o que você está supondo, Vixen. Mas quero que fale com todas as letras.

— Ele não precisa saber disso. Será uma mentira apenas nossa.

Ravenna tem uma expressão de deleite com a ideia do guerreiro.

— Use isso ao seu favor. E não pare agora, Kalina. Frederick pode até saber onde você esteve, mas não sabe onde você está. E, certamente, não vai gostar nada quando descobrir o que você fez com as suas queridas invenções.

Água salgada respinga quando ondas quebram contra as pedras abaixo de nós. Cheiro de sal e umidade grudam na pele. Estrelas ao alto e um calor agradável na terra.

Escondidos por baixo do capuz, os cachos do meu cabelo escapam com o vento soturno de dedos ligeiros. A capa que desce até as nossas canelas é apenas uma das muitas prevenções que tomamos para estar aqui. Ocultos pela escuridão de um cais abandonado, aguardamos o pequeno barco que desponta do desconhecido e se aproxima cada vez mais em meio à noite.

O encontro com Lenora Nótt tem hora e local para acontecer. Quando a cidade adormece, a atenção diminui e as ruas ficam vazias. Seremos levados até uma das residências pertencentes à baronesa do porto. A escolhida para a reunião é a mais distante da terra.

Só que, para chegar até lá, um transporte marítimo é necessário para atravessarmos as águas revoltas do Mar das Rotas. Uma pequena ilha a quase trinta quilômetros de distância nos espera.

Ótimo. Não poderia existir lugar melhor. Uma ilha. Cercada por *água*.

O suor que escorre pelas minhas costas não é em razão do calor que faz, mas pela tensão que se acumula nos meus músculos, o pavor que arranha minha garganta e o desespero que se apossa do meu estômago.

Os dedos do pé contorcem-se e ferroadas perfuram minha cabeça. Tudo isso acontecendo dentro de mim, mas escondido embaixo do capuz. Ninguém precisa saber que estou em uma batalha contra o medo.

Preciso entrar no maldito barco, erguer a cabeça e usar meu lado mais confiante para conhecer a mulher que vai trair Frederick a meu favor.

Passei a tarde inteira presa com Ravenna, na pequena sala chapiscada de cimento, dentro dos túneis construídos pela Ruptura, estudando maneiras de falar em uma reunião, o tom de voz, as palavras certeiras e os elogios que amaciam o ego.

— Você jamais deve implorar — Ravenna explicou, em um tom professoral. — Faça Lenora Nótt acreditar que *é você* quem está dando uma chance para ela te apoiar e não o contrário. Você precisa fazê-la ficar obcecada pela possibilidade de estar ao seu lado. — A diretora andou pela pequena sala, passos leves e a atenção em mim. — Se imagine no alto de um palco, tão distante que ninguém pode tocá-la. Tão alto que ninguém *arriscaria* tocá-la. Faça-a confiar em você, mas ao mesmo tempo, temê-la. Admiração é a estrutura, mas é o medo que firma.

— Não quero ser temida, Ravenna. Eu não sou como Frederick.

— Para conquistar o trono, você precisará ser. — Ela voltou a se sentar. Cruzou as pernas, deu uma rápida olhada nas unhas e abriu um sorriso ácido. — Agora... me faça temê-la.

Não posso cometer erro algum. Não existe a possibilidade de falhar.

Só que o tanque repleto de água dentro da Montanha é um fantasma que nunca deixa de me assombrar. Relembro constantemente da sensação de me afogar na escuridão gelada, com mãos pesadas e ásperas me afundando cada vez mais.

Naquele momento não existia escapatória. Era o meu fim.

Foi nisso que eu acreditei.

Mas eu sobrevivi. E destruí Ruel.

E eu posso fazer isso de novo.

A embarcação se aproxima, deixando de ser um ponto indistinto para se tornar uma forma sólida com proa, meia-nau e popa. As hélices embaixo do barco não podem ser vistas, mas o som das lâminas lutando contra as ondas do mar chega até os nossos ouvidos. Ancorado ao deque, um senhor faz sinal para que entremos rápido.

Finjo conferir meu cinto de armas duas vezes para tentar controlar as pernas trêmulas. Não consigo deixar de pensar que estaremos no meio do mar. Não em um tanque. Não em um rio ou em um pântano, mas no mar.

Grande, revolto, com ondas tão gigantescas quanto prédios.

Não sei se consigo. Eu não sei se...

— Ei, estou aqui — Ehrika sussurra, os dedos quentes da minha melhor amiga reivindicando a minha mão. — Vamos? Segura em mim se precisar. Eu te ajudo.

— Ehrika... — Deixo a vulnerabilidade escorrer para fora de mim. — Não consigo respirar.

— É claro que consegue — fala, acariciando minha mão.

Agarro-me nas palavras dela e deixo que me guie para dentro do barco. O acordar das hélices chacoalha todo o meu corpo e escondo-me ainda mais para dentro do capuz. Olhos fechados, contando de um até cem para controlar a respiração.

Segundos.

Minutos.

Talvez horas se passam.

Eu não sei.

Ehrika continua me amparando, a cabeça escorada gentilmente contra a minha.

— Falta pouco — ela sussurra, carinhosa. — Estou vendo luzes.

Não respondo, apenas continuo concentrada nos números, na respiração, nos dedos quentes contra os meus.

Odeio isso. Sentir-me tão minúscula, tão incapaz.

— Pela Deusa de Mave... — A voz dela é coberta de choque. — Kalina, você precisa ver isso. Abra os olhos.

Não posso.

Não consigo.

Mas eu devo.

E eu me obrigo.

Porque sou Kalina Kaster e já enfrentei terrores piores.

O capuz escorrega, o vento acerta meu rosto e a sensação molhada me arrepia por inteira. A lua acima de nós brilha em amarelo derramando o manto de claridade por cima do mar, mas é quase ofuscada pela explosão de cores da ilha a qual nos aproximamos.

A residência de Lenora Nótt não fica apenas em uma ilha.

A residência de Lenora Nótt *é uma ilha inteira.*

A base rochosa é tão alta que, quando o barco finalmente ancora em uma estrutura parecida com a do cais, é preciso erguer o rosto para enxergar as paredes cristalinas. Ehrika me ajuda a descer, chocada pela imponência do lugar.

Trabalhadores vestidos em uniformes da cor de lã alpina, golas altas beijando o pescoço e pés descalços, se aproximam e nos auxiliam com a retirada das capas, pedem pelas mochilas e entregam taças com uma água borbulhante.

— Não beba isso — cochicho para Ehrika. — Não deixe ninguém beber.

Meu pó de estrelas espia as bolhas que sobem pelo copo quando uma garota esguia, negra como eu, mas com a pele muito mais escura, cabelos vermelhos e olhos verdes ardentes nos recepciona. Veste um terno azul escuro, com gravata fina preta e camisa branca.

— Você deve ser Kalina. — Ela me analisa dos pés à cabeça.

Levo a taça até meus lábios e engulo o líquido doce.

— O que é isso? — Ergo o cristal. — É divino, quero uma garrafa.

A garota faz um balançar de cabeça confirmando meu pedido. O sorriso dela é bonito.

— Certamente. O que você desejar.

— Melhor não me prometer algo assim, porque desejo coisas muito grandiosas. — Deslizo um sorriso desafiador. — Mas você pode começar me levando até a baronesa, o que acha?

Ela ergue as sobrancelhas, o sorriso ainda colado aos lábios grossos.

— É claro. — Faz um movimento com as mãos, indicando o caminho. — Lenora está esperando por você.

Do deque particular da ilha, subimos por uma escadaria larga em espiral. Em determinado momento uma cachoeira deságua do teto, descendo por um enorme buraco que dá no oceano. A vertigem me atinge, mas afasto o sentimento focando nas costas esguias da garota. O arco de entrada da residência fica embaixo da própria cachoeira, só que em outro ângulo. O hall de entrada é tão bonito quanto a fachada. Feito de um branco perolado, conchas e plantas exóticas, mas é o chão sob nossos pés que acelera meu coração.

É feito de vidro. Água do mar, peixes, tubarões e tudo o que vive debaixo d'água. Dançam para lá e para cá, desaparecendo e aparecendo.

Quatro pessoas de ombros largos, braços musculosos e expressões mal-encaradas protegem a porta que a garota nos guia. Elas me observam e não precisam dizer nada para que eu entenda. Estão aqui para me matar se eu fizer algo contra Lenora.

A ruiva abre as portas em um rompante.

— Lenora — ela estanca a caminhada —, Kalina Kaster está aqui.

Grudo minha atenção na mulher de costas mirando a noite através da enorme janela aberta. Ela espia por cima do ombro, o cabelo grisalho preso em um penteado excessivamente elaborado no alto da cabeça. Os óculos muito grandes no rosto e as rugas da idade desenhando a pele negra.

Ela gira em um rompante, abrindo os braços.

O tecido esvoaçante do vestido balança como as ondas do mar.

— Feche as portas, Felipha! O motivo para a queda de Frederick acabou de chegar!

CAPÍTULO 32

Lenora nasceu em Marzilis cinquenta e quatro anos atrás.

Aos vinte e três, casou-se com o Barão Nótt, dono de uma quantidade considerável de navios e de um número ainda maior de barris de ouro.

Aos vinte e sete, ficou viúva.

Os documentos entregues pela Ruptura relataram o necessário para que eu conheça a superfície da atual baronesa do porto e uma das conselheiras reais de Frederick Denova, mas não o suficiente para que fosse desvendado, de fato, quem é Lenora.

Sei que a mulher que está bem à minha frente, com um sorriso caloroso no rosto e olhos queimando em uma suposta excitação, triplicou o faturamento de suas frotas ao assumir os negócios após a morte repentina e completamente *natural* do ex-marido. Ele morreu dormindo no conforto dos lençóis caros, no auge dos sessenta anos, de um infarto fulminante. Pelo menos, foi isso o que os médicos muito bem pagos por Lenora indicaram nos documentos oficiais.

Depois disto, dedicou-se ao trabalho, tornando-se a mulher mais rica de Marzilis e comprando cais a cais, até ter a maior parte do porto sob seu controle.

Lenora Nótt é este mistério que em poucos segundos poderá se revelar uma verdadeira armadilha. Ou, quem sabe, ela seja a rachadura que Frederick Denova não percebeu se formando sob o nariz.

É hora de descobrir qual das duas opções está certa.

— Baronesa Nótt — Não faço uma mesura, nem baixo minha cabeça. Sou Kalina Kaster Denova, a reivindicadora do trono, a futura Imperadora de Insula — Se você diz que eu sou o motivo para a queda de Frederick, então posso afirmar que você seja a causa?

A sala fica pequena demais quando Lenora encurta a distância.

— *Esplêndida* Kalina, me chame de causa, razão, origem ou semente. Todas estarão corretas. — Agarra a minha mão com determinação, surpreendendo-me com a intensidade do aperto. Ela me analisa com olhos curioso e um tanto quanto vorazes por baixo dos óculos de grau que preenchem grande parte do rosto. — Estou extasiada, entusiasmada, deveras empolgada, por este encontro! — A baronesa fala rápido, como se as palavras estivessem conectadas umas às outras. Sem ponto ou vírgula. Ainda segurando minha mão, desliza a atenção para as pessoas atrás de mim. — Vejo que trouxe consigo uma comitiva. Excelente! Excelente! Todos vocês, acompanhem-me.

A baronesa me puxa consigo e o tecido esvoaçante da túnica azul-celeste quase me engole ao dançar pelo ar. Não dá escolha para nenhum de nós a não ser segui-la. A taça que seguro na outra mão quase escapa e rapidamente a entrego para Ehrika.

Somos arrastados por Lenora dentro deste que parece ser um gigantesco ambiente de lazer. Tem uma mesa comprida feita de madrepérola e candelabros decorados com conchas e estrelas do mar. No meio, um microlago com carpas vermelhas cercado por almofadas azuis e verdes. Sem contar na arquitetura construída com grandes janelões por toda a extensão das paredes.

Leva-nos até um grupo de sofás e poltronas e se aconchega em uma cadeira estofada de encosto largo. Indica com suas unhas compridas e pintadas de amarelo para que todos nos sentemos. Um grande sorriso no rosto.

Lenora Nótt é intensa. Não se passou nem mesmo cinco minutos e já estou me sentindo consumida por sua energia.

— Diga-me, a quem pertence as bocas que irei alimentar nesta noite magnífica?

Trago à mente os passos indicados por Ravenna. Postura ereta, encarar no fundo dos olhos, entregar um sorriso confiante.

— Querida baronesa, esta é a minha guarda privada. — Com fluidez e graciosidade, aponto para a garota de olhos violeta. — Esta é Ehrika. Meu braço-direito e lâmina mortal para meus inimigos. — Ela faz uma mesura para Nótt. — Mig e Alexis, soldados da Ruptura e responsáveis por esta missão. Serão os capitães da segurança real durante o meu governo. — Os garotos controlam o nervosismo e assentem sérios. — Vixen. — Os olhos de Lenora semicerram-se ao encará-lo. — Guerreiro harakin, uma arma fabricada por Frederick dentro da Montanha. Uma vida roubada e construída em cima de mentiras. — Meu coração se aperta por precisar relembrar isto. — Confio minha vida a ele.

Se Vixen ficou desconfortável com a explicação, não deixa aparentar.

— Imagino que você tenha contas a acertar com o execrável, não é mesmo? — Lenora lança a pergunta diretamente para Vixen.

Ele abre aquele sorriso ácido em resposta:

— Tenho mais interesse em lutar pela futura Imperadora — responde, sucinto. — Que ela decida o futuro do... *execrável.*

Lenora deleita-se com a resposta.

— Disse as palavras certas, meu jovem.

— Baronesa — Tento retomar o controle da conversa. Não quero que comece a fazer perguntas. Somos nós quem viemos atrás de respostas. — Imagino que conheça Ravenna.

Antes de chegarmos até a ilha de Lenora, a aratnyana me informou que as duas já se esbarraram em eventos sociais, mas que nunca trocaram mais do que duas palavras.

— Evidente! — Nótt a estuda. — Ravenna Senyia, a diretora da prisão de Insula. A joia de Frederick Denova. Nunca imaginei que você fosse um dia traí-lo. O insuportável sempre rasgou elogios sobre a sua genialidade durante nossas reuniões. Será uma apunhalada extraordinária nas costas quando descobrir que você está trabalhando com a Ruptura...

Ravenna cruza as pernas e repousa as mãos sobre os joelhos. De alguma forma conseguiu retocar a maquiagem e ajeitar o cabelo antes de chegar aqui.

— Baronesa, espero que não me entenda erroneamente. Eu servia à Montanha, mas nunca fiz um juramento para Denova.

Lenora balança a mão.

— Já estou ciente de todo o drama familiar entre vocês dois — diz, de súbito. *Drama familiar*? — Você tem veneno nas veias, mas estamos do mesmo lado se pretende usar contra Frederick. Além do mais, não cabe a mim julgar os acordos que Hen faz.

Encaro Ravenna, confusa sobre o que acabei de ouvir. Ela, por sua vez, apenas meneia a cabeça, concordando. Porém, as mãos repousadas nos joelhos tremem. Talvez Henli Drozag saiba mais sobre Lenora Senyia do que eu imaginava.

— Extraordinário! — Lenora bate uma palma alta, assustando-me. — Peixe, gostam de peixe? E marisco? Felipha! Peça para o chef preparar um ensopado *espafalhotamente supimpa*! — Lança um olhar carinhoso à jovem mulher parada em silêncio perto do microlago de carpas. — Negócios são sempre melhor firmados quando a fome não está por perto!

A garota que nos recebeu na ilha assente com um movimento gracioso.

— Algo mais, Lenora?

É estranho o jeito íntimo com que as duas conversam entre si, mais como amigas do que chefe e funcionária.

— Peça para fazer, também, aqueles bolinhos extraordinários de *craca* de tartaruga... — indica, balançando os dedos no ar.

— Craca de quê? — Ehrika balbucia, confusa.

Mig arregala os olhos, enquanto Alexis balança a cabeça prestes a babar e concorda com todos os pedidos da marziliense. Vixen segura um sorriso no canto da boca, adorando a cena.

— Tudo parece delicioso, baronesa. Somos gratos pela hospitalidade — Ravenna volta a falar, daquele jeito que já ouvi tantas vezes quando queria conquistar minha confiança. As íris muito pretas esbarram na garota de pele negra, olhos verdes e cabelo vermelho cereja. — Mas estou curiosa, acredito conhecer sua administradora. Ou estou errada?

— Que cabeça a minha! — Lenora dá um tapinha na testa. — Deixe-me apresentar Felipha a vocês. Minha vida seria uma bagunça sem esta garota. Se Bettini fez algo certo, foi se tornar pai!

Bettini, o banqueiro? O outro conselheiro real e meu segundo voto conquistado? Esta é… Felipha Bettini?

— É um prazer conhecê-la, Kalina — cumprimenta, gentil. — Repassarei todas as minhas boas impressões ao meu pai.

Antes que eu possa responder, Lenora ergue um dedo cortando o rumo da conversa.

— Ah! Peça também aquela torta estupenda de lacraias-do-mar ao chef. Obrigada, Felipha! Pode se retirar…

Nótt está nos afastando da filha de Bettini ou estou sendo muito paranoica?

Ravenna despede-se da lovana com um meneio de rosto, mas não deixa de me lançar uma expressão que pode ser lida apenas de uma forma: *Atente-se aos detalhes, garota estúpida!*

Henli Drozag informou que Lenora e Felipho eram próximos, e que este era um dos motivos para termos o apoio dele. Seria a proximidade da baronesa com a herdeira do império Bettini razão para que o pai tenha se juntado à causa? Ou os dois conselheiros sempre foram próximos antes disso? Estou criando teorias na minha cabeça, mas não perco tempo com elas agora.

Antes de partir para fora da sala, a lovana diz:

— Pedirei para que comecem a preparar todos os pedidos. Se me dão licença… — Felipha troca um olhar demorado comigo enquanto fecha as portas.

Ehrika também percebe, ergue as sobrancelhas e me lança aquela expressão que conheço bem.

Foco, Kalina. Vamos seguir com o roteiro.

— Desculpe a minha indelicadeza em trazer esse assunto à tona antes mesmo do jantar, mas acho que tempo não seja algo que temos sobrando. Por tanto, me diga, querida baronesa, por qual motivo eu estou aqui?

Desde que Henli Drozag apresentou o plano escolhido para derrubar Frederick e me colocar no trono, questionamentos retumbam no meu peito. A Ruptura confia nesta mulher e baseia grande parte do plano em estratégias totalmente econômicas para conseguir o apoio das famílias conselheiras. Posso prometer abrir mais rotas para que os navios de Nótt façam negócios com outros continentes, mas isso é só o começo. A mulher que nunca tira o sorriso do rosto e veio do nada, hoje é quem manda na cidade portuária de Marzilis. É claro que ela quer mais coisas. Pessoas como ela nunca estão completamente satisfeitas.

— Direta, gosto disso! — Lenora afofa os cachos perfeitamente penteados. — Ora, esplêndida da Kalina, você está aqui para que possamos falar cara-a-cara sobre a sua vitória! Eu precisava conhecer a filha de Vierrah Denova. Ver com meus próprios olhos o pesadelo de Denova. Além disso, imagino que tenha muitas perguntas para mim.

— Não quero que pareça que estou desacreditada com este plano, mas não seria muita soberba ou, pelo menos, delírio, da sua parte achar que pode conquistar seis votos para mim? Votos estes que pertencem a famílias que colocaram Frederick Denova no poder e que ganham com isto?

Lenora ergue as duas mãos ao ar em uma pose dramática. Abre um sorriso maior ainda, quando diz:

— Você desconfia de mim e eu entendo, mas sabemos bem que guerras não são vencidas por força física, mas por belas estratégias. De fato, o plano que nós criamos para derrubar Frederick é perigoso e eu mesma estou colocando minha vida em perigo, mas posso afirmar para você que estamos mais perto do que imagina.

Lenora pesca uma folha repousada na mesinha de encosto da poltrona. Dá uma rápida olhada no que está escrito e aprecia com todo o prazer.

— Esplêndida Kalina — ela volta a falar e me entrega a folha. — Eu não faria você atravessar o continente se não fosse necessário. Você me perguntou como vou afundar Frederick e aqui está! Esta é uma procuração oficial de cessão de direitos continentais. Desde que começamos a pensar no plano, vinte anos atrás, investi todos os meus esforços para formalizar um documento como este. Nas últimas reuniões anuais do conselho testamos essa mesma procuração para questões mais simples, mas a mudança de Imperador também é possível. No final desta página você encontrará sete espaços para assinaturas. Quatro deles já estão assinados. A minha, de Felipho Bettini, Ayla Dhara e Yelo Ônix-Dhara. Um dos motivos para a sua vinda até aqui é para que assine o seu nome, concordando com a posse. Só precisaremos conquistar as últimas duas assinaturas. E eu prometo a você, sei bem como conquistá-las — pisca, divertida.

Silêncio. Quatro assinaturas, dos mais variados traços e tamanho estão cravadas nas linhas definidas para meus apoiadores. Passeio pelas palavras que resumem de forma complicada a transferência de poderes de Frederick Denova para Kalina Denova.

Assassinato em primeiro grau dos irmãos Felix Denova e Vierrah Denova, assim como o sequestro e tortura de crianças, são algumas das acusações estipuladas para a mudança do monarca. Um grande selo dourado representando o Conselho Real, assim como a insígnia do continente Insular, carimbados ao final.

Parece muito com um documento oficial e pesa toneladas sobre meus dedos.

Isto não estava no roteiro. *Já temos quatro assinaturas?*

Estou muito enjoada agora. Não conheço a baronesa Nótt. O que sei sobre ela não me explica o motivo para acreditar em tudo isso que me apresenta. Apenas perguntas e mais perguntas se juntam a pilha dentro da minha mente.

Ravenna não diz nada. Encara um ponto aleatório na parede, queimando os neurônios.

— No momento em que conseguirmos as seis assinaturas, você já será, legalmente, apta a reivindicar sua posse como Imperadora de Insula! Estaremos com a cessão de direitos continentais pronta e homologada — Lenora explica, muito empolgada. As mangas fluem como água ao seu redor.

Ravenna desperta dos próprios pensamentos e diz:

— Se Frederick souber deste documento, mesmo com as seis assinaturas impressas, caçará cada um de vocês.

— E é por este motivo que ele não saberá. Além de mim, Hen e outros três conselheiros que assinaram, apenas vocês sabem disso.

— Ainda assim, nenhum Imperador pode tomar o poder sem o martelo ser batido por todos os conselheiros presentes. É contra a constituição continental.

— Não se todos os conselheiros estiverem juntos na Reunião Anual do Conselho. Que, por acaso, ocorrerá em quinze dias! Este documento é só uma parte do que planejamos e ele está sob minha responsabilidade, mas depois disso, ainda precisamos enfrentar Frederick na Reunião. Os dez representantes do continente estarão juntos, sendo seis deles apoiadores diretos de Kalina. Só precisaremos iniciar a eleição.

— Frederick irá contestar — Ravenna discorda.

— Ele poderá espernear, se quiser! — Lenora debocha, animada. — Assim que o documento comprovar que Frederick não é mais Imperador e a eleição for feita, Kalina só precisará ordenar a prisão do execrável.

— Preciso dizer o quanto acho este plano frágil, baronesa.

— E qual a sua ideia, Ravenna? — A conselheira ergue as sobrancelhas. — Acha que uma guerra civil é melhor? Colocar a vida de inocentes em perigo numa disputa que certamente será vencida pelas forças armadas de Denova? Ele já tem o poder sobre o exército aratnyano, assim como o apoio de quatro famílias muito influentes de Aratny, Veraz e Lovano. E sem a mudança certa de Kalina como imperadora, nem mesmo Felipho, Ayla e Yelo irão aceitar apoiá-la. Eles preferirão continuar do lado de quem tem mais chances de vencer.

Tudo o que escuto me deixa tonta. A explicação de Lenora faz sentido, mas ao mesmo tempo, são apenas palavras jogadas ao vento.

O que ela me entregou até o momento ainda não é suficiente.

— Por que eu não posso simplesmente matá-lo? Me coloque dentro do palácio. Serei rápida.

Lenora gargalha, divertindo-se com a pergunta.

— Essa ideia é pior ainda — Ravenna intervém. — Mesmo que conseguisse, seria perigoso demais deixar o trono sem comando. Para assumir o cargo precisaria passar por uma votação dos conselheiros e, sem Denova, talvez alguma das outras famílias tente usurpar para si o posto.

— Você está certa — Lenora confirma. — Se não podemos contra o poderio armamentista de Frederick e se não podemos matá-lo, a maneira mais sólida de conseguirmos tirá-lo do trono é depondo-o. Kalina precisa conquistar o trono de forma limpa e, veja bem, você já está quatro passos mais perto do objetivo final. — Ela aponta para o documento. — Estamos mais perto do que nunca!

Ravenna não esconde a expressão de quem está maquinando consigo mesma tudo o que acabou de ouvir. Colocar Ravenna na jogada foi uma ideia de Henli Drozag para que eu me sentisse mais confiante durante as reuniões e apresentações que terei durante essa jornada como reivindicadora do trono.

Então por qual motivo o olhar de desconfiança no rosto dela me deixa tão insegura?

Minhas pernas fraquejam.

Estou nauseada.

Lenora não me deu nada ao qual me agarrar. Nada além de promessas e palavras bonitas. Ela me apresentou um plano. Mas planos são falhos.

Ergo-me de supetão, a respiração muito acelerada.

Meu peito dói. Preciso caminhar, preciso me movimentar

— Kalina?

De repente, tudo fica turvo e muito escuro.

— Parece um ataque de pânico.

— Tragam água para ela!

Dedos firmes tentam me segurar, mas eu me afasto.

— O que devemos fazer?

— Ela precisa de espaço para respirar!

As vozes se afastam cada vez demais. Tudo gira como em um borrão e a respiração queima dentro do peito.

Frederick sabe de tudo. É claro que ele sabe.

Lenora Nótt não vai traí-lo, ela vai me trair.

Minha família vai sofrer por causa das minhas decisões.

Chega de seguir um roteiro!

— Me dê apenas um motivo — as palavras arranham na garganta — ´para acreditar em você… — Mil fagulhas queimam dentro de mim quando finalmente consigo encontrar o rosto de Lenora Nótt no meio do nevoeiro — Você está no conselho há mais de vinte… *Anos*. Por que agora? Por que comigo? Por que me colocar no trono quando você tem tanto a perder com um novo governo?

— Você achou que precisaria beijar meus pés, esplêndida Kalina? Não há necessidade, odeio que toquem neles — Lenora debocha, com uma expressão calma.

Chega.

— Não sei o que você está tramando, mas eu não vou assinar esse documento… Não quando você me dá apenas sorrisos vazios e promessas em ponta de faca. Eu gostaria muito de acreditar em tudo o que diz, mas simplesmente não posso!

— Minha boca está muito seca. As palavras grudam na língua. — Por que você está fazendo isso, Lenora? Você já é rica o suficiente! Você não precisa enfrentar uma briga como essas para conseguir mais poder dentro do governo. Então, apenas me diga! Me dê um bom motivo para acreditar em você, se não, partiremos!

Mig e Alexis tentam intervir, mas ordeno que não se metam. Minha súbita mudança de pensamento vai enfurecer Henli Drozag, mas eu não me importo.

— Não me peça apenas para confiar em você, Lenora. — Coloco uma mão espalmada em cima do meu coração. — Me mostre por qual motivo eu *devo* confiar.

Espero. Todos esperam. Mas a resposta não vem.

Decepcionada com a baronesa e apavorada pelo que acabei de fazer, dou as costas e não olho para trás enquanto parto para fora deste lugar. Se precisar lutar para sair daqui, farei com prazer.

— Você quer um motivo para confiar em mim? — A voz de Lenora finalmente ecoa, mas desta vez parece diferente. Ela fala devagar. Fala baixo. Sem diversão. Nenhum resquício de entusiasmo. Quando volto a olhá-la nos olhos castanhos, encontro a mudança em sua face também. — Começaremos desta maneira: Eu não sou Lenora Nótt.

Capítulo 33

— Lenora era o nome da minha irmã.

Meu sangue gela dentro do corpo. Eu não esperava por isso.

— Sua irmã?

— Ela está morta. Frederick colocou fogo na vila onde vivíamos juntas.

A baronesa envelhece vinte anos em um piscar de olhos. Retira os óculos de grau e repousa-os na mesa de canto.

— Eu... sinto muito — é a única coisa que consigo responder.

Ravenna, Ehrika, Mig, Alexis e Vixen ficam estáticos. Apenas a aratnyana continua sentada, os outros provavelmente estavam prontos para me seguir. Eu os encaro e faço um movimento com a mão para que voltem a se sentar.

— Uso o nome de Lenora para não esquecer. — O olhar, a voz, o jeito como a baronesa se porta neste momento não parecem em nada com a dona do porto. E talvez seja esta mulher que eu vim conhecer. — Não posso esquecer do motivo que me fez chegar até aqui. Do motivo porque me casei com o porco que chamei de marido. Do motivo que me fez trabalhar tanto para encher meus cofres de dinheiro e conquistar poder neste reino. Do motivo que me fez aguentar tantos anos em silêncio.

Lenora hesita, engole em seco e começa a tirar as conchas de ouro presas ao cabelo.

— Você quer um motivo para confiar em mim, esplêndida Kalina? Posso lhe dar vários, mas para isto, precisa voltar a se sentar.

Ela não olha para mim enquanto fala. Está muito ocupada na tarefa de libertar o cabelo grisalho dos enfeites dourados. É como se estivesse se livrando dos apetrechos e, junto deles, do peso dos segredos.

Sem discutir, volto a sentar. Ela fica em silêncio, mas peço que continue.

Lenora abre um sorriso cansado e estica os dedos para dar batidinhas na minha mão.

— Você disse que eu tenho muito a perder... — Ela esfrega a raiz do cabelo e fecha os olhos. — Mas não posso perder mais do que já perdi. Trocaria tudo o que tenho para ter minha irmã de volta.

Meu coração se aperta com o desabafo. Procuro por Ehrika e a encontro com os olhos marejados.

— Posso perguntar o que aconteceu? Por que Frederick fez isso?

— Por dinheiro, é claro. Poucas regiões têm corais tão bonitos quanto a de onde eu vim. Uma vila ribeirinha humilde, mas muito feliz. — A expressão fica dolorida. — Frederick vendeu nossas terras para um grupo de joalheiros ambiciosos. Eles queriam o que estava embaixo do mar apenas para produzir joias que ficariam penduradas nos pescoços de algumas burguesas. — Ela retira o colar que usa e o encara com nojo. — Nosso povo se revoltou e Frederick decidiu que era melhor nos dizimar. Precisou apenas de uma noite e algum suborno para que nenhuma notícia fosse veiculada.

Lenora desabafa com um pesar cru na voz.

Ravenna parece espantada pela primeira vez. Ehrika, Alexis e Mig mal conseguem conter a tristeza. Vixen tem um vinco de raiva no meio das sobrancelhas.

— Eu tive o prazer de conhecer o seu pai. — A marziliense coloca a mão sobre a minha. — Foi com ele que começamos a desenvolver este plano. Vinte anos atrás. Eu era ingênua na época e tinha muito ódio dentro do meu coração. Peço desculpas para você, talvez se tivesse tido mais paciência na época, teríamos Vierrah conosco.

— Não assuma essa culpa. — Coloco a minha mão por cima da dela. — O único culpado aqui é Frederick.

Ela abre um sorriso terno.

— Você parece Lenora falando. — As íris brilham. — Soube que você e ela têm muito em comum, na verdade. Uma teimosia intrínseca. Morávamos em uma casa ribeirinha. Lenora me acordou no meio da noite e me fez pular a janela em direção ao mar. Ela não me seguiu. Se sacrificou para que nenhum dos soldados de Frederick me notasse boiando até o cais. — A baronesa conta isso sem chorar, mas há muita dor refletida em seus olhos. — Ninguém sobreviveu além de mim.

Ehrika soluça em lágrimas e pede desculpas por isto. Lenora abre um sorriso para ela.

— Se posso dizer algo que deixe você melhor, saiba que Frederick nunca mais conseguiu tocar em nenhum ribeirinho. Marzilis se tornou espinhento para ele.

— Foi você — digo, firmando meu aperto sobre a mão dela. — Foi você quem mostrou para o povo marziliense que Denova precisa ser combatido.

Ela parece muito orgulhosa agora.

— Minha influência só vai até a muralha oeste, depois disto não há nada que eu possa fazer. Mas você pode. Você pode mostrar para o continente inteiro que existe um modo melhor de governar.

Algo se transforma dentro de mim. Ainda não sei o tamanho disto, mas não me retraio com o pensamento que Lenora compartilha. Saber que ela vem se dedicando a mais de vinte anos pelo próprio reino me inspira.

Eu posso fazer algo assim também.

Talvez eu queira fazer algo assim.

— Você pediu por motivos para confiar em mim. Estou lhe dando todos eles. Abdiquei de construir uma família porque sabia que ter filhos ou um companheiro talvez me fizesse esquecer o que aconteceu trinta anos atrás. Talvez me amolecesse, talvez me fizesse ter medo. Esplêndida Kalina Kaster, meu apoio é seu porquê ele sempre foi. Muito antes de você existir, ele já era. Mas preciso saber, isso é suficiente para você? Sou digna da sua confiança?

Lenora Nótt, a baronesa do porto de Marzilis, segunda cadeira do Conselho Real de Insula, espera por uma resposta.

Onde antes existia o mais puro pavor de estar sendo enganada, agora existe solidez. Os segredos revelados por esta mulher que perdeu tudo e mesmo assim ainda continuou de pé, me faz ter certeza de que eu não poderia estar fazendo outra escolha.

Não apenas por mamãe, papai e minhas irmãs.

Não apenas pela Ruptura, pelos Harakins e os prisioneiros.

Mas por todos os cidadãos de Insula que merecem um líder benevolente.

— Sim, *extraordinária* Lenora Nótt. — Imito o linguajar da mulher. — Eu confio em você.

A fonte localizada no meio do luxuoso escritório reage à animação da baronesa. A água espirra em um arco e as carpas vermelhas saltam em sincronia. Das imensas janelas abertas que refletem a lua no mar escurecido, o guinchar de um animal arrepia minha pele.

— Esplêndida Kalina, você não precisa assinar este documento agora! Tome a noite como sua conselheira, peça para sua mentora analisar todas as entrelinhas, mas peço que deixe sobre meus ombros a responsabilidade de conseguir os últimos dois votos necessários para a sua ascensão ao trono! Enquanto isso, você terá outras responsabilidades para se ocupar e me auxiliar nesta empreitada!

— Responsabilidades? — pergunto, curiosa.

— O quê? Acha que todo o trabalho ficaria comigo? — ela solta uma risada divertida. — Tenho uma ou duas cartas na manga para convencer May Qian a apoiar você, por consequência Isla Holde assinará. As duas são *muito unidas*, se é que me entende.

— Unidas, é? — Pisco para Lenora.

— Mas preciso dizer, os Qian, mesmo com todas as falcatruas que cometem, ainda escutam a opinião do avô, e o velho leva a sério os burburinhos da população de Marzilis. É por esse motivo, inclusive, que a relação deles com Frederick não está das melhores. O nosso reino é historicamente mais resistente desde a tomada do trono. Denova sempre tentou apagar nossas raízes, mas ele esqueceu que elas são tão profundas quanto o fundo do mar. Seria muito importante que a reivindicadora do trono fizesse uma aparição pública durante o Festival das Máscaras.

— Festival das Máscaras? — Ravenna intervém. Parece conhecer o título. — Está querendo colocar Kalina nas ruas de Marzilis?

— O que é Festival das Máscaras? — Ehrika questiona, tão confusa quanto eu.

— São três dias de festa dedicados à Deusa de Marzilis! — Lenora bate palminhas animada. — O primeiro dia começará amanhã, com a Feira das Ruelas. São barraquinhas a se perder de vista, vocês vão adorar! Felipha irá acompanhar vocês, não se preocupem!

— Mas é seguro para Kalina? — Mig questiona.

— Certamente que sim, estarão escoltados pelos meus guardiões e alguns espiões. Além disso, os soldados de Frederick não costumam participar dos nossos festivais, os ânimos ficam sempre muito alterados. Ele basicamente ignora nossas festividades, quase como se a nossa cultura não fosse importante o suficiente. Mas a verdade é que Denova não quer incitar levantes neste momento sensível.

— Uma feira? — Alexis comenta, animado. — Eu adoro feiras!

— O líder Drozag não falou sobre isso — Mig comenta, desconfiado.

— Não falou? Estranho… Bem, será um dia e tanto para vocês! — Lenora foca em mim. — Além da Feira pela parte da manhã, à noite você participará do famoso Carnaval das Máscaras. Imagine a força que ganhará com o nosso povo se honrar um dos momentos mais importantes para aqueles que se veem invisibilizados pelo governo? Será do esnobismo de Frederick que iremos escorraçá-lo de Marzilis. O avô de May Qian não deixará de saber sobre a garota que pretende enfrentar Denova, que tem o povo do quinto reino ao lado. É uma família de tradições tão antigas quanto o sal dentro do mar, será fácil pressioná-los pela assinatura de apoio.

— O que acha? — Ainda é estranho falar com Ravenna desta maneira, solicitando conselhos que eu nunca pensei que aceitaria, mas aqui estamos, do outro lado do continente, falando sobre maneiras de depor um inimigo em comum.

— É sabido que antigos Imperadores participavam das comemorações ao lado do povo, isso fortalecia as relações. Se Lenora prometer a nossa segurança, será um movimento certeiro contra Frederick.

— Colocarei a filha de Bettini ao lado de vocês durante todo o Festival — Lenora promete. — Ninguém vai tocar em vocês.

— Colocarei meu melhor sorriso no rosto, Lenora.

— Estupendo! — berra, muito animada. — Coxinhas de tubarão-tapete, é disto o que precisamos para comemorar! Onde está minha torta de lacraias-do-mar?

Arrastando-nos para fora da sala, Lenora começa a murmurar sobre o quanto seus chefs de cozinha são esplendorosos e como ficarei obcecada por um tal de bobó-de--caramujo. A mesa revela-se farta quando todos nós sentamos juntos. A conversa com Lenora é extremamente leve e divertida, um momento de esquecimento sobre o que viemos fazer aqui. Todos nos empanturramos por horas a fio, fingindo que nada disso pode ser o início de um fim. Eu escolhi confiar em Lenora. Ela escolheu me apoiar.

Amanhã, farei minha primeira aparição em meio ao povo como reivindicadora do trono.

Quando os pratos estão vazios, Lenora faz questão que fiquemos para passar a noite. Quartos são cedidos e boas-noites compartilhados.

Quando o sono chega para todos, um a um nos despedindo. Ravenna é escoltada pelos brutamontes de Lenora, que ficarão de guarda na porta da ex-diretora. Mig e Alexis partem para o próprio quarto, de mãos dadas e bocejos incontroláveis escapando. Vixen se despede com um aceno silencioso de cabeça e Ehrika diz que me esperará no aposento.

As últimas na mesa somos eu e a baronesa.

O documento está ali também, uma caneta ao lado. A marziliense entrega-o para mim e apenas me deseja uma boa noite.

Minutos se arrastam enquanto repasso tudo o que escutei. Leio e releio as palavras até que as decoro.

Os dedos deslizam para a caneta, seguro-a como se o peso fosse de mil quilos.

Encaro o objeto, até que a ponta encontra o papel.

Até que eu assino meu nome:

Kalina Kaster Denova, Imperadora de Insula.

CAPÍTULO 34

Os lençóis pinicam a pele.

Mesmo com o corpo quase febril, não consigo tomar coragem para abrir as janelas. Eu sei que, se abri-las, o som das ondas vai se tornar mais um dos motivos que me fazem perder o sono. Pensamentos borbulham com mil vozes que não se calam, mudando de forma e assunto e tom, mas que não cessam.

Viro de um lado, ajeitando o travesseiro. Volto ao outro, esticando mais as pernas. Por fim, me encontro mirando o teto. Tudo outra vez.

Como eu poderia dormir depois do que ouvi de Lenora Nótt?

Como eu poderia sonhar quando esse aperto na boca do estômago evoca inseguranças sobre o plano apresentado?

Como eu poderia ficar tranquila quando o meu futuro, assim como de todos que eu amo, está nas mãos da baronesa de Marzilis e de um grupo de conselheiros insatisfeitos com seu próprio poder?

Apenas mais duas assinaturas e o trono se tornará seu.

O arrepio sobe pela minha espinha e me faz tremer por inteira.

Não pode ser tão fácil. Nunca é tão fácil.

— Posso sentir o cheiro dos seus neurônios queimando daqui… — A voz grogue de Ehrika me faz dar um pulo.

Ela está deitada de bruços ao meu lado. A bochecha esmagada contra o travesseiro.

— Desculpe — respondo, virando-me até estar de frente para ela. — Eu te acordei?

— Mais ou menos — murmura, sonolenta — Quer conversar?

Minha garganta se fecha no instante em que me imagino confessando todos os meus temores sobre o plano apresentado por Lenora. Se eu falar em voz alta vai se tornar ainda mais real.

— Na verdade, não — Sento-me na cama. Ela abre os olhos que estavam fechados e luta para mantê-los assim. Estão vermelhos e pesados de sono. — Acho que não vou conseguir dormir.

— Bom... — Ehrika esfrega o rosto. — Você precisa desacelerar seus pensamentos.

Por favor, me diga como!

— Já mandei minha mente ficar calada umas sete vezes só no último minuto, não adiantou muita coisa. — Abraço minhas pernas, a bochecha repousando no joelho.

Ehrika faz um som com a boca, como se estivesse pensando.

— Tive uma ideia. Tente ler um pouco, afinal de contas, você sempre fica com sono quando pega um livro na mão.

A risadinha no final da frase é cheia de insinuação.

— Muito engraçado, leitora exemplar... — Faço uma careta semicerrando os olhos e abro um sorriso mais falso do que três peças insulares. Jogo minhas pernas para fora da cama. — Mas é uma boa ideia. Onde está o meu remédio?

Ehrika solta um bocejo alto em meio a uma risada.

— Não tem nenhum aqui, mas vi uma pequena biblioteca no andar de baixo.

— Quando você viu isso? — pergunto, as mãos na cintura.

— Leitores têm um sexto sentido quanto a isso. A gente sempre sabe quando há uma biblioteca por perto. É o cheiro das páginas amareladas e das traças. — Espreguiça-se e tenta se erguer. — As portas estavam abertas quando passamos pela sala. Eu te mostro.

— Não. — Subo na cama e ajeito uma mecha do cabelo de Ehrika atrás da orelha. — Volte a dormir, você parece cansada e amanhã temos muito o que fazer. Posso encontrar esse lugar sozinha, não deve ser difícil.

— Tem certeza? — Cai de volta contra o travesseiro sem discutir muito.

— Absoluta. — Dou um beijo na bochecha dela.

Após Ehrika fechar os olhos, aguardo até que a respiração se acalme. Abro a porta com muita delicadeza e a fecho atrás das minhas costas. A residência não parece completamente adormecida, porque as luzes dos corredores continuam acesas e os empregados caminham de um lado para o outro. Aproveito para pedir informações sobre a biblioteca que Ehrika indicou e logo me deparo com uma pequena porta azul cobalto.

Giro a maçaneta, torcendo para que o barulho não me denuncie para todo o oceano. Quando abro, encontro a luz e o calor da lareira tomando toda a sala. A sensação é como um abraço de boas-vindas, afasta o frio que senti ao andar pelos corredores da mansão sozinha.

Estantes preenchem as paredes, há três tipos de tapetes que se sobrepõem uns aos outros e um aquário enorme repleto de peixes coloridos enfeita a outra ponta da biblioteca.

Existe um sofá redondo preenchido por almofadas e cobertinhas e, ao lado, duas poltronas postas de frente uma para a outra, separadas por uma mesinha de centro.

Em uma delas, naquela que está virada para a porta, é onde encontro Vixen.

O livro que segura com uma das mãos não parece tão interessante, já que repousa a bochecha com o punho direito como se estivesse entediado. As íris douradas não leem as páginas da obra mais, porque fixam-se em mim. Olheiras escuras pintam a região abaixo dos olhos, lembrando que o cansaço não é pela leitura, mas pelos dias sem dormir.

Lentamente, repousa o livro sobre a coxa e um sorriso contido brilha nos lábios.

— Você realmente está me seguindo — Ergue uma sobrancelha e se recosta completamente na poltrona. — O que você tem contra as madrugadas?

Fecho a porta atrás de mim.

— Nada. Eu amo dormir. Poderia fazer isto por dezesseis horas por dia, mas... Estamos no meio do oceano, na mansão de uma das conselheiras reais que, segundo a Ruptura, eu posso confiar... A situação não é das mais relaxantes — Passeio meus olhos pela biblioteca. É bem menor do que a do castelo, mas ainda assim, é muito bonita. Aconchegante para dizer o mínimo. — Mas talvez eu só esteja sendo neurótica.

Ele encara o teto da biblioteca enquanto pensa.

— Nisto você está certa. — Tomba o rosto um pouquinho para o lado e me encara muito sério. — Você *é* um pouco neurótica.

Abro a boca ultrajada, mas não respondo a provocação. Mesmo quando ele abre um sorriso largo e branco que faz minhas pernas amolecerem.

Desde a madrugada de ontem, quando o segui pelas ruínas da Deusa de Mave e o encontrei perturbado, não tivemos chance de conversar sobre o que aconteceu entre nós dois.

Porque algo aconteceu.

Não foi como o nosso reencontro, quando a surpresa por me ver depois de tanto tempo fez Vixen me abraçar com intensidade. Também não foi como na noite em que ele chamou por mim durante seu pesadelo e, depois, confessou seus segredos.

Ontem, foi diferente.

Foi febril.

Eu quase pude sentir que Vixen me queria tanto quanto eu o quero. Ele não foi gentil e paciente. Ele queria arrancar de mim a verdade sobre como me sinto. Percebo o quão covarde eu estou sendo por ainda não ter tido coragem o suficiente para vomitar todos os meus pensamentos. Como se a mínima ideia de ser rejeitada por Vixen fosse o fim do mundo para mim.

Eu jamais conseguiria encará-lo se descobrisse que ele me provoca do jeito que provoca apenas por diversão.

— E você, por que está aqui? — Vou até a estante ao meu lado e passo meu dedo indicador pelas lombadas. Espio por cima do ombro. — Ah, espere. A resposta já está na sua cara.

Pisco para ele.

Nunca tive problemas com o meu corpo. Ele sempre foi isso, pernas e braços e dedos e algo que sempre me pertenceu. Mas, enquanto observo as lombadas dos livros, fingindo uma tranquilidade que não existe, sinto cada parte de mim muito exposta.

É como se os olhos de Vixen pudessem tocar cada pedaço de mim.

— Isso doeu — ele contesta, com diversão na voz. — Vamos lá, o que tem de errado com a minha cara?

A luz amarelada da lareira se derrama pela lateral do corpo do harakin. O dourado dos olhos se acende ainda mais e a pele pálida contrasta com as veias escuras. O cabelo bagunçado beija as orelhas, resvala pela nuca e se derrama pelo encosto da poltrona.

É como a visão de um príncipe das sombras. O escolhido para destruir mundos.

E, mesmo com tudo isso, é a pinta clara acima do lábio que faz o centro da minha barriga se encher de cócegas.

Vixen enruga as sobrancelhas, esperando pela minha resposta.

Droga. Eu esqueci como se fala?

Puxo qualquer livro na estante e folheio-o, tentando encontrar motivos para usar as mãos.

— Gosta de ouvir os outros dizerem o quanto é bonito ou o quê? — O livro nas minhas mãos parece interessante o suficiente. Algo sobre a história de um amor proibido. Ehrika tem uma dezena desses. — Isso afaga o seu ego?

Vixen se derrama ainda mais contra a poltrona, morde o lábio em meio a um sorriso. Ele une as mãos e leva dois dedos até a boca, tocando-os.

— Desculpe. Parei de escutar quando você disse que eu sou bonito.

Minhas bochechas esquentam.

— Adoro a forma como você distorce as minhas palavras — respondo com deboche claro.

Vixen solta uma risada baixa. Sento-me na poltrona em frente a ele com o título escolhido, abro-o e obrigo-me a ler as primeiras palavras. Ele imita meu gesto com o livro que lia e mergulha na história. Ficamos em silêncio por algum tempo, apenas o som do crepitar na lareira.

Releio o início do capítulo pela terceira vez, forçando-me a entender o que as frases querem dizer:

Helene jamais imaginou que perderia o amor da sua vida logo após descobrir que o teve. Porque, quando desejou ardentemente tê-lo, ela não pôde. Quando ela podia, não percebeu que desejava ardentemente. Helene só pôde, de fato, ter o que era dela, uma memória do que poderia ter sido e não foi.

Um puxão inconsciente, que não pode ser contido, faz a minha atenção vacilar para Vixen. E, como se ele soubesse o que eu faria, retribui o olhar. É um milésimo de segundo, mas ambos voltamos a encarar nossos livros.

Releio as primeiras frases com o coração retumbando. A personagem do livro parece ser uma azarada como eu. Tragédias nunca foram meu foco de interesse, mas um pouco de empatia surge ao perceber que ela não conseguia entender os próprios sentimentos até perder a chance de vivê-los.

E você faz igual, não é? Foge, porque tem medo de se machucar. Porque sabe que sente demais, que se entrega demais.

Remexo-me contra a poltrona, mandando os pensamentos para o fundo da mente. Quando ergo os olhos, percebo que Vixen está olhando para mim outra vez. Ele se demora, sem desviar a atenção.

— Tem algo a dizer? — Coloco o livro de lado.

Ele imita meu gesto.

— Você me desconcentra — confessa. Fecha os olhos e esfrega o rosto. Recosta a cabeça e não abre mais os olhos — Para ser sincero, não estou conseguindo ler. Minha cabeça está me matando.

Assim, de olhos fechados, com a cabeça apoiada na poltrona, quase parece em paz.

— Você deveria dormir — digo o óbvio.

Ele estica o canto da boca.

— Eu deveria — abre um pouco dos olhos e me observa. Existe uma vulnerabilidade exposta na face enquanto fala comigo —, mas não sei se tenho muito mais força para lidar com meus pesadelos. Tenho medo de não conseguir acordar. Tenho medo de estar enlouquecendo.

Meu coração se aperta com a clara fragilidade compartilhada.

— Eu fico com você — afirmo, fingindo que isso não faz meu coração bater mais forte. — Minha insônia não vai ir embora tão cedo. Posso... não sei, ficar de guarda dos seus pesadelos.

Vixen não responde de imediato. Apenas desliza o dourado das íris pelo meu rosto.

— Eu não quero ser mais um dos seus problemas.

A frase faz meu coração acelerar.

— É só uma noite de sono. Não é como se o mundo fosse acabar.

Ele fica sério de repente. Pensa por um tempo, mas por fim, aceita com um balançar de cabeça.

Coloco o livro debaixo do braço e pesco uma das cobertinhas caídas por cima do banco ao lado.

— Vamos lá.

Vixen franze o cenho, confuso.

— Vamos lá onde?

— O quê? Você quer dormir nessa poltrona desconfortável? Eu disse que posso ficar de guarda enquanto você dorme. E você deve dormir na sua cama. — Ele ergue as sobrancelhas, e no lugar da surpresa há choque. A expressão começa a enviar faíscas de insegurança para o meu estômago. — Quer dizer, se não for estranho pra você. Eu... Bem, é apenas um aposento, como este em que estamos, não é?

— É claro... — Ele se ergue da poltrona e abandona o livro em cima da mesa de centro. — Eu só não quero que você se sinta desconfortável.

Com o livro e a cobertinha na mão, abro a porta da biblioteca, certa da minha decisão.

— Eu não fico desconfortável perto de você, Vixen.

E, como se a voz de mamãe voltasse a sussurrar no meu ouvido, lembro:

E se esse amor já estiver te rondando, eu só espero que você o deixe entrar.

Mesmo que você ache que não deva.

CAPÍTULO 35

— É aqui.

Passos leves e silêncio tangível. Foi assim que seguimos da biblioteca até o quarto. O harakin guiou o caminho e eu o segui sem conseguir dizer uma palavra. O frio no meu estômago e as batidas descontroladas do coração.

Eu, que saí em busca de uma forma de pegar no sono, encontrei o oposto disso.

A eletricidade por cada ponto do meu corpo, uma energia que amortece músculos e esquenta o sangue.

Vixen analisa minha expressão e uma dúvida surge no rosto.

— Tem certeza que vai ficar confortável? Você não precisa ficar aqui dentro comigo.

Nego com um balançar de cabeça e estico um sorriso confiante.

— Estou começando a achar que é você quem não deseja a minha companhia.

Ele abre a boca para dizer algo, mas desiste. Apenas gira a maçaneta do aposento e nós dois entramos. Estou um pouco nervosa, mas, se Vixen percebe, não volta a tocar no assunto. O quarto é bem parecido com o que eu e Ehrika fomos alocadas. A única diferença é que as janelas estão abertas e o vento salino entra com o som do mar.

Meus ombros enrijecem de súbito pela consciência de onde estamos. Porém Vixen fecha os vidros antes mesmo que eu possa pedir.

Parada entre a porta e a cama do harakin, espero enquanto ele chuta os sapatos para fora dos pés e retira as meias brancas. Quando se vira para fechar as cortinas, os músculos das costas pressionam o tecido da camisa e isso é o suficiente para me obrigar a desviar o olhar.

Pare com isso! Controle-se, Kalina.

Uma poltrona seria a melhor opção nesse momento, mas não tem nenhuma aqui. Posso me deitar no chão, o tapete parece macio e deve ter sido caro o bastante para valer a pena.

— A cama é bem grande, você pode ficar desse lado — Vixen diz, apontando para a ponta mais próxima de mim. Não perde tempo em se jogar de bruços e encaixar a bochecha no travesseiro. As íris douradas ainda me observam.

Arrasto meus pés, retiro os sapatos e subo. Cruzo as pernas, colocando o livro aberto sobre elas. Dou uma espiada no harakin e percebo que ele já perdeu a batalha contra o sono.

Volto a ler a tragédia romântica de Helene, mas é muito difícil me concentrar. Os segundos se arrastam, páginas são viradas e a voz de Vixen desperta:

— Sobre o que está lendo?

Quase derrubo o livro.

Achei que ele estivesse dormindo, perdido nos próprios sonhos. Não sei qual o nível de consciência que tem, mas vê-lo assim, ainda de olhos fechados, me dá uma certa coragem.

— É a história de um amor proibido ou algo do tipo.

Vixen faz um som com a boca, como quem diz para continuar falando.

— A protagonista perde o amor verdadeiro logo após descobrir o que sentia de verdade.

— Trágico — murmura com uma voz cada vez mais distante.

— Clichê.

O garoto abre um sorrisinho.

— Você é do tipo que não acredita no amor?

Ele faz essa maldita pergunta. Aquela que eu normalmente responderia com um bufar irônico seguido de uma risada ainda mais sarcástica. Aquela que eu acharia tão simples de formular, porque estaria na ponta da minha língua afiada. Porque eu não estaria escondendo nada.

Mas tudo parece turvo e complicado e assustador quando se trata dessa pergunta sendo feita pelo homem na minha frente.

E, sendo mais uma vez a covarde que sou, respondo-a com outra. Uma que explode no fundo da minha mente com tal voracidade que mal consigo contê-la.

— Você já se apaixonou?

Vixen amansa o sorriso, a sobrancelha esquerda treme de leve quando um pensamento cruza a mente. Segundos perpassam como horas enquanto ele não responde, mas quando a voz do harakin finalmente desliza pelo quarto, meu mundo entra em combustão.

— É claro que sim — confessa, tão baixinho que mal consigo escutar.

Vixen já se apaixonou.

A cama abaixo se desfaz e afundo dentro de mim mesma. Ainda estou sentada no mesmo lugar em que estive durante todo o tempo desde que entrei nesse aposento, mas a constatação de que Vixen já se apaixonou por alguém me acerta bem dentro do coração. É algo tão óbvio de se pensar. É claro que ele já amou alguém. Vixen tinha uma vida antes de mim, mesmo que fosse vivida em sua totalidade dentro da

Montanha. Mas não consigo deixar de pensar nessa pessoa que conseguiu o feito de conquistar o coração do guerreiro ao meu lado. Mal a conheço, mas já a odeio. Talvez outra harakin? Quem sabe um prisioneiro? Estou com aquele embrulho no estômago costumeiro antes de vomitar.

Quero descobrir todos os segredos de Vixen. Desejo que confesse todos eles.

— E foi recíproco?

A respiração dentro de mim falha enquanto foco muito atentamente nas palavras do livro que seguro. Letras embaralham-se em uma mistura caótica de ansiedade. Não sei nem como conseguirei ler de agora em diante, porque tudo o que quero ouvir é a maldita resposta.

— Não… — ele responde de um jeito quase doloroso. Vixen está perdido entre a consciência do mundo real e os portões do reino dos sonhos. — Ela me odiava, mas eu me apaixonei mesmo assim. Porque eu sou um sádico e porque ela é linda.

Porque ela é linda.

Você é tão linda.

A memória destas palavras ditas por ele dentro da Montanha rouba meu ar. Eu não deveria supor, tão rápido, que é sobre mim. É uma mistura de egocentrismo com o desespero de querer que retribua meus sentimentos. O calor gruda nas minhas bochechas, percorre o centro do meu peito e se afunda na minha barriga.

Mas como não acreditar nesta possibilidade? Eu o odiava com todas as minhas forças. Achei que ele carregasse a culpa pela morte da minha mãe. E, ainda assim, Vixen nunca parecia retribuir o ódio por mim.

Ele gostava de me irritar, mas nunca tentou me machucar.

O livro cai da minha mão e escorrega para o chão. Não volto a pegá-lo. Vixen está deitado de bruços, com o rosto virado para mim e os olhos fechados. Aconchego-me na cama e analiso todos os traços delicados e afiados que constroem o rosto dele.

Você é tão lindo.

Durante semanas os sentimentos dentro do meu coração estiveram muito perto de escapar e chegou o momento em que não vou mais contê-los.

— Você já confessou isso para ela?

Subo cada vez mais esse precipício que construí e posso, a qualquer momento, ser lançada em direção ao chão. Meu coração será partido em milhões de pedaços, mas, nesse instante, nada parece fazer sentido a não ser isso. Soltar as perguntas que atormentam a minha mente. Descobrir, de uma vez por todas, se ele sente o mesmo que eu sinto. Se ele também pensa em mim como penso nele. Se ele me quer tanto quanto eu o quero.

A resposta à minha pergunta vem junto de um sorriso preguiçoso que se alastra pelo rosto macio de Vixen. Chega a doer a vontade que eu tenho de tocar os fios loiros que caem pela testa.

— Sou tão covarde, Kalina. Talvez eu nunca confesse o que sinto, porque… do jeito que está, ainda é bom.

Entreabre os olhos pintados por cansaço, mas um raio os desperta assim que percebe que estou deitada ao seu lado. Continuamos calados, sem desgrudar a atenção um do outro.

— Você deveria contar para ela — digo, me sentindo mais confiante do que jamais me senti em relação ao harakin.

Estico meus dedos até a bochecha dele e o toco. Mostro com clareza que eu quero tocá-lo ainda mais.

— Kalina... — diz meu nome como se fosse uma oração.

O centro da minha barriga parece repleto de borboletas, todas disputando espaço. As íris opacas de Vixen estão vívidas outra vez, mais despertas do que nunca.

— Você me perguntou naquela noite o que eu sentia... — Aproximo-me mais de Vixen, prestando atenção na forma como ele reage. Os cílios tão longos, a pinta clara acima do lábio superior. — Por quê? Por que você deseja saber como me sinto, Vixen?

Seu olhar escurece.

— Quando você diz meu nome assim... Eu fico muito perto de perder o controle e te *beijar*.

O silêncio dentro do quarto é o oposto da cacofonia que explode dentro de mim. A respiração dele contra a minha. O calor dele encontrando o meu. Um segredo que nenhum de nós dois teve coragem o suficiente para revelar, mas que jamais conseguiria ficar guardado por mais tempo.

Porque Vixen me deseja, assim como eu o desejo.

Porque ele se colocou na beira do precipício também, mas percebo agora que, na verdade, ele sempre esteve ali esperando por mim.

E eu estou pronta para despencar junto.

— Perca o controle, Vixen — digo, tremendo tanto que mal posso me conter. Elimino o último traço de distância entre nós. Meus músculos ansiando por senti-lo mais. — Eu quero tanto que você me beije.

Todas as minhas dúvidas se estilhaçam assim que os dedos de Vixen se encaixam atrás da minha nuca e seus lábios encontram os meus.

Ele não se contém e ajeita o corpo por cima do meu. Quero que venha ainda mais para perto, engancho meus dedos na curva da cintura dele e o obrigo a grudar em mim. A barriga firme contra a minha, a firmeza do quadril resvalando contra o meu. Derreto-me quando a língua reivindica, feroz, o meu beijo.

Estou sedenta por senti-lo de todas as formas. Mordo com carinho o lábio que por dias me enlouqueceu e Vixen gosta do que faço. Tateio sem delicadeza a pele das costas por baixo da camisa.

Ele é quente como se estivesse ardendo em chamas. Ambos febris, tontos e viciados.

Desliza a mão pelo meu quadril, desce até encontrar a minha coxa. Ele sussurra pertinho da minha boca:

— Estou sonhando? — diz, enlouquecendo-me. — Talvez eu morra se acordar.

O jeito como fala me faz pensar em cidades em chamas, mundos partidos e infernos conquistados. Posso sentir em cada poro da minha pele.

— Você não está sonhando. — Arfo quando a boca de Vixen passeia pelo meu pescoço. — Isso é real e eu sou sua.

Quando nossos lábios voltam a se encaixar, confirmo que o gosto dele é o meu favorito. Ele desbrava a curva da minha cintura e acaricia o início da minha barriga.

Nenhuma proximidade é suficiente para nós dois.

É quase doloroso querer tanto alguém como o quero.

— Pode fazer o que quiser comigo — ele sussurra contra o meu ouvido. — Se quiser me destruir, eu aceito.

Vixen coloca a coroa sobre a minha cabeça, ajeita o trono do próprio coração e entrega todo o controle para mim. Estou sorrindo tanto que chega a doer. Meu coração prestes a explodir de felicidade.

— Eu não vou destruí-lo — murmuro, afastando-me para encará-lo. — Quero você inteiro. Quero você aqui. Comigo.

Vixen sustenta o momento com um olhar demorado. Ele beija meu lábio inferior com suavidade, uma resposta depositada.

— Espero que saiba que, dentro da minha mente perversa, crio planos nenhum pouco honrados neste momento. — Busca pela minha mão e beija os nós dos meus dedos. — Estou pensando em formas de prender você dentro deste quarto para sempre.

Uma gargalhada escapa de mim.

— Esqueceu que foi minha ideia vir para esse quarto?

Ele ajeita uma mecha do meu cabelo atrás da orelha.

— Então foi tudo planejado. Você é mais maligna do que pensei, Kalina Kaster.

— Eu sou. E sabe o que mais? — Toco o meio da testa do harakin com meu dedo indicador. — Ótima em fazer os outros dormirem.

Vixen bufa, abre um sorriso tão ardiloso que faz meu coração saltar.

— Você realmente acha que eu vou conseguir *dormir* depois disso? — O nariz encontra o meu pescoço. — Ah, eu vou ficar bem acordado...

Estou rindo outra vez. Agarro-o em um abraço firme enquanto o harakin despeja beijos carinhosos no meu ombro.

— Eu adoraria passar a noite acordada com você, mas alguém deve ser responsável aqui, não é mesmo? E imagino que não será você. Além do mais, eu não vou a lugar algum. Durma um pouco, você sabe que precisa. A exaustão vai assombrá-lo amanhã.

Vixen solta um longo suspiro. Ele parece muito uma criança emburrada que descobriu que não vai mais ganhar doces. Balança o rosto aceitando a derrota, mas termina o acordo com outro beijo. A língua dança na minha, o toque profundo, angustiado e cheio de significado.

Nós nos deitamos de frente um para o outro. Enlaço meus dedos nos dele e trago para perto do travesseiro. Os lábios de Vixen estão rosados e muito convidativos, mas sigo com a decisão de ajudá-lo a descansar.

— Boa noite, doce Kalina.

Tantas foram as vezes que o meu nome saiu da boca dele. Em uma parcela delas odiei, mas agora tudo o que eu mais quero é ouvi-lo dizer essas seis letras juntas.

Kalina.

Doce Kalina.

— Boa noite, Vixen.

Por minutos, ou talvez horas, apenas nos encaramos em silêncio.

O sono que parecia longe demais, se aconchega com paciência. Nós dois, que sonhamos acordados, as bocas se chocando e os sussurros confessados nos ouvidos, agora deixamos que o silêncio acalme nossas mentes turbulentas.

Aos poucos, a imagem de um guerreiro de olhos amarelos dentro da Montanha desliza pelos meus sonhos. O sorriso dele iluminando toda a escuridão que me cercava durante dias, semanas e meses.

Porque Vixen é tudo aquilo que eu precisava e não sabia que podia existir.

Ou, quem sabe, ele seja a ruína que um dia partirá meu mundo em dois.

CAPÍTULO 36

Quando senti o gosto dos lábios de Kalina soube que nunca mais seria o mesmo.

Moldado para tocá-la, senti-la, amá-la. Que fosse por apenas um momento. Que ela me usasse por apenas uma noite. Ainda assim eu agradeceria a todos os deuses, inclusive aqueles dos quais nunca ouvi falar.

Constatar o desejo dela me enlouqueceu.

Um ser tão iluminado sucumbindo a alguém feito de sombras.

Não sei se vou conseguir me recuperar disto. Me recuperar da intensa, profunda e desesperada paixão que sinto por Kalina.

Estou apaixonado. Loucamente apaixonado.

Depois dos beijos, embebidos um no outro, deixei que ela guiasse meus sonhos. As respirações flutuando em sincronia, aceitando o adormecimento mútuo. De olhos fechados, tonto pela sonolência, meu último pensamento antes de cair na escuridão foi o cheiro dela. *Morango. Ela cheira como morangos.*

Mas eu caí.

Adormecido.

Em paz.

E quando acordei, não estava mais nos braços de Kalina.

No lugar da maciez dos travesseiros agora há a dureza das ruínas sob meus joelhos. No lugar do calor do corpo agora existe o frio do Abismo. O céu vermelho acima de mim e o trono obsidiana regido por um demônio de olhos amarelos.

O Senhor do Abismo, Rei do Outro Lado, Soberano do Abismo, meu pai, novamente está nos meus pensamentos. As sombras reverberam ao redor dele formando um manto que desagua no chão e desliza como víboras.

Mesmo que eu saiba que isto é apenas um pesadelo e que ele não pode me ferir de verdade, não consigo controlar o pavor que desliza pelo meu peito. A energia pulsante e esmagadora que emana da entidade me sufoca e me faz tremer.

Kalina.

O nome dela me coloca no eixo. Kalina. Kalina. Kalina. Penso no rosto delicado, nos olhos redondos e na boca carnuda. Penso na voz dela. Penso no nosso beijo.

Kalina.

Ajoelhado, tento me erguer. A pressão sobre meus ombros me faz grunhir, mas as sombras do Rei do Outro Lado não me deixam ir longe. Elas se agarram aos meus braços e pernas e me prendem novamente ao chão.

— É assim que você trata o seu herdeiro? — Sorrio com raiva.

O Senhor do Abismo não responde a minha provocação. Ele continua estático no trono, apenas me observando com o sorriso congelado no lado esquerdo do rosto. Com muita calma, arqueia suas garras e pinça um fio das sombras que o rodeiam. Ele estica o cordão, até que se desprenda do manto e o enrola no ar com o dedo cadavérico.

— Precisamos conversar, filho. — A voz grave toca meus ossos.

Kalina.

— Se for o assunto de sempre, poupe o nosso tempo. — Tento me desvencilhar das amarras. — Eu não quero a coroa.

O fio de sombras cresce como neblina e, aos poucos, se transforma em uma grande roda de trevas no ar. Os olhos dourados do Soberano dos Harakins ainda estão fixados em mim.

— Não é sobre você que vamos falar.

Garras geladas tocam meu pescoço e me obrigam a encarar a fumaça presa no ar. Uma luz bruxuleante se acende no centro e uma imagem se revela aos poucos. Não é necessário muito tempo para que eu identifique as lâmpadas vermelhas grudadas às paredes rochosas da boca do Abismo.

Uma silhueta avança em passos firmes e finaliza a caminhada no peitoril. A imagem reflete uma garota determinada, que veste a expressão conhecida quando está pronta para enfrentar tudo e todos.

"Meu nome é Kalina Kaster e eu vim lhe dar um aviso, Majestade. Toque em Vixen e você terá uma nova inimiga."

Não... Isso não é real. Kalina está comigo em Marzilis, dormindo em segurança nos aposentos de Lenora Nótt. Não existe chance de estar na Montanha. É apenas um jogo mental. O Soberano dos Harakins está tentando me desestabilizar.

"Eu não sei quais são seus interesses, mas deixe-o em paz. Eu posso te dar o que você deseja. Vou conquistar o trono de Insula, assim como conquistei a Montanha. Seja meu aliado e poderemos conversar ou machuque Vixen e sentencie o Abismo à ruína."

Não é uma ilusão. É uma memória. Como a que me mostrou quando fez um acordo com Frederick Denova.

A névoa se dissipa e volta para o manto das trevas.

— Não — rosno, encarando-o com o vermelho do céu pintando meus sentimentos. — Não *ela.* Você pode mexer com a minha mente ferrada, mas não com ela.

— A humana foi sozinha até os portões da dimensão... — a frase é sussurrada por centenas de vozes. — Ela fez isso por você... Apenas por você... Só por você... — Ecos reverberam no infinito da escuridão.

Kalina.

O Soberano do Abismo se transforma em sombras e viaja pelo ar até se materializar na minha frente.

— E você, meu filho, se importa com ela. — Ele toca minha bochecha e eu sinto vontade de vomitar. — Você se importa com ela e com mais ninguém. Porque ela é uma coisa boa e você não é. Porque ela se sacrifica por qualquer um, menos por si mesma. — Suas vozes aumentam gradativamente até chegar a um tom ensurdecedor. — E você quer ser essa pessoa, você quer ser quem vai se sacrificar por ela.

— Cale a boca! — rosno, meus olhos queimando. Lágrimas preenchendo a linha d'agua.

— Você viu o pior do ser humano dentro da Montanha. Você viu amigos traindo amigos. Você viu inocentes transformarem-se em criminosos. Você viu a morte de perto. — As palavras perfuram como agulhas. — Você foi roubado. Você foi transformado. Você foi despedaçado. E você sabe que não há mais como voltar atrás.

— E você é o culpado!

O grito das bestas guerreando no céu vermelho explode acima de nós.

— Não, Vixen. — O demônio enfia uma mão dentro de si mesmo e retira de lá um punhado de massa disforme preta. — Dentre tantas crianças que receberam meu sangue, apenas você ouviu o meu chamado. As trevas sempre existiram dentro do seu coração. Porque você *nasceu* para isso. Para ser o Príncipe do Abismo.

As centenas de vozes repetem em sussurros, gritos, aclamações...

Porque você nasceu para isso.

Um Príncipe...

O Príncipe do Abismo

... você nasceu...

Porque você nasceu...

Nasceu o Príncipe

O Príncipe do Abismo

Há uma coroa nas mãos do Rei do Outro Lado agora. Obsidiana, com pedras amarelas e uma névoa vazando das pontas.

— Só você pode protegê-la, meu filho — as vozes sussurram nos meus ouvidos novamente, enquanto observo a coroa em frente ao meu rosto. — Você pode protegê-la daqueles que querem a ver morta. — As palavras me acalentam. — Você pode protegê-la do colapso iminente que é estar *ao seu lado.*

O palácio em ruínas se turva e o céu vermelho derrete como tinta.

A voz do meu pai sendo o único ponto sólido ao qual me agarrar.

Do jeito como os mundos colapsam e as estrelas se partem, sou esmagado pela realidade que me é apresentada.

— Você não vai aguentar por muito tempo... — O Rei do Outro Lado ergue a coroa acima da minha cabeça. — Cedo ou tarde vai perder o controle e, quando perder, vai machucá-la. Vai machucá-la mais do que imagina. Sentencie o resto do mundo à ruína... mas a proteja.

Ele começa a descer a coroa, mas eu acordo.

A luz abre passagem pelas janelas e as ondas azuis quebram no mar revolto. O dia amanheceu e estou de volta ao mundo real.

Sinto uma vontade dolorosa de chorar.

Quero apenas chorar.

Porque mesmo que eu esteja deitado neste travesseiro aveludado, não consigo desligar a sensação angustiante do peito. Ainda mais quando vejo o rosto imaculado de Kalina adormecido bem na minha frente.

Ela se colocou em perigo por mim.

Deveria ser alívio a inundar meu peito por tê-la aqui comigo, mas são promessas perigosas que fincam raízes podres no meu coração. Mesmo que meu corpo implore para continuar junto ao dela, desvencilho as nossas mãos e tomo cuidado para não a acordar.

Preciso me escorar na parede e apoiar minha testa para controlar o tremor que se espalha por todo o meu corpo.

— Vixen?

Sonolenta, ainda de olhos fechados, Kalina tateia o colchão me procurando.

— Oi — murmuro, o coração batendo na garganta.

— Oi... — Ela faz um barulho com a boca, manhosa. — Nossa, parece que mal fechei os olhos.

Aproximo-me da cama, mas paro no pé. Não quero chegar muito perto porque sei que se ela me tocar, vou desabar. Assim, nesse ângulo, é fácil observar o jeito como tenta lutar contra as próprias pálpebras cansadas. Os lábios inchados, tão lindos. Tão perfeitamente desenhados.

Quero tocá-la. Quero beijar cada ponto da pele, mas não posso.

Não quando existe uma verdade a ser questionada.

— Preciso perguntar algo a você. — Afasto as mechas suadas do cabelo que teimam em grudar pela testa. — E por favor, me conte a verdade.

Kalina, que estava se espreguiçando na cama, trava o movimento. Ela se apoia nos cotovelos, os cachos rebeldes e bagunçados.

No fundo do meu coração quero confidenciar o pesadelo com meu pai. Quero despejar todos os meus temores e ser sincero sobre as promessas e alertas feitos. Mas na última vez que deixei Kalina se aproximar da escuridão que existe dentro da minha mente, ela decidiu se sacrificar por mim.

— Você foi ao Abismo?

A mandíbula se enrijece. Kalina tenta ler as entrelinhas da minha expressão, mas faço de tudo para mantê-la afastada.

— Eu vou matar o Mig... — murmura, irritada.

— Então é verdade?

Kalina desaba na cama.

— Me desculpe por não ter contado antes.

Meu pai não mentiu. Fecho os olhos, mas não consigo escapar do pavor que percorre cada pequeno ponto do meu corpo.

Kalina escondeu isso de mim.

— Quando contei sobre meus pesadelos, não foi porque queria que você me salvasse — falo cada palavra com muita calma. — Contei porque não queria esconder nada de você. Achei que você fosse fazer o mesmo por mim.

Kalina se levanta da cama, alisa a camisa branca amarrotada e passa os dedos pelo cabelo. Uma ruga no meio das sobrancelhas deixa claro que não está feliz.

— Eu não podia ficar sentada sem fazer nada enquanto você se afundava nos próprios pesadelos. — Cruza os braços também. — E eu sabia que você diria algo assim, por isso pedi que Mig não contasse a ninguém.

Kalina acha que foi o amigo que me contou. Não vou negar isto a ela. Mas me incomoda perceber que outra pessoa sabia e que não era eu.

As paredes ficam gelatinosas. O pé da cama é a única coisa a qual consigo me agarrar para não desabar. O pesadelo com meu pai foi diferente dessa vez, não mexeu apenas com meu psicológico, mas com meu físico. Mexeu com meu coração.

— Você está pálido...

— Eu só... não dormi muito bem — minto, me afastando um pouco. — Preciso apenas de um banho e ficar sozinho.

Quando ergo meus olhos, encontro-a me encarando em silêncio. Estamos afastados um do outro, mas não apenas pela distância física.

— Se é o que você precisa — responde, o tom gelado. — Não posso fazer nada pra te ajudar?

O único motivo da minha sanidade é ter você aqui.

— Não.

Ela olha por um segundo para a janela e solta uma risada seca.

— Acho que é melhor eu ir. — Balança a cabeça em positivo. — Ehrika deve estar procurando por mim.

Dá um passo para me contornar, mas seguro a mão dela. Congelado, encaro o toque, obrigando-me a não a olhar nos olhos, porque se mirar a expressão de Kalina, talvez eu implore para que fique.

— Você não deve se preocupar comigo — digo, covarde demais para deixá-la ir embora sem tocá-la uma última vez. — Existem coisas mais importantes do que os meus pesadelos.

Ela espera apenas um segundo, mas desvencilha os dedos.

— Como quiser...

Parte com pressa e desaparece, deixando apenas a memória do que aconteceu na noite passada. Quando achei que estivesse sonhando e descobri que tudo era real. Quando o gosto do beijo dela me inundou e o cheiro de morangos me inebriou.

Quando meu pai me entregou uma coroa feita de sombras e a promessa de que Kalina pode ser protegida, mesmo que o resto do mundo sucumba.

CAPÍTULO 37

Quando abro a porta do aposento encontro Ehrika concentrada na leitura que faz. Não ergue os olhos para me receber, como imaginei que faria. Mesmo que eu tenha passado a noite fora, depois de dizer que iria buscar um livro. Desabo ao lado dela na cama, movimentando o colchão abaixo de nossos corpos. Ela só leva um dedo até a língua e o usa para virar a página amarelada.

Mortalmente quieta.

Ignorando-me com prazer.

Que bom. Prefiro ficar em silêncio.

Tem coisas demais dentro da minha mente nesse momento. Perguntas que estão me enlouquecendo, uma garra afiada apertando meu coração e uma vergonha inexplicável assolando minhas bochechas. Dedos que tocam lábios, a memória de um beijo que parece um fantasma distante. Como tudo pode ter mudado em questão de horas?

Espio de rabo-de-olho a garota, mas ela continua serena no seu afazer. Que maldição de livro é este que a faz ficar tão entretida?

Os segundos passam e meus pés criam vida remexendo-se freneticamente. Os minutos se multiplicam e minhas cutículas tornam-se vítimas, arrancadas uma por uma. Por fim, sou tomada por uma sensação tão angustiante que não me deixa mais viver na minha própria mente turbulenta.

Desisto! Talvez eu não queira ficar tão em silêncio assim.

— Não vai perguntar onde eu estava? — Observo muito atentamente minhas unhas.

Ehrika passa outra página do livro e, sem desviar a atenção, fala:

— Você quer que eu pergunte? — A voz irritantemente calma.

As mochilas no canto do aposento parecem organizadas e elas não estavam assim ontem. A roupa que Ehrika veste é diferente da calça e camisa de algodão que usou para dormir. O cabelo loiro claro está limpo e úmido. Juntando todas essas pistas, suponho que esteja acordada há algum tempo. Será que foi me procurar pela mansão?

— Você já sabe onde eu estava. — Deduzo, cruzando os braços.

É claro que sim.

Ehrika tenta esconder o sorrisinho que se forma nos lábios.

— Os funcionários da mansão são muito simpáticos e atentos — explica, virando outra página. Ela ao menos está lendo o livro?

Aperto meus olhos, afundando-me contra os travesseiros. Quero sumir por um instante e calar as vozes que estão gritando nos meus ouvidos, mas sei que não posso fugir das decisões que tomei.

— Eu e Vixen nos beijamos — confesso, as palavras derramando-se para fora de mim, tornando tudo ainda mais real.

Eu e Vixen nos beijamos, repito a frase na minha mente. E foi a coisa mais fantástica que eu já senti. Agora mesmo, ainda consigo lembrar do jeito como ele me tocou, das palavras que sussurrou e do sabor que ele tinha.

Ehrika, por sua vez, arranca-me do estupor e me faz sobressaltar com o grito estridente. De olhos bem abertos, observo o livro que antes parecia ser a melhor coisa que Ehrika já leu, indo aos ares enquanto minha melhor amiga pula na minha direção.

— Vocês se beijaram?! — solta outro gritinho. — Finalmente! Você não imagina o quanto eu esperei por isso!

Ehrika ataca-me com cócegas, mas não consigo acompanhar a energia animada que emana. Tem um corte no meu coração prestes a sangrar. Estou tentando mantê-lo contido, mas fica cada vez mais difícil. Ehrika percebe minha expressão, desistindo do ataque. O sorriso dissipa-se do rosto.

— Aconteceu alguma coisa? — As sobrancelhas claras se franzem.

Desisto de manter a pose despreocupada.

— Aconteceu — respondo exasperada. — Vixen estava diferente esta manhã. Quando acordei não o encontrei na cama e, quando tentei me aproximar, ele me afastou.

Desabafar com Ehrika sempre foi fácil. Compartilhamos a mesma alma. Estamos tão interligadas que as palavras escapam de mim sem que eu perceba.

Assim que escuta meu desabafo, ela leva uma mão à boca em choque. A expressão preocupada, fica raivosa.

— Aquele *harakinzinho* faz o quê?! Eu vou matá-lo!

Ehrika sai da cama pulando em um pé só enquanto encaixa os sapatos que pegou pelo chão. Ela é rápida demais, como o vento em dias de tempestade, e existe um tom mortal sendo pontuado em cada linha da expressão.

— Espera… — murmuro, sentindo um cansaço gigantesco sobre os ombros.

— Não tente me parar, Kalina! Vou mostrar pra aquele *arqueiro da flecha quebrada* que ninguém trata minha melhor amiga desse jeito. Especialmente depois de enfiar a língua na boca dela!

Esfrego os olhos como se pudesse limpar toda a confusão que se apossa da minha mente e coração. Estou tentando afastar o momento em que terei que confessar o que fiz e eu já sei, antes mesmo de compartilhar isso, que Ehrika não vai gostar nenhum pouco.

E eu não gostaria de lidar com isso agora.

— Eu escondi algo — expulso as palavras. — Mas é uma besteira, sabe? Não entendo porque ele agiu dessa maneira comigo. — *Mentirosa.*

Talvez tenha sido o jeito como me justifiquei rápido demais, mas Ehrika estanca o movimento de calçar os sapatos. Ela estreita os olhos, analisando-me. Solta a bota de cano longo e fica em silêncio por um segundo.

— Escondeu o quê?

Mordo o interior da bochecha e a fito me sentindo culpada pelo que vou confessar:

— Fui em um lugar e não contei para ele sobre isso. Eu deveria ter contado, mas não contei.

Ehrika cruza os braços. A atenção completamente cravada em mim.

— Que tipo de lugar?

Ela não vai desistir, não é mesmo?

— Estou com dor de cabeça, que tal conversarmos sobre isso outra hora? — Ótimo Kalina, pareça ainda mais suspeita. Não conhece Ehrika o suficiente?

Ela faz uma expressão de confusão fingida.

— Se eu vou matar Vixen, preciso ter certeza de que tenho razão para isso — O pé de Ehrika começa a batucar contra o chão.

Endireito-me na cama. Enrolo por alguns segundos, até que Ehrika faz um barulho com a boca para que eu desembuche. Não posso mais fugir, estou cercada pela lâmina mais insistente da Esquadra.

— Eu fui até o Abismo.

Ehrika arregala os olhos, os braços despencando ao lado do corpo.

— Você o quê?! — berra, a pele branca tornando-se vermelha.

— Me desculpe por não ter contado antes, não queria deixar ninguém preocupado. Na verdade, foi uma decisão de última hora, depois que fui ajudar Vixen naquela noite!

Ehrika balança a cabeça perplexa.

— E o que exatamente você foi fazer no Abismo? — Ergue as sobrancelhas alto demais.

Faço uma careta e mordo o lábio.

— Vixen teve um pesadelo com o Rei do Outro Lado. Um pesadelo muito ruim... — explico e, a cada palavra que digo, mais idiota pareço. — Não sabemos a verdade sobre o Abismo e as mentiras contadas sobre a criação dos harakins, mas... Não sei. Pensei que se os pesadelos de Vixen pudessem ser reais de alguma maneira, eu precisava fazer algo.

Com as mãos na cintura, igualzinho a pose que mamãe faz quando vai dar um esporro, Ehrika balança a cabeça e uma expressão gelada de descontentamento se afunda nas linhas do rosto sempre risonho.

— Quer saber? Mudei de ideia, não vou matar o Vixen. — Aponta um dedo para mim. — Vou matar você!

— Espera aí! Quem tomou um pé na bunda fui eu! De que lado você está agora? — pergunto, uma rusga de mágoa subindo pelo meu peito. Quero que Ehrika fique do meu lado, que me defenda e diga que eu não estou errada. Ela é *minha* melhor amiga, não é?

— Primeiro, não seja dramática! Vixen não deu um pé na sua bunda. E segundo, eu estou do seu lado, mas quero que você fique viva! — Exaspera-se, erguendo as mãos ao ar. — Já não tem inimigos o suficiente? Precisa de um demônio de outra dimensão também?

— Eu não poderia deixar Vixen sofrendo daquele jeito. — Levo uma mão até meu peito porque algo está errado. Dói. Dói muito. — Eu… Eu me importo demais com ele! E você sabe que eu faço qualquer coisa por quem… Por quem… — balbucio, sem conseguir terminar a frase.

Ehrika semicerra os olhos.

— Por quem?... — pergunta, um pouco mais branda.

Por quem eu amo, o pensamento cruza minha mente como um raio.

— Não importa — minto, a voz baixinha. — Aparentemente estraguei tudo com Vixen. Ele nem conseguia me olhar nos olhos.

Ehrika libera um longo suspiro, a irritação sumindo do rosto. Avança em passos suaves até se sentar bem perto de mim. A palma quente acaricia minha bochecha, retira algumas mechas bagunçadas do cabelo e coloca atrás da minha orelha.

— Não fale assim. Vixen é caidinho por você. Ele mal consegue esconder os próprios sentimentos — ri, como se estivesse contando um segredo. — Na verdade, todos ao redor de vocês já perceberam, é claro. Mas ninguém tocava no assunto porque parecia que vocês dois eram covardes demais para lidar com isso.

É quase como um tapa as palavras de Ehrika, mas eu sei que ela não está falando isso para me machucar. É uma constatação racional. Talvez, se eu estivesse observando de fora, diria que fomos dois idiotas. Principalmente, eu.

— Lutei tanto para não criar sentimentos por ele — confesso, o salgado de uma lágrima trilhando caminho pela minha bochecha. — Porque eu sabia que isso aconteceria. Tenho um império para conquistar, pessoas dependem de mim, uma guerra está prestes a ser travada e veja pelo que estou chorando!

Ehrika segura minhas mãos.

— O amor nunca vai ser algo fútil — afirma, as íris violetas brilhando. — Na verdade, só deixa você mais forte. Você enfrentou a Montanha porque ama Safiny, você se colocou em perigo no castelo porque me ama, você está lutando contra Frederick porque ama seu pai. E você vai proteger Vixen, porque o ama também. Isso não é ser fraca. Isso é ser forte pra caramba. Quantas pessoas teriam essa força, meu pó de estrelas?

Mais lágrimas desabam pelas minhas bochechas, Ehrika as limpa com dedos carinhosos. A puxo para um abraço, precisando muito sentir o cheiro de casa.

— Obrigada por existir no mesmo tempo e espaço que eu.

— Eu te amo, mesmo que você me deixe maluca com sua impulsividade — Acaricia minhas costas. — Agora me escuta — Afasta-me, terminando de secar minhas bochechas molhadas. — Eu adoraria saber detalhe por detalhe de como foi o seu beijo com Vixen, mas a baronesa está nos esperando para um café e temos a sua primeira aparição como a reivindicadora do trono hoje para o povo de Marzilis.

Desabo contra a cama e aperto um travesseiro contra a minha cara. Solto um gemido nenhum pouco feliz pelas tarefas do dia.

— Mas... — Ehrika tira o travesseiro do meu rosto. — Depois que suas tarefas acabarem, vá até Vixen e resolva isso. Não seja orgulhosa. Não deixe que o medo de se machucar defina o destino de vocês dois. Diga o que está aqui dentro... — Ela desliza o dedo mindinho na diagonal em frente ao coração.

Um sorriso fácil aparece no meu rosto.

— Quando foi que você ficou tão sábia?

Ehrika empina o queixo e dá de ombros.

— Em outra vida eu devo ter sido uma mulher muito iluminada.

— Está errada — Toco a ponta do nariz arrebitado. — Você é uma mulher iluminada *nesta* vida.

Cercados por uma imensidão feita de vidro e mar, a mesa do café da manhã está posta. O sol à pino no céu, sem nenhuma nuvem para ofuscá-lo, apenas o azul claro do topo, mesclando-se com o azul escuro abaixo. Tão longe assim da terra, nenhuma gaivota se arrisca a flutuar pelo ar, provavelmente esperando por um deslize dos pescadores e roubando-lhes um peixe ou outro. Tão belo, quanto assustador, a imagem me faz estancar.

Cabelos limpos, banho tomado, uniforme vestido e sem fome alguma. Mesmo assim, sigo com Ehrika até a mesa de Lenora Nótt.

Todos os tipos de comidas que jamais experimentei estão expostas para nós. Do outro lado da mesa, Mig e Alexis terminam a refeição. O jovem de cabelos escuros faz um movimento com a cabeça enquanto limpa os lábios com o guardanapo e Alexis balança a mão freneticamente com a comida ainda na boca.

— Bom dia! — Mig nos cumprimenta, cordial.

Virada para a paisagem marítima, de costas para quem entra no salão, a baronesa Nótt só percebe nossa presença no minuto em que arrastamos as cadeiras. Repousa estridentemente a xícara no pires e derruba um pouco de líquido pelas beiradas.

— Que dia esplêndido! — Glorifica, muito animada. — Dormiram bem?

— Bom dia. — Sento-me na cadeira mais macia que já experimentei. — Onde está Ravenna?

Vasculho o ambiente e, sem precisar de mais do que alguns segundos, noto também que Vixen não está aqui. Ehrika não perde tempo em puxar um prato e colher algumas uvas.

Os dois garotos conversam com os olhos antes do de cabelos escuros me responder.

— Ainda está se arrumando, disse que precisa de paz pela manhã — responde meio incerto. — Ela é meio mal-humorada quando acorda.

— Aquela mimada — reclamo, fazendo menção de me erguer e ir buscá-la pela franja, mas Lenora intervém.

— Não se preocupe, pedirei que levem um ensopado delicioso de carcaça de peixe-boi para ela — pisca divertida.

A conselheira não é muito fã da aratnyana, gosto disso.

— Aliás, o aposento era divino, baronesa! — Ehrika enfia uma uva na boca e continua a falar mesmo de boca cheia — Mas Kalina definitivamente dormiu melhor do que eu!

Dou um leve chute na perna dela que, por sua vez, solta um gritinho. A uva quase voa e Mig e Alexis nos encaram confusos. Porém, a baronesa solta uma risada inusitada.

— Imagino que deva ter dormido — comenta com um piscar de olho para mim.

Não é possível que ela também saiba que passei a noite no quarto de Vixen. Mas como não saberia? Tola fui eu por achar que as paredes não teriam olhos e ouvidos.

A verdade é que nem pensei racionalmente durante o tempo em que estive com Vixen. Foi como se tudo o que girasse ao nosso redor fossem as palavras não ditas e os toques ansiosos.

— Jamais esqueceremos a sua hospitalidade, baronesa. — Puxo um bule com chá. A água esmeralda que cai na xícara é no mínimo diferente, mas não ouso demonstrar medo de bebê-la. — Sabe que você tem não somente uma aliada, mas uma amiga caso deseje isso também.

Lenora Nótt bate as mãos, comemorando.

— E certamente que quero! — O cabelo grisalho ajeitado em um coque alto, mas com vários cachos escapando com conchas de ouro enfeitando-os. — Confesso que tive sonhos extraordinários esta noite. Todos envolvendo a queda do execrável, é claro.

— Inclusive, ontem você disse que sabia como convencer os Qian e Holde — comento, despedaçando um pãozinho com peixes minúsculos assados por cima. — Fiquei pensando sobre isso. Existe alguma informação que não sabemos ainda?

Lenora dá um tapinha no ar.

— Os Holde e os Qian têm o rabo preso. May está doida para negociar com os *forasteiros do oeste* — explica, admirando a paisagem do seu quintal marítimo. — E os forasteiros do oeste desejam pagar muito bem pela importação de armas produzidas pela família de Isla. A tecnologia produzida em Veraz vem evoluindo e, aparentemente, algo chamado de... — Lenora olha para o teto, como se estivesse tentando lembrar a palavra. — *Trovão em pó*! É isto. Vem evoluindo cada vez mais, mas Frederick está relutante em pagar o valor que os Holde desejam. Basta prometer a elas que você tem interesse em facilitar os negócios com os forasteiros e May e Isla olharão para as assinaturas com bons olhos.

Não tenho como saber, ainda, o que vem sendo desenvolvido em Veraz e quais os resultados que podemos ter em apoiá-los nessas exportações para continentes vizinhos. Porém, neste momento, o que me preocupa mais é o perigo que ronda Insula, quem senta no trono e mente para a população. Pessoas são assassinadas diariamente. Crianças são sequestradas e a fome assola boa parte do povo.

Que eu lide com futuros perigos quando Frederick estiver jazido sob a terra.

Quando voltar à Montanha, conversarei com mamãe sobre todas as promessas que a conselheira vem fazendo a outras pessoas poderosas. Existem certos limites que nem mesmo eu consigo ultrapassar. Mesmo que eu não queira sobrecarregar mamãe neste momento, confio nela mais do que qualquer outra pessoa para me dizer o que pensa sobre o rumo destas negociações.

— Esplêndida Kalina, onde está o seu harakin? — A pergunta de Lenora me faz tossir todo o chá que bebo.

Meu harakin.

As portas da sala se abrem, mas não é Vixen quem entra como se tivesse sido evocado.

Felipha Bettini, a herdeira do império bancário lovano, está ainda mais deslumbrante essa manhã. Talvez seja a luz do dia que evidencia o verde dos olhos ou o vermelho do cabelo, mas a pele negra escura brilha como não brilhou na noite de ontem. A braço-direito de Lenora prendeu o cabelo grosso e cheio em uma trança longa e, diferente do terno azul com gravata preta, agora veste trajes mais discretos em tons acinzentados e terrosos. Estaremos todos com capas de camurça e máscaras de pano sobre o nariz e boca. O que, segundo a baronesa, é algo comum durante a época das festividades. Nem todos querem ser reconhecidos nas ruelas mais pobres da cidade. Burgueses, herdeiros e forasteiros estão incluídos na lista.

Como a ligação das duas se iniciou não foi esclarecido, mas por vezes a baronesa citou memórias da infância de Felipha durante o jantar, enquanto nos explicava o conhecimento avançado da garota que nos acompanhará durante todo o dia de hoje.

Minha aparição é comparada ao plantio de algumas poucas sementes que cresceram como árvores fortes ao longo do tempo. Não é esperado nada grandioso, até porque devemos evitar atrair a atenção dos soldados de Frederick que possam estar pelas redondezas. Devo visitar algumas barracas, conversar com alguns cidadãos e conhecer a cultura daqueles que não veem o próprio líder como alguém digno.

Movimentos calculados e passos curtos. Será assim que nos aproximaremos o suficiente para cortar as patas da aranha grudada ao trono.

Felipha repousa um pequeno baú incrustado com conchas e pérolas sobre a mesa.

— Está tudo pronto para a nossa partida. — Faz um meneio de cabeça e cumprimenta a todos. — Os espiões já estão posicionados pela feira e os guardiões que vão nos acompanhar estão esperando no barco.

Lenora bate as mãos animada.

— Extraordinário! Trouxe as máscaras?

A braço-direito abre a tampa do baú que trouxe e lá dentro há máscaras de cores e tecidos e formatos diferentes uns dos outros. Tem uma com asas de borboleta violeta e eu sei, no mesmo segundo, a quem vai pertencer. Lenora coloca-a de lado e pesca uma máscara dourada, com formato de raios de sol, mas apenas na parte superior e laterais, deixando livre a região do nariz e boca.

Ela estica a máscara para mim.

— Isto é para usar no carnaval. — Repousa uma mão sobre a minha. — Mostre seu rosto para o povo quando se sentir segura, mas caso prefira passar despercebida, aqui está uma máscara que combina bem com você. Você é como o sol, estonteante, Kalina Kaster. Será você a iluminar toda essa escuridão a qual Insula vive durante trinta anos.

Noto o quanto gosto de escutar a baronesa dizer isto.

Ela desenha uma imagem que brinca com minhas fantasias. Eu, sentada no trono, reinando uma Insula melhor. Talvez não seja tão ruim.

Encaixo a máscara no rosto, abro um sorriso viperino e pisco para Nótt.

— Como estou?

Batendo as mãos em excitação, ela declara:

— Está parecendo o motivo para a queda de Frederick — repete a frase dita na noite anterior, na primeira vez que me viu.

— Esse é o melhor elogio que eu poderia escutar.

CAPÍTULO 38

Um homem oferece frutas que jamais vi na vida. Ao lado dele, uma mulher ri tão alto que até posso sentir nos meus ossos o tom da voz. Ela afia uma faca longa e, depois, desce a lâmina no peixe que é disputado por moscas. Pouco antes, precisei negar três vezes até que um senhor com uma corcunda desistisse de enfiar doces na minha mão. Não eram presentes, é claro.

A tenda sobre nossas cabeças afasta o sol escaldante, mas não é suficiente para expulsar o calor que gruda na pele. A quantidade de corpos dividindo o mesmo espaço piora a situação. Eles gritam, riem e negociam. Eles vendem, brigam e se acertam. As barracas se estendem por todo o comprimento da famosa feira das ruelas de Marzilis e perdem-se de vista. Em sua grande maioria, sacos com legumes, mesas com peixes e baldes com ostras. Mas tem também aqueles que vendem joias, quinquilharias e tudo o que se pode conter valor.

É uma verdadeira cacofonia de cores, cheiros e sons.

Faz algumas horas que chegamos aqui, trazidos por Felipha e os guardiões de Lenora Nótt, mas, pelo que percebo, ainda falta muito a ser visto. Ajeito a máscara que esconde metade do meu rosto. Meu cabelo está preso em uma trança firme embaixo de um lenço grande cruzado no pescoço. Estamos seguindo um ritmo paciente, nada de fazer alarde ou gerar conversas desnecessárias. Hoje, não é um dia para impor minha presença, mas para espalhar as sementes que Lenora acredita serem suficientes para florir.

Nunca tive a oportunidade de ver nada que não fosse o pequeno centro de Mave. As muralhas que dividem nosso reino com os vizinhos sempre foram um incômodo obstáculo. Mas histórias eram contadas pelas senhoras das vilas, sobre felinos do tamanho de homens em Lovano e comidas com temperos diferentes e irresistíveis de Marzilis. Antes de Frederick tomar o poder, todos os cidadãos de Insula tinham livre acesso às terras uns dos outros, mas tudo mudou em um piscar de olhos. Agora, tudo serve a ele, nada pertence ao povo.

— O que está achando? — Felipha pergunta, ao meu lado.

Os fios vermelhos do cabelo da lovana também estão escondidos embaixo de um lenço, assim como o rosto mantém-se oculto pela máscara. Mesmo que ela não seja uma criminosa como eu, ainda é a filha de um banqueiro rico e bastante conhecido, além de braço-direito da baronesa mais influente do reino. Pessoas ruins existem em todos os lugares e garotas espertas são aquelas que nunca esquecem disto.

— É bem diferente de Mave, com certeza — respondo, notando uma grande jaula com seres que nunca vi antes, são chamados de sirenas-do-mar por aqui. Estão mortalmente quietos, apenas encarando os transeuntes. — Para que os animais servem?

Felipha segue a indicação que dou. Faz um som nada feliz com a boca.

— Para qualquer coisa que você quiser. Um bichinho de estimação ou a carne que vai pra sua panela no fim do dia.

Desgrudo o olhar dos pobres animais e procuro pelos soldados ruptores atrás de mim. Alexis parece muito animado com tudo o que vê, já Mig está chocado. Ehrika acompanha Ravenna e Vixen faz a segurança das duas. Estamos nos movimentando afastados uns dos outros para não chamar muita atenção, mas perto o suficiente para nos unirmos se precisarmos reagir a um ataque.

— Você prefere Marzilis ou Lovano? — Puxo assunto, curiosa.

— Marzilis, mil vezes. — Orgulha-se com a escolha. Balança a mão, mostrando o ambiente. — Olhe isso! É tão diferente da região onde nasci. Em Lovano existe um tradicionalismo que não me pertence. Essas terras exalam o cheiro da liberdade, não somente por estarmos perto do mar, mas porque continuam resistentes ao poder do Imperador.

Tem um grupo de pessoas em volta de uma mesa repleta de chás e especiarias. Um cheiro forte vem daquela direção, onde um fogareiro queima pedras e folhas, liberando fumaça branca. Não deixo de notar a pintura em seus rostos e o jeito como seus cabelos estão penteados. Tem carvão tingindo a faixa da testa e olhos, mas gotas douradas descem como lágrimas pelas bochechas e os cabelos estão presos ao alto com volumosos topetes. Desse ângulo, fica fácil ver que a ponta de suas orelhas foi cirurgicamente modificada.

— São *os quiméricos* — Felipha responde, notando a minha curiosidade.

— Quem?

— Adoradores espirituais dos Cinco Deuses Irmãos — fala como se fosse uma fofoca. — Estão espalhados por toda Insula. Eles juram que conseguem contatar os deuses, mas não sei se acredito.

— Por quê?

Não posso ver o sorriso de Felipha por trás da máscara, mas as esmeraldas queimam nos olhos.

— Quem somos nós para chegar até os deuses? Eles foram embora há muito tempo.

Estamos longe o suficiente para que nenhum dos quiméricos possa nos escutar de fato, mas de alguma forma todos se viram na nossa direção. O homem mais na ponta da mesa estica a mão na nossa direção e fala:

— Venha ouvir o que os deuses têm a dizer! — Um arrepio desliza pela minha espinha.

— Ignore — Felipha ordena, empurra meus ombros para continuar caminhando.

— Não tema! — outro fala, o tom mais alto. — Os deuses estão aqui conosco, só não podemos vê-los sem deixar que despertem!

Embrenhamo-nos em meio aos corpos dos outros transeuntes e logo desaparecemos através da multidão. Meu coração está acelerado e a paranoia decide que é uma boa hora para agarrar-se aos meus ombros.

— Malucos… — Felipha reclama, visivelmente incomodada. — Só querem arrancar nosso dinheiro.

— Está ficando cada vez mais movimentado, não é? — murmuro, caminhando rápido.

— Não se apavore, Kalina. — A garota lovana tenta me acalmar. — Os guardiões de Lenora estão por toda a cidade cuidando da gente, fique tranquila.

Solto uma risada arisca. Segurança é uma palavra um tanto quanto desconhecida para mim. Não tenho o privilégio de me sentir segura há um bom tempo.

Ainda é início da tarde, o melhor horário segundo ela para sermos ignoradas em meio à multidão. E, percebo o quanto a garota está certa. É quase sufocante a sensação de estar esbarrando em corpos e mais corpos, mas Felipha parece achar divertido passar despercebida aqui. Uma garota que tem tudo, sendo desconsiderada por aqueles que não tem nada.

Um burburinho se forma ao redor de alguns mercadores. É quase como uma apresentação teatral, as mãos giram e no movimento que fazem a água dos barris os segue. Cores variadas como azul, violeta, verde, laranja formam imagens. Um coração, uma estrela, mas também pequenos corpinhos e um arco-íris que explode acima de todos nós. Todos batem palmas para os talentosos comerciantes ao final da apresentação.

Devem ter liberação do governo para utilizar os poderes desta maneira pública. Todo o resto dos moradores do continente devem esconder as próprias habilidades bem dentro de si. É crime utilizá-las. Uma das formas encontradas por Frederick para subjugar todos os povos de Insula.

— Isso é incrível. — Ainda estou boquiaberta com o que vimos. — Um exército marziliense poderia destruir Aratny.

A garota balança a cabeça em negativa.

— Um exército marziliense não é nada contra os venenos de Aratny. — O tom da voz é cansado. — E é por isso que papai precisa de você, Kalina. Eu preciso de você. Todos precisamos.

Engulo a saliva rançosa que gruda na minha língua ao pensar na coroa que todos esperam que venha para a minha cabeça. Existem momentos que quase esqueço disso. Quando abro meus olhos, após algumas horas de sono. Nesses poucos segundos, uma leveza prazerosa me inunda, mas rapidamente todo o peso de um oceano cai sobre mim.

— É por isso que estamos aqui. — Felipha encosta a palma da mão nas minhas costas. Aproxima o rosto do meu ouvido e sussurra. — Para plantar as sementes da sua ascensão.

Ela entrega moedas douradas para um comerciante. Quando ele tenta devolver o troco, a garota apenas ignora. Dentro do saco que comprou, tem pães e doces. Desliza para corredores adjacentes da feira e se agacha na frente de um trio de crianças encolhidas.

Ravenna se materializa ao meu lado. Ehrika, Mig e Alexis ficam para trás, mas olhares de soslaio são direcionados para mim. Vixen se escora contra uma parede, observando tudo com atenção. Ele está com uma máscara simples e neutra sobre o rosto e o capuz do manto sobre a cabeça. Ninguém consegue ver a real faceta do harakin.

Felipha entrega os pães para o trio, que muito rapidamente partilham entre si. Eles devoram o alimento e não cansam de agradecer repetidas vezes.

— Os empregos estão escassos em Insula, nem toda família consegue dinheiro suficiente para pôr comida na mesa e alimentar os próprios filhos — Ravenna explica, como uma mentora que deseja repassar informação ao seu pupilo. Quando não respondo mordaz, ela continua. — O problema está nas cidades interioranas. O centro, onde você vivia, é especificamente burguês. Você estava dentro de uma bolha, garota estúpida. É hora de furá-la.

Eu não via crianças em Mave passando fome. Ou, pelo menos eu não queria aceitar o que via. Minha irmã caçula é prova disso, ela passava fome quando mamãe a encontrou. Como não pude perceber o que acontecia por todo o continente?

Com a indicação da aratnyana, tomo coragem e me aproximo dos três pares de olhos assustados. Tem barro sobre as bochechas e os pulsos são tão finos que poderiam quebrar. Elas me fazem lembrar do pássaro preso na gaiola. Estão presas dentro de um sistema que não conseguem sair.

— Olá.

Agacho-me. Puxo a máscara em direção ao queixo, mas elas não respondem. Seguram os últimos farelos dos pães dados por Felipha. A braço-direito de Lenora tenta me auxiliar.

— Esta é Kalina Kaster Denova — explica, gentil. — Ela é uma amiga.

Os olhinhos das três crianças voltam-se a mim.

— Estão com fome? — Eles balançam os rostos timidamente, concordando. — Onde vocês moram?

Entreolham-se, até que o maior responde:

— Com a mamãe.

— E cadê a mãe de vocês?

— Foi trabalhar — explica o garoto como se fosse algo simples.

Troco um rápido olhar com Felipha que apenas o sustenta. Ravenna disse que não há empregos e, pela expressão que a lovana me lança, eu desconfio o que a mãe destas crianças está precisando fazer para sobreviver.

— Escute. — Estico a mão para acariciar o cabelo de um deles, mas o pequeno se afasta de mim com medo. — Preciso de ajuda. E só crianças muito corajosas e espertas como vocês podem me ajudar.

As expressões amuadas brilham com o elogio.

— Vou enfrentar o homem mau que está no trono. E quando tirá-lo de lá, prometo a vocês que vou dar uma casa quentinha e comidas gostosas para todas as crianças do continente.

Os três se remexem, abrindo sorrisos.

— Uma casa só nossa? Com jardim pra brincar? — um deles pergunta, maravilhado.

— E panquecas? — O outro se anima.

— A mamãe vai morar junto?

As íris verdes de Felipha queimam.

— Sim, sim e sim — respondo para cada. — Mas, para isso, preciso que vocês peçam aos deuses todos os dias para que eu vença o homem mau — Toco o nariz do caçula. — Posso contar com a fé de vocês em mim?

O menor me abraça. O corpinho pequeno, miúdo e muito frágil. Um medo súbito me toma ao lembrar que elas estão sozinhas e desamparadas na rua, sem a mãe. Não sei se o governo continua sequestrando crianças pelo reino após a tomada da Montanha, mas por via das dúvidas, pergunto:

— Podemos levá-los para um lugar mais seguro? Tenho certeza que Lenora pode ampará-los, não é mesmo?

Felipha meneia o rosto, concordando. Ela faz um movimento com a mão e logo um dos guardiões que nos acompanha aparece. Enquanto abraço cada uma das crianças, a lovana dá ordens para que o homem leve o trio para comer algo.

Ravenna está com as mãos cruzadas em uma pose altiva, observando tudo. Do lado dela, fazendo a segurança da aratnyana, está Vixen.

— Estava apostando comigo mesma quanto tempo você levaria para assustar aqueles pirralhos...

Ajeito a máscara de volta ao rosto.

— Como é a sensação de se afogar com o próprio veneno? — afronto-a, de volta à rua principal da feira.

Ravenna me surpreende com a resposta:

— Você agiu bem — ela elogia, e não há acidez nessa fala.

Quase tropeço nos meus próprios pés com o momento de gentileza. Ravenna caminha ao lado de Vixen e me esquece. Os dois focam em uma mesa de livros antigos, mas não conversam entre si. Ainda existe uma animosidade entre o harakin e a ex-diretora.

Meu trio de amigos está um pouco mais à frente, curiosamente animados com uma apresentação de caranguejos dançarinos. Não sei o quanto Ehrika ficará feliz ao perceber que as danças não são nenhum pouco naturais para os bichinhos.

— Kalina? — Felipha chama. A lovana tem algo na mão. — Não é lindo?

Duas pulseiras finas trançadas em fios dourados estão expostas na palma.

— Pegue.

Faço o que ela diz, concentrada demais na delicadeza das joias. São leves ao toque, mas brilham como se a luz de todo o continente tivesse sido guardada dentro do material.

— É o cordão das almas amantes — o vendedor responde, antes que eu possa dizer qualquer coisa.

— Você deveria ficar com isso. — Felipha fecha minha mão ao redor das pulseiras.

— Não posso… — Tento me desvencilhar, mas a garota lovana usa o poder da força nesse momento. *Ardilosa.*

— É claro que pode — responde, um sorriso escondido por trás da máscara. — E você sabe para quem deve dar a pulseira do conjunto.

Felipha lança um olhar cheio de significado para o harakin algumas bancas ao lado. É claro que ela, assim como Lenora, deve ter descoberto sobre o que aconteceu na noite anterior.

— Em Marzilis acreditamos que o sol é capaz de unir almas que estavam predestinadas a se encontrar. — A filha do banqueiro me encara profundamente. — Quando o mesmo raio de luz toca a pele dessas duas pessoas, nada pode separá-las mais. Nem mesmo as trevas, nem mesmo a morte.

— E se não forem almas predestinadas? — pergunto, baixinho.

— Então as pulseiras não terão poder algum. — Dá de ombros. — Serão apenas joias materiais.

— Não tenho como pagar.

Minhas bochechas esquentam pela confissão. Não tenho como negar o quão encantadora se torna a ideia de ter esse par de pulseiras, ainda mais sabendo o quanto significa para o povo de Marzilis.

— É um empréstimo — Felipha determina, solta minha mão e puxa algumas peças insulares da bolsa. Entrega para o vendedor, que aceita de bom grado. A garota agacha-se perto do meu ouvido e sussurra: — Torne-se Imperadora e a dívida estará paga.

— Por que está fazendo isso?

Não espero um segundo pedido para guardar as pulseiras na pequena bolsa que carrego comigo. Felipha leva um tempo para responder enquanto admira a feira ao nosso redor.

— Talvez seja meu orgulho ferido por saber que cheguei tarde demais nessa disputa — Ela ajeita alguns fios do meu cabelo que escapam do lenço. — Teríamos nos dado muito bem juntas. — Pisca.

Deusa de Mave, Felipha Bettini sabe que é bonita.

É claro que eu teria me encantado por ela em outra época, mas mesmo quando a garota flerta comigo, tudo o que consigo pensar repetidamente é no beijo de Vixen. É nas palavras não ditas que preciso compartilhar. É no cheiro e no gosto dele.

Não existe espaço dentro do meu coração para mais ninguém.

Apenas ele.

— Obrigada — digo, afastando-me com delicadeza. — Por tudo o que você está fazendo.

A herdeira não responde em palavras, mas nota meu afastamento. Só que, ela não parece magoada. Como Felipha Bettini poderia se aborrecer? Ela pode ter toda Insula aos pés dela se quiser.

Um suspiro pomposo é dado.

— Na verdade — tem diversão no tom da herdeira —, têm mais uma questão que eu fiz por você…

Entro na brincadeira, semicerrando os olhos para a garota.

— Felipha Bettini, o que você quer dizer com isso?

Por trás da máscara, ela se delicia com o poder que tem nas mãos.

— Você estava procurando por uma pessoa em Marzilis, não é?

Meu coração quase explode no peito.

— Suzanna Bark.

E como se Ehrika soubesse do que estamos falando, ela ergue as íris violetas.

— Diga para sua melhor amiga que nós encontramos a namorada dela.

CAPÍTULO 39

Afastada do centro, afastada dos portos, uma antiga fábrica foi o local escolhido pela Ruptura para fazer o reencontro de Suzanna Bark e Ehrika. A oficina que foi desativada há muitos anos, já fabricou redes de pesca, mas perdeu a batalha contra a velocidade da tecnologia. Hoje, longe dos olhares curiosos, onde quase ninguém perambula, se tornou o espaço perfeito para reunir pessoas que não desejam ser observadas pelo governo.

Garrafas quebradas são como armadilhas embaixo dos nossos pés. Precisamos tomar cuidado porque não tem luz nenhuma para nos guiar desde que o dia foi embora e a noite acordou. Horas atrás, passeamos pelo que restava da feira, fazendo-me presente em uma ou outra barraquinha, experimentando comidas diferentes e sussurrando meu nome nos ouvidos daqueles a quem me deixava ser reconhecida.

Olá, sou Kalina Kaster Denova, a reivindicadora do trono.

Expressões chocadas, outras desconfiadas. Tiveram aqueles que agarraram minha mão e disseram que espalhariam a mensagem por todo o reino, outros reticentes disseram que seria loucura enfrentar o Imperador.

O cansaço foi se espalhando junto ao suor, mas assim que Ehrika soube sobre Suzanna, nada mais importou.

Estamos nos aproximando dos fundos da fábrica, avançando por passagens feitas de madeiras velhas e portas há muito tempo caídas. Algumas lamparinas foram acesas pelos soldados ruptores que vieram mais cedo, apenas o suficiente para nos identificarmos. Mig tomou à frente, trocando algumas palavras com outros soldados que fazem a segurança do encontro. Ehrika ao meu lado está tensa e silenciosa. A situação toda é muito estranha e muito perigosa. Temos Vixen fazendo nossa escolta, ele se propôs a nos acompanhar enquanto Felipha, Alexis e Ravenna permaneceram com alguns guardiões para trás. O trio ficou responsável por organizar nossa ida até o Carnaval das Máscaras, mesmo que no fundo meu desejo por continuar de olho na ex-diretora se torne quase paranoico. Felipha sabe que se Ravenna tentar fugir, não somente Lenora, mas o pai e todos os conselheiros envolvidos podem ser expostos para Frederick Denova.

— Meu cabelo está bonito? — Ehrika pergunta, tocando as tranças laterais do penteado.

— Você está perfeita, como sempre — digo, enlaçando a mão dela na minha.

E se Bark não achar isso, ela jamais será digna do amor de Ehrika.

Essa constatação quase me faz vomitar. Se a capitã magoar os sentimentos do meu pó de estrelas, mostrarei a marziliense o quanto sei ser vingativa.

Assim que Mig aponta para a porta na qual Bark está esperando, seguro a mão de Ehrika e a impeço de entrar.

— Que tal se eu e Vixen conferirmos primeiro? Apenas para ter certeza de que é Suzanna.

Estou esperando pelo discordar dela, mas Ehrika aceita com um tremor cada vez mais intenso nas mãos. Está apavorada pela ideia de ser Suzanna atrás daquelas portas, ou pior, de não ser. Ela escora as costas contra a parede e apoia as mãos nos joelhos, acalmando a respiração. Quero abraçá-la, poupá-la de toda a agonia que o amor pode causar.

Vixen toma a frente, sem trocar uma palavra comigo. A energia continua estranha desde que fui embora do quarto dele após o nosso primeiro beijo. Nós dois ainda não tivemos chance de conversar. Ainda não pude pedir desculpas pelo que fiz indo até o Abismo, mas principalmente por não ter contado a ele sobre isso.

Depois... Depois do Carnaval das Máscaras nós vamos conversar.

Em um piscar de olhos estamos os dois dentro da saleta e, de ímpeto, a pessoa sentada na cadeira feita de madeira e corda de pesca se ergue afobada procurando por alguém que não está aqui. Duas lamparinas iluminam os traços dela. O rosto redondo e as curvas cheias encaixam-se em roupas justas e um chapéu de aba larga com pena na ponta. Quase reviro os olhos com o estilo dramático de pirata, mesmo que a mulher nunca tenha velejado como uma criminosa. Argolas prateadas enfeitam as orelhas e um piercing no nariz brilha em reflexo as chamas da lamparina. O braço direito é fechado por tatuagens e o cabelo preto está repicado com navalha na altura do queixo.

Não poderia ser outra pessoa. É ela. Completamente ela.

A capitã das docas de Marzilis

Suzanna Bark.

— Onde está Ehrika?! — questiona ligeiro, sem nem ao menos me cumprimentar.

— Olá, Bark.

A capitã não gosta da minha resposta, porque empurra a cadeira com força chocando-se contra a parede.

— Tem sorte de eu não avançar em você agora mesmo! Onde está Ehrika?! Ela está bem? — Esfrega os nós dos dedos. — Onde ela está, *droga*?

— Não sei o que está querendo supor. Ehrika está ótima. Se quiser vê-la, é melhor se acalmar. — Calor sobe pelas minhas bochechas.

— Ah, vai se fazer de tola agora? — Bark vocifera, cada vez mais alterada. — Descubro que Ehrika foi presa por sua culpa e quer que eu ache que está tudo bem?!

Se Suzanna acha que já não me torturei o suficiente pelo que aconteceu com Ehrika, está completamente enganada. Não vou deixar que ela despeje esse peso que já foi resolvido entre mim e minha melhor amiga.

— Eu protegi Ehrika! — respondo, o calor do meu poder despertando.

A capitã mira as íris escuras e raivosas em mim. Dá um passo na minha direção e as pulseiras que preenchem os pulsos tilintam.

— Levando-a pra porcaria da prisão de Insula? — Aproxima-se, mas não consegue encostar em mim antes que Vixen tome a minha frente.

— Cuidado — ele alerta, a voz grave. — É melhor se afastar.

— Meu problema é com ela — Bark indica, quase rosnando. — Eu não vou perguntar de novo! Cadê a Ehrika?

Toco o ombro de Vixen.

— Deixe que eu resolvo isso — falo baixinho para ele. O harakin dá um passo para trás, obedecendo minha ordem. — Talvez tenha sido um erro vir até aqui. Ou você se acalma, ou eu mando um dos meus soldados te enxotar de volta para o seu barquinho.

Sei que estou me deixando levar pela afronta dela, mas o jeito como insinua que talvez eu não seja uma boa amiga para Ehrika simplesmente me deixa maluca.

Bark reage ao meu insulto de forma diferente dessa vez. Eu sei que está queimando de raiva, mas ela apenas abre um sorriso cheio de dentes brancos:

— Fale isso de novo.

Como Ehrika pode ser apaixonada por essa insuportável, hein?

Mesmo que eu queira dizer o que está na ponta da minha língua, não consigo, porque a porta da saleta se abre e Ehrika avança para dentro.

O momento é congelado entre a troca de olhares das duas garotas. Elas parecem estender o tempo de forma diferente. Em um movimento rápido, Ehrika corre em direção à capitã, chocando-as em um abraço íntimo.

— Eu disse pra ela esperar… — reclamo baixinho, sem saber o que fazer com toda a energia acumulada nos meus ombros.

Eu poderia falar mais uma ou duas palavras a respeito do barquinho da insuportável, mas guardo-as para mim. Até porque, Bark parece ter esquecido da nossa briga completamente.

As mãos da Capitã sobem pelas costas de Ehrika, tocando-a em todos os pontos possíveis, enquanto minha melhor amiga afunda o rosto no pescoço da namorada. Bark é um pouco mais baixa, mas elas se encaixam de um jeito certo. Seus olhares se encontram de perto, elas travam em meio a um sorriso tímido, mas meu pó de estrelas é puxado para um beijo.

A sucessão de acontecimentos me pega desprevenida, eu deveria dar privacidade a elas, não é? Envergonhada por estar observando esse momento íntimo, dou um passo involuntário para trás, mas choco-me contra algo.

Não algo. Alguém.

Vixen.

Os dedos dele enlaçam minha cintura, firmando-me nas próprias pernas.

— Desculpe. — Minhas bochechas queimam de novo.

Ele apenas se afasta, acenando com a cabeça.

Não quero atrapalhar o momento de Ehrika e Bark, mas ao mesmo tempo, não quero deixá-las sozinhas. Não sei o quanto posso confiar em Suzanna ainda. Aos ares que ela foi namorada de Ehrika antes disso tudo acontecer, Frederick poderia tê-la subornado, não? Mas o jeito apaixonado como toca em Ehrika responde muita coisa. As palavras carinhosas que sussurra e...

Droga!

Colo minhas costas contra a parede, ignorando as duas. Vixen parece fazer o mesmo, dois passos ao meu lado. Ambos encaramos nossos próprios pés. Inevitavelmente, a noite anterior volta à minha mente. A forma como Bark sussurra para Ehrika é a mesma forma como Vixen sussurrou para mim. Os dedos dele subindo pelas minhas costas e descendo pela minha perna. A maciez da boca dele contra a minha e o gosto doce da língua. O jeito como ele respirava o perfume da minha pele e implorava pelo meu toque.

O calor sobe através do meu estômago e vai se instalando no meu peito e bochechas.

Eu preciso falar com ele. Preciso pedir desculpas.

Estou odiando essa energia estranha instaurada entre a gente.

— Vixen... — Tomo coragem suficiente para chamá-lo, mas assim que o guerreiro ergue os olhos, eu congelo.

Ele parece tão triste.

— Kalina! — Ehrika se aproxima. Ao lado dela está Bark, uma expressão desgostosa no rosto. — Suzana quer pedir desculpas! Não é, gatinha?

Ehrika engancha o braço no da namorada e a chacoalha de brincadeira. O movimento faz o chapéu da capitã balançar.

Isso parece divertido.

— Foi mal, Ehrika me explicou que *não foi culpa sua* — a capitã fez aspas com os dedos enquanto fala —, mesmo que tenha sido você a levá-la para aquele palácio, mesmo sabendo que era perigoso e...

— Gatinha! — Ehrika chia, segurando o rosto da namorada delicadamente e fazendo beicinho. — Não foi bem assim, eu te disse! Foi minha ideia, Kalina não pôde fazer nada.

Bark bufa, levando os dois braços ao redor da cintura da namorada e enlaçando-a.

— Tá bom! — volta a me ignorar, depositando alguns beijos na bochecha de Ehrika. — Eu acredito.

É claro que ela não acredita, mas não vai confessar isso.

— Eu te desculpo — falo, odiando a cena quase infantil que se desenrola. — Me desculpe também por ter sido um pouco…

— Intragável?

— Desconfiada. — Abro um sorriso ácido, mas não caio na pressão da capitã. A atenção de Ehrika está entre nós duas.

— Trégua. — A capitã estica a mão cheia de anéis e pulseiras. — Nós duas amamos essa garota aqui… me desculpe por ter me precipitado.

Encaro os dedos com unhas curtas e pintadas de preto da marziliense.

Ehrika espera ansiosa pela minha resposta, mas vê-la feliz como está é todo o motivo que preciso para baixar a guarda com Suzanna. Aperto a mão de Bark e ambas selamos um acordo de paz.

— Mas nunca mais chame o meu navio de barquinho. — a capitã aperta mais firme minha mão, um tom de ameaça depositado na voz. — Ele é o destruidor dos Sete Mares e é um pouco sensível com críticas.

Ehrika ri da namorada, abraçando-a ainda mais.

Eu até poderia continuar desafiando-a, mas um pensamento mais interessante me faz encarar Bark com outros olhos.

— Escute. — Cruzo os braços. — O que você sabe sobre o Carnaval das Máscaras?

— É mais fácil me perguntar o que eu não sei…

Temos uma típica marziliense conosco. Sempre bom desconfiar das informações dadas por apenas uma fonte:

— Certo. — Aponto para a cadeira caída no canto da saleta. — É melhor se sentar, porque você vai nos contar tudo sobre essa festa na qual vamos passar a noite. Aliás… Você já tem uma máscara?

CAPÍTULO 40

Por toda a cidade ecoa uma melodia ritmada. Vazando de ruelas desconhecidas, ribombando através de alto-falantes presos aos postes, a música avisa que chegou a hora de comemorar. Junto da noite que caiu, as máscaras foram postas em frente aos rostos. Lindas, em diversos formatos, em muitos tamanhos, em variadas cores. Os desconhecidos acenam para outros desconhecidos, nenhum deles ligando para o fato de não saberem ao menos o nome daqueles com quem estão farreando.

É dia de Carnaval das Máscaras.

É dia de enaltecer a Deusa de Marzilis.

Conhecida por ser a deusa que sempre gostou de festejar, os descendentes mantiveram a cultura de comemorar ao menos uma vez por ano as tradições da antiga entidade. Em Marzilis, acredita-se que a felicidade não precisa de um rosto conhecido para ser compartilhada. Você sente. Você distribui. Você não cobra. Você entrega.

É uma mensagem bonita na prática, mas que não me convence totalmente. Se Frederick Denova estivesse aqui neste momento, adoraria quebrar aqueles óculos redondos que escondem os olhos de um mentiroso. Eu o caçaria atrás de qualquer máscara.

A ideia de Lenora Nótt é simples: ela quer que meu nome circule pela cidade. As duas últimas assinaturas para que meu nome seja eleito como nova Imperadora durante a Reunião Anual do Conselho dependem do quanto a família Qian vai ouvir a opinião do ancião que chamam de vovô. E o vovô aparentemente escuta muito bem, porque adora ouvir as fofocas do povoado que os cerca.

Pergunto-me se não seria mais fácil ter descoberto o endereço do velhote e ter me apresentado com toda a cara-de-pau necessária. Eu sei ser extremamente simpática quando quero. O que não aconteceu muitas vezes dentro da Montanha é claro, mas quem mais teria bom-humor lidando com tudo o que lidei?

Porém, já que vamos seguir os passos indicados por Felipha Bettini e me fazer presente como sementinhas trazidas pelo vento, aceito a última parte da missão:

Perambular pelas ruelas da cidade enquanto os corpos mascarados estão apinhados em celebração. É claro que, dessa vez, pessoas específicas são o alvo de Lenora Nótt. Barões não tão ricos quanto ela, mas abastados o suficiente para se tornarem prioridades. Burgueses, donos de comércio e personalidades influentes do reino. A lista de Felipha Bettini é grande, mas não será necessário mais do que um balançar de cabeça e apertos de mãos por trás das máscaras.

Estou cansada, minhas bochechas doem de tanto sorrir e não aguento mais ouvir a voz de Ravenna me dando ordens sobre o que devo fazer e o que devo falar. Já a mandei pastar algumas vezes, mas a ex-diretora da prisão de Insula adora encher a boca para lembrar-me que Henli Drozag lhe confiou uma missão.

— Está constipada, Kalina? — Ravenna murmurou abrindo um sorriso gigantesco de fachada enquanto Felipha fazia nossas apresentações para um nobre marziliense conhecido de Lenora. — Esse sorriso está mais falso que uma moeda de três peças insulares.

O homem desconhecido, ocultado por uma fantasia de pavão e máscara laranja, demonstrava curiosidade na revelação feita por Felipha. Apenas acenei enquanto ele erguia a garrafa de vinho na minha direção como uma saudação e depois a levava direto na boca.

— Se você não me deixar em paz, vou fazê-la engolir aquela garrafa, está entendendo? — murmurei de volta para a aratnyana, abrindo um sorriso ainda maior.

Ela riu.

Riu de verdade.

Do tipo que não dá para fingir. Chocada, a encarei por alguns segundos esperando o fingimento passar, mas ele não passou. Ravenna Senyia parecia estar se divertindo com toda a situação. Parecia diferente dos últimos dias desde que saímos da Montanha e viajamos por todo o continente.

Ela parecia diferente.

— Já plantamos o suficiente aqui na superfície. — Após algumas horas zanzando pelos gabinetes particulares dos foliões mais importantes da cidade, Felipha indicou através de códigos combinados que nosso trabalho no centro da cidade foi concluído. — Chegou a hora de semearmos o seu nome na *Garganta*.

— Me diga que não estamos falando de um lugar. — Ravenna ajeitou a franja por cima da máscara vermelha de veludo. — Nenhum lugar com esse nome me parece decente. E *sem* ratos.

— Não é um lugar… — a garota respondeu por detrás da máscara formada por grandes folhas verdes. — É *o* lugar.

Suzanna Bark intrometeu-se ao escutar a conversa:

— Não é apenas *o* lugar. É o *melhor* lugar de todos!

A capitã e Ehrika mantinham-se escondidas em uma das esquinas escurecidas pela noite. Assim como Mig e Alexis que apareceram após alguns minutos como seres invisíveis. E Vixen, que continuava se misturando em meio à multidão, sem nunca tirar os olhos de mim, Felipha e Ravenna.

Os guardiões de Lenora Nótt são brutamontes vestidos com roupas simples o suficiente para passarem despercebidos, não fosse o tamanho dos corpos maciços. Eles nos rondam perto o suficiente para agir caso necessário, mas longe o bastante para não chamar atenção ao grupo. A regra é clara: caso o pior aconteça, o melhor é nos enfiarmos em meio à multidão como o harakin faz e nos separarmos para não sermos pegos em grupo.

— Estamos perto de acabar com essa boa-vizinhança que Lenora espera de você — Felipha explica, o tom doce. — Vamos lá. Você já fez coisas piores… — A lovana lança um olhar para Ravenna. — Como aturar essa daí.

Existe um divertimento na herdeira em perturbar a aratnyana.

— É um prazer ser o tormento de todos vocês — Ravenna respondeu, observando as próprias unhas como sempre, mas sem esconder um leve sorriso despontar nos lábios.

— Vamos terminar isso logo — confirmei, ansiosa para acabar com o teatro.

Se a fábrica de pesca pareceu um lugar esquecido nas entranhas do reino, a Garganta se revela um segredo guardado a sete chaves pela noite. Para chegarmos até aqui foi necessário desbravar esgotos há muito tempo desativados. Porta de entrada para uma surpresa grande o suficiente para deixar até mesmo Ravenna sem palavras. O que pode ser quase impossível.

Quando a bocarra desta gigantesca caverna se revelou, foram audíveis os sons de completo choque compartilhados por todos. Com um teto tão alto que se perdeu de vista, no meio do imenso lugar há água suficiente para confundi-lo com um pedaço do mar. Tem uma cachoeira desaguando de um lado da gruta e um navio antigo ancorado em silêncio no meio disso tudo. Construídos de forma nada organizada, mas visualmente encantadoras, diversas salas brilham com foliões curtindo apinhados um por cima do outro. Aposto que além de tavernas e bares, outros tipos de diversão são disponibilizados por aqui.

Um telão enorme acoplado em uma das paredes rochosas reflete imagens da Deusa de Marzilis relembrando a face daquela a quem honram o Festival. No lugar do rosto, uma máscara branca, no lugar dos cabelos, tentáculos de polvo, a pele azulada e os olhos como obsidiana.

— Bem-vindos à Garganta! — Suzanna Bark gira Ehrika no próprio abraço.

A capitã nem parece a mesma que, apenas algumas horas atrás, vociferava ofensas para mim. Ela abandonou todo o mau humor assim que viu Ehrika. Vestiu o manto de Marziliense anfitriã e se dispôs a explicar para a namorada, assim como todos os outros, tudo o que sabia sobre a cidade e o Festival das Máscaras. Vez ou outra a pego questionando alguma coisa sobre o tempo que Ehrika passou dentro da Montanha, mas assim que a tristeza se apossa das íris violetas, Bark muda de assunto e encontra alguma forma de animá-la.

— Nem mesmo Denova consegue tocar nisso — explica Felipha, contente. — Tem o tesouro de muita gente poderosa investido por aqui.

Mascarados dançam por todos os lados segurando jarras com líquidos coloridos. O cheiro doce brinca com o meu nariz conforme avançamos em meio aos foliões. A luz azulada do luar escapa por uma abertura ao alto da gruta, iluminando parcialmente o barco.

Com a máscara dourada em formato de sol sobre meu rosto, deixo que Felipha Bettini me guie para as pequenas saletas onde estão os foliões com quem precisamos trocar uma palavra ou duas.

Diferentemente da forma como lidei com a feira, onde mostrei meu rosto para aqueles com quem conversava, nesse momento Felipha e Ravenna indicam que eu me mantenha como um mistério para os burgueses que farreiam no carnaval. Eles não precisam ver meu rosto para me apoiar. O que desejam tem muito mais a ver com as palavras certas que devo dizer. A maioria delas sendo elogios e promessas envolvendo dinheiro e poder. Sussurros são compartilhados entre aqueles que mandam nos negócios e que querem descobrir o que poderão ganhar se me apoiarem.

Quando o embrulho no estômago se torna forte demais, penso a todo instante em mamãe e no que ela faria nesse momento. Os sorrisos falsos que dou e a língua que preciso segurar entre os dentes são todos inspirados na força que Safiny Kaster sempre demonstrou nas reuniões que fazia em Mave para arrecadar mais clientes e apoiadores aos negócios.

Cada vez fica mais claro o quanto o povo, durante a feira, conseguiu me fazer olhar com carinho para o trono, enquanto a burguesia só me fez relembrar o motivo de não querer a coroa. Mas talvez seja exatamente por isso que eu devo encarar meu futuro com uma tenacidade maior. Talvez eu não deva desistir do poder porque existem pessoas como essas.

O que Lenora falou sobre Marzilis ser um reino historicamente contra Frederick vem se mostrando cada vez mais verdadeiro. A forma como todos reagem ao ouvir o nome do Imperador demonstra o pouco respeito que sentem. É boa a sensação de perceber que não somente Mave, mas Marzilis, são dois reinos que irão aceitar rapidamente minha posse. Aratny e Veraz serão dois problemas. Lovano é um mistério.

Quando as horas foram se esticando e o cansaço já pesava sobre meus ombros, Felipha Bettini nos reuniu em um ponto afastado da algazarra do carnaval.

— Você foi bem, Kalina. Em poucos dias o seu nome estará reverberando por toda Marzilis.

— Acabou? — pergunto, o alívio amolecendo minha postura rija.

Ela afirma em um aceno, faz um movimento de mão para um dos guardiões ao lado do grupo reunido.

Ele nos entrega novas máscaras.

— Troquem-nas. — Felipha indica e faz o mesmo com a própria.

— Por que isso?

— A missão está completa, plantamos as sementes que Lenora desejava — Dá uma olhada para Bark que carrega um sorriso enorme no rosto. — Agora vou deixá-los sob responsabilidade de alguém que conhece melhor do que eu a Garganta.

— Deixar-nos? — questiono, confusa.

Não estou gostando nada disso.

— E onde você vai exatamente? — Ravenna pergunta, tão desconfiada quanto eu.

— Meu serviço já está feito — explica, puxando o capuz acoplado ao colete. — Voltarei para a residência de Lenora para repassar as boas notícias, mas vocês deveriam aproveitar o carnaval. Este é o lugar mais seguro para se estar em Marzilis neste momento e, acredito que, nos próximos dias, as coisas poderão tomar um rumo diferente. Aproveite seu anonimato enquanto há tempo, depois disso Kalina Kaster Denova não passará despercebida. Comemorem essa vitória.

— Não sei se é uma boa ideia — Mig intervém. — Estamos em missão em nome da Ruptura, deveríamos voltar para a Montanha.

— Apenas algumas horas de carnaval não farão mal a vocês, camarada — Bark responde, ajeitando o chapéu. — Podemos ir embora antes da meia-noite se achar melhor, mas me deixe apresentar a vocês a melhor taverna das suas vidas!

— E três guardiões ficarão com vocês — Felipha explica. — Além dos espiões. Vocês merecem um pouco de descanso. Tenho certeza que estarão em boas mãos.

Bark e Felipha trocam acenos de cabeça. Eu e Ehrika conversamos com os olhos.

É claro que meu primeiro pensamento é negar essa ideia nada confiável das duas, mas conforme baixo a guarda e penso no cansaço estampado nos rostos de cada um dos meus colegas, a ideia se torna menos desagradável. De fato, até o momento, tudo deu certo. Sei melhor do que ninguém que para as coisas virarem de cabeça para baixo só é necessário um segundo, mas me pergunto se não deveria apenas aproveitar um pouco como se minha vida não estivesse perto de mudar completamente.

Quem sabe uma caneca de cerveja. Nada mais do que isso.

— Certo — aceito, vencida. — Apenas algumas horas e depois partiremos.

Ravenna bufa, cruzando os braços. Nada satisfeita com a minha ideia. Mig tenta intervir, mas Alexis o abraça e diz que ele precisa relaxar.

— Os pertences de vocês estarão na fábrica abandonada — Felipha informa. Aproxima-se de mim e ajeita uma mexa do meu cabelo para trás da minha orelha. — Voltem em segurança. Espero que possamos nos reencontrar muito em breve.

Vixen observa tudo por de trás da máscara nova e meu coração acelera quando percebo a piada criada por Felipha Bettini. *Uma máscara de demônio, para um demônio.*

— Obrigada. — A abraço. — Eu sei que vamos nos reencontrar.

A herdeira do império Bettini retribui meu abraço. Termina com um beijo na minha bochecha e se despede com um aceno para todos os outros.

Antes de partir completamente com um dos guardiões, Felipha aponta para Bark:

— Faça esse carnaval ser memorável!

A capitã dos sete mares abaixa a aba do chapéu com uma mesura.

Quando a lovana parte, a marziliense semicerra os olhos fitando cada um de nós.

— A Garganta tem apenas uma regra importante... — diz, misteriosa. — Tudo o que acontece aqui, fica aqui.

Até mesmo o tom de Bark mudou. Ela está assustadoramente diferente.

— Pare com isso! — Ehrika ri da pose vilanesca da namorada. — Vamos beber!

E, antes que eu possa dizer qualquer coisa, somos guiados para dentro da Garganta.

CAPÍTULO 41

Bark abre as portas da taverna com um grito animado.

Foliões berram de volta, erguem jarras preenchidas por líquido amarelo e dançam ao mesmo tempo. A maioria está mascarada, mas alguns parecem muito alcoolizados para perceber que perderam o acessório sobre o rosto. Corpos adormecidos pelo chão e casais atracados em beijos apaixonados são alguns dos obstáculos que precisamos desviar enquanto avançamos para dentro do lugar apinhado.

A energia não se parece com nada que eu já tenha experienciado. Diversão estampada em cada sorriso dado, em cada movimento despreocupado dos corpos. Nenhum deles parece amedrontado pela realidade imposta pelo governo, ninguém pensa em se esconder aqui dentro.

Até mesmo Ravenna, que não tirou à expressão irritada do rosto desde que decidimos curtir um pouco do carnaval, não consegue esconder a surpresa com a animação contagiante no estabelecimento.

— Ali. — Bark aponta em meio a muvuca. — Peguem aquela mesa no canto. Vamos buscar cerveja!

De mãos dadas, ela e Ehrika vão para o bar.

Alexis e Mig cortam caminho pelo mar de foliões, enquanto seguro o ombro de Ravenna a fim de não a perder de vista. É tão pequena que quase desaparece no meio da bagunça. Vixen acompanha o percurso logo atrás de mim, com uma máscara preta enfeitada com dois chifres na testa. O salão apinhado de pessoas me esmaga contra o harakin. O contato dos nossos corpos enviando faíscas para o centro da minha barriga.

Queria muito saber o que ele sente agora. É a primeira vez que Vixen pode viver coisas que apenas leu em livros. Fico esperando por uma pista refletida nos olhos, mas ele apenas segue silencioso e introspectivo.

Assim que conquistamos a mesa indicada por Bark, o guerreiro sussurra no meu ouvido:

— Vou ficar perto do bar. A visão do salão é mais ampla daquele lado.

— Você não precisa ficar de guarda enquanto todos se divertem. — Meus dedos coçam para tocá-lo. — Fique aqui comigo.

O harakin fica silencioso, os olhos dourados passeando pelo meu rosto por trás da máscara.

— Se precisar de mim, sabe onde me encontrar.

Sem me dar tempo para discutir, vai para longe.

E mais uma vez ele foge de mim.

Ravenna já está sentada na cadeira colada à parede. Tamborila as longas unhas escuras contra a madeira do tampo. Faz uma expressão de nojo quando um bêbado se debruça sobre a mesa e canta alto a música que ecoa pelo bar.

— Estou adorando isso — informo, sentando-me ao lado dela.

A ex-diretora limpa as mãos umas nas outras como se estivessem sujas.

— Adorando o quê?

— Torturar você. — Inspiro o ar insosso de suor e álcool do lugar. — Deve estar querendo morrer, não é?

Cruzo os braços e observo atentamente o caos ao redor.

Ninguém se importa conosco aqui. Estão todos muito concentrados em viver o Carnaval das Máscaras da maneira mais intensa possível.

Sem responder a minha provocação, Ravenna é indagada por Alexis:

— Gosta de cerveja?

A aratnyana fica ultrajada com a pergunta.

— Eu odeio.

— Bom, terá que se contentar com isso. Não sei se tem espumante no cardápio — brinco, mas o tom divertido é estranho na língua.

— Me contento com água.

Alexis está com aquela expressão jocosa de quem adora assistir as farpas sendo trocadas, enquanto Mig não esconde a preocupação por estarmos aqui.

— Uma água para ela e uma cerveja pra mim. Podem pedir pra Ehrika, por favor?

Alexis concorda, arrastando o namorado para longe da mesa.

A música e os gritos dos desconhecidos são a única melodia que transcorre entre mim e a aratnyana durante o tempo em que esperamos pela volta dos garotos. É estranho estar ao lado de Ravenna sem querer constantemente entrar em uma batalha. Durante muito tempo a vi como minha inimiga. Não deixa de ser estranho essa necessidade por buscar algum assunto ao qual podemos falar. Ainda existem machucados sangrando dentro de mim que foram causados pela aratnyana e o falecido tenente Ruel.

Porém, como se Ravenna desistisse da queda-de-braço invisível entre nós, me olha com uma pergunta no rosto e abre a boca pronta para iniciar uma conversa. Canecas cheias de cerveja são depositadas na mesa, assim como um pequeno copo com uma dose menor ainda de água. A aratnyana se cala.

Mig está envergonhado quando fala:

— O dono da taverna disse que só tem isso.

No balcão, um homem barbudo seca canecas e pisca quando percebe que ganhou nossa atenção.

— E onde está Ehrika? — questiono quando os dois garotos voltam a se sentar conosco.

— Foram dançar! — responde Alexis, com um bigode de espuma sobre os lábios.

No meio da taverna as duas garotas giram animadas.

— Ela fica diferente com a Suzana — Mig diz, abrindo um sorrisinho. — Fica mais risonha, até meio tímida.

— Pessoas apaixonadas ficam assim... — Ravenna diz, observando as namoradas.

Tanto eu, quanto Alexis e Mig, encaramos a aratnyana chocados pelo tom. Não está revestido de sarcasmo ou ironia. Ela apenas fala como se estivesse despida da maquiagem, dos saltos, das joias.

Quando a realidade a faz despertar, a aratnyana apruma os ombros e finaliza o raciocínio voltando a ser a venenosa ex-diretora.

— *Ficam ridículas.*

Mig e Alexis riem entre si e eu reviro os olhos para a resposta forçada.

Ravenna puxa o copo com água e vira a dose. Ninguém fala nada, aproveitamos para observar o jeito como os foliões cantam animados as letras das músicas ritmadas. Canecas com cerveja são compartilhadas, pessoas desconhecidas nos chamam para dançar, Ehrika e Bark beijam-se sem nenhum tipo de vergonha em compartilhar o quanto estão apaixonadas.

É bom ver meu pó de estrelas assim. Durante as últimas semanas deixou uma tristeza se apossar dela. Talvez tenha sido o cansaço, mas a questão sobre Ehrika não saber a natureza de seus poderes adormecidos sempre foi algo sensível. Neste momento, brilha como sempre brilhou. E se o motivo é Suzanna Bark, posso até tentar gostar um pouquinho mais da capitã.

Uma sensação incômoda começa a apertar meu peito. Espio Ravenna, ainda focada no jeito como Ehrika e a marziliense rodopiam juntas. É quase imperceptível o sorriso que dá quando jarras são erguidas ao ar durante o ritmo específico de uma música animada.

— Como foi que você conheceu o Ruel?

Ravenna fica pálida por baixo da máscara prateada. Ela me fuzila com o olhar, os lábios crispando-se em raiva.

— Não me provoque, Kalina.

Ergo as mãos na defensiva.

— Não precisa falar se não quiser! Só estava puxando assunto... — Levo a caneca para a boca.

Depois de um segundo, Ravenna baixa a guarda.

— Não vou aceitar que você zombe dele.

— Não vou zombar. — Dou de ombros. — É só uma curiosidade.

A ex-diretora estreita os olhos. Do outro lado da mesa, ou Alexis e Mig estão muito focados na própria conversa, ou fingem bem que não nos escutam.

— Por que a curiosidade agora?

— Pra ser sincera, nem eu sei. É mais uma curiosidade sobre como você acabou se apaixonando por aquele…

— Cuidado — Ravenna alerta.

— Aquele homem *complicado.* — Abro um sorrisinho azedo, tomando cuidado com os adjetivos.

Ravenna revira os olhos, tocando o copo vazio de água. Ela não fala nada, nem eu. Estou quase aceitando a situação desconfortável que vai se seguir durante o tempo em que estivermos nessa mesa, quando Ravenna responde:

— Ruel era filho do faz-tudo que trabalhava na minha casa.

Ergo minhas sobrancelhas em completo choque. Ruel? Filho do faz-tudo?

— Você não parece ser do tipo que daria uma chance para o filho do faz-tudo.

— Por que não?

— Deixe de ser cínica.

Ela dá de ombros, desistindo do embate.

— Eu gostava da atenção que ele me dava.

— Agora tudo faz sentido. E sua família aceitou o relacionamento de vocês dois?

Ravenna ri ácida.

— Ele era pobre, meu pai jamais deixaria que tivéssemos algo e minha mãe... — Ela fica nostálgica de repente. Afasta alguma memória e retoma o controle. — Pra ser sincera, brinquei com Ruel por um tempo. Os beijos escondidos pela casa eram bons e ele sabia como me tocar. — Ravenna encara o copo e diminui o tom. — Não foi difícil me viciar no que tínhamos.

— Achei que ele fosse nobre, pela posição no exército.

— Ruel se alistou como soldado e foi subindo rapidamente as patentes dentro do exército. Ele queria chegar ao posto de capitão, no lugar do Pathrenes. Depois, iria pedir minha mão ao meu pai. — Solta o copo com força na mesa e cruza os braços. — Mas isso jamais vai acontecer. Porque você o matou.

Um amargo percorre minha boca.

— Ele era uma pessoa horrível.

— Para você? Talvez. Mas me diga, querida, quantas pessoas você mataria ou já pensou em matar para salvar quem ama? Quantas pessoas já não pensaram o mesmo sobre você?

Nossos olhos fixam-se uma na outra.

— Não me compare a ele.

Ravenna bufa, escorando-se na cadeira.

— Jamais.

Não sei mais o que dizer sobre isso. É claro que eu jamais perdoaria Ruel por tudo o que fez a mim, Ehrika, meus amigos e Irvine. Mas, ouvi-la falando do tenente dessa forma, quase o faz parecer alguém diferente.

Puxo minha caneca de cerveja e bebo outro gole. É amarga. De qualidade duvidosa. Mas já bebi coisas piores.

A conversa acabou, definitivamente.

Os dedos de Ravenna puxam uma caneca de cerveja que deveria pertencer a Ehrika e Bark, mas leva diretamente para a boca. Ela sorve não somente um gole, mas outro e mais outro. O líquido escorre pelo queixo e, ao final, faz uma careta.

Espio-a de canto de olho, mas a ex-diretora apenas ergue um dedo silenciando-me.

— Nenhuma palavra.

Mig e Alexis parecem levemente alcoolizados, porque riem com um rubor sobre as bochechas. No meio do salão, Bark e Ehrika não se cansam de dançar em meio aos foliões, a risada delas se confundindo com as outras.

A cerveja nas canecas vai diminuindo e a leveza sobre os ombros aumentando. Até mesmo Ravenna parece estar gostando mais de toda essa situação, porque o pé da aratnyana se mexe no ritmo da música.

Estar alerta o tempo todo cansa.

Desconfiar do mundo cansa.

É bom perceber que a minha decisão de aproveitarmos ao menos algumas horas do carnaval não está sendo o fim do mundo, mesmo que estejamos vivendo uma mentira fantasiada de realidade.

Todos estão se divertindo.

Todos estão bem.

Eu posso relaxar também.

Mas não consigo. Porque a sombra solitária próxima ao bar continua distante demais. Nenhuma caneca na mão, nenhum sorriso no rosto.

Ele apenas observa a felicidade do carnaval como um espectador distante. Em um esbarro de olhares, nos encaramos.

Meu coração acelera por apenas tê-lo prestando atenção em mim.

A máscara preta com chifres relembra o que ele nasceu para ser.

Não fuja de novo, Vixen.

Mas ele desvia o olhar. Ele se esconde.

O que Vixen esqueceu, é que sou Kalina Kaster e vou buscá-lo até no fundo do Abismo se for necessário.

Sorvo o último gole da caneca e a abandono-a sobre a mesa. Com as íris fixadas no harakin eu disparo para os soldados:

— Fiquem de olho em Ravenna. Preciso resolver algo.

CAPÍTULO 42

— Quer dançar?

O convite vem de uma estranha.

Cabelo curto, máscara rosa simples. Tem um sorriso largo e está muito bêbada. Confiante, desce os dedos pequenos por cima da manga da minha camisa e pressiona com mais firmeza quando chega próximo ao cotovelo.

Afasto-a com delicadeza.

— Não estou afim.

A desconhecida abre um sorriso lânguido e tenta tocar meu braço de novo, mas me afasto mais. Apenas um passo curto para o lado, um ajeitar do cabelo, desviar o olhar.

Ela nota.

— Tem certeza?

— Absoluta. — Retribuo o sorriso amigável.

A garota dá de ombros e desiste tão rápido quanto tentou. Gira em direção aos corpos animados dançando em meio ao salão. É uma escolha muito mais divertida do que continuar perto de mim, com toda a certeza.

Escoro-me contra a bancada e aproveito o barulho da festa para ignorar meus próprios pensamentos. Com tantas conversas, vozes e sons, é quase impossível dispersar minha concentração. Preciso focar no que vim fazer aqui do lado desse bar: manter todos em segurança.

Mentiroso.

Estou tentando acreditar nisso, mas a verdade é que me obriguei a ficar longe de Kalina por uma razão simples. Porque quando fico perto dela, esqueço que o verdadeiro perigo sou eu.

Não achei que pudesse sentir dor física por querer tanto algo quanto eu a quero. Como um vício que é impossível de ignorar. Se antes minha mente não conseguia parar de pensar em Kalina, agora meu corpo sente a falta do corpo dela. Eu sabia que ao cruzar aquela linha invisível entre nós dois, estaria perdido. Foi por isso que esperei pelo pedido dela. Esperei que ela me quisesse também.

Mas agora, as palavras do meu pai ecoam como parasitas penetrando meu cérebro.

A imagem de Kalina indo até o Abismo para me defender é ao mesmo tempo assustadora e magnífica. Eu, que sempre a admirei exatamente por ser essa força que colocaria a Montanha abaixo por quem ama, também sinto uma necessidade urgente de protegê-la.

Esse misto de sentimentos está me empurrando cada segundo mais perto da loucura. Eu não devo decidir por ela quais batalhas Kalina aceita enfrentar, mas também não consigo afastar o sentimento de que estou dando a ela mais um inimigo.

E mesmo assim, mesmo quando estou prestes a rasgar meu próprio peito para esmagar meu coração, eu só preciso ouvir a voz dela ou sentir o cheiro do perfume ou vê-la me observando, para esquecer de todo o caos que estamos vivendo.

Como um maldito viciado, meus olhos procuram por ela e encontram-na me fitando de volta. Está sentada na mesa afastada com Ravenna, Mig e Alexis. Eu deveria desviar o olhar, deveria seguir com o plano desesperado que criei de dar espaço para ela até voltarmos à Montanha, mas é quase como uma batalha impossível de ser vencida.

Com o pouco de força de vontade que me resta, quebro o fio que nos conecta.

É melhor assim. Deixe que ela aproveite a noite.

Concentro-me no som de uma taça se espatifando do lado de fora da taverna, nas risadas desconhecidas que repercutem no andar de cima, concentro-me no barulho fraco da cachoeira quebrando sobre as rochas. Concentro-me em qualquer som que não seja a voz de Kalina.

E mesmo assim, eu escuto perfeitamente quando ela diz que precisa *resolver algo.*

Desbrava o caminho pelo amontoado de pessoas e não esconde que o objetivo é chegar até mim.

Eu espero.

Cada passo. Cada segundo. Cada respiração.

Apenas espero por ela.

E quando Kalina abre aquele sorriso que faz os olhos quase se fecharem por completo, toda a fortaleza que construí durante o dia desaba em pedaços.

— Dance comigo — ela ordena.

Eu mal consigo segurar a risada que escapa de mim. Kalina fala dessa forma como se pudesse tomar o mundo para si. *Como se soubesse que eu sou apenas dela.*

— Dançar? — Nossos joelhos se tocam. Ela chega mais perto. — Eu não sei dançar.

Kalina toca a manga da minha camisa e eu deixo. Porque eu quero que toque.

— Eu posso te ensinar.

— Talvez você se arrependa do convite.

Algo faísca nas íris castanhas dela. Os dedos quentes de Kalina enlaçam os meus.

— Isso não foi um convite.

Ela não espera pela minha resposta quando me puxa para o centro da taberna. Espia por cima do ombro vez ou outra, desafiando-me a desistir. Mal sabe que eu não vou a lugar nenhum, não quando é ela quem segura minha mão.

A música animada e as batidas constantes dos pés contra o chão. O cheiro da cerveja derramada e o calor dos corpos dançando. Kalina decide que o ponto em que estamos serve, rodeados por farristas que mal lembram os próprios nomes. Somos obrigados a ficar colados um contra o outro e um sorriso tímido se espalha na boca dela enquanto luta contra o barulho para se fazer ouvida:

— Faz assim…

Pousa a mão na minha cintura e indica um movimento. Ela ri pela situação e eu sorrio por causa da risada dela. Toco o quadril e a trago mais para perto.

— E agora? — eu pergunto, mas Kalina diz que não me escutou.

Encaixo meus dedos no pescoço dela e a trago para mais perto. Deslizo meu rosto perto do ouvido, porque quero muito tocá-la e sentir o cheiro de morango que tem.

É tortura o que faço, mas não me importo de viver em agonia.

Isso é mil vezes melhor.

— Eu disse… — Kalina se derrete no meu toque. — O que fazemos agora?

Ela se afasta o suficiente para que nossos olhos se encontrem por baixo das máscaras. No lugar do castanho afiado, tem um brilho diferente.

— Eu não sei, Vixen. — A voz é firme. — O que fazemos agora?

Eu sei bem fundo nos meus ossos que a pergunta não é sobre a dança.

É sobre o primeiro dia em que a vi.

É sobre os segundos em que passei acordado pensando nela.

Sobre a forma como me deixou aproximar.

Sobre o nosso beijo.

Sobre o quanto eu estou apaixonado.

Ela quer saber o que devemos fazer.

E eu não sei.

Mas eu destruiria o mundo por você, Kalina.

— Eu avisei que não sabia dançar — digo, covarde demais para responder a verdadeira pergunta.

Kalina apenas me encara em silêncio. Balança o rosto irritada.

— Nós precisamos conversar — diz, firme.

Em questão de segundos, estou seguindo-a para fora da taverna. Ela pisa firme, sem olhar para trás e vai em direção à rampa que dá acesso ao navio adormecido no meio da caverna. É imenso, dois andares, um convés comprido e cabines espalhadas por todo o corpanzil. A mão agarra o corrimão, atravessando a passagem e avançando para o interior da embarcação.

A festa fica para trás, o som da música perdendo potência pela distância. A maioria das pessoas aproveita o carnaval dentro das tabernas, o que torna essa área quase silenciosa. Alguns bêbados recostam-se para dormir, outros aproveitam para trocar beijos.

Kalina tenta chegar à proa, mas trava alguns passos antes de alcançar o limite da embarcação. Ela hesita ao ver que, do outro lado, tem o mar. Tem água.

Dou a ela todo o tempo que precisa. Presto atenção nos sons ao nosso redor, buscando por qualquer perigo, mas parece que estamos sozinhos. Do nosso lado tem uma cabine com a porta entreaberta, do outro a proa do navio e atrás de nós o imenso telão com o rosto da Deusa de Marzilis.

Kalina tira a máscara e endireita os ombros. Ela me enfrenta com os olhos vermelhos e as bochechas molhadas.

Uma fisgada acerta meus pulmões.

Nem mesmo consigo dar um passo na direção dela antes que erga a mão e se afaste.

— Por favor, não toque em mim.

A frase é como brasa quente. Queima no mesmo instante em que toca minha pele. Ela limpa as lágrimas com as costas da mão. Respira fundo, mas não se aguenta. Está com as pontas dos dedos pressionando as têmporas quando fala:

— Maldição, Vixen. Tudo seria tão mais fácil sem você aqui.

E nesse momento, entendo que nenhum dos pesadelos aos quais passei foi tão doloroso quanto ouvi-la dizer isso.

— Eu posso ir embora. — Guardo a dor para depois. Primeiro preciso sangrar mais o corte. — Prometo que você não vai me ver nunca mais.

As mãos de Kalina se erguem até os cachos, dedos encaixando nas mechas.

— Esse é o problema! — Mais lágrimas derramam-se pelas bochechas. Ela dá um passo na minha direção, com raiva. — Não percebe?! Não quero que você vá embora! Eu não quero ficar um segundo longe de você! Porque… Porque eu estou apaixonada, droga!

O sangue nas minhas veias corre desenfreado. Posso senti-lo ribombar sobre meus ouvidos. Um calor subindo do centro do meu peito e se estendendo por cada terminação nervosa.

Kalina está apaixonada… por mim?

Por mim?

Petrificado com a ideia de que ela possa retribuir os mesmos sentimentos que os meus, mantenho-me calado. Achei que um beijo fosse tudo o que poderia ganhar. Talvez Kalina estivesse carente. Quem sabe ela estivesse precisando de alguém.

Mas, amor?

— Você não sai da minha cabeça — ela quase sussurra enquanto fala. — Estamos em meio a uma guerra, mas neste momento o que mais me enlouquece é não ter certeza se você sente o mesmo que eu! Porque se for tudo minha imaginação, se você não estiver mais sentindo o que eu achei que você sentia, então… Eu prometo que vou calar esse sentimento que vive bem dentro do meu coração.

Ela respira fundo e um brilho ecoa pelos olhos. Como se tivesse acordado de um sonho. Como se não tivesse mais tempo para esperar.

— Se você quiser ir, vá! Mas não coloque o peso da sua decisão sobre mim.

Descarto pelo chão a máscara e avanço atormentado.

Nossos lábios se encontram.

Tão ávida quanto eu, Kalina agarra meus ombros em um abraço e encaixa as pernas ao redor da minha cintura. Eu a seguro pelo quadril, sem pudor de tocá-la em todos os lugares que desejo. Ela desliza a língua pelos meus lábios e eu a tomo para mim.

As coisas que desejo fazer precisam ser contidas no fundo da mente, mas tenho uma ideia melhor de onde podemos ter mais privacidade.

A porta entreaberta da cabine é escancarada enquanto a carrego para dentro, mas a fecho de volta com um chute. Apoio o corpo perfeito de Kalina sobre uma mesa e as mãos dela esbarram em garrafas vazias que caem pelo chão e se estilhaçam.

Nenhum de nós dois se importa.

— É você que não percebe… — Mordo com carinho o lábio inferior de Kalina. — O quanto sou louco por você.

— Eu amo quando você diz meu nome — Ouvir isso me deixa sem fôlego.

Afasto o tecido sobre o ombro e beijo a pele quente.

— Minha doce *Kalina.*

Ela arfa com o mordiscar que eu deixo pelo pescoço. Ergue a barra da minha camisa e os dedos desbravam meu abdômen. Preciso tocá-la também, mostrar a ela como me sinto. Adorá-la em cada centímetro de sua existência.

Kalina esmaga a boca contra a minha e eu a pressiono mais contra mim. Ela passa os dedos pelo meu cabelo e um arrepio se forma no centro do meu estômago quando raspa as unhas na minha nuca.

A adrenalina acelera meu coração.

Mas antes que eu possa lidar com o absoluto desejo que sinto nesse momento, um ruído incômodo irrompe do lado de fora do navio.

Nossos corpos ficam tensos.

— Você escutou isso? — Kalina está com os lábios inchados e o rosto corado enquanto pergunta, assustada.

Torço para que seja apenas a música de uma taverna ecoando alto demais, mas não é isso o que volta a retumbar.

O ruído toma corpo e forma. Se torna melodia.

— Parece… — falo, prestando atenção no som.

Mas Kalina finaliza a frase, mais certa do que nunca do que estamos escutando:

— ... uma transmissão do governo.

Ela salta da mesa, afasta-me com ansiedade e abre a porta da cabine.

Correndo para o convés, encaramos o gigantesco telão onde antes estava a imagem da Deusa de Marzilis saudando um dia especial de Festival.

Das tavernas saem os farristas curiosos, todos buscando pelo mesmo som. O mar de pessoas dentro da Garganta se reúne em choque observando a insígnia de oito patas escancarada.

Um segundo depois, é Frederick Denova quem aparece.

CAPÍTULO 43

As lentes prateadas escondem os olhos de Frederick Denova.

Ombros estreitos em um terno preto. Rosto oval e queixo pontudo. O nariz adunco serve de apoio para a armação e os fios ralos no topo da cabeça milimetricamente penteados com gel.

O Imperador de Insula. O assassino do meu pai.

Ele é exatamente como me lembro.

A memória do dia em que invadi o palácio real para ser presa. Quando eu só precisava cometer um crime grave o suficiente para ser sentenciada à maior prisão do continente e salvar minha mãe da Montanha.

Quando eu mal suspeitava da história que conectava a minha vida à dele.

Frederick Denova bebia o chá pela manhã quando escancarei as portas do salão. Ehrika havia me ajudado e foi presa por causa disso. Foram poucos os minutos que fiquei naquele aposento com o Imperador. Frederick Denova nunca foi do meu interesse e eu sabia que, se passasse dos limites, poderia ser morta. E estando morta, jamais conseguiria ajudar minha mãe.

O mais irônico nisso tudo é saber que já estive frente a frente com meu maior inimigo.

Irônico que ele também tenha estado.

E que o sangue Denova percorrendo as minhas veias mal foi notado por nós dois.

Quatro meses depois daquela fatídica manhã onde fui ignorada como um rato, nossos caminhos voltam a se cruzar. Só que agora, o encaro através de um telão em meio ao Festival das Máscaras do outro lado do continente. Não mais buscando maneiras de ser presa. Não mais vivendo a ansiedade de encontrar minha mãe. Mas arquitetando a queda do homem que bebia chá enquanto eu era espancada por seus guardas.

A pergunta que ensurdece todos os sentidos dentro de mim é apenas uma: O que acontecerá nos próximos segundos?

Uma voz doce fala por cima da imagem de Frederick:

"Esta é uma transmissão oficial do Governo de Insula, comandado pelo Imperador Supremo Frederick Denova. É responsabilidade de todos a atenção absoluta e completa sobre esta mensagem. Pela Mão Soberana dos Cinco Deuses Irmãos, os Denova serão a nossa salvação."

Silêncio.

Um longo silêncio se estende. Nada é dito na tela, nada é dito na Garganta.

Frederick Denova ajeita os óculos sobre a ponte do nariz adunco com paciência. Como se ele soubesse que do outro lado da tela todos estejamos segurando a respiração.

— Compatriotas — fala com a voz anasalada. — Que a ordem seja glorificada.

Procuro por alguma saudação em resposta, mas nenhum dos marzilienses retribui o slogan aratnyano.

Vixen repousa a mão nas minhas costas em silêncio. Estamos os dois no meio do convés, congelados com o que Frederick Denova tem a falar. Existem tantas possibilidades. Pode não ser nada, pode ser tudo. A ansiedade começa a escalar as paredes do meu peito.

Onde estará Ehrika? Eu deveria correr de volta para a taverna e encontrá-la, mas neste momento tudo o que eu consigo focar é na face do homem no telão.

Isso não está certo. Não durante o Festival das Máscaras.

A imagem está focada apenas no rosto, mas o trono almofadado verde com arabescos prateados atrás de si é evidente.

— Saúdo os cidadãos dos cinco reinos que constroem Insula. Nossa adorada terra.

O murmurinho de choque se espalha em meio à multidão. Sinto a tensão compartilhada por cada um. Cabeças curiosas saem das janelas de todos os repartimentos que estavam celebrando até alguns minutos atrás. Eles apertam-se pelas vielas e amontoam-se encarando o anúncio governamental.

— Porém, não são apenas notícias afortunadas que um líder deve compartilhar com o povo. Comandar este continente foi uma dádiva concedida pelos Cinco Deuses Irmãos e durante os trinta anos que carrego essa responsabilidade obtive sucesso em manter a paz reinando.

Frederick inclina o rosto para baixo e as sobrancelhas se arqueiam em uma expressão dura.

— Mais uma vez estou aqui, como o líder justo que o nosso continente necessita para continuar vigorando. Para continuar fortalecido. E para que isto aconteça, é preciso noticiar um terrível perigo que assombra o futuro de toda Insula.

A eletricidade percorre todo o meu corpo.

Frederick Denova está atacando.

É claro que está.

Quero gritar para que Vixen procure por Ehrika, Bark, Mig, Alexis e Ravenna, mas minha língua gruda com cola. Isso não deveria estar acontecendo. Não assim.

Não quando a Ruptura deixou claro que seria um erro Frederick Denova fazer qualquer movimento grandioso contra nós neste momento.

A multidão se avoluma com a menção feita pelo imperador.

Os dedos de Vixen gelados contra meu braço.

— Apenas diga o que quer que eu faça...

Mas não consigo ordenar meus pensamentos para respondê-lo.

Frederick Denova volta a falar:

— Existe uma guerra entre o bem e o mal acontecendo. Durante muito tempo lutamos em segredo contra os terrores que uma certa organização criminosa inflige sobre a vida de milhares de insulares, mas descobrimos uma terrível notícia que precisa ser revelada ao povo.

— Kalina, precisamos ir embora — Vixen volta a falar, mas eu ignoro a ordem.

— Nos meus trinta anos de governo, jamais imaginei que pudesse existir tamanha crueldade, mas descobrimos, após investigações sigilosas, que essa mesma rede é a culpada pelos sequestros das nossas crianças.

O caos explode.

Gritos esbravejam, punhos são erguidos ao alto. O silêncio é estilhaçado.

Mesmo quando temos os documentos que comprovam o envenenamento do antigo Imperador Felix. Mesmo quando temos os cientistas que trabalharam no Projeto Harakin sob nossa custódia na Montanha, Frederick conta essa mentira para todo o continente, porque quando afirma do jeito como está afirmando, eventualmente irão acreditar nele.

— Para lidar com esta organização criminosa que se autointitula Ruptura, estamos instaurando uma nova lei que proíbe todos os cidadãos do continente de se aliarem a esta causa nociva — Frederick anuncia com veemência. — Aceito o fardo de me tornar um líder rígido, se for preciso isto para manter a paz em tempos sombrios.

O ângulo da imagem muda.

Distante o bastante para que o trono possa ser visto por completo, assim como o corpo pequeno e magro de Frederick.

Atrás dele há um gigantesco quadro do Deus de Aratny e um candelabro prateado pendendo do teto com velas queimando em verde. O chão lustroso é feito de cerâmica escura e não existe nada além disso. É como se todos os móveis tivessem sido retirados do ambiente, deixando um grande espaço aberto em frente ao trono.

De repente, uma porta se abre no canto esquerdo. Um par de indivíduos adentra, mas eles pertencem a pontas opostas desta gangorra. O mais alto, vestindo o uniforme da guarda aratnyana, conduz um prisioneiro.

O rosto do segundo sujeito está oculto por um saco preto, mas os trapos brancos que usa no corpo magricelo são iguais àqueles que precisei usar durante meu tempo na prisão. Conforme a distância encurta, a silhueta se torna nítida o suficiente para que eu saiba, de alguma maneira, que é uma garota presa por baixo das amarras.

Não somente uma garota, mas alguém que me é familiar.

— *O que é isso?* — um folião grita.

— *Pela Deusa de Marzilis!* — Outra voz suplica.

A garota tropeça, nitidamente fraca. Com as mãos presas em frente ao corpo, ela precisa ser erguida pelo soldado algumas vezes. Quando estão em frente ao trono, o soldado obriga a prisioneira a se ajoelhar.

— Eu… — murmuro, tremendo. — Vixen, eu…

Quero formular a frase. Explicar que eu conheço aquelas mãos. Que eu conheço aquele andar. Mas meu coração não me permite terminar a frase.

Que seja apenas uma pessoa desconhecida. Que seja minha mente envenenada pelo medo. Mas por favor… Que não seja *ela*.

O harakin segura meus ombros, percebendo o tremor que desliza por todos os meus ossos. Eu me agarro aos braços dele, o queimar subindo pelo peito e continuando nos olhos.

— Esta prisioneira está ligada intimamente à organização criminosa que, por anos, rouba nossas crianças e semeia mentiras sobre meu governo — Frederick brame. — Como sentença, não somente a ela, mas a qualquer cidadão que venha a se juntar a esta organização, não existirá perdão ou purificação. Mas… — Frederick demora um segundo para dizer a sentença. — A morte.

A prisioneira de joelhos torna-se o foco da imagem e meu coração se aperta em pavor.

Cambaleio em direção ao telão, como se pudesse ampará-la.

Talvez os gritos estejam reverberando pela Garganta, mas neste momento não escuto nada. Eu queria poder fazer mais do que ser uma mera espectadora. Sinto-me como uma farsante que diz ter poder suficiente para derrubar Frederick Denova, mas que está sendo pega de surpresa quando todos disseram que o Imperador não faria um movimento como esse.

Ele está expondo ao mundo os crimes que cometeu, mas implicando a culpa na Ruptura.

De forma brusca, o soldado arranca o saco sobre o rosto da prisioneira e revela para toda Insula a verdadeira identidade.

A dor me parte de dentro para fora.

Dobro-me em um ganido de sofrimento quando percebo que sim, eu conheço essa garota. Porque presa sob as garras de Frederick Denova está minha irmã.

Pitrya.

— Não!

Grito enquanto as lágrimas começam a rolar para fora de mim, enquanto arranho Vixen para me livrar do abraço dele, eu grito e grito e grito. Grito tanto até que minha garganta sangre. Mas não me importo. Porque não há nada que eu possa fazer além de gritar ao mundo a dor de ver minha irmã naquele telão.

Pitrya deveria ter entrado em um navio e fugido de Insula.

Pitrya deveria estar a salvo.

— Não! Ele não pode fazer isso! — berro em meio às lágrimas. — Pitrya!

Vixen segura meus braços o suficiente para que eu seja contida. Algumas pessoas percebem meu desespero e olham assustadas para mim. O harakin me carrega para o interior do convés, o suficiente para que ninguém consiga me enxergar por completo.

Eu vou trazê-la de volta, foi o que eu prometi.

Eu prometi que voltaríamos a abraçar nossa irmã.

A última ponta das lâminas que faltava.

Eu prometi à Jheni.

Ainda mais doloroso do que ver Pitrya presa, é perceber o quão maltratada ela foi. Os longos e pesados fios castanhos foram raspados de maneira irregular. O rosto tem algumas marcas arroxeadas, mas são os olhos muito avermelhados que partem meu coração.

As lágrimas silenciosas caem uma a uma pelo rosto da garota que, mesmo fraca, mantém o queixo erguido no telão. A última vez que a vi foi quando arquitetei o plano para salvar mamãe. Pitrya tentou me fazer mudar de ideia, mas nada poderia ter me parado naquela época.

Eu deveria ter protegido-a mais.

Eu deveria ter sido uma irmã melhor.

Não consigo mais me manter de pé. Não consigo mais gritar.

— Que a sentença desta vida sirva para que todos entendam a seriedade da minha decisão. Com o meu punho de ferro, venceremos os inimigos que tentam destruir as regras sagradas dos Cinco Deuses Irmãos.

Pitrya tenta falar algo, mas não consegue. Parece dopada demais, preenchida por veneno aratnyano. O soldado empunha um longo machado na mão e mira o pescoço dela.

Minha irmã, a quinta lâmina da Esquadra, ergue, trêmula, as mãos presas em frente ao peito e estica o mindinho com dificuldade. Ela não consegue terminar o movimento de deslizá-lo na diagonal em frente ao coração, mas eu sei que é sua última mensagem para o mundo.

Eu te amo.

O machado se ergue alto o suficiente para o soldado ter impulso e rasgar o ar na direção do pescoço da minha irmã.

Ela é assassinada sentindo-se completamente sozinha.

Ela é sentenciada por um crime que jamais cometeu.

Ela não consegue se defender da tirania de Frederick.

O sangue espirra e a cabeça de Pitrya é separada do corpo. O tronco da garota tomba para frente e some completamente da imagem.

Ao invés de gritar, fico calada.

Ao invés de chorar, sinto-me seca.

Ao invés de jurar vingança, apenas encaro o rosto de Frederick Denova terminar a mensagem:

— Pela mão soberana dos Cinco Deuses Irmãos, os Denova serão nossa salvação.

O telão desliga e o caos emana dentro da Garganta. Todos correm, apavorados pelo que acabou de acontecer. O Festival das Máscaras deixou de ser um momento de alegria e se tornou para sempre uma página manchada por sangue.

Os Denova não são a salvação.

Nós somos o início do fim.

E, antes mesmo que eu consiga me controlar, explodo no convés da embarcação.

CAPÍTULO 44

Quantos dias passaram desde que Pitrya se foi?

Na terceira noite deixei de contar.

Quando meus olhos pesados de tanto chorar negavam-se a abrir. Quando as explosões incontidas do meu poder se tornaram comuns. Quando os gritos liberados na garganta machucaram tanto a ponto de sumir com a voz.

Pitrya morreu.

Não.

Pitrya foi assassinada.

Durante um tempo tentei mentir para mim mesma. No início, apenas o suficiente para que a dor estraçalhante no peito se acalmasse. Aos poucos deixei de comer. Aos poucos deixei de me comunicar. Aos poucos deixei de viver. Porque nada parecia tão importante quanto o fato de que minha irmã estava morta.

Como eu poderia continuar respirando quando ela já não estava mais?

Como eu poderia me manter de pé quando ela morreu de joelhos?

Mas, então, estávamos voltando para a Montanha. A decisão foi tomada por Alexis e Mig na mesma noite em que tudo aconteceu. São turvos os momentos que se sucederam depois que o sangue brilhou no telão. O abraço firme de Vixen foi a única fortaleza que me conteve. Ele me carregou enquanto eu gritava e debatia. Ele encontrou nossos amigos já fora da taberna, buscando por nós dois também. Ehrika aos prantos sendo consolada por Suzanna. Nosso abraço doloroso, molhado por lágrimas, regado por incredulidade.

Eles diziam que precisávamos sair de Marzilis. Diziam que Lenora Nótt havia se prontificado em nos ajudar com o deslocamento. Para não chamar atenção, Bark nos transportou com o próprio barco até o mais distante que conseguiu pela costa de Marzilis até Mave. Ele era pequeno, frágil e simples, mas foi o suficiente para o que precisávamos.

As noites transformaram-se em dias e os dias em noites.

Acordei tantas vezes aos gritos implorando para que Pitrya aparecesse.

Quando chegamos após quase dez dias de viagem de volta à Montanha, o tempo havia fervido dentro do meu coração. Eu não chorava mais. Não chamava pelo nome da minha irmã. Não mentia mais a mim mesma.

Na verdade, cheguei na Montanha com raiva.

Muita raiva.

Criei o costume de repetir o nome de Pitrya na minha mente para não esquecer. Relembrava a todo instante o barulho específico da lâmina cortando o ar. Decorei o exato tom de vermelho que espirrou para fora dela.

Quando voltamos para a nossa fortaleza de pedra, trêmulos pela possibilidade de encontrar o lugar atacado por Frederick Denova, percebemos que a Montanha continua intacta.

Nenhum movimento havia sido feito. Mesmo depois de transmitir através da rede continental o assassinato da minha irmã e imputar crimes que ele mesmo cometeu no nome da Ruptura. Ainda assim, não mexeu um dedo para continuar o ataque.

Porque Frederick Denova espera que eu retalie o que ele fez.

E eu quis muito retaliar no início.

Foi isso o que gritei pelos corredores da Montanha assim que pus meus pés aqui dentro. Vociferei para Henli Drozag o quanto a Ruptura era uma organização fajuta e precisei ser contida por Vixen para não avançar na direção do líder.

Queria mostrar para o comandante a dor que eu sentia. Queria reunir todos os soldados ruptores, harakins e ex-prisioneiros e marchar em direção ao palácio em Aratny. Eu queria reagir sem pensar, queria destruir Denova com minhas próprias mãos.

Eu não podia mais continuar esperando. Não podia mais ouvir o que a Ruptura me assegurava.

Porque eles mentiram para mim. Eles prometeram que Frederick jamais atacaria primeiro. Eles nem ao menos sabiam da captura de Pitrya.

Pitrya... Minha irmã Pitrya.

E mesmo agora, quatro dias desde que voltamos, ainda sinto o corte profundo no meu coração escorrer sangue sem parar.

Dói ainda mais quando as lágrimas caem pelo rosto de mamãe e não consigo contê-las. Dói quando Tolisie passa os dias sem sair do quarto deitada na cama. Dói quando Jheni briga com qualquer pessoa que vê pela frente e se isola quando tentamos conversar. Dói quando Ehrika diz que deveria ter cuidado das irmãs como mamãe pediu antes de ser levada para a prisão.

Dói porque não tem nada que possa ser feito para diminuir a dor que todas sentem.

Nada vai trazer Pitrya de volta.

A única coisa que posso fazer é pressionar Henli, todos os dias, sem descanso.

Antes mesmo dele chegar no próprio escritório, já estou sentada na porta. É só isso o que venho fazendo. Não consigo lidar com mais nada. Não consigo amparar minha mãe e irmãs. Não consigo encarar Vixen sem desmoronar. Não consigo ser uma boa amiga para Alexis, Mig e Hux. Não consigo me imaginar perambulando pela Montanha e agindo como uma falsa Imperadora.

Após questioná-lo sobre o que vamos fazer com toda a exposição feita pelo Imperador, o líder explica:

— Temos o apoio de uma rede de jornais independentes. — Henli Drozag, assim como Ravenna e eu, discutimos no escritório que antes pertenceu à aratnyana. — Vamos publicar as provas sobre os harakins através destes portais.

Ravenna não parece contente com a estratégia.

— Jornais independentes? Vão dizer que são veículos sem reputação.

— Frederick transmitiu para o continente inteiro! Temos que fazer mais do que isso! — Ando de um lado para o outro no escritório sem conseguir conter meus nervos.

— Nosso foco com a revelação do Projeto Harakin não tem a ver com a grande mídia. Nós precisamos entregar algo para os conselheiros se agarrarem. A Reunião Anual do Conselho será em menos de uma semana. Lenora precisa ainda das duas últimas assinaturas e não podemos parecer fracos neste momento. Você não pode parecer fraca.

É isso o que a Ruptura vem repetindo para mim.

Não somente eles, mas Ravenna.

Depois que deixei o escritório batendo a porta, insatisfeita com o rumo das decisões de Drozag, me dirigi para meu refúgio atual: A sala de reuniões do castelo. Longe do aposento de mamãe, longe da biblioteca onde Vixen vem passando os dias, longe da base onde meus amigos lidam com o caos dos soldados e harakins enraivecidos.

Só quero ficar sozinha enquanto as horas se arrastam e nenhum veredito é dado pela Ruptura ou notícias chegam de Lenora Nótt sobre a cessão de direitos continentais. Apenas eu e esse pássaro preso dentro de uma gaiola.

Quando já estou na sala de reuniões, encarando os olhos pequenos da ave, Ravenna flutua para dentro do aposento sem pedir licença.

Ela me seguiu até aqui. É uma enxerida.

Desde que aceitou a proposta da Ruptura em me mentorar politicamente em troca da liberdade condicional, Ravenna ganhou também a possibilidade de percorrer o castelo, mas sempre acompanhada de guardas ruptores. Tem dois deles no corredor, observando desconfiados o lugar escolhido pela ex-diretora, mas quando me veem, apenas fazem um menear respeitoso de cabeça e entram em posição de sentinela.

Pisco para afastar as lágrimas que continuam teimosas sobre meus olhos.

Eu não posso mais chorar. Essa fase já acabou.

— O que você quer?

Ravenna fecha as portas. Dá uma olhada rápida pela sala, nota as cobertas jogadas pelo chão, pratos de comida intocados e as fichas sobre o Conselho Real amassadas.

— Rola uma fofoca pela Montanha de que você está louca.

Reviro os olhos. A energia que tenho dentro de mim para lidar com Ravenna nesse momento é quase negativa. Apenas ignoro o comentário e repouso meu queixo sobre o braço. Foco toda a minha atenção no serzinho com penas arroxeadas que não parece confortável com a presença de uma estranha. A aratnyana insiste na pergunta:

— Você *está* louca?

Semicerro os olhos na direção da insuportável.

— Me diga você. Acha que estou?

A ex-diretora toma minha resposta como um convite para se aproximar. Com toda a fluidez que tem ao caminhar em cima de saltos quinze, arrasta uma cadeira e se senta confortável.

Demora-se na tréplica, passeando os olhos esfumados em preto no bicho aprisionado.

— Estranho seria se não estivesse.

Desconfio imediatamente da resposta. Observo o jeito tranquilo da mulher enquanto bate a ponta das unhas sobre o tampo de madeira em silêncio. O que é isso? Ravenna veio até aqui para falar coisas legais para mim? Eu sei que ela tem interesse em conseguir a liberdade através da Ruptura, mas ela não precisa fazer o que está fazendo. Na verdade, o trabalho de Ravenna tem mais a ver com estratégias políticas e como devo me portar frente aos conselheiros e povo de Insula do que perder tempo escutando minhas lamúrias.

Ravenna teria matado minha irmã se fosse preciso um tempo atrás.

Não posso me esquecer disso. Não quero me esquecer disso.

Mas são em momentos como esse, quando a ex-diretora fala coisas como essas, que vacilo. Ravenna Senyia não deixou de ser uma das pessoas mais detestáveis que conheço, mas é inegável o quanto o apoio dela nos últimos dias vem sendo importante para mim.

Uma pontada acerta meu estômago.

— Vou repetir. — Endireito a postura e afasto a melancolia momentânea. — O que você quer?

Ravenna finalmente volta a me encarar. Usa um vestido preto de mangas bufantes e duas pérolas prateadas nas orelhas. Os cabelos pretos como petróleo estão mais compridos, raspando no pescoço. Ravenna cruza os braços, assim como as pernas e estuda minha expressão confabulando algo na mente.

— Me diga, Kalina, para *quem* você acha que foi tudo aquilo?

Levo um tempo para entender o que se esconde por trás da pergunta.

— Do que você está falando?

— Da transmissão.

A dor volta apenas com essa menção. O corte sangra mais.

— Está falando sobre o assassinato da minha irmã?

— Sim — Ravenna questiona resoluta. — Para quem você acha que foi aquilo?

Do que ela está falando? Como assim para quem?

— Ele matou a minha irmã. Queria me ferir. O que mais posso achar sobre isso?

Ravenna sorri e eu quase ordeno que o tire da boca.

— Não entenda mal, mas nem tudo é apenas sobre *você.* — Antes que eu consiga digerir o insulto, a aratnyana dispara o resto do raciocínio: — Frederick matou sua irmã porque queria mostrar poder não somente a você, mas ao Conselho Real. Falta menos de uma semana para a reunião acontecer e cada vez mais o seu nome vem sendo citado por Insula. Frederick queria amedrontar os conselheiros de forma subentendida, sem precisar ameaçá-los de fato. É um perigo afiar uma faca apontada para o seu inimigo, mas é pior ainda quando essa ponta acerta um aliado.

Ravenna está dizendo que... Está dizendo que minha irmã morreu como um aviso aos homens que se sentam confortáveis ao lado de Frederick no trono?

— Ele poderia ter matado qualquer um para enviar uma mensagem como essa... — discordo, negando a mim mesma o raciocínio perverso de Ravenna.

— Dois coelhos numa cajadada só, não é mesmo? — Ravenna abre um sorriso ainda maior e sinto-me impelida a socá-la na mesma hora.

Por que ela está sorrindo quando me conta isso? Mas é com Ravenna que estou lidando, o que mais posso esperar?

Se o que a ex-diretora diz for verdade, então o ataque de Frederick teve muito mais a ver com os conselheiros do que comigo. Isso faz sentido com o fato de que ele não mexeu nenhum dedo para continuar me atacando quando podia. Não enviou nenhuma tropa para a Montanha, não fez nenhuma outra exibição de poderio contra mim. E o principal, não citou meu nome em nenhum momento durante a transmissão ou revelou que Pitrya era minha irmã.

— Ele vai vencer essa guerra. — Levo os dedos em direção às têmporas que latejam com enxaqueca. — Como posso mostrar que sou poderosa quando Frederick assassinou minha irmã e não faço nada em resposta? Apenas tenho que torcer para que algumas notas sobre o Projeto Harakin impactem o povo e os conselheiros? Quem vai confiar em uma Imperadora que se mantém calada como eu estou?

— É por isso que eu estou aqui, garota estúpida. — Ravenna ajeita a franja, quase como uma assinatura pessoal. — Porque se existe algo em que sou boa, é em criar ideias geniais.

Acabei de lembrar por qual motivo não suporto a aratnyana.

— Ravenna, pare de se mostrar e explique o que está querendo dizer.

Quase rosno de irritação pela dor nas têmporas e pelo tom jocoso da maldita.

— Henli está certo em uma questão: Você não tem poderio armamentista e de soldados para enfrentar Frederick. Neste momento não é esperto atacarmos. Seria ainda pior para a sua reputação perder uma batalha que já está ganha. — Ravenna aponta um dedo acusatório para mim. — Mas é aí que eu e você concordamos. Não adianta esperar pelos votos de May Qian e Isla Holde escondida dentro desse castelo. Lenora

Nótt é boa de lábia, mas é você quem vai se sentar naquele trono. Precisamos reagir sim, mas no mesmo nível que Frederick. Nem menos, nem mais. No exato ponto.

Um sentimento diferente de excitação começa a crescer no fundo do meu estômago. Pela primeira vez, desde que voltamos para a Montanha, alguém está olhando dentro dos meus olhos e dizendo que *eu* posso fazer algo.

E mesmo que seja Ravenna Senyia, eu aceito.

— O que você tem em mente? — A enxaqueca some como um sopro.

Ravenna gosta da atenção que ganha de mim.

— Tenho uma ideia quase formada. — Ela aponta um dedo acusador na minha direção. — Mas já aviso que talvez a Ruptura não goste do plano. Será seu trabalho obrigá-los a aceitar o que vamos fazer, se Henli Drozag me colocar de volta naquela cela, você está perdida, garota estúpida.

— O que você está planejando?

Ravenna estica um sorriso pintado de vermelho sobre os lábios. Como uma pena, ela paira para fora da cadeira e roda o vestido preto.

— Frederick tirou algo de você. Nós vamos tirar algo dele. Me dê algumas horas, preciso confirmar o plano antes. — Os saltos estalam contra o piso amadeirado. — Enquanto isso, trate de acabar com essa fofoca que circula pela Montanha sobre a sua sanidade. Não há nada pior em um reinado do que um povo que acredita que seu líder é louco.

Ela estica as mãos pequenas na direção da maçaneta, mas antes que possa abrir a porta pesada de madeira, intervenho:

— Ravenna... — Ela lança um olhar por cima do ombro. — Vamos derrubá-lo juntas.

A aratnyana deixa a máscara de sarcasmo escapar. Por baixo, uma expressão de verdadeira surpresa cruza as íris escuras. Rápido como um piscar de olhos, volta a falar com o tom afiado que eu conheço bem:

— É claro que vamos.

E novamente estamos apenas eu e o pássaro dentro da gaiola nesta sala.

Ele pia, como se soubesse que algo dentro de mim mudou. O corte ainda dói, ainda sangra, mas existe uma chama cauterizando a ferida. Essa mesma chama queima as amarras que prendem meu coração e derrete as barras que me cercam.

Ela me dá um gostinho do que é agir com as minhas próprias asas.

Me faz sentir quase livre.

É uma chama que eu sei que vai crescer e que, muito em breve, poderá incinerar os ossos de Frederick Denova. E nada restará, além de pó.

CAPÍTULO 45

O pássaro comemora quando a brisa do ar fresco atravessa as grades da gaiola. Apenas um pio, mas o suficiente para revelar que gosta da sensação. Ergo a pequena jaula e encaro-o com um sentimento compartilhado. O animal volta a se comunicar comigo, não mais apavorado pela aproximação que temos. É como se estivéssemos conversando sem palavras, sem um conseguir entender a linguagem do outro, mas compreendendo o sentimento mútuo.

— Você gosta disso? — Os olhinhos obsidiana dele me fitam com curiosidade. — Desculpe nunca ter te trazido aqui.

Tem um misto de culpa e animação percorrendo meu corpo nesse momento.

O entardecer pintado de laranja e azul e a brisa morna da primavera cedendo espaço para o verão. Estamos apenas eu e o pássaro de penas arroxeadas dividindo o momento em silêncio. Essa enorme varanda no alto do castelo já foi palco de chás da tarde e mentiras, de despedidas e promessas sussurradas ao pé do ouvido. Ela me recebe de volta com a sua reservada essência de sempre, mas não são os mesmos sentimentos que marcam essa estadia.

Estamos aqui porque eu tomei uma decisão.

Depois que Ravenna partiu da sala de reuniões afirmando ter uma carta na manga contra Frederick Denova, senti-me impelida em seguir os conselhos feitos pela aratnyana. Precisava mostrar não só para a Montanha, mas para mim mesma, que o usurpador do trono não havia vencido.

Quando me dei conta, já estava circulando cada ponto da fortaleza de pedra com uma expressão confiante, conversando com os atuais moradores, questionando sobre a saúde, conforto e esperanças que tem. Quando me dei conta, já estava na base dialogando com os soldados, treinando com eles, explicando aos harakins sobre os exames de compatibilidade genética que foram feitos pela Ruptura e que em breve terão resultados. Quando me dei conta, já estava arquitetando com Henli Drozag um plano-fumaça para que Frederick Denova acredite que no dia da Reunião Anual do Conselho eu esteja presente em um levante em Mave, meu reino e casa.

Quando me dei conta, estava voltando a falar com minhas irmãs, estava abraçando minha mãe, estava sendo mais confiante com todos ao meu redor. Quando dei por mim estava pensando em Vixen e nos dias que não falo com ele, na culpa por tê-lo afastado logo depois de termos nos aproximado.

Quando dei por mim, já estava carregando a gaiola até essa varanda.

Quando dei por mim, já havia decidido o que faria.

Em cima de uma bancada feita de granito está a pequena jaula, longe o suficiente da queda iminente, mas perto o bastante para que a vista possa ser degustada pelos olhinhos escuros.

Ele abre as asas animado por algo que escuta, seja um trinar que eu não alcanço, seja pela brisa do vento, seja pelo pequeno gosto de liberdade.

Escoro-me contra o peitoril e aproveito o momento agridoce. Depois de um dia inteiro fingindo estar bem, o peso das memórias acerta-me novamente. Prometi que só mostraria essa faceta para a pequena ave, porque de alguma forma ela me entende.

Preciso cerrar os olhos e pressionar o lado esquerdo do peito quando a imagem de Pitrya gesticulando um "Eu te amo" no sinal das Lâminas tenta abrir a ferida que está parcamente contida. Eu prometi que não iria mais chorar, prometi que iria vingá-la e manter a memória sempre acesa na minha mente. Mas é quase impossível não vacilar quando o silêncio é pesado o suficiente para esmagar as muralhas que construí ao redor do meu coração.

Droga! Por que precisa ser eu? Por que precisa ser minha família?

Por que precisava ser meu pai a morrer pela ganância do próprio irmão?

As portas da varanda se abrem e preciso cimentar cada tijolo de volta no controle que construí. Os passos que invadem são definidos pela ponta de uma bengala.

— Senhor Charles? — Uma confusão genuína me toma.

O mais velho dos irmãos Drozag, empresário do ramo têxtil em Mave e melhor amigo de mamãe, abre um sorriso contido por baixo dos bigodes bem desenhados. A luz alaranjada do entardecer pinta os cabelos grisalhos do homem, que espera entre a porta aberta e o caminho da varanda.

— Seria um momento terrível para esse velho conversar com você?

Charles Drozag tem quase a mesma idade que mamãe, talvez alguns anos a mais. Além dos fios grisalhos e da bengala que usa como um ato de rebelião contra a burguesia, Charles é um homem de sorriso forte, olhar afiado e corpo atlético.

Este homem que entrou nas nossas vidas quando eu tinha apenas dez anos, e nunca mais foi embora, se tornou uma presença constante e, principalmente, um pilar para mamãe.

— Pode entrar... Aconteceu alguma coisa?

Ele fecha a porta de vidro canelado atrás de si e atravessa a varanda.

— Na verdade, vim ver como você está.

— Foi minha mãe que pediu? — Ergo uma sobrancelha curiosa.

Charles segura a bengala com as duas mãos, rindo com a minha insinuação.

— Dessa vez não. — O Drozag mais velho lança um olhar rápido para a gaiola. — Henli está aliviado com a sua postura. Não posso esconder o fato de que ele tinha dúvidas ao seu respeito. Você é tão jovem e, muitas vezes, um pouco cabeça-dura...

Abro minha boca fingindo um ultraje, mas Charles semicerra os olhos como quem diz "*Não tente negar*".

— Estou destruída por dentro — informo, contendo o abalo que tenta tirar minhas palavras —, mas a forma que encontrei de honrar a memória de Pitrya é fazendo isso. Me nego a ficar na cama chorando, não sou desse jeito. Nunca fui.

Charles balança a cabeça, concordando.

— Eu sei bem. — Traça meu rosto com os olhos azuis. — Você é igual a sua mãe, não poderia esperar uma reação diferente. Ela está fragilizada por tudo o que vem acontecendo, mas sei que em poucos dias voltará firme para essa batalha que estamos travando.

A menção sobre mamãe me descompostura. Ele sempre fala dela desse jeito cativado. Charles Drozag nunca usou nada menos do que palavras carinhosas e repletas de orgulho. O que me causa uma vergonha infantil. Agora, tantos anos depois, encaro essa relação de ambos de forma diferente. No início, dificultei e muito a aproximação do homem que nunca cobrou nada de mim. Ele queria se aproximar. Ele queria estar presente. E, mesmo assim, eu sempre encontrava uma forma de afastá-lo.

Percebo que eu sempre tive medo de me apegar a Charles Drozag.

Seria doloroso demais perdê-lo também.

— Obrigada — digo, um pouco constrangida. — Nunca agradeci você por cuidar da minha família. Eu deveria ter feito isso há muito tempo atrás, mas eu era orgulhosa para perceber que talvez, sem você, mamãe teria se sentido muito solitária.

Charles ergue as duas sobrancelhas grossas e grisalhas ao alto. Abre a boca, desconcertado. Desvio o olhar, envergonhada por ter me aberto assim. Talvez eu esteja sentimental demais, talvez eu esteja levando muito a sério o conselho de Ravenna.

— Isso é... um alívio. — Charles ri consigo mesmo. Ele espalma a mão sobre o peitoril e solta um suspiro ansioso. — Minha querida, sempre achei que você me odiasse!

— Odiar? Não! Eu tinha ciúmes de você. A confissão o pega de surpresa. Ele tenta ler as linhas do meu rosto, mas se dá por vencido, voltando a questionar:

— Entendo — diz com calma. — Posso perguntar o motivo?

E no entardecer eu encontro a resposta.

A cor mel dos cabelos, as sardas por cima do nariz, o sorriso jovial que eu nunca pude ver pessoalmente. Não preciso pensar muito para ter a completa e total certeza do que serviu como combustível para afastar Charles de mim durante tantos anos.

— Meu pai.

Por um tempo, nenhum de nós fala nada. O laranja fica cada vez mais azul no céu. A brisa fresca, torna-se gélida. A noite se aproxima, mas eu não me importo de esperá-la.

Estou quase certa de que possa ter tornado as coisas um pouco estranhas entre mim e o maviano, quando ele finalmente quebra o silêncio:

— Eu nunca tomaria o lugar do seu pai — Charles pousa uma mão no meu ombro. — Eu nunca faria você sentir isso.

Uma lágrima cai pela minha bochecha antes mesmo que eu perceba.

Falar sobre papai sempre aviva esse machucado que não sara. Por anos evitei falar sobre isso porque não queria que mamãe sofresse. Foram tantos sentimentos reprimidos dentro de mim, acumulados e sufocados. Tudo explodiu junto com a verdade.

— Agora eu sei. — Limpo a lágrima e encaro Charles. — Só espero que possamos recuperar o tempo perdido.

O maviano não responde, mas me abraça.

Nos nove anos que nos conhecemos, eu nunca o abracei. No fundo da minha mente, sempre me pareceu como uma traição. Vejo agora como isso tinha mais a ver comigo, do que com o que meu pai gostaria que eu fizesse. Pensando bem, teria sido muito bom se tivesse aceitado o bem que ele fazia a nós.

Afasto-me, limpando as lágrimas que caem incessantes pelas bochechas. Não consigo encará-lo ainda, mas preciso continuar despejando para fora de mim esses pensamentos que mantive guardados:

— Se algo acontecer comigo… — Charles tenta negar o fato, mas eu ergo a mão pedindo que ele me deixe terminar. — Se algo acontecer comigo, por favor, prometa-me que vai cuidar da minha mãe?

Sem titubear, ele responde:

— É claro. Como eu sempre fiz.

Solto uma longa respiração, percebendo que tive coragem suficiente para falar sobre coisas que durante muito tempo enterrei dentro de mim.

O melhor amigo de mamãe abre o paletó e pesca algo de lá.

— Existe outro motivo para me fazer vir até aqui. — Tem um brilho diferente no rosto do empresário. Ele ergue um envelope dobrado em dois e estica para mim. — Henli recebeu isso e pediu que eu entregasse a você.

Estudo o invólucro curiosa. Antes que eu possa abrir, Charles avisa:

— É o resultado da compatibilidade genética do Vixen. Achamos que você gostaria de dar essa notícia.

Meus dedos queimam com a constatação do que estou segurando. Sobre todo um passado que foi roubado dele. Estou segurando as respostas que por muito tempo o atormentaram.

A família de Vixen. Encontramos a família de Vixen!

— Você sabe onde ele está?!

Um nó se forma na minha garganta. Não o vejo há mais de quatro dias desde que voltamos para a Montanha.

— Vou solicitar para os soldados essa informação. Respire fundo, tire alguns minutos com o seu amiguinho aqui. — Ele aponta para a gaiola onde o pássaro apenas observa a cena em silêncio. — Mas não demore muito para entrar, o sereno pode te deixar doente.

O comentário aperta meu coração. De tudo o que poderíamos nos preocupar agora, certamente o sereno não seria um deles. Só que a frase dita tem quase um tom paternal. Ele pisca para mim, como se uma nova relação tivesse sido estabelecida entre nós dois a partir de agora.

Guardo o envelope no bolso frontal da calça.

— Já vou entrar — explico, a eletricidade percorrendo meus braços. — Só preciso fazer uma coisa antes.

Em um aceno de concordância rápido, a silhueta do maviano desaparece para dentro do castelo. Controlando minha animação, encaro o rosto miúdo do pássaro dentro da jaula.

Aproximo-me com passos delicados, tomando cuidado para não assustá-lo.

— Oi, pequeno.

Ele bate as asas em resposta, com um trinado melodioso

Desde o primeiro segundo em que o encontrei escondido no laboratório de Lexus Conde, sempre tive essa certeza cravada no peito:

— Você é muito grande para uma gaiola tão pequena, sabia?

Como se o pássaro soubesse o que vai acontecer, ele me encara com o rostinho tombado para o lado. *Está falando, sério?* É o que ele me responderia, se pudesse.

Mas ele não pode. Apenas destranco a portinhola da gaiola.

O barulhinho do metal assusta o bicho que dá alguns pulinhos para trás. Eu me afasto também. Encaro-o ansiosa, sentindo um misto de emoções. Estou animada pela possibilidade do futuro que o aguarda longe dessas grades, mas apavorada de que ele talvez não esteja preparado para isso.

Só que eu não posso decidir isto por ele. Não posso mantê-lo aprisionado. Ele merece planar sobre o ar limpo do céu. Precisa sentir o cheiro do topo das árvores. Ele deve fazer as próprias escolhas sobre como deseja viver.

— Vamos lá! Pode sair.

Um pio em resposta, seguido do movimento das patinhas. Ele pula até a beirada entre a gaiola e o mundo.

Nervoso, encarando a imensidão a frente sem nenhuma barra para o segurar.

— Seja corajoso, pequeno!

E com um único bater de asas, ele voa.

Seguro o ar, enquanto ele se atrapalha. Cai em direção ao chão, mas logo volta a subir.

— Isso! — Bato as mãos umas nas outras.

Meu peito se aperta com um misto de saudade e nostalgia. É a constatação de que ao menos um de nós dois finalmente poderá ser livre e tomar as próprias decisões daqui para frente. Ele poderá enfrentar o mundo voando pelos caminhos que deseja trilhar.

O pássaro decide voar ao meu redor. Ele tem um veneno mortal no bico, mas nada disso me assusta. Mesmo quando ele plana bem na minha frente, lutando contra a gravidade para se manter no ar. Ele me encara e eu o encaro de volta. Está se despedindo, dizendo adeus através dos olhinhos muito pretos.

— O que está esperando? — Minha voz treme, não quero voltar a chorar. — Vá! Desbrave Insula! Voe para a sua casa!

Gostaria de tocá-lo ao menos uma vez. Gostaria de agradecê-lo por ter me acompanhado nessa jornada. Gostaria de pedir desculpas pelo que passou nas mãos de tanta gente ruim. Mas não preciso fazer nada disso, porque ele sabe.

O pássaro solta um longo trinado e vai embora para sempre.

A brisa gélida do início da noite beija minhas bochechas, um lembrete de que o tempo passou. Encaro a gaiola vazia com sentimento bom no coração. Vou sentir falta dele. Já o sinto nesse momento. Mas a decisão de fazer o que fiz jamais poderia ser contestada.

A percepção de que em meio a tragédia que aconteceu, ainda é possível ter esperança de que as coisas boas existem.

Uma delas acabou de acontecer.

E a outra está guardada dentro do envelope no meu bolso.

É pensando nela que eu parto em direção a Montanha.

Em direção a Vixen.

CAPÍTULO 46

Não foi preciso que Charles descobrisse a localização de Vixen.

Meu coração sabe bem onde está.

Não somente pelos meus instintos, mas porque ele escolheu a companhia das estantes de livros nos últimos dias desde que voltamos para a Montanha.

Foi quando o afastei, sem conseguir lidar com a dor de perder Pitrya, que soube que Vixen havia se juntado a Hux para cuidar da biblioteca. Antes era Irvine quem comandava o lugar, mas agora, sem ela, as portas quase sempre se mantêm fechadas. O que não é algo que a antiga governanta gostaria que acontecesse.

Eu sei também, que estar enfurnado em meio a tantas páginas de livros é como uma fuga. Mas, dentro de mim, em um lado certamente egocêntrico, fico pensando se o guerreiro está na biblioteca porque, de alguma maneira, aquele lugar se tornou *o nosso lugar*.

Quando Vixen foi vulnerável e eu o deixei se aproximar.

Foi ali. Na biblioteca. Foi naquela troca de palavras atrapalhadas, que eu senti pela primeira vez um frio na barriga diferente por ele.

Foi ali que, talvez, eu tenha começado a me apaixonar.

Antes de correr para lá, busquei algo nos meus pertences. Um saquinho de pano pequeno e conhecido com um presente vindo de Marzilis dentro. O guardei no bolso contrário àquele que guarda o envelope com a compatibilidade genética de Vixen. Ambos queimando contra a minha pele, gritando para que eu me apresse.

Sem vergonha alguma de parecer louca, corri pelos corredores até chegar a estas gigantescas portas que guardam um mundo feito de teto abobadado, tapete vermelho e milhares de histórias. Que guarda uma história específica, com olhos dourados e um sorriso dolorosamente lindo. Existe uma parte desta história em que páginas foram arrancadas, mas que em breve poderemos saber quais palavras estão perdidas.

O rangido das dobradiças anuncia minha chegada. Amplio meus passos até que a silhueta de Vixen se torna nítida.

Pela Deusa de Mave, quatro dias foram como a eternidade, certamente.

O guerreiro está meio de costas. Segura um livro com uma mão e a outra apoia no tampo da mesa onde Irvine costumava trabalhar no conserto de títulos antigos. Em uma pose concentrada, Vixen lê um livro de capa preta. O ângulo do rosto revela uma seriedade congelante enquanto devora as palavras impressas em páginas amareladas.

A linha da mandíbula rija e os ombros tensionados. Não sei o que capta tanta atenção do guerreiro, mas isso importa agora. Não quando o envelope dentro do meu bolso guarda os segredos roubados do homem à minha frente.

Estanco uns dez passos de distância antes de tomar coragem e falar:

— Você poderia me ajudar?

Em um enrijecer de ombros, seguido pelo estrépito som das páginas fechando-se umas contra as outras, Vixen procura por mim ávido. Escorrega o título que lia para baixo de outros livros jogados por cima da mesa. O movimento é apressado, mas a dúvida se vai mais rápido do que surge.

As íris douradas me encaram com clara saudade. Ele não fala nada por alguns segundos, controlando a respiração.

— Estou procurando por um livro. Um que me ajude a pedir desculpas.

A imagem toda é como um *dejavu*, só que com pequenos detalhes que não o fazem ser inteiramente igual. Detalhes esses que se mostram no tom escuro abaixo dos olhos do guerreiro ou na forma como ele engole em seco ao me ver. Apenas me encara, muito distante física e mentalmente.

Parece tão... triste.

Vixen não tem forças para vestir a máscara feita de sorrisos e frases irônicas. Ele apenas deixa que essa tristeza reflita sobre as linhas do rosto. É claro que me sinto culpada por tê-lo afastado de mim desde que voltamos de Marzilis, mas a dor de perder Pitrya foi maior do que tudo. Foi sufocante. Foi impossível de aguentar.

Quando a distância é encurtada pelos meus passos, toco gentilmente os dedos da mão dele com os meus. Apenas um esbarrar, o suficiente para que saiba que eu desejo muito que ele me toque também.

— Desculpe. Eu precisava de um tempo sozinha.

Vixen solta um suspiro cansado. Ele balança o rosto em negação:

— Você não precisa me pedir desculpas por nada — fala baixinho. — E eu sinto muito pelo que aconteceu.

Uma pontada acerta meu coração.

— Eu também.

Existe um silêncio quase incômodo entre nós dois. Sei que Vixen está me dando espaço para que eu mostre como me sinto agora. Depois de quatro dias o mantendo longe, me pergunto se o magoei de alguma maneira.

— Senti tanto a sua falta — confesso, carinhosa.

Ele tomba um pouquinho o rosto e o início de um sorriso aparece. Acaricia minha bochecha com ternura.

— Diga de novo — pede, uma faísca se acendendo no olhar.

Mordo o lábio, contendo a vontade de beijá-lo.

— Vim até aqui não somente por causa disto — ajeito uma mecha do cabelo loiro que teima em cair pela testa —, mas porque tenho algo para entregar a você.

Antes que possa perguntar, estico meus dedos até o bolso direito e pesco o envelope dobrado em duas partes. Tem uma pergunta se formando entre as sobrancelhas dele. Segura o invólucro em meio aos dedos desconfiados.

— Você não precisa ler o que tem dentro desse documento se não quiser.

O pequeno início de um sorriso desaparece. Encara o invólucro com muita seriedade.

— Eu deveria ficar assustado? — questiona, mas não tem humor nenhum na pergunta.

Certo. É hora de contar a verdade.

— Pedi para que Mig priorizasse a busca pela sua compatibilidade sanguínea.

Vixen se afasta como se uma mão invisível o empurrasse.

— Você o quê?

Horror percorre os olhos dele.

— Nós encontramos os seus pais.

O envelope cai das mãos do harakin. Dá um passo e mais outro para longe, encara o objeto como se fosse um bicho perigoso prestes a atacar. As costas esbarram na mesa e os livros escorregam para perto da beira. Alguns caem e o assustam.

— Você não deveria ter feito isso… — murmura, toda a atenção grudada naquele segredo caído ao chão.

Agarra a borda da mesa e um tremor inconfundível se espalha pelo corpo. A palidez característica dos harakins torna-se ainda mais acentuada. Vixen congela no ato de encarar o documento e se mantém afastado.

A cena toda parte meu coração. Nunca havia o visto tão apavorado. Nem mesmo quando os pesadelos o assolaram. Está amedrontado pela possibilidade de descobrir a verdade sobre quem ele é.

— Ei… — Aproximo-me com paciência. Aperto o ombro dele leve. — Nós não precisamos fazer isso.

Vixen desgruda a atenção do documento. Pisca algumas vezes e palavras não saem da boca.

— Eu não sei o que fazer — confessa. A voz quebrada.

— É só dizer para que eu suma com aquilo, que eu sumo. Mas se você quiser saber a verdade sobre o seu passado, eu vou estar aqui pra te apoiar.

Toco o cotovelo dele e o contato o acalma. Vixen leva algum tempo para tomar uma decisão e não o pressiono. Vai aos poucos controlando a respiração. Esfrega os dedos sobre o rosto e desgruda as costas da mesa.

Cruza os braços e encara o documento com outro tipo de seriedade. Balança a cabeça em negação.

— Não posso abrir isso…

Quero dizer que ele pode sim. Que é mais forte do que imagina. Que merece conhecer a família mais do que acredita. Mas ao invés disso, apenas pergunto:

— Por quê?

O guerreiro foge do confronto e mira o teto abobadado. É evidente a luta que trava consigo mesmo para confessar o que pensa.

— E se *eles* não me quiserem mais? — Solta uma risada seca. — Já pensou nessa possibilidade? Do que adiantaria saber quem foram meus pais, se não tiverem o mínimo interesse sobre mim?

Toco suas bochechas.

— Você é o filho deles.

— Sou? Com esses olhos? Eu pareço um monstro.

— Você é lindo.

O harakin lança um olhar demorado. Cede, aceitando um pouco do carinho que tento desesperadamente dar a ele.

— Poucas coisas me fazem sentir medo, mas eu… Eu estou apavorado agora.

— Significa que você se importa o bastante para valer a pena — digo, tentando encorajá-lo.

Vixen morde o lábio antes de concordar. Pega envelope de volta e segura com dedos firmes.

— Vamos fazer isso. — Começa a abrir o lacre. — Juntos.

Retira um documento e ergue as sobrancelhas, curioso por algo que ainda está dentro do invólucro.

— Tem uma fotografia.

— Quer vê-la? — pergunto, com um misto de animação e apreensão.

Ele nega, apoiando o envelope na mesa e focando no documento principal com os dados oficiais da compatibilidade genética.

— Primeiro isso aqui.

Vixen lê.

Percorre as informações com rapidez, vasculhando cada frase com voracidade. Suponho que prefira assim, como um curativo que deve ser arrancado sem pensar duas vezes.

Algo o surpreende, porque ergue as sobrancelhas e solta uma risada seca.

— Nem ao menos mudaram nossos nomes. Aparentemente, sempre me chamei Vixen — fala mais pausadamente na segunda vez. — *Vixen Iohen.*

— Que bom. — Engancho meu braço e apoio meu queixo no ombro dele — Porque amo o seu nome.

Ele ri, mas não faz nenhum comentário provocador sobre minha declaração. Na verdade, prende a respiração antes de sussurrar dois nomes. Os enrola na língua, aprendendo o jeito como se adequam à boca.

— Klaus Iohen e Verena Iohen — repete, em voz alta dessa vez.

— São seus pais?

— Sim.

Leva o dedo indicador por cima dos nomes, querendo tocá-los, senti-los.

Vixen dobra o papel e estica a mão até o envelope sobre a mesa. Abre o invólucro e pesca uma fotografia. É simples, típica das famílias mais humildes do continente. Já vi muitas nesse estilo, tiradas pelo governo no centro da cidade. Apenas os mais ricos podem fotografar nas próprias casas. Aqueles que querem ter um retrato para relembrar a família, precisam ir até as tendas oficiais e posar para as máquinas de captura de silhuetas.

A mãe de Vixen parece ser bem pequena, o pai talvez tenha a altura que o harakin tem agora. Ambos são loiros, assim como a criança em seu colo com talvez três anos. O garoto parece assustado, mas os pais forçam um sorriso tímido para a foto.

O pequeno Vixen é a criança mais doce que já vi. E imaginar que ele teve a infância roubada é quase tão doloroso quanto pensar que o Vixen de agora não reconhece a si mesmo nos braços de dois estranhos.

— Você é a cara deles — comento, a voz embargando.

A mão que segura a fotografia começa a tremer. Vixen funga, os dedos indo em direção aos olhos. Ele limpa algumas lágrimas que começam a escorrer e, antes mesmo que consiga entender o que estou fazendo, o abraço.

Vixen desaba e encaixa o rosto no meu peito. Soluça com a dor escapando para fora de si. Não consigo o manter de pé, então nós dois nos sentamos no tapete abraçados. Chora enquanto acaricio a base dos cabelos próximo ao pescoço.

— Quando tudo isso acabar, nós vamos encontrá-los. E eles vão te amar tanto, *tanto*. Eu prometo. — Beijo o topo da cabeça dele

Aos poucos, os soluços cessam. O ajudo a limpar as lágrimas das bochechas e Vixen limpa as minhas. O documento, assim como a fotografia, está guardado novamente no envelope sobre a mesa. A verdade sobre Vixen foi revelada.

A pergunta que fica é se o harakin terá coragem para buscar pelos pais. Estarei segurando a mão dele e farei tudo o que puder para ajudá-lo nisto.

— Antes de você entrar na minha vida, a solidão foi uma companheira amarga — ele murmura e beija com carinho cada nó dos meus dedos — Você fez a escuridão desaparecer.

As pulseiras no meu bolso esquerdo quase vibram pelo momento que se desenha entre nós dois. Escorrego meus dedos até alcançar o pacote de veludo e trago-o até que Vixen nota o objeto.

— Mais surpresas?

— É um presente.

O harakin deixa escapar um ruído de curiosidade enquanto desato o nó. Deslizo as pulseiras douradas para a palma da minha mão e minhas bochechas queimam com a vergonha do que estou prestes a fazer.

Assim como Alexis presenteou Mig com um anel, sei que isto é bem parecido. É um símbolo de amor. Estou me declarando não apenas para Vixen, mas deixando claro para o mundo inteiro o que temos.

— Você nunca mais vai se sentir sozinho. — Busco pelo pulso dele e encaixo uma das pulseiras. — Porque você tem a mim.

Estico o outro par. Ainda tácito, ele encaixa o adorno contra a minha pele.

— Em Marzilis, acredita-se que quando duas almas são predestinadas a ficarem juntas, nem mesmo a morte pode separá-las.

Vixen enlaça minha cintura e gruda nossos corpos. Ele encaixa a mão nos meus cabelos e toca nossas testas uma na outra.

— Eu não sei o que eu faria se perdesse você.

Nossas respirações grudadas um no outro.

— Você *nunca* vai me perder, está entendendo? Eu não vou deixar isso acontecer — Agarro a camisa dele e o puxo para mim.

Vixen acaricia meu rosto e olha no fundo dos meus olhos.

— Você não faz ideia do que eu faria por você. Do que eu destruiria por você.

Nossos lábios resvalam um no outro.

— Me mostre, então. — Inclino minha boca na direção dele. — Me mostre agora.

O gosto do beijo faz minhas pernas cederem, mas o toque me traz de volta para a terra firme. Ele não me beija de forma voraz ou faminta. Ele me beija lenta e profundamente. Desvenda cada ponto da minha boca, da língua e lábios. Ele me toca com ternura, como se eu estivesse prestes a quebrar. Vixen me beija de uma maneira que não me faz perder o ar, mas quase perder a consciência. Ele me beija de um jeito que me faz esquecer quem eu sou.

Ele me beija da forma como alguém diria *eu te amo.*

Quando nossos lábios se desgrudam, estou tonta pela sensação que me causa.

Eu sorrio, boba demais para conseguir me controlar.

Vixen ergue nossas mãos enlaçadas no ar e as pulseiras brilham contra a luz dos candelabros. Segura minha cintura e movimenta nossos corpos com delicadeza.

— O que está fazendo? — Estou rindo tanto que cócegas brincam com a minha barriga.

Ele abre um sorriso caloroso de volta.

— Dançando com você.

— Por quê?

Ele me beija e sussurra sobre meus lábios:

— Porque você me faz ter vontade de dançar.

Nós giramos, embebidos numa risada apenas nossa e caímos, tontos de felicidade. Estou rindo tanto que lágrimas escorrem pelo canto dos meus olhos. Miro o teto abobadado pintado com diversas imagens e, depois de um tempo, escorrego minha atenção para próximo aos pés da mesa. Há um livro de capa preta caído.

— Quer me contar sobre o que estava lendo quando cheguei? Você parecia concentrado.

Vixen não responde de imediato.

Procuro-o ainda com a energia exultante no peito, mas o harakin não sorri mais. Ele deita o rosto para mim e fica em silêncio. *O que há de errado, Vixen?*

As portas da biblioteca são escancaradas.

Em um piscar de olhos já estou de pé, esperando pelo intruso.

Ravenna Senyia.

— Desculpe interromper os pombinhos. — Ela desfila pelo tapete, os braços cruzados e dois soldados atrás de si. — Minhas ideias foram surpreendentemente aceitas pelo líderzinho. Agora meu trabalho é preparar você, Kalina!

Vixen franze as sobrancelhas.

— Preparar Kalina para o quê?

Um embrulho incomoda meu estômago. Não sei se é pela sensação estranha de que Vixen está escondendo algo de mim. Ou se esse desconforto que sobe pela minha espinha e me faz suar frio é pela expressão deleitosa da aratyana.

Ela está muito contente.

Mais contente ainda quando desliza os cílios grossos como patas de aranha para mim e abre um sorriso largo beijado por lábios vermelhos:

— Para ser a lâmina a derrubar todos os monstros de pé. Começando por aquele preso em uma jaula dentro da Montanha.

— Não… — A memória de um gorgolejar arrepia a minha pele. — Você… Você não pode estar falando…

— Eu estou — ela diz muito séria. — Você sabe que estou.

Os gritos voltam a reverberar nos meus ouvidos.

A lembrança de Ehrika sendo torturada por Ruel.

A besta guinchando com fome de destruição.

Um experimento feito de sangue demoníaco e os monstros mais terríveis de Insula.

Capítulo 47

Nenhuma brecha pode passar despercebida.

Percorro com os dedos o ponto onde ficam os pulmões, a área onde está meu estômago, desço pelas pernas e toco a região atrás dos joelhos. Ajusto a grossa fivela sobre meu peito, mesmo que eu já tenha feito isso três vezes ou mais.

Tudo coberto e seguro.

O colete de couro é firme e serve como um escudo sobre meu tronco, mas ainda assim, é inevitável o arrepio que passeia pela espinha. Não pelo medo de que possa estar desprotegida, mas pelas memórias que este mesmo manto como uma noite sem estrelas evoca em mim.

Eu o vestia quando assassinei outro prisioneiro.

Um coitado que, assim como eu, tentava sobreviver contra as garras da Montanha.

Penso nele vez ou outra. Nos gritos de puro medo, no calor do corpo sem vida sobre mim. São pensamentos que se esgueiram silenciosos pelos cantos da mente antes de dormir. Só que, neste momento, não posso deixar que esses mesmos pensamentos voltem. Devem ficar no passado, porque a história que vivi não pode ser apagada. Diferentemente dos acontecimentos que ocorrerão em poucos instantes, estes ainda não foram escritos.

Ontem, quando Ravenna Senyia adentrou a biblioteca do castelo com um sorriso viperino no rosto, um plano foi apresentado a mim. Não escondeu o deleite em detalhar a estratégia criada para assustar Frederick Denova. Um esquema formulado na mente diabólica da ex-diretora da prisão, pensado não apenas para que o Imperador receba a mensagem, mas para que todos os conselheiros reais também *assistam*.

Sentada na antiga cadeira de Irvine no centro da biblioteca, Ravenna explicou o plano:

— Seria uma estupidez tentar hackear o sistema real neste momento, perderíamos tempo e recursos nesta missão. Portanto, deixemos de lado a ideia de uma transmissão continental, até porque, não é o povo que queremos atingir nessa etapa.

A aratnyana exalava aquela confiança sufocante, inferindo tanta certeza nas próprias palavras que se tornava até mesmo vergonhoso ousar questioná-la, mas eu não deixei de fazer isto:

— Pare de enrolar e nos diga… — Cruzei os braços em frente ao peito. — Como vamos fazer isto?

Ela apontou para Vixen.

— Precisamos exibir aos conselheiros o poder dos harakins que você tem. Muitos deles sabem da existência destes guerreiros, mas nunca os viram em ação de fato. É por isso que o seu namorado nos entregará arte. Imagine a expressão que farão ao verem um harakin sozinho fazendo um belo estrago e descobrirem que, como ele, existe muito mais?

Não foi a zombaria inerente de Ravenna que arrepiou minha nuca, mas sim a suposição por trás da frase dita. Ela não havia revelado com todas as palavras o que queria de Vixen, mas vindo de Ravenna já esperava o pior.

O harakin tomou a frente pela primeira vez na conversa:

— Se vou lutar, primeiro preciso saber quem vou enfrentar.

Ravenna esticou o canto da boca muito satisfeita com a pergunta.

— Não é quem, mas *o que* você vai enfrentar, garoto.

— Está maluca?! — rosnei, meu coração batendo descompassado. — Está insinuando que Vixen vai enfrentar aquele monstro?

Ravenna revirou os olhos.

— Dê mais crédito a ele! Você sabe que o harakin é mais do que capaz de fazer isso.

— Eu disse que não!

— Garota estúpida!

— Pare de me chamar de estúpida, Ravenna! Ou vou mandar que tirem as suas maquiagens! E, para finalizar essa conversa de uma vez por todas, não vou colocá-lo sozinho em uma arena para enfrentar aquela coisa!

Com o som de mil tambores dentro dos meus ouvidos, enfrentei o peso do olhar da aratnyana.

— Mas quem disse que o seu harakin estará sozinho? — Ravenna ergueu uma sobrancelha questionadora. — *Você* vai estar com ele.

Aquilo foi suficiente para me calar.

Vixen tocou meu ombro, nossos olhares se encontrando.

— Do que ela está falando, Kalina?

— Estou falando sobre a possibilidade mais real que temos de atacar Frederick neste momento. A cada segundo de silêncio, mas aquele crápula fortalece as raízes no solo de Insula. — Ravenna mirou as íris negras em mim. — Ele assassinou a sua irmã e você vai ficar calada?

Vixen me segurou antes mesmo que eu pudesse pular na aratnyana.

Ravenna grunhiu pela primeira vez parecendo perder a paciência.

— Os conselheiros precisam enxergá-la como uma líder, garota estúpida! Não deve mais se esconder daqueles que são os únicos que podem colocá-la no trono! E é exatamente por esta razão que você *vai* entrar naquela arena com o *seu* harakin e, quando o golpe final estiver prestes a ser dado, será você a empunhar a lâmina.

Ela não precisou de muito mais para que em poucas horas estivéssemos a seguindo para dentro do galpão-laboratório. A surpresa no rosto de Vixen foi inconfundível ao encarar a besta dentro da enorme jaula de vidro. Ele ficou em silêncio durante todo o tempo em que a ex-diretora explicou sobre o estudo ao qual o monstro foi criado. Ravenna encabeçou o projeto quando assumiu seu posto dentro da Montanha, um convite feito por Frederick que desejava ampliar o exército de harakins com seres como aquele. Bestas demoníacas que seriam três vezes piores do que qualquer guerreiro demônio. Mas o estudo se provou instável. Diferente dos homens racionais que lutam com trevas dentro das veias, seres como aquele na jaula jamais poderiam ser domados. O projeto foi encerrado, mas Ravenna manteve a aberração viva. Ela sempre acreditou que o momento de usá-lo iria chegar.

E chegou.

É claro que o plano de Ravenna desagradaria não apenas a mim, mas a minha mãe.

— Você não vai fazer isso! — esbravejou. — Não deveríamos confiar naquela aranha!

— Mãe — Respirei fundo enquanto a as chamas não diminuíam dos olhos dela. — Estou sendo corajosa neste momento. Não foi isso o que você sempre pediu para que eu fosse? — Estiquei minha mão na direção dela que prontamente a segurou. — Confie em mim, é só o que eu peço.

Mamãe não respondeu de imediato. Na verdade, trilhou caminho de um lado para o outro dentro do nosso aposento.

— Eu confio em você — sussurrou, acariciando meu rosto. — Eu só não suportaria perdê-la também, minha lâmina.

Naquela noite, mal dormimos.

A gravação havia sido marcada para o início da manhã seguinte, sem tempo a ser perdido. Mamãe me ajudou a vestir o uniforme harakin, assim como Ehrika trançou meu cabelo e prendeu em um coque alto na minha cabeça. Tolisie me abraçou forte e sussurrou palavras de acalento e Jheni me entregou a cimitarra de lâmina longa que Charles trouxe do salão de treinamentos. Todas, de alguma maneira, deram-me mais força e coragem para o que eu deveria fazer.

Foi assim que eu cheguei até aqui, na arena escolhida por Ravenna. Situada na área dos laboratórios da Montanha, um espaço criado para que testes fossem feitos não somente com aquela besta, mas para criações que nunca chegaram a existir. Paredes blindadas, pé direito alto e, nos quatro cantos do salão, câmeras ultra tecnológicas recentemente fabricadas pelo governo aratnyano. Máquinas que jamais vi em nenhum outro lugar do continente, o que explica a dificuldade em encontrar pessoas que soubessem operar a parafernália. Foi só após Ravenna chegar ao recinto e repassar todos os segredos sobre as peças que, enfim, o plano começou a andar.

— Depois que vocês entrarem... — Ravenna indica as portas de aço que nos separam do interior da arena em uma pequena sala. — Iremos trancá-los lá dentro. Vocês não poderão nos ver, mas nós estaremos acompanhando tudo através das câmeras. — Aponta para as telas que espelham o salão ainda vazio.

— E se algo sair do controle? — Mamãe questiona pela quinta vez, fuzilando tanto Ravenna, quanto Henli Drozag.

— Meus homens estão armados e prontos para entrar na arena o mais rápido possível — Henli responde, paciente. Charles está ao lado dele, uma espécie de ponte entre o líder da Ruptura e mamãe.

Dentro da pequena sala há uma dezena de ruptores acompanhando em silêncio a situação. Carregam bastões aratnyanos, arco e flecha e lâminas dos mais variados tipos.

— Nada vai sair do controle — Ravenna enfatiza, afastando-se dos computadores. — A besta recebeu uma dose generosa de veneno inibidor. Estará lento e fraco. Será fácil dominá-lo, Kalina poderia fazer isso com os olhos fechados.

A resposta de mamãe quanto a isso é ignorar Ravenna. Ela não gosta da estranha relação que criei com a aratnyana que por sua vez diz que mamãe coloca amarras demais em mim. A briga entre Safiny Kaster e Ravenna Senyia pode ser tão explosiva quanto assustadora, mas por ora ambas mantêm a civilidade pois estão do mesmo lado do jogo.

— Podemos começar? — Ravenna questiona, impaciente.

Antes que eu possa responder, mamãe segura minhas mãos com firmeza. Ela recosta a testa na minha e diz:

— Seja como uma lâmina afiada e parta os piores pesadelos.

Abraço o mantra da nossa família e obrigo que todo o nervosismo que gruda no meu estômago se vá. Não posso deixar que percebam o furacão que cresce dentro do meu peito. Não somente Ravenna, Henli, Charles e mamãe, mas cientistas que mal conheço e soldados que depositam suas esperanças em mim.

Queria encontrar certos rostos aqui dentro, mas não houve espaço físico para que meus amigos assistissem o plano ser posto em prática.

Foi por isso que, uma hora atrás, Ehrika se despediu de mim com lágrimas nos olhos:

— Eu não conseguiria assistir de qualquer forma.

Sequei a lágrima que escorreu pela bochecha dela. A voz trêmula dizia muito mais do que as próprias palavras. Ela jamais iria se esquecer do que Ruel a fez passar.

— Só me prometa uma coisa — Ehrika ergueu os olhou violetas com uma pressa estampada neles —, não o faça *sofrer* tanto. Seja rápida.

E mesmo após a besta quase tê-la devorado, Ehrika ainda consegue sentir empatia pelo monstro.

— Eu prometo.

Foi a última coisa que disse a ela.

Agora, apenas encaro o rosto de cada um dos soldados desconhecidos pela sala como se estivesse jurando a Ehrika. Quero que eles saibam quem eu sou.

Corajosa. Destemida. Vingadora. A reivindicadora do trono. A futura Imperadora de Insula.

Mas é apenas quando encontro uma sombra feita de cabelos claros e manto preto, escorado no canto da sala, que me sinto verdadeiramente pronta. Ele estica um sorriso de canto de boca e o furacão que assolava meu peito é inundado pela luz dourada dos olhos dele.

— Vamos lutar — eu digo a Vixen.

Ele tomba o rosto e abre um sorriso ainda maior.

— Vamos lutar.

As batidas no meu coração nada se assemelham a tranquilidade que mantenho na minha face. Aguardo sentada na única cadeira dentro da arena. Pernas cruzadas, o tronco ereto, minha mão direita segurando a cimitarra com a ponta encostando no chão, quase como se fosse um cajado.

A arena me lembra o labirinto. Branco e imaculado, mas brilhante de um jeito maníaco. Nada passa despercebido. Cada gota de sangue que for espirrada será vista.

O banco almofadado embaixo de mim é macio, mas não me sinto confortável. Parece que há um trono feito de espinhos aprisionando-me aqui para sempre.

Confie em Vixen. Acredite em você.

O harakin vestido de preto dos pés à cabeça está metros à frente. O halo de mechas loiras rebeldes que despontam para todos os lados e em cada uma das mãos espadas longas e afiadas. O guerreiro encara fixamente um ponto distante. Aguardando o nosso convidado para iniciar a dança designada, mas antes que a coreografia comece, preciso falar com os nossos espectadores.

Ravenna disse que a câmera no canto esquerdo da arena seria toda minha. Ergo meu queixo e mantenho a expressão neutra enquanto encaro a lente. Chegou a hora de vestir minha coroa.

— Frederick Denova, assassino e traidor do trono. Proclamo minha guerra contra você! — Meu coração martela na garganta, mas emposto minha voz o suficiente para que reverbere por todo o salão. — Usurpador, você cometeu seu último crime ao assassinar Pitrya Azaya Kaster, minha irmã. — Afasto a cimitarra do chão, lembrando do que Ravenna indicou que eu fizesse. — Lembre-se do meu rosto. Lembre-se do meu nome: Kalina Kaster Denova! Porque a sua queda foi decretada no momento em que eu nasci! — esbravejo, o calor contaminando minhas bochechas. Desço a lâmina com força em direção ao chão e o choque dispara faíscas. — Aproveite o show. Porque essa é a primeira das suas sórdidas criações que irei eliminar!

Assim que me calo, Vixen empunha as espadas em frente ao tronco como garras prontas para dilacerar. O harakin está tão congelado quanto eu, os pés afundados com firmeza no piso lustroso.

Mesmo metros distantes, ecoa a vibração das roldanas arrastando o pesado portão. Não há como enxergar o que se esconde no corredor advindo das entranhas da montanha, mas sabemos bem pelo quê esperamos. O tempo se arrasta, mas a resposta vem junto das luzes que piscam acima de nós.

E do gorgolejo que retumba.

Ele está aqui.

Em um único instante, a criação maléfica de Frederick Denova salta para dentro da arena com um guincho estridente. Oito patas como de aranhas, uma longa cauda espinhenta, o tronco peludo e uma bocarra cheia de dentes. Desliza pelo chão imaculado e se assenta opulente.

Se vê-lo preso já me arrepiou por inteira, estar no mesmo ambiente que a besta é como viver um pesadelo.

Ravenna deixou claro o quanto o monstro é irracional, mas tem algo na forma como nos encara que não parece totalmente ilógico. Estica a extensa língua bifurcada para fora da bocarra repleta de dentes afiados e dardeja o ar. Imagino que o meu cheiro esteja impregnado com o medo que sinto, uma presa sendo caçada. Ele chilreia satisfeito por ter encontrado um ponto fraco e escolhe qual o inimigo que deve enfrentar primeiro.

Vixen percebe a situação tão rápido quanto se move. Dá um passo firme na direção do monstro que, por sua vez, reage encarando o afronte. A monstruosidade gorgoleja e sombras escapam por baixo do corpanzil. Os dois encaram-se por tempo demais, talvez identificando o mesmo sangue demoníaco correndo pelas veias. Essa seria a explicação mais racional pela demora do bicho em atacar Vixen. Em outra situação, aquele ser já teria avançado em qualquer humano com voracidade. Teria despedaçado carne, ossos e sangue. Mas Vixen não. É quase como se o monstro o encarasse com temor, ou respeito. Uma das duas coisas, ou ambas.

O problema é que não há outra alternativa senão lutar. E é sabendo disso, que o harakin decide atacar primeiro.

A besta aceita o duelo. Salta nas duas patas traseiras e sobrevoa o corpo de oponente. Em um movimento certeiro pode acabar com a vida do guerreiro, mas ele desliza para o lado antes que o bicho caia sobre o chão. Como se fosse seu plano inicial, Vixen investe contra a pata mais próxima e consegue arrancar um berro do bicho assim como sangue. Satisfeito com o ataque, rola para longe e evita ser esmagado pelo corpo duro e peludo da monstruosidade.

Antes que o destino tivesse nos unido, Vixen vivia uma vida preenchida pela sobrevivência. Ele foi criado para guerrear, para caçar, para *matar*. É tolo da minha parte imaginar que ele não possa fazer isso, mas é apenas vendo-o em ação que todas as minhas inseguranças se esvaem. Nenhum inimigo seria páreo para o guerreiro que assisto lutar agora.

A besta lança a língua bifurcada como um chicote, mas é um ato infeliz. Vixen junta as lâminas em um movimento de *X* e arranca a ponta do membro. Mais sangue é espirrado.

Seguro o ar dentro dos pulmões mesmo que tudo o que eu queira seja suspirar em alívio. A batalha se mostra desequilibrada já nos minutos iniciais, como um diamante sendo presenteado aos conselheiros. Ravenna deve estar sorrindo de orelha a orelha neste momento.

O monstro, nada feliz com o ferimento, investe com fúria na direção de Vixen. Salta nas duas patas traseiras e sobrevoa mais uma vez o guerreiro. Está lutando com raiva, o que significa que vai cometer erros. O harakin sabe disso, porque ergue as duas espadas acertando o corpanzil do bicho com tranquilidade.

A trilha de sangue evidencia o mapa da batalha.

Existem poucas chances para a besta caso continue atacando Vixen da maneira que faz. Talvez seja por esse motivo que ela mude o foco para mim. A língua ensanguentada dardeja na minha direção.

Meu instinto grita para que me erga desse trono fictício e lute para salvar a minha vida. Porém, não faço isso. Permaneço régia, não ouso colocar tudo a perder agora. Preciso agir de acordo com o plano. Esse é meu único trabalho aqui dentro.

Frederick Denova fugiria em um momento desses? Talvez.

Mas Kalina Kaster, não.

Tão rápido quanto as sombras, Vixen escorrega pelo chão e impede o ataque do monstro. Sem misericórdia, o guerreiro ruge enquanto lança as espadas na direção das patas traseiras e as separa do corpo.

O lamento ecoa da garganta do monstro quando desaba ao chão. Tenta se erguer, mas acaba caindo. O harakin aproveita o momento de confusão do inimigo para investir mais uma vez e cortar outra das patas. Escapa por pouco da bocarra afiada que tenta devorá-lo em revolta.

Cercando-o como um gato traiçoeiro, Vixen o mira com uma expressão deleitosa. Ele quase parece sorrir em meio ao sangue que jorra do bicho. A língua estala em uma tentativa de afastar o harakin, mas isso só dá a oportunidade perfeita para que seja cortada ainda mais.

Sangue escuro. Sangue espesso. Sangue demoníaco.

O guincho da fera não é mais do tipo que procura pela presa, mas de algo que se tornou a presa.

Não parece haver escapatória. A besta dá as costas para o harakin e, meio se arrastando, meio tropeçando, tenta voltar para o portão por onde entrou. Talvez sejam os ferimentos, talvez seja o veneno inibidor, mas a lentidão se apossa da fera.

É ridiculamente fácil para que Vixen o alcance e afunde as lâminas nas costas da besta. Sem conseguir lutar mais, o experimento de Frederick Denova desaba ao chão sem forças.

A cena embrulha meu estômago.

Não o faça sofrer tanto.

— Basta! — Ergo-me da cadeira.

Os ombros de Vixen enrijecem. Lentamente, vira na minha direção e me encara sem expressão alguma, apenas o sangue escuro pintando-lhe as bochechas e queixo.

Leva apenas um segundo para que Vixen dê um passo para o lado e se ponha em posição de sentido. O bicho, por sua vez, tenta se arrastar, mas com a quantidade de sangue que perde não conseguirá ir longe.

Minhas mãos tremem enquanto caminho de queixo erguido. A adrenalina está dentro do meu peito e uma bagunça de sentimentos também. Pavor pela besta, a estranheza no rosto de Vixen, o pesar na cena sanguinária. Lanço um rápido e silencioso olhar conforme me aproximo. Controlo-me o suficiente para não tocá-lo, para perguntar se está bem. Ao invés disso, apenas digo:

— Dispensado, soldado.

Ele continua apático, sem me responder. Não sei o quanto dessa situação pode tê-lo tocado. E se Vixen enxerga nesse experimento algo similar a si mesmo? É loucura compará-los, mas, ainda assim, ambos foram criados para servir aos propósitos repulsivos do governo. Ambos são feitos de carne e sombras. Ambos tiveram seus destinos escritos em rocha com veneno.

Depois. Quando toda essa cena acabar conversarei com Vixen.

Observo o corpo imóvel da besta aos meus pés. Vez ou outra, a imobilidade é quebrada por espasmos e no lugar do gorgolejar, agora há um chiado.

Pobre criatura. Criada para ser uma arma. Trancada dentro de uma jaula durante toda a vida.

Matá-la será como um último ato de misericórdia. Livrá-la das amarras da prisão, libertá-la dessa existência carregada de sofrimento. Farei isso não apenas por Ehrika, mas por mim.

Seguro a empunhadura da cimitarra com as duas mãos e ergo-a o suficiente para mirar o crânio da besta. Ela me encara, esperando pelo ato final dessa dança macabra. Pincelado pela tristeza da situação, as lâmpadas acima de nós tremeluzem. Um leve piscar da escuridão. Um aviso sobre como a luz pode se esvair facilmente.

Em um misto de fúria e cansaço, encaro a câmera.

— O seu reinado chegou ao fim, usurpador.

Desço a cimitarra esperando encontrar pele e ossos, mas são dedos que agarram meu pulso com firmeza. Nenhum pouco gentil. Muito doloroso.

Em confusão completa, encaro com choque o harakin ao meu lado. Vixen continua apático, mas algo mudou. A escuridão tomou o dourado dos olhos e as veias pretas pulsam pelo rosto e pescoço.

A mão dele se fecha com mais força, obrigando-me a soltar a lâmina.

— Vixen? — o chamo baixinho, preocupada com as câmeras. — O que... O que você está fazendo?

As lâmpadas voltam a piscar e o branco e preto mesclam-se como em uma pintura assustadora. A pele de Vixen está gelada e a expressão vacila em meio a um sorriso sem humor.

— Me solte, agora.

Mas ele não me solta. Na verdade, o harakin torce meu pulso e um grito de dor mesclado a surpresa resvala para fora de mim. Ele sorri.

— Pare! — Desfiro um soco no peito do guerreiro. — Você está me machucando!

A porta de acesso à arena continua fechada. Penso em gritar por socorro, mas algo no olhar de Vixen envia um frio no fundo do estômago. Não é ele quem está fazendo isso. Não pode ser ele. Não o meu Vixen.

— Está tendo um pesadelo? — questiono a mim mesma. — Ei! Acorde!

Grito em frente ao rosto do harakin, mas ele apenas aperta com mais intensidade meu pulso. Com um pouco mais de força poderá quebrá-lo. Mordo o lábio contenho o grito, mas volto à verdadeira batalha.

— Acorde agora, droga!

Desfiro um tapa no rosto. Outro e mais outro. A expressão de Vixen apenas se torna mais perversa. Contorço-me o suficiente para que o aperto não quebre meu pulso.

— Vixen! Acorde, por favor. Acorde!

Não há resposta, resta-me apenas berrar de dor enquanto espero pelo som do meu pulso se partindo.

Em um rompante, as luzes param de piscar assim como o aperto.

Sem pensar direito, desvencilho-me dos dedos do harakin e mordo a língua para segurar a dor. Pontos brilhantes explodem na minha visão e algumas lágrimas caem pelas minhas bochechas.

— Kalina? O que aconteceu? — Vixen questiona, aproximando-se de mim.

Encaro-o, segurando meu próprio pulso.

Ele está de volta,

O meu Vixen

— Você teve um pesadelo.

Ele abre a boca em silêncio, mas toda a sua atenção se volta para o meu pulso.

— Eu fiz isso?

A expressão se escurece.

— Vamos terminar o trabalho — indico, afastando meu braço.

Encaro a câmera, torcendo para que Ravenna tenha como cortar toda a última cena. É estranho que nenhum deles tenha invadido a arena no instante em que Vixen me atacou.

— Kalina. — A voz de Vixen treme quando me chama.

Meu peito se aperta ao encontrar dor estampando os olhos dourados.

— Quando sairmos daqui, vamos conversar. Prometo. Mas antes, precisamos finalizar a gravação — sussurro, fingindo que a dor passou.

— Eu machuquei você.

O tom do harakin é grave. Ele encara as próprias mãos e a mandíbula enrijece. Dou um passo na direção dele, mas Vixen cambaleia para longe. O ato é como um tapa sobre meu rosto.

Não tenho tempo para tentar me aproximar uma segunda vez, porque a porta de aço se escancara atrás de nós.

— Kalina! — É a voz de mamãe, apavorada.

Droga! Preciso formular uma desculpa plausível o bastante antes que ela e minhas irmãs tentem matá-lo.

— Mãe... — digo, caminhando com as mãos erguidas. — Não foi nada...

Ela me abraça com força.

— Pela Deusa de Mave, você está bem! Vocês *dois* estão bem!

Nós dois?

Charles irrompe com uma expressão tão preocupada quanto a de mamãe, assim como um grupo de soldados. Nada de Henli ou Ravenna.

— Mãe... — Tento me desvencilhar do abraço dela, mas não consigo acalmá-la o suficiente. Ela continua balbuciando frases sem sentido. — Do que você está falando?

Charles observa o caos ao nosso redor. Coça o queixo e, com uma expressão muito confusa, me encara.

— Parece que está tudo bem, afinal.

— Vocês podem me dizer o que está acontecendo?

— Sinto muito, querida — ele responde com um cansaço no olhar. — A gravação foi corrompida.

— Espere, do que você está falando?

— Aquela aranha! — Mamãe finalmente me solta. — Eu disse que não poderíamos confiar naquela víbora venenosa. Você não faz ideia do pavor que eu senti quando a sua imagem congelou e a porta de acesso a arena se recusou a abrir!

As câmeras congelaram.

— Ravenna? É sobre ela que está falando?

— Não importa, filha. Apenas me responda, vocês estão bem?

Vixen continua silencioso no mesmo lugar. Encara a carcaça da besta há muito tempo morta. Uma pergunta começa a se formar na minha mente, uma suspeita sobre o que realmente aconteceu aqui dentro.

— Charles, você disse que a gravação foi corrompida?

Ele assente.

— As câmeras pararam de gravar. Sinto muito, vamos investigar e...

— Espere. Me escute! Quando, exatamente, as câmeras pararam de gravar?

— Enquanto você descia a cimitarra.

Garras invisíveis brincam com minha nuca. Arquejo, procurando pelo motivo do meu medo inconsciente, mas não tem nada aqui. *Não tem nada aqui.*

Encaro Vixen, mas não há nada que eu possa falar para ele nesse momento. Não com mamãe e Charles aqui. Seria suspeito demais, haveriam perguntas demais. E, ainda assim, nem mesmo eu sei o que pensar sobre o que aconteceu.

Como se o caos decidisse reinar o centro da minha vida, Ehrika irrompe pela arena com Henli Drozag atrás de si. Os dois falam algo em voz alta, mas estão longe demais para serem entendidos.

Pela Deusa de Mave, o que mais pode ter acontecido?

— Kalina!

Ehrika ergue algo nas mãos enquanto corre na minha direção.

Quando está próximo o bastante, Henli Drozag puxa Charles para um abraço e Ehrika se choca comigo e mamãe. Ela nem ao menos percebe o montante de sangue pelo chão e o cadáver do animal atrás de nós. Sua atenção está restrita e focada em mim. Os olhos violeta vermelhos e inchados. Esteve chorando? Por que ela esteve chorando?

— O que aconteceu, Ehrika?

Mas ao invés de responder com palavras, ela apenas me entrega um envelope. Com dedos trêmulos, avalio o selo dourado do Conselho Real de Insula impresso no papel.

— Você conseguiu — meu pó de estrelas afirma, os olhos marejados.

De dentro do invólucro, retiro um documento repleto de informações que aceleram meu coração. Há *seis* assinaturas ao final.

Lenora Nótt, Felipho Bettini, Ayla Dhara, Yelo Ônix-Dhara, Isla Holde e May Qian.

Abaixo de todos, o meu nome e um título:

Kalina Kaster Denova, *Imperadora de Insula.*

CAPÍTULO 48

Imperadora de Insula.

É o que estas seis assinaturas confirmam. *Imperadora de Insula.*

Encaro o papel entre meus dedos com o estômago embrulhado. Lenora Nótt conseguiu. Ela conseguiu.

Isla Holde, herdeira da principal indústria armamentista do continente escolheu o meu lado nesta guerra. Neste momento, toneladas de armas são transportadas pelos navios Nótt e Qian para as bases da Ruptura. Não apenas isso, mas Felipho Bettini congelará as contas do governo por tempo suficiente para que façamos o ataque. É um ato considerado criminoso e que poderia colocá-lo atrás das grades, mas logo todos estaremos atrás das grades se não agirmos em união. As seis famílias aceitaram enviar parte da própria guarda para dar apoio à investida contra Frederick daqui três dias.

Além do documento que confirma legalmente a minha ascensão ao trono, tenho poderio bruto suficiente para enfrentar meu tio. Não é apenas uma ideia, é uma realidade.

E constatar isso me apavora.

Eu deveria estar feliz como Henli Drozag neste momento, comemorando a conquista que nos coloca à frente de Frederick Denova pela primeira vez. Mas existe algo na realidade da coisa que me assusta. Como uma sensação nova que nunca foi sentida antes. Como se a situação fosse um sonho prestes a acabar. Mãos trêmulas, o estômago embrulhado e uma voz no fundo da mente que não cessa.

É isto. Chegou a hora de enfrentar o assassino do meu pai. É isto. Chegou a hora de reclamar a coroa sobre minha cabeça. É isto. Chegou o momento de assumir o poder de um continente inteiro.

O mais surpreendente é que, depois de muito tempo, o medo que me assola não é mais pela ansiedade de *não* querer o trono, mas sobre querer, e *muito,* que isso dê certo. Não apenas por vingança, mas pela possibilidade de transformar o continente em um lugar melhor.

Kalina Kaster, Imperadora de Insula.

Eu posso fazer isso. Eu sei que posso.

Depois que recebemos o anúncio sobre o apoio dos seis conselheiros através da documentação trazida por Ehrika, fui praticamente arrastada para fora da arena por Henli Drozag. A gravação que fazíamos tornou-se o menor dos nossos problemas naquele momento. Precisávamos nos reunir rapidamente no escritório do líder da Ruptura. Apenas Henli, Charles, mamãe e eu.

Não tive tempo de me despedir de Vixen. Não conversamos sobre o que aconteceu. Mesmo quando consegui que o trio me liberasse por dez minutos, não o encontrei. Bati na porta do seu aposento, o procurei na biblioteca e no salão de treinamentos. Vixen havia sumido.

Implorei para que Ehrika e Bark continuassem o procurando e voltei para o escritório.

A manhã se tornou tarde e a tarde, aos poucos, se transforma em noite.

Há quanto tempo estamos aqui?

— O que se passa nessa cabecinha, minha lâmina? — Mamãe me puxa de volta à realidade.

Dedos gentis afagam meu rosto e olhos castanhos demonstram preocupação. Afasto o documento que encarei por horas esperando que se desfizesse em cinzas.

Antes de responder, espio Henli Drozag em uma conversa com Charles, enquanto aponta para o mapa de Insula sobre a mesa de carvalho. Os dois planejam quais serão os próximos passos que daremos, tanto para o ataque real ao prédio oficial do governo no centro de Aratny, quanto o plano-fumaça pensado para criar falsas movimentações por todo o continente. A ideia de Henli e Charles é dividir e dispersar o exército aratnyano, espalhando-o por toda Insula em grupos menores. Segundo Henli, faremos com que Frederick acredite que a Ruptura está usando o povo para derrubá-lo, mas mal sabe o tirano que quem o está traindo são aqueles que se sentam ao seu lado e bebem do vinho que serve.

Quando tenho certeza de que nenhum dos dois presta atenção em nós, respondo baixinho:

— Só um pouco chocada com essas assinaturas. Não sei... acho que no fundo eu não acreditava de verdade no plano elaborado por Lenora.

Mamãe concorda com um balançar de rosto. Estamos ambas sentadas em poltronas confortáveis ao lado das janelas do escritório. — Mas a guerra ainda não está ganha — o alerta é dado com um tom firme. — Não deixe isso fazê-la acreditar que Frederick está derrotado. Você sabe que não devemos subestimá-lo.

Uma fisgada de dor acerta minhas têmporas.

— Está com medo?

Mamãe ergue meu queixo com carinho. No lugar da preocupação, agora há uma fúria que queima em vermelho.

— Não existe mais tempo para termos medo, minha lâmina. Frederick tirou isso de mim quando levou seu pai e sua irmã.

A mera citação sobre Pitrya quase me joga de volta ao fundo de um poço sem luz e sem saída, mas não posso continuar caindo nesse despenhadeiro.

— Imperadora — Henli chama. — Um minuto de sua atenção?

Troco um rápido olhar com mamãe, que assente. Ela toma para si o documento com as assinaturas e leva de volta para um lugar seguro. Obrigo minhas pernas quase bambas a caminharem até os irmãos.

— Não me chame de Imperadora — brinco, mas no fundo é a verdade. — Ainda não estou sentada no trono, não é mesmo?

— De acordo com os seus apoiadores, você é. — Charles abre um grande sorriso branco enfeitado por bigodes enrolados nas pontas. — Querida, aproveite a sua vitória. Você merece.

Faço uma careta discordando em meio a uma risada curta.

— Não parece certo ainda.

— É muito para assimilar — Henli intervém. — Mas estamos muito perto. Em breve você não apenas vai sentar no trono, como terá sentenciado Denova ao que merece. Aliás, já tomou sua decisão sobre o pedido dos conselheiros?

— Não a pressione, Drozag — mamãe responde por mim. — Kalina vai fazer o que ela acha certo sobre a condenação de Frederick.

— Você sabe que não será tão fácil. Temos o apoio da maioria dos conselheiros nesse momento, mas as cartas podem ser usadas contra Kalina em um futuro bem próximo. — Henli espalma as mãos sobre o tampo. — Talvez seja inteligente você acatar o pedido dos nossos apoiadores desta vez.

— Eu não vou matar Frederick na reunião anual, Henli — reclamo mais alto do que planejo. — Ele merece sofrer mais do que isso. Pretendo fazê-lo apodrecer na Montanha.

Os Drozag se encaram, mas antes que o mais novo possa retorquir minha fala, Charles toca o ombro do irmão, silenciando-o.

— Você tem razão, Kalina — diz com paciência. — Todos estamos cansados. Não é o momento de decidirmos isso. — Henli e mamãe se encaram com animosidade, mas Charles intervém sobre a situação desconfortável. — Que tal recapitularmos mais uma vez o plano?

É o que fazemos.

Uma carta de Lenora foi entregue junto ao documento oficial com as assinaturas. Nele, revela o quanto a minha passagem por Marzilis foi vista com bons olhos pelo povo e que a nova lei instaurada por Frederick Denova foi o estopim para a população se revoltar. Se o plano do déspota era instaurar medo ao transmitir para todo o continente o assassinato de minha irmã, ele só conseguiu causar mais ódio entre aqueles que já o renegavam. Isso mostrou a família Qian que, no lugar de Pitrya, muito em breve poderia ser alguém da própria dinastia, já que Frederick não contatou o conselho real para tomar tal decisão. De forma irônica, tirar minha irmã de mim foi o propulsor para que Holde e Qian decidissem o trair. Um acaso agridoce criado pelo próprio usurpador do trono.

— E quando partiremos? — questiono após escutar pela quinta vez as diretrizes do plano organizado por Henli e Charles.

— Na madrugada de amanhã.

Amanhã. Minha língua gruda no céu da boca e nenhuma palavra mais é dita. Será amanhã.

Batidas soam contra a porta.

— Abra! — ordena Henli, desconfiado.

Mas é um rosto conhecido que aparece.

— Desculpe interromper... — Ehrika franze o nariz enquanto sorri de forma tímida. — Posso roubar a Kalina por um tempinho?

O líder da Ruptura leva alguns segundos para responder. Não parece gostar da ideia de que eu saia desse escritório outra vez, mas mamãe decide por ele:

— É claro. Kalina merece um descanso.

— Tem certeza? — indago, mesmo que tudo o que eu mais deseje nesse momento seja fugir de toda essa pressão. — Ainda temos muito o que organizar, não é?

— Vá, descanse — Henli concorda. — Preciso falar com Charles e Safiny à sós, de todo modo.

Aquilo me enche de curiosidade. O que Henli teria para falar sem a minha presença?

Mamãe me dá um beijo na bochecha e cochicha para que parta antes que o líder da Ruptura decida repassar o plano outra vez. Despeço-me e aceito a ordem de bom grado. Avanço em passos rápidos para fora do escritório.

Como sempre, gelo se apossa do meu peito. Odeio agir dessa maneira, mas meu primeiro instinto é sempre antecipar as piores notícias.

Ehrika apenas ri com a minha cara de nervosismo, Segura meus ombros com carinho e me encara fundo nos olhos.

— Fique tranquila, está tudo bem! Mas precisamos ser rápidas! A sua presença é muito requisitada em outro lugar.

Faz uma expressão misteriosa, do tipo que esconde segredos. Semicerro meus olhos, desconfiada.

— O que você está tramando, Ehri?

Ela imita minha expressão, claramente em desafio.

— Venha comigo e você vai descobrir, meu pó de estrelas. Todos esperam por você.

CAPÍTULO 49

Como um tufão, Ehrika me arrasta pelos corredores do castelo. Cumprimenta todos os desconhecidos que encontramos pela frente, um verdadeiro poço de extroversão que jamais irei entender.

— O quanto devo me preocupar? — pergunto, esbaforida pela corrida.

— Você deveria ficar muito preocupada... — ela responde séria, mas não se aguenta por muito tempo na mentira — É brincadeira!

O caminho que fazemos é empoeirado, onde torres há muito tempo esquecidas servem como moradia apenas de aranhas. Paramos em frente a uma antiga porta que, uma vida atrás, marcou o início de uma bela amizade entre mim e dois soldados aratnyanos.

Ehrika abre essa mesma porta e ordena que eu suba.

— Vamos, você está atrasada!

— Pela Deusa de Mave, *para quê?*

Mas não tenho escolha a não ser subir as escadas de pedra. Logo, a escuridão desaparece por meio das janelas da torre que apresentam o entardecer alaranjado. A visão que sempre esteve encoberta por grossas cortinas agora revela o mar azul quebrando ao redor da montanha, assim como a vasta floresta que se perde de vista. Esse depósito que antes foi usado por Irvine para descartar móveis do castelo, agora está abarrotado por faces conhecidas.

— Surpresa! — todos gritam em uníssono.

Confetes coloridos são jogados ao alto e corpos pulam em animação. Tem uma faixa enorme – e um tanto torta – presa entre duas janelas com a frase "*Nossa Imperadora não é uma tirana*" escrito à mão com tinta preta.

De tudo o que eu poderia esperar neste momento, certamente isto não havia passado pela minha cabeça. A cena toda me deixa sem palavras, completamente embasbacada.

Tudo isso é para mim? Eles estão, todos aqui, *por mim*?

Suzana, Mig e Alexis seguram balões, enquanto Hux, Jheni e Tolisie carregam pacotes de papel recheados por confetes. Quase todos os meus amigos estão aqui, menos Vixen.

Onde ele está?

— O que é isso?— Isto, *Imperadora*, é uma festa! — Ehrika ergue as mãos e dá um girinho animada.

O cheiro de pão e bolo aguça meu estômago vazio. Garrafas de vinho barato, sucos e água foram distribuídos em cima de mesinhas enfeitadas com panos brancos que outrora cobriram os móveis nesta torre. Balões amarelos flutuam pelos cantos da sala, assim como uma melodia baixinha vinda de uma espécie de rádio antigo.

— Uma festa? Por quê?

Todos me encaram com um misto de confusão e choque. Ehrika diminui o sorriso e cruza os braços ao perceber que a minha pergunta é legítima.

— Talvez, só talvez, seja pelo fato de que você se tornou Imperadora de um continente?! — Ela me encara como se eu fosse uma idiota. — Pela Deusa de Mave! Você conseguiu! Vai finalmente derrubar aquele maldito canalha! Isso não é motivo para comemoração?

Não. Não podemos comemorar ainda. É cedo demais, Frederick continua no trono e tudo o que tenho são seis assinaturas em um papel.

Como se escutasse meus pensamentos, Ehrika aponta um dedo acusador para mim.

— Não ouse — ameaça, com uma expressão mortal. — Você não faz ideia de como foi trabalhoso encontrar confetes e balões dentro desta montanha!

Uma risada escapa de Mig e Alexis.

— Ehrika quase fez um soldado chorar — o ruivo fala com divertimento. — Ela queria *muito* esses balões.

Ehrika dá de ombros, satisfeita pelo que fez. Tolisie se aproxima.

— Estamos entre amigos — diz, calma — Todos que estão aqui te adoram e querem comemorar com você essa vitória. Estamos vivendo momentos difíceis nos últimos meses — Uma sombra cruza o olhar — Serão apenas algumas horas.

Como sempre, Tolisie carrega uma doçura na forma com que se expressa. Durante todos os anos em que vivemos em Mave, sempre esteve ofuscada pelo humor de Pitrya, pela energia explosiva de Jheni e pela união absoluta entre mim e Ehrika. Ainda assim, Tolisie sempre esteve pronta para nos estender um sorriso ou um conselho. Por muito tempo acreditei que esse era o papel dela na nossa família. Afinal de contas é isso o que as irmãs mais velhas fazem, não é? Precisam ser maduras, fortes e gentis.

A enxergo de outra maneira agora.

Acredito que a força de Tolisie venha do mesmo ponto que une a todas nós.

Nossa mãe.

— O que nos diz? — ela pergunta, um sorriso nos lábios delicados.

Meu coração se aperta com a mínima possibilidade de magoar todas as pessoas queridas que se reuniram nesta torre por mim. Organizaram em horas uma festa apenas para me fazer sentir especial. Jamais poderia responder outra coisa que não fosse:

— Por apenas algumas horas.

Aos pulinhos, Ehrika comemora minha escolha correndo em direção ao rádio antigo junto de Bark e aumentando o som da música. Tolisie, ao meu lado, sussurra no meu ouvido:

— Sei que está com medo, mas precisa lembrar do quanto é forte. Não há ninguém neste mundo como você, Kalina. — Me abraça.

Eu deveria responder algo. Deveria dizer que não me sinto nenhum pouco forte neste momento. Que, na verdade, estou aterrorizada. Mas, ao invés disso, apenas fico silêncio, porque se deixar as palavras saírem, não serei capaz de fazê-las pararem.

Jheni e Hux materializam-se na minha frente no momento em que Tolisie se afasta. Eles me parabenizam de um jeito muito rápido, estalam beijos nas minhas bochechas, mas não se demoram muito para correr até a mesa de pães e bolos. Jheni empurra o garoto e rouba algo que ele estava prestes a pegar. Isso é motivo suficiente para que Tolisie se aproxime pronta para apartar uma possível discussão entre os caçulas do grupo.

Uma taça de vinho é entregue para mim.

— Como está se sentindo? — Mig questiona junto do namorado. Os dois me observam com uma ruga entre as sobrancelhas. Devem estar apreensivos pelos próximos passos do plano.

— Se eu disser que não sei, você acreditaria? — Sorvo um gole do vinho. Não faço ideia de que uva estamos bebendo, mas o queimar que se espalha pelo peito é bom. — Nervosa em relação a reunião anual. Muita coisa pode dar errado, mas estou tentando confiar na Ruptura, como vocês sempre disseram para que eu fizesse.

Ergo a taça em um brinde imaginário à organização rebelde.

— Na situação em que estamos não há muito para onde fugir. — Mig encara a própria taça e solta um suspiro cansado. — Ou confiamos no plano de Lenora ou enfrentamos sozinhos Frederick e, por consequência, todos os conselheiros. No fim, sempre foi uma luta injusta.

— Eu sei — resmungo, irritada. — Mas parece errado demais deixar o destino das nossas vidas nas mãos daquela gente…

Alexis bate a taça contra a minha em sinal de concordância.

— Essa é a lei que rege o mundo — o ruivo fala com um tom jocoso. — Os ricos comandam e os pobres peões obedecem.

Ele sorve um longo gole do vinho e perde o humor subitamente. Um silêncio incômodo se faz entre nós três.

— Onde está a Ravenna? — puxo um novo assunto a fim de melhorar o clima. — Não me falaram mais nada sobre o que aconteceu desde o caos na arena...

Os ombros de Mig endurecem.

— Você não soube? — Troca um rápido olhar com Alexis. — Henli mandou prendê-la outra vez.

Meu coração acelera.

— Prendê-la? Por quê?

Durante todo o tempo em que estive com mamãe, Henli e Charles, nenhum dos três ousou me contar sobre isso. Quem sabe o assunto que o líder da Ruptura tanto quisesse falar sem a minha presença fosse sobre isso.

Já quero sair porta a fora e tirar satisfações com o maviano.

— O que aconteceu mais cedo na arena não deixou Henli nada feliz — Alexis explica. — Ele acredita que Ravenna armou para você.

— Armou o quê?

— Suspeita que ela tenha tentado trancar você e Vixen com a besta na arena — Mig explica. — Para que vocês não tivessem chance de escapar.

— Mas isso não faz sentido! Aquela coisa estava praticamente dopada pelo veneno que Ravenna ordenou que fosse injetado.

— Na verdade, não há como ter certeza de que ela realmente ordenou isso. Henli e Charles tiveram um problema de comunicação e nenhum dos dois acompanhou o processo de envenenamento da besta.

— Não sei se acredito nessa história — Alexis intervém. — Eu vi Ravenna sendo levada para a prisão, ela parecia bem abalada.

Um gosto azedo se espalha pela minha língua. Ravenna tentou nos trair? *Me* trair? Até um tempo atrás eu não duvidaria dessa acusação, mas existe algo que não me deixa acreditar completamente.

E esse algo tem a ver com Vixen. Tem a ver com as sombras que tomaram os olhos dele, assim como a dor no meu pulso.

A falta da presença dele é gritante no meu coração, mas talvez o harakin precise de espaço, assim como eu precisei quando Pitrya se foi.

Um tilintar agudo clama pela nossa atenção. Ehrika bate com uma colher em uma taça.

A garota tem um sorriso brilhante como o sol. O cabelo loiro enfeitado com uma dezena de trancinhas soltas pelas laterais da cabeça. As íris violetas brilham em animação e uma vermelhidão se apossa das bochechas, mas suspeito que possa ser pela bebida no copo.

— Quero aproveitar esse momento para dizer algumas palavras para a Kalina.

Para mim? A surpresa me toma. Mig abre um sorriso gentil e Alexis aperta meu ombro de leve. Suzanna retira o chapéu e segura nas mãos, encarando a amada com uma cara boba.

— Discurso! Discurso! — Jheni cantarola com a boca cheia de pão.

Ehrika dança no ritmo da cantoria.

— Não é nada demais… — ri consigo mesma. — Só sinto que deveria falar isso para você — Ehrika ergue a taça e indica que façamos o mesmo. — Meu pó de estrelas. Se os deuses me criaram para algum propósito, foi para conhecer você. Sei disso no fundo da minha alma. Nada faz tanto sentido na minha vida quanto a ligação que temos. — Mordo meu lábio para conter o choro que começa a queimar nos meus olhos. — Desde que nos encontramos, você me acolheu e cuidou de mim sem pedir nada em troca. Foi com você que passei minhas noites insones falando sobre o futuro e tentando desvendar o passado. Meu pó de estrelas, se eu nasci para te encontrar, você nasceu para mudar Insula. — Ehrika controla o fôlego trêmulo. — Tenha certeza de que a sua alma não conquistou apenas a mim, mas a todos que estão presentes nessa sala. Nós vamos estar ao seu lado até o fim. Eu vou estar ao seu lado até o meu fim.

Taças são erguidas em conjunto e gritos de viva e celebração são entoados. Mesmo com lágrimas turvando minha visão, corro para abraçar Ehrika o suficiente até que nós duas sejamos quase uma.

Existem poucos momentos da minha vida em que consigo realmente me despir de todas as armaduras que criei e este é um deles. Agradeço-a repetidas vezes por existir, por estar comigo, por ser minha melhor amiga. Minha irmã de alma e coração.

Eu a agradeço até que nós duas comecemos a rir em meio às lágrimas e esqueçamos todos os problemas ao qual fomos colocadas.

Cria-se uma energia diferente daquele momento em diante. *Eu* me sinto diferente.

Estar com este grupo de pessoas que significam o mundo para mim era o que eu precisava para relembrar dos motivos que tenho para lutar. Para não desistir. Farei isso por meu pai, por Pitrya, por eles e por todos que vivem em Insula sob as mãos tiradas de Frederick.

— Vamos festejar! — Ergo minha taça com um grito animado.

Um copo de vinho logo se torna três e meus músculos amolecem, aquela mentira provida da bebida que nos deixa menos ansiosos e arranca risadas com mais facilidade. Jheni decide fazer uma batalha de dança e desafia Alexis e Suzana, que aceitam prontamente. Ehrika e Tolisie estão rindo tanto que dizem sentir dor na barriga. Mig observa o namorado com uma expressão envergonhada, mas cheia de divertimento e Hux apenas continua se empanturrando de bolo.

O tempo passa e evito pensar em Vixen. Mesmo que me pegue encarando a escadaria na ânsia de vê-lo parado ali. Tolisie conta histórias sobre Pitrya e Hux fala sobre Irvine. Estamos sentados pelo chão, Alexis deitado no colo de Mig, Jheni quase dormindo recostada na nossa irmã mais velha.

Ehrika, abraçada a Bark, se ergue para buscar mais vinho para nós três, mas, quando volta, está com uma expressão estranha no rosto.

— Tem alguém querendo falar com você no corredor.

É vergonhoso o jeito como meu coração dispara. Por me conhecer melhor do que eu mesma, Ehrika logo acaba com as minhas esperanças:

— Não é o Vixen — fala, com pesar. — É Nyllie.

A ratinha?

Desde que voltamos para a Montanha após o assassinato de Pitrya, não tive oportunidades de procurá-la outra vez. Na verdade, ainda não me sentia confortável em vê-la após nosso último encontro complicado. Nyllie pediu para que eu a deixasse em paz e foi isso o que fiz.

O que ela teria para falar comigo?

Apreensiva, desço as escadas e encontro a garota parada ao lado da porta.

A cada dia que passa, Nyllie parece melhor fisicamente. Quando a conheci, a fome havia tirado seu brilho, quando a reencontrei depois de meses no castelo, o medo havia tirado suas esperanças. Hoje, livre da prisão e com comida de volta à mesa, a ratinha apresenta bochechas rosadas e cheias de vida.

Espero que ela esteja tão bem por dentro, quanto aparenta estar por fora.

— Ehrika disse que você queria falar comigo. — Indico a torre atrás de mim. — Não quer subir?

A ratinha encara as escadas, mas nega rapidamente.

— É melhor não. — Dá um pequeno sorriso que mal alcança os olhos. — Hux ainda não me perdoou pelo que aconteceu com Irvine e acredito que ele esteja lá em cima.

Confirmo a suspeita.

As três taças de vinho fazem efeito, porque as linhas do mundo borram-se enquanto espero pelo motivo de Nyllie ter vindo até aqui.

— Soube que você vai para Mave liderar os levantes contra o Imperador. Por um segundo fico confusa, mas lembro que o plano-fumaça está sendo compartilhado como verdade para os soldados da base e residentes da Montanha. Poucos são os que sabem sobre a reunião oficial e o plano de Lenora. Seria arriscado demais revelar isso para pessoas erradas.

— Sim. Vamos partir em breve.

Ela aperta os dedos das mãos uns contra os outros.

— Boa sorte.

Eu a encaro em silêncio. Não era isso o que eu estava esperando. Preparei-me para ser atacada por Nyllie de alguma forma, para encontrá-la com um semblante de poucos amigos e uma raiva ainda crescente dentro do peito. Mas ao invés disso, ela veio me desejar sorte.

— Obrigada.

Às vezes lembro do jeito como Nyllie tentou de todas as formas se aproximar de mim. A dor que eu sentia por ter perdido mamãe e meu pavor de que acontecesse o mesmo com Ehrika criaram uma casca cheia de espinhos ao meu redor naquela época. É difícil não me culpar pelo que fiz ao afastar tantas pessoas apenas por desconfiança. Mas somente *eu* sei a sensação que martelava dentro do meu peito.

Nyllie percebe o silêncio que se forma, dá um passo para trás e engole em seco. Até abre a boca para dizer algo, mas desiste antes de emitir um pio sequer. É só quando desisto também de sustentar essa situação desconfortável e seguro a maçaneta de ferro com intuito de voltar à torre, que ela declara:

— Eu menti — fala com a respiração acelerada. — Eu não odeio você. Na verdade, acho que nunca conseguiria te odiar. — A ratinha não consegue me encarar enquanto fala. — Desculpe pela forma como te tratei antes, espero que possamos recomeçar.

Não havia percebido como os acontecimentos entre Nyllie e eu ainda pesavam sobre meus ombros. Dizia a mim mesma que a perdoar seria o suficiente para seguir em frente, mas é só neste segundo que meu coração se sente liberto de verdade. Quando a ratinha me concede o seu perdão

— É o que eu mais quero. — Estico minha mão. — Olá, eu sou a Kalina.

Nyllie parece não acreditar no que eu estou fazendo, mas, por fim, aceita meu gesto.

— Prazer, Kalina. Me chamo Nyllie.

O aperto é firme, porém delicado. Nós sorrimos uma para a outra.

A garota volta a abraçar o próprio corpo, tímida pelo que aconteceu. Talvez leve mais tempo do que esperamos para que essa estranheza que nos ronda se dissipe.

— Você vai ficar na Montanha? Digo, enquanto estivermos em Mave?

— A Ruptura me aceitou como voluntária na defesa da base da Montanha enquanto vocês estiverem em missão. Sei que não é muito, mas é a minha forma de mostrar que quero ajudar — responde rápido, um brilho diferente nos olhos cor de mel.

— Vamos precisar disso. — Recosto-me contra a parede do corredor. — Toda ajuda é bem-vinda.

Nessa inesperada conversa, nenhuma de nós duas sabe qual o limite que deve ser respeitado. Ainda não somos amigas, com toda a certeza, mas uma bandeira de paz foi erguida.

— Preciso ir — Nyllie diz, afastando-se. — Aproveite a noite com os seus amigos. Vou esperar pela sua volta.

Ela não me dá chance de me despedir. Parte sem olhar para trás mesmo quando eu tento chamá-la. Assim como veio do nada, se foi. E talvez seja melhor dessa forma. Não precisamos e nem devemos forçar uma amizade que ainda não existe. Gosto de Nyllie e tento curar minhas feridas dia a dia e, talvez, junto a ela, fique mais fácil. Observo a lovana desaparecer pelo corredor e tornar-se apenas uma memória.

Recostada contra a parede, tento organizar os pensamentos. O vinho mexeu com meus sentidos, mas também quero ficar sozinha por alguns instantes antes de subir para a festa. Tem muita coisa que nem ao menos consegui processar nas últimas vinte e quatro horas. O plano de Ravenna, o que aconteceu com Vixen, o documento assinado pelos conselheiros e o reencontro com Nyllie.

Toco no meu pulso direito em busca da pulseira dourada e uma careta de dor se espalha pelo meu rosto. O hematoma está cada vez mais arroxeado. Escondo outra vez com a manga da camisa porque não quero ter que responder perguntas nesse momento. Não quando ainda nem ao menos consegui conversar com ele.

Fecho os olhos e solto um longo suspiro de cansaço. Minha mente gira por causa do álcool e o rosto de Vixen está aqui outra vez. Assim como o cheiro, até mesmo a sensação do toque contra a minha bochecha.

Deusa de Mave, estou enlouquecendo?

— Kalina.

Abro meus olhos depressa.

Não estou sozinha. Nenhum dos pensamentos foram fabricados pela minha mente conturbada. Vixen está bem aqui na minha frente encarando-me.

De banho tomado, com o cabelo úmido caindo pela testa e beijando o pescoço. Ele tem cheiro de sabão, casa e saudade. Antes mesmo que eu possa dizer qualquer coisa, Vixen puxa com delicadeza meu pulso machucado e verifica o hematoma. Ele o acaricia com dedos gentis e franze as sobrancelhas, sem conseguir olhar para mim.

— Não faça isso — murmuro, lenta pelo álcool.

Ele quase parece uma criança assustada.

— Fazer o quê?

Escondo o pulso com a manga da camisa.

— Acreditar que você me machucou.

Vixen abre um sorriso, mas não há felicidade ali.

— Não faça *isso* — ele dá ênfase na última palavra.

— Fazer o quê?

O olhar escurece antes de responder.

— Acreditar que eu não sou um monstro. Porque sou. Cedo ou tarde você vai acabar percebendo isso.

O harakin se afasta de mim e encara o corredor vazio.

— Nós dois sabemos que o que aconteceu não foi sua culpa. Sei que você não quis me machucar. Não era você. Eu sei disso.

O guerreiro nega o que digo, esfregando o rosto com as mãos.

— Foram as minhas mãos que tocaram em você. Pode tentar criar desculpas para o que aconteceu, mas a realidade é que fui eu quem fez isso. — Ele me encara com um olhar melancólico. — Não é seguro me ter por perto.

Avanço na sua direção e seguro seu rosto.

— Não diga isso! Vou estar com você quando as coisas ficarem difíceis, mas preciso que faça o mesmo por mim. Eu ordeno que você lute por mim. *Lute por nós.*

Vixen me abraça com urgência. Não responde meu pedido com palavras, mas os dedos afoitos na minha pele significam muito mais do que qualquer frase. Fecho meus olhos enquanto o seguro contra mim, torcendo com todas as minhas forças que o guerreiro entenda que não vou deixá-lo desistir dessa guerra por medo de me machucar. Posso enfrentar Frederick Denova e os piores pesadelos de Vixen juntos, mas não deixarei que ele lute sozinho.

— Senti a sua falta. Onde você estava? — pergunto com um leve tom de mágoa.

Vixen, lentamente, recosta a testa contra a minha.

— Dormindo.

É claro. Vixen provavelmente ficou exausto após a luta contra a besta e o domínio súbito da própria consciência pelo Rei do Outro Lado. Ao mesmo tempo, sinto o toque do pânico ao saber que ele esteve dormindo. Algo terrível poderia ter acontecido e eu não estava por perto para trazê-lo de volta à realidade.

Mas Vixen está aqui, de pé na minha frente. Isso não é o suficiente?

— Espero que esse sono tenha sido livre de pesadelos — digo, com um traço de humor fingido.

Ele toca minhas costas com a ponta dos dedos, trilhando um mapa de estrelas.

— Foi um sono bom.

É tudo o que recebo em resposta. O que não é suficiente.

Por um tempo, acreditei que meu único inimigo se chamava Frederick Denova, mas, talvez, exista outro que nem ao menos posso enxergar.

Tirar o usurpador do trono não será a reta final dessa guerra de terrores.

Talvez o maior perigo que me ronda esteja dentro dos pensamentos de Vixen.

CAPÍTULO 50

O burburinho que circula pelo continente diz que a reivindicadora do trono está em Mave organizando um levante nesta manhã.

Ela não está.

Burgueses de toda Insula amedrontam-se com a possibilidade de uma anarquia ser imposta até o fim do dia, mas nos portais oficiais do governo não há nenhuma mensagem sobre a situação. Frederick Denova escolheu o silêncio diante do movimento da sobrinha que, para ele, não parece ser um perigo real.

Ela é.

A verdade se mostra bem mais complexa do que isto.

O plano-fumaça de Henli Drozag atingiu o efeito desejado, visto que o exército do usurpador foi enviado para os cinco reinos de Insula. Um movimento defensivo contra a inimiga na calada da noite, quando o povo não poderia ver.

A Reunião Anual do Conselho está prestes a acontecer.

Os casacas verdes cercam e vistoriam as ruas próximas a sede governamental para que nenhum transeunte desconhecido chegue perto demais. A data é cercada de mistérios para aqueles que não participam, já que apenas as dez famílias mais poderosas do continente se reúnem para decidir o futuro de Insula.

Frederick Denova poderia ter a adiado se quisesse, mas decidir por isto seria expor a todos os conselheiros que Kalina é sim uma ameaça poderosa.

E Frederick Denova jamais faria isso.

O plano de Lenora Nótt e Henli Drozag contava com esta pequena parte. Todas as peças do grande quebra-cabeça criado a mais de vinte anos pela marziliense estão postas e apenas esperam pelo aviso de agir.

Como eu, que aguardo no meu posto enquanto a água do esgoto encharca minhas botas. O cheiro fétido queima os olhos e gruda nas narinas. Hux, ao meu lado, encara o túnel em silêncio. O garoto de catorze anos quase parece um homem feito neste momento, uma firmeza desenhando seu rosto concentrado.

Vai lutar porque deseja, não mais por obrigação.

O grupo formado por pouco mais de vinte harakins aguarda em silêncio. Estamos unidos contra aqueles que tentaram criar discórdia dentro das nossas relações na Montanha, que nos roubaram das nossas famílias e destruíram a possibilidade que tínhamos de um futuro comum.

Nós nunca fomos e nunca mais seremos comuns.

Poderemos morrer nos próximos minutos, mas não há para onde ou para quem voltar depois disto. Porque nenhum de nós pertence mais a este mundo. O que existe dentro de mim é uma terra onde nada floresce e, mesmo quando uma semente ousou crescer dentro do meu coração, uma praga decidiu devorá-la.

Foram as minhas mãos que a feriram. Meus dedos que marcaram a pele dela com dor e, ainda assim, ela ousou me isentar dos meus erros. Kalina está tentando me salvar como faz com todos ao seu redor.

O problema é que ela tenta me livrar de uma queda inevitável. E que se continuar fazendo isso, seu destino será apenas um: despencar junto a mim.

E eu não vou permitir.

Agora, ela está escondida com as irmãs e Safiny sobre o telhado de um prédio próximo daqui. Algo que a Esquadra das Lâminas já está acostumada a fazer desde a época em que trabalhavam como espiãs para baronesas gananciosas ou muito descontentes com os próprios maridos.

Existe, também, grupos liderados por Mig e Alexis, assim como Henli e Charles, espalhados pelo perímetro ao redor da sede do conselho. Todos aguardando pelo momento de atacar.

De repente, duas silhuetas aparecem ao longe nos túneis do esgoto. O mais alto faz um movimento com a mão e, em silêncio, avançamos pelo corredor estreito e úmido.

Um garoto tão jovem quanto Hux acompanha Blizze. Usa um gorro marrom sobre o cabelo castanho e expressa uma astúcia nos olhos verdes. Foi esse garoto raquítico, e com cara de quem poderia nos trair em um piscar de olhos, que nos trouxe até aqui. O chão sob os pés de Frederick se tornou a verdadeira fortaleza da Ruptura.

O menino estica a mão para Blizze, que prontamente entrega um saco com as peças insulares prometidas pelo trabalho. Ele guarda na sacola de couro junto das ferramentas que trouxe para a missão e, sem se despedir, desaparece apressado por um caminho diferente pelo qual nos trouxe.

Mantenho-me logo atrás de Blizze que é o primeiro a subir por uma escada de ferro presa à parede. Meu arco encaixado no ombro direito e a aljava de flechas cruzada nas minhas costas. O guerreiro líder estanca a subida quando chega no fim do trajeto e, com cuidado, empurra uma pesada tampa de bueiro. O primeiro movimento é tão curto que apenas um filete de luz escoa para dentro do esconderijo. Blizze espia cauteloso pela abertura e expando minha audição para coletar informação suficiente sobre a situação acima de nós.

O silêncio nos diz que é hora de iniciar o plano.

Blizze destampa o bueiro e avança em direção ao céu nublado acima de nós. Estamos nos fundos do prédio governamental. Há um jardim e gazebo ao lado, assim como uma fonte com a estátua dos Cinco Deuses Irmãos em tamanho humano. Nunca havia visto a imagem de todos juntos e, por um segundo, me pego encarando os traços complexos que os desenham. Meio-humanos, meio-animais.

Corro até a porta mais próxima do bueiro por onde entramos e confirmo que não há ninguém dentro de uma cozinha simples. O plano organizado por Henli e Lenora consistiu em *limpar* o caminho para que nós consigamos avançar por dentro do prédio sem sermos encontrados. Não sabemos quanto tempo ainda temos antes que alguém apareça de repente. Qualquer passo em falso pode iniciar uma batalha que ainda não queremos travar.

Com dois dedos em riste, Blizze faz sinal à direita. Ele e metade dos harakins partem para as entranhas do prédio onde encontrarão escadarias que dão acesso aos andares superiores. O restante dos guerreiros me acompanha para o lado contrário.

Com a audição aguçada, seguimos o mapa repassado por Henli Drozag. Precisamos chegar até os portões da sede para que a segunda etapa do plano comece. O relógio corre contra nós e a reunião dos conselheiros está para começar nos andares superiores. Kalina precisa chegar até lá muito em breve.

Dividimo-nos em duplas e desaguamos em corredores distintos. Ampliamos o nosso círculo de ataque o bastante para que nenhum soldado aratnyano consiga escapar e informar sobre a emboscada.

Com facilidade, chegamos ao ponto onde todos os corredores se reencontram em um saguão. Conversas entre soldados já podem ser ouvidas, o som da cidade do outro lado dos muros, o canto dos pássaros em algum ponto distante.

— Hux — chamo o garoto que está como minha dupla. Ele me encara e um lapso de medo dança pelos olhos amarelos. — Preciso que me escute.

Do meu bolso, puxo um pedaço de papel dobrado em quatro partes.

— Isto é para a Kalina.

O garoto encara confuso o item.

— E por que você mesmo não entrega isso para ela?

Enfio o bilhete no bolso frontal do colete dele antes que possa questionar mais.

— Apenas me prometa que vai entregar a ela se algo acontecer comigo.

— Nada vai acontecer com você…

— Prometa! — Puxo a alça de couro que sustenta as lâminas em frente ao busto. Ele me encara, batalhando contra si mesmo, mas por fim é vencido.

— Prometo.

Bagunço com carinho o cabelo preto dele. Abro um sorriso largo, do tipo que dou quando quero que os outros acreditem que estou bem.

— Bom. Agora, vamos acabar com essas aranhas.

Em um simples estalar de dedos, dez guerreiros demônios correm ao meu lado para uma última caçada. Não estamos no expurgo perseguindo prisioneiros, mas a adrenalina que reverbera dentro de cada um de nós é muito parecida.

Somos mais de dez harakins contra o dobro de soldados, mas o sangue que banha o chão é vermelho e não preto. Avançamos o bastante até que os casacas verdes comecem a fugir como cachorros assustados. A entrada da sede está quase ao alcance dos nossos dedos, mas em cada lado do portão há torres de defesa de onde flechas começam a ser lançadas na nossa direção.

Escondo-me atrás de uma pilastra e espero até que o soldado inimigo no alto da torre estique o rosto para atacar. Ele mal percebe de onde vem a flecha que afunda na própria testa derrubando-o morto.

O plano desenhado pela ruptura parece se desenrolar como o previsto. Soldados ruptores começam a se render, soltando as armas e deitando no chão. Estou prestes a correr para o portão, quando um som repercute ao meu lado. Busco pelo ruído rápido o bastante para ver um soldado aratnyano correndo para dentro da sede e desaparecer em um piscar de olhos.

Ah, você não vai escapar.

— Hux! Abra os portões, agora!

O garoto acata minha ordem sem discutir.

De volta ao saguão, deixo que minha audição revele o caminho que o aratnyano faz. Há apenas um ruído longínquo de botas contra o piso. Ele é rápido, mas não o bastante para mim. Deixo que meus instintos me guiem e aceito que outra faceta se derrame pelos meus ossos. Aquela que, no fundo, sempre gostou da adrenalina da caçada.

O soldado escorrega nervoso e perde tempo retomando o equilíbrio. Isso é suficiente para que eu alcance o mesmo corredor que ele em poucos segundos. Quando o aratnyano olha para trás no meio da corrida, e percebe a minha presença, entra em desespero com um grito.

Ele é tão fraco, uma voz sussurra no fundo da minha mente. *Esmague-o!*

Eu deveria afastá-la, ordenar que se cale, mas não faço isso. É fácil me agarrar a essa sensação quando a adrenalina da caçada está em cada poro do meu corpo. É como a sensação que senti na arena quando ataquei a besta e, pouco a pouco, percebi que estava gostando daquele jogo.

Você é o Príncipe do Abismo, a voz ronrona. *Você pode destruir quem desejar.*

O soldado bate o corpo contra a parede ao escorregar e isto é o fim da linha para ele. Agarro o ombro do homem e o derrubo com facilidade. Ele arfa quando os pulmões se comprimem pelo baque. Arregala os olhos desesperado e ergue as mãos em súplica na frente do corpo.

— Eu me rendo! Por favor, não me machuque!

A cena é patética. O aratnyano implora pela vida enquanto eu o observo de cima.

Mate-o, a voz sussurra. *Ele é traiçoeiro, todos são. Mate-o!*

O soldado identifica meu silêncio como resposta para sua súplica. Em um ato de coragem, tenta se arrastar para longe de mim.

— Quem disse que eu deixei você ir? — rosno, empurrando-o ao chão com meu pé.

Ajoelho-me ao lado do soldado e agarro o pescoço frágil com minhas mãos.

Mate-o! Acabe com seus inimigos!

— N-não... — O aratnyano começa a sufocar. Tenta se libertar do meu aperto, mas é fraco demais. — P-por f...

Destrua-o!

Eu aceito a minha sina.

O tom arroxeado se espalha pela pele e o corpo convulsiona em uma batalha contra a morte. As pupilas se dilatam e a língua explode para fora da boca. Leva apenas alguns segundos para que o aratnyano encare fixamente o teto e deixe de existir.

A adrenalina se extingue e, junto dela, as vozes na minha mente. Um frio congelante se espalha pela minha espinha enquanto encaro minhas mãos ao redor do pescoço do soldado.

Ceifar vidas nunca foi um problema para mim dentro da Montanha, mas existe uma diferença entre aquele sangue e o que escorre pelas minhas mãos.

Eu gostei de matá-lo.

Afasto-me às pressas como se uma doença contagiosa estivesse presente no morto. Esfrego meus dedos uns contra os outros, tentando limpar os fantasmas do que fiz. Meu peito se comprime e minha respiração queima enquanto tento trazer ar para os pulmões.

"Você o viu?" É a voz de Kalina um corredor ao lado.

Encaro o cadáver e me dou conta de que estamos em frente às escadarias. O local exato por onde Kalina seguirá até a reunião.

Antes mesmo que pense direito, corro como um covarde para o lado contrário. Um corredor adjacente é esconderijo suficiente para escapar do encontro certeiro.

"Eu não sei, ele apenas correu para dentro da sede".

Hux acompanha Kalina e Henli Drozag. Os três detém-se de súbito ao lado do morto e o encaram por um segundo. Espero pelo momento exato em que Kalina perceba que fui eu quem fez aquilo. Entendendo finalmente o monstro que sou. O perigo incontrolável que a cerca, como a besta dentro da arena.

Mas Kalina apenas aperta o ombro de Hux com uma expressão compenetrada.

"Se cuide, está bem? Cuide de todos para mim"

Hux toca o bolso do colete, o lugar onde guardei a carta para Kalina, mas não diz nada sobre isso além de:

"Boa sorte, Imperadora".

Kalina e Henli sobem as escadas sem olhar para trás e Hux faz o caminho de volta para o saguão.

Meu coração é esmagado por mil toneladas de pesar. Escorrego meu corpo pela parede até sentar ao chão e abraçar minhas pernas. Tento controlar minha respiração, afastar as vozes que gritam para que eu corra atrás de Kalina e a abrace uma última vez.

Mas não posso fazer isso.

A única coisa que posso fazer é me manter afastado.

Livrá-la dos problemas que me atormentam e ter certeza de que Kalina e sua família ficarão bem.

Mesmo que para isto, precise queimar o mundo.

CAPÍTULO 51

Vinte anos foi o tempo necessário para que este plano fosse posto em prática. Uma estratégia criada para que Vierrah Denova reivindicasse o trono perante o crime cometido pelo irmão. Uma missão que somente um herdeiro de sangue poderia sair vitorioso.

Meu pai jamais teve chance.

Ele perdeu antes mesmo de tentar. Foi assassinado para que não sonhasse com a coroa. O plano de Lenora Nótt e da Ruptura foi enterrado junto dele à sete palmos do chão.

Um plano tão frágil, quanto mordaz. Concebido em cima do apoio certo, no momento certo e da forma certa. Onde qualquer mínimo vacilo resultaria na queda de todos aqueles que ousaram flertar com este objetivo utópico. Mas que, na mesma intensidade, poderia ser um ataque tão certeiro que nem mesmo Frederick Denova teria a chance de dar seu último suspiro.

Invadir a sede do Conselho Real de Insula respaldou-se em três etapas.

Cada uma, intrinsecamente atada à outra.

Se qualquer um dos grupos falhasse, o plano seria enterrado mais uma vez e, junto dele, todos os nossos corpos queimados pelos inimigos.

Foi um alívio quando os portões da sede se abriram com a vitória dos harakins e, consequentemente, a primeira etapa do plano de invasão. A segunda consistiu em avançar com o restante dos soldados ruptores e controlar o prédio em sua totalidade. Não somente isso, mas que conseguíssemos chegar à reunião do conselho antes que Frederick Denova pudesse perceber o que acontecia nos andares inferiores.

Embebidas na memória do que um dia fomos, eu, mamãe e minhas irmãs lutamos juntas, derrubamos soldados aratnyanos pelas ruas ao redor do prédio governamental e penetramos os portões e pátio frontal. Não foi fácil deixar minha família para trás, mas foi preciso. Trazê-las comigo para a reunião seria perigoso não somente para elas, mas para mim.

Resta, agora, apenas uma etapa para que Lenora Nótt possa dizer que seu plano não morreu junto de meu pai.

E cabe apenas a mim concluir esta etapa.

Por meu pai. Por Pitrya. Por Insula.

Henli Drozag e eu lutamos contra o tempo enquanto saltamos os degraus da escadaria. Rastros do combate entre harakins e aratnyanos ecoam pelas paredes. Tarefa esta que foi confiada a Blizze, um movimento que facilitaria minha chegada até o salão do conselho após a abertura dos portões da sede. Parece que a missão foi concluída com sucesso, visto que alguns corpos de soldados aratnyanos jazem pelo chão.

Eu deveria sentir um embrulho no alto do estômago, mas lembro a mim mesma que estes homens são nossos inimigos. Se estão mortos, é porque foi necessário. Se não fossem eles, seríamos nós. *Seria a minha família.*

Henli encara o relógio de pulso enquanto corre.

— Passaram-se dez minutos. Precisamos correr!

— E não é isso o que estamos fazendo?! — grunho, angústia perfurando meu peito.

No terceiro andar, esbarramos com Blizze e um trio de harakins. Fazem a proteção do caminho e evitam que qualquer soldado aratnyano possa avançar até o salão do conselho. Vê-lo vivo me causa um alívio. Os harakins que lutam ao meu lado merecem esta vitória, uma vida diferente, longe de todo o sangue derramado e as mentiras contadas. Torço para que eu possa conquistar isso por eles. Curá-los de todas as feridas que Frederick Denova causou.

— Como está a situação, soldado? — questiono, tentando lê-lo.

— Tudo sob controle, Imperadora — informa com a voz grave. A nomenclatura já não incomoda tanto. — A guarda privada agiu de acordo com o plano.

Percorremos o último lance de escadas até o quarto andar. Repasso na minha mente todos os conselhos dados por mamãe, o que devo falar, o que não posso esquecer. Só que uma voz sabotadora insiste em dizer nos meus ouvidos que sou apenas uma garota de dezenove anos brincando em uma guerra de leões.

Garota estúpida, vista a coroa antes mesmo de entrar naquele salão! É isso o que Ravenna Senyia diria neste momento. A ex-diretora da prisão ficou presa nas entranhas da montanha sob ordens de Henli Drozag.

Quando o questionei sobre o motivo da sua decisão, foi enfático sobre suas suspeitas a respeito da ex-diretora e o plano de me colocar na arena com a besta. Ele disse que um encontro meu com Ravenna antes de partirmos para a Reunião Anual poderia me desestabilizar.

Eu quis conversar com ela. Não conseguia acreditar que a aratnyana havia feito algo premeditado, mas mamãe pediu para que eu escutasse Henli.

E foi o que eu fiz.

No fundo, sei que o que aconteceu na arena não foi completamente culpa dela, mas como revelar isso sem expor Vixen? A descoberta sobre o estado mental e físico dele poderia gerar desconfianças e um medo generalizado. Seria como atirá-lo sob um holofote que ele não merece estar agora.

Confio em Vixen, confio a minha vida a ele.

Além disso, trazer Ravenna nesta missão seria perigoso demais. A aratnyana é uma peça poderosa e que poderia entregar informações demais a Frederick caso a perdêssemos. De todo modo, quando isso acabar e o trono for meu, vou honrar com a promessa feita. Ravenna vai receber sua liberdade.

Quando chegamos no nosso destino, estancamos a corrida e Henli Drozag diz:

— Prepare-se, Imperadora.

Com as lâminas em riste, o trio de harakins toma a frente e outros oito guerreiros que aguardavam nossa chegada se juntam à minha armada. Sou surpreendida pela presença de outros militares espalhados pelo largo corredor. A guarda privada do conselho divide-se nas cores de cada uma das famílias. Os que estão de pé servem aos conselheiros que me apoiam, já os desacordados no chão lutam pelos inimigos. Apagados sim, mas não mortos. Seria um problema lidar com Vereda, Mansi, Suderzlyn e Atroiss depois.

Respiro fundo, controlo o tremor pelo corpo e mantenho minha expressão neutra. Não posso demonstrar o nervosismo que me consome. Se as coisas tivessem saído do controle, Lenora ou outro dos conselheiros teriam solicitado ajuda da guarda através do código estipulado.

— Está pronta? — Henli murmura por cima do ombro.

Por meu pai. Por Pitrya. Por Insula.

— Mais pronta do que nunca estive.

Com um aperto de mão rápido, o maviano se afasta para tomar a frente do grupo. Sou engolida pelos corpos banhados em uniforme preto e lâminas prateadas em um casulo de defesa. Marchamos rumo às portas do salão e, durante a caminhada, observo os olhares dos militares que servem ao conselho. Alguns deles encaram-me com curiosidade, outros assentem em sinal de respeito.

Nenhum deles me conhecia ou havia visto meu rosto antes deste momento, mas, ainda assim, são leais o suficiente aos próprios líderes para tornarem-se leais a mim.

Isto é ter poder?

Miro as portas fechadas e um inconveniente dejavu me lembra do momento em que encontrei Ravenna e Ruel esperando-me dentro do salão de treinamentos na prisão. Eles já sabiam de todo o plano organizado por Irvine através de Nyllie. Naquele dia quase morremos pela traição de alguém em quem confiávamos.

Mas diferente daquela Kalina, agora eu estou pronta para o pior.

Por meu pai. Por Pitrya. Por Insula.

Porque eu sou Kalina Kaster, a reivindicadora do trono.

É com esse pensamento que expulso os meus temores e empino meus ombros com confiança. Acordo meu poder no centro do peito, porque não irei titubear se for necessário usá-lo.

As portas do salão do conselho se abrem em um estrondo e não há exército algum esperando-nos do outro lado.

Na verdade, apenas uma luz nublada da manhã escorre das gigantescas janelas que circulam o alto do salão. Ao nosso lado, uma imensa escultura em pedra do Deus de Aratny chama atenção, assim como os candelabros feitos de cobre enegrecido que queimam em verde pendendo do teto.

Tudo neste lugar exala o ar da nobreza, um cheiro que nenhum homem humilde jamais terá a chance de sentir. É excessivamente descomunal, um lembrete sobre como somos pequenos perante às dez cadeiras ao lado do trono.

Um trio de funcionárias congela ao lado de uma mesa repleta de bebidas e comidas intocadas. Elas encaram-nos com pavor, mas Blizze ordena em um rosnado que deixem o recinto. Sem olhar para trás, as garotas apressam-se para fora do salão.

Foco toda a minha atenção nos gritos das mulheres, no som das botas dos harakins ecoando contra o piso e no silêncio incômodo que reina neste lugar.

Não gosto desse silêncio. Por que está tão silencioso?

Tomo coragem para enfrentar meus anseios e vislumbro, em meio à parede formada por harakins, uma escadaria branca. No alto dela, há poltronas verdes confortáveis em meia-lua, pertencentes ao conselho. Mas é acima deles, no ponto mais alto, que percebo o trono.

Onde Denova está.

Meu sorriso confiante balança em uma fração de segundo. Vê-lo assim, tão perto, queima em óleo fervente as chamas no meu estômago. Seria tão fácil mandar aos ares o plano dentro da lei de Lenora e simplesmente matá-lo. Porém, sei que se eu fizer isso, estarei não apenas me igualando a ele, mas perdendo toda a minha chance de ascender ao trono.

Em meio aos meus pensamentos confusos, a voz de Henli Drozag reverbera:

— Kalina Kaster Denova. Filha de Vierrah Denova, descendente direta da família real e sangue herdeiro do trono, reivindica sua presença na Reunião Anual do Conselho.

Estancamos o caminhar no meio do salão. Longe o bastante para que nenhum dos conselheiros sintam-se ameaçados, mas perto o bastante se precisarmos agir.

Cravo toda a minha atenção em Frederick Denova após a apresentação, mas a resposta para nossa chegada continua inundada em silêncio.

Toco delicadamente as costas do harakin à minha frente e o caminho se abre. O sorriso confiante está de volta ao meu rosto quando deixo a segurança do meu casulo.

Sei como me cuidar sozinha de agora em diante.

Do alto das poltronas luxuosas, dez pares de olhos me encaram.

Nenhum deles ousa falar algo.

— Conselho Real. — Faço uma mesura curta saudando-os, mas não consigo identificar o que se passa naquelas expressões indecifráveis. Depois, encaro em um longo silêncio Frederick, mas para ele não existe mesura alguma. — *Usurpador.*

É neste pequeno ato de ousadia que capto um sorriso nos lábios de Lenora Nótt.

Aí está você.

Os aliados de Frederick não parecem gostar nenhum pouco da forma como falo com o Imperador. Pela primeira vez as expressões impassíveis mudam para revoltadas.

O mais próximo, sentado à direita do déspota, se chama Ighor Vereda. Destrinchei cada documento entregue pela Ruptura contendo as informações principais sobre os dez conselheiros. Vereda é herdeiro do império farmacêutico em Aratny, tem vinte e oito anos, ambicioso e nenhum pouco confiável. O queixo tão afiado quanto sua lábia mentirosa. O homem tomba o rosto e me estuda de cima a baixo, assim como os soldados-harakins.

— Imperador, o que é isto? — questiona com sarcasmo na voz.

Frederick o ignora. No alto de seu trono feito de obsidiana e metal ele acolhe o silêncio sepulcral. O corpo miúdo poderia sumir em meio à grandeza do lugar, mas de uma maneira injusta ainda consegue se fazer presente. É impossível ignorá-lo.

De pernas cruzadas, vestindo um terno visivelmente caro, Ighor Vereda não perde tempo e volta a me encarar com uma expressão fulminante.

— Compatriotas, alguém foi informado sobre *isto*?

O idoso no lado esquerdo de Frederick nega. É Fabriccio Mansi, a segunda cadeira de Aratny no Conselho Real e, ao lado dele, Kés Suderzlyn, representante de Veraz.

— Há um motivo para nenhum de vocês ter sido informado sobre a minha presença nesta reunião. — Lanço minha voz com força o suficiente para que reverbere através dos ouvidos de cada um. — A verdade é que o homem que senta no trono, jamais permitiria minha participação nesta reunião. Ouso dizer que, muito provavelmente, vocês não saibam sobre a minha existência. Sobre meu pai ser Vierrah Denova.

Há uma deliciosa confusão espalhando-se pelo rosto de Vereda, Mansi, Suderzlyn e Atroiss.

— Chegamos ao momento de resolver uma ou duas pendências familiares, não é mesmo, *tio*?

Frederick continua assustadoramente imperturbado. Como pode se manter tão tranquilo nesta situação? Dez harakins o enfrentam e toda a sede conselar foi tomada pelos inimigos.

Das duas uma, ou Frederick Denova sabe melhor do que ninguém como esconder suas emoções, ou ele está vendo algo que nem mesmo eu vi.

— Onde está a *minha* guarda? — Fabriccio Mansi questiona com sua barba comprida e branca quase chegando ao peito. No alto da cabeça há um coque de fios alvos. — Isto é algum tipo de rebelião? Todos serão presos!

Kés Suderzlyn ergue-se de sua poltrona. O veraze usa um manto prateado por cima da cabeça, adornado por joias brilhantes.

— Ultraje. Como ousa enfrentar o nosso Imperador e o conselho trazendo mentiras e blasfêmia para um lugar sagrado?!

Os apoiadores de Frederick Denova são poderosos e parecem fisgados pelas garras sujas do maldito aratnyano. Lenora estava certa sobre jamais conseguirmos o apoio deles.

Devo mostrar a esse grupo de ricaços que não tenho medo de nenhum deles. Nas minhas veias corre sangue herdeiro.

Troco um olhar cheio de significado com Henli. Chegou a hora dele assumir o papel como meu conselheiro.

— Trazemos apenas verdades a vocês, senhores. A herdeira, Kalina Denova, está farta de ser renegada e encoberta pelas mentiras germinadas pelo usurpador Frederick Denova.

— Cale-se, seu indigno! — Ighor Vereda reage. — Terá a sua cabeça cortada pelo desaforo contra vossa graça.

— Guardas! — Kés Suderzlyn chama pelos militares que não virão.

— Por que estão quietos, compatriotas?! — Fabriccio Mansi passeia os olhos julgadores pelos outros seis colegas. — Irão aceitar em silêncio o desrespeito que acontece em frente a vocês? Ou estão gostando do que veem?

— Como ousa, Mansi? — É Ayla Dhara, baronesa de Mave, quem o enfrenta. — Insinua algo?

— Não estou insinuando, Dhara, estou acusando!

— Chega, Vereda! — Lenora Nótt se pronuncia pela primeira vez. Está diferente hoje, sem as joias presas ao cabelo. Sem o colar ao redor do pescoço. Despida de qualquer traço que a assemelhe a baronesa do porto, era a mulher que busca vingança pela irmã. — Pensa que quem veste a coroa aqui é você? Devemos aguardar pela opinião de vossa graça, não acha?

Assisto a discussão em silêncio. Não quero dar um passo em falso neste momento, as regras estipuladas no plano de Lenora são curtas e diretas. Porém, é tenebrosa a constatação de que este conselho é formado por um ninho de cobras e que, muito em breve, serei eu a lidar com cada uma de suas presas.

A resposta dela parece repercutir entre os conselheiros, que lançam olhares de curiosidade para o Imperador no trono.

Frederick decide sair de sua pose estática e inalcançável. Sobre os olhos usa um óculos de haste redonda e lentes prateadas. Ajeita o acessório com calma e toma todo o tempo do mundo para si antes de responder o questionamento de Lenora.

— Compatriotas! — A voz é fina e anasalada. — Agradeço a preocupação sobre a ordem desta nossa reunião, mas peço que controlem os ânimos — ele fala calmo. *Tão calmo.* — Não há nada pelo qual devemos nos preocupar neste momento. Isto… — Frederick aponta para mim com desdém. — É apenas um infeliz contratempo.

Semicerro meus olhos para ele. Como pode ser tão arrogante?

— Nos meus trinta anos comandando este continente houveram inúmeros ataques à ordem e à paz sagrada desta instituição — explica, rindo consigo mesmo. — Não é a primeira vez que alguém diz ser meu herdeiro ou de meus irmãos, e não vai ser a última vez que criminosos tentarão roubar a coroa.

Uma explosão queima no centro do meu peito e não consigo conter as palavras que escapam dos meus lábios:

— Sabemos bem quem é o mentiroso dentro desta sala!

Torna-se quase impossível controlar o impulso de atacá-lo com minhas próprias mãos

Denova ri ainda mais e repousa as mãos pequenas nas laterais do trono.

— Já me chamaram muito disto também. Mas, afinal, o que é a verdade? Você enxerga o mundo de acordo com o que deseja, mas isso não significa que seja real. Já se perguntou quantas mentiras foram contadas a você e tomou-as como verdade? Me diga, Kalina Kaster, você diz que seu pai é Vierrah, meu irmão, mas você tem *certeza* disso? Uma foto não significa nada.

Minhas pernas bambeiam e um frio se espalha pela minha espinha. Como... Como ele sabe sobre a foto?

Pavor escala meu corpo, mas antes que eu possa responder ao ataque, Henli Drozag assume a discussão:

— Senhores, não trazemos mentiras, mas fatos. Abaixo de suas poltronas, grudado no banco, há uma pasta com tudo o que devem saber — ele informa, mas murmúrios de choque e surpresa entre os conselheiros ecoam pelo ambiente. É claro que Lenora não age da mesma maneira, já que foi a mando da baronesa que os documentos foram plantados naquela mesma manhã. — O exame de compatibilidade genética no início desta coletânea de documentos confirma a paternidade de Vierrah Denova sobre Kalina.

Enquanto o conselho coleta a documentação, os cachorrinhos de Frederick o encaram com uma pergunta no rosto. O déspota balança a mão de qualquer jeito, liberando sua corja para que façam o mesmo.

— A análise foi feita por uma importante cientista aratnyana — informo, encarando cada um dos conselheiros. — Foi assim que descobri a verdade sobre o meu sangue. Nunca desejei o trono, mas entendo agora que há um homem maligno usando a coroa que deveria pertencer ao meu tio e falecido Imperador, Felix.

Felipho Bettini, o barão e banqueiro de Lovano, ergue as sobrancelhas grossas e grisalhas contra a pele negra retinta. Atua tão bem que até mesmo eu poderia acreditar na surpresa em sua face.

— Vossa graça. Isto é verdade?

Víboras. Como podem ser tão falsos e mentirosos?

Frederick nem mesmo perde tempo olhando para Bettini quando responde:

— Documentos podem ser forjados, compatriota.

Solto uma risada debochada. Cruzo meus braços, tombando o rosto em um biquinho.

— Sobre documentos forjados você entende bem, não é mesmo?

Isto é a deixa perfeita para que Henli volte a falar.

— Senhores… Kalina Denova traz até vocês provas de dois crimes hediondos cometidos pelo usurpador do trono. — O maviano não se acovarda frente às expressões furiosas dos apoiadores de Frederick. — O primeiro crime faz parte de um experimento conhecido como Projeto Harakin.

— Do que você está falando? — Felipho Bettini inflama a revelação com perguntas.

— Estamos falando sobre o desaparecimento das crianças por todo o continente durante anos. Sobre as mentiras criadas a respeito dos portos de Marzilis estarem envolvidos com esta sujeira. Sobre as famílias que foram destruídas.

May Qian fuzila Frederick Denova. Os impérios Qian e Nótt ficaram conhecidos no restante do continente como os possíveis culpados pelo rapto das crianças. Uma mentira espalhada através do vento e que causou muitos problemas para os marzilienses durante todos estes anos.

— Soldado, conte para o conselho a sua história — ordeno a Blizze, lançando a ele um sorriso encorajador.

Os conselheiros remexem-se em desconforto pela aproximação súbita do harakin.

Covardes.

— Conselho. — Faz uma mesura. — Me chamo Blizze. Blizze Graneda. Segundo o que foi descoberto sobre mim, eu sou de Lovano. Minha mãe se chama Hilda e tenho quatro irmãs. Eu fui raptado quando tinha oito anos e nunca mais voltei para casa. — Os conselheiros o escutam em silêncio. — Por muito tempo minhas memórias foram apagadas através de um experimento feito não só comigo, mas com todos os meus irmãos. Nossos corpos foram violentados e nos trataram como ratos de laboratório. Quando acordávamos da entubação, o governo dizia que pertencíamos a uma dimensão conhecida como O Outro Lado. Nos ensinavam que nossa vida era baseada em trabalhar, lutar e matar. — Blizze pausa por um segundo e limpa a garganta. — Foi por causa de Kalina Kaster que tudo mudou. Foi ela quem encontrou uma forma de nos ajudar. Foi por causa dela que não caímos mesmo depois de descobrir a verdade. Tudo o que eu desejo é voltar para a minha casa. Peço a vocês que escolham o lado da justiça. O lado de Kalina. Não desejo mais sujar minhas mãos de sangue. É só o que peço.

Há um novo silêncio reverberando pelo ar após o relato dado por Blizze.

Aguardo pela refutação de Frederick, mas ele apenas abre um sorriso contente.

Não é possível que o maldito esteja confortável com isso tudo.

Ou, quem sabe, o homem seja apenas um maluco. Isto explicaria muita coisa.

— E o segundo crime? — Ayla Dhara é quem inquire desta vez.

Ighor e Fabriccio encaram a baronesa com expressões nada felizes.

— É sobre o assassinato do meu pai — sou eu quem responde. — Seus restos mortais foram exumados em busca de uma substância tóxica que, infelizmente, foi encontrada também na ossada de Felix Denova.

Neste instante todos parecem assustados pela revelação.

— Temos documentos que comprovam o investimento do usurpador na criação de um veneno capaz de matar não somente os próprios irmãos, mas qualquer aratnyano!

Minha vontade é de gritar para o mundo o que o maldito crápula fez, mas se Ravenna Senyia me ensinou algo, é que manter a calma e o controle neste momento será ainda mais poderoso para o que desejo conquistar.

Os murmúrios começam a se espalhar entre os conselheiros conforme analisam os documentos. Cochichos entre May Qian e Isla Holde, assim como olhares de contentamento entre tia e o sobrinho da família Dhara. Fabriccio Mansi encara os documentos com as sobrancelhas enrugadas e Kés Sudezlyn parece observar Frederick com desconfiança

Ighor Vereda, por outro lado, me fita com o mais puro e verdadeiro nojo. Ele joga a papelada no chão, as folhas escorregam pelos degraus da escadaria.

— Mesmo que você traga estas acusações falaciosas... — a aranhazinha debocha cheia de veneno. — Não há nada o que você possa fazer! Em nome de vossa graça, ordeno que você deixe esta reunião com o seu grupinho rebelde antes que sejam todos presos por desacato de autoridade! — Ele encara os colegas. — Iremos avaliar em sigilo os documentos entregues e, na próxima reunião anual do conselho, você receberá a nossa decisão!

O aratnyano bate a mão com força no encosto da poltrona e fuzila-me com uma expressão assassina.

Todos os conselheiros aguardam pela minha resposta, assim como Frederick que parece deleitar-se com as poucas palavras que precisou proferir neste encontro.

De fato, Ighor Vereda parece um cão de caça pronto para dar a própria vida pelo tutor.

Isto será um grande problema.

— Você não ouviu o que eu disse ou está se fazendo de idiota? — ele questiona, muito irritado.

Bem, vejo que a hora chegou.

Abro um sorriso muito contente. Do tipo que marcará os pesadelos de Ighor pelo resto de sua existência miserável.

— Ah, eu ouvi sim — respondo no mesmo tom debochado. — Você está correto... Em parte. Eu não poderia fazer nada sozinha, porque a decisão é do conselho. Mas... acredito que esta decisão já tenha sido tomada!

Depois de uma vida toda de espera, Lenora Nótt se ergue de sua poltrona e pode finalmente dizer as palavras com que tanto sonhou:

— Frederick Denova, você não é mais o Imperador de Insula!

CAPÍTULO 52

Lenora Nótt encara Frederick Denova com uma frieza digna de uma rainha.

Não mais sentada, mas de pé. O queixo erguido e os olhos castanhos desafiando o rival. Ela revela um único documento sob sua posse, diferente dos outros que os conselheiros receberam. É de um papel mais firme, amarelado e com carimbos dourados no início e final de sua extensão. Ela o exibe para que o mundo inteiro veja a conquista de uma vida inteira de espera.

— Diante do Conselho Real de Insula — volta a falar, a voz imperiosa. — Exprimo a decisão da maioria em números das cadeiras deste conselho em relação aos crimes cometidos pelo atual Imperador, Frederick Denova.

— Do que você está falando, Nótt?! — Ighor desperta do estupor.

— Só pode ser uma piada de péssimo gosto — Fabriccio Mansi retorque.

A baronesa ignora os colegas. Frederick Denova não diz absolutamente nada.

— Em minhas mãos carrego a cessão de direitos continentais redigida segundo os artigos estabelecidos na constituição insular e dos Cinco Deuses Irmãos. — A voz da marziliense flutua como música em meus ouvidos. — Artigo 23, segundo consta no velho registro de Aratny e transmitido em sua totalidade no novo registro continental, "Jamais matarás sangue do teu sangue"...

— Traição! — Ighor ergue-se da poltrona de súbito, o rosto branco tornando-se vermelho. De olhos arregalados, busca por uma reação do ditador, mas não há nada.

Vamos lá, maldito. Demonstre ao menos a sua raiva, o seu ódio pelo que estamos fazendo!

— Artigo 02, "Apenas descendentes diretos e/ou, em linha lateral e/ou transversal, sucederão ao trono segundo as regras impostas pelos Cinco Deuses Irmãos desde a criação da terra que chamamos de lar".

— Você não ousaria... — Fabriccio Mansi debocha, mas não esconde o choque. Mas nem mesmo Kés Suderzlyn ou Domingos Atroiss comunicam seus pensamentos verdadeiros. Os tais apoiadores de Frederick, representantes das cadeiras de Lovano e

Veraz, na verdade, encontram mais interesse nas paredes do salão do que na face do líder e seus compatriotas.

— Após o recebimento de provas incontestáveis a respeito dos crimes imputados por Frederick Denova, o Imperador regente, eu, Lenora Nótt, viúva de Oscar Nótt, baronesa de Marzilis e décima cadeira do Conselho, anuncio que, em razão das leis justas e pacíficas de Insula, os direitos do império estão sendo retirados imediatamente de Frederick Denova... — Sons de assombro ecoam de Ighor e Fabriccio. — E aplicados sobre os ombros e punho de aço de Kalina Kaster Denova.

— Objeção! — Ighor, raivoso, busca auxílio dos outros conselheiros. — Isto é uma violação descabida. Não houve solicitação alguma para esta decisão ser tomada.

— Isto não passa de uma prevaricação! — Fabriccio corrobora, o rosto vermelho

— Abaixe as orelhas, baronesa Nótt, está passando vergonha e se tornando uma criminosa. Beijará os pés de vossa graça se quiser manter o seu assento neste conselho.

— Não sou criminosa alguma, Vereda. Diferentemente do homem sentado no trono.

Frederick reage a fala da mulher cruzando os dedos uns sobre os outros. Ele se inclina levemente, o suficiente para que seu corpo magro arqueie-se em forma de concha sobre o gigantesco trono obsidiana.

Todos voltam-se para o aratnyano.

Ele tomba, apenas um pouco, o rosto magro e pequeno.

— Ouso dizer que esta traição levou mais tempo do que eu esperava — Frederick abre um sorriso curto. — Você sempre foi um terrível incômodo no meu sapato, Nótt.

Ighor Vereda e Fabriccio Mansi acompanham o crápula. As risadas enojando-me.

— Não estou o traindo, Frederick, estou apenas seguindo com a lei. — Ela abre um sorriso ainda maior que o dele. — Sirvo aos Cinco Deuses Irmãos, assim como você, *vossa graça.*

— Admirável devoção, devo dizer — ele ri, ajeitando-se. — Mas agora, que tal voltar a se sentar a cadeira que lhe pertence apenas pelo respeito que tenho ao seu falecido esposo?

Lenora solta uma risada curta.

— Conselheiros. — Ela olha para a mulher à sua direita, é May Qian quem está na primeira cadeira de Marzilis. — Dou início ao pleito legal para homologação de destronamento de Frederick Denova. Começando por mim, Lenora Nótt, segunda cadeira de Marzilis. Meu voto é sim.

Ighor Vereda bufa alto, revirando os olhos.

— Você quer se submeter ao ridículo? Certo. Ighor Vereda, segunda cadeira de Aratny, meu voto é não!

Meu coração acelera. Certo, estamos empatados. Fique calma, Kalina. Você tem seis assinaturas. Os conselheiros ficarão ao seu lado. Confie.

Mas e se eles não ficarem?

— Fabriccio Mansi — o barba branca entoa a resposta do outro. — Primeira cadeira de Aratny, meu voto, obviamente, é não.

Lenora meneia o rosto em concordância. Ela não parece nenhum pouco abalada por estarmos logo em desvantagem na saída da votação.

A baronesa lança um olhar para May Qian.

A herdeira do segundo império portuário de Marzilis, cabelo castanho escuro e lisos, entreolha-se com Isla Holde. Depois de um segundo em silêncio, ergue a voz.

— May Qian, primeira cadeira de Marzilis. — Ela empina o queixo e responde firme. — Meu voto é *sim*.

Ighor Vereda solta um sonoro xingamento, enquanto o barba branca começa a tossir incessantemente após se engasgar.

Do sorriso jocoso que mal se espalhava pelo rosto de Frederick, agora há uma linha fina de descontentamento.

Ali! Uma reação verídica, um pingo de raiva.

E, estamos apenas começando, não é mesmo?

Ighor Vereda e Fabriccio Mansi iniciam uma disputa para descobrir quem poderia interferir mais a votação, mas Felipho Bettini derrama um soco sobre o encosto do braço silenciando os colegas.

— Isto é um pleito de homologação oficial, *compatriotas* — debocha na última palavra; Ele lança um olhar carregado de rancor para Frederick. — E eu digo sim, em nome da primeira cadeira de Lovano.

Denova ajeita os óculos prateados sobre o rosto. Ele ergue a mão em um movimento fluido de negação.

— Um banqueiro falido e duas casas portuárias sem liberação para navegar fora do meu continente — tenta falar em tom tranquilo, mas há uma dureza na voz. — Estou surpreso por tamanha imbecilidade no meu conselho. — Solta uma risada curta. — Isla, querida. Vote, por favor, precisamos lembrá-los com quem estão lidando.

A dona da maior companhia armamentista sorri para Frederick.

— É claro, vamos lembrá-los — a resposta faz minha garganta se apertar. — Isla Holde. Primeira cadeira de Veraz, meu voto é... sim.

— Holde?! — Ighor Vereda esbraveja, chocado.

Mas não há tempo para uma discussão iniciar, porque Lenora intima os dois últimos votos de apoio antes que os aratnyanos chorem mais.

— Ayla e Yelo?

Tia e sobrinho estão visivelmente tensos, o garoto principalmente. A mulher troca um olhar demorado com Lenora.

— Que eu não me arrependa disto — ela resmunga, intimidada. — Ayla Dhara, primeira cadeira de Mave. Meu voto é sim.

Desta vez, não há objeções por parte de Ighor ou Fabriccio. Ambos estão muito chocados com o rumo da votação. Como os bons cachorrinhos que são, começam a procurar por uma ordem de Frederick, mas o infeliz está apenas estático observando o seu declínio.

Que ele grave na memória o exato segundo em que sua queda começou.

— Yelo? — A tia do homem inquere.

O maviano esconde as mãos nos bolsos da calça social marrom, mas não há como deixar de notar o leve tremor dos braços. Ele ainda é jovem, talvez alguns anos a mais do que eu, mas ainda assim, jovem. O garoto encara a tia, que assente. Depois, procura pelo usurpador.

Frederick, muito sutilmente, balança a cabeça em negação. Está, aos poucos, perdendo a postura inabalável. Aquela que jamais deixaria uma emoção ser demonstrada.

— Sinto muito — o maviano se desculpa, mas não quebra com sua palavra.

— Não ouse, Dhara! Não ouse fazer isso! — Ighor o ameaça, perdendo o controle das próprias emoções

— Yelo Ônix-Dhara, segunda cadeira de Mave. Meu voto é sim.

Seis votos.

A maioria.

Abro um sorriso triunfante. Não há mais nada o que Frederick Denova possa fazer legalmente. É claro que isso não significa, de forma alguma, que ele está vencido. Ainda preciso identificar seus próximos passos. Meus harakins estão à postos, meu poder bem acordado no meu peito, uma centena de soldados ruptores e homens da guarda conselheira lutando por mim pelas ruas e pelo prédio governamental.

Se Frederick quiser iniciar uma batalha comigo, estou pronta.

Mas, se ele for inteligente o suficiente, como parece ser, vai perceber que está derrotado.

O crápula fica em silêncio. Ele cruza as mãos e encara Kés Suderzlyn.

— E você?

— Vossa graça?

— Vote!

Contenho um revirar de olhos. É sério que ele está fazendo isso? O homem já perdeu a votação e, ainda assim, quer ter o gosto de receber os quatro votos dos apoiadores. Tão egocêntrico. Será maravilhoso vê-lo tentar manter essa pose na porcaria da prisão que vou fazê-lo mofar.

— Vossa graça... — Kés tenta desconversar, mas há uma força vinda de Frederick.

Lenora parece identificar o mesmo desespero egóico no pedido. Ela deixa que o homem brinque com os próprios prazeres.

— Kés Suderzlyn, primeira cadeira de Veraz — o homem entoa, encarando Frederick, mas, quando vai responder, olha para Lenora. — Meu voto é a favor de Kalina Kaster.

O que?

Não pode ser. O barão de Veraz, apoiador de Frederick Denova, acabou de votar ao meu favor?

— Você é um maldito traidor — Ighor Vereda rosna, derrotado.

— E você, Domingos? — Frederick, com um sorriso amargo no rosto, questiona.

O homem dá de ombros, parecendo cheio de tédio.

— Eles já o derrubaram, vossa graça. O que mais posso fazer?

Frederick balança o rosto lentamente em concordância.

Ele aperta os dedos uns contra os outros, analisando-os por trás dos óculos prateados. Adoraria encarar seus olhos e descobrir a verdade sobre o que sente, mas o maldito gosta de escondê-los. É um covarde.

— Denova, de acordo com a constituição Insular dos Cinco Deuses Irmãos, você tem direito a recorrer a esta decisão — Lenora diz, mantendo a postura. — Mesmo que eu o considere um homem perverso, ainda sigo acima de tudo o que as nossas leis pregam. — Lenora espera por uma resposta, mas ele apenas fica em silêncio. — Bem, vejo que você não pretende facilitar esta situação, estou certa? — A baronesa troca um olhar comigo. Depois, ordena. — Denova, deixe o trono.

Todos os conselheiros ficam em silêncio. Não somente aqueles que me apoiam, mas até mesmo Vereda e Mansi, que foram os únicos que votaram a favor de Frederick.

Quando minha paciência está quase se esgotando, o insuportável começa a… rir.

Não é apenas um sorriso debochado e sarcástico. Nem mesmo uma risada curta e cheia de rancor. Frederick Denova ri. Alto, com intensidade, o corpo tremendo. Ele ajeita os óculos na ponte do nariz, o rosto tomando uma vermelhidão. Ele ri e ri e ri.

O que está acontecendo?

Todos ficam assustados, entreolhando-se com a cena jamais vista.

O homem leva um bom tempo para se controlar, mas, quando o faz, ergue-se com elegância do trono.

Solta uma risada enquanto desce as escadas. Não olha para os conselheiros ou, ao menos, desafia Lenora. Ele apenas se levanta do trono e sai.

Simples assim.

Desce degrau a degrau tornando-se ainda mais baixo e magro conforme se aproxima de mim.

Eu poderia acabar com ele tão facilmente. Eu poderia matá-lo agora mesmo e não precisaria do que mais de três socos dados no centro de sua cabeça oval.

Controle-se, não deixe que o fervor do ódio te tinja de burrice.

Atrás de mim, os harakins entram em modo de defesa quando o usurpador deixa a escada e fica no mesmo nível que eu.

Henli Drozag diz algo, mas eu mal presto atenção. Apenas foco toda a minha energia no jeito como Frederick Denova caminha sem parecer ter medo. Como se ele ainda me olhasse como uma ninguém. Não como a garota que acabou de destroná-lo de forma justa e dentro das leis que ele mesmo usou para se safar durante toda a vida.

— Não se aproxime mais — Blizze ordena, rugindo.

Frederick o ignora, os sapatos ecoando pelo piso.

— Está tudo sob controle, soldado — digo, com um sorriso no rosto.

Giro a palma da minha mão em garra para o alto e comando meu poder para a ponta dos meus dedos. O ar ao redor de mim brinca com meus cabelos, elevando-os o suficiente para que Frederick Denova saiba que eu estou pronta para atacá-lo se for necessário.

O homem para bem na minha frente. Ele é menor do que eu, o suficiente para que eu tenha que olhar um pouco para baixo.

— Não faça nada do que possa se arrepender, tio — digo, debochada. — Lembre-se, eu sou sua Imperadora.

Frederick ri.

— Eu vou matá-la. Sabe disso, não é mesmo?

Um raio cruza meu estômago. Ele acabou de me ameaçar?

— Ah, você não vai — respondo, tão baixo que somente ele pode ouvir. — E sabe por quê? Porque eu me recuso a morrer antes que você pague pela morte do meu pai e da minha irmã.

Dou um passo na direção dele. Lanço meu poder o suficiente para que o ar ao redor do pescoço do maldito brinque com sua pele, de um jeito nada delicado. Frederick mantém a postura, mesmo que eu saiba que estou deixando-o muito desconfortável.

— Você vai desejar nunca ter me conhecido, Denova.

— Esplêndida Imperadora? — Lenora me chama, exultante.

Libero o poder sobre Frederick.

A marziliense está sentada novamente, muito feliz com o que vê.

— Por que não assume o seu lugar?

Ela sorri para mim, cheia de divertimento. Resvalo meu olhar para o trono de obisidiana e metal. *Meu trono.*

— É claro — respondo, confiante. — Drozag, você me acompanha?

O líder da Ruptura assente, oferecendo o braço esquerdo como apoio. Eu aceito, mirando Frederick com nojo por uma última vez.

— Aproveite para se despedir da sua querida coroa — murmuro, regozijando-me com a oportunidade de humilhá-lo. — Porque você nunca mais vai sentir o peso dela.

Ao meu lado, Henli me acompanha em direção as escadarias banhadas pelo tapete comprido e verde. Meu coração está tão acelerado que posso senti-lo na garganta, mas, ainda assim, mantenho o queixo erguido e os olhos fixos no caminho à minha frente. Lenora Nótt está com um sorriso enorme no rosto, assim como Felipho Bettini.

Ighor Vereda e Fabriccio Mansi fuzilam-me com seu olhar. Todos os conselheiros reais observam enquanto está garota de dezenove anos assume o trono após derrubar o homem que destruiu sua vida.

Seis deles podem pensar que chegar até aqui foi fácil, mas subir estas escadas tem um simbolismo maior. É a representação do que precisei escalar para alcançar meu objetivo.

E agora, falta pouco.

Tão pouco.

Subo os degraus em um momento de completo frenesi e mal consigo discernir as palavras de Henli, lembrando-me o que devo ordenar assim que me sentar.

Drozag avança para o espaço ao lado do trono e fica em silêncio, enquanto eu, passo meus dedos pelo encosto de braço frio. É gelado, mas não tanto quanto imaginei.

Queria que mamãe estivesse aqui para me ver. Queria que todos estivessem aqui. *E Vixen. Queria muito que ele estivesse ao meu lado.*

Eu me sento no trono de Insula.

Quando olho para baixo, tudo o que vejo é um Frederick Denova arruinado.

Mas, ainda assim, o gosto na minha língua é estranho.

Isto parece ter sido fácil demais. Ou será que a vida de pessoas como a destes conselheiros é envolta nisto? Em uma facilidade insuportavelmente desconcertante?

Certo. É hora de vestir a coroa.

— Como meu primeiro ato sendo Kalina Kaster Denova, Imperadora de Insula, ordeno que Frederick Denova seja preso imediatamente, mediante os crimes de assassinato e sequestro. O réu aguardará por julgamento na prisão de Insula, localizada em Aratny. Blizze… — O soldado avança um passo para frente. — Conduza o *prisioneiro* para fora daqui.

A verdade é que eu não desejo ordenar isso. Adoraria fazê-lo sofrer um pouco antes de ser levado. Adoraria torturá-lo o suficiente para que tenha um gostinho do que o espera de agora em diante. Mas também sei que estes são todos desejos advindos de um lado irracional meu. Daquele que sonhou por meses em destruir Frederick desde que descobri toda a verdade sobre ele e o passado da minha família. Sobre o que ele fez a Pitrya. O que ele fez a Vixen.

O frio do trono me lembra que não devo deixar os meus desejos intrínsecos comandarem-me. Existe um conselho prestes a implodir bem ao meu lado e preciso, mais do que nunca, contê-lo antes que minha ascensão ao poder escoe tão rápido quanto água por entre os dedos.

Blizze acata minha ordem com um sorriso no rosto.

Ele avança firme até Frederick que é engolido em tamanho pelo harakin. O crápula está encarando-me por trás dos óculos prateados enquanto o guerreiro agarra-lhe o braço magricelo.

— Não toque em mim — Denova rosna, puxando o corpo para longe.

Blizze não gosta disso, a paciência tão esgotada quanto a minha.

O brutamontes agarra com mais força os ombros de Frederick e rosna algo para o homem. Neste instante de caos, os óculos que sempre estiveram sobre o rosto do aratnyano resvalam para fora da face antes que possa os segurar. O objeto cai no chão e escorrega para longe.

Ele abre um sorriso quando percebe o que aconteceu. Ergue os olhos na minha direção e, como se o tempo congelasse, encaro seus olhos pela primeira vez.

As íris que por tanto tempo estiveram escondidas, são douradas.

Assim como as dos harakins.

— Eu avisei para não tocar em mim.

Frederick Denova explode em sombras.

Capítulo 53

O tempo para quando sombras irrompem do corpo de Frederick.

Em segundos, todo o salão se torna escuridão.

A familiaridade do momento me transporta para o dia em que outra explosão aconteceu. Porém, era Vixen quem perdia o controle da própria mente e trazia ao mundo as sombras que viviam dentro de si, após descobrir a verdade sobre o próprio passado.

Inesperadamente, meus braços, assim como meu tronco, são pressionados contra o trono gelado. O ar é arrancado dos meus pulmões e não consigo enxergar nada. Existe apenas os gritos de puro terror ao meu redor e isto é suficiente para me mostrar que não estou morta.

A névoa lúgubre se dissipa e revela a pintura mais horrenda que eu poderia ver.

Tentáculos de sombra e fúria, fortuitos e assustadores, saem do corpo de Frederick Denova e enlaçam os guerreiros atrás dele. Os braços, pernas e troncos dos harakins são aprisionados por estas cordas espinhentas compostas de escuridão. Estão congelados no tempo e espaço, rendidos pela primeira vez desde que vieram ao mundo com sangue demoníaco nas veias.

É em Blizze que minha atenção se concentra primeiro. O maior entre os harakins luta para se livrar das amarras, mas não consegue mexer ao menos um músculo.

Preso na face daqueles que sempre foram predadores, há, agora, um medo típico de quem se encontra como a presa pela primeira vez.

Não demoro para perceber que, não somente os harakins foram contidos, mas, também, todos os dez conselheiros. Todos presos em suas cadeiras por algemas feitas de sombras.

Tento assimilar a situação, mas é turvo como viver em um pesadelo.

Frederick Denova manipula as sombras?

Ele manipula as sombras, repito comigo mesma.

Mas como?

Frederick usava o maldito óculos para esconder a *real* verdade sobre si. Algo que, na minha profunda ignorância, foi visto apenas como uma escolha egocêntrica do aratnyano. Para que nenhum dos seus rivais pudesse o encarar nos olhos e, quem sabe, descobrir suas emoções e sentimentos.

Era muito pior do que isso.

Desperto da confusão mental com um grunhido. Atrás de mim, Henli Drozag tenta se libertar das amarras que o prendem também. Nossos olhares se encontram por um segundo antes que eu decida agir.

O calor no centro do meu peito já está acordado e serpenteando até a ponta dos meus dedos. Planejo lançar meu poder contra as sombras que me prendem, mas não consigo avançar com a ideia por um segundo sequer.

Grito quando as amarras ao redor do meu tronco se apertam o suficiente para me partir em duas.

O sofrimento dos harakins fica evidente pelos gemidos e berros que dão. Eles mal conseguem se mexer, presos como estátuas atrás de Frederick Denova, que está, neste momento, com um grande sorriso preso ao rosto magro e oval.

Os tentáculos flutuam de Frederick, dando-lhe a macabra imagem de aranha.

Ele ergue a mão na minha direção, como um maestro que controla sua orquestra.

— Não era isso o que tanto queria, inseto? Sentar-se ao trono?

O assento abaixo de mim parece mil vezes mais frio, ele queima sob a pele dos dedos e palma da mão.

As portas do salão continuam fechadas, mesmo com os gritos que reverberam aqui dentro. Do outro lado estava a guarda particular dos conselheiros e, nos andares inferiores, uma centena de soldados ruptores e outro grupo de harakins.

Vixen, Hux, minha família e amigos.

Mas agora o silêncio se estende pelo mundo. Não há sons de lâminas chocando-se umas contra as outras, não há duelos ecoando ou comemorações repercutindo pela tomada da sede. É apenas um silêncio constante e muito desconfortável.

Busco por Lenora Nótt na ponta da meia-lua e a encontro estática. May Qian e Isla Holde tentam tocar as mãos, mas não conseguem. Assim como o restante dos conselheiros que nada podem fazer a não ser encarar Frederick com horror na face. Até mesmo Vereda e Mansi, que o apoiaram na votação, foram aprisionados pelas sombras.

Onde antes havia uma cacofonia de opiniões sendo compartilhadas pelos donos das cadeiras mais importantes do continente, agora há apenas quietude e assombro.

O tirano percebe o mesmo que eu. Com o sorriso satisfeito ainda preso no rosto, dá um passo na direção da escadaria de acesso ao trono e, por reflexo, a maioria dos conselheiros se encolhe.

Os tentáculos atados aos harakins os obrigam a avançar junto de seu senhorio. Rugidos de dor ecoam com o movimento. Alguns dos guerreiros não conseguem se manter de pé e caem, sendo arrastados mesmo assim. São como marionetes manipuladas por um sádico artista.

Blizze tem uma expressão mortal direcionada para o tirano, mas Frederick não demonstra preocupação quanto a isso.

— O quê? Não há mais opiniões ao meu respeito? — Ele fita a marzilense na ponta da meia-lua. — Vamos lá, Lenora querida, você estava muito animada em despejar opiniões sinceras.

Nótt não o responde, mas também não desvia o olhar.

— E você, Bettini. — Frederick muda o alvo das acusações. — Estava com um belo sorriso no rosto segundos atrás — o semblante escurece —, enquanto conspirava contra mim.

A mandíbula de Frederick enrijece.

— Vamos! — esbraveja e as sombras nos sufocam. — Digam o que pensam, covardes!

É como se o maldito estivesse finalmente deixando sua real faceta se libertar. Não mais o homem silencioso e calmo que demonstrou ser, mas alguém que sente raiva.

Muita raiva.

— V-vossa graça... — É Ighor Vereda quem ousa responder. — Sempre o apoiei, sabe disto!

O tirano ergue as sobrancelhas, como se estivesse o vendo pela primeira vez.

— Compatriota — suaviza a expressão —, você, de fato, sempre me apoiou. Assim como Mansi.

O aprisionamento de Vereda e Mansi se dissolve.

Os aratnyanos desabam contra a poltrona e sugam o ar que lhes faltava. Há menção de fugirem de seus lugares, mas Frederick apenas ergue um dedo acusatório.

— Fique onde estão. — Há uma ameaça no tom. — Eu não ordenei que levantassem.

Os covardes aceitam com um balançar de rosto.

— Vossa graça, tenha misericórdia! — é Kés Suderzlyn quem berra. — Fui ameaçado por Lenora a dar meu voto para essa farsante, eu não tive escolha! Me perdoe!

O desespero está presente no rosto de Kés. Ele cospe na minha direção, mas a saliva cai sobre os degraus aos meus pés.

Satisfeito com o que vê, Frederick dá um sorriso comedido.

Por muito tempo, estas pessoas comandaram Insula ao seu lado. Mesmo que o Imperador vestisse a coroa, as dez famílias mais influentes e corruptas do continente tinham o direito de decidir o futuro do povo ao seu bel prazer.

Agora, imploram pela própria vida como ratos fugindo para o esgoto.

A cena toda embrulha o meu estômago. Não somente pelo oportunismo escancarado, mas pela impotência que reveste meus ossos neste momento.

Jamais teria esperado passividade por parte de Frederick. Estava pronta para reagir se fosse preciso. Na verdade, eu esperava por isso. Mas supus que, ao menos, teria uma chance de lutar antes de cair.

Seria eu contra Frederick.

Soldado ruptores contra soldados aratnyanos.

Conselho contra conselho.

É congelante a percepção de que Frederick Denova não é somente um assassino frio e calculista escondido atrás de uma coroa brilhante.

Ele é poderoso não pelo trono que sentava, mas porque conquistou um poder de outra dimensão. Ele se transformou na sua própria fortaleza de ferro e sombras.

Pare de choramingar, Kalina. Preciso encontrar uma forma de lidar com essa situação. De ganhar tempo para que minha família fuja ou encontrem forças para lutar.

— É assim que você quer vencer? Prendendo-me neste trono? Haja com um homem de verdade e lute comigo!

Frederick abre a boca em surpresa, ergue as sobrancelhas e começa a rir. Descontroladamente, quase arqueando o próprio corpo.

Quem é este homem? Tão diferente do que vimos até agora.

— *Vencer*? — ridiculariza-me. — Entenda, não existe a possibilidade de vencer algo, quando nunca existiu uma chance de disputa. Você, inseto, jamais chegou perto disto.

Ele me encara no fundo da alma. Age como se eu fosse uma poeira inconveniente sobre os olhos.

Não. Ele está tentando brincar com a minha mente.

Por favor, Deusa de Mave, que isso seja apenas um blefe.

— Como você se sente ao saber que eu conquistei a maioria dos votos dos seus conselheiros? — questiono, segura e calma. Preciso mexer com a cabeça dele também. — Que meu exército está cercando esse prédio? Tomando as ruas do continente? Você pode fingir o quanto quiser, pode me matar se desejar, mas a verdade, e você, Frederick Denova, sabe que é a verdade, é que você fracassou. Sem apoio! Odiado por todos! Odiado pelos próprios aliados! Eu sou a Imperadora e Insula vai te derrotar mesmo que eu deixe de existir!

As batidas do meu coração machucam com tamanha força que batem.

Estou dando o melhor que posso para irritá-lo, para ganhar a atenção dele e, de alguma forma, absorver toda a sua ira. Se alguém deve ser o foco de Frederick Denova, essa pessoa sou eu.

Frederick diverte-se comigo. Ele semicerra os olhos dourados e muda sua atenção para Lenora, mesmo depois de tudo o que disse.

— Eu esperei ansiosamente por todo esse circo. — Bate palmas devagar — Ou o quê, vocês realmente pensaram que eu, o tomador dos cinco reinos, Imperador Supremo há trinta anos, o destinado a salvar Insula, seria derrubado por um inseto e um grupinho miserável de traidores? — Frederick estanca as palmas e, no lugar do sorriso, revela um ódio fervente. — Eu sou Frederick Denova! — grita, ergue as mãos em um movimento fluido. — Eu sou o *homem* que se transformou em um *Deus*!

Os tentáculos contraem-se e arrancam gritos dos harakins. Blizze solta um urro de dor e cai no chão. Dos olhos do guerreiro escorre sangue preto. Ele vocifera algo contra Frederick ao mesmo tempo que tenta se erguer do chão, mas perde a batalha contra si mesmo.

As sombras se agarram ao redor do pescoço dos harakins e tiram-lhes sangue, cortando a pele e tomando a vida de cada um aos poucos.

Não basta toda a dor que Frederick imputou em suas vidas, também deseja causar isso em seus corpos.

— Pare! — peço, retraindo todo o meu ódio. Ele não vai lutar contra mim, mas imputar dor naqueles que me cercam. — Pare, Frederick! Por favor, não os machuque!

A súplica chama atenção suficiente do usurpador para que ele amoleça o aperto contra os guerreiros.

Blizze tem lágrimas de sangue descendo pelas bochechas. O ódio queima em cada ponto de suas íris amarelas. Se ele tiver a mínima oportunidade, não deixará que Frederick saia vivo daqui.

— Por favor — continuo a suplicar, porque parece que está dando certo. Pelo menos ele parou de atacar os guerreiros. — Não os machuque mais, eu imploro.

Frederick dá de ombros, como se não houvesse feito nada demais.

— Acalme-se, inseto, não irei machucá-los… — O alívio súbito se alastra pelo meu estômago.

Então este é o caminho. Entregar a ele o controle da situação.

Engulo o orgulho e faço o que é preciso fazer.

— *Obrigada.* — Sinto nojo de mim mesma. — O seu problema é comigo, lide comigo.

Frederick ergue um dedo, silenciando-me.

— Você não me deixou terminar minha frase — há uma frieza no jeito que fala. — Eu disse que não vou machucá-los. Porque, na verdade… Vou matá-los.

Antes mesmo que eu possa suplicar, antes mesmo que eu possa lutar contra minha própria prisão, Frederick Denova toma sua decisão cruel.

Um movimento curto das mãos é o suficiente para que os tentáculos se contraiam e cortem carne, músculos, ossos e alma dos harakins. O grito fica preso na garganta e tudo o que escuto é o som do sangue respingando pelo chão. Braços, pernas, cabeças e troncos. Blizze Graneda, a criança de oito anos sequestrada de lovano, filho de Hilda, o guerreiro que lutou contra mim e, depois, ao meu favor, já não existe mais. Os olhos amarelos, cheios de ódio, estão vítreos encarando o teto, enquanto sangue escorre do pescoço que antes esteve conectado ao corpo.

Os harakins tornam-se nada mais do que cadáveres.

Ceifados como animais em um abatedouro.

Eles queriam ir para casa.

Os gritos dos conselheiros clamam por socorro, mas a guarda que deveria nos socorrer não parece ouvir.

Isto, ou porque, na verdade, todos já estão mortos.

E se todos já estiverem mortos?

A bile sobe queimando minha garganta, mas eu me recuso a vomitar.

— Você jamais será um Deus!

Com a mente embaralhada, demoro para perceber que a frase não é advinda dos meus próprios pensamentos, mas dita, na verdade, por Lenora Nótt.

Não, Lenora. Não faça isso.

— Você é um demônio, Denova! E voltará para o inferno onde pertence!

O assassino limpa as mãos como se o sangue dos harakins estivesse nelas. Caminha tranquilo até o primeiro degrau da escadaria e fita a marziliense.

— Veja bem, querida Lenora, este sempre foi o seu problema. — Crispa os lábios, irritado. — Você nunca sabe a hora de ficar quieta. Na verdade… — Passeia os olhos por cada um dos conselheiros. — Nenhum de vocês sabe.

Yelo Ônix-Dhara, pálido e trêmulo, começa a suplicar:

— Vossa graça, todos nós podemos ver que o senhor é um Deus! Por favor, apenas nos diga, o que você deseja. Como podemos servi-lo?

Frederick observa Yelo com um sorriso de canto de boca e, após longos segundos de silêncio, demora-se ao responder:

— O que eu desejo? — Ele sobe o primeiro degrau, depois outro e mais outro. — Ah, Yelo, eu desejo que vocês *calem a boca!*

O semblante de Denova escurece enquanto as sombras explodem para fora do corpo. Agarram-se com facilidade ao redor dos pescoços dos dez conselheiros de Insula.

Até mesmo de Vereda e Mansi.

Mas não de mim.

— Não! — grito, prevendo o que irá acontecer. — Não! Não! Não!

Eu busco por Lenora Nótt e a encontro me encarando com uma expressão repleta de valentia.

Não se renda, esplêndida Kalina!, é o que ela me diz com os olhos.

Antes que eu possa soltar meu ar, os tentáculos dilaceram a carne dos conselheiros em um rompante.

Uma a uma, as dez cabeças separam-se dos corpos aos quais pertenciam. Escuto o som dos crânios chocando-se contra os degraus e rolando até estarem com o que sobrou dos harakins.

Frederick Denova apenas me encara, como um maestro fúnebre que regeu pela última vez uma sinfonia que ninguém deveria ouvir.

Escrita em sangue, cinzas e sombras.

CAPÍTULO 54

Escorado contra a porta, observo a cena em silêncio.

Jheni Kaster, a irmã mais nova de Kalina, perambula de um lado para o outro na sala fria e sem vida e rói as unhas com uma profunda carranca no rosto.

Eu poderia recitar as frustrações que ruminam na mente dela porque as sinto igualmente. A diferença é que estou congelado, tentando me controlar como posso. Minha mente tentou se dispersar em vários momentos, viajando para lugares obscuros, e não ajuda muito o fato de que meu corpo esteja à beira de um colapso

Estou aqui porque Kalina pediu.

Porque ela disse que confia apenas em mim para fazer isto.

Mesmo que eu discorde veemente. Não sei o quanto confio em mim para escolher qualquer outra coisa que não seja *ela*.

Pisco algumas vezes para melhorar a visão já turva.

Estou péssimo. O sono vem sendo um inimigo imbatível desde que os pesadelos se tornaram parte de quem eu sou, mas não deposito toda a culpa na privação disto.

Me sinto péssimo pelo que venho me tornando. Pela falta de controle sobre mim mesmo. Pelo monstro que a qualquer momento poderá me governar.

Amplio o perímetro até onde minha audição consegue alcançar. O som dos soldados lutando contra nossos rivais diminuiu. Os aratnyanos, pelo menos aqueles que estavam no controle da Sede Conselar, foram capturados. Os portões voltaram a se fechar, mantendo a Ruptura no lado interno e o restante dos soldados de Frederick lá fora. Há disputas sendo travadas pelas ruas, mas o mais importante era encarcerar o nosso alvo.

Essa calmaria é apenas momentânea e ilusória. Nada está de fato sob controle até que Kalina volte vitoriosa da reunião. Não até que o trono seja dela e o Imperador deposto.

Até lá, um furacão continuará destruindo cada barreira de tranquilidade dentro de mim.

Deixo minha atenção oscilar de Jheni para Safiny. A mãe das Kasters observa a filha mais jovem com clara preocupação na face. Ao lado dela, Charles Drozag se perde nos próprios pensamentos. Para ele, não há somente a aflição por Kalina, mas também pelo irmão, Henli, que a acompanhou.

Encontrei o maviano pelos corredores, após fugir como um covarde. Charles havia invadido a Sede Conselar com um grupo grande de soldados ruptores, mas assim que pode, deu as costas a todos eles para ir em busca daquilo com o que se importava de verdade.

Não o julgo por isso. Como poderia julgar?

Eu teria feito o mesmo.

Foi só depois que abrimos a porta da pequena copa nos fundos do prédio, lugar definido como o nosso ponto de encontro após a tomada, que Charles relaxou. Três garotas com expressões ferozes formavam uma barreira de defesa para a mulher atrás de si.

Era Safiny Kaster e suas filhas.

Hux e Suzanna Bark chegaram logo depois. O reencontro foi o ponto alto, mas a ansiedade retomou o comando do ambiente e derramou silêncio em todos nós.

— Deveríamos estar com a Kalina.

Jheni afirma de súbito. Desperto do meu devaneio e me agarro ao que ela diz.

Safiny parece ponderar por um segundo, talvez vacilando para a mesma opinião. Porém, Charles repousa uma mão acolhedora sobre o ombro da mulher e isso a traz de volta ao eixo.

— Não. Seguiremos com o plano.

O maviano complementa:

— Entendo a sua preocupação, querida, mas ninguém tocará em Kalina enquanto ela estiver com os harakins. Você sabe disso.

Safiny abre um sorriso cansado para o amigo e ele se agarra a migalha dada. Os olhos brilham em contentamento.

Jheni, por sua vez, bufa com a resposta.

— Nos deixe fazer algumas rondas pelo prédio. Os soldados precisam de reforços, não é mesmo?

É Tolisie quem intervém, paciente:

— Ei, Jheni, vamos fazer o que a Kalina pediu, está bem?

É apenas uma frase simples. A garota não precisou explicar os motivos para ficarmos aqui e, ainda assim, parece o suficiente para que a caçula se cale.

Ehrika está do outro lado da sala com a namorada, perto da única janela por onde a luz natural entra. A garota pergunta:

— E onde estão Mig e Alexis?

— Verificando o protocolo — Charles explica rápido. — Apenas uma ronda, em breve estarão aqui.

— *Viu*! Talvez eles precisem de ajuda! — a caçula tenta outra vez.

— Sente-se, Jheni — Safiny exige.

Ela está pronta para protestar, mas decide ficar quieta. Derrotada, resmunga e sai batendo os pés até Hux. O garoto serve como sentinela comigo.

Ela para de braços cruzados e encara Hux.

— Vem comigo.

O jovem faz uma expressão confusa antes de responder:

— Eu tô de guarda...

Jheni enruga as sobrancelhas e dá de ombros.

— E daí, não é como se você não pudesse escutar de lá também.

Hux apenas sustenta o olhar dela, incerto sobre como agir.

— Desculpa.

As bochechas de Jheni são tomadas por vermelhidão.

— Quer saber? Tanto faz. É melhor ficar sozinha mesmo.

Ela se move como um pequeno furacão, escolhe o canto mais afastado da sala e se senta contra o carpete. Apoia a bochecha no joelho e abraça o próprio corpo. Não demora muito para que desista de sustentar a expressão valente.

Hux apenas a observa quieto.

— Vá falar com ela — sussurro.

O garoto toma um susto.

— Não! Eu já disse, eu tô de guarda. Nem tudo tem que ser como a Jheni quer.

Hux cruza os braços em frente ao corpo e dá as costas para a menina, mas logo volta a espiar por cima do ombro. Está tão preocupado com a amiga que nem percebe o som de passos em outro corredor. Era a vez de ele acusar o movimento.

— Hux. — Suspiro e uma fisgada aperta minha cabeça. — Não se trata do que ela quer, mas do que ela precisa agora. E ela precisa de um amigo.

O garoto morde o lábio.

— Você tem certeza?

— E quando eu não tive? — brinco, piscando.

Ele desfaz a pose e balança a cabeça concordando.

— Eu já volto.

Sem esperar nem mais um minuto, corre até Jheni. Ela, em contrapartida, abre um sorriso aliviado, despido de qualquer sarcasmo ou irritação.

Sem Hux perto de mim, libero o peso do corpo contra a porta e fecho os olhos. Minha cabeça está prestes a explodir, assim como o meu coração. Amplio ainda mais a distância da minha audição em busca de um resquício da voz de Kalina. Seria impossível ouvi-la daqui, eu sei, mas ainda assim, me pego como um louco quando se trata dela.

Cuidado, as vozes sussurram no meu ouvido. *O inimigo está aqui...*

Um arrepio sobe pela minha espinha.

— Ei. — Abro os olhos em um arfar e encontro Ehrika me encarando. Ela se assusta com a minha reação. — Está tudo bem com você?

Observo a sala, mas ninguém parece ter notado o que aconteceu. Safiny, Charles e Tolisie conversam, assim como Hux e Jheni. Até mesmo Bark está focada na paisagem do lado de fora da janela.

Minha sanidade está por um fio.

— Eu pareço mal? — respondo com um sorriso fraco.

Ehrika não aceita minha atuação. Semicerra os olhos, esquadrinhando meu rosto.

— Você estava com os olhos fechados, eu não sabia se estava dormindo — *Não sabia se estava cedendo a um pesadelo.* — Apenas senti no meu coração que deveria vir falar com você.

Desfaço a pose e libero um pouco da vulnerabilidade que me sufoca.

— Estou preocupado — confidencio. — Me sinto um covarde por não estar com ela.

Ehrika recosta o quadril na parede e tomba o rosto, encarando o vazio e o nada.

— Acredite, eu entendo muito bem essa sensação — bufa e um raio cruza os olhos violetas. Há medo estampado neles. — Mas Kalina está certa, Frederick poderia nos usar contra ela durante a reunião. É melhor estarmos aqui, prontos para agir, se necessário.

— Você realmente acredita nisso?

Ela ri consigo mesma.

— E tem outra opção?

Um silêncio sufocante recai sobre a sala. Ninguém fala nada por minutos.

— E você — Ehrika murmura. — Acredita que vamos conseguir?

Não preciso nem ao menos pensar antes de responder:

— Não existe outra possibilidade.

Seja de um jeito ou de outro.

Ehrika gosta do que digo. Abre um sorriso cansado e estica o corpo.

— Quer saber? Você está certo. — Começa a se afastar, depois indica a direção de Safiny com a cabeça. — Vou ficar com a minha mãe um pouco. E se você precisar de qualquer coisa, me avise, tá bom?

Eu assinto, abrindo um sorriso cansado para ela. Ehrika estica a mão e aperta amigavelmente meu antebraço em uma despedida fraterna.

Duas coisas acontecem nesse mesmo toque.

Primeiro, Ehrika congela. O engasgo preso na garganta. Arregala os olhos profunda, intensa e assustadoramente. As íris violetas queimam enquanto me analisa e toda a sua expressão se transforma. Não há um pingo de dúvida no semblante da garota, apenas choque. Mesmo que ela não diga nada, eu sinto, de alguma forma, que Ehrika está enxergando bem dentro de mim.

Segundo, das pontas dos dedos dela, uma corrente elétrica se espalha pela minha pele.

A dor é instantânea e adormece meu braço. Afasto-me em reflexo e Ehrika cambaleia para trás ainda me encarando com horror. Ela balbucia algo, mas não há como entender as palavras estranhas que fala. Quase como se fossem ditas em outro tom e cadência. Os olhos reviram-se e apenas as escleras brancas ficam visíveis.

A garota, por fim, desaba contra o chão.

— Filha?! — Safiny é a primeira a reagir.

Ao ouvir os gritos, Suzanna Bark corre como um tufão do outro lado da sala até estar agachada ao lado da namorada.

— O que aconteceu? — é Charles quem questiona em pura confusão.

Mas eu não consigo responder. A dor continua a queimar minha pele, mas tudo no que eu consigo pensar é na sensação do olhar de Ehrika sobre mim. Como se ela soubesse de todos os meus segredos. De todas as minhas escolhas.

Mas como? Como ela poderia saber?

Cuidado. O inimigo está aqui, as vozes voltam a sussurrar.

Aperto meus dedos contra minhas têmporas.

— O que você fez com ela?! — Bark fuzila-me com o olhar.

— Acalmem-se! — Charles diz, nervoso.

— Ela está respirando?! — Safiny pergunta concentrada na filha.

Tolisie encara tudo com as mãos sobre a boca. Tem lágrimas caindo pelo rosto da garota enquanto ela murmura coisas como "Não. Por favor, não..."

— Charles, vá atrás de ajuda! Agora! — Safiny ordena, tomando controle da situação.

Tento puxar o ar para os pulmões, mas não consigo. Minha garganta queima, meu braço queima, meus olhos queimam.

Eu fiz isso com a Ehrika? Eu fui o culpado? Não bastava machucar Kalina, também o fiz com sua irmã?

— Você! — Charles grita comigo. Não, não comigo, mas com Hux ao meu lado. — Você vem comigo, vamos buscar ajuda!

O garoto encara Ehrika assustado, mas aceita a ordem. Tropeço com as pernas trêmulas e escoro-me contra a parede.

Harakin e maviano correm porta à fora.

Cuidado...

— Cala a boca! — grito, apertando os olhos.

— Vixen, o que está acontecendo com você?! — Safiny pergunta, desconfiada.

— Eu vi a Ehrika olhando pra ele assustada! — Jheni acusa, pronta para me atacar. — O que você fez com ela?!

Abro meus olhos. Estou tremendo. Meu mundo todo está tremendo.

Eu machuquei a Kalina. Eu machuquei a Ehrika.

Você pode protegê-la do colapso iminente que é estar ao seu lado.

— Eu... Eu não sei o que eu fiz — balbucio, a vergonha me consumindo. — Eu não sei...

Safiny ergue as sobrancelhas assustada, mas antes que possa dizer qualquer coisa, a porta se escancara.

Charles está aqui de novo.

— Eu preciso de você, Vixen! Venha comigo!

Tudo acontece rápido demais. Charles me empurra para fora e diz para Jheni ficar responsável pela guarda da sala até voltarmos. A bile sobe para a minha garganta, apoio-me nos joelhos trêmulos e a escuridão se apossa dos meus sentidos.

Ergo a manga do uniforme em busca da marca que queima no meu antebraço, mas não há nada. Está fervendo dentro de mim, no meu sangue.

— Isso não é nada bom. — Charles sacode meus ombros. — Nada bom para o plano!

O maviano esfrega o rosto e me empurra para que eu ande.

As paredes estão girando e a qualquer momento posso vomitar.

— Onde está Hux? — Mal reconheço a minha própria voz quebrada.

Charles me encara confuso. Apenas bufa e continua a me empurrar para que eu ande mais rápido. Um zumbido insuportável ecoa pelos meus ouvidos.

É isso, eu realmente estou enlouquecendo.

Estou perdendo a batalha contra a minha própria mente.

Mas ainda é cedo. Não posso sucumbir ainda.

Não sem ter certeza de que ela vai ficar bem.

— Charles, eu preciso contar algo....

Nós viramos o corredor e toda a minha coragem se esvai.

Porque caído no chão, com uma poça de sangue ao redor da cabeça, está Hux. Um grupo de soldados aratnyanos armados esperam em posição de defesa atrás do corpo.

Cuidado, as vozes sussurram com mais intensidade. *Inimigo.*

Mas eu não tenho tempo de reagir, porque uma pancada forte acerta a minha nuca. Cambaleio e perco o controle do meu próprio corpo. Desabo e meu rosto acerta o piso gelado.

Quando abro meus olhos, é Hux quem eu vejo primeiro. Desacordado ou morto, não tenho certeza. Apenas sei que o sangue que escorre pelo chão pertence a ele.

E dói perceber isso. Dói tanto que, de alguma forma, encontro forças para tentar me erguer e lutar.

Mas isso não é o suficiente.

Outra pancada forte acerta meu crânio.

E dessa vez, não há como continuar acordado.

Apenas escuto uma frase antes de sucumbir:

— Fique na porcaria do chão, *demônio.*

E quem diz isso, é Charles.

CAPÍTULO 55

Estou dentro de um pesadelo.

Encaro o que restou de Lenora Nótt. A calmaria de um corpo decapitado sobre uma das cadeiras mais poderosas do continente. O sangue já ensopou todo o traje e continua a trilhar um caminho sórdido pelo assento e degraus. Não somente dela, mas de todos os dez cadáveres.

Há mais morte do que vida neste salão.

Identifico no fundo da mente a voz de Frederick Denova, mas estou muito descolada da realidade para prestar atenção. A visão começa a embaçar e sinto que posso desmaiar a qualquer momento. Um grunhido me puxa de volta a consciência e resvalo meu olhar para o homem no chão. Caído, sim, mas vivo. Henli Drozag está vivo.

Uma vontade súbita de chorar me invade. Ele está vivo. Ao menos alguém está vivo. Lágrimas pressionam meus olhos acompanhadas de um queimar fulminante no peito. Os soluços irrompem de mim sem me dar chance de lutar.

Eu choro.

Choro como se fosse a Kalina de cinco anos de idade com medo do escuro. Choro porque todos sempre dizem que monstros não existem, mas isto é mentira. Monstros existem, eles só não vivem embaixo das nossas camas.

— Você está *chorando*?

Frederick indaga com nojo na voz, pairando na base da escadaria. Ele desdenha as cabeças de seus antigos conselheiros que jazem sob seus pés.

Aperto meus olhos na tentativa de acordar disto. Desejo voltar para casa, escutar a voz de mamãe e de minhas irmãs descansando em frente a lareira. Quero ouvir a risada delas, principalmente a de Pitrya. Acordar e perceber que tudo não passou de um sonho vívido.

Uma força se apossa do meu rosto e obriga meus olhos a se abrirem. Sinto garras afundarem-se nas minhas bochechas, queixo e pescoço. Encarando-me com frieza, muito próximo de mim, está Frederick. Ele não me toca com os dedos, mas com sombras.

Henli luta para se livrar das cordas que o aprisionam, grita para que o usurpador me solte, porém urra de dor quando Denova o castiga pela insolência.

Congelada, apenas encaro o aratnyano.

— Agora somos apenas eu e você. — Passeia o olhar dourado pelo meu rosto. — Vamos esclarecer algumas coisas, inseto.

As lágrimas continuam caindo pelas minhas bochechas. Não consigo controlar essa reação súbita de desespero. Todos mortos. Lenora. Blizze. Todos mortos!

E a minha família? Vixen conseguiu os tirar daqui? Ele deve ter escutado o som dos gritos. Ele deve ter percebido que tinha algo errado.

— Escute! — Frederick pressiona ainda mais as sombras e eu quase desmaio. — Chega de chorar! Você chegou até aqui pronta para usurpar a minha coroa e agora age assim? Como um inseto fraco e minúsculo? Isso é o que nos difere, Kalina Kaster. Porque eu sou Frederick Denova, a salvação de Insula. E você não aguentaria dois segundos segurando o fardo que tenho sobre meus ombros.

A pressão ao redor do meu tronco é tanta que mal consigo respirar. A luz da manhã que entra pelas janelas no alto do salão some quando minha visão turva. Tento usar meu poder para me libertar, mas é impossível.

— *Era... seu... irmão* — murmuro com dificuldade, mas faço as palavras saírem da boca.

— Era. E um tolo, assim como Felix. Me diga, inseto, o sangue é a única coisa que define uma irmandade? Pois você não precisou disto para se vincular à suas quatro *irmãzinhas*, não é mesmo?

A pressão diminui e volto a respirar. Sugo o ar com ânsia e meus pulmões pegam fogo.

— Você não quer saber porque matei Vierrah e Felix?

Essa é uma das perguntas que mais me fiz durante a vida, mas eu não vou dar essa vitória a ele.

— Vá... à merda!

Frederick ergue um dedo e faz sinal de negativo. Um tentáculo de escuridão estapeia meu rosto.

— Você não entenderia — continua a recitar sua história. — Porque ninguém poderia entender. Mesmo quando eu tentei mostrar o que iria acontecer com Insula, ninguém acreditou. Eu fiz o que fiz, porque sou abençoado pelos Cinco Deuses Irmãos, inseto! Sempre tive noção da força de Aratny. Enquanto éramos chamados de *o povo sem poderes* pelo resto do continente, eu sabia da potência que este reino tinha de controlar Insula. — Um sorriso asqueroso se forma no canto da boca dele. — E eu estava certo, não é mesmo?

Ele fala por entrelinhas como um maldito alienado.

— Você é louco!

A raiva dá lugar a tristeza. Lágrimas caem pelas minhas bochechas outra vez.

— Você faz a mesma expressão que Vierrah fez antes de morrer — Os olhos de Frederick brilham de nostalgia. — Bem no fim, enquanto sufocava e, ainda assim, tentava pedir por misericórdia. Uma cena patética que se repete agora. Posso enxergar a semelhança dos dois. Assim como seu pai, você não merece carregar o sangue que tem. — Força o aperto sobre o meu rosto. — Matá-la seria pouco. Eu sei bem como mártires podem se tornar perigosos. Você permanecerá sozinha. Tão sozinha que se questionará se realmente está viva. Engula o choro, porque você ainda vai precisar destas lágrimas.

No mesmo instante, as portas do salão se abrem. Frederick nem ao menos se vira para verificar quem está conosco. Ele apenas me encara desafiador. Meus olhos desviam do usurpador e, quando repousam nos indivíduos que entram pelo salão, sou despedaçada.

Soldados ruptores, aqueles que vestem cinza chumbo e que eu imaginava servirem a Ruptura, arrastam minhas irmãs com algemas nos pulsos e mordaças nas bocas. Jheni é a primeira, sem baixar a cabeça e batalhando contra o aperto do inimigo. Logo atrás dela está Tolisie. As duas congelam quando percebem o caos aqui dentro. Sangue e morte. Um pavor inconfundível.

Estou pronta para aproveitar que as portas estão abertas e gritar por socorro, quando Ehrika entra arrastada também. Um sentimento de profunda solidão se apossa do meu coração. Não apenas por ver minha irmã de alma com a clara fisionomia de alguém que está passando mal. Os olhos revirando nas próprias órbitas, a pele muito pálida e um amolecimento dos braços e pernas.

Mas também por identificar *quem* a traz para este antro de desgraça.

— Charles?! — Henli Drozag branda em completo choque, ainda caído.

Os soldados obrigam minhas irmãs a se ajoelharem. Jheni e Tolisie não cedem facilmente. O maviano faz o mesmo com meu pó de estrelas, mas ela desaba sem forças.

— Ehrika! — Tento me desvencilhar das sombras, mas isso só me causa mais dor. Elas se apertam ao meu redor e um grito alto ecoa da minha garganta.

Frederick passeia sua atenção para os novos convidados e, depois, volta a mim.

— Charles Drozag, conhecido *apoiador* de Safiny Kaster — ele zomba. — Imagine a minha surpresa quando me procurou com uma promessa e um presente.

O melhor amigo de mamãe me encara sem se envergonhar. Os bigodes enrolados nas pontas, o colete xadrez e o cabelo grisalho. *Não*. Não pode ser verdade. Deve ser outra das artimanhas de Frederick para me fragilizar.

— A promessa... — Frederick continua a se vangloriar. — É que ele me ajudaria a eliminar a filha de Vierrah Denova. E o presente seria um gesto de confiança. De que ele estava ao meu lado, enfim. Sabe qual foi este presente? — Deleita-se. — Sua irmã, Pitrya.

Jheni e Tolisie urram por baixo das mordaças. Elas tentam atacar Charles, mas são esbofeteadas pelos soldados.

— Não... — murmuro para mim mesma. — Não! Isso não é verdade! Não pode ser verdade!

Mas tudo começa a se conectar. Jheni e Tolisie disseram que Pitrya fugiu e que não voltou mais. Deveria ter ido até o encontro de Bark, mas não foi. Fiquei me perguntando quando ou como ela havia sido capturada por Frederick, mas a resposta estava perto este tempo todo.

Pitrya sempre confiou em Charles. Pitrya o via como um amigo.

E quando Pitrya foi atrás de ajuda, ele a traiu.

Henli vomita ao meu lado. Tão enojado quanto eu.

A dor da traição é como ferro quente enfiado direto no coração. Eu o agradeci por ter cuidado da minha família. Eu me abri com ele. Eu deixei que ele me abraçasse.

Como se escutasse meus pensamentos, Charles diz:

— Você sempre foi a destruição de Safiny. Infelizmente, só percebi isso quando ela foi presa pelos seus crimes. Mas agora ela vai ficar segura. Eu vou me certificar disto.

— Aquela mulher sempre o considerou um amigo e nada além disto — Henli fala, enojado. — Você perdeu a razão. Como pôde fazer isto com ela? Como pôde fazer isto comigo?! — Henli se debate como um animal. A dor da traição refletida nos olhos azuis.

— Não! Safiny não se permitia amar por causa desta garota amarga! — Charles rosna, um olhar maníaco nos olhos. — Ela é prisioneira de um passado que jamais esquecerá por sua culpa. — Estreita os olhos e mira o irmão. — E tome cuidado com o seu tom, Hen. Posso mudar de ideia sobre o seu bem-estar.

— Está sendo muito difícil manter o seu irmão vivo, ele testa a minha paciência — Frederick diz, descendo as escadas. — Peço que você o tire logo daqui, antes que seja *eu* a mudar de ideia.

Charles faz uma mesura.

— Peço desculpas, vossa graça. A sabedoria nem sempre é compartilhada entre os genes.

O usurpador balança a mão enquanto Charles sobe as escadarias em direção a Henli. Nossos olhares se encontram e eu cuspo na direção do maldito.

— Se você acha que a minha mãe não vai matá-lo por isso, está muito enganado!

Ele apenas balança a cabeça, concordando.

— Eu conheço Safiny melhor do que ninguém — responde, com uma confiança inexplicável. — Pode levar o tempo que for, mas eu vou esperar pelo dia em que ela vai me perdoar. — Seus olhos carregam um brilho de insanidade.

— Safiny não vai precisar fazer isto, porque eu vou matá-lo — Henli diz, encarando-o com ódio.

Charles não responde à ameaça. Ele apenas retira do bolso uma seringa e a destampa. Sem que o irmão possa se defender, insere a substância no pescoço de Henli. Em poucos segundos, ele apaga. O traidor o coloca sobre os ombros e desce pela rampa lateral do trono. Antes que possa partir, Frederick o direciona uma última mensagem:

— Trate de ensinar ao seu irmão como as leis funcionam de agora em diante, está entendendo, Drozag?

O maviano faz uma mesura com esforço.

— Sim, vossa graça.

— Você. — Frederick aponta para o soldado atrás de Tolisie. — Acompanhe-o e certifique-se de que nosso compatriota chegue em segurança ao seu destino.

O soldado bate continência e segue a ordem. Sem olhar para trás, desaparecem.

— Inclusive, Kalina, anote esta primeira dica. Irmãos devem ser os primeiros eliminados quando você deseja ter poder. Estão perto demais, são perigosos demais. E sempre querem o trono, já percebeu?

— Você é podre por dentro!

— E mesmo com tudo o que eu mostro a você, ainda não percebe que estou certo? Veja bem, se você não tivesse nenhuma dessas três para se preocupar, eu não poderia estar te ameaçando neste momento, não concorda? Na verdade, Kalina, estou te dando a possibilidade de aprender comigo o que é ser indestrutível.

— Poupe-me dos seus ensinamentos sujos, eu não os desejo!

— Você não queria isto, garota? Ser Imperadora? Pois assuma o peso da coroa. — Faz menção aos corpos ao meu redor. — Eliminar nossas fraquezas é o primeiro ato para o sucesso. Então, inseto, elimine as suas. Decida, qual das suas irmãs morrerá?

Qual das suas irmãs morrerá?

É como um soco. Como se o tempo parasse. Encaro Frederick, mas é como se não estivesse aqui. Como se observasse toda a cena de cima. Como uma mera espectadora.

O que ele disse? Frederick Denova ordenou que eu escolha uma das minhas irmãs para morrer?

Não.

— Não! — digo, incrédula. — Você já assassinou uma das minhas irmãs, Pitrya! Você a tirou de mim! O que mais você quer? Elas não têm o sangue Denova nas veias! Elas não podem fazer nada contra você! Despeje sua raiva em mim, monstro!

— Aquela morte foi decisão minha — explica, muito tranquilo. — Esta será uma decisão *apenas* sua.

— Não! Não vou fazer isto! — Entro ainda mais em desespero.

— Quero que lembre pelo resto dos seus dias miseráveis que foi você quem escolheu tirar a vida de uma delas. Quero que isso te assombre pela eternidade! Quero que você perceba que o gosto do poder que tanto ansiou não é doce, mas amargo. Quero quebrá-la pedaço a pedaço — Ele coloca as mãos atrás das costas, muito confortável. — Então, escolha.

— Não!

O semblante escurece.

— Escolha.

— Eu escolho a mim!

— Não ouse fugir, inseto. Escolha!

Jheni e Tolisie estão encarando-me com expressões apavoradas. Ehrika, por sua vez, continua lutando para se manter consciente.

— Não... — Soluço, a dor escoando através das lágrimas. — Você venceu! Eu imploro! Eu me submeto a você!

O silêncio se espalha pelo salão.

Luto contra as lágrimas que embaçam a minha visão, mas é impossível não identificar a irritação nos olhos de Frederick.

Ele, subitamente, dirige-se para o último soldado que prende Jheni:

— Busque-a.

Meu coração retumba no peito. O oficial solta minha irmã mais nova que faz menção de se erguer, mas Frederick a adverte:

— Mexa um centímetro e despedaçarei Kalina.

Jheni fica imóvel, os olhos apavorados na minha direção.

O soldado encaminha-se para as portas do salão e, após abri-las, some por alguns minutos pelo corredor. Aguardo com meus olhos grudados naquelas malditas portas, o coração retumbando nos meus próprios ouvidos e o pânico comprimindo meu estômago.

— Eu já imaginava que você se acovardaria, inseto. E foi por este motivo que trouxe alguém que vai saber responder por você.

O soldado volta e, junto dele, outro *traidor*.

Sinto-me uma idiota por ter acreditado que nem todas as víboras são venenosas.

Com um sorriso nos lábios pintados de vermelho, encaro Ravenna Senyia.

CAPÍTULO 56

Sem amarras sobre as mãos. Nenhum pingo de medo no rosto. O vestido preto de mangas compridas sobre os braços e saltos muito altos nos pés. Ravenna avança com liberdade pelo salão e com o sorriso viperino clássico nos lábios pintados de vermelho. Não há espanto pela cena trágica aqui dentro, nenhum pêsame pelas mortes grudadas nestas paredes. Apenas desloca-se com firmeza até estar frente a frente com Frederick Denova. Ao fim, faz uma mesura.

Uma maldita mesura.

— Vossa graça — ela o enaltece.

E é bem nesta saudação cheia de júbilo que meu coração salta uma batida descompassada. Até mesmo estanco as lágrimas que caiam desenfreadas pelo meu rosto, porque é como se estivesse vendo uma cena que não faz sentido.

Ravenna o odeia. Eu sei que ela o odeia.

Mas volta na memória Henli em seu escritório dizendo estas palavras:

Ravenna não gosta de ficar no fundo do poço por tempo demais e ela sabe bem como agarrar oportunidades para se reerguer.

Como um soco dado direto no meu queixo, arfo sentindo dor na alma. Frederick me observa com deleite. Quase sem conseguir se conter para esfregar na minha cara o que está acontecendo.

Porém, não consigo deixar de encarar Ravenna. Meu corpo sacudindo em tremor.

— Você o odeia — disparo para a aratnyana.

A mulher enrijece os ombros. Frederick por sua vez, abre um sorriso.

— E quem não me odeia? — questiona, ácido.

Ravenna acompanha o humor de Denova, sorrindo para o que ele diz. Depois, cruza os braços e me enfrenta.

— Minhas questões com vossa graça foram resolvidas assim que ele me tirou da prisão em que você me pôs. Aquela que eu deveria me ver livre, como *vocês* me prometeram.

Há um rancor explícito na acusação. Como se também estivesse, de alguma forma, magoada. Meu primeiro instinto é gritar a plenos pulmões para que ela entenda que eu não acreditei nas suspeitas de Henli Drozag. Que na verdade, eu só fui descobrir a situação dela quando já estava afogada pelos próximos passos que eu deveria dar até a Reunião Anual. Que eu iria dar a liberdade prometida, mas para isso precisava da coroa na minha cabeça.

Mas uma dúvida estala na minha mente: Teria sido tudo uma sabotagem de Frederick e Charles para que Ravenna voltasse a ser presa? Para que ela tivesse motivos para aceitar a mão perversa estendida pelo usurpador?

Sou sufocada pela percepção de que muito certamente fui manipulada.

Quantas vezes Ravenna me alertou sobre não deixar a Ruptura me usar?

— Dra. Senyia sempre foi uma importante peça para a evolução do centro genético de Aratny — Frederick retorna. — Como pode perceber. — Faz um movimento desleixado para os cadáveres no salão. — Lealdade não é uma virtude comum aos homens e não tenho mais interesse em buscar por isso. Minha escolha em perdoá-la pelas péssimas decisões que tomou não se baseia em misericórdia, mas apenas pelo fato de que a Dra. Senyia é uma aratnyana de alto valor intelectual. — Frederick fixa seus olhos dourados em Ravenna. — E a Dra. Senyia é inteligente o suficiente para entender que se cometer qualquer mínimo deslize, irei fazê-la se arrepender amargamente.

Ravenna faz um menear de cabeça, concordando.

Não deveria me sentir tão surpresa por essa traição escancarada, afinal de contas, é de Ravenna que estamos falando. A mulher que escondeu a verdade sobre a minha mãe, que tentou me usar para conquistar a coroa, quem esteve do outro lado de uma guerra que eu comecei.

Mas não posso negar que me sinto machucada por vê-la junto de Frederick. Se existia algo que me agarrei para perdoar minimamente Ravenna, foi essa ideia de que ela o odiava tanto quanto eu. Foi apenas por isso que baixei a guarda e aceitei a escolha de dar a ela uma segunda chance. Porque nós duas tínhamos um mesmo inimigo em comum.

Nós vamos derrubá-lo juntas.

— Eu confiei em você! — explodo. — Eu... Eu confiei. Eu confiei em você... — gaguejo sem conseguir organizar meus pensamentos. — Eu confiei com o meu coração, Ravenna!

— E veja onde isso te levou. — Dá uma risada seca. — Eu avisei, garota estúpida. Nunca confie em ninguém! Mas você não percebe o quanto as pessoas ao redor te envenenam, mentem para você. Eu cometi um erro ao subestimá-la, mas não o cometerei outra vez.

Seguro as lágrimas. Não quero chorar por Ravenna. Não por causa dela.

— Eu deveria ter matado você quando tive a oportunidade.

Ela abre um grande sorriso cheio de dentes brancos e veneno.

— Você deveria.

Frederick bate uma palma sonora, despertando-nos da batalha feita de palavras.

— Dra. Senyia — ele diz, abrindo um sorriso cheio de significado. — A sua presença neste salão tem um propósito, é claro. Preciso que resolva uma situação incômoda que Kalina se recusa a cooperar.

— Sou toda ouvidos, vossa graça.

Um pressentimento frio e estarrecedor se embrenha no meu peito.

— Diga-me, qual destas três criaturas é a mais especial para Kalina?

Ravenna, pela primeira vez, lança sua atenção para minhas irmãs. Ela apenas perscruta as três como se fossem meras desconhecidas.

— Diria que Kalina nutre sentimentos verdadeiros por todas elas. Mas se vossa graça puder me explicar melhor o método que devo utilizar para escolher, posso dar uma resposta mais eficiente.

Não. Não. Não. Não. Não. Não.

— Por qual delas Kalina morreria neste exato momento?

Ravenna vacila, me olha e pisca algumas vezes. Ficamos nos encarando por um bom tempo, até que meus sentimentos se tornam intensos demais para que eu consiga contê-los dentro da boca.

— Não ouse.

Com isso, ela responde:

— A terceira — *Ehrika.*

Luto para me livrar das amarras e avançar sobre Ravenna.

— Eu vou matar você! Eu vou acabar com a sua raça, sua maldita!

— Resposta certa, Dra. Senyia.

É claro que Frederick já sabia sobre meu laço com Ehrika. Charles deve ter informado e ele só estava testando Ravenna. Jheni e Tolisie começam a chorar, mas estão congeladas. Sabem que, se alguma delas tentar um movimento sequer, serei eu a morrer pelas mãos de Frederick. Para elas há apenas uma escolha entre reagir e ser a causa da minha morte, ou ficarem paradas e observar a morte da Ehrika.

— Por favor. — As lágrimas caem pelo meu rosto. — Faça o que quiser comigo, Frederick. Torture-me em frente a todo o continente, me humilhe, me destrua! Eu imploro! Mas deixe elas em paz!

— Eu dei a você uma chance de fazer uma escolha — Frederick explica, frio. — De sentir o gosto do que é sentar neste trono e ter poder. Agora, isso se foi!

Um tipo de horror mais profundo se apossa de mim. Ehrika não pode morrer! Não! Não sem que eu caia junto. Grito, tento usar meu poder de alguma forma para me libertar, mas apenas sinto uma impotência vergonhosa.

— Dra. Senyia. — Frederick faz um sinal para que ela fique atrás dele. — Você não quer sujar seu belo vestido, não é mesmo?

Ela faz uma mesura, agradece e se põe às costas do usurpador.

— Não! Não! Não!

Ehrika ergue os olhos violetas para mim, ela tenta manter sua visão firme, mas a pele pálida e suada revela a força que está impondo ao próprio corpo para isso.

Frederick lança seus tentáculos de sombras em direção a ela e a agarra pelo pescoço, assim como fez com os conselheiros.

— Saiba eliminar as suas fraquezas, Kalina. Ou elas eliminarão você.

O deleite em observar meu sofrimento é o motivo ao qual Frederick Denova não percebe o que acontece atrás de si. Não percebe a forma como Ravenna estampa uma frieza e um ódio em seus olhos escuros.

Uma raiva não direcionada a mim, mas a ele.

Da manga comprida do vestido, Ravenna deixa deslizar um brilho prateado para sua mão. Um brilho formado por uma agulha afiada. Um segredo que esteve junto da mulher todo esse tempo.

Nós vamos derrubá-lo juntas.

Ravenna ergue a seringa com líquido verde e desce com velocidade em direção ao usurpador. O movimento é rápido e certeiro, afunda a agulha no pescoço e isto é suficiente para que o poder de Frederick se desfaça.

As amarras ao redor do meu corpo se dissolvem e libertam-me do trono.

E é neste momento em que Ravenna grita:

— Lute, garota estúpida!

CAPÍTULO 57

A seringa se afunda no pescoço de Frederick Denova.

Em meio ao grito de dor, os tentáculos de sombras se dissolvem. O controle sobre o próprio poder se perde e o usurpador tenta entender o que acabou de acontecer. Encara Ravenna com um novo brilho de fúria no rosto. Ele não esperava por isso. Não esperava que Ravenna Senyia, a mulher que o traiu uma vez, pudesse ter a coragem de traí-lo uma segunda.

Mas ela teve.

Porque Ravenna Senyia prometeu que derrubaríamos Frederick Denova juntas. E ela manteve sua palavra.

Antes que o aratnyano possa ter possibilidade de reação, eu ataco.

Mesmo com metros de distância separando-me do meu alvo, sei que não vou errar. Busco no centro do meu peito a faísca da explosão que corre desgovernada pelas minhas veias e encontra a ponta dos meus dedos. Manipulo o ar ao redor do maldito aratnyano e o lanço com toda a ira que tenho em direção a estátua do deus de Aratny.

Ele nem ao menos percebe o ataque até que se choque contra a construção e desabe ao chão junto de uma das patas da aranha.

Ravenna e eu nos encaramos. Quero esganá-la por ter me feito acreditar que havia me traído de verdade, mas, ao mesmo tempo, quero abraçá-la e agradecer por ter escolhido o mesmo lado que eu nessa guerra. Porém, não temos tempo para nenhuma das duas opções.

— Ravenna! — berro e aponto para minhas irmãs. — Liberte-as!

A aratnyana estampa um misto de determinação e pavor no rosto. Corre mesmo de saltos na direção de Jheni e Tolisie que tentam se livrar da mordaça e amarras. O único soldado conosco dentro do salão é rapidamente lançado pelo meu poder contra a parede e cai desmaiado. Não sei quanto tempo ele vai continuar assim, mas Tolisie e Jheni podem dar conta em breve.

Salto os degraus o mais rápido que consigo.

Frederick Denova não pode despertar antes que eu esteja perto o suficiente para contê-lo. Se me prender outra vez, estaremos todos mortos.

Ainda assim, uma voz no fundo da minha mente diz que eu nunca terei poder dentro do meu peito suficiente para lutar contra ele.

Ravenna conseguiu roubar uma adaga do soldado desacordado e começa a partir as amarras que prendem as mãos de Jheni. Tolisie se arrasta na direção de Ehrika que continua caída e desacordada. Quando estou chegando perto o bastante de Frederick, retiro uma kukri de lâmina curta que estava encaixada no meu cinto e me preparo para usá-la contra o coração do usurpador, mas sombras explodem na minha direção e me lançam para longe. O impacto faz minhas costas baterem contra o chão, giro rapidamente até me por de pé.

Não há tentáculos saindo do corpo de Frederick como antes. Ele puxa a seringa grudada no pescoço e a observa com raiva.

Denova libera uma risada fria.

— E mesmo quando tento ser misericordioso, vocês me obrigam a exercer o papel de vilão. — Irritação pincela a voz enquanto lança um olhar para um ponto atrás de mim. Minhas mãos prontas para reagir se for preciso. — Inseto, tive uma nova ideia... — Volta a me encarar, os olhos dourados queimando. — Me entregue a Dra. Senyia e eu deixo suas irmãs irem.

Jamais vou acreditar em qualquer promessa que ele me faça, mas não posso ignorar como essa possibilidade brinca com meu lado mais sombrio. Se ao menos Jheni, Tolisie e Ehrika pudessem ser poupadas disto tudo, valeria a pena.

Mas eu não vou trair Ravenna.

— Lute *comigo*.

Frederick não esconde um lapso de dor no rosto. Balança a cabeça muito descontente.

— Primeiro eu vou matar você. Depois, vou torturar a Dra. Senyia e, por último, vou escravizar suas irmãs pelo resto de suas patéticas vidas. Você vai morrer sabendo que causou este destino a elas.

— Que tal você parar de enrolar?

Inicio o confronto.

Apenas uma explosão contida de poder suficiente para que Frederick precise agir. As sombras reagem e se chocam contra o ar. Sei que não vou conseguir vencê-lo assim, mas este não é o meu plano. A única coisa que desejo é ganhar tempo para que Ravenna salve minhas irmãs. Escuto a voz da mais nova discutindo, provavelmente recusando-se a me deixar para trás.

— Jheni, tire Ehrika daqui! — berro, torcendo para que ao menos uma vez na vida ela me obedeça.

Desequilibro-me e Frederick impõe mais sombras sobre mim. Cerro os dentes e vacilo alguns passos para trás. O suor escorrendo pelo meu rosto e pescoço, a queimação dentro do meu peito e veias tornando-se lava ardente.

Se antes Frederick conseguiu controlar dez conselheiros e um grupo de harkins com suas sombras, agora ele parece preferir focar tudo o que tem apenas em mim. Não sei quais são os seus limites ou se a substância que Ravenna inseriu no seu sistema é o motivo para ele precisar fazer isto.

Bom. Isso é bom. Preciso continuar incitando o ódio dele apenas a mim.

— Soldado! — Tolisie alerta, sobressaltada.

Inclino meu corpo na direção de Frederick e firmo minhas pernas antes de procurar pelo indivíduo. Minhas irmãs foram libertas por Ravenna e estão em posição de defesa enquanto a aratnyana tenta manter Ehrika de pé. O soldado que estava desmaiado acordou e segura um bastão envenenado na mão.

Meus braços estão bambos e minhas pernas fracas. Uma dor explode no alto da minha cabeça e meu poder se esvazia cada vez mais.

Tempo. É apenas isto que preciso dar a elas. Porque o erro de estarmos aqui é meu, não delas. Quem carrega sangue Denova sou eu, não elas. A maldição deste trono pertence a mim, não a elas.

Uso o meu último resquício de poder para atacar Frederick.

Como se o mundo girasse em um ritmo pesado, eu corro. Os milésimos de segundos passam por mim como minutos enquanto Frederick volta ao controle e, percebe o que estou fazendo. Que eu não estou fugindo, mas enfrentando-o. Lançando-me para ele. Apenas três passadas longas são o que posso fazer antes que ele erga as mãos e mire meu coração.

O mundo acelera. Choco-me contra o corpo de Frederick Denova e solto um soco no rosto dele, antes que ele possa revidar puxo o corpo e, com agilidade, empurro-o contra a escultura. Arqueja, mas consegue de alguma forma desferir um soco nas minhas costelas.

Dói. Mas eu já estou acostumada com este tipo de dor.

Meu cotovelo acerta a boca de Denova e tento prender suas mãos. Não sei bem como funciona o controle sobre as sombras, mas parece muito próximo a forma como eu manipulo o ar. Encaro-o tão perto que posso ver as marcas da idade em sua pele, o jeito como seus olhos dourados não parecem certos ou a completa loucura que toma sua face.

— Renda-se, agora! — ordeno, entredentes. — Ou eu vou matá-lo!

Frederick ri, cheio de deboche.

— Não posso dizer o mesmo, inseto, porque eu *vou* matá-la de qualquer jeito!

— Jheni! — Tolisie se desespera.

Eu deveria me manter focada em Frederick, mas vacilo em busca das minhas irmãs. Jheni está caída no chão agonizando enquanto Tolisie luta contra o soldado.

Frederick aproveita meu momento de desatenção para impulsionar suas sombras para cima de mim. Escorrego alguns metros, mas antes mesmo que ele consiga continuar com o ataque, rolo para a minha esquerda e volto a me erguer, entrando em posição de defesa. Ravenna tenta arrastar Ehrika que não parece mais sustentar o próprio peso e, como se sentisse meu olhar, a aratnyana procura por mim.

Ela poderia fugir neste momento. Poderia aproveitar todo este caos para se safar de um grande problema. E mesmo assim, a ex-diretora me surpreende quando continua a amparar minha irmã em direção às portas do salão. Tolisie vence o soldado e, antes que possa correr na minha direção, grito para meu inimigo:

— Escute, Frederick! — falo com ele, mas é um aviso para minhas irmãs. — Essa guerra é apenas entre mim e você!

Tolisie congela no lugar, mas entende. Ela ergue Jheni, assim como Ravenna ampara Ehrika. As quatro seguem em direção as portas de saída.

É isso o que eu preciso. Ganhar um pouco mais de tempo.

Frederick aceita meu convite. Preciso utilizar minha agilidade para vencê-lo por um tempo. Definitivamente Denova sabe as regras de um jogo de xadrez, mas eu sei usá-las em uma versão que somente guerreiros aprendem a jogar.

Deixo que meus instintos me guiem pelo caminho que faço no salão. As sombras são como bombas que explodem a cada passo que dou. Fica mais fácil de prever os movimentos de Frederick porque ele está com muita raiva. São ataques brutos, construídos na força e não no raciocínio.

Só que, ainda assim, fico lenta pelo cansaço.

Só mais um pouco.

Dedos gelados tocam meu tornozelo e perco o controle sobre meu próprio corpo. Sou lançada até os candelabros do salão e, tão rápido quanto fui erguida, sou trazida de volta para o chão.

Uma dor intensa eclode na região das minhas costelas. Ofego em busca de ar, mas apenas sinto a gravidade ao meu redor se diluir conforme volto ao topo e, sem asas para voar, retornar ao centro da terra. A dor não vem no mesmo instante, apenas alguns segundos depois. Como se o corpo levasse tempo para entender que está sendo destroçado.

"Quero quebrá-la pedaço a pedaço".

Miro o céu azul por detrás das grandes janelas na terceira vez que sou erguida e, no fundo do meu peito, sinto que esta pode ser a última vez que verei essa cor. Fecho os olhos no instante em que sou puxada para o fim de tudo.

Porém, desta vez, a pressão não é tão firme. Não há o toque gelado ao redor do meu tornozelo. E, quando chego ao chão, não desabo sobre o piso, mas sobre um corpo.

— Kalina! — Tolisie grita agarrada a mim.

Eu abro meus olhos confusa e vejo Jheni lutando para manter Ehrika de pé próximo a porta de saída. Ambas esperando-nos com um olhar de súplica. Tolisie tenta me puxar pelos ombros, para que eu me erga, mas meu corpo não responde completamente.

Porém, o que me deixa fora de eixo é a luta que acontece bem na nossa frente. Frederick tenta se soltar do aperto de um corpo que o arranha com longas unhas sobre o rosto e tenta feri-lo com a adaga que roubou do soldado.

Ravenna.

Não, sua idiota! Não! Era para você fugir com as minhas irmãs, era pra você salvá-las.

Tolisie apoia-me nos próprios ombros e me arrasta sozinha. Minha mente gira enquanto minhas pernas voltam a funcionar. Uma dor absurda explode nas costelas e um acesso de tosse me faz cuspir sangue. Sinto meu rosto todo repuxar e latejar.

— Precisamos… ajudá-la… — murmuro. Estico minha mão para lançar meu poder, mas estou vazia. — Ajude… Toli…

— Não posso — Tolisie grunhe enquanto me arrasta mais um pouco. — Eles adormeceram meus poderes. Vamos, Kali! Ravenna não vai aguentar muito tempo.

Nós vamos derrubá-lo, juntas.

— Não… — soluço, mas me deixo ser levada pela minha irmã.

Ravenna grita, os pequenos braços firmemente agarrados no pescoço de Frederick e as mãos arrancando sangue da pele.

Tropeçamos no caminho e eu quase caio.

— Vá… Por favor!

— Não! — Tolisie chora, mas não diminui o aperto sobre meu corpo.

Estamos no meio do caminho quando Frederick consegue se livrar de Ravenna. Ela escorrega pelo chão e perde o controle da adaga que desliza alguns metros para longe dela. Por cima do ombro, encontro o olhar do usurpador mirando-me. Ele semicerra os olhos dourados e ergue sua mão na minha direção.

Empurro Tolisie no segundo em que as sombras de Frederick são lançadas na nossa direção e acertam o ponto onde estivemos. Frederick está focado apenas em mim. Pronto para terminar aquilo que começou.

Porém, Ravenna não está perto de desistir.

É apenas um segundo que precisamos para que a aratnyana aponte para a adaga caída e o eu entenda o que ela deseja fazer. A aratnyana corre com um grito agudo e pula sobre as costas de Denova outra vez.

É uma atitude estúpida. Completamente estúpida. Não há como ela ganhar dele.

Mas Ravenna sabe disso. E se existe algo no que ela é boa, é em criar ideias geniais. Mesmo aquelas que irão partir o meu coração.

— Tolisie, seja uma lâmina e salve nossas irmãs! — grito, tirando forças de onde eu não tinha. — Faça isso agora!

Mesmo com a dor explodindo dentro de mim, forço minhas pernas e corro até a adaga. Escorrego pelo piso, cada parte de mim implorando para que eu pare, mas eu não paro.

Caio rolando até onde a adaga está e agarro-a com agilidade.

Eu giro o mais rápido que posso para tentar evitar o final que Ravenna planeja, mas Frederick desempenha o papel que a aratnyana esperava.

Ele esquece de mim. Ele lança todo o seu ódio a ela.

Os tentáculos de sombras se agarram ao corpo de Ravenna e a erguem no ar. Ela apenas me encara com uma firmeza no rosto típica de Ravenna Senyia enquanto eu corro com a adaga empunhada. E, tão rápido quanto o bater das asas de um beija-flor, as sombras perfuram o estômago da ex-diretora, no mesmo segundo em que enfio a adaga nas costas de Frederick Denova.

Ravenna abre a boca em surpresa. Como se ela não esperasse realmente que pudesse ter o corpo partido assim. Como se Ravenna Senyia fosse indestrutível, feita de um outro tipo de matéria. E, por um bom tempo, eu também acreditei que fosse.

Ravenna Senyia, que de uma maneira turbulenta foi apresentada a mim como minha inimiga, mas que me mostrou que nós duas tínhamos muito mais coisas em comum do que imaginávamos.

Que me fez enxergar um lado que nem mesmo eu sabia que exista. Um lado visto como sombrio, mas que é igualmente belo.

Ravenna Senyia que eu poderia chamar de amiga um dia, mas que jamais poderá escutar essa palavra. Porque Ravenna Senyia se sacrificou por mim. Por uma garota estúpida.

Nós vamos derrubá-lo juntas.

As sombras se desfazem e ela cai com um baque contra o chão, imóvel.

Frederick ruge para mim, mas as sombras não desaparecem ainda assim. Elas vão em direção a adaga e puxam a lâmina para fora sem pudor. Ele a quebra em pedaços. Uma expressão quase animalesca em seu rosto. Berra tão alto que me encolho em reflexo, mas volto a enfrentá-lo.

Ao longe, Jheni abre as portas do salão com Ehrika e Tolisie.

O aratnyano aponta para mim.

— Isso tudo é sua culpa! — grita, raivoso. — Você transforma todos ao seu redor em pessoas fracas! O seu pai! Sua mãe! Suas irmãs! Ravenna! Você é a ruína de todos eles! Mas a minha missão é eliminar os perigos e fraquezas deste continente. E você não é o maior problema que nos ronda!

Só mais um pouco de tempo.

Eu espero pelo ataque, mas o mundo começa a *tremer*.

Não apenas o movimento de um espasmo do corpo dolorido, mas um tremor que vem do centro da terra. Como se *A Mãe de Todos os Planetas* estivesse pronta para destruir aquilo que criou.

Uma luz branca explode. Sou lançada para longe e bato minhas costas contra os degraus da escadaria. Empenho-me para erguer meu rosto e encarar o ponto de onde a claridade vem e encontro no centro, ajoelhada, Ehrika. Os olhos e a boca aberta em agonia.

— Não! Não! Não! — ela suplica em um tom ensurdecedor.

Frederick também foi impactado pela explosão, mas já está se erguendo do chão com uma expressão de assombro no rosto.

As janelas ao alto vibram, assim como os candelabros. Frederick fica congelado, encarando o mundo ao nosso redor.

— *Não faça isso, Vixen!* — Meu estômago gela quando Ehrika diz essa frase.

Ela grita continuamente, grita até que sua voz não pareça mais com ela mesma. O tremor, em segundos, se torna um som assustador de caos pelo continente.

Um som gutural, como se estivesse se partindo ao meio.

Ehrika, subitamente, desaba ao chão.

E, junto dela, o céu azul revela uma nova realidade.

O mundo pintado de *vermelho*.

CAPÍTULO 58

A dor é semelhante a um punhal enfiado bem dentro do crânio.

Uma sólida pressão que esmaga meu cérebro e queima todos os meus pensamentos.

Tento abrir os olhos, mas é impossível, porque a sensação é como cola grudada nas minhas pálpebras.

Tento lembrar porque me sinto assim. Não me recordo de ter adormecido, mas isso não seria uma surpresa, já que viver entre a linha da consciência e do adormecimento se tornou parte dos meus dias. Um incômodo se apossa do meu âmago, gritando para que eu acorde, para que eu me lembre.

Escuto murmúrios. Não palavras entendíveis ou frases lúcidas. Apenas resmungos, do tipo que carrega uma ansiedade inconfundível no tom. Eu me agarro ao som como alguém que se agarra a uma corda para escalar uma montanha. E dói. Dói muito. Mas dói ainda mais o desespero que vem pouco a pouco me sufocando.

Entre o mar da lucidez e do completo apagamento, empenho-me para acordar.

Resquícios de luz insinuam-se para dentro das minhas pálpebras cansadas. Há primeiro borrões, esboços do lugar em que estou. Um chão frio abaixo do meu corpo e a bochecha pressionando o piso. A pressão sobre a cabeça não é o único desconforto, já que meus braços estão fortemente amarrados atrás das minhas costas. Flexiono meus punhos, mas estou fraco demais para soltá-los. Desisto, aceitando o consolo do adormecimento outra vez.

Mas os murmúrios voltam.

E com eles, a angústia no meu peito.

Porque a resposta para todas as minhas dúvidas está refletida nos olhos das pessoas que lutam para me despertar, mesmo que estejam com as bocas cobertas por mordaças e os braços e pernas tão presos quanto os meus.

Mig, Alexis e Suzanna estão juntos, sentados no chão. Eles lutam com tudo o que têm, debatem-se, mas mal conseguem sair do lugar. Safiny também está aqui, mas presa em uma cadeira, ela berra contra a mordaça e uma fúria genuína pinta sua feição. Por último, vejo Hux desacordado. O sangue já seco grudado pela testa e bochecha.

E assim, a névoa do esquecimento se desfaz e eu lembro de tudo.

Charles nos traiu.

Tento lutar contra as cordas que prendem meus punhos e pernas, mas logo a escuridão se agarra sobre minha mente. Sou derrubado por um cansaço semelhante ao que já senti durante as minhas crises dentro da Montanha. Estou dopado. Totalmente dopado. O grito de Kalina me embala de volta para a escuridão. Mesmo com o mundo embaçado, me vejo dentro de outro corpo, encarando-a.

Kalina.

Tem sombras saindo das minhas mãos e enroscando-se nela. A ergo até o alto do salão banhado por sangue e a puxo de volta. Repito o mesmo movimento uma, duas, três vezes, tantas que mal consigo acreditar que Kalina continue consciente.

Ela cospe sangue e me encara com fúria.

Não para mim, mas para Frederick Denova.

O sentimento que se apossa do meu coração é mútuo, porque ele também a odeia. Mas, mais do que isso, ele a teme.

Não há muito mais tempo, a voz ecoa na minha mente.

Tão rápido quanto cair para o fundo do Abismo, é acordar sobre o trono de um mundo destruído. O Rei do Outro Lado se inclina para mim. As garras cadavéricas acariciam minha bochecha.

— Eu avisei que a humana iria morrer...

Estou apavorado. Não mais por estar neste mundo arruinado, mas pela visão de Kalina sendo espancada. Por perceber que meu pai sempre falou a verdade sobre meu destino ser inevitável. Puxo a manga da camisa e encaro o ponto onde Ehrika me tocou mais cedo. Quando ela viu, dentro do meu ser, o que eu havia feito.

A marca do pacto de sangue apenas visível Do Outro Lado.

Um corte preto e pulsante.

— Cumpra com a sua promessa. — Respiro fundo e encaro o demônio. — Eu aceito o seu chamado.

O céu vermelho do Outro Lado é tudo o que vejo quando as sombras se agarram à minha mente. Puxam-me para uma queda em direção ao mar de demônios em guerra abaixo das ruínas. Sou feito de sombras que percorrem em êxtase o caminho que sempre desejaram fazer. Escorregamos pelo chão morto e flutuamos pelos corpos desfigurados que anseiam de fome, mas que comemoram porque sabem o que está prestes a acontecer.

Do que o seu Rei buscou para eles.

Do que o seu Príncipe concedeu.

Terras áridas e carcaças de monstros são deixados para trás enquanto as sombras viajam desenfreadas até chegar a um penhasco. Saltam para a escuridão da queda e caem pelo abismo. As sombras desmoronam para o eterno nada, até que, de repente, sobem outra vez. Paredes feitas de pedra escura e luz vermelha, não do céu, mas de lâmpadas.

As trevas se chocam contra uma barreira invisível, mas não há porque desistir. Elas sabem que desta vez conseguirão o que desejam há centenas de anos. Existe uma força maior do outro lado dessa barreira que chama por elas, que fragiliza a membrana entre as dimensões.

O rei de um lado, o príncipe do outro.

Não há mais limites que os separem. Nem mesmo aqueles feitos pelos Cinco Deuses Irmãos.

As lâmpadas tremulam enquanto as sombras colidem cada vez mais impacientes. Estão esfomeadas pelo gosto deste novo mundo. Ávidas pelo cheiro da carne que caçarão.

Rachaduras começam a se formar na membrana invisível.

E a última linha que protegia a paz deste mundo se desfaz.

Milhares de demônios irrompem para dentro de Insula.

As sombras continuam correndo em busca de seu receptáculo. Percorrem os corredores da Montanha, tomam os quartos do castelo, preenchem as salas dos laboratórios. Gritos desesperados de soldados e residentes são ouvidos. Eles tentam fugir, mas são lentos demais.

As sombras deslizam para fora do império feito de pedra. Tocam o mar salgado, apanham os animais assustados e devoram as florestas vivas. A névoa de caos avança com tamanha rapidez que em segundos as vilas são tomadas. O continente se torna minúsculo para o poder que assola este mundo.

As sombras continuam a vagar sem perder ritmo. Elas sabem para onde estão indo. Buscam pelo corpo do seu receptáculo, do seu príncipe. Elas buscam por mim.

E encontram.

A porta explode e as sombras irrompem para dentro do ambiente. Dedos escuros de névoa tocam meus cabelos, lambem minhas bochechas e abrem minha boca. Engulo a escuridão sem conseguir lutar, porque aceitei que elas me fizessem de seu hospedeiro.

As sombras estão dentro de mim.

Elas me afogam.

Me preenchem.

E me acordam.

As sombras me lembram quem eu sou.

Vixen, Príncipe do Abismo. *O Herdeiro das Sombras.*

Então, nós despertamos.

CAPÍTULO 59

Ehrika grita como se fosse o fim dos tempos.

No alto do salão, as janelas explodem e os cacos pontiagudos caem sobre nossos corpos. Rachaduras escalam as grossas paredes do prédio e os candelabros pendem como balanços impulsionados por crianças invisíveis. As dobradiças espessas das portas do salão não são o suficiente para segurá-las. Tombam como toras após uma tempestade terrível e ecoa um som colossal direto para dentro dos nossos ouvidos.

Meu corpo dói como se estivesse no inferno e minha mente confusa não me deixa raciocinar rápido o bastante.

Porém, mesmo com tudo isso, não há como ignorar a sensação de pavor irrefreável.

É um medo diferente. Não como senti ao perceber que havia caído no plano de Frederick ou quando minhas irmãs foram ameaçadas por ele. Não vem de algo que posso ver. Se espalha pelo vento, pela terra e mar.

É pintado em vermelho, assim como o céu acima de nossas cabeças que sempre foi azul. Vermelho sangue, vermelho caos, vermelho *fim*. Um céu que nunca poderia ser tomado por tamanha intensidade de carmim, mas que exibe nuvens brancas por cima de um universo que sangra.

Os gritos de Ehrika cessam no mesmo instante em que o terremoto se extingue.

Junto da luz branca, suas forças se esgotam. Desaba completamente imóvel.

— Ehri… — A voz mal sai.

Frederick, que esteve paralisado durante os últimos minutos, desperta. Mas, dessa vez, a palidez parece ter se apossado da pele. O ódio que direcionava a mim, sumiu. Ele apenas me encara com os olhos muito arregalados e com uma pergunta presa nos lábios finos.

Uma dor aguda nas costelas quase me faz desmaiar, mas tento me arrastar pelo chão mesmo assim. Não avanço mais do que alguns centímetros antes que Denova me descarte. Ele marcha na direção de Ehrika.

— Não… — balbucio, me sentindo totalmente inútil.

Por outro lado, Jheni e Tolisie agem para defender nossa irmã. Elas investem muito rápido na direção de Frederick, sem temer as consequências.

— Não toca nela! — Tolisie urra, corajosa.

Mas Frederick não quer perder tempo com mais ninguém. Com apenas um erguer de dedo, as sombras empurram com muita força minhas irmãs contra a estátua do Deus de Aratny e elas desabam silenciosas.

O som é terrível.

Quero ser forte o bastante para defendê-las, mas a única coisa que consigo é me arrastar mais um pouco pelo chão, como se todos os meus ossos estivessem esmagados.

Com certeza a adrenalina estava me mantendo de pé, mas meu corpo exauriu as forças. Minhas costelas parecem quebradas, assim como uma dor angustiante na perna.

— Você! — Frederick vocifera para Ehrika desacordada. — O que você fez?!

Ela é erguida pelas sombras, como uma boneca de pano.

Quando não o responde, ele questiona outra vez:

— Criatura soturna, o que *você é*?!

Irritado, ele a chacoalha em desespero por uma resposta, mas o som de passos retumba do lado de fora do salão. Não apenas passos, mas um assovio melodioso e sombrio. Quando uma névoa escura desliza pelo chão através do portal onde as portas caíram, a temperatura despenca subitamente.

Mesmo sendo um assobio, não há como confundir a quem pertence essa voz.

Com as mãos nos bolsos ele avança. Tudo poderia parecer exatamente igual, não fosse por uma coroa escura de pedras amarelas que brilha acima da cabeça.

É o *meu* Vixen, mas não é.

Porque quem eu vejo é feito de inverno e morte. É feito de abismo e caos. Ele veste a realeza como um príncipe.

O harakin trava sua caminhada e abre um lindo sorriso. Vê-lo assim me causa dor física. Porque algo parece errado. Ele exala uma energia brutal, corrosiva, destrutiva e cheia de violência.

Mas os passos não cessam mesmo que Vixen esteja imóvel. Sinto o piso reverberar abaixo de mim e a garra do medo pinça minha espinha.

A névoa dança e se espicha como dedos cadavéricos, abrindo caminho para outro ser assustador que também entra no salão. E, mesmo nunca tendo o visto antes, eu sei que é ele. O monstro que atormentou os pesadelos de Vixen e que agora está bem aqui, no mundo real.

O Senhor do Abismo. Rei do Outro Lado. Mestre dos Harakins.

No exato segundo em que ele se acomoda ao lado do filho, Frederick liberta Ehrika sem nenhum cuidado. Ele faz um som incrédulo, dá um passo involuntário para trás e faz um sinal de negação com a cabeça.

— Não é possível… — murmura, muito chocado.

É Vixen quem ri ao escutá-lo. Uma risada cheia de desprezo.

— Frederick... — A voz do Senhor do Abismo é tão grave que quase me arranca o ar ao escutá-la. — Você sempre suspeitou que isso poderia acontecer... Onde estão os seus deuses?

É muito difícil desgrudar meus olhos da entidade. Ele tem uma aura quase hipnótica. Talvez seja pela forma com que as sombras vestem o manto de sombras sobre o corpo, ou o trecho rasgado no lado direito do rosto, quase como um sorriso diabólico. Entretanto, forço-me a procurar por Vixen. Torcendo para que o harakin dê algum sinal de que está interpretando um papel, mas Vixen nem ao menos me olha.

Esse Vixen usa as mesmas roupas e tem o mesmo rosto do homem com quem dancei na biblioteca uma semana atrás, mas diferente daquele, este talvez tivesse arrancado meu coração com os dentes.

Frederick empertiga os ombros e muda a postura.

— *Majestade* — fala em um tom cauteloso. — Não lembro de o ter convidado para a minha dimensão.

Tem um toque de nervosismo na voz, mas também há arrogância.

O Senhor do Abismo se desfaz no ar e aparece atrás do usurpador.

— Humano... — A voz dele brinca com meu cérebro. — Nós tínhamos um acordo.

O aratnyano tropeça descoordenado para longe da entidade. Depois, lança um olhar demorado para Vixen.

— Vejo que encontrou o que buscava.

— Meu herdeiro... — O Rei do Outro Lado responde, satisfeito

— E imagino que você esteja aqui apenas para buscá-lo.

Frederick está agindo de forma política com algo que nem mesmo pertence ao nosso mundo. Ainda assim, ele não consegue esconder os espasmos trêmulos das mãos.

O Senhor do Abismo percorre com os olhos dourados o chão ensanguentado e os restos mortais dos harakins.

— Quem fez isso com os meus filhos? — A temperatura cai ainda mais.

O usurpador engole em seco. Frederick reage com mais intensidade do que agiu nos últimos minutos.

— Estava apenas me defendendo! As suas crias viraram-se contra mim, aqueles que deveriam me servir. Aqueles que você prometeu serem fiéis apenas a mim!

Vixen tomba o rosto e cruza os braços, não gostando nenhum pouco do tom com que Frederick fala.

— Humano... Eu prometi um exército — O Rei do Outro Lado flutua em direção a Frederick. — Eu dei isto a você... O que mais quer?

Denova leva um tempo para responder.

— Eu quero que você deixe minha dimensão.

As sombras da entidade crescem em tamanho. O aratnyano cambaleia para trás, nitidamente pego de surpresa pela reação do outro.

Frederick semicerra os olhos e o estuda com cautela.

— Você não pode tocar em mim! — ruge, apavorado. — Ou esqueceu do pacto de sangue?!

— Humano... — As sombras do Senhor do Abismo voltam a se conter. — Eu cumpro com a minha palavra.

Frederick gosta do que escuta. Relaxa a postura e retoma a expressão egocêntrica.

— Que bom — ele diz, sombrio. — Aceite meus cumprimentos por ter encontrado o seu herdeiro. Espero que a guerra na sua dimensão possa ser controlada. Porém, peço que vocês dois partam agora mesmo.

O demônio encara profundamente Frederick. Posso estar alucinando, mas quase parece que o sorriso congelado dele se estica ainda mais enquanto fala:

— Esta dimensão pertence a mim, humano — ele responde com centenas de vozes ao mesmo tempo. — Você não pode me banir...

Frederick se afasta, trêmulo.

— Está me ameaçando?! Sabe que se me tocar, você morrerá também!

— Não tocarei em você... — O demônio semicerra os olhos e uma escuridão profunda se apossa do rosto. — Mas o meu filho vai.

Vixen abre um grande sorriso.

Quando ele se move, o ar ao nosso redor ondula. O olhar gruda feroz em Frederick, sua boca se retorce e se curva. Eu queria não sentir esse incômodo ao entender o que está prestes a acontecer. Afinal de contas, Frederick Denova esteve pronto para me matar e fazer o mesmo com todos os que amo. Porém, é impossível não sentir um desconforto assustador com o modo como Vixen parece servir totalmente ao pai.

Em um piscar de olhos, o ser vindo de outra dimensão se modifica em sombras e some do ponto onde os tentáculos de Frederick foram lançados para se defender. Vixen, por outro lado, aproveita a investida para agarrar com as próprias mãos as cordas feitas de trevas.

Escorrega um sorriso cheio de júbilo.

— O que você pensa que está fazendo?

Frederick intensifica o poder e envia mais tentáculos para conter o inimigo, mas Vixen apenas parte as sombras como elásticos. Isso causa dor no aratnyano.

Meu coração acelera pela noção de que Ehrika está vulnerável. Tento me arrastar até ela, mas é uma luta em vão. Jheni e Tolisie ainda estão desmaiadas e isso me apavora.

No alto das escadarias, sentado no trono de Insula, está o Rei do Outro Lado. Ele assiste a batalha com uma expressão plácido.

O seu herdeiro, por outro lado, deleita-se. Frederick destruiu em segundos todos os harakins que me acompanhavam, mas a energia que reverbera de Vixen é de outro nível. Ele me assusta não apenas pela expressão assassina no rosto, mas pela forma como se move. Está mais rápido, mais preciso, como o ar que não pode ser contido.

Vixen ataca Frederick e em segundos desfere um soco no rosto do usurpador. Os tentáculos de sombras do homem o encapsulam como uma armadura, mas Vixen lança suas próprias sombras na direção do rival. A tentativa de defesa de Frederick vai sendo despedaçada como uma casca de laranja. O corpo do harakin se mexe junto de suas sombras, rodopiando o eixo do aratnyano e rindo consigo mesmo.

De repente, a mão de Vixen perfura a parede de escuridão e agarra o pescoço do inimigo. É quase como ver alguém de um lado usando os próprios poderes pela primeira vez, enquanto do outro lado há um deus.

Vixen o ergue e as mãos pequenas do ditador tentam lutar contra o aperto. Os olhos se esbugalham, mas logo ele é atirado contra o chão. Ele inspira com ânsia por preencher os pulmões e tosse com força.

O harakin dá as costas, caminhando calmamente até os degraus do trono. Troca um olhar com o demônio sentado lá, com um balançar de cabeça, o libera para o ataque final.

Das mãos de Vixen, sombras se lançam para o chão. Mas elas não se espalham como gás. Na verdade, elas se transformam em algo. Subitamente, criam-se patas com garras, quatro pernas, um rabo e um rosto com fuço. As sombras se tornam uma dupla de seres com formatos semelhantes a lobos.

É neste momento que Frederick lança um olhar para mim, desesperado.

— Ajude-me, inseto! Sem mim este mundo perecerá! Eu sou a salvação!

O que ele diz me assusta. Provavelmente após o destruírem, o demônio no trono não terá misericórdia. Mas eu jamais ajudaria Frederick. Prefiro morrer, mas ao menos levá-lo junto. Eu o encaro com claro nojo e aguardo ansiosa pelo momento em que os lobos começam a correr até sua presa.

Frederick lança seus tentáculos de sombras na direção dos seres, mas ele é vencido com agilidade. A boca de uma das criaturas se abre e dentes afiados agarram-se no ombro do homem. Ele berra, tentando lutar, mas o outro monstro morde sua perna.

Sangue espirra.

Eu deveria virar o rosto. Deveria me poupar da cena. Eu deveria fechar meus olhos e ignorar o terror que acontece com o aratnyano.

Mas eu não faço isso.

Na verdade, eu o encaro sem piscar. Eu observo cada mordida sendo dada, cada gota de sangue sendo espirrada, cada gemido sendo proferido. O ataque dura apenas alguns segundos, mas para mim é como uma vida inteira. Penso em meu pai. Penso em Pitrya. Penso em Lenora. Penso em Ravenna. Penso em Blizze.

Eu penso em todos que tiveram suas vidas destruídas por Frederick Denova.

E que agora, é comido vivo pela sua própria ambição. Que pereça engasgado no próprio sangue.

Frederick Denova, durante seu fim, me encara.

Ele me escolhe para ser a última coisa que verá em vida.

E eu o odeio ainda mais por isto.

Capítulo 60

Encaro Frederick Denova morto e uma estranha e desconcertante paz me inunda.

Com a bochecha contra o piso frio, meus pulmões chiam a cada lufada de ar que inspiro e meus ossos enviam ferroadas por todo o meu corpo.

Vê-lo assim, inerte e sem vida, tira dos meus ombros um peso que carreguei por muito tempo. O ódio dentro de mim seria grande demais para que eu o libertasse de uma vida atormentada. Se nada disso tivesse acontecido da forma com que aconteceu, talvez eu tivesse passado o resto da minha existência focada em fazê-lo pagar.

Mas agora, quase agradeço por não ter precisado tomar esta decisão. O que é uma completa loucura, já que o motivo para que Frederick Denova esteja morto vem de uma razão muito pior.

Os lobos de sombras dissiparam-se e voltam para as mãos de seu mestre.

Desgrudo meu olhar do cadáver de Frederick e foco em Vixen.

Tento ignorar o pavor que é perceber quantos corpos estão espalhados ao longo deste salão. Quanta morte foi orquestrada e tocada pelas mãos de seres tão terríveis.

Seguro a vontade incontrolável de chorar.

Ravenna está morta. Lenora está morta. Blizze está morto.

Quantas pessoas morreram neste dia para que, ao final, ninguém tenha vencido?

O abraço cálido do adormecimento tenta fechar meus olhos, mas luto contra isto. Preciso estar bem acordada para descobrir o que vai acontecer. Se o Vixen que encaro é, de fato, um desconhecido.

Ou se, quem sabe, ainda tenho como acordá-lo de mais um pesadelo.

É assustador perceber que, a cada segundo que se arrasta, mais encontro diferenças no homem de cabelo claro e olhos dourados a quem encaro com determinação. A coroa escura sobre a cabeça reluz como um sinal de que tudo mudou. Vixen não move um músculo e, no lugar do sorriso sádico, agora há uma seriedade temível.

A verdade é que estou apavorada demais para me mexer ou para ousar dizer algo. Encará-lo desperta em mim um instinto quase animalesco de sobrevivência. Não devo agir e, de alguma forma, colocar minha vida e as das minhas irmãs em perigo.

Minhas irmãs. Preciso socorrê-las. Ter certeza de que estão bem.

Mas não posso, porque Vixen continua me estudando. Os olhos dourados semicerram-se e eu quase crio uma esperança tola de que ele esteja ali dentro.

Do alto do trono, o Senhor do Abismo se transforma em sombras e cruza o salão até estar ao meu lado. Um grito fica preso dentro de mim, mas não tenho nem mesmo energia para soltá-lo dos pulmões.

O frio que emana do demônio é doloroso.

Os dedos cadavéricos tocam minha nuca e arranham minha pele. É como se eu estivesse de volta ao Abismo focada em ameaçá-lo.

— Kalina Kaster... A Imperadora sem trono. — A voz penetra cada poro. — Eu poderia matá-la...

Lanço um olhar para Vixen e o encontro imperturbado. Não há nenhum traço de pavor ao me ver na posição em que estou. A pele rasgada do lado esquerdo do demônio sorri para mim com dentes afiados.

— Você é corajosa, humana — continua, as palavras como golpes na minha mente. — Mas fraca... A morte ecoa em você...

O demônio se cansa de mim e materializa-se atrás de Vixen. Repousa as garras no ombro do filho e sussurra em seu ouvido:

— Ainda há tempo, criança... — Vixen me estuda em silêncio. — Ela será um problema...

O demônio tenta o manipular, como uma cobra sibilando preparada para o bote.

— Vixen — grunho. — Sou eu. Por… favor, lembre-se de mim.

A fisionomia dele muda de repente.

Solta o ar e a expressão cruel desaparece. Se liberta do aperto do pai e corre na minha direção. Desaba de joelhos e me encara com o olhar aceso outra vez.

É apenas um pesadelo. E eu posso acordá-lo.

Eu posso fazer isso.

Mas Vixen volta a sorrir com uma malignidade arrepiante.

— Eu sei quem você é — sussurra melodioso. — Eu sei qual é o gosto do seu beijo. — Leva um dedo até os meus lábios cortados e não se importa em pressioná-los com força. A dor faz estrelas pipocarem na minha visão. — Sei como é tocar o seu corpo e qual é o cheiro do seu perfume. Eu sei de tudo isso. E sei também dos sentimentos que o meu coração sentia por você… — Vixen agarra meu braço e o puxa com violência. Ele espalma minha mão sobre o lado esquerdo do próprio peito. — Não existe mais nenhum coração batendo aqui dentro.

Mordo a língua com a dor que reverbera em mim. Vixen *quer* me machucar. Ele me segura com ódio. O harakin espera pela minha resposta com um divertimento sádico enquanto percebo que, embaixo da minha mão, só existe gelo.

Na primeira vez em que nos beijamos, este coração batia com força.

Mas agora, está morto.

Lágrimas desabam pelas minhas bochechas. Não consigo dizer nada a este ser que sente felicidade por me causar dor.

— *Doce* Kalina — fala cheio de deboche. — Não faça com que eu me arrependa pelas minhas decisões. — Aponta para a coroa. — Eu sou um príncipe e preciso honrar com a minha palavra.

Vixen se afasta de mim, sem cuidado algum ao soltar meu braço.

— O problema, meu pai, é que eu tenho um fraco por rostos bonitos, mesmo quando eles são meus inimigos — diz, com as mãos nos bolsos. — Deixe que vivam. Se ela se tornar um problema, irei caçá-la com prazer.

Não consigo me sentir aliviada mesmo com a frase que escuto.

Principalmente pelo peso do olhar do Senhor dos Harakins em cima de mim.

— Se é o que deseja... — O demônio foca em mim. — Você tem apenas algumas horas. Meus demônios chegarão em breve...

Vixen solta uma risada seca.

— Isso seria muito divertido de assistir.

— Filho. Está na hora... — O Rei do Outro Lado se desfaz em sombras e volta a se materializar perto da porta — Vamos...

Não. Eu não posso deixar que ele vá embora, não posso permitir que seja levado.

Eu prometi que iria protegê-lo.

Que iria acordá-lo!

— Vixen… — murmuro. — Por favor, não vá.

Estico minha mão na direção dele, arrasto meu corpo pelo chão, mas desabo novamente. O harakin me observa com repulsa. Coloca as mãos nos bolsos e, calmamente, começa a caminhar em direção à saída do salão. O Rei do Outro Lado se transforma em sombras e desaparece, mas o frio não vai embora.

— Fique… — sussurro.

E mesmo implorando, Vixen não fica. Ele parte, sem olhar para trás.

Eu estava errada quando achei que Frederick Denova havia conseguido me quebrar completamente. Ele esqueceu de um pedaço. O último fragmento que ainda estava inteiro dentro de mim acabou de se partir.

O meu coração.

EPÍLOGO

UM MÊS DEPOIS

O amanhecer vermelho é como um aviso sádico.

Não podemos estar na superfície quando o dia raiar e a escuridão partir, porque quando isso acontecer, será muito difícil nos escondermos deles. Devemos forçar nossas pernas até sucumbir à exaustão.

O pavor estampa a feição dos dois garotos atrás de mim. Eles não escondem o medo do que pode acontecer caso sejamos encontrados outra vez. A pouca energia que nos resta não será suficiente para enfrentar mais uma dessas coisas. Não quando sabemos tão pouco sobre eles. Não quando a fome assola os nossos estômagos e enfraquece os nossos ossos. Não quando o mundo parece ter rachado para sempre e nenhum fiapo de esperança restado.

Aperto com força o pacote nas minhas mãos no mesmo instante em que derrapo sobre a terra seca. Alexis está alerta o suficiente para não me deixar ir ao chão, agarra meu braço e me traz de volta para essa corrida desesperada.

O vermelho vivo banha as árvores, trilha os rios e toca nossos corpos. Resvala, também, sobre um quadrado largo de ferro chumbado ao chão no meio do bosque. Para qualquer desavisado, talvez a peça passasse despercebida, mas para nós significa que estamos à salvo.

Mig bate com o punho uma sequência de quatro toques distintos. O código significa "amigo" para quem está do outro lado.

O alçapão se abre.

Desço por uma escada de metal presa a parede e firmo meus pés no chão. A luz vermelha do céu dá lugar à escuridão quando a porta é fechada e o trinco selado.

Jheni ergue uma lamparina próximo ao rosto.

— Conseguiram?

Mostro o pacote e a expressão da minha irmã relaxa.

— Como ela está?

— Nada bem — responde com a voz trêmula. — É melhor você ir.

Assinto e, depois, aponto para os dois garotos escorados contra a parede recuperando o fôlego.

— Eles encontraram alguns enlatados. Coma, está bem?

Jheni concorda e cede espaço para que eu avance pelo corredor.

Estes túneis pouco iluminados que, antes, foram instalações da Ruptura, agora estão vazios. Muitos soldados e líderes morreram, outros fugiram. Os poucos que restaram estão espalhados pelo continente. Não há mais motivos para estarem juntos além de lutar pela própria sobrevivência.

Alcanço a porta que busco e giro a maçaneta com pressa. Uma lamparina a óleo ilumina com esforço os contornos do pequeno quarto onde há apenas uma cadeira encostada ao lado de uma cama de solteiro. Mamãe está sentada no banco e acaricia a testa da minha melhor amiga, irmã de alma e pó de estrelas.

Ehrika.

— Filha!

Mamãe me abraça com força, toca minhas bochechas e procura por ferimentos.

— Estou bem.

Não desgrudo meus olhos de Ehrika, que dorme profundamente na cama.

— Como foi lá fora?

— Encontramos um deles enquanto saímos da casa de cuidados. Foi por pouco.

Ela abre a boca, mas desiste de falar. Apenas assente com um toque carinhoso sobre a minha bochecha. Entrego o pacote que é prontamente recebido. Mamãe retira o frasco de dentro da embalagem e pesca uma seringa ainda lacrada de uma caixa com itens de primeiros socorros que coletamos pelo reino nas últimas semanas. Ela administra um pouco do líquido transparente para dentro do recipiente.

— Me ajude com ela.

Apresso-me em segurar os ombros febris de Ehrika enquanto mamãe injeta o remédio.

— Acha que vai ser o suficiente? — pergunto, já pessimista.

— Vai ajudá-la a ter uma noite tranquila.

Ehrika quase parece em paz agora, mas eu sei que nada disso reflete a situação que se encontra. Terríveis dores de cabeça, desmaios, vômitos, pesadelos e convulsões são só algumas das ocorrências pelas quais ela vem passando. Ehrika está muito longe do significado da palavra *bem* e, a cada dia, seu estado apenas piora.

— E depois, mamãe? O que vamos fazer?

Ela segura a minha mão.

— Eu não sei, filha — responde, cansada. — Mas por hora, é isso o que podemos fazer.

Por hora.

Maldição! Não posso aceitar isso. Não quando Ehrika definha bem na minha frente e tudo o que faço é esperar sentada e rezar para que ela se recupere. Precisa haver mais do que isso. Precisa existir alguma coisa que mude o rumo dessa situação.

— Você deveria descansar, minha lâmina. Vá, passarei a noite com a sua irmã.

— Não — replico de imediato. — Eu vou ficar aqui.

— Kalina — mamãe endurece a voz. — Estou dizendo para você ir. Tome um banho, coma alguma coisa e descanse.

Chega a doer fisicamente a ideia de me afastar das duas e algo acontecer. É um tormento toda vez que preciso ir atrás de comida ou remédios, porque dentro da minha mente há essa voz que diz que, a qualquer momento, o mundo desabará por completo sobre as nossas cabeças e que eu preciso estar pronta para segurá-lo. Porém, é muito pior vê-las passando fome ou sofrendo nesta agonia.

A verdade é que o grupo precisa de mim por completo e, se para isso eu devo enfiar goela abaixo um pedaço de pão duro apenas para não desmaiar, será isso o que farei.

Em breve Tolisie, Henli e Suzanna voltarão da ronda que fazem atrás de suprimentos. Preciso estar bem para ir atrás de mais, se necessário. Ou para estar alerta durante a patrulha noturna pelos túneis e alojamento.

Existem muitas coisas pelas quais preciso estar bem se quiser sobreviver mais um dia neste mundo ferrado.

Engulo o nó na garganta e balanço o rosto em concordância. Dou um beijo na bochecha de Ehrika e um abraço apertado em mamãe. Parto para longe do quarto como um furacão que tem pressa em destruir tudo.

Meu sangue fervilha com o sentimento de impotência.

Ver Ehrika naquele estado, sem fazer nada para que melhore, me corrói por dentro.

Pisco algumas vezes para limpar a visão que teima em embaçar. Não posso chorar agora, tenho que estar focada e firme. Não posso desmoronar, preciso estar pronta para a próxima tragédia que venha a acontecer.

Entro em um banheiro simples e apoio o peso do meu corpo contra a porta. Acendo a lamparina no canto do ambiente e solto o ar dos pulmões depois de me encontrar totalmente sozinha. Aperto meus olhos até que a pressão seja insuportavelmente dolorosa e, ao abri-los, me deparo com o mundo girando. Uma dezena de espelhos rachados rodopiam em frente ao meu rosto, mas depois de um tempo, todos voltam a se fundir em um só.

A luz é fraca demais para expor o verdadeiro estado em que me encontro. Devo ter sujeira sobre as bochechas e cabelos, olheiras escuras embaixo dos olhos e cicatrizes ainda recentes por todo o corpo. A dor lancinante na região das costelas não desapareceu, mas aprendi a conviver com ela.

Existem dores mais intensas vivendo dentro de mim neste momento.

No reflexo do espelho me acho patética. É a face de uma garota que durante a vida toda tentou salvar aqueles que ama, mas que jamais foi capaz disto.

Você nem mesmo tentou protegê-lo. E agora ele se foi, para sempre.

Minha mão traiçoeira busca o bolso da calça. Sou vencida pelos fantasmas da minha mente mais uma vez, como uma maldita viciada que não consegue aguentar uma hora do dia sem reler essas palavras gravadas em tinta preta.

O papel fica cada vez mais gasto e manchado pelas marcas dos meus dedos. Temo que em breve possa rasgar se continuar tocando-o a todo momento. Eu poderia recitar de memória o que há escrito aqui, mas gosto de observar o arredondado das letras. Faz com que eu me sinta próxima dele, ou, ao menos, da versão que eu conheci. Daquela que amei tão ardentemente a ponto de baixar os muros ao meu redor e esquecer que estava no meio de uma guerra.

Respiro fundo e leio outra vez o bilhete:

> "Minha doce, doce Kalina.
>
> Naquela noite, na biblioteca, você me perguntou sobre o que eu lia. Desculpe se escondi isso de você, mas a verdade é que eu encontrei uma maneira de protegê-la.
> É amargo o gosto do que estou prestes a fazer, porque sei que você não vai me perdoar, mas se ser odiado é o preço que devo pagar para que você continue viva, aceito ser seu inimigo de bom grado. Se queimar o mundo significa que você estará de pé, sacrificarei cada grão de areia desta dimensão.
>
> Pois amar é, apenas e absolutamente, o que rege a linha de uma existência.
> E existir sem amor é viver em tortura.
>
> Fuja com a sua família. Fuja sem olhar para trás.
> Eu amo você, intensa, profunda e eternamente.
>
> Vixen."

O papel volta ao meu bolso.

A dor em ler estas palavras não diminui com o tempo, apenas se modifica. Cresce cada vez mais, cria espinhos e se torna tão pesada a ponto de não caber mais no peito.

E eu estou prestes a explodir.

Encaro minhas duas metades refletidas no espelho rachado.

De um lado, existe uma Kalina dilacerada. Alguém que deseja apenas se deitar em um canto escuro e chorar pela realidade em que se encontra. Aquela que foi traída pela pessoa que amou, mesmo que o motivo tenha sido para que ela continuasse viva. Ele não deu escolha a ela sobre isto, ele mentiu quando ela pediu que não mentisse, ele a abandonou quando ela disse que eles seriam mais fortes juntos, ele sentenciou o mundo todo ao caos.

E milhares de pessoas estão morrendo por esse amor.

Seria fácil aceitar essa Kalina, porque ela é uma vítima.

Mas escolher isto significaria desistir de Ehrika também.

Na outra metade do espelho existe uma Kalina com chamas queimando nos olhos. Ela vem tendo pensamentos complexos nos cantos mais recônditos da mente. Já entendeu que a melhor amiga está adoecendo por causa da presença dos demônios que chegaram até aqui. Essa Kalina ainda não sabe o motivo para isso, mas ela tem certeza de que irá descobrir.

Porque ela se recusa a deixar que Ehrika parta.

E é essa metade que eu decido abraçar.

Aquela que já entendeu ao menos uma parte deste quebra-cabeça.

Que o mal que se espalha pelas terras do continente nasce de apenas um lugar. E que este mal precisa ser contido.

Toco a pulseira dourada em meu pulso e uma lágrima solitária escorre pela minha bochecha. A limpo com força, porque esta é a última lágrima que derramarei. Guardarei todas elas para depois.

Porque para acabar com o reinado dos demônios, é necessário que o elo que se abriu nesta dimensão deixe de existir.

Que seu príncipe deixe de existir.

E para isso, terei de matar Vixen.

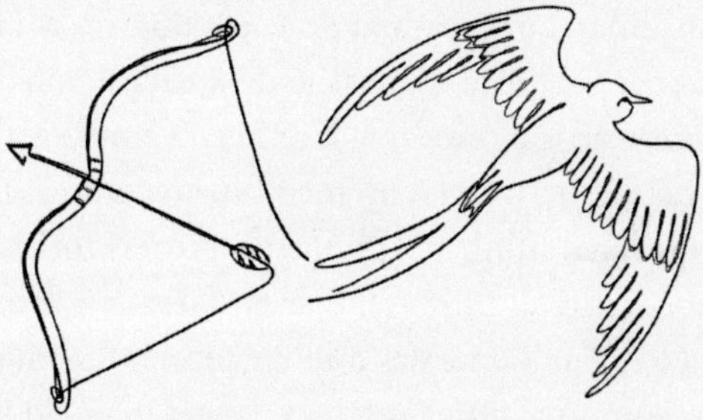

AGRADECIMENTOS

Assim como a Kalina, embarquei em uma grande jornada para escrever esta história.

Se um dia acreditei que escrever o primeiro livro de uma trilogia fosse a parte mais difícil, eu estava absolutamente errada.

Foi aqui, nesta sequência, que aprendi quem sou como autora. Precisei me agarrar a minha paixão por contar histórias para não desistir mesmo com todos os obstáculos que apareceram na minha vida em 2023. Porém, preciso ser honesta ao dizer que foi por causa dos meus leitores que lutei com unhas e dentes para dar o meu melhor em O Chamado do Abismo.

Por este motivo, começarei meus agradecimentos para vocês, meus amados leitores. Obrigada pela paciência nestes dois anos de espera. Obrigada por lerem este livro e por amarem este universo. É por vocês que acordo todos os dias desejando contar histórias.

Agradeço a minha família, mãe e pai, avó e Juares. Vocês sempre estão nos meus pensamentos enquanto escrevo. A Poppy que se tornou uma estrelinha canina enquanto eu escrevia esse livro e ao senhorzinho Marley, que continua enchendo a nossa família com amor e bafinho.

Não há como deixar de agradecer a minha irmã, Laís Jung. Você foi fundamental para a finalização deste livro. Sempre morri de medo que um dia você lesse O Veneno na Montanha e odiasse, sei bem o quão crítica você é com fantasias, mas fui surpreendida por o quanto você amou a história da Kalina. Obrigada por me lembrar que eu nunca devo duvidar de mim mesma.

Laís Napoli, a amiga que o mundo da escrita me trouxe. Você é uma grande inspiração para mim e, definitivamente, lutarei com todas as minhas forças para que essa amizade perdure até estarmos velhinhas e com oitenta livros publicados.

Diogo de Lima e Weliton Soranzo. Como agradecer a estes dois betas e amigos tão especiais. Foram seus comentários certeiros que melhoraram muito a história deste livro. Prometo que continuarei importunando vocês dois no whatsapp com perguntas sobre a jornada da Kalina. Sim, isto é um tipo de ameaça! hahaha

Agradeço às minhas amigas, Andresa Cardoso, Camila Valgas e Natália Vanelli por acreditarem mais do que eu mesma no meu futuro como escritora. Eu amo vocês!

Englantine e Arquelana, minha duplinha de autoras românticas. Vocês sabem a gratidão que sinto por essa nossa amizade, mas gostaria de relembrar aqui. Obrigada!

Agradeço a Laura Reggiani, uma das minhas autoras favoritas de fantasia nacional e que, por sorte, se tornou uma amiga querida. Obrigada pelo blurb tão lisonjeiro.

Um enorme agradecimento a Simone Fraga, minha editora, que com tanto carinho cuidou e cuida todos os dias desta trilogia. Você mergulhou na história da Kalina e me mostrou que esse universo é maior do que eu mesma imaginava. Sei que meus personagens estão em boas mãos.

Agradeço, também, a Mariana Dal Chico, minha agente, tenho certeza que ainda vamos alçar vôos inimagináveis. Aos profissionais que trabalharam nesse livro, OCDA está no mundo com um pedacinho de cada um de vocês.

Aos meus seguidores do instagram, obrigada por sempre me incentivarem através dos comentários nas minhas mensagens diretas ou nos posts do meu perfil. Vocês são incríveis!

Quero tornar uma tradição nesta trilogia agradecer a Cassandra Clare, que agora sabe que eu existo e que sabe que seu nome está aqui. Espero que um dia você possa ler estas palavras também.

Um agradecimento cheio de beijos carinhosos para o meu noivo, Vitor Almeida, e nossa filha de quatro patas, Cookie. Vocês dois são a razão da minha felicidade. Eu amo vocês com tamanha força que chego a sentir meu coração doer. Obrigada por existirem no mesmo tempo e espaço que eu.

Finalizo esse agradecimento aos meus personagens. Kalina, obrigada por me ensinar o que é ser corajosa e como é importante amarmos intensamente. Você, assim como todos os outros personagens deste livro, serão para sempre parte de mim. E eu espero que vocês vivam eternamente, mesmo quando eu deixe de existir. Continuem ensinando a importância da amizade e da família. Continuem mudando a vida dos leitores. Eu confio em vocês.

Nos vemos no próximo livro.

Com carinho, Bianca Jung.